KB177666

도스토옙스키(1821~1881)

19세기 **상트페테르부르크**(1880) 1712년부터 러시아의 수도로서 번영한 상트페테르부르크는 1869년에는 인구가 66만 7천 명이나 되는 대도시였다. 사진은 마차와 사람이 어지러이 오가는 네프스키 거리

육군공병사관학교 도스토옙스키는 1838년(17세)에 입학하여 1843년(22세)에 소위로 임관하여 졸업했다. 이어 공병국에 복무하다 이듬해 중위로 제대했다.

▲상트페테르부르크에 있는 도스토옙스키 마지막 집(현재 박물관) 그가 여러 번 이사를 다닌 집들은 거의 이 건물처럼 모서리에 있다.

▶바덴바덴에 있는 도스토옙스키의 기념 명판

Honoré de **BALZAC**, pcète
né à Tours en 1799, mort à Paris en 1850
Oeuvres : Cathérine de Médicis, la Comédie Hu-
maine, Eugène Grandet, Béatrix, Pamela Giraud,
Honorine, etc.

오노레 드 발자크(1799~1850) 도스토옙스키는 공병사관학교 재학 시절, 발자크의 소설을 탐독하고 그의 작품 《외제
니 그랑데》를 번역하는 등 작가로서의 기반을 다져나갔다.

알렉산드르 2세(1818~1881, 재임 1855~1881) 1873년 도스토옙스키는 《악령》이 단행본으로 출간되자 알렉산드르 2세 황제에게 헌정했다. 또 1876년에는 《작가의 일기》를 헌정하기 위해 궁정에 갔을 때 황제는 두 아들의 교육을 부탁했다. 이를 계기로 도스토옙스키는 많은 유명 인사들과 사귀는 등 생활영역이 넓어졌다.

스타라야루사 별장 도스토옙스키는 만년의 10년 동안 이 별장에서 여름을 보냈다.

영화 〈악령〉 안제이 바이다 감독. 1988. 전향한 샤토프가 암살당하는 장면

도스토옙스키 동상 드레스덴

도스토옙스키 무덤 상트페테르부르크

세계문학전집072
Достоевский
БЕСВI
악령 II
도스토옙스키 지음/채수동 옮김

동서문화사

디자인 : 동서랑 미술팀

악령 I II

차례

악령 II

악령 I

제2부

제7장
동지

1

비르긴스키는 무라비나야 거리에 있는 자기 집, 즉 아내의 집에서 살고 있었다. 집은 단층 목조 건물로 동거인이라곤 없었다. 주인의 생일이라는 핑계로 열다섯 명쯤의 손님이 모였지만 이 지방에서 흔히 볼 수 있는 생일잔치 같지는 않았다. 비르긴스키 부부는 동거 생활을 시작할 때부터, 영명일에 손님을 불러들인다는 것은 바보 같은 짓이며, 게다가 '기뻐할 이유가 조금도 없지 않은가' 하고 딱 결정지어 버렸던 것이다. 몇 년 동안 두 사람은 스스로 사회에서 완전히 멀어져 버렸다. 그는 상당한 재능도 있었고, '불쌍한 건달'이라고 불리는 그런 인물도 아니었는데, 웬일인지 세상에서는 그를 두고 말하기를 고독을 즐기고 '오만불손한' 말투를 쓰는 괴짜라고 했다. 비르긴스카야 부인은 산파 노릇을 하고 있었기 때문에, 남편이 장교급에 맞먹는 상당한 관위를 갖고 있음에도 이미 그 직업 하나만으로도 사회 계급상 한참 낮은 위치에 있었으며 수도승의 아내보다도 못한 취급을 받고 있었다. 그러나 그녀의 태도에는 그 사명에 따르는 겸양의 미덕은 조금도 엿볼 수 없었다. 그런데 그녀가 바로 사기꾼인 레뱌드킨 대위와 어떤 주의에서 나왔다느니 어쩌니 하면서 참으로 비열하게, 뻔뻔스럽고 노골적인 관계를 가진 다음부터는, 거리의 부인들 중에서도 가장 관대한 사람들까지도 예사롭지 않은 경멸의 눈을 갖고 그녀를 외면해 버리는 것이었다.

하지만 비르긴스카야 부인은 그러한 일이야말로 자기가 원하는 것이라는 태도로 받아들였다. 그러나 주목할 점은 이 엄격한 귀부인들도 몸이 무거워지면, 이 거리에 있는 다른 산파 셋을 제쳐놓고 될 수 있는 한 아리나 프로호로브나*¹에게 의지하려고 했다. 심지어는 군(郡)에서도 지주들이 모시러 나오는 판이니, 결정적인 경우에 대처하는 그녀의 지식, 기술, 강한 운세가 그만큼 신망을 모으고 있었던 것이다. 그래서 그녀도 결국에는 아주 부잣집이 아니면 드나들지 않게끔 되었다. 물론 돈은 탐욕스러울 정도로 좋아했다. 스스로의 능력에 충분한 자신감이 생기자 그녀는 조금도 주저하지 않고 자기 멋대로 행동했다. 어쩌면 일부러 그러는지도 모르겠으나 훌륭한 상류층의 집에 드나들면서 도무지 들어보지도 못한 허무주의자식의 무례함을 나타내거나, '모든 신성한 것'에 대한 비웃음 등으로 신경이 약한 산모들의 간담을 서늘하게 만드는 것이었다. 게다가 그것이 '신성한 것'의 도움이 특히 필요한 순간을 골라서 해치우곤 했다.

이 거리의 의사인 로자노프*²의 증언에 의하면, 산모가 고통에 못 이겨 고함을 지르며 전지전능하신 하느님의 이름을 부르고 있을 때 비르긴스카야는 갑자기 총이 불을 뿜어대듯이 그러한 모독적인 말을 마구 내뱉었다. 그런데 이것이 산모를 크게 놀라게 해 오히려 분만을 재촉했다는 것이었다. 그러나 허무주의자라고는 해도 비르긴스카야도 필요에 따라서는 단순한 상류 사회의 풍습뿐 아니라 극히 낡은 미신적인 습관까지도 결코 소홀히 넘기지는 않았다. 하기야 그것은 이러한 습관으로 이익을 얻는 경우에 한해서였다. 예를 들면 자기가 받은 갓난아기의 세례식은 무슨 일이 있어도 놓치지 않았다. 평소에는 자신의 단정치 못한 옷차림을 자랑으로 여겼지만, 그럴 때에는 뒤꼬리가 긴 녹색 비단옷을 입고, 뒤로 묶은 머리를 정성껏 지지고 나타났다. 그리고 성스러운 의식이 진행되는 동안, 언제나 사제(司祭)를 당황케 할 정도로 '거만한 표정'을 짓고 있지만, 식이 끝나면 반드시 자기 손으로 샴페인을 따라 돌리는 것이었다(바로 그 때문에 차려입고 오는 것이다). 그리고 만일 그녀에게 축의금을 주지 않고 잔을 잡았다간, 그땐 정말로 큰 소동이 일어나는 것이다.

오늘 밤 비르긴스키네 집에 모인 손님들은(대부분이 남자들이었다), 우연히 어디서 모아들인 것처럼 통일성이 없었다. 마른안주도 없거니와 트럼프도 없

---

*1 즉 비르긴스카야 부인.
*2 이 사람도 산부인과 의사.

었다. 몹시 낡은 하늘빛 벽지를 바른 객실 한복판에는 두 개의 식탁을 붙여놓고, 그 위에 큼직하기는 했으나 그다지 깨끗지 못한 식탁보를 씌워놓았다. 식탁 위에는 두 개의 사모바르가 끓고 있었다. 스물다섯 개의 컵이 놓인 커다란 쟁반과, 상류층의 남녀 학생을 둔 엄격한 기숙사에나 있을 것 같은, 흔해빠진 프랑스식 빵을 얇게 썰어서 산더미처럼 담아놓은 바구니가 식탁 구석 자리를 차지하고 있었다. 서른쯤 되어 보이는 노처녀가 차를 따르고 있었다. 주인 여자의 언니뻘 되는 이 여자는 눈썹이 엷고 머리털은 하얬으며, 말이 없고 비뚤어진 성격으로 새로운 사상에 공감하고 있었다. 주인인 비르긴스키조차 집안일에 대해서는 이 여자를 굉장히 두려워했다. 방 안에는 여주인과, 눈썹 없는 그녀의 언니와, 페테르부르크에서 온 지 얼마 안 되는 주인 비르긴스키의 누이동생, 이렇게 세 여자가 있었다. 아리나 프로호로브나는 얼굴 생김새도 그다지 밉지 않은 스물일곱의 소담스러운 여성이었지만 머리가 약간 더부룩하고 외출복 같지는 않은 푸르스름한 모직 옷을 입고 있었다. 대담한 눈초리로 손님들을 둘러보며 버티고 앉아 있는 모습은 "자 보세요, 난 아무것도 두려운 게 없어요"라고 알려주고 싶어 못 견디는 것 같았다. 오늘 도착한 허무주의자 여학생인 비르긴스카야 양도 상당히 아름다운 얼굴이었으며, 탄력 있는 살집이 보기 좋았고 공처럼 동글동글했다. 볼이 몹시 붉었으며 키는 그리 크지 않았다. 뭔가 돌돌 만 서류를 들고 아직 여행하던 옷차림 그대로 아리나의 옆에 서서, 자못 초조하고 뛰어오를 듯한 눈초리로 두리번두리번 둘러보고 있었다. 주인 비르긴스키는 오늘 밤 몸이 불편한 것 같았으나 그래도 나와서 식탁 앞에 있는 안락의자에 앉았다. 손님들도 다 자리에 앉아 있었다. 이렇게 식탁 하나를 둘러싸고 단정하게 의자에 앉아 있는 모습은 마치 무슨 회의를 하는 듯한 느낌을 주었다. 보아하니 모두 뭔가 기다리고 있는 것 같았다. 그리고 기다리고 있는 동안 큰 소리이긴 하지만 어딘가 모르게 남의 일 같은 대화를 계속 나누었다. 스타브로긴과 베르호벤스키가 나타나자 모두들 말을 뚝 그쳤다.

여기서 나는 서술의 정확성을 위해 몇 마디 설명을 보태려고 한다.

내 생각으로는 이 사람들은 사실 뭔가 특별하고 새로운 것을 들을 작정으로, 그것을 즐거움으로 삼고 모인 것 같다. 게다가 미리 통고를 받았을 것이다. 그들은 이 오래된 도시에서도 으뜸가는 적색 자유주의의 대표자들로서, 이 '집회'를 위해 비르긴스키가 아주 신중하게 가려낸 자들이었다. 또 하나 말해 둘 것은, 그중 몇 사람인가(극히 소수였지만)는 지금까지 한 번도 그를 방문한 적이 없었다. 물론 대부분의 사람들은 뭣 때문에 이런 통지가 있었는지 확실히 모르고 있었다. 더욱이 그들 모두는 그때 표트르를 전권을 위임받아 특명을 받고 러시아로 돌아온 밀사처럼 생각하고 있었다. 이 상상은 웬일인지 금세 모두의 마음속에 뿌리내렸고, 그들을 기쁘고 우쭐하게 만들었다. 그렇다고는 하나, 생일 축하를 핑계로 모인 이 사회인들의 무리 속에는 뚜렷한 임무를 받은 사람도 몇인가 있었다. 표트르는 이 거리에 온 다음 그가 일찍이 모스크바에서 조직했던, 그리고 현재 알려진 내용대로 군내(郡內)의 장교들 사이에서도 조직되었던 것과 같은 형태의 '5인조(五人組)'를 만들었던 것이다. 이 '5인조'는 H현에도 생긴 모양이었다. 5인조는 지금도 큰 식탁에 마주 앉아 있지만, 매우 교묘하고 평범한 표정을 짓고 있었으므로 아무도 그런 것은 눈치채지 못했다. 이제는 비밀도 아니지만 그 구성원은 첫째로 리푸틴, 다음은 집주인인 비르긴스키, 비르긴스카야 부인의 남동생뻘이 되는 귀가 긴 쉬갈료프, 럄신 그리고 끝으로 톨카첸코라는 기묘한 사나이였다. 그는 이미 마흔이 넘은 나이로 러시아 민중, 특히 주로 악당이나 강도의 위대한 연구가로서 알려져 있었는데, 일부러 선술집만 돌아다니며(더구나 이것은 민중 연구를 위해서만이 아니었다) 더러운 옷과 콜타르를 칠한 군화, 눈에 주름을 짓는 교활한 얼굴과 묘하게 점잔 빼는 속어 등을 자랑하며 다니는 사람이었다. 예전에 럄신이 한두 번 이 사람을 스테판 선생네 모임에 데리고 간 일이 있었지만 별로 대단한 인상도 남기지 못했다. 이 사람이 거리에 모습을 나타내는 것은 주로 직업이 없을 때이고, 보통 때는 철도 관계 일을 전전했다.

이 5인조는 자기들과 마찬가지로 러시아 전국에 흩어져 있는 수백 수천이나 되는 5인조의 하나로, 그들 5인조는 어느 거대한 비밀 중앙 단체의 지시로 움직이고, 그 중앙 기관은 다시 유럽에 있는 인터내셔널과 유기적인 연락을 맺고 있다는 뜨거운 신념에 북돋워져, 가장 먼저 자신들의 집단을 조직한 무리들이었다. 그러나 유감스럽게도 그들 사이에도 불화가 나타나기 시작했다는 사실을 인정하지 않을 수 없었다. 그것은 이러하다. 그들은 이미 봄 무렵부터 처음에는 톨카첸코에 의해, 다음은 다른 데서 온 쉬갈료프에 의해 예고되었던 표트르의 도착을 몹시 기다리고 있었으므로, 그에게서 뭔가 특별한 기적을 기대하여 아무런 비평과 반성도 없이 두말 않고 그 자리에서 전원 결사(結社)에 들어갔던 것이다. 하지만 그들은 5인조가 이루어지자마자 금방 화를 낸 모양이었다. 아마도 그 원인은 자기네들이 너무 빨리 받아들였기 때문인 것 같았다. 물론 그들은 나중에 '들어갈 용기가 없었다'는 소리를 듣고 싶지 않아 고결한 수치심에서 입회한 것이지만, 적어도 표트르가 지금 자기네들의 훌륭한 공훈쯤은 존중해 주었으면 했다. 적어도 위로하는 차원에서라도 뭔가 대단히 중대한 뜻을 지닌 이야기라도 했어야 옳았을 것이다. 그러나 표트르는 그들의 지극히 당연한 호기심을 만족시켜 주지 않았고, 필요 없는 말은 한마디도 지껄이지 않았다. 그리고 눈에 띄게 엄격한 데다가 사람을 바보 취급하는 듯한 태도로 그들을 대했다. 이것이 다섯 사람의 화를 돋운 것이다. 쉬갈료프는 다른 5인조를 부추겨서 '설명을 요구하자'며 설쳐댔다. 하지만 그것은 물론 지금 여기서, 국외자(局外者)들이 많이 모인 비르긴스키 집에서 하자는 건 아니었다.

국외자라 하니까 또 한 가지 느낀 것이 있다. 앞서 말한 5인조의 친구들은 오늘 밤 비르긴스키의 집에 모인 손님들 가운데, 뭔가 자기네가 모르는 다른 단체에 속하는 자가 없는가 하는 의심을 품은 것이었다. 더구나 이 단체는 비밀스러운 성질을 띤 것으로 역시 베르호벤스키의 손에 의해 이 거리에 조직된 것으로 믿고 있었다. 그래서 결국 이 자리에 모인 모든 사람들은 서로 상대방의 속을 살피려 했으며 서로 묘하게 애매한 태도를 보이고 있었다. 이러한 사정 때문에 이 모임은 어딘가 모르게 부조리한, 어느 정도 소설 같은 기분을 주고 있었다. 그 가운데에는 전혀 그런 의혹에서 제외된 사람도 있었다. 예를 들어 비르긴스키의 가까운 친척뻘이 되는 현역 소령 등이 그러했다. 그는 아주 순진한 인간으로 오늘 밤도 특별히 초대된 것은 아니지만, 자기가 스스로 영명일을 축하한답시고 찾아왔으므로 도저히 거절할 수가 없었던 것이다. 그러나 영명일의 주인공은 태연했다. "뭐, 괜찮아, 밀고하지 않아" 장담하고 있었기 때문이다. 그 남자는 워낙 둔한 천성이었음에도 지금까지 줄곧 극단적인 자유주의자들이 드나드는 장소를 기웃대기를 좋아했다. 자기는 별로 동감하지 않았지만 남의 얘기를 듣기를 무척 좋아했기 때문이다. 게다가 좀 켕기는 부분도 있었다. 젊었을 때, 그의 손을 통해 방대한 양의 《경종(警鐘)》*3과 몇 종류의 격문을 전달했던 것이다. 더구나 자기는 책을 펴보는 것도 두려워하는 주제에 전달하는 일을 거절한다는 것은 그야말로 비겁한 짓이라고 생각했던 것이다. 러시아에는 이러한 인간이 지금도 이따금 눈에 띈다.

그 밖의 손님은 초조하리만큼 압박된 고결한 자존심의 소유자와 같은 유형이 아니면, 혈기에 불타는 청춘기의 고결함을 내뿜고 있는 유형이었다. 개중에는 학교 선생도 두셋 있었다. 한 사람은 마흔다섯쯤의 절름발이 중학 선생으로, 지독한 독설가인 데다 유별나게 허영심이 강한 사나이였다. 두어 명의 장교들도 있었는데, 그중 한 사람은 아주 젊은 포병 장교였다. 그는 어느 육군학교를 나와 이 거리로 온 지 얼마 안 되었고, 아주 말수가 없는 젊은이로서 아직 아는 사람이라고는 없는 것 같았는데, 오늘 밤 갑자기 비르긴스키 집에 나타나서 연필을 들고 앉아 있었다. 그리고 거의 말참견도 않고 쉴 새 없이 수첩에 뭔가 적고 있었다. 물론 모두가 그것을 눈치채고 있었지만 웬일인지 모르는 체하려 애쓰고 있었다. 그곳에는 또 랴신과 한패가 되어, 성서 파는 여인의 바구니에 난잡한 사진을 집어넣은 건달 신학생도 있었다. 그는 몸집이 큰 젊은이로 쾌활하고 대범한 동시에 수상쩍은 행동을 하는 데다, 늘 남의 흠이라도 찾아내려는 듯한 미소를 띠고 나만큼 잘난 사람이 없다는 듯한 의기양양하고 침착한 얼굴을 하고 있었다. 또 무엇 때문인지는 몰라도 이곳의 시장 아들도 와 있었다. 그는 그 나이에 비해 너무나 닳고 닳은 불량소년이었다. 이 사람에 대해서는 가련한 중위 부인의 이야기가 나왔을 때 이미 설명한 바 있다. 그는 밤새껏 입을 다물고 있었다. 그리고 마지막으로 중학생 한 명이 있었다. 유달리 불타기 쉽고, 머리가 마구 헝클어진 열여덟 살 소년으로 자기 존엄성에 상처 입은 젊은이 같은 태도로 침울한 표정을 지으면서 앉아 있었는데, 보아하니 열여덟이라는 자신의 나이가 고통스러워 못 견디는 것 같았다. 그런

*3 1857~67. 게르첸이 영국에서 발행한 잡지.

데 이 햇병아리가 중학교 상급반에서 조직된 어떤 음모단의 단장이라는 사실이 나중에 알려져 모든 사람들을 놀라게 했던 것이다.

나는 샤토프에 대한 얘기를 하지 않았다. 그는 식탁 뒤쪽 구석에 자리 잡고, 자신의 의자를 남보다 조금 앞으로 끌어내 놓고는 물끄러미 발밑을 바라보며 침울하게 말도 없이 앉아 있었다. 차도 빵도 사양하고 줄곧 모자를 든 채 앉아 있는 모습은, 나는 손님이 아니라 볼일이 있어 왔을 뿐이므로 마음만 내키면 곧 일어나 가버리겠다는 것을 알리려고 하는 것 같았다. 그의 옆에서 얼마 떨어지지 않은 곳에 키릴로프도 자리를 차지하고 있었다. 그 또한 말이 없었지만 발밑을 바라보지도 않았고, 오히려 그 광채도 없고 움직이지도 않는 눈으로 사람들의 얼굴을 하나하나 뚫어져라 쳐다보면서, 조금의 흥분도 놀라는 빛도 없이 가만히 사람들의 이야기를 듣고 있었다. 처음으로 그를 보는 몇몇 손님은 생각에 잠긴 듯한 얼굴로 흘금흘금 훔쳐보았다.

비르긴스카야 부인이 5인조의 존재를 알고 있는지는 잘 모르겠다. 나의 상상으로는 아마 모든 것을 다 알고 있었을 것이며, 다름 아닌 남편의 입에서 새어 나갔을 것이다. 여학생은 물론 아무 일에도 관여하지 않았다. 그녀에겐 자기 나름의 걱정이 있었다. 그녀는 이삼 일 이곳에 머문 다음, 대학 소재지를 일일이 찾아다니며 '가난한 학생과 노고를 함께하고 또는 그들을 항의 운동에 눈뜨게 한다'라는 계획이 있었다. 그녀는 석판(石版)으로 인쇄된 선전물을 수백 장 갖고 있었는데 그건 아마 그녀 자신의 작문 같았다. 여기서 주의할 점은 그 중학생이 이 여학생을 보자, 마치 철천지원수를 만난 것처럼 적대시하기 시작했다는 사실이다. 중학생이 그녀를 보는 것은 생전 처음이었고 그녀 역시 처음으로 그를 만난 것이다. 소령은 그녀의 아저씨뻘이 되었는데, 오늘 만난 것은 10년 만이었다.

스타브로긴과 베르호벤스키가 들어왔을 때 그녀의 볼은 딸기처럼 새빨개져 있었다. 방금 아저씨를 상대로 여성 문제에 관한 주장으로 한바탕 논쟁을 벌였던 것이다.

베르호벤스키는 거의 아무에게도 인사를 하지 않고 눈에 띄게 무례한 태도로 식탁 맨 끝 위쪽에 놓인 의자에 몸을 던졌다. 그 얼굴 표정은 까다롭다기보다 오히려 거만할 정도였다. 스타브로긴은 공손히 인사를 했으나, 그들은 두 사람이 오기만을 기다린 주제에 무슨 지시라도 받은 듯이 둘의 모습을 알아차리지 못한 듯한 태도를 취하고 있었다. 스타브로긴이 자리에 앉자마자 여주인은 엄숙하게 그쪽을 돌아다보았다.

"스타브로긴 씨, 차를 드시겠어요?"

"주세요." 그는 대답했다.

"스타브로긴 씨에게 차를." 그녀는 차를 따르는 여자에게 지시를 했다. "당신도 드시겠어요?"(이것은 베르호벤스키에게 말한 것이다.)

"물론이죠. 그런 걸 손님한테 물어보는 사람이 어디 있어요? 그리고 크림도 가져오세요. 도대체 당신네 집에서는 늘 차랍시고 이상야릇한 것만 내놓으니 말이오. 더구나 오늘은 영명일의 축하연이 아닙니까."

"그럼 당신도 영명일을 인정하시나요?" 갑자기 여학생이 웃었다. "방금 그 얘기를 하던 참이었는데."

"케케묵었어." 중학생이 식탁 저쪽 끝에서 중얼거렸다.

"케케묵었다니 무슨 소리죠? 편견을 잊는 것은, 그 편견이 아무리 결백한 것이라 해도 결코 케케묵은 것이 아니에요. 뿐만 아니라 부끄럽게도 오늘날에 와서는 진기한 것이 되어버렸죠." 여학생은 부추기듯 의자에서 몸을 앞으로 내밀며 재빨리 이렇게 응수했다. "게다가 결백한 편견이란 있을 수 없어요." 그녀는 열심히 덧붙여 말했다.

"난 이런 말을 하고 싶었던 거예요." 중학생은 몹시 흥분했다. "편견이란 물론 케케묵은 것으로 뿌리 뽑아야만 합니다. 그리고 영명일이 어리석고 곰팡이가 핀 것이란 사실은 누구든 다 알고 있어요. 그런 것 때문에 귀중한 시간을 낭비할 필요는 없어요. 그러지 않아도 온 세상 사람이 낭비하고 있는 귀중한 시간이 아닙니까. 그런 일보다 좀더 절박한 필요성이 있는 문제에 당신의 기지를 이용하는 편이 좋지 않을까요……"

"너무 길어서 무슨 말인지 도무지 모르겠네요." 여학생은 외쳤다.

"난 누구든 간에 다른 사람과 동등한 발언권을 가지고 있다고 생각합니다. 그러므로 내가 다른 사람과 마찬가지로 자신의 의견을 발표하고자 하는 이상……."

"아무도 당신의 발언권을 빼앗지는 않아요." 이번에는 여주인이 끼어들어서 날카롭게 말문을 막았다. "다만 알아들을 수 없는 애길 입속으로 우물거리지 말아달라고 부탁하는 거예요. 당신이 한 말은 아무도 이해하지 못하잖아요."

"그러나 한마디 더 해야겠습니다. 당신네들은 나를 무시하고 있군요. 내가 자신의 생각을 충분히 표현하지 못했다 하더라도 그것은 결코 내 사상이 부족하기 때문은 아닙니다. 오히려 사상이 남아돌기 때문입니다……." 중학생은 거의 정신없이 중얼거렸지만 완전히 횡설수설했다.

"말할 줄 모르면 잠자코 있어요." 여학생은 딱 잘라 말했다. 중학생은 의자에서 벌떡 일어섰다.

"난 다만 이런 것을 말하고 싶었을 뿐입니다." 수치심에 온몸이 달아오를 대로 달아올라 주위를 둘러볼 여유도 없이 그는 이렇게 외쳤다. "당신이 똑똑한 체 거드럭거리는 것은 단지 스타브로긴 씨가 들어왔기 때문입니다, 그뿐입니다!"

"당신의 사상은 불결하고 부도덕하며, 당신의 지적 성숙도의 열등함을 드러내는군요. 더 이상 나한테 말 걸지 말아요." 여학생은 화가 나서 말했다.

"스타브로긴 씨." 여주인은 입을 열었다. "당신이 오시기 전까지 여기서 가정의 권리라는 문제에 대해서 서로 논쟁하고 있었지요. 바로 이쪽 장교분이 발단이죠." 그녀는 친척뻘 되는 소령을 턱으로 가리켰다. "물론 나는 옛날에 해결된 케케묵은 무의미한 문제로 당신을 괴롭히고 싶지는 않지만요. 그렇다고는 해도 지금 존재하고 있는, 편견의 의미를 지닌 권리나 의무는 도대체 어디서 생긴 것일까요? 이것이 문제예요. 당신의 의견은요?"

"어디서 생긴 거냐니, 무슨 소립니까?" 스타브로긴은 되물었다.

"그것은 이렇답니다. 예를 들어 신에 대한 편견은 천둥소리나 번개에서 생겼다는 것은 우리 모두가 알고 있죠." 마치 스타브로긴에게 덤벼들기라도 할 듯한 눈초리로 별안간 여학생이 또다시 말문을 열었다. "원시의 인류가 천둥소리나 번갯불에 놀라 그런 것에 대한 자기의 무력함을 느꼈기 때문에 눈에 보이지 않는 적을 신격화했다는 것은 너무나 잘 알려진 사실이 아닌가요? 그런데 가정에 대한 편견은 어디서 생겼을까요? 또 가정 그 자체는 왜 생긴 것일까요?"

"그것과 이것은 좀 다르지……." 여주인은 여학생의 말을 막으려고 했다.

"그런 질문에 대답한다는 것은 좀 실례가 되지 않을까 생각되는군요." 스타브로긴은 말했다.

"어째서 그렇죠?" 여학생은 내친김에 앞으로 나섰다.

그러나 선생들 속에서 야비하게 킬킬대는 소리가 들려왔다. 그러자 다른 한쪽 구석에서 람신과 중학생이 그 웃음에 합세했다. 이어서 친척인 소령의 목쉰 웃음소리가 크게 들렸다.

"당신은 보드빌*4이나 쓰시면 좋겠어요." 여주인은 스타브로긴을 향해 이렇게 말했다.

"그것은 당신의…… 성함은 모르겠습니다만, 당신의 대답은 그다지 명예롭지는 않군요." 분노를 참지 못하는 듯 여학생은 쏘아붙였다.

"얘, 너무 주제넘게 굴지 마라!" 소령은 소리쳤다. "젊은 아가씨가 정숙하게 굴어야지, 마치 바늘방석에라도 앉아 있듯이 그렇게 침착하지 못해서 무엇에 쓰겠니."

"가만히 계세요. 그런 진부한 비유를 끄집어 내서 친한 척 반말하지 마세요. 난 당신을 이번에 처음 만났을 뿐이고, 당신을 친척이라고 인정하지 않으니까요."

"이봐, 난 너의 아저씨란 말이야. 네가 아직 젖먹이였을 때 이 손으로 안고 돌아다녔단 말이다!"

"당신이 무엇을 안고 다녔든 내가 알 바 아녜요. 그때 안아달라고 부탁한 적도 없어요. 그리고 보면 당신 자신의 즐거움을 위해 그런 게 아닌가요. 정말로 무례한 장교님이시군요. 그리고 미리 말해 두지만 만민이 평등하다는 주의에

─────────
*4 춤과 노래를 곁들인 가볍고 풍자적인 통속극.

서 나온 것이 아니라면, 날 보고 너라고 하지 마세요. 앞으로 영원히요."

"요즘 여자들은 다 저 모양이라니까!" 소령은 주먹으로 식탁을 꽝 내리치며 자기 바로 맞은편에 앉아 있는 스타브로긴을 향해 이렇게 말했다. "아니, 죄송합니다. 나는 자유주의나 현대주의는 다 좋아하고, 현명한 사람들의 얘기를 듣는 것도 좋아합니다. 그러나 미리 말해 두지만, 그런 건 남자들만을 얘기하는 겁니다. 여자들은, 특히 이런 현대적인 말괄량이들이라면, 딱 질색입니다. 아니, 이젠 뭐라 말할 수 없는 고통입니다! 팔딱거리는 게 아냐!" 의자에서 뛰어 일어서려는 여학생을 향해 그는 이렇게 외쳤다. "흥, 나도 발언권을 요구한다. 정말 화가 나서 못 견디겠군."

"당신은 다른 사람들을 방해할 뿐이잖아요. 자기 스스로는 의견 한마디도 말하지 못하는 주제에." 여주인은 못마땅해서 투덜댔다.

"아니, 이쯤 되면, 나도 다 말해 버려야겠어." 소령은 뜨겁게 달아올라 스타브로긴에게 말했다. "스타브로긴 씨, 새로운 손님에게 기대를 겁니다. 비록 당신과 알고 지내는 영광을 갖지는 못했지만 말입니다. 여자들이란 남자들이 없다면 파리떼 모양 맥을 못 추게 된다, 이것이 내 의견입니다. 그들이 말하는 부인 문제라는 것은 단순히 창의성의 결핍에 지나지 않아요. 그런 부인 문제는 모두 남자가 생각해 낸 것입니다. 어리석게도 덤불을 쑤셔 뱀이 나오게 한 격이지요. 다행하게도 난 아내가 없습니다! 그들에겐 전혀 변화란 것이 없으니까요. 몹시 단순한 취지조차도 생각해 내지 못해서, 다 남자들이 대신해서 생각해 낸 것입니다! 지금 이 아이도 말이죠, 내가 어렸을 때 안고도 다녔고 열 살 때쯤은 함께 마주르카를 춘 일도 있어요. 그런데 오늘 오래간만에 찾아왔기에 자연스레 정답게 달려가서 끌어안으려고 하니 이 아이는 두 마디째부터 날더러 신은 없다고 말하지 않겠어요? 두 마디째가 아니고 세 마디째라고 해도 어쨌든 너무 빠르지 않습니까? 그야 현명한 사람들은 신앙을 갖고 있지 않을는지 모르지만 그런 사람들은 자기가 똑똑한 탓이겠죠. 그런데 너 따윈 물거품이란 말이다. 도대체 너 따위가 신이 뭔지 안단 말이냐? 어차피 남학생한테 배웠겠지. 만일 그놈이 신상 앞에 등불을 올리라고 하면 정말 등불을 올리겠지."

"당신은 거짓말만 하고 있어요. 지독한 심술쟁이로군요. 내가 아까 그만큼 논리적으로 당신에게 자격이 없다고 논증해 드렸잖아요." 이런 사나이하고 더이상 논의한다는 것조차가 어리석은 일이라는 듯이 여학생은 내뱉듯 대답했다. "내가 아까 당신한테 말했잖아요. 우리는 모두 교리문답서에서 우리의 조상과 부모를 공경한다는 것은 곧 오래 살며 복 받는 일이라 하는 것을 배웠어요. 이것은 십계명에도 있어요. 만약 하느님이 사랑에 보수를 줄 필요가 있다고 인정한다면 그것은 더 말할 것도 없이 부도덕한 신입니다. 난 아까 이렇게 말하면서 당신한테 논증해 보인 거예요. 그것도 두 마디째부터가 아니라고요. 당신이 자신의 권리를 주장했기 때문이죠. 당신이 둔해서 지금까지 그것을 이해 못 한다 해도 그게 내 책임인가요? 당신은 그게 약이 올라 화를 내는 거잖아요. 이것이 당신들 세대의 정체란 말이에요."

"저 멍청한 것!" 소령은 말했다.

"그럼 당신은 바보로군요."

"잘도 그런 소리를!"

"그런데 카피톤 막시므비치, 실례지만 아까 당신 스스로가 신을 믿지 않는다고, 그렇게 말하지 않았나요?" 식탁 맞은쪽 끝에서 리푸틴이 간사스러운 말투로 이렇게 외쳤다.

"내가 뭐라 했든 상관없잖소. 내 일은 다른 문제요! 어쩌면 사실 나는 신앙을 가지고 있는지도 모릅니다. 그러나 완전히 믿어버린 것은 아닙니다. 어쨌든 내가 전혀 신앙을 갖고 있지 않다 하더라도 신을 총살형에 처해야 되겠다는 그런 말은 절대로 안 합니다. 내가 경기병대에 근무하고 있을 무렵에는 곧잘 신에 대한 문제를 생각했었죠. 대부분의 시(詩)에서는 경기병이란 술을 마시며 소동이나 부리는 것처럼 쓰는 게 공식화되어 있지요. 그야 나도 술쯤은 마셨는지도 모릅니다. 그런데 믿지 않을지도 모르지만 곧잘 한밤중에 양말만 신고 잠자리에서 튀어나와 성상(聖像) 앞에서 성호를 긋고, 신앙을 베풀어 주십사고 기도를 했던 것입니다. 그 무렵부터 신이 있느냐 없느냐 하는 문제로 마음이 편치 않았기 때문입니다. 그만큼 나는 이 문제로 고민해 왔습니다. 더구나 아침이 되면 다 잊어버리고 신앙이 사라지는 것 같은 기분이 들었지요. 그렇지만 전체적으로 내가 관찰한 바로는 누구나 낮에는 어느 정도 신앙이 희박해지는 것 같아요."

"그런데 당신 집에 트럼프가 없습니까?" 서슴없이 크게 하품을 하면서 베르호벤스키가 여주인에게 물었다.

"나도 정말로 당신의 질문에 동감입니다!" 소령의 말에 분개한 나머지 얼굴이 새빨개진 여학생은 내뱉듯이 말했다.

"바보 같은 소리를 듣느라 귀중한 시간만 낭비했어요." 여주인은 딱 자르듯이 말하고는 명령하듯이 남편을 바라보았다.

여학생은 엄숙해졌다.

"나는 여기 모이신 여러분께 대학생의 고뇌와 항의 운동에 관해서 한마디하고자 했습니다. 그런데 부도덕한 대화로 시간이 낭비되어서……"

"도덕적인 것도 부도덕적인 것도 없어요." 여학생이 말을 꺼내자마자 중학생은 참지 못하고 이렇게 말했다.

"그런 건 말이죠, 중학생 씨. 당신이 배우기 훨씬 전부터 알고 있었어요."

"난 확신할 수 있습니다." 이쪽도 기를 썼다. "당신은 이쪽에서 뻔히 알고 있는 사실을 우리에게 가르쳐 주려고 멀리 페테르부르크에서 온 갓난아기죠. 당신이 잘못 인용한 '그대의 부모를 공경하라'는 십계명이라는 것도, 그것이 부도덕한 일이라는 것도 벨린스키 이래, 러시아 전역에 다 알려져 있지 않습니까."

"이게 도대체 언제면 끝장이 날까요?" 비르긴스카야 부인은 단호히 남편에게 이렇게 말했다. 여주인으로서 그녀는 어리석기 짝이 없는 대화에 얼굴을 붉혔다. 특히 몇몇의 웃는 얼굴과 새로 초대한 사람들의 의아한 표정을 보자 더 이상 부끄러움을 참을 수 없었다.

"여러분!" 비르긴스키는 갑자기 목소리를 높였다. "이 모임에 보다 적합한 얘기를 하고 싶다거나 혹은 뭔가를 발표하고자 하는 분이 계시다면 제발 기회를 놓치지 마시고 즉시 시작해 주십시오."

"그럼 실례지만 한 가지 질문이 있습니다." 지금까지 아주 단정하게 잠자코 앉아 있던 절름발이 선생이 부드러운 말투로 입을 열었다. "우리는 지금 여기서 어떤 회의에 참석하고 있는 것인가요, 아니면 단순히 손님으로서 초대된, 흔히 볼 수 있는 보통 사람들의 모임인가요? 그걸 좀 알고 싶습니다. 이것은 좀더 질서를 갖추고 싶다, 아무것도 모르는 채로 있고 싶지 않다, 하는 뜻에서 물어보는 겁니다."

이 '핵심을 찌른' 질문은 효과를 나타냈다. 사람들은 서로가 답을 요구하듯이 눈짓을 했다. 그리고 마치 지시라도 받은 듯이 베르호벤스키와 스타브로긴에게 시선을 돌렸다.

"나는 차라리 '우리는 회의석상에 있는 것인가'라는 질문에 대한 답변을 투표로 결정했으면 좋겠군요." 비르긴스카야 부인이 말했다.

"나는 전적으로 그 제안에 찬성합니다." 리푸틴이 응했다. "좀 막연한 동의이긴 하지만요."

"나도 찬성입니다, 나도." 몇몇 사람들의 목소리가 들렸다.

"나도 그러는 편이 질서가 있을 것 같아서 좋겠다고 생각합니다." 비르긴스키가 확정적으로 말했다.

"그럼 투표를 시작합니다!" 여주인이 선언했다. "람신 씨, 당신은 피아노 앞에 앉아주세요. 당신도 투표가 시작되면 거기서 투표할 수 있을 거예요."

"또!" 람신은 소리쳤다. "충분히 뚱땅거리지 않았나요."

"제발 부탁이에요. 자, 저쪽으로 가서 치세요. 아니면 당신은 모두를 위하는 것이 싫단 말인가요?"

"그렇지만 아리나 씨, 걱정 마세요. 아무도 엿들을 사람 없어요. 그건 당신의 괜한 걱정이죠. 게다가 창문도 이렇게 높은데, 누가 엿듣는다 해도 뭘 알아듣겠어요."

"우리 자신조차도 무슨 소린지 모르잖아요." 누군가가 중얼거렸다.

"그렇지만 조심해서 나쁠 건 없잖아요. 만일 밀정 따위가 있을 경우를 생각해서라도 말이죠." 그녀는 베르호벤스키를 향해 설명했다. "길거리에서 듣더라도 과연 영명일이니까 음악 소리가 나는구나 하고 생각하게끔 만드는 게 좋아요."

"체, 바보같이" 하고 투덜대면서 람신은 피아노 앞에 앉더니 마치 주먹으로

패듯이 아무렇게나 건반을 두드리며 왈츠를 치기 시작했다.

"회의를 하는 편이 좋다고 생각하시는 분은 오른손을 들어주세요." 비르긴스카야 부인이 제안했다.

어떤 자는 손을 들었지만 어떤 자는 들지 않았다. 개중에는 한 번 들었다가는 다시 내리는 자도 있었고, 내렸다가는 다시 드는 자도 있었다.

"제기랄! 나는 뭐가 뭔지 모르겠단 말이야." 장교 한 사람이 외쳤다.

"나도 모르겠어!" 또 한 사람이 외쳤다.

"나는 알았어!" 세 번째 사람은 이렇게 외쳤다. "만일 찬성이면 손을 올리는 걸세."

"도대체 무엇에 찬성하는데?"

"회의를 찬성한다는 거야."

"아냐, 회의를 열지 않는 쪽이야."

"나는 회의에 찬성입니다." 중학생은 비르긴스카야 부인을 향해 말했다.

"그럼 왜 손을 들지 않았죠?"

"나는 줄곧 당신만 보고 있었는데 당신이 들지 않길래 나도 들지 않았어요."

"바보 같으니라고! 나는 내가 제안했으니까 들지 않은 거예요. 여러분, 다시 한 번 묻겠습니다. 회의에 찬성하는 사람은 앉은 채로 손을 들지 마세요. 그리고 찬성하지 않는 사람은 오른손을 들어주세요."

"찬성하지 않는 사람은?" 중학생이 되물었다.

"당신 일부러 그런 소리를 하는 거죠?" 비르긴스카야 부인은 화가 머리끝까지 치밀어서 이렇게 외쳤다.

"아닙니다, 그렇지 않습니다. 찬성하는 자인가, 찬성치 않는 자인가를 묻는 것입니다. 이 점을 확실히 해둬야지요." 이러한 소리가 몇 군데서 들려왔다.

"찬성하지 않는 사람은 찬성하지 않는 거지 뭐."

"그야 그렇지만 도대체 어떻게 하면 되는 거요? 만일 찬성하지 않으면 드는 거요, 들지 않는 거요?" 장교가 소리쳤다.

"참 내, 우리는 아직 입헌정치에 익숙하지 않단 말이오!" 소령이 한마디 했다.

"럄신 씨, 부탁이니까 제발 그만하세요. 당신이 뚱땅거리니까 전혀 들을 수가 없잖아요." 절름발이 선생이 말했다.

"정말이에요, 아리나 씨. 아무도 엿듣는 사람은 없어요." 럄신은 벌떡 일어섰다. "게다가 치고 싶지도 않아요! 나는 이곳에 손님으로 왔지 피아노를 치러 온 건 아니니까요."

"여러분!" 비르긴스키는 제안했다. "회의 쪽이 좋은지 어떤지 다들 말로 대답해 주세요."

"회의다! 회의다!" 하는 소리가 사방에서 들려왔다.

"그럼 투표할 필요도 없군요. 됐습니다. 여러분 어떻습니까? 이것으로 충분한가요, 아니면 투표를 할 필요가 있습니까?"

"필요 없어요, 필요 없어. 이제 알았소!"

"하지만 어쩌면 회의에 찬성하지 않는 분도 있을지 모릅니다."

"아냐, 아냐, 다 찬성이오!"

"도대체 회의란 무엇을 말하는 건가요?" 외치는 소리가 들려왔지만, 아무도 그 말에 대답을 하지는 않았다.

"의장을 뽑아야지!" 하는 소리가 여기저기에서 들려왔다.

"주인이지, 물론 주인이지!"

"여러분 그렇다면……" 의장에 선출된 비르긴스키는 이렇게 말했다. "나는 아까 처음에 제안한 것을 되풀이합니다. 아무라도 좋으니 이 자리에 보다 적합한 얘기를 하고 싶다거나 또는 무엇이든 발표했으면 하고 희망하시는 분이 계시면 시간의 낭비가 없도록 제발 빨리 시작해 주십시오."

모두들 조용해졌다. 모든 시선은 또다시 스타브로긴과 베르호벤스키에게로 쏠렸다.

"베르호벤스키, 당신은 발표하고 싶은 것이 아무것도 없나요?" 여주인이 직접적으로 물었다.

"아무것도 없소." 그는 의자에 앉은 채 하품을 크게 하면서 몸을 뒤로 젖혔다. "괜찮다면 코냑을 한 잔 했으면 좋겠군요."

"스타브로긴 씨, 당신은요?"

"고맙지만, 나는 마시지 않겠습니다."

"나는 뭔가 말씀하실 게 없느냐고 묻고 있는 거에요. 코냑을 말하는 게 아니라요!"

"말하라니 뭘? 아니, 말은 하고 싶지 않아요."

"당신에게 코냑을 드리지요." 그녀는 베르호벤스키에게 대답했다.

여학생이 일어섰다. 그녀는 지금까지 몇 번이나 일어서려고 했었다.

"나는 불행한 학생들의 고뇌와 그들을 이곳저곳에서 항의 운동에 세우는 문제를 보고하기 위해 이 거리에 온 겁니다……."

그러나 여기까지 말하자 그녀의 발언은 중단당했다. 식탁 맞은편 끝에서 다른 경쟁자가 나타난 것이다. 모든 시선은 그쪽으로 쏠렸다. 귀가 긴 쉬갈료프는 침울하고 시무룩한 태도로 자기 자리에서 천천히 일어섰다. 그리고 우울해 보이는 몸짓으로 깨알 같은 글씨로 잔뜩 써넣은 두툼한 공책을 식탁 위에 놓았다. 그는 앉을 생각도 않고 묵묵히 서 있었다. 많은 사람들은 당황한 듯한 얼굴로 공책을 보았는데 리푸틴과 비르긴스키와 절름발이 선생은 뭔가 만족스러운 듯했다.

"발언을 청합니다." 우울하고 단호한 말투로 쉬갈료프는 이렇게 말했다.

"좋습니다." 비르긴스키는 승낙했다.

발언자는 자리에 앉아 30초쯤 침묵을 지키고 있더니 마침내 위엄 있는 목소리로 입을 열었다.

"여러분!"

"자요, 코냑!" 차 심부름을 하던 친척 여자가 코냑을 가지고 와서 사람을 바보 취급이라도 하는 것처럼 거칠게 쏘아붙이더니, 쟁반이나 접시에다 받치지도 않고 맨손으로 들고 온 잔을 술병과 함께 베르호벤스키 앞에 갖다 놓았다.

코가 납작해진 발언자는 거만하게 입을 다물었다.

"괜찮아요, 계속하세요. 나는 듣지 않으니까요!" 베르호벤스키는 제멋대로 술을 부으면서 말했다.

"여러분, 지금 여러분의 주의를 촉구함에 있어서" 쉬갈료프는 다시 시작했다. "가장 중요한 점에 대하여 여러분의 도움을 얻기 전에(그 사실이 무엇인가는 나중에 알게 되지만) 서론을 말해 두려 합니다.”

“아리나 씨, 당신 집에 가위가 있습니까?” 갑자기 베르호벤스키가 물었다.

“가위를 어디 쓰게요?” 이쪽은 눈을 크게 떴다.

“손톱 깎는 것을 잊었어요. 벌써 사흘 전부터 깎는다 깎는다 하면서도.” 길게 자란 더러운 손톱을 들여다보면서 그는 태연하게 설명했다.

아리나는 자기도 모르게 발끈 화가 났다. 하지만 비르긴스카야 양은 뭔가 마음에 든 모양이었다.

“제가 아까 창문 쪽에서 본 것 같은데요.” 그녀는 의자에서 일어나 창문 쪽으로 가더니 이윽고 가위를 찾아내어 금방 가지고 왔다. 베르호벤스키는 여학생의 얼굴을 보지도 않고 가위를 받아들더니, 곧 가위질을 시작했다. 아리나는 과연 이것이 현실적인 태도라는 것을 깨닫고, 화를 잘 내는 자기 성질을 부끄럽게 생각했다. 모든 사람은 말없이 시선을 주고받았다. 절름발이 교사는 독살스럽고 부러운 듯한 눈초리로 베르호벤스키를 바라보고 있었다. 쉬갈료프는 말을 계속했다.

“현재의 것을 대체할 미래의 사회 시스템에 대한 문제 연구에 나의 정력을 바쳐온 이래, 나는 다음과 같은 신념을 얻게 되었습니다. 즉 머나먼 고대로부터 187…년 현재까지의 모든 사회 시스템의 건설자는 자연과학 및 인간이라 불리는 불가사의한 동물에 대하여 아무것도 이해하지 못하고 자기모순에 빠진 공상가, 옛날 이야기 작가, 바보에 불과하다는 것입니다. 플라톤, 루소, 푸리에, 알루미늄 기둥*5, 이러한 것은 모두 참새 둥지 정도의 이용 가치가 있을는지 모르겠으나 인류 사회를 위해선 아무런 쓸모도 없는 것입니다. 그러나 우리가 아무런 쓸모도 없는 명상을 버리고 단연코 행동을 개시하려는 현대에 있어서 미래의 사회 형태는 특히 불가결한 문제이기 때문에, 나는 지금 세계 개조에 관한 독자적인 시스템을 제공하려고 생각합니다. 이것이 바로 그것입니다!” 그는 공책을 꽝 쳤다. “나는 이 모임에서 이 책의 내용을 될 수 있는 한 요점만 추려서 말하려고 했습니다만, 아직도 많은 설명을 덧붙일 필요가 있으므로 이 책의 소개는 장(章)으로 따져도 적어도 열흘 밤 이상을 계속

---

*5 체르니솁스키의 소설 《무엇을 할 것인가》에 나오는 미래 궁전의 풍자.

하지 않으면 안 됩니다." 킬킬 웃는 소리가 들렸다. "미리 말해 둡니다만 나의 시스템은 아직 완성되어 있지 않습니다." 또다시 웃음소리가 들렸다. "나는 내가 찾아 모은 자료에 당황하고 있습니다. 나의 결론은 출발점이 된 최초의 관념과 정면으로 모순되고 있어요. 무한한 자유에서 출발한 나는 무한한 전제주의로써 결론을 맺고 있는 겁니다. 그러나 한마디 덧붙이자면, 내가 다다른 결론 말고는 사회 시스템의 해결법은 결코 있을 수 없다는 것입니다."

웃음소리는 점점 더해 갔다. 하지만 웃는 것은 비교적 젊은 사람, 즉 앞뒤 사정을 모르는 사람들이었다. 여주인과 리푸틴과 절름발이 교사의 얼굴에는 어떤 위엄 있는 표정이 떠올랐다.

"당신마저 자신만의 시스템을 이룩하지 못하고 절망으로 빠져들었다면, 우리 같은 사람이야 어떻게 할 수가 없잖아요." 한 장교가 조심스럽게 물었다.

"당신이 말씀하신 대롭니다, 장교님." 쉬갈료프는 날카롭게 말하며 그쪽으로 몸을 돌렸다. "특히 '절망'이란 말을 사용하신 것은 아주 정확한 표현입니다. 그렇습니다, 나는 절망에 빠졌습니다. 그러나 그럼에도 내 책에 쓴 것은 모두가 변할 수 없는 진리입니다. 그 밖의 방법은 없습니다. 그러니까 헛되이 시간을 보내지 않도록 여러분께 권해 드리는 바이며, 열흘 밤 동안 계속해서 내 책을 들은 뒤에 자기 의견을 말해 줬으면 합니다. 만일 회원 여러분이 나의 설득을 듣고 싶지 않다면 일찌감치 헤어지는 편이 좋을 겁니다. 남자는 관직에 있기 위해, 여자는 자기 부엌으로요. 왜냐하면 나의 학설을 부정한다면 이젠 다른 방법을 찾을 수 없기 때문입니다. 아무런 길도 없습니다. 지금 이때를 놓친다는 것은 자기를 해칠 뿐입니다. 반드시 나중에 같은 결과로 되돌아오는 것을 눈으로 확인할 수 있을 테니까요."

모든 사람이 웅성대기 시작했다. "도대체 저 사람은 뭐요? 정신이라도 돈 게 아닌가?" 이런 소리가 들려왔다.

"그러고 보니 문제는 쉬갈료프의 절망에 달린 셈이군." 럄신이 결론을 맺었다. "그가 절망하느냐 안 하느냐."

"쉬갈료프 씨가 절망에 가까워지고 있다는 사실은 그 사람 개인의 문제입니다." 중학생이 딱 잘라 말했다.

"나는 투표를 제안합니다. 쉬갈료프 씨의 절망은 공동 사업에 어느 정도까지 관계하고 있는가, 아울러 그의 학설은 들을 만한 가치가 있는가 없는가." 장교는 유쾌하게 이렇게 결정지어 버렸다.

"아니, 그건 좀 다릅니다." 마지막으로 절름발이 교사가 말했다. 그는 비웃음을 띠고 있었기 때문에 진지하게 말하는 것인지 농담하고 있는 것인지 분간을 할 수 없었다. "그건 좀 다릅니다. 쉬갈료프 씨는 너무 자신의 문제에 몰두하고 있는 데다가 너무나 겸손합니다. 나는 이분의 저술을 알고 있습니다. 이분은 이 문제의 마지막 해결법으로써 인류를 불균등한 두 부분으로 나눌 것을 주장하고 계십니다. 즉 10분의 1의 사람만이 개성의 자유를 얻고 나머지 10분의 9에 대한 무한한 권력을 누린다. 그리고 10분의 9는 저마다 개성을 잃고 마치 양떼 같은 것으로 변해 버려, 무한한 복종을 통해 몇 세대의 개조를 거친 다음 결국 원시적인 천진난만의 경지에 이르러야 한다는 겁니다. 그것은 이른바 원시의 낙원 같은 겁니다. 물론 일을 하지 않으면 안 되지만요. 저분이 주장하고 있는 방법, 곧 인류의 10분의 9에서 의지를 빼앗아서 몇 세대의 개조를 통해 이것을 짐승의 무리로 만드는 방법은 꽤 훌륭한 것입니다. 자연과학에 바탕을 두어 매우 논리적으로 되어 있습니다. 하나하나의 논점에 대해서는 이의가 있을지도 모르겠으나, 저분의 두뇌나 지식으로 보면 의심할 여지가 없습니다. 단지 열흘만이지만 주위의 사정 때문에 조건이 도저히 받아들여지지 않는다는 것은 지극히 유감스러운 일입니다. 그렇지 않다면 여러 가지 재미있는 얘기를 들을 수 있을 텐데 말이죠."

"당신은 진심으로 말하는 건가요?" 비르긴스카야 부인은 어느 정도 불안한 빛까지 띠며 절름발이를 향해 이렇게 말했다. "이 사람은 인류를 처치하기가 곤란해서 10분의 9까지 노예로 만들어 버리겠다는 건가요? 나는 전부터 저 사람이 수상하다고 생각해 왔어요."

"그럼 당신의 오빠에 대해서 말하는 건가요?" 절름발이 교사가 물었다.

"친척 관계요? 당신은 나를 비웃는 건가요?"

"게다가 귀족을 기르기 위해 일하고, 게다가 하느님에게 복종하는 것처럼 그들에게 복종하라니…… 비열한 짓이에요!" 여학생이 사납게 대들었다.

"나는 비열함을 권하는 게 아니라 낙원을 권하고 있는 것입니다. 이 지상에는 그 밖의 낙원이란 있을 수 없습니다." 쉬갈료프는 위엄 있게 말했다.

"난 낙원 같은 건 아무래도 좋아요." 럄신은 외쳤다. "그 대신 처치하기 곤란하면 그 인류의 10분의 9를 붙잡아다 공중에서 흔적도 없이 폭발시켜 버리겠어요. 그래서 교육받은 소수의 사람들을 남겨두면 그런 자들은 과학적인 생활을 시작하겠지요."

"그런 말을 하는 건 어릿광대뿐이죠!" 여학생은 새빨개졌다.

"저 사람은 어릿광대지만 쓸모가 있는 사람이야." 비르긴스카야 부인은 그녀에게 속삭였다.

"아니, 어쩌면 그것이 가장 좋은 해결책일지도 모르네!" 쉬갈료프는 뜨겁게 달아올라 럄신 쪽을 돌아봤다. "자네가 지금 얼마나 심오한 사실을 말했는지 알고 있나, 명랑한 럄신 군. 그러나 자네의 의견은 거의 이루어질 가능성이 없으니까 역시 지상의 낙원, 일단 그렇게 부르기로 하고, 그 정도로 결론을 내려야지."

"하지만 상당히 실없는 얘기군!" 갑자기 입에서 흘러나오듯이 베르호벤스키는 이렇게 말했다. 하지만 그는 태연하게 눈을 내리깐 채 여전히 손톱을 깎고 있었다.

"어째서 실없다는 겁니까?" 절름발이 교사는 재빨리 이렇게 입을 열었다. 마치 그가 한마디라도 하면 곧 억누르려고 기다리기라도 한 것 같았다. "왜 실없다는 겁니까? 쉬갈료프 씨는 어느 정도 광신적인 인류애자(人類論者) 같은 경향이 있습니다. 기억하고 계시겠지만 푸리에나 카베, 그리고 프루동 같은 사람들까지도 극히 전제적으로 극히 공상적인 장래 문제에 대한 해결을 시도하고 있는 부분이 적지 않습니다. 쉬갈료프 씨는 어쩌면 그들보다도 훨씬 냉정하게 문제를 해결하려 하고 있는지도 모릅니다. 나는 단언컨대, 그의 저술을 다 읽어보면 그 속에 있는 논점에 동의하지 않을 수 없을 겁니다. 그는 어쩌면 누구보다도 가장 현실주의에서 멀어지지 않은 사람인지도 모릅니다. 그의 지상 낙원은 거의 실물이고, 현실적으로 인류가 그 상실을 슬퍼하고 있는 낙원입니다. 만일 그러한 것이 전부터 존재했다면 말입니다."

"아무래도 처음부터 입을 열 줄 알았어!" 베르호벤스키는 또 중얼거렸다.

"실례지만" 절름발이 교사는 점점 열을 올리기 시작했다. "미래의 사회 시스템에 관한 담화나 비판은 현대의 사색인 모두에게 거의 절박하고도 필연적인 문제가 아닙니까. 게르첸은 한평생 그 일에만 마음을 썼습니다. 내가 확실히 들은 바로는 벨린스키도 미래의 사회 조직에 있어 매우 상세한 점까지, 이를테면 부엌의 문제까지 논하고 해결하느라 친구와 함께 여러 밤을 새웠다지 않습니까."

"개중에는 정신이 돈 사람까지 있을 정도였어요." 불쑥 소령이 말했다.

"그래도 마치 독재관(獨裁官)이나 된 듯이 묵묵히 앉아 있기보다는 어떤 결론에 다다를 때까지 논의해 보는 것이 좋지 않을까요." 이윽고 한바탕 공격을 하려는지 리푸틴은 위엄 있게 이렇게 말했다.

"내가 실없다고 한 것은 쉬갈료프에 대한 말이 아닙니다." 베르호벤스키는 귀찮은 듯이 입속으로 우물거렸다. "여러분" 그는 약간 눈을 들었다. "내 생각으로는 푸리에라든가 카베라든가 그 밖의 여러 책들, 또 노동의 권리나 쉬갈료프의 주장도 다 소설 같은 것입니다. 그런 것은 천 권이고 만 권이고 쓸 수 있습니다. 미적(美的)인 시간 죽이기입니다. 그건 나도 알고 있어요. 여러분은 이런 작은 거리에 사느라 지루해서, 그래서 글씨가 쓰인 종이에 달려드는 거겠죠."

"잠깐만" 절름발이 교사는 의자 위에서 몸을 계속 움직였다. "물론 우리는 시골뜨기입니다. 그리고 그것 하나만으로라도 당연히 동정을 받을 만한 가치가 있습니다. 그러나 이제 와서 잘못 보았다고 해서 울고 싶을 만큼 유감스러운 새로운 사건은 아무것도 일어나지 않으리라는 것도 알고 있습니다. 그런데 어떤 사람들은 여러 가지 외국에서 온 비밀 문건을 통해 파괴만을 유일한 목적으로 하는 단체에 가입하고 그런 단체를 새로이 만들지 않겠느냐고 우리에게 권하고 있습니다. 그 평계가 뭐냐 하면, 아무리 세계를 치료한다 해도 완전히 치료할 가망은 도무지 없으니까, 차라리 1억쯤의 머리를 적당히 치료하여 뎅겅 잘라버려 부담을 줄이면 보다 정확하게 도랑을 뛰어넘을 수가 있을 것이다, 하는 겁니다. 물론 훌륭한 사상입니다. 하지만 적어도 지금 당신이 그렇게 경멸한 '쉬갈료프주의'와 마찬가지로 현실에 들어맞지 않는 사상입니다."

"나는 이치를 따지기 위해 온 것은 아닙니다." 베르호벤스키는 자기도 모르게 의미심장한 말을 입 밖에 냈지만, 자기 불찰을 조금도 눈치채지 못한 듯 촛불을 끌어당겨 손을 비췄다.

"유감스럽습니다. 당신이 이치를 따지기 위해 오신 것이 아니라니 정말로 유감입니다! 그리고 당신이 지금 자신의 몸단장에 열중하고 계시는 것은 정말로 유감입니다!"

"내가 몸단장을 하는 것이 자네에게 어떻다는 건가?"

"1억 개의 머리를 치는 것도 선전으로 세계를 개조하는 것과 마찬가지로 실현하기 곤란한 일일 겁니다. 특히 러시아와 같은 나라에서는 한층 더 곤란할지도 모릅니다." 또 리푸틴이 불쑥 입을 열었다.

"그 러시아란 나라에 기대를 걸고 있는 게 아닌가." 장교가 말했다.

"기대를 걸고 있다는 얘기는 우리도 들었어요." 절름발이가 말을 받았다. "우리의 아름다운 조국은 이 위대한 목적을 실행하기에 가장 적합한 나라라고 신비한 손이 가리키고 있다는 것은 우리도 들은 바 있습니다. 단지 이런 문제가 있습니다. 선전이란 방법으로 서서히 문제를 해결할 경우에는 우리는 개인적으로 뭔가를 얻습니다. 적어도 유쾌한 기분으로 지껄일 수도 있고, 당국으로부터는 사회사업에 공헌한 바가 적지 않다고 관등쯤은 받을 수 있을 겁니다. 그러나 두 번째의 경우, 즉 1억의 목을 치는 방법으로 급격히 문제를 해결한다면, 솔직히 말해서 나는 어떠한 보상을 받을 수 있을까요? 아마 선전을 하기가 바쁘게 혓바닥을 싹둑 잘리고 말 겁니다."

"자네 따위는 어김없이 잘릴 걸세." 베르호벤스키가 말했다.

"그런데 말입니다. 아무리 형편이 좋다 하더라도 그런 목 자르는 일은 50년, 아니 못해도 30년은 지나야 정리될 겁니다. 양떼들과는 다를 테니까, 쉽게 목을 내놓지는 않을 겁니다. 그보다는 오히려 가재도구를 챙겨 가지고 어딘가 바다 저편에 있는 평화스러운 섬으로 옮겨가서 편하게 눈을 감는 것이 낫지 않을까요? 나는 확실히 이렇게 단언합니다." 그는 의미심장하게 손가락으로 식탁을 탁 퉁겼다. "당신들의 그런 선전은 이주를 재촉할 뿐입니다!"

그는 의기양양한 태도로 말을 맺었다. 이 사나이는 이 지방에선 꽤 머리가 깬 편이었다. 리푸틴은 교활하게 히죽이 웃었다. 비르긴스키는 조금 실망한 듯한 태도로 듣고 있었다. 그 나머지 친구들은, 특히 부인과 장교들은 각별히 주의하며 논쟁에 귀를 기울이고 있었다. 그들은 이것으로 마침내 1억의 목을 치자고 주창한 사람이 찍소리도 못할 정도로 당한 것으로 생각하고 어떻게 될 것인지 기다리고 있었다.

"참 좋은 말을 했군요." 전보다 훨씬 마음에 없는 말투로 사뭇 지루하다는 듯, 베르호벤스키는 마치 하품이라도 씹어 삼키는 것처럼 대답했다. "이주한다…… 꽤 좋은 생각인데! 그러나 자네가 예감하고 있는 여러 가지 불이익이 뚜렷이 보임에도 공동 사업에 몸을 던진 전사의 수는 나날이 늘어나고 있으므로, 자네가 없어도 일은 할 수 있네. 지금은 말일세, 여보게, 새로운 종교가 낡은 것을 대체하려는 때라네. 그러니까 이런 전사가 많이 나타나는 걸세. 하여간 대사업이니까. 하지만 자네도 이주하는 게 좋을 걸세! 여보게, 이주한다면 평화스러운 섬보다 드레스덴으로 가는 편이 좋겠어. 첫째로 거긴 지금까지 질병이란 것이 없었던 곳이라네. 자네는 이성이 발달한 사람이니까 틀림없이 죽음이란 것이 두려울 테지. 둘째로는 러시아의 국경에 가까우므로 사랑하는 조국에서 수입을 받는 데도 편리할 테고, 셋째로는 이른바 미술의 보고(寶庫)가 있는 곳이니까. 그런데 자네는 전에 문학 교수를 했다니까 미적 감각을 가졌을 테지. 그리고 마지막으로 포켓판(版) 스위스라고도 할 수 있는 아담한 경치도 있다네. 이것은 시적인 감흥을 불러일으키는 데에는 딱 알맞은 것이니까. 자네는 확실히 시라도 쓰고 있을 테니까 말일세. 한마디로 말해 상자에 담은 보물이라 할 수 있지!"

사람들 사이에서 동요가 일기 시작했다. 특히 장교들이 술렁거렸다. 1초만 그냥 내버려 두었다면 틀림없이 모두가 일제히 떠들어댔을 것이다. 그러나 절름발이 교사는 흥분했는지 미끼를 향해 달려들었다.

"잠깐, 우리는 공동 사업을 버리고 다른 나라로 가버리겠다는 말은 아닙니다! 그것을 이해해 주셔야죠……."

"그것은 도대체 무슨 뜻인가? 자네는 내가 권하면 5인조에라도 들어가겠다는 건가?” 갑자기 베르호벤스키는 이렇게 결론지어 버리고 천천히 가위를 식탁 위에 놓았다.

모두가 깜짝 놀랐다. 수수께끼의 인물이 너무 빨리 그 정체를 드러냈다. 게다가 ‘5인조’라는 말까지 꺼내지 않았는가.

“어떤 사람이라도 자기 결백을 믿는 자는 공동 사업을 피하려 들진 않습니다.” 절름발이 교사는 입을 일그러뜨렸다. “그러나…….”

“아니, 눈앞에 놓인 문제는 ‘그러나’ 따위가 아닐세.” 베르호벤스키는 날카롭게 위엄 있는 말투로 가로막았다. “여러분, 확실히 말해 두겠습니다만, 나에게 필요한 것은 간단한 대답입니다. 물론 나도 이곳에 와서 여러분을 하나로 모은 이상 여러분에게 설명할 의무가 있다는 것 정도는 너무 잘 알고 있습니다 (이것 또한 뜻밖의 고백이다). 그러나 나는 여러분이 어떤 사상을 갖고 있는지를 어느 정도 알 때까지는 어떠한 설명도 해줄 수 없습니다. 무익한 대화는 생략하고―어쨌든 지금까지 30년 동안이나 쓸데없는 이야기를 계속해 왔듯이, 앞으로 올 30년을 쓸데없는 이야기로 보내진 않을 테니까요―단도직입적으로 묻겠습니다. 여러분은 도대체 어느 쪽을 바랍니까? 사회소설을 쓰거나 관청에서처럼 종이 위에다 몇천 년 뒤 인류의 운명을 상상하거나 하는 느린 방법을 원합니까? 단, 미리 말해 둡니다만, 그렇게 태평하게 구는 사이에 전제주의는 맛있게 익힌 고깃덩어리를 서슴없이 삼켜버릴 겁니다. 그 고깃덩어리는 여러분의 입속으로 저절로 날아들어 오는데, 여러분은 입가를 스치고 지나가게 한 셈입니다. 아니면 방법은 어떻든 간에 사람들의 속박을 풀고 인류가 자유로이 사회 조직을 개조할 수 있는 급속한 해결책을 선택하겠습니까? 이쪽은 종이 위의 공상이 아닙니다. 실행에 기초를 두고 있습니다. ‘1억 명의 목, 1억 명의 목’ 하고 소란을 피우지만, 그것은 하나의 비유에 지나지 않는다 하더라도, 1억 명의 목이라 한들 뭐 그리 두려워할 것도 없습니다. 왜냐하면 태평하게 종이 위의 공상을 좇고 있으면 약 백 년 동안에 전제주의가 1억은커녕 5억의 목이라도 먹어 치울 테니까요. 안 그렇습니까? 불치병 환자에게 어떤 처방을 종이에 써준다고 해서 회복되진 않습니다. 오히려 우물쭈물하고 있으면 점점 썩어가서, 다른 사람마저 완전히 감염되고 맙니다. 지금이라면 아직 희망을 걸 수 있는 신선한 힘도 결국 다 못쓰게 되어 우리에게는 파멸만이 있을 뿐입니다. 사실 웅변으로 과격한 일을 지껄여대는 것도 상당히 유쾌하다는 것은 나도 전적으로 동감입니다. 그러나 일단 활동이 시작되면, 아무래도 좀 귀찮을 겁니다. 아니, 아무래도 나는 말재주가 없어서요. 실은 여러 가지 여러분에게 보고하고 싶은 것이 있어 이 거리로 찾아왔기 때문에, 한자리에 모인 여러분에게 부탁이 있습니다. 그것은 투표 같은 일은 아닙니다. 지금 말한 두 가지 방법 중 여러분이 어느 쪽을 원하는지 거리낌없이 명백히 말해 주기 바랍니다. 새끼 거북이처럼 진흙 속을 느릿느릿 기어갈 것인가 아니면 전속력으로 그 위를 뛰어넘을 것인가?"

"나는 단연코 전속력으로 진흙 위를 뛰어넘는 쪽을 찬성합니다!" 중학생은 기쁨에 넘쳐 외쳤다.

"나도 마찬가지입니다." 럄신이 맞장구를 쳤다.

"그 선택에는 물론 의문의 여지가 없습니다." 한 장교가 중얼거렸다. 이어서 또 한 사람, 다시 또 한 사람이 동조했다. 그런데 무엇보다도 사람들을 가장 놀라게 한 것은 베르호벤스키가 '보고'를 가지고 와서, 더구나 그것을 지금 말하겠다고 약속한 것이다.

"여러분, 내가 보기엔 다 격문의 주지(主旨)에 따라 결심한 것 같군요." 그는 여러 사람을 돌아보면서 말했다.

"그렇습니다. 모두가 그렇습니다" 하는 거의 모든 사람의 목소리가 울렸다.

"솔직히 나는 좀더 인도적인 결의를 바라지만" 하고 소령이 말했다. "다들 그렇게 말하니 나도 여러분에게 동의한다고 해두죠."

"그럼 물론 자네도 반대하지 않겠지?" 베르호벤스키는 절름발이 교사 쪽을 보았다.

"나는 무엇을 어쩌자는 게 아닙니다만……" 이쪽은 얼굴을 붉혔다. "내가 지금 여러분에게 찬성하는 것은 다만 이 자리의 분위기를 깨지 않기 위해……."

"정말 당신들은 다 그렇습니다! 자유주의적인 웅변을 위해선 반년이라도 의논할 기세를 보이면서도 결국에는 모두에게 동조하는 것이 아닙니까! 여러분, 말은 그렇게 하지만 어디 한 번 잘 생각해 주세요. 여러분은 정말로 모두 각오가 되어 있는 겁니까?"

(각오란 무엇을 말하는 것일까? 막연한 물음이긴 했지만 무섭도록 유혹적인 말이었다.)

"물론 다 돼 있습니다!" 이런 목소리가 울려 퍼졌다. 그러나 모두는 서로 흘끔 얼굴을 마주 쳐다보았다.

"혹시 나중에 가서 너무 빨리 찬성했다고 화를 낼는지도 모릅니다. 여러분은 언제나 그런 식이니까요."

사람들은 여러 가지 의미에서 동요하기 시작했다. 동요는 꽤 심했다. 절름발이 교사는 갑자기 베르호벤스키에게 덤벼들었다.

"실례지만 그러한 질문에 대한 대답은 조건부로 되어 있습니다. 우리가 그렇게 결심을 밝힌 이상 그런 묘한 투로 한 질문은……."

"묘한 투라니?"

"그러한 질문은 그런 식으로 하는 게 아닙니다."

"그럼 제발 가르쳐 주게나. 사실 나는 자네가 가장 먼저 화를 낼 거라고 짐작하고 있었네."

"당신은 우리에게서 즉시 활동을 시작할 각오가 있는가에 대해 무리하게 답을 빼냈지만, 그렇다면 어떤 권한을 위임받은 겁니까? 도대체 그런 질문을 할 만한 어떠한 전권(全權)을 가지고 있습니까?"

"여보게, 그런 일은 진작에 물었더라면 좋았을 것을. 그럼 자네는 왜 대답을 한 건가? 찬성을 해놓고 갑자기 나중에 생각이 난 모양이군."

"아니오. 내가 보기엔 그런 중대한 질문을 던졌을 때의 당신의 경솔하고 노골적인 말투에서 떠올린 겁니다. 당신은 전혀 아무런 위엄도 권한도 갖고 있지 않다, 다만 당신 개인이 호기심으로 물어본 데 불과하다, 이렇게 말이죠."

"자네는 도대체 뭘 말하고 있는 건가, 뭘?" 굉장히 걱정이 되는 듯 베르호벤스키는 급하게 외쳤다.

"다름이 아니라 입회의 권고라는 것은 그것이 어떠한 것이든, 적어도 두 사람만이 마주 앉아 하는 것이지, 모르는 사람이 스무 명이나 모여 있는 자리에서 공개적으로 하는 게 아닙니다!" 절름발이 교사는 불쑥 내뱉었다. 그는 마음속의 생각을 모두 털어놓았다. 그러나 그는 지나치게 흥분해 있었다. 베르호벤스키는 자못 불안한 표정을 지으면서 모든 사람이 있는 쪽으로 몸을 돌렸다.

"여러분, 나는 의무로서 말씀드립니다만, 이런 바보 같은 얘기 때문에 우리의 대화는 엉뚱한 옆길로 빗나가 버렸군요. 나는 아직 아무에게도 권유한 적이 없습니다. 내가 남에게 입회를 권유하려고 한다든지 등은 아무도 말할 권리가 없을 겁니다. 우리는 단순히 견해를 말했을 뿐입니다. 그렇지 않습니까? 하지만 어쨌든, 자네는 나를 굉장히 놀라게 해줬네." 그는 또 절름발이 쪽을 돌아다보았다. "여기서는 이런 허물없는 얘기까지도 서로 마주 앉아 하지 않으면 안 된다니, 난 전혀 생각지도 못한 일이네. 그것보다 자네는 밀고를 두려워하는 건가? 지금 우리 사이에 밀고자가 숨어 있을지도 모른다는 뜻인가?"

예사롭지 않은 동요가 일었다. 사람들은 일시에 수군거리기 시작했다.

"여러분, 만일 그렇다면" 베르호벤스키는 말을 이었다. "누구보다도 혐의가 미칠 것 같은 말을 한 사람은 바로 나입니다. 그래서 나는 여러분에게 어떤 질문에 대한 답을 얻고 싶습니다. 물론 대답하고 안 하고는 여러분의 자유입니다. 무엇이든 절대로 여러분의 자유에 맡깁니다."

"어떤 질문이죠? 어떤 질문인가요?" 모두가 웅성대며 물었다.

"다름이 아니라 우리가 함께 머물러 있을 것인가, 아니면 묵묵히 자기 모자를 찾아 들고 각기 다른 방향으로 헤어질 것인가, 그 점을 분명히 할 수 있는 것입니다."

"그 질문은? 질문은?"

"만일 우리 가운데 누구이든, 정치적 의미를 띤 살인이 계획된 것을 안다면, 그 사람은 모든 결과를 예상하고 밀고할 것인가, 아니면 사건의 수행을 기대하면서 집에 틀어박힐 것인가? 이에 대한 의견은 다 다르겠지만, 질문에 대한 대답은 뚜렷합니다. 우리는 이대로 제각기 흩어질 것인가, 함께 머물러 있을 것인가, 물론 머무른다면 절대로 오늘 하룻밤만이 아닙니다. 실례지만 자네한테 가장 먼저 묻겠네." 그는 절름발이 교사 쪽을 돌아다보았다.

"왜 내가 먼접니까?"

"그것은 자네가 애초에 발단이 되었기 때문일세. 제발 부탁이니 핑계는 대지 말아주게나. 이런 때에 잔꾀를 부려봐야 도움이 못 되네. 어차피 그것은 자네 마음에 달렸으니까."

"실례지만 그런 질문은 사람을 모욕하는 겁니다."

"아니, 좀더 정확하게 부탁할 수 없는가?"

"비밀 탐정의 앞잡이가 된 일은 없습니다." 이쪽은 점점 더 얼굴을 일그러뜨렸다.

"제발 좀더 정확하게 말해 주게나. 그렇게 우물쭈물하는 것은 질색일세."

절름발이 교사는 이젠 완전히 화가 나서 대답도 하지 않았다. 그는 말없이 안경 너머 독살스런 눈초리로 고문자(拷問者)의 얼굴을 뚫어져라 노려보았다.

"'예'인가, '아니오'인가? 밀고할 건가, 하지 않을 건가?" 베르호벤스키는 소리쳤다.

"물론 밀고하지 않소!" 절름발이 교사는 그보다 더 맹렬하게 고함쳤다.

"아무도 밀고할 사람은 없소. 물론 밀고 따윈 안 해요." 이런 많은 목소리가 들려왔다.

"실례지만 소령님, 어디 당신한테 물어봅시다. 당신은 밀고하겠습니까, 하지 않겠습니까?" 베르호벤스키는 말을 이었다. "알겠습니까, 난 일부러 당신한테 묻는 겁니다."

"안 합니다."

"그러나 만약 일반인을 죽여서 돈을 강탈하려는 자가 있다는 것을 안다면 당신은 틀림없이 밀고할 테고, 미리 경고하겠지요?"

"물론입니다. 하지만 그것은 나 개인에 관한 경우이고 지금 말하는 것은 정치적인 밀고를 말하는 것이니까요. 나도 비밀 탐정의 앞잡이가 된 적은 없습니다."

"여기엔 그런 자가 아무도 없어요." 하고 말하는 사람들의 목소리가 또 들려왔다. "쓸데없는 질문입니다. 누구의 대답이든 다 똑같을 겁니다. 여기엔 밀고자는 없습니다!"

"왜 이분은 일어서는 거죠?" 여학생이 외쳤다.

"샤토프 씨로군요. 왜 일어서시나요, 샤토프 씨?" 여주인이 소리쳤다.

정말로 샤토프는 일어서 있었다. 그는 자기 모자를 손에 들고서 베르호벤스키를 노려보고 있었다. 그는 뭔가 말할 게 있으면서도 갈피를 못 잡는 것 같았다. 그 얼굴은 창백하고 독살스러워 보였다. 그러나 그는 마침내 자기를 억누르고, 한마디 말도 않고 묵묵히 방을 나가버렸다.

"샤토프 군, 그런 짓을 하다가는 오히려 자네 신상에 좋지 않을 걸세." 베르호벤스키는 그의 뒤에서 수수께끼 같은 말을 외쳤다.

"그 대신 스파이에다 비열한 네놈한텐 좋겠지!" 샤토프는 문에서 고함을 치더니 그대로 가버렸다.

다시 떠드는 소리가 들렸다.

"과연, 이래서 시험이 필요한 거군!" 누군가가 말했다.

"도움이 됐군!" 다른 사람이 외쳤다.

"도움은 됐지만 늦은 건 아닐까?" 세 번째 목소리가 들렸다.

"누가 저놈을 불렀는가? 누가 들여보냈나? 도대체 어떤 놈이야? 샤토프란 누굴 말하는 건가? 밀고를 할까, 안 할까?" 하는 질문이 빗발치듯 쏟아졌다.

"만일 밀고자라면 가면을 뒤집어썼을 게 아닌가, 그런데 그놈은 침이라도 내뱉듯이 하고 나가버렸단 말이야." 누군가가 말했다.

"어마, 스타브로긴 씨도 일어났어요. 스타브로긴 씨도 질문에 대답을 하지 않았어요." 여학생이 외쳤다.

스타브로긴은 정말 일어섰다. 그리고 그를 따라 식탁 맞은편 구석에 앉아 있던 키릴로프도 몸을 일으켰다.

"실례지만 스타브로긴 씨." 여주인은 날카롭게 말하며 그쪽을 돌아다보았다. "이곳에 있는 우리 모두가 그 질문에 대답했는데, 당신은 말없이 가실 작정인가요?"

"나는 당신들이 흥미 있어 하는 질문에 대답할 필요가 없다고 봅니다." 스타브로긴은 중얼거렸다.

"그러나 우리는 다들 그 대답으로 위험을 무릅썼는데 당신만은 그렇지 않으니까 말입니다." 몇몇의 목소리가 외쳤다.

"당신들이 위험을 무릅썼다고 해서 그게 나한테 무슨 상관이란 말이오?" 스타브로긴은 웃었지만 그 눈은 번쩍번쩍 빛나고 있었다.

"어째서 상관이 없단 말이오? 어떤 이유죠?" 하는 외침 소리가 들려왔다. 많은 사람들은 의자에서 벌떡 일어섰다.

"잠깐만 여러분, 잠깐만!" 절름발이 교사는 부르짖었다. "베르호벤스키 씨도 아직 이 물음에 대답하지 않았습니다. 다만 질문을 했을 뿐이죠."

이 한마디는 놀라운 효과를 불러일으켰다. 모두가 서로 얼굴을 마주 보았다. 스타브로긴은 절름발이 교사의 코앞에서 껄껄 웃어대곤, 갑자기 방을 나가버렸다. 키릴로프도 잇따라 나갔다. 베르호벤스키는 두 사람의 뒤를 쫓아서 현관으로 달려갔다.

"당신은 나를 어쩔 셈이오?" 그는 스타브로긴의 손을 잡고 힘껏 움켜쥐면서 혀 꼬부라진 소리로 이렇게 말했다. 이쪽은 말없이 손을 뿌리쳤다.

"지금 곧 키릴로프네 집으로 가 계시오. 나도 나중에…… 난 부득이한 볼일이 있어서, 어쩔 수 없는 볼일이 있어서!"

"난 볼일이 없소!" 스타브로긴은 잘라 말했다.

"스타브로긴 씨는 올 겁니다!" 키릴로프가 받아 넘겼다. "스타브로긴 씨, 당신한테도 볼일이 있어요. 내가 그곳에 가서 알려드릴게요."

두 사람은 나가버렸다.

제8장
이반 황태자

1

두 사람은 나갔다. 표트르 베르호벤스키는 혼란을 수습하기 위해 '회의석상'으로 되돌아가려다가 아마도, 그들에게 관여하는 것이 어리석은 일이라고 생각했는지, 모든 것을 다 팽개치고 2분 뒤에는 벌써, 떠나버린 두 사람의 뒤를 쫓아 같은 길을 나는 듯이 달리고 있었다. 달리면서 그는 필리포프네 집으로 빠지는 지름길이 있다는 것이 문득 생각이 났다. 무릎까지 푹푹 빠지는 흙탕 속을 철벅거리며 그가 그 골목길로 접어들자 아니나 다를까 스타브로긴과 키릴로프가 문으로 막 들어서려는 참이었다.

"자네 벌써 왔나?" 키릴로프가 알아차리고 이렇게 말했다. "잘됐군. 들어오게."

"당신은 분명히 혼자 살고 있다고 하지 않았나요?" 현관에 벌써 펄펄 끓고 있는 사모바르 옆을 지나가면서 스타브로긴은 물었다.

"누구와 함께 살고 있는지 이제 금방 알게 될 거요." 키릴로프는 중얼거렸다. "들어오게나."

방으로 들어서자마자 베르호벤스키는 바로 주머니에서, 아까 렘브케에게서 가로챈 익명의 편지를 꺼내어 스타브로긴 앞에 놓았다. 세 사람은 자리에 앉았다. 스타브로긴은 말없이 편지를 다 읽었다.

"그래서?" 그는 물었다.

"이 악당놈은 거기 써 있는 대로 할 겁니다." 베르호벤스키는 설명했다. "그 녀석은 당신 손아귀에 있으니까 어떻게 하면 좋은지 가르쳐 주지 않겠습니까? 단언하는 바이지만 녀석은 내일이라도 렘브케한테로 갈지도 모릅니다."

"까짓것, 마음대로 하라지요."

"어째서요? 피할 수 있을지도 모르는데요."

"당신은 오해하고 있군요. 그 사나이는 내 말을 듣지 않아요. 그리고 나에게는 아무래도 상관이 없는 일이에요. 난 그 녀석한테는 조금도 위험을 느끼지 않아요. 위험을 느끼고 있는 건 당신뿐이오."

"당신도 마찬가집니다."

"글쎄."

"그러나 다른 녀석들이 당신을 가만 놔두지 않을지도 몰라요. 그걸 모르겠어요? 그래요, 스타브로긴, 그건 단순한 언어의 유희에 지나지 않아요. 설마 돈이 아까운 건 아니죠?"

"돈 같은 것이 필요한가요?"

"꼭 필요합니다. 2천 루블이나, 최소한 1천500루블. 내일이라도, 아니 오늘이라도 주세요. 그렇게 하면 내일 밤까지는 그놈을 페테르부르크로 보내드리죠. 그것이 또 그놈의 소원이니까요. 만일 원하신다면 마리야 양도 함께—특히 말해 둡니다만."

그의 태도는 무엇인가 정상적이 아닌 데가 있고, 말투도 묘하게 평소와 달리, 잘 쓰지 않는 말이 저절로 튀어나왔다. 스타브로긴은 어이가 없다는 듯이 그의 얼굴을 지켜보고 있었다.

"마리야를 보낼 필요성은 나한테는 없어요."

"어쩌면 싫은 것이 아닐까요?" 표트르는 비꼬듯이 말하고 싱긋이 웃었다.

"어쩌면 싫을지도 모르죠."

"하여간 돈은 나오는 겁니까, 안 나오는 겁니까?" 증오스러운 초조한 빛을 나타내며 어딘가 위압적인 말투로 그는 스타브로긴을 다그쳤다. 이쪽은 진지한 표정으로 그를 힐끗 쳐다보았다.

"돈은 나오지 않아요."

"스타브로긴! 당신은 뭔가 알고 있군요. 그렇지 않으면 이미 뭔가 손을 썼군요! 당신은 날 우롱하고 있군요!"

그의 얼굴은 일그러지고 입술 언저리에는 경련이 일었다. 그러다가 그는 마치 대상을 알 수 없는 당치도 않은 큰 웃음소리를 내기 시작했다.

"당신은 아버지로부터 영지의 대금을 받았잖아요." 스타브로긴은 태연하게 말했다. "어머니가 스테판 씨를 대신해서 당신한테 1천600인가 1천800의 돈을 주었을 텐데요. 그러니 당신은 그 돈에서 1천500 루블을 내도록 해요. 나는 새삼 남을 위해 돈을 내놓는 것이 싫군요. 그렇지 않아도 나는 적당히 뿌렸으니까요. 화가 날 지경이오……." 그는 스스로 자기 말에 쓴웃음을 지었다. "아, 당신은 또 농담을 할 셈이군요."

스타브로긴은 의자에서 일어섰다. 그러자 베르호벤스키도 동시에 벌떡 일어나, 출입문을 막기라도 하려는 듯이 반사적으로 문 쪽으로 등을 돌리고 섰다. 스타브로긴은 당장이라도 그를 문에서 밀쳐버리고 밖으로 뛰어나가려는 몸짓을 하더니, 갑자기 발을 멈췄다.

"나는 샤토프를 당신한테 양보할 수는 없소." 그는 말했다. 표트르는 뜨끔했다. 두 사람은 서로 얼굴을 마주보았다.

"어째서 당신에게 샤토프의 피가 필요한가는 아까 말한 대로요." 스타브로긴의 눈은 이글이글 빛나기 시작했다. "당신은 그것을 고약(膏藥)으로 대신해 당신 일당을 결합시키려 하고 있소. 아까 당신이 샤토프를 내쫓은 건 그럴싸했소. 당신은 그 친구가 '나는 밀고하지 않는다'라고 말할 염려도 없고 당신에 대해서 거짓말을 하는 것은 치사하다고 생각하는 것을 너무나도 잘 알고 있었소. 그러나 나는, 도대체 나는 지금 뭣 때문에 당신한테 필요하다는 거요? 당신은 외국에 있을 때부터 나를 귀찮게 따라다니지 않았소? 당신이 이때까지 나에게 한 설명 따위는 그야말로 잠꼬대에 불과한 거요. 그런데 당신은 나를 꼬드겨서 1천500 루블을 레뱌드킨에게 주게 하고, 그것으로 페디카에게 그 사나이를 죽이게 할 기회를 만들어 주려고 노리는 거요. 내가 그렇게 하는 김에 아내도 죽이고 싶어한다는 것을 당신이 생각하고 있다는 것도 나는 알고 있소. 그렇게 해서 범죄로 내 손발을 묶어놓은 다음, 당신은 물론 나에게 권력을 휘두르려 하고 있다는 말이오. 안 그렇소? 도대체 당신은 무엇 때문에 권력이 필요하오? 도대체 뭣 때문에 나라는 인간이 필요하오? 좀더 내 옆으로 가까이 와서 나를 보라고, 그리고 내가 당신의 동지인가 아닌가를 분간하고 나서, 앞으론 나를 괴롭히지 말아주시오."

"아니, 페디카가 자진해서 당신한테로 갔던가요?" 베르호벤스키는 숨을 헐떡이며 물었다.

"그래, 왔었소. 그놈이 부르는 값도 역시 1천500이었소…… 저기, 그놈이 스스로 증명해 줄 거요. 그는 저기에 서 있소." 스타브로긴은 한 손을 내밀었다.

표트르는 재빨리 뒤를 돌아보았다. 어둑어둑한 문턱에 새로운 사람의 그림자가 떠올랐다―반코트를 입고 있었지만 마치 자기 집에라도 있듯이 모자를 쓰지 않은 페디카였다. 그는 고른 흰 이를 드러내 놓고 히죽히죽 웃으며 서 있었다. 누런빛이 감도는 그의 검은 눈이 '나리'들을 살펴보면서 조심스레 방 안을 둘러보고 있었다. 그는 아무래도 이해가 되지 않는 듯했다. 보아하니 방금 키릴로프에게 끌려온 모양으로, 의아스러운 시선은 몇 번이고 그가 있는 쪽을 향하고 있었다. 페디카는 문턱에 선 채로, 방 안으로 들어오지는 않았다.

"이자에게 우리의 거래를 들려주기 위해서거나 현금이 실제로 있는 곳을 보이기 위해 미리 이 사나이를 준비해 둔 모양이군요. 그렇죠?" 스타브로긴은 이렇게 묻더니 대답도 기다리지 않고 그대로 휙 방을 나가버렸다. 베르호벤스키는 거의 미칠 듯이 문 옆까지 뛰어가 그를 따라잡았다.

"기다려, 움직이지 마!" 그는 이렇게 외치면서 상대방의 팔꿈치를 움켜잡았다. 스타브로긴은 그 손을 뿌리치려 했지만 뿌리칠 수가 없었다. 광폭한 분노의 발작이 그를 점령했다. 왼손으로 베르호벤스키의 머리를 휘어잡더니 힘껏 땅바닥에 내동댕이치고 그대로 문밖으로 나갔다. 그러나 서른 걸음도 채 못 가서 베르호벤스키가 또 쫓아왔다.

"화해합시다. 화해를." 경련이 일어난 듯한 목소리로 그는 속삭였다.

스타브로긴은 순간 어깨를 으쓱했지만 걸음을 멈추지도 않았고 돌아보지도 않았다.

"자, 내일이라도 리자베타를 댁으로 데리고 가겠어요. 어떻습니까? 싫습니까? 어째서 대답을 하지 않죠? 뭐든지 원하는 대로 말씀하세요. 그렇게 할 테니까요. 저, 샤토프를 드리겠어요, 싫습니까?"

"그럼 당신은 정말로 그 샤토프를 죽일 작정이었소?" 니콜라이가 소리쳤다.

"도대체 당신한테 무엇 때문에 샤토프 같은 자가 필요합니까? 무엇 때문인 가요?" 그는 숨을 헐떡이며 빠른 어조로 말하면서 쉴 새 없이 스타브로긴의 앞을 맴돌며 그의 팔을 붙잡으려 했지만, 그 자신조차도 스스로의 행동을 의식하지 못하는 듯했다. "자아, 내 말을 좀 들어봐요. 내 그 친구를 당신에게 주겠어요. 그러니 화해해 줘요. 당신의 요구는 좀 지나치지만…… 어쨌든 화해합시다!"

스타브로긴은 그제야 상대방의 얼굴을 흘끔 보았으나 그 순간 자기도 모르게 오싹해졌다. 그것은 평소의, 아니 조금 전에 방에서 본 것 같은 눈초리가, 목소리가 아니었다. 거기에서 본 것은 전혀 다른 사람과 같은 얼굴이었다. 목소리의 억양마저 변해 있었다. 그는 빌며 애원하고 있었던 것이다. 그것은 마치 가장 귀중한 것을 빼앗기기 직전, 아니면 빼앗기고 나서 아직껏 제정신이 들지 않고 있는 사람의 표정이었다.

"도대체 어떻게 된 거요?" 스타브로긴이 소리쳤다. 상대방은 그 말에 대답도 안 했으나 그의 뒤를 쫓아가면서 여전히 애원하는 듯한, 동시에 집요한 눈초리로 상대방의 얼굴을 바라보고 있었다.

"화해합시다!" 그는 다시 한 번 속삭였다. "사실은 나도 페디카와 마찬가지로 장화 속에 칼을 감추고 있지만 그래도 화해합시다."

"도대체 무엇 때문에 내가 필요한 거요, 제기랄!" 스타브로긴은 완전히 화를 내고, 동시에 어처구니가 없다는 듯이 소리쳤다. "도대체 무슨 비밀이 있는 거죠? 도대체 내가 무슨 액땜이라도 된다는 거요?"

"자, 들어보세요. 우리는 혼란 시대를 만들어 내는 겁니다." 상대방은 빠른 말로 이렇게 지껄였다. "당신은 믿지 않을지 모르지만, 우리는 혼란 시대를 만들어 내는 겁니다. 우리는 모든 것이 밑바닥에서부터 뒤집히는 것 같은 혼란 시대를 출현시킬 겁니다. 카르마지노프가 무엇 하나 의지할 게 없다고 한 것은 옳은 말입니다. 카르마지노프는 확실히 머리가 좋아요. 러시아 전국에 저런 5인조가 최소한 열 개만 있어도 나는 잡히지 않을 테니까요."

"그런 바보들뿐인 녀석들로 말이죠." 내키지 않는 듯이 스타브로긴이 말했다.

"아, 스타브로긴. 당신도 좀더 바보가 되어봐요, 좀 바보가! 알겠어요? 당신 자신도 자기가 바라는 정도로 현명하지는 못합니다. 단지 당신은 겁내고 있어요. 당신은 진정이라고 믿고 있지 않아요. 당신은 일이 너무 엄청나기 때문에 겁을 집어먹고 있는 겁니다. 게다가 그들이 어째서 바보란 말입니까? 그 녀석들은 그렇게까지 바보가 아니에요. 지금 세상에 똑바른 정신을 가진 사람은 하나도 없으니까요. 지금 세상에는 특출한 두뇌를 가진 사람이 너무도 적어요. 비르긴스키는 매우 순진한 사람입니다. 나 같은 것과 비교하면 열 배나 순진한 사나이죠. 하지만 그 친구는 아무래도 상관없어요. 리푸틴은 사기꾼입니다. 그렇지만 나는 딱 한 가지 그놈의 약점을 잡고 있습니다. 약점이 없는 사기꾼은 없으니까요. 람신만은 그러한 약점이 하나도 없지만, 그 대신 그놈은 내가 손아귀에 쥐고 있으니까요. 이러한 5인조는 그 밖에도 몇 개가 있고 게다가 어디를 가나 여권과 돈이 있어요. 그것만으로도 대단하지 않나요? 단지 그것만으로도? 더욱이 감쪽같은 은신처가 있단 말입니다. 얼마든지 찾아보라고 그래요. 하나의 5인조를 찾아냈다 해도 다른 5인조가 바로 코앞에 있는 것은 알 수 없을 테니까요. 우리는 혼란 시대를 시작합니다…… 당신은 우리 두 사람이면 충분하다는 것을 왜 믿지 못하죠?"

"쉬갈료프를 동지로 삼으시오. 그리고 나는 좀 내버려 두시오……."

"쉬갈료프는 천재적인 친구입니다. 아시죠, 그 사람은 푸리에 같은 천재입니다. 그러나 푸리에보다 대담하고, 푸리에보다 강합니다. 나는 그 친구를 이용할 작정입니다. 하여간 그 친구는 '평등'을 발명했어요!"

(열에 들떠서 헛소리를 하고 있군. 뭔가 심상치 않은 변화가 이 사나이의 마음속에 일어났음에 틀림없어.) 스타브로긴은 다시 한 번 그의 얼굴을 보았다. 두 사람은 발걸음을 멈추지 않고 계속 걸었다.

"그의 노트는 좋아요." 베르호벤스키는 말을 이었다. "그는 스파이 제도를 제창하고 있지요. 즉 사회의 모든 구성원이 서로를 감시하고 밀고할 의무를 지는 겁니다. 각자는 전체에 속하고 전체는 개인에 속하므로 모든 사람은 다 노예라는 거예요. 그 노예라는 점에서 모든 사람은 평등하다는 거죠. 극단적인 경우에는 중상이나 살인도 있지만 무엇보다도 중요한 건 평등입니다. 맨 먼저 시작할 일은 교육, 과학, 재능 등의 수준을 낮추는 겁니다. 학술이나 재능이 높은 수준에 이르기 위해서는 고도의 능력이 필요하지만 그러한 고도의 능력은 필요 없습니다! 고도의 능력을 가진 자는 언제나 권력을 장악한 전제군주였어요. 실제로 고도의 능력을 가진 사람은 전제군주가 되지 않을 수 없고 이제까지 이익보다는 해독을 흘려왔어요. 그들은 추방되든가 아니면 처형됩니다. 키케로는 혀를 뽑혔고, 코페르니쿠스는 눈알이 도려내졌고, 셰익스피어는 돌팔매질을 당했다—이것이 쉬갈료프주의입니다. 노예는 모두 평등해야 합니다. 전제주의가 없이는 자유나 평등이 있었던 예가 없지만 가축의 무리 안은 평등해야만 한다, 이것도 곧 쉬갈료프주의입니다. 하하하, 당신은 이상하다 생각하십니까? 나는 쉬갈료프주의에 찬성입니다!"

스타브로긴은 발걸음을 빨리하여, 조금이라도 빨리 집에 가려고 애썼다. (이 사나이가 취했다면 도대체 어디서 마시고 왔을까?) 이런 생각이 문득 그의 마음에 떠올랐다. (설마 그 코냑 한 잔 때문은 아닐 텐데.)

"어떻습니까, 스타브로긴. 산을 깎아서 평지로 만든다, 좋은 생각이죠? 우스운 일이 아닙니다. 나는 쉬갈료프에게 찬성합니다! 교육도 필요 없고, 과학도 소용없습니다! 과학 같은 것이 없어도 천 년쯤은 재료의 부족을 느끼지 않을 겁니다. 그 대신 복종을 조직해야 해요. 이 세상에 부족한 것은 단 한 가지—복종뿐입니다. 교육은 이제는 귀족적인 욕망이니까요. 가족이나 사랑이라는 것이 조금이라도 남아 있으면 거기에서 이내 소유욕이 생겨납니다. 그러니까 우리는 그러한 욕망을 없애버리는 거죠. 즉 음주, 비방, 밀고 등을 일어나게 해서 전대미문의 음탕을 퍼지게 합니다. 모든 천재는 싹트기 전에 말살시켜 버립니다. 모든 것을 하나의 분모로 통분(通分)하는 겁니다. 즉 완전한 평등입니다. '우리는 한 가지 직업에 손을 댔다. 우리는 성실한 인간이다. 이것 말고는 아무것도 필요 없다.' 얼마 전 영국의 노동자가 이렇게 대답을 했다는 겁니다. 필요한 것은 필요한 것뿐. 이것이 앞으로 전 세계의 신조가 되는 겁니다. 그러나 때로는 경련도 필요합니다. 이 일은 우리 지배자들이 생각해 주는 겁니다. 노예에겐 지배자가 필요합니다. 완전한 복종, 완전한 무인격, 그러나 30년에 한 번은 쉬갈료프 씨도 경련이라는 것을 일으킵니다. 그렇게 하면 모두가 갑자기

서로를 잡아먹기 시작하는데 그것도 어느 정도까지로 그치고 따분하지 않을 만큼만 하면 되는 겁니다. 따분함은 귀족적 감각이니까요. 쉬갈료프주의는 욕망을 없앨 것입니다. 욕망이나 고뇌는 우리를 위한 것이고, 노예들을 위해서는 쉬갈료프주의가 있다는 거죠."

"당신은 자기를 제외하는 거요?" 스타브로긴은 다시 물었다.

"그리고 당신도 역시. 사실 나는 세계를 로마 교황의 손에 넘겨주려고 생각했지요. 교황이 맨발로 나오셔서 어리석은 사람들 앞에 모습을 보이시고 '봐라, 너희는 나를 이렇게 만들어 버렸다'고 말씀하시는 겁니다. 그러면 모든 사람이 줄줄이 군대까지도 그 뒤를 따라갑니다. 교황이 위쪽에 있으면 우리는 그 둘레를 둘러싸고, 우리 아래쪽에는 쉬갈료프주의의 패거리가 올 겁니다. 다만 인터내셔널이 교황을 등에 업고 승낙해 주지 않으면 곤란하지만요. 이것은 그렇게 될 것입니다. 교황은 두말없이 동의할 겁니다. 교황으로선 그 밖에 다른 도리가 없을 테니까요. 자, 내 말을 기억해 주세요. 하하하! 어떻습니까, 어리석은 짓입니까? 자, 어때요, 어리석은 짓인가요 아닌가요?"

"이제 그만." 스타브로긴은 귀찮다는 듯이 중얼거렸다.

"정말 충분합니다! 자, 들어보세요. 나는 교황에게서 손을 뗐습니다! 쉬갈료프 일파야 될 대로 되라죠! 교황 따윈 알 바 아닙니다! 우리에게 정말 필요한 것은 당면한 문제지 쉬갈료프주의는 아닙니다. 왜냐하면 쉬갈료프주의는 보석상에나 장식할 물건이기 때문입니다. 그것은 이상이고 미래입니다. 쉬갈료프는 보석 세공인이나, 모든 박애주의자와 마찬가지로 아주 바보입니다. 우리한테는 좀더 천한 노동이 필요합니다. 그런데 쉬갈료프는 천한 노동을 경멸하고 있습니다. 서유럽에서는 교황이, 우리 러시아에서 일어설 사람은 당신입니다!"

"저리 비켜. 이 주정뱅이!" 이렇게 중얼거리고 스타브로긴은 발걸음을 재촉했다.

"스타브로긴, 당신은 참 미남이군요!" 거의 무아지경에 빠진 표트르는 이렇게 외쳤다. "당신은 자기가 얼마나 미남인지 알고 있나요? 당신의 가장 좋은 점은 당신이 그것을 조금도 모르고 있다는 것입니다. 나는 당신이라는 사람을 완전히 연구했습니다! 나는 늘 옆에서, 구석에서 당신을 바라보고 있습니다. 당신에겐 단순한 면도 있어요. 소박한 면도 있고요. 알고 있나요? 또 있습니다. 정말 또 있어요! 당신은 틀림없이 괴로워하고 있을 겁니다. 더구나 마음속 깊은 곳에서 괴로워하고 있음에 틀림없습니다. 그것도 역시 당신의 단순함 때문입니다. 나는 아름다움을 사랑합니다! 나는 허무주의자이긴 하지만 허무주의자를 사랑합니다. 대부분 허무주의자는 사랑하지 않는 건가요? 아니, 그들이 사랑하지 않는 것은 우상뿐입니다. 하지만 나는 우상도 사랑합니다. 그리고 당신은 나의 우상입니다! 당신은 어느 누구도 모욕하지 않았지만 모든 사람에게 미움을 받고 있습니다. 당신은 사람을 평등하게 보고 있습니다. 그런데도 모두들 당신을 두려워하고 있죠. 이것이 좋은 점입니다. 당신 곁에 다가와 친숙하게 어깨를 칠 수 있는 사람은 아무도 없습니다. 당신은 무서운 귀족이니까요! 민주주의를 좇는 귀족이란 얼마나 매력적인지요! 당신은 자기 것이건 남의 것이건 인간의 생명을 희생하는 것쯤은 아무렇지도 않게 생각합니다. 당신은 꼭 필요한 사람입니다. 나는 바로 당신과 같은 사람이 필요합니다. 나는 당신과 같은 사람을 당신 말고는 아무도 모릅니다. 당신은 지휘관입니다. 태양입니다. 나 같은 건 당신이 마음대로 할 수 있는 벌레입니다……."

그는 갑자기 스타브로긴의 손에 입을 맞췄다. 오한이 니콜라이의 등골을 오싹 스쳐갔다. 그는 당황하여 그 손을 뿌리쳤다. 그들은 걸음을 멈췄다.

"미친놈!" 스타브로긴은 자기도 모르게 이렇게 말했다.

"그럴지도요. 나는 잠꼬대를 하고 있는지도 모릅니다. 열에 들떠 있는지도 모릅니다." 이쪽은 재빨리 말을 받았다. "그러나 나는 첫걸음을 생각해 냈습니다. 쉬갈료프 따위 이 첫걸음을 결코 생각해 낼 순 없을 겁니다. 사실 이 세상에 쉬갈료프 같은 인간은 많습니다! 그런데 단 한 사람, 러시아에서 단 한 사람만이 이 첫걸음을 생각해 냈습니다. 당신은 그게 누군지 아십니까? 그 사람은 바로 나입니다. 왜 그렇게 나를 쳐다봅니까? 내게는 당신이, 당신이 필요합니다. 당신 없는 나는 제로[零]입니다. 당신이 없으면 나는 파리나 마찬가집니다. 병 속에 든 사상입니다. 아메리카가 없는 콜럼버스입니다."

스타브로긴은 우두커니 선 채 상대방의 광기 어린 눈초리를 물끄러미 보고 있었다.

"우리는 먼저 혼란 시대를 일으키는 겁니다." 계속 스타브로긴의 왼쪽 소매를 잡으면서 베르호벤스키는 굉장히 빠른 말투로 지껄여댔다. "당신에게 이미 이야기했다시피 우리는 국민의 한가운데로 파고드는 겁니다. 사실대로 말하자면 우리는 지금도 상당히 우세합니다. 우리 동지들은 단순히 사람을 죽이거나, 집에 불을 지르거나, 고전적인 방법으로 권총을 쏘거나, 또는 물어뜯는 그런 녀석들만 있는 것은 아닙니다. 그런 녀석들은 방해가 될 뿐입니다. 나는 규율 없이는 아무것도 생각할 수 없습니다. 사실 나는 사기꾼이지 사회주의자는 아닙니다. 하하! 나는 그런 녀석들을 다 평가해 보았어요. 아이들과 한데 어울려 그들의 신(神)이나 요람을 비웃는 교사, 그는 이미 동지입니다. 또 교양 있는 살인범이 피해자보다 지적이고, 돈을 얻기 위해서 살인을 하지 않으면 안 되었다고 변호하는 변호사, 그도 확실히 동지입니다. 실제의 감각을 경험하기 위해 백성을 죽이는 학생도 동지입니다. 자신의 자유주의가 아직 모자라지 않나 하고 법정에서 전전긍긍하는 검사도 마찬가지로 동지입니다. 동지이고말고요. 그 밖에 행정관리, 문학자 등 동지는 많습니다. 수없이 많습니다. 더구나 그런 친구들은 스스로 그것을 깨닫지 못합니다. 또 다른 방면에서 말하면 학생이나 바보 녀석들의 순종은 이젠 극도에 달했습니다. 교사들의 울화통은 터져버렸습니다. 여기저기 허영심이 한없이 발달했고, 전대미문의 야수 같은 탐욕…… 이미 만들어진 약간의 사상만으로 어느 정도 성공할 수 있을지 당신은 도저히 모르겠지요? 내가 떠났을 땐 범죄는 정신 착란이라는 리트레[1]의 설이 맹렬하게 퍼졌는데, 이번에 돌아와 보니 이미 범죄란, 정신 착란은커녕 가장 건전한 상식이자 거의 의무가 되었더군요. 최소한 결백한 반항이지 않습니까? '하지만 지성 있는 살인범이 아닌가, 돈이 필요한 이상 어떻게 사람을 죽이지 않을 수 있겠는가!' 이런 식이니 말입니다. 그러나 이런 일쯤이야 아주 간단한 축에 들지요. 러시아의 신도 값싼 보드카 앞에서는 두 손 들고 말았죠. 백성도 취해 있고, 어머니들도 취해 있고, 아이들도 취했고 교회는 텅 비어버렸죠. 재판소에선 '곤장 200대, 그것이 싫으면 한 통 가져오라' 이

---

[1] 1801~1881. 프랑스의 철학자, 콩트의 제자, 실증파.

런 식입니다. 아아, 이 시대 흐름을 좀더 잘 발전시켜야 합니다. 유감스러운 것은 그렇게 한가하게 기다릴 시간이 없다는 겁니다. 그렇지 않다면 저 녀석들을 좀더 취하게 만들었을 텐데! 게다가 프롤레타리아가 없는 게 참으로 유감입니다! 그러나 그것도 이제 나타납니다. 틀림없이 나타납니다. 그런 방향으로 밀고 나아가고 있으니까……."

"우리가 좀 바보가 된 것도 유감이군." 스타브로긴은 중얼거리고 다시 걷기 시작했다.

"자, 들어보세요, 좀. 나는 이런 걸 봤어요. 여섯 살쯤 된 남자아이가 술 취한 어머니의 손을 끌고 집으로 데리고 가는데, 그 어머니는 아이에게 입에 담지 못할 욕을 퍼부었어요. 당신은 내가 그것을 보고 좋아할 거라고 생각합니까? 그야 모든 것이 우리 손에 들어왔을 때는, 우리도 그런 것을 죄다 치료해 버리겠지요…… 만일 필요하면 40년 동안 어딘가 황무지로 내쫓아 괴로움만을 겪게 할 수도 있습니다…… 그러나 지금으로 봐선 한두 세대 정도의 타락 시대가 꼭 있어야만 합니다. 인간이 추악하며 겁 많고, 잔혹하고, 내 이익만을 아는 구더기가 돼버리는 것 같은 전대미문의 추악스러운 타락의 시대, 우리에게 이것이 필요한 거죠! 그리고 거기에 약간의 '새로운 피'가 필요한 겁니다. 익숙해지기 위해서요. 당신은 왜 웃고 있죠? 나는 별로 자기모순에 빠지지는 않습니다. 나는 박애주의자나 쉬갈료프 일파와 모순될 뿐 자기모순에는 빠지지 않습니다! 나는 사기꾼이지, 사회주의자는 아니니까요. 하하하! 다만 시간이 부족한 게 유감입니다. 카르마지노프에게 5월에 시작해서 성모제까진 끝장을 내겠다고 약속했거든요. 너무 빠릅니까? 하하! 스타브로긴, 한 가지 말해 두지요. 러시아 백성들은 더러운 욕을 하지만 지금까지 냉소주의란 것은 없었습니다. 어떻습니까, 농노제의 노예가 카르마지노프보다 훨씬 자기 자신을 존경하고 있어요. 그들은 상당히 고생했지만, 그래도 자기네 신은 훌륭히 지켰어요. 그런데 카르마지노프로서는 할 수 없는 일이지요."

"아니, 베르호벤스키 군, 나는 처음으로 당신의 고백을 들었소. 듣고 놀랐소." 니콜라이는 말했다. "그리고 보니 당신은 진짜 사회주의자가 아니고 뭔가 정치상의…… 야심가 같은 거로군?"

"모사꾼이죠, 모사꾼. 당신은 내 정체가 마음에 걸리는 거죠. 이제 본성을 드러내지요. 그쪽으로 말이 진행되고 있는 걸요 뭐. 나도 무의미하게 당신 손에 입 맞춘 건 아닙니다. 그러나 무엇보다도 백성들에게 믿게끔 할 필요가 있습니다. 우리는 자신이 원하는 것을 알고 있지만 그들은 그저 '몽둥이를 마구 휘둘러 동료들을 치고 있음에 불과하다'는 것을. 아아, 정말이지 시간만 넉넉하다면…… 시간이 없는 게 유일한 어려움입니다. 우리는 파괴를 선전하는 겁니다…… 왜, 왜? 이 사상이라고도 할 수 없는 사상이 이렇게까지 매력적이에요! 그렇다 하더라도 약간씩 준비 운동을 할 필요가 있습니다. 우리는 먼저 화재(火災)를 이용합니다…… 전설을 이용합니다…… 이렇게 되면 아무리 쓸모없는 집단이라도 도움이 됩니다. 나는 당신에게 이런 집단 속에서 어떠한 포화 속으로도 돌진해 가는, 더구나 그것을 영광으로 여기고 언제까지나 감사하는 그런 특출난 인간을 찾아내 드리죠. 이리하여 혼란 시대가 시작되는 겁니다! 이 세계가 전에는 보지도 못했던 그런 거대한 변동이 시작되는 겁니다…… 성스러운 러시아는 안개 속으로 사라지고, 대지는 옛 신들을 그리워하며 통곡하고…… 자, 거기에 어떤 인물을 등장시키는 겁니다…… 누구일까요?"

"누굴까?"

"이반 황자[2]입니다."

"누구라고?"

"이반 황자입니다. 당신입니다. 바로 당신이란 말입니다!"

스타브로긴은 잠시 생각했다.

"왕위를 노리는 자?" 몹시 놀라서, 흥분할 대로 흥분한 상대방을 물끄러미 쳐다보면서 갑자기 그는 이렇게 물었다. "그럼 결국 그게 당신 계획이군!"

"우리는 지금 황자는 '몸을 숨기고 있다' 말합니다." 뭔가 마치 사랑을 속삭이는 것처럼 베르호벤스키는 조용히 말했다. 사실 그는 도취되어 있는 것 같았다. "아시겠어요, 이 '황자는 몸을 숨기고 있다'라는 짧은 한마디가 어떤 뜻을 지니고 있는가를? 그러나 그분은 반드시 나타납니다. 반드시요. 우리는 그

─────────────
[2] 러시아 전설의 주인공.

거세파(去勢派)*³들보다 훨씬 마음에 드는 전설을 뿌립니다. 황자는 실제로 존재하고 있으나 아직 아무도 본 사람이 없다. 아아, 정말 멋진 전설을 퍼뜨릴 수 있습니다! 어쨌든 가장 중요한 것은 새로운 힘이 나타났다는 확신입니다. 이 새로운 힘이야말로 필요한 것이며, 모두가 애타게 기다리느라 통곡할 뿐입니다. 사회주의 따위가 뭡니까? 낡은 힘은 무너졌지만 새로운 힘은 집어넣지 못하지 않습니까? 그런데 우리가 가지고 있는 것은 힘입니다. 더구나 지금까진 듣지도 못했던 근사한 힘입니다! 우리가 단 한 번만 지렛대를 들고 힘을 잔뜩 주면 지구가 들릴 겁니다. 모든 것을 다 들어올릴 수 있습니다!"

"그럼 당신은 진짜로 나를 목표로 삼고 있는 거요?" 스타브로긴은 독살스럽게 히죽이 웃었다.

"무엇 때문에 웃죠, 그것도 그렇게 심술궂게? 나를 위협하지 마세요. 나는 지금 마치 어린애 같아서 그런 웃음을 보기만 해도 깜짝 놀라 죽을 지경입니다. 아시겠어요, 나는 아무에게도…… 당신을 보여주지 않을 작정입니다. 아무한테도 말입니다…… 그럴 필요가 있습니다. '황자는 존재한다. 그러나 아직 아무도 본 일이 없다. 어딘가에 몸을 숨기고 있는 것이다.' 이렇게 생각하게끔 해줘야 합니다. 그러나 10만 명 중 한 사람 정도에게는 보여줘도 괜찮겠지요. 그러면 그 사람은 '봤다, 봤어' 하고 소리치면서 러시아 전국을 돌아다닐 겁니다. 만군(萬軍)의 신(神) 이반 필리포비치*⁴도 전차(戰車)를 타고 하늘에 오르는 것을 군중이 '지금 이 눈으로' 보았다고 하지 않습니까? 그러나 당신은 이반 필리포비치가 아닙니다. 당신은 신처럼 당당하고 자기를 위해선 아무것도 요구하지 않는, 희생의 후광(後光)을 짊어지고 '몸을 숨기고' 있습니다. 하여간 중요한 것은 전설입니다! 당신은 틀림없이 그들을 정복합니다. 한 번 보는 것만으로도 정복해 버립니다. 아무튼 새로운 진리를 품고 '몸을 숨기고' 있으니까요. 그래서 우리는 솔로몬의 주문(呪文) 같은 것을 두세 개 퍼뜨립니다. 게다가 여러 집단과 5인조가 있으니까요. 신문 따위는 필요 없습니다! 1만 개의 청원(請願) 중에서 단 한 사람의 것만을 들어주면 그야말로 너나 할 것 없이 청

---

*3 혼의 구제를 위해서는 거세가 유일한 길이라고 가르치는 종파, 17세기 러시아에서 발생.
*4 성서의 사바오스(만군의 신)가 러시아 전설에서 신격화된 모습.

원을 하러 오겠지요. 어느 시골이건, 어떤 백성이건 어딘가 청원서를 넣는 동굴이 있다는 것을 알게 됩니다. '새롭고 올바른 법이 나타났도다' 하는 외침이 지구를 쩌렁쩌렁 울릴 겁니다. 바다에는 파도가 일고, 엉성한 작은 바라크들은 산산이 무너지고 맙니다. 그때 비로소 우리는 석조 건축을 세워야 할 것입니다. 이때가 처음입니다! 건설하는 것은 우립니다. 우리만, 우리 말고는 아무도 없습니다."

"광기로군!" 스타브로긴은 말했다.

"왜 그러죠, 당신은 왜 싫습니까? 두렵습니까? 내가 당신을 점찍어 놓은 것은 당신이 아무것도 두려워하지 않기 때문입니다. 어떠세요, 말이 안 되는 것 같습니까? 하지만 나는 지금 아메리카 없는 콜럼버스입니다. 사실 아메리카 없는 콜럼버스가 말이 되나요?"

스타브로긴은 잠자코 있었다. 그러는 동안 마침내 집 앞까지 왔다. 두 사람은 현관 앞에서 멈춰 섰다.

"들어보세요." 베르호벤스키는 상대방의 귓가를 향해 몸을 굽혔다. "나는 돈 따위 받지 않더라도 당신을 위해 일을 할 겁니다. 나는 내일 마리야에 대한 일을 끝장내 버리겠습니다…… 돈을 받지 않고 말입니다. 그리고 내일이라도 즉시 리자를 당신한테로 데리고 오겠습니다. 리자를 원하지 않나요? 내일입니다."

(이 친구가 왜 이러지, 정말 미친 게 아닌가?) 생각하면서 스타브로긴은 히죽이 웃었다. 현관문이 열렸다.

"스타브로긴, 우리의 아메리카가 되어주겠죠?" 베르호벤스키는 마지막으로 다시 한 번 그의 손을 잡았다.

"뭣 때문에?" 니콜라이는 진지하고 엄격한 말투로 되물었다.

"내키지 않는다는 말인가요. 나도 그러리라 생각했어요!" 난폭한 분노의 발작을 일으키면서 그는 이렇게 외쳤다. "그렇게는 안 될 겁니다. 당신은 거짓말쟁이에다 아무짝에도 쓸모없고 방탕한 도령이군요. 난 그런 말을 믿진 않아요. 당신은 늑대와 같은 욕망을 갖고 있어요!…… 자, 생각해 보세요. 당신이 내게 지불해야 할 금액이 너무 커서, 나는 단념할 수 없어요! 이 세상에 당신과 같은 사람은 또 없어요! 나는 외국에 있을 때부터 당신이란 사람을 생각했어요. 당신을 보고 있는 사이에 생각이 들었던 겁니다. 만일 내가 한쪽 구석에서 당신이란 사람을 보지 않았다면 그런 일은 꿈에서도 생각하지 않았을 겁니다!"

　스타브로긴은 대답도 않고 자꾸 계단을 올라갔다.

　"스타브로긴!" 뒤에서 베르호벤스키가 외쳤다. "그럼…… 하루…… 아니 이틀…… 아니 사흘간의 여유를 드리죠. 사흘 이상은 안 됩니다. 사흘 뒤에 대답을 듣기로 하죠!"

제9장
스테판 씨네 가택수색

그러는 동안에 이쪽에서도 나를 놀라게 했으며 스테판 선생을 환장하게 한 대사건이 일어났다.

아침 8시쯤 스테판 선생 집에서 나스타샤가 우리집으로 달려와 '나리께서 적혔다'는 소식을 전해 왔다. 나는 처음에는 무슨 소린지 이해가 안 갔으나 천천히 들어보니, 관리들이 찾아와서 서류를 압수하고 그것을 수첩에 '적은' 뒤, 병사들이 그것을 보자기에 싸가지고 손수레에 싣고 갔다는 사실만을 겨우 이해할 수 있었다. 그것은 기괴하기 이를 데 없는 소식이었다. 나는 곧장 스테판 선생에게로 달려갔다.

가보니 그는 이상한 상태에 빠져 있었다. 무서울 만큼 흥분할 대로 흥분해서 이성을 잃고 있으면서도, 한편으로는 의심할 여지없이 의기양양한 표정을 짓고 있었다. 방 한복판의 식탁에는 사모바르가 펄펄 끓고 있었고, 차를 따른 채로 손도 대지 않고 내버려 둔 찻잔이 하나 동그마니 놓여 있었다. 스테판 선생은 자신이 무엇을 하고 있는지 모르는 듯 식탁 둘레를 서성거리기도 하고 방 이 구석에서 저 구석으로 왔다 갔다 하기도 했다. 그는 여느 때처럼 빨간 재킷을 입고 있었는데, 내 모습을 보자마자 당황해서 그 위에 조끼와 웃옷을 입었다. 전에는 친한 친구에게 이런 재킷 차림의 모습을 보여도 결코 이렇게까지 한 적이 없었다. 그는 갑자기 열띤 태도로 나의 손을 잡았다.

"드디어 친구가 와주었군." 그는 한숨을 크게 쉬었다.

"여보게, 난 자네한테만 사람을 보냈다네. 아무도 이 일을 아는 사람은 없네. 나스타샤한테 일러서 문을 닫게 하고 아무도 들어오지 못하게 해야만 하네. 특히 그치들은 물론 제외해야 되겠지만…… 알겠는가?"

그는 대답을 기다리듯이 불안하게 나를 쳐다보았다. 물론 나는 바짝 달라붙어서 여러 일을 꼬치꼬치 캐물었다. 연결되지 않고 도막도막 끊어진 말에 군말이 끼어든 지리멸렬한 얘기 중에서 나는 겨우 다음과 같은 사실을 알 수 있었다. 즉 오늘 아침 7시쯤에 '갑자기' 현청(縣廳)의 관리가 그의 집으로 왔다는 것이다.

"안타깝군, 난 그 사나이의 이름을 잊어버렸네. 그러나 우리나라 사람은 아냐. 아마 렘브케가 데리고 온 모양이야. 어딘가 모르게 좀 얼빠진 듯한 자로, 얼굴 표정으로 보아 독일인인 것 같더군. 로젠탈이라 하든가."

"블룸이 아닙니까?"

"응, 블룸. 그러고 보니 그렇게 말한 것 같군. 자네는 그 사람을 알고 있나? 겉으로는 멍청하고 너그러운 듯한 면이 태도에 나타나 있지만, 반면 지나치게 엄격하고 어떻게 손댈 수 없을 정도로 점잔을 빼고 있었어. 경찰에 있는 놈이지만 그것도 밑에서 도는 놈 같았어. 그건 나도 알고 있지. 나는 아직 자고 있었다네. 그런데 어떠했겠나, 그자가 내게 장서와 초고를 '보여달라'고 말하지 않겠나. 그래, 생각나네. 그놈은 이런 말을 했단 말일세. 놈은 나를 끌고 가지는 않았어. 다만 장서만을…… 저자세로 나온 셈이지. 그놈이 나에게 찾아온 이유를 설명하기 시작할 때의 모습이란 마치 내가 그…… 말하자면 그놈은 내가 갑자기 덤벼들어 마치 석고라도 때려 부술 듯이 두들겨 패기라도 할 것으로 생각한 모양이었네. 아무래도 그러한 말단 관리들은 상당한 신분이 있는 사람과 마주했을 때 다들 그런 생각을 한단 말일세. 물론 나는 곧 모든 것을 알아차렸지. 20년 동안이나 이날이 오리라고 각오는 해왔다네. 나는 내 손으로 있는 서랍은 다 열고 열쇠도 다 줘버렸네. 내가 직접 줘버린 걸세. 모든 것을 다 줘버린 걸세. 나는 위엄을 지키면서 태연하게 있었네. 놈은 장서 중에서 게르첸의 외국판과 《종(鐘)》의 합본(合本)과 내 시를 복사해 둔 것을 네 부나 가지고 갔네. 그것뿐이야. 그리고 서류와 편지와, 내 역사·문학·정치적 논문의 초고 같은 것, 이런 것들을 다 가지고 간 걸세. 나스타샤의 말에 의하면 한 군인이 손수레에 싣고 끌고 갔다는 걸세. 게다가 비를 막기 위한 보자기를 그 위에 덮어서 말이야. 아아, 정말 그렇다네. 비를 막기 위한 보자기를."

그것은 마치 잠꼬대 같은 말이었다. 이런 얘기로는 무슨 뜻인지 아무도 알아차릴 수 없을 것이다. 나는 또 그에게 질문의 화살을 퍼부었다. 도대체 블륨이 혼자 온 건가 아닌가? 누구를 대표해서 온 건가? 무슨 권한으로? 어떻게 그런 주제넘은 짓을 했단 말인가? 어떤 방법으로 그것을 설명했던가?

　　"놈은 혼자였네, 단 혼자뿐이었네. 아니, 또 누군가가 옆방에 있었던 것 같았네. 그래 생각나네, 그 밖에도…… 아니 그 밖에 또 누군가가 있었던 것 같아. 그리고 현관에는 감시원이 서 있었네. 그러나 이것은 나스타샤한테 물어봐야겠어. 이런 일은 그녀가 더 잘 알 테니까. 자네도 짐작하겠지만 나는 굉장히 흥분해 있었다네. 그놈은 지껄여대더군. 잘도 지껄여대더군…… 여러 가지를. 아니 그놈은 별로 입을 열지 않았던가, 그보다 내가 오히려 계속 지껄이고 있었지…… 나는 내 일생의 역사를 들려줬어. 물론 그러한 관점에서 본 일생이지만…… 나는 극도로 흥분하고 있었지만 품위는 지키고 있었네. 그것은 자네에게 단언할 수 있네. 그러나 나는 아마 울음을 터뜨린 모양이야, 그게 언짢단 말일세. 손수레는 놈들이 이웃 가게에서 빌려온 거였네. 이웃에서 말이야."

　　"아아, 어떻게 그럴 수가 있담. 어떻게 그런 짓을 할 수 있었느냐 말입니다! 제발 부탁이니 좀더 정확하게 말해 주세요, 스테판 트로피모비치. 당신이 말하고 있는 것은 너무나 꿈같은 이야기라서!"

　　"여보게, 나 자신도 마치 꿈을 꾸고 있는 것 같은 기분이라네…… 그런데 말일세, 놈은 텔랴트니코프라는 이름을 입에 올리더군. 그래서 나는 그놈이 현관에 숨어 있는 것 같은 기분이 들었네. 아아, 그렇지, 참 생각나는군. 놈은 나에게 검사를 추천해 주었네. 분명 드미트리 드미트리치라는 이름을 말했지…… 그는 트럼프 놀이를 해서 나한테 15루블을 빚진 자로 아직도 그 빚을 갚지 못한 놈이라네. 이것은 말이 나온 김에 해두는 말일세. 그러나 결국 나는 뭐가 뭔지 통 이유를 모르겠네. 그런데 나는 놈들의 의표를 찔러주었네. 게다가 검사 따위야 내가 알 바가 아니야. 그러나 나는 놈에게 비밀을 지켜 달라고 열심히 부탁했던 모양이야. 너무 열심히 부탁한 것 같네. 그래서 내 위엄을 손상시키지 않았나 걱정이 될 정도로…… 여보게, 어떻게 생각하나? 하지만 결국 놈도 겨우 승낙해 주었어…… 아아 그렇다, 생각나는군. 이것은 그놈이 부탁한 거야. 자기는 잠깐 좀 '보여달라' 하기 위해서 왔을 뿐이니까 그뿐이라고. 그 밖엔 아무 일도 없다…… 그러므로 숨겨두는 편이 좋지 않겠는가, 만일 조금도 의심되는 점이 발견되지 않으면 사건은 아무 일도 없이 끝날 거라고 이렇게 부탁한 거라네. 그리고 나중에는 아주 신사적이었지. 나도 불만은 없네."

"농담이 아닙니다. 그 사람은 통례적으로 당신에게 이런 경우에 필요한 절차와 보증을 제공했는데, 당신은 손수 그것을 뿌리쳐 버린 게 아닙니까!" 나는 친구로서 나도 모르게 화가 치밀어 이렇게 소리쳤다.

"아냐, 이것으로 좋아. 보증 같은 건 없는 편이 좋아. 뭣 때문에 세상을 시끄럽게 하겠나. 아무튼 당분간은 신사적으로 교섭을 지속해 가세…… 자네도 알고 있겠지만 만일 그런 일이 쫙 퍼진다면, 이 거리에서는…… 나의 적이 많으니까 말이야…… 게다가 그런 검사가 무슨 소용이 있겠나. 그 검사란 놈은 돼지 같은 놈이야. 그놈은 두 번씩이나 나에게 무례한 짓을 했다네. 게다가 작년에 그 미인이며 애교 있는 나탈리야 파블로브나 집에서 실컷 두들겨 맞은 일이 있네. 그때 놈은 여자 방으로 도망쳤었다네. 그런데 여보게, 제발 내가 하는 말에 반대하여 나를 비판하게 만들지 말게. 왜냐하면 사람이 불행한 일에 빠졌을 때 옆에서 오십 내지 백 명이나 되는 친구들이 입을 모아 왜 자넨 이런 바보 같은 짓을 했느냐고 떠들어대는 일만큼 싫은 건 없으니 말이야. 자, 하여간 앉게나. 그리고 차라도 마시게. 사실 나는 좀 피곤한 것 같네……잠깐 누워서 머리에 식초로 찜질이라도 해야 할 것 같네. 자네는 어떻게 생각하나?"

"꼭 그렇게 해야죠." 나는 외쳤다. "그보다 얼음으로 찜질하는 편이 좋을 것 같네요. 상태가 아주 안 좋아 보여요! 보세요, 창백한 얼굴을 하고 손을 벌벌 떨고 있잖아요. 자, 어서 누워 쉬세요. 그리고 이야기는 좀 뒤로 미루는 게 좋겠어요. 나는 옆에 앉아서 기다릴 테니까요."

그가 선뜻 눕지를 못하고 있기에 나는 억지로 뉘었다. 나스타샤가 찻잔에 식초를 넣어 가지고 들어오자, 나는 그것을 수건에 적셔 그의 머리에 대었다. 그리고 나스타샤는 의자 위에 올라서서 한편 구석에 있는, 성상 앞에 매어 단 등잔에 불을 켜려고 했다. 나는 깜짝 놀라 그것을 바라보았다. 이전에는 등잔 같은 것이 없었는데 그것이 지금 갑자기 나타난 것이다.

"이것은 말일세, 아까 그놈들이 돌아가자 곧 내가 말해서 준비시킨 걸세." 교활한 눈초리로 나를 쳐다보면서 스테판 씨는 중얼거렸다. "이런 것이 방 안에 있으면 체포하러 왔을 때 어떤 관념을 그들의 머리에 불어넣어 줄 걸세. 그러면 돌아가서 이런 것을 보았다고 반드시 보고할 테니 말이야……."

등잔에 불을 켜자, 나스타샤는 문 앞에 선 채 오른쪽 손바닥을 뺨에 대면서 울상이 되어 그를 쳐다보았다.

"뭐라고 핑계를 붙여서 쟤를 저쪽으로 보내주게." 그는 소파 위에서 나에게 턱으로 그녀 쪽을 가리켰다. "지금 나에겐 저런 러시아식 동정 따윈 질색이란 말일세. 게다가 성가시단 말이야."

그러나 그녀는 제 발로 나가버렸다. 나는 그가 줄곧 문 쪽으로 시선을 돌리고 현관 쪽에다 귀를 기울이고 있는 것을 알아챘다.

"이제 준비를 해둬야지, 여보게." 그는 의미심장한 눈으로 올려다보았다. "언제 어느 때에 놈들이 와서 체포할는지도 모르니까. 그렇게 되면 눈 깜짝할 사이에 사람 하나가 사라져 버리는 거야!"

"뭐라고요! 누가 온단 말입니까? 누가 당신을 체포한단 말입니까?"

"여보게, 실은 말일세, 나는 그놈이 돌아가려고 할 때 도대체 앞으로 나를 어떻게 할 작정이냐고 다짜고짜 물어보았네."

"차라리 어디로 유형을 보낼 참이냐 하고 물었으면 좋았을 걸요!" 나는 아까와 마찬가지로 분에 못 이겨 이렇게 외쳤다.

"아니, 나도 이 질문을 할 때 그런 뜻도 포함하고 있었어. 그러나 놈은 아무 대답도 하지 않고 휙 나가버리더군. 그런데 말일세, 아무리 놈들이 난폭하게 군다 해도 속옷이라든가 옷이라든가 특히 방한복 같은 것은 갖고 가게 해주겠지. 그렇지 않겠나. 그렇잖으면 병사들이 입는 외투 하나만 입혀 보낼까? 하지만 나는 35루블만(그는 나스타샤가 나간 문 쪽을 돌아다보면서 갑자기 목소리를 낮췄다) 살짝 조끼 주머니 찢어진 곳에 넣어두었는데. 자 여기야, 좀 만져 보게나…… 내 생각으로는 놈들도 설마 조끼까지는 벗기려 들지 않을 테니까 말이야. 그러나 그냥 보여주기 위해 지갑 속에 7루블만 남겨두었네. '이게 전부요' 하고 말일세. 게다가 잔돈과 동전을 식탁 위에 놓아두었으니까 내가 돈을 감추었다고는 짐작하지 못하고 아마 이것이 전부라고 생각할 걸세. 아아, 오늘은 어디서 하룻밤을 새울지 하느님 말고는 아무도 모르니 말이야."

나는 이 미친 짓에는 하도 어이가 없어 고개를 숙일 수밖에 없었다. 그가 말한 바에 의하면 체포할 수도 가택수색을 할 수도 없다는 것은 불 보듯 뻔한 일이었다. 확실히 그는 착란 상태에 있었던 것이다. 하기야 지금의 새 법령이 시행되기까지는 그러한 일이 가끔 일어났던 것도 사실이다. 그러나 그의 말에 의하면 그는 보다 합법적인 절차를 권고 받았음에도 그 의표를 찔러 단연코 그것을 물리쳤다는 것도 사실이었다…… 물론 이전에는, 바로 얼마 전까지만 해도, 현지사(縣知事)는 비상사태에는 이런 일을 할 권한을 갖고 있었지만…… 이 사건의 어디가 그러한 비상사태에 해당하는 점이 있단 말인가. 이렇게 생각하니 나는 뭐가 뭔지 알 수 없게 되었다.

"분명 페테르부르크에서 전보가 왔을 거야." 갑자기 스테판 씨는 이렇게 말했다.

"전보? 당신 일 때문에요? 그건 게르첸의 책 때문인가요, 당신이 지은 극시(劇詩) 때문인가요? 정말 당신은 정신이 돈 모양이군요? 도대체 어떤 이유로 체포된다는 건가요?"

나는 오히려 화가 났다. 그는 떨떠름한 얼굴을 했는데, 뭔가 모욕이라도 느낀 것 같았다. 내가 크게 소리쳐서가 아니라, 체포될 아무런 이유가 없다는 그 생각이 마음에 들지 않았던 모양이다.

"세상이 세상이니만큼 어떤 이유로 체포될지 아무도 모르네." 그는 아리송한 말투로 중얼거렸다.

그러자 기괴하고 어리석은 생각이 내 머릿속에 번쩍 떠올랐다.

"스테판 트로피모비치, 친구로서 한 가지만 나에게 말해 주세요." 나는 외쳤다. "참다운 친구로서 말입니다. 난 결코 당신을 함정에 빠뜨리는 짓은 하지 않아요. 당신은 뭔가 비밀 결사에 관계하고 있는 게 아닌가요?"

그런데 놀랍게도 그는 이 문제에 대해서도 뚜렷한 자신이 없었다. 자기가 어딘가의 비밀 결사에 관계하고 있는지 어떤지 스스로도 몰랐던 것이다.

"글쎄, 이것을 어떻게 해석해야 좋을지."

"뭐라고요, 어떻게 '해석하면 좋을지'라뇨?"

"만일 진심으로 시대의 진보에 동감하고 거기 관여하고 있다고 하면…… 누군들 그런 것을 명백히 말할 수 없지 않은가. 자기로서는 관계가 없다고 생각하고 있지만 무심결에 무엇엔가 관계하고 있는 그런 일도 있으니까 말일세."

"어떻게 그런 일이 있을 수 있어요? 이때 문제는 '예'냐 '아니오'냐 둘 중 하나뿐이에요."

"페테르부르크에서부터 시작된 일이네. 그 사람과 그쪽에서 잡지를 내려고 했을 때부터의 일이야. 근원은 바로 이곳에 있는 거라네. 그때 우리가 감쪽같이 빠져나가 놈들도 완전히 잊어버리고 있었는데, 이번에 그것을 생각해 낸 거야. 여보게, 여보게, 자네는 모른단 말인가?" 그는 병적으로 외쳤다. "나는 체포되어 수인(囚人) 마차에 실려 그대로 곧장 시베리아로 끌려가 일생을 보내든가, 아니면 감옥 속에서 사람들의 기억에서 잊히든가 둘 중 하나일세."

이렇게 말하자 그는 갑자기 뜨거운 눈물을 흘리며 울기 시작했다. 눈물은 하염없이 쏟아져 나왔다. 그는 그 비단 손수건으로 눈을 가리면서 5분쯤이나 마치 경련이라도 일으킨 것처럼 목메어 울었다. 나는 가슴이 죄어드는 것 같은 기분이 들었다. 20년 동안 우리의 예언자요, 전도자(傳導者)요, 교사요, 그리고 족장이었던 이 사람, 우리 모두 앞에 의기양양하고 엄숙하게 치솟았던 이 쿠콜리니크,*¹ 우리가 마음속으로 숭배하며 그것을 우리의 영광으로 삼았던 스테판 씨가 지금 갑자기 울기 시작하지 않았는가. 교사가 회초리를 가지러 간 사이에 공포에 떨고 있는 장난꾸러기 초등학생처럼 훌쩍훌쩍 울고 있지 않은가. 나는 가엾은 생각이 들어 견딜 수 없었다. '수인 마차'가 온다는 것을, 분명히 내가 그의 옆에 앉아 있는 사실처럼 마음속으로 굳게 믿고 있었다. 더구나 내일이 아니라 오늘 당장, 아니 이렇게 말하고 있는 동안에도 오리라고 각오하고 있을 것이다. 게다가 그 이유란 것이 게르첸의 책과 이상야릇한 자작시이다! 이처럼 흔해빠진 현실 생활의 지식이 완전히 결핍되어 있다는 것은 감동적이기도 했지만 불쾌하기도 했다.

그는 드디어 울음을 그치고 긴 의자에서 일어나 다시 방 안을 서성이면서

---

*1 1809~1868. 종교 군주제를 옹호한 러시아의 시인·극작가.

나하고 얘기를 계속했지만 그동안에도 자꾸만 창밖을 내다보기도 하고, 현관 쪽에 귀를 기울이기도 했다. 우리의 얘기는 밑도 끝도 없이 계속되었다. 내가 아무리 설득하고 위로해도 마치 콩을 벽에 내던지듯 헛되이 튕겨올 뿐이었다. 그는 제대로 들으려고도 하지 않으면서 내게서 여러모로 위로받고 싶어서 못 견뎌했다. 나는 그런 의미에서 계속 지껄여댔다. 지금 그는 나 없이는 아무 일도 할 수 없었다. 그래서 무슨 일이 있든 나를 놓으려 하지 않았다. 나도 그대로 남아 두 시간 넘게 앉아 있었다. 여러 이야기 속에, 그는 블룸이 두 장의 격문을 발견하고 집으로 가져간 사실을 문득 떠올렸다.

"아니 격문이라고요!" 나는 어리석게도 깜짝 놀라서 이렇게 외쳤다. "설마, 당신은……."

"뭐, 열 장가량의 격문이 집에 날아들어왔단 말이야." 그는 화가 나는 듯이 대답했다. (그는 나와 얘기하며 때로는 화가 나는 듯이, 때로는 거만하게, 때로는 슬프게, 때로는 깔보듯이 말하는 것이었다.)

"그러나 여덟 장은 내가 처분했기 때문에 블룸이 가지고 간 것은 겨우 두 장뿐일세……." 그는 갑자기 자기 분에 못 이겨 얼굴이 새빨개졌다.

"자네는 나를 그런 녀석들과 한패로 생각하는군! 도대체 자네는 내가 그런 악당과 함께 어울릴 것 같나? 그런 격문을 뿌리고 다니는 녀석들과? 아들놈 표트르가 그 비열한 독선자들과 한패라 생각하나? 아아 무슨 변이냐!"

"과연, 혹시 뭔가 잘못되어 당신을 그 패들과 혼동하지 않았는지 몰라요…… 아니, 그런 바보 같은 일이 있을 리는 없죠." 나는 말했다.

"여보게." 그는 난데없이 이렇게 말했다. "나는 가끔 뭔가 세상을 소란케 하는 짓을 할 것 같은 예감이 들어서 야단이야. 여보게, 돌아가지 말게. 나를 혼자 내버려 두지 말게나. 아아, 나의 세상살이도 오늘로 종말을 고했다는 예감이 드네. 여보게, 나는 그 소위처럼 주변에 있는 아무에게나 덤벼들어 마구 물어뜯을지도 모르네……."

그는 기묘한 눈초리, 자기 자신이 놀랐으면서 동시에 남을 놀라게 하고 싶은 눈초리로 물끄러미 나를 쳐다보는 것이었다. 사실 그는 점점 시간이 흘러가는데 끝까지 '수인 마차'가 오지 않았으므로, 정말 초조한 기분이 들어 마침내는 화가 나기 시작했다. 그러면서도 누구를 보고 무엇 때문에 화를 내고 있는지 자신도 알 수 없었다. 그때 무슨 볼일이 있어 부엌에서 응접실로 찾아온 나스타샤가 갑자기 외투걸이를 건드려 쾅 하고 쓰러뜨렸다. 스테판 씨는 깜짝 놀라 부들부들 떨면서 서 있었다. 그러나 사건의 속사정이 드러나자 그는 비명에 가까운 소리를 지르며, 거의 나스타샤에게 덤벼들 듯한 기세로 발을 쾅쾅 구르며 부엌으로 내쫓아 버렸다. 1분쯤 지나자 그는 절망한 듯이 내 얼굴을 쳐다보면서 이렇게 말했다.

"나는 이제 파멸이야! 여보게." 그는 갑자기 내 옆에 앉더니 초연한 모습으로 내 눈을 물끄러미 바라보았다. "여보게, 나는 결코 시베리아를 두려워하는 건 아닐세. 그것은 자네한테 훌륭히 맹세할 수 있네. 아아, 정말일세." (그의 눈에서는 눈물까지 흘러나왔다.) "내가 두려워하는 것은 전혀 다른 일일세."

나는 이미 그 모습을 보기만 해도 그가 뭔지 아주 중대한 것, 즉 지금까지 참고 숨겨왔던 일을 마침내 밝히려 한다는 것을 알았다.

"내가 두려워하는 건 치욕이 드러나는 일일세." 그는 자못 비밀처럼 속삭였다.

"치욕이라니 어떤 것을 말합니까? 그것은 완전히 반대가 아닙니까! 알겠습니까, 스테판 트로피모비치. 이 사건은 오늘 안으로 완전히 명백해져서 유리하게 해결될 겁니다……."

"그럼 자네는 내가 사면(赦免)된다고 확신하는군?"

"도대체 '사면'이란 뭐죠? 정말이지 무슨 말입니까! 당신이 사면을 받고 말고 할 일을 언제 저질렀단 말입니까? 나는 단연코 확언해 두겠는데, 당신은 아무 일도 저지른 게 없어요!"

"그런데 말일세, 여보게, 나의 일생은 처음부터 끝까지…… 여보게…… 저놈들은, 저놈들은 틀림없이 모든 것을 생각해 낼 거야…… 만일 아무것도 발견하지 못한다 하더라도, 오히려 그러는 편이 더 나쁜 걸세." 뜻밖에 그는 이렇게 덧붙였다.

"어째서 그 편이 더 나쁜가요?"

"오히려 더 나쁜 걸세."

"모르겠군요."

"실은 여보게, 나는 시베리아로 보내지든, 아르한겔스크로 보내지든 상관없네. 시민권 박탈도 괜찮네. 어차피 파멸은 파멸이니까! 다만…… 나는 다른 일이 두려운 걸세." (그는 또 소리를 낮춰 겁에 질린 듯한 표정을 짓고 무슨 비밀이나 되듯이 이렇게 말했다.)

"도대체 뭔데요, 뭡니까?"

"태형(笞刑)을 당하는 일일세." 그는 말하며 난처한 얼굴로 나를 쳐다보았다.

"누가 당신을 태형에 처한다는 겁니까? 어디서 무슨 이유로요?" 나는 그가 미친 것은 아닌가 하고 어이가 없어 이렇게 외쳤다.

"어디서라니? 그거야 여보게…… 그런 일을 하는 데가 있다네."

"그러니까 어디서 그런 일을 하느냐 말입니다."

"자네는 정말" 내 귀에 입이 닿을 정도로 가까이서 그는 속삭였다. "왜 발밑의 마룻바닥이 갑자기 쫙 갈라져서 몸의 절반이 밑으로 떨어지는 장치가 있잖아…… 이것은 누구나 다 알고 있는 일이 아닌가."

"옛날 얘기예요!" 겨우 알아채고 나는 외쳤다. "케케묵은 옛날 얘기예요. 아니, 당신은 지금까지 그것을 정말로 믿었나요?" 나는 목청을 돋우어 껄껄 웃었다.

"옛날 얘기라고! 옛날 얘기라도 뭔가 근거가 있을 게 아닌가. 태형을 받은 사람이 제 입으로 그런 소릴 지껄일 리가 있겠는가. 나는 수천 번, 수만 번이나 이런 광경을 상상해 보았다네!"

"그러나 당신은, 당신은 무슨 이유로 그런 꼴을 당한단 말입니까? 당신은 아무 일도 한 적이 없지 않습니까?"

"그러니까 더욱 안 된다는 걸세. 내가 아무 일도 안 했다는 것을 알면 놈들은 나를 틀림없이 두들겨 팰 테니까 말일세."

"그래, 그 때문에 당신을 페테르부르크로 끌고 간다고 생각하는 겁니까?"

"자네, 나는 아까도 말했듯이 이제는 아무것도 유감스럽다고는 생각지 않네. 나의 인생은 끝난 걸세. 스크보레쉬니키에서 그 사람과 헤어진 순간부터 나는 내 목숨도 아깝지 않다는 생각을 하게 되었다네…… 하지만 치욕은, 치욕은 어떻게 하나. 그녀가 뭐라고 할까? 만일 이 일이 알려지면……."

그는 절망한 듯이 나를 쳐다보았다. 불행한 친구는 얼굴을 새빨갛게 물들이고 있었다. 나도 눈을 내리깔았다.

"부인에게는 아무것도 알려지지 않을 겁니다. 당신 신상에 아무 일도 일어날 리가 없을 테니까요. 나는 생전 처음 당신과 얘기를 하고 있는 것 같은 기분이 들어요. 스테판 트로피모비치, 정말이지 오늘 아침 당신의 모습에는 완전히 놀라버렸어요."

"여보게, 나는 무슨 공포 때문에 이런 말을 하는 건 아닐세. 다만, 예컨대 내가 사면되어 다시 이곳에 돌아오게 된다 해도, 내 신상에 아무 일도 일어나지 않는다 해도 그러면 그런대로 역시 파멸이란 말일세. 그 사람은 평생 나를 의혹의 눈으로 보게 될 테니까. 나를, 나를, 시인이고 사상가이며 22년 동안 그 사람의 숭배의 대상이었던 나를!"

"그런 일을 그 사람은 꿈에도 생각하지 않습니다!"

"생각한다네." 그는 깊은 확신을 갖고 속삭였다. "나와 그 사람은 페테르부르크에서 몇 번이고 이 일에 대해 얘기했다네. 사순제(四旬祭) 때 출발을 앞두고 말일세. 그때 둘이 다 겁에 질려 있었다네. 그 사람은 평생 나를 의혹의 눈으로 보겠지…… 그 의혹을 깨끗이 씻어버릴 수 있을까? 여간해서 정말이라고 생각하지 않을 걸세. 게다가 이 거리의 사람들 가운데 하나라도 나를 믿어주겠는가, 그건 불가능하네…… 게다가 여자들이란…… 그 사람은 오히려 기뻐할 걸세. 그야 물론 참다운 친구로서 진심으로 매우 슬퍼해 주기야 하겠지. 하지만 속으로는 기뻐할 걸세…… 나는 평생 나를 비난할 수 있는 무기를 그 사람에게 주는 셈이 되니까 말일세. 아아, 내 일생은 파멸이네! 20년간 그 사람과 둘이서 완전한 행복을 즐겨왔는데…… 이번에 이렇게 될 줄이야!" 그는 두 손으로 얼굴을 감쌌다.

"스테판 트로피모비치, 이 사실을 지금 당장 바르바라 부인에게 알리는 편이 좋지 않을까요?" 나는 권해 보았다.

"말도 안 돼!" 그는 몸을 부르르 떨며 자리에서 벌떡 일어났다. "절대로, 절대로 무슨 일이 있어도 말할 수 없네. 스크보레쉬니키에서 헤어질 때 그런 소릴 들었는데, 어떻게 그런 말을!"

그의 눈은 번쩍번쩍 번득이기 시작했다.

우리는 계속 뭔가를 기다리면서—벌써 그런 관념이 머리에 꽉 박혀버렸다—아마 한 시간, 아니 그 이상을 앉아 있었던 것 같다. 그는 다시 누워 눈까지 감아버렸다. 이리하여 20여 분 한마디도 하지 않고 누워 있었으므로, 그는 잠이 들었든가 아니면 무아지경에 빠져든 게 아닌가 하는 생각이 들 정도였다. 그러다 갑자기 무서운 기세로 그가 몸을 일으켰다. 그리고 별안간 이마의 손수건을 떼어내고 긴 의자에서 벌떡 일어나더니 거울 앞으로 뛰어가서 떨리는 손으로 넥타이를 고쳐 맸다. 이어서 우레와 같은 목소리로 나스타샤를 불러 외투와 새 모자와 지팡이를 내놓으라고 일렀다.

"난 더 이상 참을 수 없네." 그는 더듬거리는 소리로 말했다. "안 돼, 도저히 안 돼! 나는 직접 가보겠네."

"어디로요?" 나도 벌떡 일어섰다.

"렘브케한테로. 여보게, 나는 그렇게 하지 않으면 안 돼, 마땅히 그렇게 해야 해. 그건 내 의무야. 본분이란 말이야! 나는 공민(公民)이자, 한 인간이지 결코 나무토막이 아니란 말일세. 나는 권리를 지니고 있네. 내 권리를 요구하는 걸세…… 나는 20년간 내 권리를 요구하지 않았네. 지금까지 죄스럽게도 그것을 잊고 있었던 걸세. 하지만 지금이야말로 그것을 요구하겠네. 렘브케는 내 앞에서 모든 것을, 정말로 모든 것을 명백히 말할 의무가 있네! 그 사람은 틀림없이 전보를 받았을 거야. 그 사람에게는 이렇게 나를 괴롭힐 권리가 없네. 그것이 안 된다면 체포하는 게 좋을 걸세, 체포하는 게!"

그는 묘하게 째지는 소리를 지르면서 발을 동동 굴렀다.

"나는 당신 생각에 찬성입니다." 나는 그의 일이 꽤 마음에 걸렸지만 일부러 될 수 있는 한 침착하게 말했다. "정말이지 이렇게 속을 썩이면서 집에 있기보다는 그 편이 훨씬 낫겠어요. 그러나 당신의 지금 기분에는 찬성할 수 없습니다. 자 보세요, 당신 얼굴빛이 어떤지. 그래 가지고 어떻게 거길 간다는 말입니까? 렘브케와는 냉정하게 위엄을 지니고 만나야만 합니다. 정말 당신이 이 상태로 지금 그쪽으로 간다면 누군가에게 덤벼들어 물어뜯을 것 같아요."

"나는 나 자신을 스스로 적의 손에 넘겨주려 가는 걸세. 사자의 아가리 속으로 들어가는 거야……"

"그럼 나도 함께 갑시다."

"자네라면 그렇게 말해 주리라 생각하고 있었네. 기꺼이 자네의 희생을 받아들이기로 하지. 참된 친구의 희생이니까. 하지만 그쪽 집까지만이야. 꼭 집까지만일세. 자네는 그 이상 나와 같이 행동을 해서 자신에게 혐의를 불러일으키는 짓을 해서는 안 되네. 자네는 그런 권리를 갖고 있진 않네. 안심하게. 난 냉정하게 행동할 테니까! 지금 이 순간 난 마치 이 세상에 있는 온갖 것 가운데 가장 신성한 것의 꼭대기에 서 있는 듯한 기분이 든다네……."

"상황에 따라서는 나도 함께 그 집으로 들어가는지도 몰라요." 나는 그의 말을 가로막았다. "어제 비소츠키를 통해 그 바보 같은 위원회에서 통지가 있었어요. 모두들 기대를 걸고 있으니까 꼭 내일은 간사(幹事), 그게 아니고 뭐라고 하던가…… 빨간색과 흰색의 리본을 왼쪽 어깨에 달고, 접대의 감독을 하거나 귀부인들의 시중을 들거나 손님들의 자리를 살펴주는 역할을 떠맡은 여섯 명의 젊은이들에 끼어 자선회에 나와달라는 겁니다. 나는 거절하려 했습니다만, 지금의 경우 율리야 부인과 직접 의논한다는 핑계로 그 집에 들어가지요. 그러니 함께 들어가도록 합시다."

그는 끄덕이면서 듣고 있었지만 아무것도 알아듣지 못한 모양이었다. 우리는 문턱에 서 있었다.

"여보게." 그는 한편 구석에 있는 등잔 쪽을 가리켰다. "여보게, 나는 지금까지 이것을 조금도 믿고 있지 않았지만…… 이렇게 해두지, 이렇게!(그는 성호를 그었다) 가세!"

(아니, 이편이 낫겠다.) 그와 함께 현관으로 나오면서 나는 생각했다. (걸어가는 도중에 신선한 공기가 그의 기분을 가라앉혀 주겠지. 그렇게 마음의 안정을 얻은 다음, 집으로 돌아와서 누워 쉬기로 하자……)

그러나 이것은 나 혼자 멋대로 정한 판단이었다. 마침 '도중에' 또 하나의 사건이 일어나 스테판 선생의 마음을 다시 뒤흔들었고, 그의 결심을 완전히 굳어버리게 만들었던 것이다…… 솔직히 말해, 이 친구가 오늘 아침 갑자기 보여준 뜻밖의 과단성은 전혀 생각지도 못했던 일이다. 불행한 친구여, 선량한 친구여!

제10장
해적들, 운명의 아침

1

도중에 우리가 맞닥뜨린 사건도 놀라울 만한 일이었다. 그러나 모든 것을 순서대로 말해야 할 것 같다. 나와 스테판 선생이 함께 밖으로 나오기 약 한 시간 전의 일로, 한 무리의 사람들이 도시 안을 행진하는 것을 많은 사람들이 호기심에 찬 눈으로 살펴보고 있었다. 이들은 쉬피굴린 공장의 직공으로 모두 70명쯤—혹은 그 이상이었는지도 모른다. 그들은 거의 말없이, 특별히 질서를 지키며 단정하게 걷고 있었다. 나중에 사람들의 말을 들어보니, 이 70명은 전체 900여 명인 쉬피굴린 직공의 대표들로서 현지사한테로 몰려가, 공장주가 부재중이라 지배인에 대한 제재를 지사에게 요구하려는 것이었다. 그 지배인이 공장을 폐쇄하고 직공을 해고하면서 뻔뻔스럽게도 직공 전체의 급료를 속였다는 것이다. 이것은 지금에 와서는 조금도 의심할 여지가 없는 명백한 사실이다. 그런데 일부 사람들은 오늘날까지도 선출설(選出說)을 부정하며, 선출로서는 70명이라는 숫자는 너무 많다, 그것은 다만 몹시 분개한 사람들로써 자연스럽게 이루어진 사람들로, 저마다 자기 일을 호소하러 온 데 불과하다, 따라서 나중엔 그렇게 요란스럽게 떠들어대던 공장 전체의 '소요'도 결코 없었다 단언하고 있다. 또 일부 사람들은 그 70명은 단순한 소요자가 아니라 순전히 정치적 색채를 띠고 있다, 말하자면 본디 매우 난폭한 무리들인데다, 여러 격문에 의해 부추겨진 자들이 틀림없다고 정색을 하며 주장하는 것이었다. 한마디로 말해, 이 사건에 관해 어떤 외부로부터의 영향을 인정할 것인가, 또는 무슨 음모라도 존재하고 있었던가 하는 문제에 대해서는 오늘날까지도 확실하게 알려지지 않고 있는 것이다. 그런데 내 개인의 의견은 이러하다. 직공들은 결코 격문 등은 읽지 않았다. 예컨대 읽었다 하더라도, 한마디도 이해하지 못했을 것이다. 그것은 격문을 쓴 사람이 꽤 노골적인 문체를 즐겨 사용함에도 전체적으로 상당히 애매하게 썼다는 이유 하나만 봐도 충분히 알 수 있다. 그러나 사실 직공들은 호된 꼴을 당한 데다, 경찰에 호소해도 자기들의 불평을 동정해 주지 않았다. 그렇다면 한 무리가 되어 '장군님께 직접' 찾아가 만일 가능하다면 선두에서 탄원서까지 들고서, 현관 앞에 얌전히 정렬하여, 장군님의 모습이 나타나자마자 일제히 그 자리에 무릎을 꿇고 전지전능하신 하느님이라도 대하듯이 간절히 호소해 보자, 이렇게 생각하는 것보다 더 자연스러운 일이 있을까? 내가 보기엔 소요니 대표선출이니 하고 어렵게 생각할 필요는 없다. 왜냐하면 그것은 예부터 내려온 역사적 방법이기 때문이다. 러시아의 국민은 예부터 '장군님과 직접' 얘기하는 것을 좋아했다. 더욱이 그것은 단지 자기만족을 위한 일이므로, 결과야 어떻게 되든 상관하지 않았다.

그러므로 나는 완전히 이렇게 확신하고 있다. 표트르나 리푸틴, 거기다 또 누군가 다른 사람이—페디카 같은 자도 끼여 있었는지도 모른다—미리 직공들 사이를 돌아다니며 그들에게 뭔가를 지껄여댄 일이 있다 하더라도(이 점에 대해서는 사실 꽤 정확한 증거가 있다), 기껏해야 두세 사람, 많이 보아 다섯 사람쯤 붙잡아서 시험적으로 지껄여댔을 것이다. 그러나 그것조차 아무런 효과도 없었을 것이다. 이를테면 직공들이 선전 문구를 조금이나마 이해했다 하더라도 반역이니 뭐니 하는 소문은 어리석기 짝이 없는 남의 일처럼 여겨 귀담아듣지 않았을 것이다. 하지만 페디카는 좀 문제가 다르다. 이자는 표트르보다는 훨씬 더 잘해 나갔을 것이다. 이로부터 사흘 뒤에 일어난 거리의 화재 소동에도, 직공 두 사람이 페디카의 공범이었다. 그것은 이번에 틀림없는 사실로 폭로된 것이다. 그리고 다시 한 달이 지난 뒤 직공 출신의 세 사나이가 똑같이 방화 강도범으로서 군(郡) 쪽에서 붙잡혔다. 하지만 페디카가 잘 선동하여 직접 이끌었다고 하더라도 역시 그것은 지금 말한 다섯 사람에 불과한 모양이다. 왜냐하면 그 뒤 다른 사람에 대해선 그런 얘기를 조금도 듣지 못했기 때문이다.

어쨌든 직공들은 이윽고 지사 관저 앞에 있는 작은 광장에 떼 지어 몰려와 말없이 얌전히 늘어섰다. 그리고 현관을 향해 입을 멍하니 벌린 채 지사가 나타나기를 기다리기 시작했다. 내가 들은 바에 의하면 그들은 그곳에 늘어서자마자 곧 모자를 벗었다. 지사는 마침 이때 고의적이기나 한 듯 부재중이었으므로, 그가 모습을 나타내기 30분 전부터 벌어진 일이었다. 경찰 쪽에서도 곧 달려왔다. 처음에는 한둘이었으나, 나중에는 가능한 한 많은 인원이 몰려왔다. 물론 처음에는 위협적으로 해산을 명령했지만, 직공들은 울타리에 부딪힌 양떼처럼 꼼짝달싹하지 않고 어디까지나 장군님을 직접 만나러 왔다고 버티는 것이었다. 예사롭지 않은 굳은 결심이 엿보였다. 부자연스러운 외침이 그치고, 이윽고 주의 깊은 태도와 비밀리에 속삭이는 명령과, 상관들의 눈살을 찌푸린 모습에서 보이는 까다롭고 분주한 근심스런 모습 등이 그것과 바뀌었다. 경찰서장은 렘브케가 돌아오기를 기다리기로 했다. 렘브케가 삼두마차를 전속력으로 달려 도착하자마자, 마차에서 내리기도 전에 싸움을 시작했다는 말은 전혀 근거가 없다. 확실히 그는 곧잘 거리에서 마차를 몰고 다녔다. 뒤쪽을 노랗게 칠한 마차를 날듯이 몰고 다니기를 좋아했다. 그리고 '갈피를 못 잡는 상태에 빠진' 양쪽 말이 점점 달리는 데 열중해 시장터의 상인들을 감탄케 할 즈음에는 그는 마차 위에 일어서서 그 때문에 일부러 옆에 매어둔 가죽끈을 잡고, 등을 쭉 펴면서 마치 동상처럼 오른손을 허공에 내밀며 유유히 거리를 내려다보는 것이었다. 그러나 이번 경우에는 결코 손을 뻗거나 하지 않았다. 더욱이 마차에서 내렸을 때 한마디 거친 말을 하지 않을 수 없었지만, 그것은 단지 인기를 떨어뜨리지 않기 위한 수단이었다. 또 한층 더 바보 같은 얘기가 있다. 총검을 든 군대가 소집되었다느니, 어딘가에 전보를 쳐 포병대와 카자크들을 시급히 파견하라고 했다느니 하는 소문이다. 하지만 이런 일은, 지금에 와서는 말을 했던 당사자조차 믿지 않는 헛소문이다. 그리고 소방 펌프를 끌어다가 군중에게 물을 끼얹었다는 것도 뜬소문이었다. 그것은 단지 경찰서장이 홧김에 '나는 누구 한 사람이든 물속에서 몸을 적시지 않고 빠져나오게 하지는 않을 것이다'[1] 외친 데에 불과했다. 펌프란 얘기도 아마 여기

*1 전원 유죄로 한다는 뜻.

서 나왔음에 틀림없으나, 이런 식으로 수도(首都)의 신문 통신란에까지 전해졌다. 어쨌든 가장 정확한 사태로 생각되는 것은, 처음에는 가까이 있는 경찰들로 군중을 둘러싸게 하고, 제1분서장(分署長)을 시켜 급히 렘브케에게 달려가게 한 정도였을 것이다. 그는 렘브케가 약 30분 전에 자기 전용의 포장마차를 타고 스크보레쉬니키로 떠났다는 사실을 알고 있었으므로, 서장의 마차를 타고 그 방향으로 큰길을 따라 달려갔을 것이다.

그러나 사실 나에게는 도저히 해결되지 않는 의문이 하나 남아 있었다. 어째서 이 하찮은, 아니 흔해빠진 한 집단의 방문자들을, 비록 70명이기는 했지만 처음부터 대하자마자 갑자기 국가 조직의 뿌리를 뒤흔드는 반역 운동이라고 규정지어 버렸을까? 왜 렘브케마저 20분쯤 지나 사환의 뒤에서 모습을 나타냈을 때 이런 관념에 사로잡히고 말았을까? 나는 어쩌면 이런 게 아닌가 하는 상상을 하고 있다. (이것 역시 나 개인으로서의 의견이지만) 즉 공장의 지배인과는 아주 가까운 사이인 서장이 이 군중을 이런 뜻을 갖고 있다고 해석해 버려, 사건을 규명치 않는 편이 유리하다고 판단한 것은 아닐까. 더욱이 렘브케 자신까지도 그런 식으로 결정해 버린 것이다. 요 이틀 동안 렘브케는 두 번이나 경찰서장과 비밀리에 특별한 회담을 가졌다. 더욱이 이 타협은 꽤 애매모호한 것이었지만 그래도 서장은 상대방의 애기에서, 쉬피굴린 공장의 직공들은 누군가에게 선동되어 사회 혁명적인 반역 운동을 일으키고 말 것이라는 생각과, 격문에 대한 걱정 등이 지사 나리의 머릿속에 굳게 뿌리박혀 있음을 알아차렸다. 또 그 뿌리박힌 정도가 보통이 아니므로, 만일 그런 선동 운운함이 거짓으로 판명된다면 지사 자신이 크게 낙담하리라고 생각이 들 정도였다. (어떻게든지 해서 페테르부르크의 정부를 놀라게 할 만한 수훈을 세우고 싶은 거로군.) 렘브케 앞을 물러나면서 교활한 서장은 이렇게 생각했다. (뭐 상관없겠지. 우리로서는 안성맞춤이다.)

하지만 내가 굳게 믿는 바로는 불행한 렘브케 씨는 예컨대 자기 공명(功名)을 위한 일이라도, 그런 반역 운동을 바라지는 않았을 것이다. 그는 아주 정직하고 근면한 관리로, 결혼식 날까지 순결을 지킨 사람이다. 그가 설사 단순한 관용(官用) 땔감의 부정 유출이나 또 그만큼 단순한 독일 처녀와의 결혼 대신, 마흔 살이 넘은 공작 딸의 허영심에 말려들어갔다는 것이, 과연 그 자신의 죄일까? 나는 거의 확실하게 알고 있지만, 그가 지금 스위스의 어떤 특수한 병원에 들어가서 새로운 힘을 기르지 않으면 안 될 불쌍한 심적 상태에 빠졌다는 첫 번째 징후는 바로 이 운명적인 아침부터 나타난 것이다. 그러나 만일 이 아침부터 뭔가 뚜렷한 사실이 나타났다는 것을 긍정한다면, 그 전날 밤에도 이와 비슷한 사실이, 그만큼 뚜렷하지는 못할지라도 어느 정도까지는 나타났을 것이라고 해도 그리 잘못된 말은 아니리라. 나는 가장 믿을 만한 소식통에 따라 다음 사실을 알고 있다(그것은 당사자인 율리야 부인이 그 뒤 의기를 잃고, 거의 후회의 감정을 느끼면서—왜냐하면 여자란 절대로 마음속으로부터 후회하는 일은 없으니까—이 사건의 일부를 들려주었다고 상상해 두자). 다름 아니라 전날 밤 렘브케 씨는 이미 밤도 깊은 새벽 2시가 훨씬 지나서 갑자기 찾아와서는, 부인을 흔들어 깨워 '꼭 나의 최후통첩'을 들어달라고 말했다. 그 요구가 지나치게 강경했으므로 부인은 투덜대면서도 할 수 없이 머리에 컬 페이퍼를 감은 채 잠자리에서 일어나 침대 의자에 걸터앉았다. 그리고 비꼬는 듯한 모멸의 빛을 얼굴에 나타내고 있었으나 하여간 이야기는 끝까지 다 들었다. 이때 비로소 율리야 부인은 남편이 어떤 심정인가를 깨닫고 내심 매우 놀랐다. 하다못해 이쯤에서 그녀는 자신의 잘못을 깨닫고 자신을 굽혔으면 좋았을 것이다. 하지만 부인은 공포를 감추면서 전보다 한층 더 자신을 고집했던 것이다. 그녀는 (모든 여자도 마찬가지이지만) 남편에 대한 어떤 전술을 알고 있었다. 이것은 이미 한두 번에 그치지 않고 실제로 응용되어 그때마다 렘브케 씨를 환장하게 만들었던 것이다. 율리야 부인의 전술은 상대방을 경멸하는 무언(無言)의 시위로, 그것이 한 시간, 두 시간, 하루, 때로는 사흘씩이나 계속되었다. 예컨대 어떤 일이 있든, 남편이 뭐라고 하든, 또 무슨 짓을 하든, 3층에서 뛰어내리기 위해 창문으로 기어오른다 해도, 절대로 말을 하지 않는 것이다. 즉 감수성이 예민한 남자로서는 도저히 견딜 수 없는 전술인 것이다! 율리야 부인은 이 며칠 동안의 남편의 실수나, 또 아내의 행정적인 수완을 시기하는 듯한 행위에 대해서 현지사로서의 남편을 곯려줄 작정이었는지도 모른다. 아니면 아내의 세심한 선견지명을 이해하지도 못하면서 젊은 사람들에 대한 태도를 비난하는 남편에게 불만을 품고 있었기 때문인지, 혹은 표트르에 대한 남편의 둔감한 뜻 없는 질투에 화를 냈기 때문인지, 어쨌든 부인은 새벽 3시라는 시각에도, 지금까지 본 일이 없는 렘브케 씨의 흥분에도 전혀 아랑곳없이 이때도 굽히지 않으리라 결심했던 것이다.

그는 이성을 잃고 부인 방의 양탄자 위를 이쪽저쪽 종횡무진으로 걸어 다니며 '모든 것을 다' 털어놓고 말았다. 전혀 앞뒤 연결도 없었지만 그 대신 가슴속에 끓고 있었던 일을 완전히 토로해 버렸다. 왜냐하면 '이젠 한도를 넘었기' 때문이다. 그는 처음부터, 모든 사람들이 자기를 비웃고 "내 코를 잡고, 맘대로 휘둘러 대는 것이다" 말을 꺼냈다.

"어떻게 표현하든 난 상관없어요!" 부인의 비웃음을 알아채자 그는 갑자기 소리를 질렀다. "코를 잡는다 해도 상관없소. 그게 사실이니 별 수 없지!······ 아니, 부인, 드디어 최후의 순간이 닥쳐온 거요. 지금은 웃거나 할 때가 아니오. 여자의 기교를 부리고 있을 때가 아니오. 우리는 새침 떠는 어느 귀부인의 안방에 있는 게 아니라, 말하자면 진실을 토로하기 위해 기구(氣球) 위에서 만난 두 개의 추상적인 존재인 거요." (물론 그는 당황하여, 자기의 올바른 사상을 표현할 수 있는 올바른 형식을 발견할 수가 없었던 것이다.) "그것은 당신이오. 내가 이 자리를 물려받은 것은 다만 당신 때문이오. 당신의 허영심 때문이오······ 당신은 비웃고 있군? 그렇게 뽐내지 마오, 그렇게 조급히 굴지 않는 편이 좋을 거요. 알겠소? 부인, 내 말해 두지만, 나도 이 자리를 마음대로 처리해 나갈 수 있소. 그만한 수완은 있단 말이오. 이런 자리 하나쯤이 아니오. 열 개의 자리라도 훌륭하게 처리해 보이겠소. 나는 그만한 수완이 있소. 그러나 부인, 당신과 함께 있으면, 당신이 옆에 있으면 도저히 처리해 나갈 수 없단 말이오. 당신이 옆에 있으면 나의 그 수완이 없어지기 때문이오. 본디 중심이란 둘이 있을 순 없는 거요. 그런데 당신은 그것을 둘로 만든 것이오—하나는 내게 있고, 또 하나는 당신 안방에 있소. 권력의 중심이 둘 생긴 것이오, 부인. 하지만 나는 그런 일을 허락할 순 없소. 도저히 허락할 수 없소. 공무(公務)란 것은 부부 생활과 마찬가지로 중심은 하나만 있어야 하오. 두 개의 중심이 있을 수는 없소······ 도대체 당신은 나한테 어떤 보답을 해준 거요?" 그는 계속해서 이렇게 외쳤다. "우리의 부부 생활에는 아무것도 없소. 다만 당신이 쉴 새 없이 나를 보고, 넌 쓸모없는 녀석이다, 바보일 뿐만 아니라 비열한 놈이다 하고 증명하면 나는 또 줄곧 비굴하게도, 난 쓸모없는 녀석이 아니다, 바보가 아니다, 오히려 고결한 성격으로 모든 사람에게 감동을 주고 있다고 반증하지 않으면 안 될 처지에 놓이는 거요. 다만 이뿐이오. 그 밖에는 아무것도 없소. 자, 도대체 이것이 서로가 부끄러워해야 할 일이 아니란 말이오?"

이렇게 말하며 그는 두 발로 재빨리 양탄자 위를 쾅쾅 굴렀다. 그래서 율리야 부인도 하는 수 없이 준엄한 위엄을 보이면서 천천히 일어나지 않으면 안 되었다. 그는 금방 온순해졌다. 그러나 그 대신 이번에는 눈물을 글썽이고 자기 가슴을 두드리면서 흐느꼈다(정말로 훌쩍거리기 시작했다). 그것은 5분쯤 계속되었는데 율리야 부인의 깊은 침묵에 점점 넋을 잃어버렸다. 그러는 동안에 마침내 돌이킬 수 없는 실수를 저지르고 말았다. 즉 표트르에게 질투를 느끼고 있다고 자기도 모르게 말해 버렸던 것이다. 자신도 어처구니없는 바보 같은 말을 했다는 것을 알아차리자 그는 미친 듯이 날뛰면서 "신을 부정하는 일은 용서할 수 없어"라든가, "신앙심 없는 무례한 녀석들이 드나드는 부인의 살롱"을 다 쫓아버리겠다든가, 지사라면 신을 믿을 의무가 있는 만큼 "지사 부인도 마찬가지요"라든가, 젊은 놈들이 죽도록 싫다면서 "여보 부인, 당신은 자신의 품위를 지킨다는 점에서 남편에 대해 마음을 쓰고, 수완이 없는 남자라 해도(그러나 나는 수완이 없는 남자는 아니오) 그 능력을 변호하는 것이 당연한 일이 아니겠소! 그런데 이곳에 있는 자들이 나를 경멸하게 된 것도, 결국 원인은 당신에게 있소. 당신이 그 녀석들을 그렇게 만들어 버린 거요!" 하고 외쳤다. 그는 또 계속해서 이렇게도 외쳤다. 부인 문제 따윈 다 없애버리겠다. 그런 것은 냄새도 풍기지 못하게 하겠다. 그 아무 짝에도 쓸모없는 부인 가정교사의 자선회 따위는 내일이라도 당장 금지시켜 해산하겠다(가정교사 따윈 제멋대로 하라지!). "당장 내일 아침이라도 부인 가정교사를 만나는 즉시 카자크를 대동시켜 현(縣) 밖으로 내쫓아 버리겠소!" "일부러라도 그렇게 할 거요. 일부러라도 그렇게 해 보일 것이오!" 그는 째지는 듯한 소리를 질렀다. "부인, 당신은 알고 있소? 이곳 공장에선 당신이 좋아하는 건달 녀석들이 직공들을 부추기고 있단 말이오. 나는 그것을 잘 알고 있소, 알겠소? 고의로 격문을 뿌리고 있는 거요, 고의로! 난 그 녀석들의 이름을 넷이나 알고 있소. 아아, 나는 미칠 것 같소. 완전히 미칠 것 같소, 완전히!⋯⋯"

그러나 이때 율리야 부인은 갑자기 침묵을 깨고 엄숙하게 선언했다. 그런 범죄적인 음모가 있었다는 것은 전부터 알고 있지만 다 하찮은 일로 당신은 너무 심각하게 생각한 거다. 그 악당들의 일이라면 자기는 네 사람뿐만 아니라 모조리 다 알고 있다(부인은 거짓말을 한 것이다). 하지만 그런 일로 미쳐버릴 생각은 결코 없다. 뿐만 아니라 한층 더 자기 능력을 믿고 모든 일을 원만히 해결할 작정이다. 즉 청년들을 격려해서 그들의 이성을 깨우친 다음, 거기서 갑자기 그들의 계획이 폭로된 것을 증명하고, 합리적이며 광명이 깃든 사업에 공헌할 수 있는 목적을 그들에게 가르쳐 준다는 것이다.

아아, 이때 렘브케의 마음은 어떠했으랴! '표트르는 또 나를 속였다. 그자는 나에게 말한 것보다 훨씬 많이, 그리고 훨씬 빨리 아내에게 여러 가지를 털어놓은 것이다. 틀림없이 그자야말로 이런 괘씸한 계획의 주창자일 것이다.' 이렇게 생각하니 그는 이성을 잃고 말았다. "두고 보자, 이 간악한 년!" 단번에 모든 속박을 뿌리치고 그는 이렇게 소리쳤다. "두고 보라고, 나는 당장 네년의 더러운 정부를 붙잡아다 족쇄를 채워 감옥에 처넣을 테니까. 만일 그렇게 안 되면, 나는 당장 네년의 눈앞에서 이 창문으로 몸을 던져 죽어버릴 테니!"

이 위협에 대한 대답으로 율리야 부인은 격분한 나머지 얼굴이 새파래지더니, 갑자기 큰 소리로 떠는 것처럼, 울려 퍼지는 것처럼 깔깔 웃어댔다. 그것은 10만 루블의 연봉으로 초빙된 파리의 여배우가 프랑스의 극장에서 화냥년으로 분장하여 자기에게 질투심을 일으킨 남편을 앞에 두고 비웃을 때와 똑같은, 때로는 낮게 울리고, 때로는 높게 울려 퍼지는 듯한 길고 긴 웃음이었다.

렘브케는 창문으로 몸을 던지려고 했으나 갑자기 못 박힌 사람처럼 우뚝 서더니 팔짱을 낀 채, 죽은 사람처럼 창백한 얼굴을 하고 무서운 눈초리로 웃어대는 부인을 노려보았다. "두고 보자, 두고 봐, 율리야!" 그는 숨을 헐떡이면서 애원하는 듯한 목소리로 이렇게 말했다. "두고 보자, 나도 뭔가를 할 테니까!" 이 말에 이어 다시 일어난 격하고도 새로운 웃음의 발작을 듣자, 그는 이를 악물고 신음 소리를 내면서 갑자기 사납게 달려들었다. 그러나 그것은 창문 쪽이 아니라, 부인에게 주먹을 휘두르며 덤벼든 것이다! 하지만 그는 주먹을 내리치지는 않았다. 그럴 리는 없다. 절대로 그럴 리는 없다. 그러나 그 대신, 그는 온몸의 힘이 다 빠져버렸다. 땅을 밟는 발의 감각도 없이 서재로 뛰어 들어가 옷을 입은 채로 준비해 둔 잠자리 위에 엎어져 버렸다. 그리고 발작적으로 이불을 머리까지 뒤집어쓰더니 그대로 두 시간쯤 꼼짝 않고 있었다. 자는 것도 아니고, 생각하는 것도 아닌 상태로, 가슴에는 돌덩이 같은 감각을, 마음에는 둔한, 옴짝달싹하지도 않는 절망을 품으면서⋯⋯ 가끔 그는 괴로운 듯, 열병이라도 앓는 것처럼 온몸을 떨었다. 뭔가, 밑도 끝도 없고 종잡을 수 없는 생각이 문득문득 떠올랐다. 15년 전 페테르부르크 시절에 그의 집에 있었던 긴 바늘이 떨어진 낡은 벽시계가 떠오르는가 하면, 이번에는 지나치게 명랑하던 밀부아라는 관리가 떠올랐다. 한번은 그 사나이와 함께 알렉산드로프스키 공원에서 참새를 잡던 일, 잡고 보니 두 사람 중 하나는 벌써 육등관(六等官)의 신분임을 깨닫고 공원이 떠나가라 하고 웃었던 일들이 마음에 떠올랐다. 내가 생각하기로는, 그는 아침 7시쯤에야 겨우 잠들었던 것 같다.

자신도 모르는 사이에 기분 좋게 유쾌한 꿈을 꾸면서 10시쯤에 잠이 깨자 그는 갑자기 화닥닥 잠자리에서 일어났다. 단숨에 모든 것이 생각났다. 그는 손바닥으로 자기 이마를 찰싹 때렸다. 아침도 먹지 않았고, 블룸도, 경찰서장도, 오늘 아침에 N회의의 위원이 각하의 기상을 기다린다고 전하러 온 관리도 모두 만나주지 않았다. 그리고 아무 말도 듣지 않으려 했고, 이해하려고도 하지 않았으며, 미친 사람처럼 율리야 부인의 거실로 달려갔다. 그곳에는 소피야 안트로포브나라는, 오래전부터 율리야 부인 집에 신세지고 있는 귀족 출신의 노부인이 있었다. 그녀의 말로는 부인은 10시쯤에 많은 사람들을 데리고 세 대의 마차에 나눠 타고 바르바라 부인을 만나러 스크보레쉬니키로 갔으며, 그것은 2주일 뒤에 열기로 되어 있는 다음번의—제2회 자선회 회의 장소로 정해질 스타브로긴 집의 모양을 검토하기 위한 것이고, 이는 사흘 전에 당사자인 바르바라 부인과 약속된 일이라고 설명했다. 이 소식을 듣고 놀란 렘브케는 서재로 돌아가자마자 성급히 마차를 준비시켰다. 그는 잠시도 기다리고 있을 수가 없을 정도였다. 그의 마음은 율리야 부인에 대한 그리움으로 가득 찼다. 단 한 번이라도 좋으니 그녀의 얼굴을 보고, 5분쯤이라도 옆에 있었으면 했다. 그렇게 하면 아마 그녀도 자기를 쳐다보고, 그 모습을 알아차리면 전처럼 생긋 웃어줄지도 모른다, 용서해 줄지도 모른다……"오오! 도대체 말은 어떻게 된 거야?" 그는 책상 위에 있는 두꺼운 책을 기계적으로 뒤적이고 있었다. (그는 가끔 이런 식으로 책으로 점을 쳤다. 무턱대고 책을 넘겨 오른쪽 페이지 위에서부터 석 줄만을 읽는 것이다.) 나온 글귀는 다음과 같은 것이었다. '모든 것은 온 세계에서 훌륭한 것 중에서도 가장 훌륭한 것을 위해 존재한다 (Tout est pour le mieux dans le meilleur des mondes possibles).' 볼테르의 《캉디드》이다. 그는 침을 탁 뱉고 서둘러 마차 쪽으로 달려갔다. "스크보레쉬니키로!"

마부의 말로는, '나리'께서는 도중에 줄곧 재촉을 했는데, 마차가 '저택'에 가까워지자, 갑자기 말 머리를 돌려 시내로 되돌아가라고 명령했다는 것이다. "좀 더 빨리, 부탁이다, 좀 더 빨리" 하고 그는 말했다. 그런데 성곽(城郭)에 미처 닿기도 전에 "나리께서는 또 저더러 말을 멈추라고 하시더니 마차에서 내렸습니다. 그리고 길을 건너 밭 쪽으로 가시잖겠습니까. 전 그래서 어딘가 편찮으신가 보다 생각하고 있는데, 나리께서는 우두커니 서서 열심히 꽃을 바라보고 계셨습니다. 꽤 오랫동안 서 계셨기 때문에 정말이지 좀 이상하게 생각했답니다"―이것이 마부의 말이었다. 나는 그날 아침의 날씨를 기억하고 있다. 차갑고 맑게 갠 날씨였으나 바람이 불어오는 9월이었다. 길 밖으로 벗어나간 렘브케 씨 앞에는 일찌감치 곡식을 거두어들인 발가숭이 벌판의 황량한 경치가 펼쳐져 있었다. 바람은 윙윙 소리를 내며 시들어 가는 노란 들꽃의 초라한 잔해를 뒤흔들어 놓고 간다. 그는 자신의 신세를 '가을'과 서리에 무참히 짓눌린, 볼품없는 들꽃의 운명에 비교하고 싶었던 것일까? 아무래도 그렇게는 생각되지 않는다. 아니, 절대로 그렇지 않다고 본다. 그 마부를 비롯해 그때 서장의 마차를 타고 왔던 제1분서장도 증언한 바 있으나 그는 꽃 같은 것은 전혀 기억하고 있지 않았을 것이다. 분서장은 그 뒤에야, 지사 각하가 노란 꽃 한 다발을 손에 들고 있는 것을 실제로 보았다고 단언했다. 이 사람은 직무에 대해 지대한 자랑을 느끼고 있는 행정 관리로서 이름은 바실리 이바노비치

플리부스티에로프였다. 이 거리에 온 지 아직 얼마 안 되는 새 손님이었지만, 직무 집행에 있어서는 좀처럼 보기 드문 열성과, 어떤 맹렬한 저돌적인 방법과, 늘 한 잔 마신 것 같은 기분 좋은 태도로 이미 동료들 사이에서는 이름을 날리고 있었다. 그는 마차에서 뛰어내리더니 지사 각하의 기묘한 모습엔 조금도 의아스러운 감정을 품지 않고, 미친 듯이 그러면서도 확신에 가득 찬 표정으로 "시내가 불온합니다" 하고 거리낌 없이 말해 버렸다.

"응? 뭐라고?" 렘브케는 엄숙한 표정으로 그쪽을 돌아다보았으나 일체 놀란 기색도 없거니와 마차나 마부의 일도 기억하고 있는 것 같지 않았으며, 마치 서재에라도 있는 듯한 태도였다.

"제1분서장 플리부스티에로프입니다. 각하, 시내에서 폭동이 일어났습니다."

"플리부스테르*2?" 렘브케는 생각에 잠긴 듯한 얼굴로 되물었다.

"그렇습니다, 각하. 쉬피굴린 공장의 직공들이 폭동을 일으키고 있습니다."

"쉬피굴린의 직공들이!……"

쉬피굴린이라는 말을 듣자, 그는 뭔가 머릿속에 떠올린 모양이다. 그는 부르르 몸까지 떨고 이마에 손가락을 댔다. "쉬피굴린!" 이윽고 묵묵히 있긴 했으나, 여전히 생각에 잠긴 듯한 표정으로 그는 천천히 마차 가까이 다가가 올라타더니 시내로 돌아가도록 명령했다. 분서장도 그 뒤를 따라 마차를 달렸다.

나의 상상으로는 돌아오는 도중 렘브케의 마음에는 주제에 관한 기발한 상념이 떠올랐을 것이 틀림없다. 그러나 그가 지사 관저 앞 광장에 들어섰을 때 뭔가 확고한 생각이나 일정한 계획을 품고 있었는가 하는 점은 꽤 의심스럽다. 질서 정연하게 늘어서 군건한 태도로 서 있는 '폭도'의 무리나, 경찰들의 포위나, 어찌할 바를 모르는 듯한 얼굴을 한(어쩌면 일부러 그런 표정을 짓고 있었는지도 모른다) 경찰서장이나, 지사에게 집중된 모두의 기대에 찬 빛 등이 눈에 들어오자마자 그는 온몸의 피가 일시에 심장으로 역류하는 것을 느꼈다. 그는 새파랗게 질린 얼굴빛으로 마차에서 내렸다.

"모자 벗어!" 그는 숨을 몰아쉬면서 겨우 들릴까 말까 하는 목소리로 이렇게 말했다. "무릎을 꿇어!" 이번에는 뜻하지 않게, 자신도 놀란 높고 날카로운

---

*2 독일어로 해적이란 뜻.

소리로 이렇게 외쳤다. 이에 이어서 일어난 사건의 결말도 이 뜻하지 않은 점에 말미암은 것일지도 모른다. 그것은 마치 사육제의 썰매 타기와 같은 것이었다. 높은 꼭대기에서 미끄러지기 시작한 썰매가 언덕 중간에서 멈출 수 있을까? 게다가 렘브케가 지금까지 대범한 성격을 가진 사람으로 알려졌고, 한 번도 남에게 고함을 지르거나 발을 동동 구르거나 한 일이 없었다는 점이 일을 더욱 그르치고 말았다. 사실 이러한 사람은 어떤 순간적인 일로 썰매가 줄이 끊어져 언덕을 미끄러져 내려오기 시작했다면 그야말로 남보다 배나 위험하다. 그는 눈앞에 있는 것이 모두 빙글빙글 돌고 있는 듯한 기분이 들었다.

"해적들!" 그는 전보다 한층 더 날카롭고 한층 더 바보 같은 말투로 소리쳤다. 하지만 그의 목소리는 갑자기 뚝 끊어졌다. 그는 아직 무엇을 해야 할지 몰랐으나 이제 반드시 뭔가 해야 한다는 것은 알고 있었다. 그는 그것을 온몸으로 느끼면서 멍하니 그곳에 버티고 서 있었다.

"오오!" 하는 소리가 군중 속에서 들렸다. 한 젊은이는 성호를 긋기 시작했다. 서너 명의 남자는 정말로 무릎을 꿇으려 했으나 다른 자들은 하나가 되어 세 발짝 앞으로 나갔다. 그리고 일제히 요란하게 외치기 시작했다. "장군님, 우리는 40코페이카를 받기로 약속하고 고용되었는데 지배인이…… 건방진 수작 말라면서……" 어쩌고저쩌고 했으나 한마디도 똑똑히 알아들을 수가 없었다.

슬프게도 렘브케는 아무것도 이해할 수가 없었다. 꽃은 아직 그의 손에 들려 있었다. 바로 전에 스테판 씨가 수인 마차를 밀어 의심치 않았듯이 그에게 있어 폭동은 명백한 사실이었다. 더욱이 눈을 크게 뜨고 그를 쳐다보고 있는 '폭도들' 사이를 '선동자'인 표트르가 여기저기 바쁘게 돌아다니고 있다. 어제부터 한시도 뇌리에서 떠나지 않았던 표트르, 증오스러운 표트르!

"두들겨 패라!" 한층 더 뜻하지 않게 그는 이렇게 외쳤다.

죽음 같은 침묵이 엄습했다.

가장 정확한 정보와 나 자신의 추측을 종합한 바로는 사건은 이런 식으로 일어난 모양이다. 그러나 앞으로는 나의 추측도, 정보도 점점 의심스러워진다. 그렇다고는 하나 두세 가지 정확한 사실이 없는 것도 아니다.

첫째로 너무 성급하게 채찍이 이 장면에 나타난 것이다. 그것은 통찰력이 뛰어난 경찰서장이 미리 생각해서 준비한 것임에 틀림없었다. 그렇다고는 해도 실제로 태형을 받은 사람은 고작 둘뿐이었고 셋도 못 된 것 같았다. 이 일은 명백히 단언할 수 있다. 군중이 모두, 적어도 반 이상이 처벌되었다 하는 소리는 새빨간 거짓말이다. 게다가 그 옆을 지나가던 가난하지만 신분이 있는 한 부인이 붙잡혀 와서 그 자리에서 이유도 없이 매를 맞았다는 것도, 근거 없는 바보 같은 헛소문이다. 그렇다고는 해도 그로부터 얼마 뒤 이 부인에 대한 일이 페테르부르크의 한 신문의 통신란에 실린 것을 나는 확실히 읽은 일이 있다. 그리고 이 거리의 묘지에 있는 양로원에 살고 있는 아브도차 페트로브나 타라프이기나라는 부인에 대해서도 다음과 같은 소문이 나돌았다. 다름 아니라 이 부인이 어느 곳에 손님으로 갔다가 양로원으로 돌아오는 도중 광장을 지나치게 되었는데, 때마침 그 소동이 일어났으므로 자연스러운 호기심에 이끌려 구경꾼들 사이를 헤치고 앞으로 나갔다. 그리고 그 광경을 보기가 무섭게 "이 얼마나 비열한 짓인가!" 외치며 침을 탁 뱉었다. 덕분에 역시 붙잡혀 호되게 얻어맞았다는 것이다. 이 사건은 신문에 실렸을 뿐 아니라, 거리의 시민들이 분개한 나머지 그녀에게 위로금까지 모았을 정도였다. 나도 20코페이카를 기부했다. 그런데 어떻게 된 일인지 타라프이기나 부인은 이 거리에 살고 있지도 않다는 것이 나중에야 밝혀졌다. 나도 일부러 묘지의 양로원까지 찾아가 알아보았으나 타라프이기나라는 이름은 전혀 들은 일도 없다는 것이다. 뿐만 아니라 내가 시내에 퍼지고 있는 소문을 얘기했더니 그들은 무섭게 화를 낼 정도였다. 내가 이 타라프이기나라는 실제로 존재하지도 않는 인물에 대해 말한 이유는 스테판 씨의 신상에도 이 여자와 같은 일이 아슬아슬하게 일어나고 있었기 때문이다(만일 이 여자가 실제로 있었다고 한다면 말이다). 뿐만 아니라 이 타라프이기나에 관한 어이없는 소문도 아무래도 스테판 트로피모비치로부터 나온 것 같은 생각이 들었다. 결국 소문이 점점 퍼지다 보니 묘하게 딴 길로 빠져 타라프이기나로 탈바꿈을 했는지도 모른다.

무엇보다도 이해가 안 가는 것은 그가 어떻게 해서 내 옆을 빠져나갔는가 하는 점이다. 우리 두 사람이 광장에 들어서자마자 그는 벌써 어딘가로 가버린 것이다. 왠지 아주 심상치 않은 일이 일어날 것 같은 기분이 들었으므로 나는 광장을 빙 돌아서 곧장 그를 지사 관저의 현관으로 데리고 가려고 했었는데, 나조차도 호기심이 생겨 1분쯤 멈춰 서서 아무나 닥치는 대로 사람을 붙들고 여러 가지를 질문했던 것이다. 그리고 문득 정신이 들고 보니 스테판 트로피모비치는 이미 내 곁에는 없지 않은가. 나는 본능적으로 어떤 느낌이 들어, 가장 위험한 장소로 뛰어들어 그를 찾기 시작했다. 나는 웬일인지 그의 썰매가 언덕을 미끄러져 내려가기 시작한 듯한 예감이 들었던 것이다. 아니나 다를까, 그는 이미 사건의 한가운데로 끼여 들어가 있었다. 지금도 기억하지만 나는 그의 손을 덥석 잡았다. 하지만 그는 이만저만이 아닌 위엄을 보이면서 조용히, 그리고 자랑스럽게 내 얼굴을 쳐다보았던 것이다.

"여보게." 그의 목소리에는 뭔가 팽팽한 현악기의 줄이 끊어진 것 같은 울림이 있었다. "아아, 벌써 저자들이 여기서, 이 광장 안에서, 우리가 보는 앞에서 저렇게 예의고 뭐고 없이 행패를 부리게 되면, 예컨대 이놈 같은 건…… 만일 독립적으로 활동할 수 있는 기회가 주어지면 무슨 일을 저지를지 뻔한 노릇이야."

그러고 나서 그는 분노를 못 이기고 온몸을 와들와들 떨면서, 헤아릴 수 없는 도전의 욕망을 겉으로 나타내며, 두 발짝 떨어진 거리에 선 채 눈을 부릅뜨고 우리를 노려보고 있는 플리부스티에로프를 향해, 무서운 정의의 고발을 하기 위해 손가락질을 한 것이다.

"이놈이라고!" 눈앞이 캄캄해진 상대방은 이렇게 외쳤다. "이놈은 누구를 말하는 거냐? 도대체 너는 누구냐?" 그는 주먹을 불끈 쥐면서 다가섰다. "넌 어떤 놈이냐?" 미칠 듯한 병적인 소리로 그는 앞뒤 생각 없이 악을 썼다. (미리 말해 두지만 그는 스테판 씨의 얼굴을 잘 알고 있었다.) 한순간만 더 내버려 뒀더라면 그는 스테판 씨의 멱살을 잡았을 것이다. 그러나 때마침 다행히도 렘브케가 소리 나는 쪽으로 몸을 돌리고, 뭔가 생각하는 듯 스테판 트로피모비치를 노려보고 있더니 갑자기 조급한 듯이 한 손을 내흔들었다. 플리부스티에로프는 기세가 꺾였다. 나는 스테판 트로피모비치를 잡아끌고 군중 속으로부터 데리고 나왔다. 아마 그 자신도 이젠 물러가고 싶었는지도 모른다.

"집으로 돌아갑시다, 돌아가요." 나는 강력하게 말했다. "우리가 매를 피한 것도 렘브케 덕분입니다."

"돌아가게, 여보게. 자네까지 이런 위험에 휘말리게 한 것은 내 잘못이야. 자네에겐 미래가 있네, 자네 나름의 야심도 있으니까. 그러나 나 같은 것은, '나의 시대는 벌써 끝났으니' 말이야."

그는 힘찬 걸음으로 지사 관저 현관으로 올라갔다. 현관지기는 나를 알고 있었으므로 나는 두 사람 모두 율리야 부인을 만나러 온 거라고 말했다. 이윽고 우리는 객실에 앉아서 기다리기 시작했다. 이 친구를 혼자 내버려 둘 생각은 없었으나, 지금 뭐라고 말해 봐야 아무 소용이 없다는 것을 알았다. 그는 마치 조국을 위해 죽을 각오라도 한 것 같은 표정을 짓고 있었다. 우리는 자리를 나란히 하지 않고 제각기 구석자리에 앉았다. 나는 출입문 가까이 앉았고, 그는 저만치 떨어진 맞은편 자리에 앉아서 생각에 잠긴 듯 고개를 비스듬히 기울인 채 두 손으로 가볍게 지팡이를 짚고 있었다. 언제나처럼 테가 넓은 모자는 왼손에 들고 있었다. 이렇게 우리는 10분쯤 앉아 있었다.

2

갑자기 렘브케가 경찰서장을 데리고 빠른 걸음으로 성큼성큼 돌아왔다. 멍한 눈초리로 우리를 흘끗 보고는, 아무런 주의도 기울이지 않고 오른쪽 서재로 들어가려고 했었다. 그러나 스테판 씨는 그의 앞을 가로막았다. 굉장히 키가 크고, 보통 사람과는 전혀 닮은 데가 없는 스테판 씨의 모습은 그에게 특별한 인상을 주었다. 렘브케는 멈춰 섰다.

"이 사람은 누구지?" 그는 이해가 안 간다는 듯한 태도로, 서장에게 묻듯이 중얼거렸으나 전혀 그쪽은 쳐다볼 생각도 않고 여전히 흘끔흘끔 스테판 씨를 쳐다보고 있었다.

"퇴직 팔등관(八等官) 스테판 트로피모비치 베르호벤스키입니다, 각하." 점잖게 머리를 숙이면서 스테판 씨는 이렇게 대답했다. 각하는 여전히 상대방을 지켜보고 있었으나 그것은 아주 둔한 눈초리였다.

"무슨 일이요?" 물으면서 그는 고위 관리다운 까다로운 태도로 초조한 듯이 스테판 씨 쪽으로 귀를 기울였다. 아마 뭔가 청원이라도 가지고 온 사람이거니 생각한 것 같았다.

"실은 오늘 각하의 이름으로 찾아온 어느 관리 때문에 가택수색을 받았습니다. 그 일에 대해서……."

"이름은, 이름은?" 갑자기 무언가가 생각나는지 렘브케는 다그쳐 물었다. 스테판 씨는 한결 더 점잖은 말투로 자기 이름을 되풀이했다.

"아, 아! 거기군…… 그 온상(溫床)이군…… 그런데 당신, 당신은 지금까지의 발언과 행동은 모두 그런 방면에서…… 당신은 대학교수요? 대학교수?"

"한때 N대학에서 젊은이들에게 몇 번 강의를 한 영광이 있었습니다."

"젊은이들에게!" 렘브케는 깜짝 놀란 모양이었지만 그렇다고 해도 자신이 무슨 얘기를 하고 있는지, 누구하고 말하고 있는지를 아직까지도 확실히 모르는 것 같았다. 그것은 내가 장담할 수 있다.

"난, 절대로 그런 일을 용서할 수 없소!" 그는 벌컥 화를 냈다. "난 젊은이들을 용서할 수 없소. 이건 모두가 격문이오. 그리고 그것은 사회에 대한 침략이오. 해상 침략과 같은, 해적 행위요…… 도대체 당신의 부탁은 뭐요?"

"그것과 반대입니다. 당신 부인이 내일 자선회에서 뭔가 강연을 해달라고 나한테 부탁했습니다. 나는 아무것도 부탁하지 않았습니다. 나는 다만 내 권리를 요구하러 온 겁니다……."

"자선회에서? 자선회는 못 하게 할 거요. 나는 당신들의 자선회 따위는 허락할 수 없어! 강연? 강연?" 그는 미친 듯이 외쳤다.

"각하, 실례지만 좀더 점잖게 말씀을 해주셨으면 합니다. 마치 애들에게 하듯이 소리를 지르거나 발을 구르거나 하진 마십시오."

"당신은 지금 누구하고 얘기하는지 알고 있겠지?" 렘브케는 이렇게 말하고는 얼굴이 새빨개졌다.

"충분히 알고 있습니다, 각하."

"나는 내 몸으로 사회를 지키고 있어. 그런데 당신네는 그걸 파괴하고 있단 말이야!…… 당신은…… 이제 생각나는군. 당신은 스타브로긴 장군 부인 집에서…… 가정교사를 하고 있었지?"

"그렇습니다, 나는 스타브로긴 장군 부인 집에서 가정교사를 하고 있었습니다."

"그리고 20년 동안 오늘까지 쌓이고 쌓인 모든 것의 온상이 되어왔군……
모든 결과의…… 아무래도 난 지금 광장에서 당신을 본 것 같은데. 그러나 조
심해야 해, 당신, 조심하는 게 좋아. 당신 사상의 경향은 다 알고 있으니 말이
오, 알겠나? 난 이 사실을 기억해 둘 테니까. 나는 당신, 당신의 강연 따위는
용서할 수 없어. 절대로 안 돼. 그런 청원은 나한테 갖고 오지 말아 주게."

그는 다시 빠져나가려고 했다.

"각하, 다시 말씀드리지만 각하께서는 잘못 생각한 것입니다. 그것은 부인께
서 나한테 의뢰한 것입니다. 더욱이 강연이 아닙니다. 내일 자선회에서 뭔가
문학에 관계된 얘기를 해달라고 부탁받은 겁니다. 그러나 지금에 와서는 나
스스로가 그런 의뢰는 거절하겠습니다. 다만 진심으로 부탁드리고 싶은 것은
다름이 아니라 도대체 어떤 까닭으로, 무엇 때문에 나는 오늘과 같은 수색을
받았는가 그것을 설명해 주십사 하는 겁니다. 나는 몇 권의 책과 서류와, 나에
게는 귀중한 사적인 편지들을 빼앗겼고, 그것을 손수레에 싣고 거리로 가져갔
습니다."

"누가 수색했다고?" 갑자기 흠칫 놀라며 제정신으로 돌아온 렘브케는 느닷
없이 얼굴을 새빨갛게 붉혔다. 그는 재빨리 서장 쪽을 흘끔 쳐다보았다. 바로
그때 문간에 등이 꾸부정하고 키가 후리후리한 볼품없는 블륨의 모습이 나타
났다.

"아아, 바로 이 관리입니다." 스테판 씨는 그를 가리켰다. 블륨은 양심의 가
책을 느끼는 듯한, 그러나 쉽게 항복할 것 같지도 않은 표정으로 앞으로 나
왔다.

"자네는 이런 바보 같은 일만 한단 말이야!" 렘브케는 화가 치밀어, 그에게
내팽개치듯 쏘아붙였다. 렘브케는 웬일인지 갑자기 태도가 바뀌어, 일시에 제
정신으로 돌아온 것 같았다.

"실례했습니다." 그는 굉장히 당황하면서 얼굴이 새빨개져 더듬더듬 말했다.
"그건 모두…… 그건 아무래도 착오가 있었던 것 같습니다. 오해입니다…… 오
해에 불과합니다."

"각하." 스테판 씨는 입을 열었다. "나는 젊었을 때 어떤 흥미로운 사건을 목격했습니다. 어느 날 극장 복도에서 어떤 사람이 누군가의 앞으로 다가가더니 갑자기 여러 사람들 앞에서 따귀를 철썩 갈겼습니다. 그런데 곧 알고 보니 피해자는 정말 때려 주려고 마음먹었던 사람과는 전혀 딴 사람으로, 약간 얼굴이 닮았다는 것을 알게 된 겁니다. 그러자 때린 사람은 마치 귀중한 시간을 허비할 겨를이 없다는 듯 조급히 굴면서 화난 말투로, 바로 지금 각하가 말씀하신 것과 조금도 다름없이 '잘못 알았습니다…… 실례했습니다. 이것은 오해입니다, 오해에 불과합니다' 말한 것입니다. 그런데 모욕을 받은 쪽이 계속 화를 내고 고함을 치고 있으니까 자못 분한 듯이 이렇게 말했답니다. '그러니까 오해라고 하지 않습니까. 왜 당신은 언제까지나 큰 소리를 지르는 거요!'"

"그건…… 그건 정말 우스운 얘기입니다만……" 렘브케는 일그러진 듯한 미소를 지었다. "그러나, 그러나…… 당신은 나 자신이 얼마나 불행한 인간인지 모르십니까?"

그는 거의 외치다시피 이렇게 말했다. 그리고…… 두 손으로 얼굴을 감싸려고 했다.

이 뜻하지 않은 병적인 절규, 아니 오히려 흐느껴 우는 듯한 소리는 차마 들을 수가 없을 정도였다. 그것은 아마 그가 어제부터 오늘에 이르기까지 처음으로 완전히 그리고 명백히 모든 사건을 자각할 수 있었던 최초의 순간이었음에 틀림없다. 그러나 그 자각에 이어 갑자기 완전히 굴욕적인, 체면이고 뭐고 돌볼 겨를도 없이 절망이 덮쳐왔다. 조금만 더 있었더라면 아마 방이 떠나갈 듯한 소리로 울었을는지도 모른다. 스테판 씨는 처음에는 놀란 눈초리로 상대방의 모습을 바라보았으나, 이윽고 갑자기 머리를 숙이고 다정한 목소리로 차분히 입을 열었다.

"각하, 이젠 나의 하찮은 불평 때문에 마음을 어지럽히지 마시고 제발 나의 책과 편지를 돌려주십시오……."

그의 말은 중단되었다. 때마침 율리야 부인이 여러 사람을 데리고 요란하게 돌아온 것이다. 하지만 나는 이 대목을 될 수 있는 대로 상세히 쓸 생각이다.

가장 먼저 말해 둘 사실은 세 대의 마차에서 내린 일행이 우르르 객실로 몰려들어 왔다는 것이다. 율리야 부인의 거실로 들어가는 입구는 현관 바로 왼쪽에 따로 있었으나, 지금은 다들 객실을 통해 지나갔다. 내 생각으로는 이 객실에 스테판 씨가 있었기 때문인 것 같다. 왜냐하면 스테판 씨의 신상에 일어난 일도 쉬피굴린 직공에 대한 일도 거리로 들어서자마자 모두 율리야 부인의 귀에 들어왔기 때문이다. 재빨리 이 일을 알려준 사람은 럄신이었다. 그는 뭔가 실수를 저질렀기 때문에 혼자 집에 남게 되어 오늘 방문에 끼지 못했지만 덕분에 누구보다도 먼저 그 사건을 알게 된 것이다. 그는 회심의 미소를 지으면서 유쾌한 소식을 전하려고 카자크의 보잘것없는 말을 빌려 타고, 돌아오는 일행을 맞으러 스크보레쉬니키로 가는 도로를 따라 달려갔다. 내 생각으론 율리야 부인은 본디 남자 못지않은 과단성의 소유자이긴 했지만, 이러한 뜻밖의 소식을 들었을 때는 역시 어느 정도 당황했을 것이다. 그러나 그것도 불과 한순간의 일이었다. 예를 들어 이 문제의 정치적인 측면 따위에는 마음을 어지럽힐 리가 없었다. 표트르가 벌써 네 번이나, 쉬피굴린의 폭도들은 한 놈도 남김없이 태형에 처해야 한다고 부인의 머릿속에 불어넣었기 때문이다. 사실 꽤 오래전부터 표트르는 부인에게 절대적인 권위를 갖고 있었다. (하지만…… 나는 그 사람에게 뼈저리게 느끼게 해줄 테니까.) 부인은 틀림없이 속으로 이렇게 생각했을 것이다. 그 사람이란 물론 남편을 가리키는 말이다.

말이 나온 김에 잠깐 말해 두겠는데, 표트르도 역시 일부러 노린 것처럼, 오늘 방문에 끼지 않았었다. 뿐만 아니라 아침부터 아무도 그의 모습을 본 사람이 없었다. 또 하나 말해 둘 게 있다. 바르바라 부인도 집에서 손님들을 맞이한 뒤 율리야 부인과 같은 마차를 타고 일행과 함께 거리로 돌아왔다. 그것은 내일의 자선회 일로 마지막 회의에 참석하기 위해서였다. 럄신이 전한 스테판 씨에 대한 소식은 그녀에게도 마찬가지로 흥미를 안겨주었을 것이다. 아니, 어쩌면 마음이 착잡했는지도 모른다.

렘브케에 대한 보복은 곧 시작되었다. 아아! 그는 아름다운 아내를 한 번 쳐다보자 곧 그것을 깨달았던 것이다. 환한 얼굴에 매력적인 미소를 띠며 그녀는 빠른 걸음으로 스테판 씨에게 다가가서 화사한 장갑을 낀 오른손을 내밀었다. 그리고 마치 오전 내내 한시라도 빨리 스테판 씨 곁으로 달려가서, 드디어 찾아준 인사로서 가능한 한 상냥하게 대접하고 싶다는 오직 한 가지 말고는 아무것도 생각하지 않았던 것 같은 태도로 애교 있는 말을 던지는 것이었다. 오늘 아침의 가택수색에 관해서는 전혀 모르는 것처럼 한마디도 입 밖에 내지 않았다. 남편에겐 한마디의 말도 없이, 또 그쪽은 아예 쳐다볼 생각도 않고, 마치 그런 사람이 이 방 안에 있기나 하느냐는 듯이 행동했다. 뿐만 아니라 재빨리 스테판 씨를 독차지하고는, 객실 쪽으로 데리고 가버렸다. 그건 마치 그와 렘브케 사이에 무슨 의논 사항이라도 없었는가, 혹은 그런 일이 있다 하더라도 그런 얘기를 계속할 필요는 없다는 태도였다. 되풀이하지만, 나의 눈에 비친 바로는 율리야 부인은 계속 고상한 태도를 보이고 있음에도, 이번에도 또 큰 실수를 저질렀다고밖에 생각할 수 없다. 특히 이때 부인의 실수를 거들어 준 사람은 바로 카르마지노프이다(그는 율리야 부인의 특별한 부탁으로 오늘 아침의 행차에 끼었었다. 따라서 간접적이긴 하나 이윽고 바르바라 부인을 방문한 셈이다. 그것을 바르바라 부인은 얕은 생각에서 몹시 기뻐했던 것이다). 방 안으로 채 들어서기도 전부터(그는 일행의 맨 뒤에 들어왔으므로), 그는 스테판 씨의 모습을 보자마자 큰 소리로 불러댔다. 그리고 율리야 부인과 얘기 중인데도 옆으로 쫓아와서 끌어안았다.

"아, 이거 몇 년 만이오…… 몇 년이 지난 거요! 이제야 겨우…… 훌륭한 친구여!"

그는 키스하기 시작했다. 물론 뺨을 내민 것이다. 스테판 씨는 얼떨결에 그 볼에 키스를 하고야 말았다.

"여보게." 그는 그날 밤, 그날 하루에 일어난 일을 돌이켜 보며 나에게 이렇게 말했다. "나는 그 순간 마음속으로 생각했다네. 우리 두 사람 중 어느 쪽이 더 비열할까? 그 자리에서 나를 욕보이기 위해 끌어안은 그 녀석인지, 아니면 그 녀석을 경멸하고 그 녀석의 볼을 그렇게 천하게 여기면서도 순순히 그대로 키스해 버린 나인지, 쳇!"

"자 들려주세요. 모든 것을 다 들려주세요." 마치 25년 동안의 생활을 일시에 완전히 다 말할 수 있는 것처럼 카르마지노프는 감미로운 혀짤배기소리로 말을 꺼냈다. 그러나 이런 어리석은 경박함이 이른바 '최고급의' 고상함이었던 것이다.

"기억하고 있습니까? 내가 마지막으로 당신과 모스크바에서 만난 것은, 그 라노프스키 교수의 축하연에서입니다. 그로부터 24년이란 세월이 흘렀습니다만……." 스테판 씨는 아주 격식을 갖춘(따라서 고상한 어조하곤 전혀 동떨어진) 말을 했다.

"정말 반가운 친구입니다." 이젠 너무 지나치다고 생각할 만큼 친밀한 듯이 상대방의 어깨를 잡으면서 카르마지노프는 떠들썩한 소리로 허물없이 말을 가로챘다. "자, 율리야 미하일로브나, 어서 우리를 당신의 거실로 안내해 주시지 않겠습니까. 이분이 거기에서 편히 앉으면 모조리 얘기해 주실 겁니다."

"그런데 나는 그 변덕스러운 여자 같은 녀석하고는 한 번도 친하게 지낸 일이라곤 없단 말일세." 격분한 나머지 몸을 와들와들 떨면서, 그날 밤 스테판 씨는 계속 나에게 투덜댔다. "나는 어렸을 때부터 그 녀석이 미워서 견딜 수 없었다네…… 물론 그 녀석도 내게 같은 감정을 갖고 있었지만."

율리야 부인의 객실은 금세 사람들로 가득 찼다. 바르바라 부인은 평정을 가장하고 있었으나 사실 흥분에 싸여 있었다. 나는 부인이 두세 번 카르마지노프 쪽으로 증오에 찬 시선을 던지고, 스테판 씨에게는 분노로 충만한 시선을 보내고 있는 것을 알아차렸다. 그것은 쓸데없는 걱정에서 오는 분노였고, 질투와 애정에서 온 분노이기도 했다. 만일 스테판 씨가 지금 어떤 실없는 말이나 해서 여러 사람 앞에서 카르마지노프에게 당하고 만다면, 그녀는 당장일어나서 그를 칠 것 같은 모습이었다. 깜박 잊고 말을 안 했는데 그곳에는 리자도 있었다. 그녀가 그렇게 기쁜 듯, 아무 걱정도 없이 명랑하고 행복한 듯한 표정을 짓고 있는 것을 나는 아직까지 본 일이 없었다. 물론 마브리키도 있었다. 그리고 늘 율리야 부인의 주위에서 얼씬거리는 젊은 부인네들과 제법 방종해진 젊은이들 중에는(이들은 방종을 쾌활로 여기고, 하찮은 비꼼을 재치로 여기고 있다) 새로운 얼굴도 몇몇 보였다. 어딘가 다른 지방에서 온 지나치게 아첨하는 폴란드 사람과, 쉴 새 없이 자신의 기지(機智)에 유쾌한 듯 큰 소리로 웃어대고 있는 건장한 나이 든 독일인 의사, 그리고 페테르부르크에서 온 아주 젊은 공작 등이었다. 공작은 마치 자동인형과 같은 모습으로 지나치게 높은 옷깃을 달고, 자못 국가의 큰 인물이라도 된 듯 의젓하게 앉아 있었다. 그러나 보아하니 율리야 부인은 이 손님을 대단히 소중히 다루며, 자기 객실이 이 사람에게 어떤 인상을 주는지 꽤 신경을 쓰는 것 같았다.

"친애하는 카르마지노프" 그림처럼 맵시 있게 긴 의자에 자리를 잡으면서 스테판 씨는 갑자기 카르마지노프에 못지않게 혀짤배기소리로 이렇게 말했다. "친애하는 카르마지노프, 우리 구(舊)시대에 속해 있는, 일정한 신념을 품고 있는 인간의 생활은 예컨대 25년 동안의 간격이 있다고 해도 꽤 단조롭게 보이는 모양입니다……."

아마 스테판 씨가 뭔가 아주 우스꽝스러운 얘기를 한 것처럼 알았던 모양인지 독일인은 마치 말이 울듯이 커다란 소리로 히힝거리며 웃었다. 이쪽은 일부러 놀란 듯한 표정을 짓고 독일인을 쳐다보았으나 그것은 아무런 효과도 거두지 못했다. 공작도 그 높은 옷깃을 움직여 독일인 쪽으로 얼굴을 돌리고, 코안경 너머로 눈길을 주었으나 호기심의 빛은 조금도 엿보이지 않았다.

"……단조롭게 보일 것입니다." 가능한 한 길게, 그리고 멋대로 한마디 한마디를 잡아늘이면서 스테판 씨는 일부러 이렇게 되풀이했다. "이 사반세기 동안의 내 생활도, 바로 그러했습니다. 사실 어디서나 도리(道理)보다도 수도승들이 많은 세상입니다. 나도 이 속담에는 전적으로 동감이므로, 따라서 이 사반세기 동안의 나의 생활은……."

"참, 수도승들이라니 재미있군요." 옆에 앉아 있던 바르바라 부인 쪽을 쳐다보며 율리야 부인은 이렇게 속삭였다.

바르바라 부인은 자랑스러운 눈길로 이에 응했다. 그러나 카르마지노프는 이 프랑스어의 성공을 잠자코 보고 있을 수만 없었으므로 허둥대며 그 끽끽대는 소리로 스테판 씨의 말을 가로막았다.

"나는 이제 그런 점은 문제없습니다. 그래서 올해로 벌써 7년째, 카를스루에에 자리를 잡고 있습니다. 작년에 시의회에서 새 수도 시설을 결의했을 때도 나는 이 카를스루에의 수도 문제가 러시아의 이른바 개조(改造)시대에 생긴…… 나의 사랑하는 조국의 여러 문제보다도 한결 친근하고 귀중한 것이라고 마음속 깊은 곳에서부터 느꼈던 겁니다."

"동감해 마지않습니다. 비록 나의 진심과는 어긋납니다만." 의미심장하게 머리를 기울이면서 스테판 씨는 한숨을 쉬었다.

율리야 부인은 득의만면했다. 대화가 깊이 있는 사상적인 경향으로 옮겨졌기 때문이었다.

"수도라면, 하수도 말입니까?" 의사가 큰 소리로 물었다.

"상수도입니다, 의사 선생, 상수도입니다. 나는 그때 설계안을 쓰는 데 힘이 좀 되었었지요."

의사는 폭발한 듯이 웃어댔다. 이어서 여러 사람들이 웃었는데, 이번에는 의사를 보고 웃은 것이었다. 그러나 의사는 그런 줄도 모르고, 다만 모두가 함께 웃어대니까 아주 만족한 모양이었다.

"실례지만 카르마지노프 씨, 나는 당신 말에 찬성할 수 없군요." 율리야 부인이 재빨리 참견했다. "카를스루에는 그렇다 치고, 당신은 신비스러운 체하는 걸 좋아하는 분이지만, 이번에는 당신 말을 믿을 수 없어요. 러시아 사람들 중에서, 러시아 문학자 중에서 그토록 풍부하게 현대인의 전형을 제시하고, 그만큼 많은 현대적인 문제를 내놓고, 현대적인 활동가의 유형을 형성하는 주요한 현대적인 요소를 지시한 것은 도대체 누구죠? 바로 당신입니다. 당신 한 사람뿐이에요. 당신 말고는 아무도 없어요. 그런데 이제 새삼스럽게 조국에 대해 냉담해졌다느니, 카를스루에의 수도에 흥미를 느끼고 있다느니, 그런 걸 남더러 믿으라고 하시는 건가요! 호호!"

"네, 나도 물론" 카르마지노프는 혀짤배기소리를 내면서 말했다. "포고제프의 유형에 따라 슬라브주의자의 온갖 결점을 지적하고, 니코디모프의 유형에 따라 서구주의자의 온갖 결점을 폭로했지요……."

"흥, 온갖이란 말이 나오는군." 럄신이 작은 목소리로 속삭였다.

"그러나 그것은 약간, 단지, 어떻게 해서든 지겨운 시간을 때우려고 한 일입니다. 그리고 동포의 성가신 요구를 만족시키기 위해서요."

"스테판 트로피모비치, 당신은 아마 아시리라 생각합니다만" 율리야 부인은 점잔을 빼며 말을 이었다. "내일 우리는 훌륭한 시(詩)를 듣게 되어 있어요……
카르마지노프 씨 최근작의 하나로 아름다운 예술적 감흥의 결정(結晶)입니다.
제목은 〈메르시〉라고 하는데, 그 속에서 앞으론 아무것도 쓰지 않겠다, 무슨
일이 있어도 사회에 얼굴을 내밀지 않겠다, 예컨대 하늘에서 천사가 내려온다
해도…… 설령 상류 사회의 사람들이 다들 간청해도 이 결심은 번복하지 않는
다는 선언을 하신다는 겁니다. 결국 카르마지노프 씨는 영원히 붓을 놓게 되
므로, 이 아름다운 〈메르시〉는 지금까지 몇십 년 동안 끊임없이 러시아의 고
결한 사상을 위해 바쳐온 노력에 대해, 사회가 늘 환희로 맞아준 것을 감사하
는 뜻에서 쓰신 거라고 합니다."

율리야 부인은 벌써 행복의 절정에 서 있었다.

"그렇습니다, 나는 작별을 고할 작정입니다. 나의 〈메르시〉를 발표하고 떠날
참입니다. 그리고 저어…… 카를스루에서 눈을 감을 참입니다." 카르마지노
프는 점점 감상적으로 되어갔다.

우리나라 문호들은 대부분이 그러하지만(또 러시아에는 문호가 대단히 많
다) 그는 칭찬의 말을 그냥 태연히 듣고만 있을 수가 없었으므로, 평상시의 기
지에도 어울리지 않게 금방 마음이 약해졌다. 그러나 내 생각으로는 이 정도
의 것은 아무것도 아니다. 소문에 의하면 우리나라의 셰익스피어들*³ 가운데
한 사람은, 공개 석상은 아니지만 여러 가지 얘기 끝에 "우리와 같은 위인(偉
人)은 그럴 수밖에 없어" 하고 툭 내뱉어 놓고서도 자기는 그것을 눈치채지 못
했다고 한다.

"나는 그쪽에서, 카를스루에서 눈을 감을 작정입니다. 우리 위인들은 자
신의 과업을 성취하고 나면, 보상을 바라지 않고 조금이라도 빨리 눈을 감는
일 말고는 할 일이 없으니까요. 나도 그대로 할 겁니다."

"주소를 알려주세요. 그러면 나도 당신 무덤을 참배하러 카를스루에로 가
볼 테니까요." 독일인은 괴상한 목소리로 껄껄 웃었다.

"요즘에는 죽은 사람도 철도로 운반하니까요." 그다지 알려지지 않았던 한
젊은이가 불쑥 그런 말을 했다.

---

*3 위대한 문호를 빈정댄 말.

람신은 기쁨에 차서 킬킬 웃었다. 율리야 부인은 눈살을 찌푸렸다. 그때 니콜라이 스타브로긴이 들어왔다.

"아니, 경찰에 끌려갔다는 말을 들었는데요?" 그는 가장 먼저 스테판 씨 쪽을 보며 이렇게 물었다.

"아니, 뭐 하찮은 경솔한 일이었습니다." 스테판 씨는 재치 있게 넘겼다.

"그러나 난 그 사건이 나의 부탁에 조금도 영향을 주지 않을 거라고 기대하고 있어요." 또 율리야 부인이 말을 받았다. "나는 아직까지 무슨 일인지 통 이해가 안 갑니다만, 하여간 그런 불쾌한 일에 신경을 쓰지 마시고, 우리의 모처럼의 기대를 저버리지 말아주세요. 내일 모임의 문학회에서 당신의 강연을 들을 수 있는 기쁨을 우리로부터 빼앗아 가는 일은 없겠죠?"

"글쎄요, 어떻게 될는지요, 나는 지금……."

"정말 바르바라 페트로브나, 나만큼 불행한 사람은 없어요…… 정말이지, 러시아에서도 가장 뛰어난 독창적인 사상가 가운데 한 분과 사귈 수 있는 날이 빨리 왔으면 하고 고대하던 참에, 느닷없이 스테판 트로피모비치는 우리 곁을 떠날 것 같은 말씀을 비치다니요."

"칭찬의 말씀이 너무 지나쳐서 나로선 못 들은 체하는 게 당연할지 모르겠습니다만" 스테판 씨는 한마디 한마디 매듭짓듯 말했다. "나와 같은 보잘것없는 인간이 내일의 모임에 그처럼 필요하리라고는 믿어지지 않습니다. 다만 나는……."

"아니, 당신네들은 아버지를 마구 추어올리고 있군요!" 표트르는 질풍처럼 방으로 뛰어들면서 갑자기 이렇게 외쳤다. "나는 말입니다, 겨우 아버지를 내 손으로 잡았거니 생각할 여유도 없이 갑자기 가택수색이니, 체포니 하더니, 경관이 아버지의 멱살을 잡았다는 소문이 나돌더군요. 그런데 지금 보니 어떻습니까, 지사 나리의 살롱에서 귀부인들의 환대를 받고 있잖습니까. 틀림없이 아버지는 지금 너무나 기뻐서 온몸의 뼈마디 하나하나가 욱신욱신할 겁니다. 이런 행운은 꿈에도 생각지 못했을 겁니다. 두고 보십시오, 이제 사회주의자들의 밀고를 시작할 테니까요!"

"그런 일이 있어서야 되겠어요, 표트르 스테파노비치. 사회주의야말로 실로 위대한 사상인걸요. 스테판 트로피모비치도 그걸 인정하지 않을 수 없겠죠." 율리야 부인은 열심히 변호했다.

"위대한 사상임에는 틀림없겠지만 그 선전자가 누구나 다 위대하다고는 말할 수 없어요. 이 정도에서 그만두기로 하자, 애야." 아들을 향해 이렇게 말을 맺으면서 스테판 씨는 아름다운 자세로 자리에서 일어섰다.

그러나 이때 전혀 예기치 않은 일이 일어났다. 폰 렘브케는 꽤 오래전부터 객실에 앉아 있었는데 아무도 그것을 눈치채지 못한 것 같았다. 하지만 그가 들어오는 것은 모두 보긴 했었다. 율리야 부인은 예전부터의 결심대로 여전히 남편을 무시하고 있었다. 그는 문 옆에 자리를 차지하고는 위엄 있고 침울한 표정으로 대화에 귀를 기울였다. 오늘 아침의 사건을 암시해 주는 말을 듣자 그는 몹시 불안한 듯 안절부절못했다. 그리고 풀을 빳빳이 먹여 앞으로 툭 튀어나온 그 옷깃에 놀란 듯이 물끄러미 공작을 바라보고 있었다. 그러다 갑자기 방으로 뛰어든 표트르의 목소리를 듣고 그 모습을 보자 부르르 몸을 떠는가 싶더니, 스테판 씨가 사회주의자에 관해 그 장엄한 한마디를 던지자마자 중간에 앉아 있던 럄신을 밀어젖히고 그의 곁으로 성큼성큼 다가갔다. 럄신은 일부러 꾸민 듯한 태도로 놀란 듯이 비켜서더니 어깨를 쓰다듬으며 아주 호되게 당한 시늉을 했다.

"이제 충분합니다!" 렘브케는 어리둥절한 스테판 씨의 손을 덥석 잡곤 힘껏 쥐면서 말했다. "충분합니다. 현대의 해적들은 죄다 알고 있습니다. 더 이상 말할 필요는 없습니다. 이미 조치를 취하고 있습니다……."

그는 온 방 안이 울리는 듯한 목소리로 이렇게 말하면서 힘차게 마지막 한마디를 맺었다. 모두들 왠지 평온치 못한 기분을 느꼈다. 나는 율리야 부인의 얼굴이 창백해진 것을 알았다. 게다가 어리석은 우연 한 가지가 그 효과를 더욱 강하게 만들었다. 조치를 취하고 있다고 선고하자 렘브케는 홱 돌아서서 급히 방을 나가버렸다. 그러나 두 걸음도 못 가 양탄자 끝에 걸려 앞으로 비틀대다가 하마터면 그 자리에서 쓰러질 뻔했다. 그 순간 그는 잠깐 멈춰 서서 걸린 장소를 쳐다보더니 이윽고 "바꿔야겠군" 말하고는 그대로 문 밖으로 사라져 버렸다. 율리야 부인은 뒤를 따라 달려 나갔다. 그녀가 나간 뒤 갑자기 웅성웅성 말소리가 들려왔으나, 뭐가 뭔지 조금도 알아들을 수 없었다. 다만 "좀 기분이 나쁜 거다"라든가 또는 "아픈 거야" 하는 소리가 들렸다. 개중에는 손가락으로 이마를 가리키는*4 사람도 있었다. 럄신은 구석에서 손가락 두 개를 이마 위쪽에 대고 있었다. 부부 싸움을 암시하는 자도 있었으나, 그것은 물론 거의 소곤거리는 말이었다. 누구 하나 모자를 집으려는 자도 없었고, 너나 할 것 없이 모두 우두커니 기다리고 있었다. 율리야 부인이 그동안에 무엇을 했는지는 모르나 5분쯤 지났을 때, 그녀는 애써 태연함을 보이면서 되돌아왔다. 그녀는 애매한 말투로 렘브케는 좀 흥분했지만 대수롭지는 않다, 어릴 때부터 있었던 병인데, 그것은 자기가 '더 잘' 알고 있다, 물론 내일 있을 자선회에 나오면 기분이 밝아질 것이라고 말했다. 그리고 두서너 마디 스테판 씨에게 애교 있는 말을 한 다음(그러나 그것은 단순히 사교상의 예의에 불과했다), 준비위원회의 사람들을 향해 큰 소리로 이제 곧 회의를 열었으면 좋겠다고 말했다. 그래서 위원회에 관계없는 사람들은 헤어져서 집으로 돌아갈 채비를 차리기 시작했다. 하지만 이 운명적인 아침의 병적인 사건은 아직 종말을 고하지 않았던 것이다.

아까 스타브로긴이 들어온 순간부터 리자가 재빨리 그쪽으로 시선을 돌리고 뚫어지도록 바라보고 있던 것을 나는 보았다. 그녀는 그 뒤에도 오랫동안 눈을 떼지 않았으므로 결국은 사람들의 주의를 끌게 되었다. 보아하니 마브리키는 뒤에서 그녀 쪽으로 허리를 굽혀 뭔가 속삭이려고 하는 것 같았다. 그러나 갑자기 생각을 다시 했는지 죄인과 같은 눈초리로 사람들을 돌아보면서 급하게 몸을 일으켰다. 또한 니콜라이도 사람들의 호기심을 불러일으켰다. 그의 얼굴은 여느 때보다 몹시 창백했고 눈은 묘하게 불안해 보였다. 들어오자마자 스테판 씨에게 질문을 한 일도 그 자리에서 까맣게 잊어버린 모양이었다. 내가 보기에는 틀림없이 여주인에게 인사하러 가는 일조차도 잊어버린 것 같았다. 리자 쪽도 아예 보려고조차 하지 않았다. 그것은 결코 보고 싶지 않아서가 아니라, 그녀의 존재조차 전혀 알아차리지 못했기 때문인 듯했다. 그것은 내가 단언할 수 있다. 율리야 부인이 즉각 마지막 평의회를 열자고 제의

---

*4 정신이 좀 이상하다는 뜻.

한 뒤에 잠깐 침묵이 흘렀는데, 그때 갑자기 일부러 크게 내는 리자의 째지는 듯한 목소리가 울렸다. 그녀는 스타브로긴을 불렀다.

"니콜라이 브세볼로도비치, 당신의 친척이라고 자칭하는 대위 한 사람이 나한테 줄곧 무례한 편지를 보내고 있어요. 당신 아내의 형제라면서, 레뱌드킨이라는 성(姓)인데, 당신을 여러 가지로 비방하면서, 당신에 관계된 비밀을 알려준다고 하더군요. 만일 그 사람이 정말 당신의 친척이라면 제발 그 사람에게 나를 모욕하는 일을 그만두게 해주세요. 그리고 그런 불쾌한 것을 보지 않게 해주세요."

이 말에는 무서운 도전이 도사리고 있었다. 모두 그것을 깨달았다. 비난은 적나라한 것이었지만, 아마 그녀 자신도 예기치 않았던 일일는지 모른다. 그것은 마치 사람이 눈을 감고 지붕에서 뛰어내리는 것과 흡사했다.

그러나 니콜라이의 대답은 그보다 더욱 예기치 않은 일이었다.

첫째, 그가 조금도 놀란 기색이 없이 어디까지나 냉정한 주의를 기울여, 리자의 말을 다 들었다는 것부터가 기괴한 일이었다. 그의 얼굴에는 당황하는 빛도 분노의 그늘도 비치지 않았다. 그는 이 숙명적인 질문에 대해서 솔직하고 확고한 태도로 그 자리에서 대답했다.

"네, 난 불행하게도 그 사람하고 친척 관계가 됩니다. 나는 그 사람의 누이동생, 옛 성(姓) 레뱌드키나의 남편이 된 지 벌써 5년이 지났습니다. 걱정 마세요. 당신의 요구는 즉시 전하겠습니다. 그리고 앞으로는 당신을 괴롭히지 않도록 내가 책임을 지겠습니다."

나는 바르바라 부인의 얼굴에 그려진 공포의 표정을 영원히 잊을 수가 없다. 부인은 실성한 듯한 얼굴로 의자에서 몸을 일으키면서 마치 방어를 하려는 듯이 오른손을 앞으로 내밀었다. 니콜라이는 어머니와 리자와, 그리고 그 자리에 있는 모든 사람을 흘끔 쳐다보더니 갑자기 거만하기 그지없는 미소를 띠며 유유히 방을 나가 버렸다. 니콜라이가 방을 나가려고 방향을 바꾸자마자 리자는 긴 의자에서 벌떡 일어나 분명히 그 뒤를 쫓아갈 듯한 몸짓을 했지만, 곧 제정신이 들었는지 그만두었다. 그러고는 아무에게도 작별을 고하지 않은 채 그대로 조용히 방을 나가버렸다. 물론 바로 뒤를 따라 나간 마브리키와 함께.

이날 밤, 이 거리에서 일어난 소동과 뜬소문은 일일이 쓰지 않겠다. 바르바라 부인은 거리에 있는 자기 집에 들어앉아 버렸다. 니콜라이는 어머니도 만나지 않고, 곧바로 스크보레쉬니키로 갔다는 것이다. 스테판 씨는 그날 밤, 그 '친한 여자 친구'의 집으로 나를 보내어 면회의 허락을 청했으나 부인은 나를 만나주지 않았다. 그는 뜻밖의 일에 타격을 받아 울어버렸다. "아니 이런 결혼이! 이런 결혼이! 그 집에 이런 무서운 일이 생기다니!" 그는 쉴 새 없이 중얼거렸다. 그러나 카르마지노프를 생각해 내고는 무서운 기세로 욕을 퍼붓는 것이었다. 그리고 내일 있을 강연 준비도 정력적이었는데—어쩌면 그리 예술적으로 태어났을까!—거울 앞에서까지 연습을 했다. 그리고 내일 할 강연 도중에 집어넣기 위해, 평생 따로 수첩에 적어둔, 지금까지 자기가 말한 경구나 재치 있는 말들을 다 끄집어 냈다.

"여보게! 이것은 위대한 이상을 위해 하는 걸세." 그는 분명히 변명을 하기 위해 나에게 이렇게 말했다. "여보게, 나는 25년간 정든 곳을 떠나 갑자기 어딘가로 가버리는 걸세. 어디냐고? 그건 나도 모르네. 그러나 나는 이제 가버리는 걸세……."

스타브로긴의 고백

1

니콜라이 브세볼로도비치는 이날 밤 내내 꼼짝도 하지 않고 긴 의자에 앉은 채 옷장이 놓여 있는 한쪽 구석의 한 점을 뚫어져라 바라보고 있었다. 등불은 밤새도록 그의 방에 켜져 있었다. 아침 7시쯤 앉은 채로 꾸벅꾸벅 잠이 들었다. 이젠 완전히 틀에 박힌 습관에 따라 정각 9시 반에 알렉세이가 아침 커피를 가지고 방으로 들어오면서 부스럭거리는 소리로 주인의 잠을 깨웠다. 그는 번쩍 눈을 떴으나, 뜻밖에 너무 오래 자버려 이렇게 늦어진 데 불쾌한 놀라움을 느낀 것 같았다. 그는 매우 급하게 커피를 마시고, 재빨리 옷을 갈아입은 다음 분주히 집을 나섰다. "일러두실 말씀은 없으십니까?" 하는 알렉세이의 조심스러운 물음에도 아무런 대답을 하지 않고, 그는 깊은 생각에 잠긴 듯 땅만 쳐다보면서 거리를 걸어갔다. 다만 가끔씩 순간적으로 얼굴을 들고 막연하면서도 몹시 불안한 모습을 보일 뿐이었다. 집에서 그리 멀지 않은 네거리에서 길을 가던 한 무리의 사람들이 그의 길을 가로막았다. 50명이나, 그보다 더 될 듯했으나, 질서 정연하게 말소리 하나 없이 얌전하게 걷고 있었다. 그는 1분가량 어느 가게 앞에 멈춰서 있어야만 했는데 누군가 옆에서 "저건 쉬피굴린 공장 직공들이야" 말했다. 그는 그 말에 거의 주의를 기울이지 않았다.

그는 겨우 10시 반쯤에야 그 고장의 수도원 스파소 예피미옙스키 문 앞에 닿았다. 수도원은 시가를 벗어난 강기슭에 있었다. 그제야 비로소 뭔가 성가시고 마음에 걸리는 일을 생각해 냈는지 급히 호주머니 속을 뒤져보고는 빙긋이 웃었다. 안에 들어서자 처음으로 만난 수도원 사람을 붙잡고, 이 수도원에 있는 티혼 주교를 만나려면 어디로 가야 하느냐고 물었다. 수도원 사람은 연거푸 인사를 하면서 즉시 안내해 주었다. 2층 건물로 되어 있는 기다란 수도원 맨 끝에 만들어 놓은 작은 계단 옆에서, 저쪽에서 온 머리털이 희끗희끗하고 살이 찐 수도사가 재빨리 군말 없이 그곳까지 안내해 온 사람으로부터 니콜라이를 잡아채 좁고 긴 복도로 이끌었다. 마찬가지로 연방 굽실거리면서(하지만 살이 쪘기 때문에 허리를 굽혀 절은 못하고 다만 머리만을 꺼덕거릴 뿐이었다), 니콜라이가 뒤에서 따라가고 있음에도 쉴 새 없이 "이쪽으로 오십시오" 말하는 것이었다. 살찐 수도사는 뭔가 묻기도 하며 수도원장 이야기를 지껄여 댔다. 그러나 대꾸를 받지 못해서인지 오히려 한층 더 공손한 태도를 취하고 있었다. 스타브로긴은, 지금 기억하는 바로는 어릴 때밖에 이곳에 온 일이 없음에도 이 수도사가 자기에 대해 잘 알고 있다는 것을 깨달았다. 복도 맨 끝에 있는 문 앞까지 이르자 수도사는 권위 있는 듯한 손길로 문을 열고, 다가온 문지기에게 자못 친근한 어조로 들어가도 좋으냐고 물었다. 그리고 대답도 기다리지 않고 문을 활짝 열고는 허리를 공손하게 굽히면서 '귀한 손님'을 안으로 들여보내고, 고맙다는 말을 듣자 마치 달아나듯 모습을 감춰 버렸다.

니콜라이는 그리 크지 않은 방 안으로 한 걸음 들어섰다. 그러자 거의 동시에 다음 방 문 앞에 키가 크고 앙상하게 여윈 사람이 모습을 나타냈다. 쉰 살쯤 되어 보였으며, 속옷 같은 검소한 중간 길이의 옷을 입고 있었는데, 언뜻 왠지 모르게 병자 같아 보였다. 뭐라 말할 수 없는 애매한 미소를 띠고 묘하게 소심한 눈빛을 하고 있었다. 바로 이 사람이 니콜라이가 샤토프한테서 처음 얘기를 듣고 그 이후로 어떤 일 끝에 몇 가지 참고 자료를 모아둔 바로 그 티혼 주교였다.

그 참고 자료란 것은 가지각색이어서 모순된 점도 있었지만, 뭔가 공통된 점이 있었다. 왜냐하면 티혼을 좋아하는 사람이나 싫어하는 사람이나(싫어하는 사람도 있었다), 모두 묘하게 입을 다물고 아무 말도 하지 않고 있었기 때문이다. 싫어하는 사람은 아마 경멸의 뜻일 테고, 귀의자(歸依者) 쪽은 아주 열성적인 사람까지도 어떤 사양하는 마음에서 그러는 것 같았다. 뭔가 주교의 약점이랄까, 기이한 버릇이랄까 그런 것을 숨기고 싶어하는 마음에서 우러난 일 같았다. 니콜라이가 들은 바로는 티혼은 벌써 6년째 수도원에서 살고 있는

데, 그가 있는 곳을 찾아오는 이들 중에는 매우 낮은 계급의 사람들도 있는가 하면, 아주 지위가 높은 명사들도 섞여 있었다. 뿐만 아니라 멀리 페테르부르크에도 열성적인 숭배자가 있었으며 그것도 주로 부인들이 많다는 것이다. 그런가 하면 이 고장의 명사요, 클럽의 노장격이며, 아울러 신앙심이 두터운 노인으로부터 들은 바에 의하면 "티혼은 거의 미쳤다고 해도 좋을 정도이며, 틀림없는 애기지만 술도 제법 잘 마신다"는 것이었다. 미리 말해 두지만 이것은 전혀 터무니없는 말이며, 단지 오랫동안 지병인 류머티즘으로 다리를 앓아 가끔 신경성 경련을 일으키는 정도였다. 이 또한 니콜라이가 들은 애기지만 이 주교는 성격이 약해서라기보다 "그 지위에 어울리지 않고 이해할 수도 없는, 다른 데 정신이 팔리는 버릇" 때문에 수도원 내부에서 특별한 존경을 받을 수 없었다. 소문에 따르면 수도원장은 직무에 아주 엄정하고, 학식으로 널리 알려진 사람이었다. 그렇기에 티혼에 대하여 적의를 품고, 그 무사태평한 생활 태도를 지적할 뿐만 아니라 이단사상까지도 들추어 내어, 맞대놓고 말하지는 않지만 간접적으로 그를 비난한다는 것이다. 함께 묵고 있는 수도사들도 병든 이 주교에 대해서 무관심하다기보다, 너무 허물없는 태도를 취하고 있었다.

티혼의 암실인 두 개의 방도 어쩐지 이상하게 꾸며져 있었다. 닳아빠진 가죽을 씌운 낡은 떡갈나무 의자와 탁자가 나란히 놓여 있고, 서너 가지 우아한 물건들이 눈에 띄었다. 그것은 매우 사치스러운 안락의자, 훌륭하게 만들어진 커다란 책상, 나무새김 장식이 붙은 품위 있는 책장, 그 밖에 예쁘고 작은 탁자와 구석장으로, 모두가 말할 나위도 없이 회사된 물건들이었다. 값비싼 모직 양탄자가 깔려 있는가 하면, 바로 옆에 돗자리가 있기도 했다. '속세적인' 내용이나 신화시대를 다룬 판화가 있는가 하면, 한구석에는 금은색이 찬란한 성상을 넣은 감실(龕室)이 자리하고 있었다. 더욱이 성상 하나는 유골이 든 아주 오래된 것이었다. 장서의 내용도 갖가지인 데다 모순투성이여서 그리스도교의 위대한 전도사나 고행자의 저술과 나란히 "희곡이나 소설책, 혹은 그보다 훨씬 지독한 것"까지 섞여 있다는 소문이었다. 서로가 왠지 불편한 듯한 모습으로 서둘러 애매한 첫 인사를 나눈 다음, 티혼은 자기 거실로 손님을 안내했다. 그리고 여전히 성급한 태도로 탁자 앞에 있는 긴 의자에 앉게 하더니 자기는 옆 등의자에 걸터앉았다. 그때 놀랍게도 니콜라이는 완전히 당황해 버렸다. 그것은 마치 뭔가 이상하고 다툴 여지도 없으면서 동시에 그로서는 불가능한 일을 단행하려고 죽을힘을 다하는 듯한 상태였다. 그는 잠시 동안 거실을 둘러보았지만 분명 보고 있는 물건이 무엇인지도 모르는 것 같았다. 그러고는 생각에 잠겼으나 무엇을 생각하고 있는지 그 자신도 몰랐을지 모른다. 주위의 적막이 그를 제정신으로 돌아오게 했다. 언뜻 보니, 티혼은 전혀 필요도 없는 미소를 띠며 겸연쩍은 듯이 눈을 내리깔고 있는 것 같았다. 그것이 한순간 그의 마음에 혐오감과 반항심을 불러일으켰다. 그는 일어서서 나가려고 했다. 그의 눈에는 티혼이 취해 있는 것처럼 보였던 것이다. 하지만 티혼은 갑자기 눈을 번쩍 뜨더니 사념(思念)에 찬 또렷한 눈초리로 그를 바라보았다. 더욱이 동시에 니콜라이가 몸이 떨리는 것을 가까스로 참았을 정도로 뜻밖의 수수께끼 같은 표정이 엿보였다. 그러자 이번에는 갑자기 전혀 다른 상념이 떠올랐다. 티혼은 이미 내가 무얼 하러 왔는지 알고 있다, 벌써부터 예고를 받았다(이 세상 누구도 그 원인을 알 수 있는 자는 없을 텐데). 그가 먼저 입을 열지 않는 것은 손님이 굴욕을 느낄 것이 염려되어 사정을 보아주려는 마음이기 때문일 것이다.

"당신은 나를 아십니까?" 그는 불쑥 무뚝뚝한 말투로 물었다. "들어왔을 때 이름을 말하셨던가요? 미안합니다, 난 정말 정신이 없어서……."

"당신은 자기소개를 하진 않았지만, 나는 4년 전에 이곳에서, 이 수도원에서 당신을 한 번 뵌 적이 있습니다. 우연한 일로요."

티혼은 한마디 한마디 분명하고 부드러운 목소리로 아주 천천히 말했다.

"나는 4년 전에 이 수도원에 온 일은 없습니다." 괜스레 거친 말투로 니콜라이는 되받았다. "나는 아주 어렸을 때 이곳에 온 일이 있을 뿐입니다. 아직 당신이 계시지 않았을 때요."

"그럼 잊어버리셨군요?" 구태여 우기려고도 하지 않고 조심스러운 어조로 티혼은 주의를 촉구했다.

"아뇨, 잊을 리가 없습니다. 만일 그런 일을 기억 못 한다면 우스운 일이 아닙니까?" 뭔가 극도로 주장하는 것 같은 태도로 스타브로긴은 말했다. "당신은 어쩌면 나에 대한 소문만 듣고 어떤 관념이 머릿속에 박혀 그것 때문에 나를 만난 것 같은 착각을 하고 계신 게 아닙니까?"

티혼은 입을 다물었다. 그때 니콜라이는 이따금씩 신경질적인 경련이 티혼의 얼굴을 스치는 것을 보았다. 그것은 오래된 신경쇠약의 징후였다.

"보아하니 당신은 오늘 기분이 좋지 않은 것 같군요." 그는 말했다. "쉬시는 편이 좋지 않을까요?"

그는 슬쩍 자리에서 일어나려고까지 했다.

"그렇습니다. 나는 어제부터 죽 다리가 몹시 아파서요. 어젯밤은 잠도 제대로 자지 못했답니다……"

티혼은 말을 멈췄다. 손님이 갑자기 뭔가 밑도 끝도 없는 생각에 빠진 것이다. 침묵은 꽤 오래, 2분쯤이나 계속되었다.

"당신은 나를 관찰하고 계셨나요?" 불쑥 그는 불안하고 미심쩍은 듯한 어조로 물었다.

"당신을 보고 있는 동안에 어머님의 얼굴이 떠올랐거든요. 외모로는 닮은 데가 없는 것 같으면서 내면이나, 정신적으로는 매우 많이 닮았군요."

"닮은 데는 조금도 없어요. 특히 정신적인 유사점이야, 앞으로도 없다고 봐도 될 것입니다!" 웬일인지 자신도 모르게 매우 고집스러운 태도로, 또한 필요 이상으로 초조해하면서 니콜라이는 말했다. "당신이 그렇게 말씀하시는 것은…… 나의 현재 상태에 동정해서 그러는 거죠?" 그는 불쑥 이렇게 내뱉었다. "허! 어머니가 당신한테 자주 들릅니까?"

"들르십니다."

"몰랐군요, 한 번도 어머니에게서 들은 적이 없습니다. 자주 옵니까?"

"거의 달마다, 아니 더 많더군요."

"한 번도, 한 번도 들은 일이 없습니다. 들은 적이 없다고요." 그는 이 사실에 무섭게 불안을 느끼기 시작한 모양이었다. "당신은 물론 어머니한테서 내가 미치광이라는 말을 들으셨겠죠?" 그는 또 툭 내뱉듯 말했다.

"아뇨, 당신은 미치광이가 아닙니다. 하기야 그런 말을 듣기는 들었지요. 하지만 다른 사람으로부터 들었습니다."

"그럼 당신은 참 기억력이 좋으시군요, 그런 하찮은 일까지도 기억하고 계신 것을 보니. 따귀를 맞은 사건도 들으셨나요?"

"그런 소리를 들은 것 같군요."

"결국 하나에서 열까지 다군요. 당신은 그런 소문을 들을 만큼 한가하신 모양이군요. 그럼 결투에 대한 말도?"

"네, 결투에 대한 말도."

"허, 이곳은 신문이 필요 없는 곳이군요. 샤토프가 앞질러 와서 나에 대해 떠들었군요?"

"아닙니다. 난 샤토프 씨를 알고는 있습니다만, 벌써 오래전부터 그분을 만나지 않았습니다."

"흠…… 저기 있는 것은 도대체 무슨 지도입니까? 아니, 최근의 전쟁 지도군요! 왜 이런 것이 여기에?"

"이 지도를 본문과 대조하여 조사했거든요. 상당히 재미있는 기록이었어요."

"보여주세요. 아, 이 전쟁사는 그런 대로 잘되었군요. 그러나 당신치고는 기묘한 책입니다."

그는 책을 집어서 내리훑었다. 그것은 최근의 전쟁에 관한 사정을 그럴듯하게 서술한 방대한 책으로서 군사적이라기보다 오히려 문학적으로 뛰어난 노작(勞作)이었다. 그는 잠깐 책을 뒤적여 보더니 갑자기 초조한 듯이 툭 내던졌다.

"나는 뭣 때문에 이곳에 왔는지 통 모르겠어요." 상대방의 대답을 기대하듯이 티혼의 눈을 똑바로 바라보면서 그는 신경질적인 어조로 이렇게 말했다.

"당신도 그다지 건강한 것 같지는 않군요."

"네, 그럴지도 모릅니다."

그는 갑자기 얘기를 시작했다. 그것이 너무나도 간단하고 뚝뚝 끊어진 듯한 말이었으므로 자칫하면 알아들을 수 없을 정도였다. 그 말에 의하면 그는 어떤 환각증(幻覺症)에 걸려 특히 밤이 되면 곧잘 자기 옆에 무엇인가 심술궂고 빈정대며, 더욱이 '이성(理性)이 뚜렷한' 살아 있는 물체를 느낄 뿐만 아니라 때에 따라선 눈에 보이는 일까지도 있다는 것이었다.

"여러 가지 이상한 얼굴을 하고, 갖가지 성격으로 변해서 나타나지만 그 정체는 늘 똑같은 것입니다. 그래서 나는 늘 초조해집니다……."

이 고백은 기괴하기 이를 데 없고 뒤죽박죽이어서, 정말로 미치광이가 하는 말 같았다. 하지만 이때 니콜라이의 어조는 지금까지 본 일이 없을 정도로 이상할 만큼 개방적이었으며, 그에게는 전혀 어울리지 않는 솔직함을 보이고 있었다. 그의 안에 숨어 있던 전날의 인간은 어느 결에 홀연히 사라진 것 같은 기분이 들 정도였다. 그는 자기 환각을 말할 때 공포의 빛을 숨김없이 드러냈고, 그것을 조금도 부끄러워하는 기색이 없었다. 그러나 그것도 다 순간적인 일로, 나타났을 때와 마찬가지로 갑자기 사라져 버렸다.

"그러나 다 부질없는 일입니다." 그는 퍼뜩 정신을 차리고 멋쩍은 듯 초조한 목소리로 재빨리 이렇게 말했다. "의사한테 가보겠습니다."

"꼭 가보시는 게 좋겠습니다." 티혼은 맞장구쳤다.

"당신은 자못 당연한 일처럼 말씀하시는군요…… 나 같은 사람을 보신 일이 있습니까, 이렇게 환각에 사로잡힌 사람을?"

"본 일이 있습니다. 하지만 아주 드문 일입니다. 지금까지의 경험으로는 딱 한 사람만을 기억하고 있습니다. 장교였는데, 둘도 없는 평생의 반려자를 잃은 뒤부터 그렇게 되었답니다. 또 한 사람은 말로만 들었습니다만. 두 사람 다 그 뒤 외국에서 치료를 받은 모양입니다…… 당신은 전부터 그 병에 걸려 있었던가요?"

"1년쯤, 그러나 이것은 모두 부질없는 일입니다. 의사에게 보이겠습니다. 다 바보 같은 짓입니다. 너무나 바보 같은 짓입니다. 그것은 여러 가지 모습을 한 나 자신에 불과한 것입니다. 지금 내가 이 한마디를 덧붙였으니 당신은 틀림없이 이렇게 생각하시겠죠. 이것은 정말 나 자신이지, 악령(惡靈) 따위 아니라는 것을 충분히 확신하지 못하고 있으며 아직까지도 의심하고 있을 거라고."

티혼은 의심쩍은 듯 그를 쳐다보았다.

"그럼…… 당신은 정말 그것을 보는 겁니까?" 그는 물었으나 그것은 니콜라이의 말이 확실히 터무니없고 병적인 환각에 불과하다고 말하는 데 대해 모든 의심을 떨쳐버리려는 듯한 말투였다. "당신은 정말로 어떤 모습을 본단 말입니까?"

"내가 이미 똑똑히 보인다고 했는데 그렇게 다짐을 하는 것은 이상하군요." 스타브로긴은 또 한마디 한마디에 초조함을 나타내었다. "물론 보입니다, 지금 당신을 보고 있는 것과 마찬가지로. 어쩌면 실제로 보고 있으면서도 그 보고 있다는 사실에 확신을 갖지 못합니다…… 또 자칫하면 나와 그것, 어떤 게 진짜인지조차 모르게 됩니다…… 그러나 이런 건 다 쓸데없는 얘기입니다. 당신은 도저히 상상할 수 없습니까? 이것이 진짜 악령이라고는?" 너무도 급격히 냉소적으로 변하면서 그는 껄껄 웃고 이렇게 덧붙였다. "하지만 그러는 편이 당신의 직업상 적합하지 않습니까?"

"아마 병이라고 보는 게 타당하겠죠. 게다가……."

"게다가 뭡니까?"

"악령은 의심할 여지도 없이 존재합니다. 하지만 그 해석은 그야말로 다양합니다."

"당신이 또 눈을 내리깐 것은……" 스타브로긴은 초조한 듯한 비웃음을 띠면서 상대방의 말을 막았다.

"내가 악령을 믿고 있으니 남의 일이지만 부끄러워 그러는 것이겠죠? 그러나 난 그것을 믿지 않는다고 해두고 당신에게 한 가지 교활한 질문을 하지요. 그런 게 정말 있는 겁니까, 없는 겁니까?"

티혼은 아리송한 미소를 지었다.

"아니, 그렇다면 꼭 알아주셨으면 합니다만, 나는 조금도 당신의 생각을 부끄럽게 여기지 않습니다. 지금의 실례를 대신하여 당신에게 만족을 주기 위해 난 진지하고도 뻔뻔스럽게 밝힙니다만, 난 악령을 믿습니다. 비유(比喩)로서가 아니라 개체(個體)로서의 악령을 합법적으로 믿습니다. 난 누구에게서도 무엇 하나 대답을 캐낼 필요가 없습니다. 그뿐입니다."

그는 신경질적으로 부자연스러운 웃음소리를 내었다. 티혼은 호기심에 찬 빛을 띠며 그를 쳐다보고 있었다. 그 눈초리는 부드럽긴 했으나 조금 겁먹은 것도 같았다.

"당신은 신을 믿습니까?" 갑자기 니콜라이는 이렇게 내뱉었다.

"믿습니다!"

"하지만 성경에 그렇게 쓰여 있지 않습니까? 만일 믿음이 있어서, 산이여 움직여라 하면, 산은 즉시 움직인다고. 아무튼 바보 같은 소리를 해서 죄송했습니다. 그러나 잠깐 호기심으로 알고 말해 주세요. 당신은 산을 움직일 수 있습니까, 어떻습니까?"

"하느님의 이르심이 있다면 그야 움직이게 할 겁니다." 나직하고 공손한 목소리로 티혼은 다시 눈을 내리깔면서 대답했다.

"아니, 그것은 하느님 자신이 움직이는 것과 결국 마찬가지가 아닌가요. 그렇지 않고 당신이, 당신이 신에 대한 신앙의 보답으로서 말입니다."

"움직이지 못할지도 모릅니다."

"못할지도 모릅니다? 아니, 그것도 나쁘진 않군요. 당신도 역시 의심하고 계시군요?"

"신앙이 모자라기 때문에 의심하고 있지요."

"뭐라고요, 당신도 신앙이 모자란다고요?"

"그렇습니다…… 신앙심을 갖는 방법이 부족할는지도 모릅니다." 티혼은 대답했다.

"어쩐지 당신을 보고 있으니, 이것만은 예상할 수 없었군요!" 조금 놀란 듯, 그는 갑자기 상대방을 흘끔 보았다. 그것은 지금까지 질문의 빈정거리는 어조와는 전혀 어울리지 않을 정도로, 그야말로 한껏 솔직한 놀라움이었다.

"그렇지만 하느님의 도움을 빌린다 해도 역시 움직일 수 있다고 믿고 있지요? 아니, 그것만으로도 부족하다고는 할 수 없어요. 적어도 믿고 싶다는 기분은 있으니까요. 산이라는 것도 글자 그대로 해석하고 있죠? 원칙상 나쁘지는 않습니다. 내가 알게 된 일이지만, 러시아의 급진적인 유대인 사제들은 거의가 루터파로 기울어진 것 같습니다. 이것은 뭐라고 해도, 겨우 한 사람 정도인 대주교보다 약간 큰 뜻을 갖고 있으니까요. 당신은 물론 그리스도 교도이겠죠." 스타브로긴은 빠르게 말했다. 때로는 진지하고 때로는 조롱하는 듯한 말이 흩뿌리듯이 튀어나왔다.

"주여, 그대의 십자가를 나는 부끄러워하지 않으리." 티혼은 거의 속삭이듯 말했다. 그것은 어떤 열렬한 속삭임이었다. 머리는 점점 더 낮게 떨어뜨렸다.

"신을 믿지 않고 악마를 믿을 수 있습니까?" 스타브로긴은 웃기 시작했다.

"그건 이미 할 수 있는 정도가 아닙니다. 아주 흔해빠진 일이에요." 티혼은 고개를 들고 싱긋 웃었다.

"그럼 당신은 그런 신앙이 뭐라 해도 완전히 신앙이 없는 것보다, 존경할 만하다고 생각하시는 거죠…… 내기라도 하겠습니다." 스타브로긴은 껄껄 웃었다.

"뿐만 아니라 완전한 무신론 쪽이 속세의 무관심한 태도보다 훨씬 존경할 만합니다." 티혼은 대답했다.

"허, 어떻게― 그리 생각하십니까!"

"완전한 무신론자는 완전한 신앙에 다다른다, 마지막 한 걸음 직전인 층계에 서 있다(그것을 밟고 넘어서느냐, 않느냐는 제쳐놓고라도). 그런데 무관심한 인간은 아무런 신앙도 갖고 있지 않다, 나쁜 뜻의 공포 정도일 뿐. 그러나 그 것도 아주 가끔, 감각이 예민한 사람에 한해서지요."

"음…… 〈계시록〉을 읽었습니까?"

"읽었습니다."

"기억하고 있습니까, '그대 라오디게아 교회의 사자(使者)에게 편지하라'라는 것을?"

"기억하고 있습니다."

"그 책은 어디 있습니까?" 웬일인지 이상하게 서둘러대며, 눈으로 책상 위의 책을 찾아가며 스타브로긴은 침착하지 못하게 허둥대는 몸짓을 했다. "당신한 테 읽어드리고 싶습니다…… 러시아어로 번역된 것이 있습니까?"

"난 그 부분을 알고 있습니다. 기억하고 있습니다." 티혼은 말했다.

"보지 않고 욀 수 있겠습니까? 그럼 좀 읊어주세요……"

그는 갑자기 눈을 내리깔고는 양쪽 팔꿈치를 무릎 위에 올려놓고, 조바심 을 내며 귀 기울이는 자세를 갖췄다. 티혼은 한마디 한마디 생각해 내면서 암 송했다.

"라오디게아 교회의 사자에게 편지하라 아멘이시요 충성되고 참된 증인이시요 하느님의 창조의 근본이신 이가 이르시되 내가 네 행위를 아노니 네가 차지도 아니하고 뜨겁지도 아니하도다. 네가 차든지 뜨겁든지 하기를 원하노라. 네가 이같이 미지근하여 뜨겁지도 아니하고 차지도 아니하니 내 입에서 너를 토하여 버리리라. 네가 말하기를 나는 부자라 부요하여 부족한 것이 없다 하나 네 곤고한 것과 가련한 것과 눈 먼 것과 벌거벗은 것을 알지 못하는……."

"됐습니다." 스타브로긴은 말을 중단케 했다. "실은 난 당신이 무척 마음에 들어요."

"나도 당신이 마음에 듭니다." 티혼은 작은 소리로 답했다.

스타브로긴은 입을 다물었다. 그리고 갑자기 아까와 같은 생각에 잠겼다. 그것은 마치 발작적으로 일어나는지, 벌써 이것으로 세 번째였다. 게다가 티혼을 향해 "무척 마음에 들어요" 말한 것도 거의 발작적이라고 해도 좋았다. 적어도 자기로서도 뜻하지 않았던 일임에 틀림없었다. 1분이 더 지났다.

"화내지 마세요." 손가락으로 니콜라이의 팔꿈치를 만질 듯 말 듯 하면서 어딘가 모르게 기가 죽은 듯한 모습으로 티혼은 이렇게 속삭였다.

니콜라이는 깜짝 놀라 화가 난 듯이 눈살을 찌푸렸다.

"어떻게 당신은 내가 화난 것을 알았나요?" 그는 빠른 어조로 물었다. 티혼이 뭔가 대답하려고 했을 때 그는 갑자기 말할 수 없이 불안한 빛을 보이면서 상대방을 가로막았다.

"왜 당신은 내가 틀림없이 화를 낼 거라고 상상했습니까? 그렇습니다. 나는 심술이 나 있었습니다. 알고 계신 대로입니다. 그것도 달리 이유가 있어서가 아니라 당신에게 '무척 마음에 든다'고 말했기 때문입니다. 알고 계신 대로입니다. 그러나 당신은 천박한 비아냥꾼입니다. 인간의 본성이란 것에 대해 비열한 생각을 갖고 있기 때문입니다. 이것이 만일 내가 아니고 다른 사람이었더라면 화를 내는 일이라고는 없었을 것입니다…… 하지만 문제는 다른 사람이 아니라 나입니다. 하지만 그렇다 해도 당신은 기인(奇人)이고 하느님에 미친 사람입니다."

그는 점점 흥분했으며 이상하게도 말씨도 거칠어졌다.

"알겠습니까, 나는 간첩이니 심리학자니 하는 사람들을 좋아하지 않습니다.

적어도 내 영혼을 들여다보려는 그러한 녀석들을 좋아하지 않죠. 나는 내 영혼 속에 아무도 불러들이지 않습니다. 나는 아무도 필요로 하지 않아요. 내가 내 처리를 합니다. 당신은 내가 당신을 두려워한다고 생각합니까?" 그는 한층 소리를 높여 덤빌 듯이 고개를 쳐들었다. "당신은 틀림없이 이렇게 확신하고 있겠죠. 내가 이곳에 온 것은 어떤 '무서운' 비밀을 털어놓기 위해서라고 말입니다. 당신에게 어울리는 은둔자적 호기심을 긴장시키면서 이제나저제나 기다리고 있는 거겠죠. 그렇다면 미리 말해 둡니다만, 나는 아무런 비밀도 털어놓지 않겠어요. 당신 신세를 지지 않아도 제법 잘 살아갈 수 있으니까요⋯⋯."

티혼은 똑똑히 상대방을 쳐다보았다.

"당신은 주님이 미지근한 것보다 찬 것을 사랑하는 데 놀란 것 같군요." 그는 말했다. "당신도 그저 미지근한 것이 되고 싶지는 않겠죠. 나는 그런 예감이 듭니다. 당신은 대단한 각오를 품고 있다고, 어쩌면 무서운 각오인지도 모른다고. 부탁이니 자기와 자기 몸을 괴롭히지 말고 모두 다 털어놓으세요."

"내가 무슨 작정이 있어 온 거라고 당신은 확실히 알아채고 있었습니까?"

"나는⋯⋯ 알아채고 있었습니다."

니콜라이는 약간 창백해졌고 손은 희미하게 떨리고 있었다. 몇 초 동안인가, 그는 최후의 결심을 하려는지 말없이 눈을 고정시키고 있었다. 이윽고 웃옷 호주머니에서 뭔가 인쇄한 종이를 꺼내어 책상 위에 놓았다.

"이것은 공표할 예정인 인쇄물입니다." 그는 쉰 듯한 목소리로 말했다. "만일 단 한 사람이라도 이것을 읽는다면 나는 더 이상 감추지 않겠어요. 모든 사람에게 읽어주겠어요. 그렇게 결심했었습니다. 나는 당신 같은 사람을 전혀 필요로 하지 않아요. 완전히 결심했으니까요. 그러나 하여간 읽어주세요⋯⋯ 읽는 동안은 아무 말도 하지 말고, 다 읽고 나거든 죄다 들려주세요⋯⋯."

"읽을까요?" 티혼은 아주 심술궂게 물었다.

"읽어주세요. 나는 까딱없습니다."

"안 됩니다. 외국에서 박은 자잘한 인쇄라서 안경 없이는 글씨도 알아볼 수 없습니다."

"자, 안경." 스타브로긴은 탁자 위에서 안경을 집어 건네주면서 긴 의자 등받이에 몸을 기대었다. 티혼은 그쪽은 쳐다보지도 않고 인쇄물을 열심히 읽기 시작했다.

2

인쇄물은 정말 외국의 것으로, 흔한 소판(小版) 편지지 석 장에 인쇄한 것을 대강 맨 것이었다. 외국 어딘가의 러시아 인쇄소에서 몰래 인쇄했음에 틀림없었다. 언뜻 보기에 불온문서의 체제를 갖추고 있었고, 제목은 '스타브로긴으로부터'로 되어 있었다.

나는 정말 이 기록을 한마디도 빼놓지 않고 적으려 한다. 다만 철자가 잘못된 것은 바로잡았다. 이런 철자법의 오류는 상당히 많아서 조금 놀랐을 정도였다. 뭐라 해도 글쓴이는 교양 있는 인물로, 물론 비교적인 얘기이긴 하지만 박학(博學)이라 해도 좋기 때문이다. 문장은 부정확한 부분도 있으나 전혀 바꾸지 않았다. 하여간 무엇보다도 글쓴이가 문학자가 아닌 것은 명백하다.

좀 얘기가 빗나가지만 한 가지만 더 미리 말해 둔다. 이 기록은 내 의견으로는 병 때문에 한 일이라기보다 이 사람에게 깃들어 있는 악령의 짓이라 볼 수 있다. 예를 들면 몹시 아파서 괴로워하는 인간이 잠깐 동안이라도 고통을 가볍게 하려고, 아니 가볍게 한다기보다 순간적이라도 현재의 고통을 다른 고통으로 바꿔 보려고 자리 위에서 몸부림을 치는 식이었다. 이렇게 되면 체제라든가 이성적이라든가 하는 일에 마음을 쓸 여유가 없음은 물론이다. 이 기록의 근본 사상은 벌을 받고 싶다는 무서울 정도의 거짓 없는 욕구이며, 평생 동안 십자가를 짊어지고, 모든 사람의 눈앞에서 벌을 받고 싶다는 욕구이다. 더욱이 이 십자가에 대한 욕구가 뭐라 해도, 십자가를 믿지 않는 인간에게 생긴다는 것이다. 따라서 "이것 하나만으로도 아주 훌륭한 '사상'을 형성한다(이것은 다른 기회에 스테판 씨가 말한 것이다)." 또 다른 한편 이 기록 전체는 확실히 다른 목적으로 쓰였음에도, 그와 동시에 폭풍처럼 광포한 것이었다. 글쓴이가 밝히는 바에 따르면 그는 이것을 쓰지 않고는 배기지 못했다. 즉 '강요당했다'는 것이다. 그것은 정말 그랬던 모양이며 그는 가능하다면 이 고배(苦杯)를 피하고 싶었음에 틀림없다. 하지만 사실 쓰지 않을 수는 없었으므로 새로운 광포성을 발휘하는 좋은 기회를 잡으려고 덤빈 것이다. 그렇다, 병자는 자리 속에서 몸부림치면서 하나의 고통을 다른 고통으로 바꾸려고 한다. 그런데 사회를 상대로 하는 투쟁이 가장 견디기 쉬운 자세로 생각되었으므로 그는 이 사회에 도전을 한 것이다.

정말이지 이러한 기록이 쓰였다는 사실 자체에, 사회에 대한 새롭고 뜻하지 않은 용서할 수 없는 도전이 예상된다. 누구라도 좋다. 다만 조금이라도 빨리 적수(敵手)를 만나기만 하면 되는 것이다.

그러나 어쩌면 이 사건 전체는, 즉 인쇄물도, 그 발표 계획도 지사의 귀를 문 사건의 변형에 지나지 않을지도 모른다. 이제 진실이 꽤 밝혀진 오늘날에도, 왜 이 생각이 내 머릿속에 떠오르는지 전혀 이해가 되지 않는다. 이 기록이 거짓이라고, 즉 고스란히 머리에서 짜낸 것이라고 단언할 생각도 없으며, 증거를 끌어댈 생각도 없다. 무엇보다도 확실한 것은 진실을 그 두 가지 중간에서 찾는 일일 것이다. 사실 나는 너무 앞질러 나간 것 같다. 아무튼 기록 자체를 보는 것이 가장 좋으리라. 티혼이 읽은 것은 다음과 같은 것이었다.

스타브로긴으로부터

나, 즉 퇴역 장교 니콜라이 스타브로긴은 186X년 음탕한 생활에 몸을 맡기고, 더욱이 그 생활에 만족을 느끼는 일 없이 페테르부르크에서 살고 있었다. 그 무렵 얼마 동안 나는 세 채의 집을 갖고 있었다. 하나는 나 자신의 집으로 하녀를 두어 식사를 준비하게 했다. 현재 나의 법적 아내인 마리야 레뱌드키나도 그 무렵 이 아파트에 있었다. 그 밖의 두 집은 연애놀음을 위해 월세로 빌려 쓰고 있었다. 한 집에서는 나를 사모하고 있던 어느 귀부인과 만나고, 또 한 집에서는 그 귀부인의 하녀와 밀회하고 있었는데, 얼마 동안은 이 두 사람, 즉 여주인과 하녀가 나의 집에서 얼굴을 맞대도록 하려는 계획에 골몰했다. 나는 두 사람의 성격을 잘 알고 있었으므로, 이 계략에 대단한 만족을 기대하고 있었다.

남몰래 이 만남을 준비하고 있던 나는 그 두 집 중 하나, 고로호바야 거리에 있는 큰 집 속의 거처로 자주 발길을 돌려야 했다. 이 거처가 하녀와의 밀회 장소였기 때문이다. 그것은 4층에 살고 있는 소시민에게서, 다시 세 낸 한 칸짜리 방이었다. 소시민의 가족은 바로 옆 방에 살고 있었는데 더 작고 좁은 방이었으므로, 칸막이 장지문을 늘 열어놓고 있었을 정도였다. 사실 나 자신도 그것을 바라고 있었다. 주인은 어느 사무실에 근무하고 있어서 아침부터 저녁까지 집을 비웠다. 부인은 마흔 남짓한 나이로 헌옷을 고치는 일을 부업으로 하고 있었는데, 재단하고 바느질하고 해서는 그녀 또한 꽤 빈번히, 완성된 옷을 도매집으로 갖다주느라고 집을 비웠다. 나는 딸과 단둘이서 곧잘 집을 지켰다. 보아하니 아주 철부지로 이름은 마트료샤라고 했다. 어머니는 이 딸을 귀여워했지만, 꽤 엄하게 굴어 그들 사회에서 흔히 볼 수 있는 뒷골목 집 마누라답게 고래고래 고함을 지르는 것이었다. 이 딸이 나의 시중을 들어 칸막이 뒤쪽을 곧잘 정리해 주었다. 미리 말해 두지만 나는 이 집의 번호를 잊었다. 이번에 알아본 결과 이 낡은 집은 헐렸고, 그전에 두어 집이 있던 자리에 어마어마하게 큰 새집이 한 채 서 있었다. 그 부부의 이름 역시 잊어버렸다(혹은 그때부터 몰랐었는지도 모른다. 잘 생각해 보니 부인의 이름은 스테파니이다. 부칭(父稱)은 미하일로브나라고 한 것 같다. 주인 이름은 기억이 없다). 내 생각으로는 진지하게 찾을 마음을 먹고 페테르부르크의 경찰에 최선의 조사만 의뢰한다면 행방을 찾을 수 있을 것이다. 그 집은 뒷마당의 모퉁이에 있었다. 모든 사건은 7월에 일어났다. 집은 엷은 옥색으로 칠해져 있었다.

언젠가 내 책상에서 나이프가 보이질 않았다. 전혀 필요 없는 것으로 팽개쳐져 굴러다니고 있었던 것이다. 나는 설마 그 때문에 딸이 꾸지람을 당하리라고는 꿈에도 생각지 않았으므로, 이 일을 부인에게 말했다. 그런데 부인은 방금 전에 헝겊 조각이 없어졌을 때, 딸이(인형을 만들기 위해) 훔쳐 간 것이라며 머리채를 붙잡고 야단을 쳤던 참이었다. 이 헝겊 조각이 식탁보 밑에서 나왔을 때 딸은 한마디 불평할 생각도 않고 잠자코 한군데를 바라보고 있을 뿐이었다. 나는 그것을 알아차리고, 그때 비로소 이 딸의 얼굴을 자세히 보았다. 그때까지는 다만 눈앞에 얼찐거렸다는 인상밖에 없었다.

그녀는 눈썹과 속눈썹이 하얗고 주근깨가 난 매우 흔한 얼굴이었으나, 아주 순진하고 조용한 느낌을 가득 풍기고 있었다. 지나치게 조용할 정도였다. 어머니는 딸이 억울하게 맞아놓고도 아무 대꾸도 없는 것에 화가 나서 다시 주먹을 쥐었으나 그래도 때리지는 않았다. 바로 이때 나이프 분실이라는 사건이 벌어진 것이다. 사실 우리 세 사람 말고는 아무도 없었고, 내 방 칸막이 뒤에는 딸이 들어갔을 뿐이었다. 부인은 처음에는 아무 잘못도 없이 호통을 쳤기 때문에 이번에야말로 정말 노발대발했다. 갑자기 빗자루가 있는 곳으로 달려가서 그 속에서 회초리감을 한 줌 빼내더니, 벌써 열두 살이나 된 딸을 내가 보는 앞에서 궁둥이에 빨갛게 피가 맺히도록 후려쳤다. 마트료샤는 매를 맞는 동안에는 울지 않았다. 아마 내가 옆에 있었기 때문일 것이다. 그러나 한 번 때릴 때마다 기묘한 딸꾹질 같은 소리를 냈다. 그리고 맞고 난 다음, 꼬박 한 시간 동안이나 몹시 울어댔다.

하지만 그 전에 이런 일이 있었다. 부인이 빗자루가 있는 쪽으로 달려가서 회초리를 한 줌 빼려고 했을 때 나는 나이프를 침대 위에서 발견했다. 어쩌다가 책상에서 그곳으로 떨어졌던 모양이다. 나는 그 순간 딸이 그대로 매를 맞도록 이 사실을 말하지 말자는 생각이 들었다. 순간적으로 결심이 선 것이다. 이런 때 나는 언제나 숨이 가빠진다. 그러나 하나의 비밀도 남지 않도록 모든 것을 보다 상세하게 서술하고자 한다.

내가 이제까지 살면서 경험한 바로는, 예사롭지 않은 치욕에 찬, 비굴하고 비열하며 더욱이 무엇보다도 우스꽝스러운 처지에 놓이면, 무한한 분노와 함께 비할 바 없는 쾌감이 샘솟는 것이 보통이었다. 범죄의 순간도, 생명에 위험을 느꼈을 때도 마찬가지이다. 만일 무엇을 훔치는 일이 있었다면 나는 절도를 행함에 있어, 내 비열함의 심각성을 의식하고 취할 듯한 쾌감을 맛보았음에 틀림없다. 내가 사랑한 것은 비열 그 자체는 아니다(그런 경우 내 이성은 완전히 활동하고 있었다). 단지 내가 비열함을 의식하는 괴로움 속에서 어떤 취한 듯한 기분을 즐기는 것이었다. 또 이와 마찬가지로 나는 결투장의 경계선에 서서 적의 발사를 기다리는 순간에도 똑같이 굴욕에 찬, 더욱이 광포한 감촉을 경험했다. 한번은 그것이 유달리 격렬했다. 고백하지만 나는 가끔 이를 추구했다. 왜냐하면 이야말로 내게 있어서 이런 종류의 감각 중에서 가장 강렬한 것이었기 때문이다. 나는 따귀를 맞았을 때(지금까지 두 번 맞았다), 무서운 분노에도 불구하고 역시 이 감각을 맛보았다. 이 분노를 참고 있으면 쾌감이 상상할 수 있는 한도를 넘어서고 마는 것이다. 나는 이 사실을 아직 아무한테도 말한 일이 없다. 암시해 준 일조차 없다. 오히려 치욕이니 오욕이니 해서 숨겨왔다. 그러나 언젠가 페테르부르크의 선술집에서 흠씬 두들겨 맞고 머리카락을 잡혀 끌려갔을 때, 공교롭게 취하지 않았기 때문에 이 감촉을 맛보지 못하고 다만 헤아릴 길 없는 분노를 느껴 싸움만 하고 끝났다. 하지만 이것이 프랑스의 자작(子爵)이었다면—나의 따귀를 때렸기 때문에 나한테 맞아 아래턱이 떨어진 그 자작이 외국에서 나의 머리카락을 휘어잡고 목을 죄었다면, 나는 취할 듯한 환희에 사로잡혀 분노 따위는 느끼지 않았을는지도 모른다. 그 무렵 나는 이같은 기분이 들었던 것이다.

내가 이런 것을 상세히 쓰는 것은 이 감정이 여태껏 나를 전체적으로 정복한 일이 없었고, 언제나 의식이 완전한 상태로 남아 있었다는 사실을 모든 사람이 알아주었으면 하기 때문이다(그렇다, 모든 것이 의식에 기초하여 이루어졌었던 것이다). 나는 이성을 잃을 때까지라기보다, 고집을 부릴수록 이 감정에 사로잡혔지만 결코 나를 잃을 정도에까지는 이르지 않았다. 그것은 세차게 타오르는 불길의 기세에까지 다다라 있어도 나는 그것을 완전히 정복할 수 있었을 뿐 아니라, 최정상에 달했을 때 억제할 수도 있었다. 단지 스스로 억제하려는 생각을 절대로 하지 않았을 뿐이다. 나는 태어나면서부터 야수적인 정욕(情欲)을 부여받았음에도, 또 그 정욕을 늘 스스로 자극시켜 왔음에도 수도사와 같은 생애를 지낼 수도 있었을 것이라 확신하고 있다. 나는 언제라도 그럴 마음만 먹는다면 나 자신을 지배할 수 있다. 그렇기 때문에 여기서 단언해 두지만, 환경의 힘이나 병의 탓으로 돌려 나의 범죄에 대한 책임을 벗으려고는 생각지 않는다.

딸의 처벌이 끝났을 때 나는 나이프를 조끼 주머니 속에 넣고 한마디 말도 없이 밖으로 나가서, 절대로 누구의 눈에도 띄지 않도록 아주 멀리 떨어진 곳에서 길거리에 던져버렸다. 그리고 나는 이틀 동안 상황을 살폈다. 딸은 울만큼 울더니 전보다 한층 더 말이 없어졌다. 나에게 별로 나쁜 감정을 갖고 있지 않다고 나는 내심 믿었다. 그러나 내가 보는 앞에서 그런 꼴로 매를 맞았다는 일에 조금 수치스러웠을 것이다. 하지만 이 수치심에 대해서도, 그녀는 아이들이 늘 그렇듯이 아마 자기 혼자만을 탓하고 있었던 것 같다.

마침 이때, 이 이틀 동안에 나는 내가 세운 계획을 포기하고 물러서 버릴 수 있을까 하고, 한번 스스로에게 물어본 일이 있다. 그때 나는 망설임없이 곧 할 수 있다, 언제라도 손을 뗄 수 있다고 느꼈다. 나는 그 무렵 무관심병(無關心病) 때문에 자살하려고 했던 일이 있다(하지만 무슨 이유에서였는지 나도 잘 모른다). 그 결과 이 이삼 일 동안에(왜냐하면 계집애가 모든 것을 잊어버리기를 기다려야만 했기 때문이다) 나는 계속해서 떠오르는 망상으로부터 마음을 딴 데로 돌리기 위해(혹은 그저 웃음거리를 얻기 위했음인지) 나의 아파트에서 도둑질을 했다. 그것은 나의 생애에 있어 유일한 절도 행위였다.

이 건물 안에는 많은 사람들이 우글우글 모여 살았다. 그중에서 한 관리가 가족과 함께 세간이 딸린 방을 두 개 빌려 쓰고 있었다. 나이는 마흔쯤으로 멍청하지도 않았고 겉으로는 꽤 말쑥해 보였으나, 실은 가난했던 모양이다. 나는 이 사나이와 별로 친하지 않았다. 그는 나를 둘러싸고 있는 친구들을 무서워했다. 그는 마침 그때 35루블의 월급을 타 왔었다. 내가 순간적으로 그러한 나쁜 마음을 갖게 된 주된 동기는 그때 나에게 돈이 한 푼도 없었기 때문이다(사실 나흘 뒤에는 우체국에서 돈을 받았지만). 하여간 나의 절도 행위는 장난삼아 한 일이 아니라, 필요에 의해 한 셈이 된다. 더욱이 그 방법은 여봐란듯 뻔뻔스러운 것이었다. 나는 불쑥 그의 아파트로 들어갔다. 관리는 아내와 아이들과 함께 바로 옆에 있는 작은 방에서 식사를 하고 있었다. 문 바로 옆 의자 위에 벗어 던진 제복이 접힌 채 놓여 있었다. 이 생각은 복도를 걷고 있을 때부터 나의 머릿속에 떠올랐던 것이다. 나는 호주머니에 손을 넣고 지갑을 꺼냈다. 그런데 관리는 바스락하는 소리를 듣고 방에서 얼굴을 내밀었다. 적어도 뭔가 이상한 짓을 보았으리라 생각한다. 그러나 물론 모든 것을 다 본 것은 아니었으므로 자기 눈을 의심했던 것 같다. 나는 복도를 지나던 길에 지금 몇 시인가 그 집 벽시계를 보러 온 것이라고 했다. "멈췄습니다." 그는 대답했다. 그래서 나는 그대로 나가버렸다.

그때 나는 술을 마구 퍼마셨다. 내 방에는 한 개 소대 정도의 추종자들이 있었던 것이다. 그 가운데는 레뱌드킨도 끼여 있었다. 나는 지갑을 잔돈과 함께 버리고 지폐만 남겨두었다. 다 해서 32루블, 빨간 지폐가 석 장, 노란 지폐가 두 장이었다. 나는 곧 빨간 지폐 한 장을 헐어 샴페인을 사러 보냈다. 그리고 또 한 장의 빨간 지폐를 꺼내어 썼고 다시 또 마지막 한 장도 써버렸다. 네 시간쯤 지나 저녁 무렵에 그 관리가 나를 복도에서 기다리고 있었다.

"니콜라이 브세볼로도비치, 당신 혹시 아까 우리집에 들렀을 때 제복을 의자 위에서 떨어뜨리지 않았습니까? 문 앞에 있었는데요······."

"아뇨, 모르겠는데요. 그곳에 제복이 있었던가요?"

"네, 있었습니다."

"마룻바닥에?"

"처음엔 의자 위였는데, 나중엔 마룻바닥에."

"그래서 당신이 그것을 주워 올렸습니까?"

"네, 그렇습니다."

"허, 그래, 아직 무슨 볼일이 있습니까?"

"아닙니다. 그러시다면 별로, 아무것도 아니니까요······."

그는 마음먹었던 일을 완전히 말해 버릴 용기가 없었다. 뿐만 아니라 아파트 안의 누구에게도 이 일에 대해서 말하는 일조차 꺼려했다. 이런 자들은 이 정도로 겁이 많은 것이다. 하여간 이 아파트 안에서는 다들 나를 덮어놓고 두려워하면서도 존경하고 있었다. 그 뒤 나는 두 번쯤 그와 복도에서 스치면서 눈이 마주쳐 재미있어 했으나 그것도 얼마 안 가 싫증이 나버렸다.

사흘 뒤에, 나는 고로호바야 거리로 돌아갔다. 부인은 보따리를 들고 어디론가 나가려던 참이었다. 주인은 물론 집에 없었고, 나와 마트료샤만이 남게 되었다. 창문은 모두 활짝 열려 있었다. 그 집에 살고 있는 것은 대부분이 직공들이었기 때문에 어느 층에서나 종일 쇠망치 소리와 노랫소리가 들려왔다. 나와 딸은 벌써 한 시간가량이나 우두커니 앉아 있었다. 마트료샤는 자기 방에 틀어박혀, 나에게 등을 돌리고, 걸상에 걸터앉은 채 바늘을 가지고 뭔가 만지작거리고 있었다. 그러더니 불쑥 아주 작은 목소리로 노래를 부르기 시작했다. 이런 일은 이 소녀에게서 이제껏 보지 못한 일이었다. 나는 시계를 꺼내어 몇 신가 보았다. 2시였다. 가슴이 두근거리기 시작했다. 나는 일어서서 소녀 쪽으로 살짝 다가갔다. 이 방 창문 위에는 접시꽃 화분들이 늘어놓여 있었다. 햇살이 눈이 부시도록 밝게 비치고 있었다. 나는 조용히 그녀 옆 가까이, 마룻바닥에 앉았다. 소녀는 흠칫 놀라 몸을 떨었다. 처음에는 몹시 놀란 듯, 갑자기 걸상에서 벌떡 일어났다. 나는 그 손을 잡아 살짝 키스하면서, 소녀의 몸을 다시 걸상으로 끌어당기면서 그녀의 눈을 물끄러미 쳐다보았다. 내가 소녀의 손을 잡아 키스했다는 것은 그녀를 어린아이처럼 흥겹게 했으나 그것은 순간적인 일에 불과했다. 그녀는 또다시 벌떡 일어났다. 이번에는 얼굴에 경련이 일어날 정도로 심하게 놀란 것이다. 그녀는 소름이 끼칠 정도로 고정된 눈으로 나를 쳐다보았다. 입술은 금방이라도 울음이 터져나올 듯이 실룩거리기 시작했다. 그래도 소리는 내지 않았다. 나는 또다시 그 손에 키스를 하고 그녀를 무릎 위로 안아 올렸다. 그때 소녀는 갑자기 온몸을 움츠리고 부끄러운 듯이 싱긋 웃었으나, 그것은 왠지 일그러진 듯한 미소였다. 얼굴은 온통 부끄러움에 불처럼 달아올랐다. 나는 마치 술 취한 사람처럼 그녀의 귀에다 뭐라고 속삭였다. 이윽고 그러는 동안에 뜻밖에도 놀랄 만큼 이상한 일이 일어났다. 나는 그것을 영원히 잊을 수 없다. 소녀는 갑자기 두 팔로 내 목을 끌어안더니 열렬한 키스를 퍼부었다. 그 얼굴은 더할 나위 없는 환희를 드러내고 있었다. 나는 금방이라도 일어나 나가버리고 싶었다. 이 어린 것 안에 잠재해 있는 정열이 그만큼 불쾌하게 느껴졌던 것이다. 더욱이 그것은 갑자기 덮쳐온 연민의 감정 때문이기도 했다.

　모든 일이 끝나자 소녀는 쑥스러운 듯 머뭇거렸다. 나는 그녀를 안심시키려고도 하지 않았고 애무를 하려고도 하지 않았다. 소녀는 겁을 먹은 듯 미소를 지으며, 물끄러미 내 얼굴을 쳐다보고 있었다. 나는 갑자기 그 얼굴이 어리석게 여겨졌다. 당황하는 표정은 순식간에 점점 그녀의 얼굴에 퍼져 갔다. 이윽고 그녀는 두 손으로 얼굴을 가리는가 싶더니 한쪽 구석에 틀어박혀 등을 돌리고, 꼼짝 않고 서 있었다. 또 아까처럼 그녀가 겁을 내지나 않을까 걱정이 되어 나는 말없이 집을 나섰다.

　생각하건대 이 사건은 한없이 추한 행위로, 죽을 만큼 공포감을 불러일으켜 그녀의 마음에 돌이킬 수 없는 낙인을 찍었음이 분명하다. 아직 기저귀를 차고 있을 때부터 귀에 익었으리라 생각되는 러시아식 욕설과 그 밖에 여러 상스러운 대화에도 불구하고 그녀는 아직 아무것도 몰랐으리라고 나는 확신한다. 그리고 결국 그녀는 말로는 이루 다할 수 없을 정도로 큰, 죽음과 맞먹는 죄를 저질러 '하느님을 죽여버렸다'는 느낌을 품었음이 분명하다.

　그날 밤 나는 앞서도 잠깐 말했듯이 술집에 가서 싸움을 했다. 하지만 이튿날 아침 눈을 떠보니 내 아파트였다. 레뱌드킨이 데려다 놓은 것이다. 눈을 뜨자 먼저 머리에 떠오른 것은 소녀가 혹시 고해바치지나 않았나 하는 생각이었다. 그것은 그리 강한 것은 아니었지만 진지한 공포의 순간이었다. 나는 그날 아침 굉장히 기분이 좋아 누구에게나 상냥했으므로 나의 추종자들은 기뻐서 어쩔 줄을 몰랐다. 나는 그들을 내버려 두고 고로호바야 거리로 갔다. 나는 아래층 출입구에서 그녀와 마주쳤다. 근처 가게로 꽃상추를 사러 심부름을 갔다가 돌아오는 길이다. 나의 모습을 보자 그녀는 뭐라 표현할 길 없는 공포의 빛을 나타내면서 쏜살같이 계단을 뛰어올라갔다. 내가 들어갔을 때, 어머니는 '미친 고양이처럼' 집으로 뛰어들어왔다고 딸에게 주먹을 한 방 먹인 참이라 소녀의 공포 원인은 그대로 얼버무려졌다. 이런 식으로 당장은 모든 일이 평온했다. 소녀는 어딘가로 들어가 버려, 내가 그곳에 있는 동안 나타나지 않았다. 나는 한 시간쯤 있다가 돌아와

버렸다.

저녁때가 되어 나는 다시 두려움을 느꼈는데 이번은 비교도 할 수 없을 정도로 강렬한 것이었다. 물론 나는 끝까지 버티고 나갈 수 있었지만, 진실이 폭로될 우려도 있었다. 나의 머릿속에는 유형(流刑)이라는 생각도 스쳐 갔다. 나는 본디 공포라는 것을 몰랐다. 평생 동안 이때를 제외하고는 이전에도 이후에도 무엇 하나 무섭다고 생각한 일이 없다. 그러므로 시베리아 따위를 두려워할 리는 더욱 없었다. 사실, 그곳으로 유형당할 만한 일을 한두 번 한 것도 아니다. 그러나 그때는 나도 완전히 겁을 먹었고, 웬일인지 정말로 공포를 느꼈다. 그것은 난생처음 있는 일로 정말 괴로운 느낌이었다. 뿐만 아니라 그날 밤 나는 내 아파트에서 그녀에게 심한 증오를 느끼기 시작했다. 너무 미운 나머지 죽여버릴까 하는 결심마저 했을 정도였다. 증오의 주된 원인은 그녀의 미소를 떠올린 데 숨어 있었다. 그리고 그녀가 모든 일이 끝난 다음, 구석으로 뛰어가 두 손으로 얼굴을 가렸던 일을 생각하니, 뭐라 말할 수 없는 증오와 모멸감이 마음속에 끓어올라, 표현할 길 없는 분노가 치솟았다. 그러자 그에 이어 오한이 밀려들더니 마침내 새벽에는 열이 났다. 나는 또다시 공포에 사로잡혔는데, 이보다 더 큰 괴로움은 없을 거라는 생각이 들 만큼 극심한 것이었다. 하지만 나는 더 이상 소녀를 미워하지 않았다. 적어도 새벽녘에 경험한 것 같은 병적인 발작에 이를 정도는 아니었다. 심한 공포는 완전히 증오와 복수의 감정을 쫓아버리는 것이다. 이것은 나의 관찰이다.

나는 정오쯤 가뿐한 몸으로 눈을 떴다. 간밤의 극심했던 고뇌가 이상하게 여겨질 정도였다. 하지만 기분은 좋지 않았다. 나는 싫은 것을 억지로 참고 또다시 고로호바야 거리로 가야만 했다. 지금도 기억하지만 그때 도중에서 누구와 싸우고 싶은 충동을 느꼈다. 단, 진지한 싸움이어야만 했다. 고로호바야에 와보니 나의 방에는 니나 자베리예브나가 와 있었다. 이 여자는 바로 그 하녀로 벌써 한 시간이나 나를 기다리고 있었던 것이다. 나는 이 여자를 전혀 사랑하지 않았기 때문에, 그녀는 부르지도 않았는데 찾아와서 내가 화라도 내지나 않을까 하고 약간 겁을 먹고 있었다. 그러나 나는 갑자기 그녀가 온 것을 기뻐했다. 니나는 좀 얼굴이 말쑥한 여자였는데, 조심성 있으며 상인 사회에서 좋아할 것 같은 몸가짐을 하고 그런 말씨를 썼기 때문에 하숙집 부인은 벌써 오래전부터 나를 보고 이 여자를 마냥 칭찬했던 것이다. 내가 들어갔을 때, 두 사람은 마주 앉아서 커피를 마시고 있었다. 부인은 유쾌한 말상대를 만나 법석을 떨고 있었다. 그 작은 방 구석에서 나는 마트료샤의 모습을 보았다. 그녀는 그곳에 앉아서 어머니와 손님을 물끄러미 쳐다보고 있었다. 내가 들어가도 그녀는 전처럼 숨지도 않고 도망가지도 않았다. 다만 삐쩍 여윈 게 열이라도 있는 것 같았다. 나는 니나를 다정하게 대해 주고 부인 방과 맞붙은 장지문을 닫았다(이런 일은 그전에도 없었던 일이었다). 니나는 완전히 신바람이 나서 돌아갔다. 나는 그녀의 손을 잡고 배웅을 했으며, 그 뒤 이틀 동안이나 고로호바야 거리에는 가지 않았다. 이제 싫증이 난 것이다. 나는 모든 것을 정리해서, 하숙방도 내놓고 페테르부르크에서 떠나려는 결심을 했다.

그러나 하숙방을 내놓으러 가보니 부인은 불안과 슬픔에 싸여 있었다. 마트료샤가 사흘 전부터 아파서 매일 밤 열이 올라 헛소리를 한다는 것이다. 물론 나는 어떤 헛소리냐고 물었다(우리는 내 방에서 소곤소곤 얘기했었다). 그러자 어머니는 내 귀에 대고, 딸이 "무서워, 하느님을 죽여버렸어"라며 헛소리를 한다고 속삭이는 것이었다. 나는 내가 돈을 낼 테니까 의사를 불러오라고 했으나 부인은 받아들이지 않았다. "하느님의 가호로 이대로 좋아지겠죠. 노상 누워 있지는 않아요. 낮에는 밖에도 나가니까요. 방금도 요 앞 가게에까지 심부름을 갔다 왔어요." 나는 마트료샤가 혼자 집에 있을 때 다시 와야겠다고 마음먹었다. 다행히 부인이 5시쯤에 강 건너엘 가야만 한다고 무심코 말을 했기에 저녁에 다시 오기로 했다.

나는 음식점에서 식사를 하고 정각 5시 15분에 고로호바야 거리로 되돌아갔다. 나는 언제나 내 열쇠로 방에 들어갔다. 마트료샤 말고는 아무도 없었다. 그녀는 작은 방 칸막이 뒤의 어머니 침대에 누워 있었다. 나는 그녀가 흘깃 쳐다보는 것을 알았으나 모르는 체하고 있었다. 창문이란 창문은 죄다 열려 있었다. 공기는 따뜻하다기보다 오히려 후텁지근했다. 나는 잠깐 방 안을 거닐다 긴 의자에 앉았다. 나는 모든 일을 최후의 순간까지 기억하고 있다. 마트료샤에게 말을 걸지 않고 애태우는 것이 나는 몹시 기뻤다. 어째선지 모른다. 나는 꼬박 한 시간을 기다리고 있었다. 그러자 갑자기 그녀가 칸막이 뒤에서 뛰어나왔다. 그녀가 침대에서 뛰어내렸을 때 두 발이 마룻바닥에 부딪쳐 쾅 하는 소리도, 바로 이어서 꽤 빠른 발소리가 난 것도 들었다. 그러더니 그녀는 벌써 내 방 문턱 앞에 서서 말없이 물끄러미 나를 보고 있었다. 나는 비열하게도 기쁨에 심장이 두근거림을 느꼈다. 결국 내가 끝까지 버티어 그녀 쪽에서 나올 때까지 기다릴 수 있었기 때문이다. 이 며칠 동안 한 번도 가까이서 보지 않았지만, 정말 그 사이에 그녀는 무섭게 여위었다. 얼굴은 까칠했고 머리는 아마 불타듯 뜨거웠을 것이다. 커다래진 눈은 물끄러미 나를 바라보고 있었다. 처음에는 그것이 둔한 호기심의 표정처럼 생각되었다. 나는 가만히 앉은 채로 쳐다볼 뿐 꼼짝도 하지 않았다. 그러자 그때 또 갑자기 증오의 감정을 느꼈다. 그러나 금세 소녀가 전혀 나를 두려워하지 않는다는, 오히려 열에 들떠 있다는 생각이 들었다. 하지만 열에 들떠 있는 것도 아니었다. 갑자기 그녀는 나를 향하여 턱을 내밀었다. 그것은 의사표시를 할 줄 모르는 단순한 인간이 남을 책망할 때에 하는 것과 같은 그러한 턱짓이었다. 그러더니 갑자기 그녀는 나에게 조그만 주먹을 쳐들면서, 그 자리에서 움직이지 않고 위협하기 시작했다. 처음에 나는 이 동작이 우습게 느껴졌으나, 점점 참을 수 없게 되었다. 그녀의 얼굴에는 아이들에게서는 도저히 볼 수 없는 절망의 빛이 떠올랐던 것이다. 그녀는 계속 나를 위협하듯 작은 주먹을 휘두르고는, 그 책망의 턱짓을 했다. 나는 공포를 느끼면서 일어나 그녀 옆에 다가간 다음, 가만히 조심스럽게, 그리고 조용하고 부드럽게 말을 걸었지만, 그 말이 그녀의 귀에 들어갈 리 없었다. 이윽고 그녀는 그때와 마찬가지로 갑자기 두 손으로 얼굴을 가리고 내 방을 떠나더니 이쪽으로 등을 돌린 채 창가에 섰다. 왜 나는 그때 가버리지 않고, 무엇을 기다리는 것처럼 남아 있었는지 통 이해가 안 간다. 이윽고 나는 또다시 빠른 걸음소리를 들었다. 그녀는 복도로 빠지는 문으로 나갔다. 그곳에는 계단을 따라 아래층으로 내려가는 입구가 있었다.

나는 곧 내 방문 쪽으로 달려가 문을 살짝 열었고, 마트료샤가 작은 광으로 들어가는 것이 보였다. 화장실 옆에 있는 닭장 같은 것이었다. 아주 흥미로운 생각이 내 머릿속에 떠올랐다. 왜 이 생각이 가장 먼저 내 마음속에 떠올랐는지는 아직도 이해가 안 간다. 결국 그렇게 될 운명이었던 모양이다. 나는 문을 닫고 다시 창가에 앉았다. 물론 지금 떠오른 생각을 믿을 수는 없었다. "그래도……"(지금도 똑똑히 기억하고 있지만, 내 심장은 격하게 고동을 쳤다).

1분쯤 지나 나는 시계를 보았다. 그리고 가능한 한 정확하게 시간을 봐 뒀다. 무엇 때문에 정확한 시간이 필요했는지 모른다. 하지만 나에게는 그럴 만한 여유가 있었다. 전체적으로 나는 그때 모든 것을 하나도 빼놓지 않고 다 보려고 했다. 그래서 그때 관찰한 것을 지금도 기억하고 있을 뿐 아니라, 실제로 눈앞에 보이는 것 같은 생각까지 든다. 땅거미가 밀려왔다. 내 머리 위에서 파리 한 마리가 윙윙대더니 얼굴에 살짝 앉았다. 나는 그것을 잡아서 잠시 손가락으로 누르고 있었으나 이윽고 창밖으로 날려 보냈다. 아래쪽에서 짐마차 한 대가 요란스러운 소리를 내면서 문 안으로 들어왔다. 품팔이꾼 한 사람이 뒷마당 구석 쪽에 있는 창문 안에서, 아까부터 큰 소리로 노래를 부르고 있었다. 일을 하고 있었으나 모습은 보이지 않았다. 문득 이런 생각이 떠올랐다. 내가 문 안으로 들어와 계단을 올라올 때까지 아무도 만난 사람이 없으니까 이제 아래층으로 내려갈 때도 물론 아무도 만나지 않는 편이 좋겠다. 그렇게 생각하고 나는 다른 하숙인들이 보지 못하도록 조심스럽게 의자를 창가에서 떼어놓았다. 책을 집어 들었으나 곧 내던져 버리고, 접시꽃 잎에 앉아 있는 작고 빨간 거미를 지켜보고 있는 동안에 무아지경에 빠지고 말았다. 나는 모든 일을 최후의 순간까지 기억하고 있다.

나는 문득 시계를 꺼냈다. 마트료샤가 나간 지 꼭 20분 지났다. 상상은 아무래도 들어맞은 것 같았다. 그러나 나는 15분만 더 기다려 보기로 했다. 어쩌면 그녀는 돌아왔는데 내가 듣지 못했는지도 모른다. 이런 생각도 내 머릿속에 떠올랐다. 하지만 그것은 있을 수 없는 일이었다. 죽은 듯이 고요한 주위는 윙윙거리는 파리 한 마리 한 마리의 소리까지 들을 수 있을 정도였다. 갑자기 나의 심장은 다시 격하게 고동치기 시작했다. 시계를 꺼내 보니 아직 3분이 남아 있었다. 심장은 아프도록 뛰고 있었지만, 나는 그 3분 동안을 꾹 참고 앉아 있었다. 그리고 마침내 나는 자리에서 일어나 모자를 푹 눌러쓰고, 외투 단추를 채운 다음, 내가 이곳에 온 흔적이 없나 하고 방 안을 돌아보았다. 의자는 처음처럼 창가 가까이 갖다놓았다. 마지막으로 나는 문을 살짝 열고 내 열쇠로 문을 잠근 다음 광이 있는 쪽으로 걸음을 옮겼다. 광문은 닫혀 있었지만 잠겨 있지는 않았다. 이 문은 언제나 잠겨 있지 않다는 것을 나는 잘 알고 있었으나 그래도 열어보고 싶지 않았다. 다만 발돋움을 한 채 틈으로 들여다보았다. 이 순간 발돋움을 하면서 나는 문득 생각이 났다. 아까 창가에 앉아서 빨간 거미를 쳐다보면서 어느 샌가 무아지경에 빠졌을 때, 자신이 발돋움을 하면서 이 문틈으로 한 눈을 감고 들여다보는 모습을 마음속에 그렸던 것이다. 이런 세부 묘사를 이곳에 집어넣는 것은 내가 어느 정도까지 자신의 지성(知性)을 뚜렷이 파악하고 모든 일에 책임을 질 수 있느냐 하는 문제를 반드시 증명하고 싶기 때문이다. 나는 한참 동안 문틈으로 들여다보았다. 안이 어두웠기 때문이다. 그러나 아주 캄캄하지는 않았으므로 마침내 볼 수 있었다. 나에게 필요한 것을…….

마지막으로 이곳을 떠날 결심을 했다. 계단에선 아무도 만나지 않았다. 세 시간 뒤, 나는 숙소에서 늘 어울리는 패거리들과 함께 웃옷을 벗은 채 차를 마시면서 낡은 카드를 뒤적이고 있었다. 레뱌드킨은 시를 낭독하고 있었다. 여러 얘기가 많이 나왔으나, 마치 일부러 꾸며낸 듯 다들 재미있게 말했으므로 여느 때처럼 심심하지는 않았다. 그때 키릴로프도 한자리에 있었다. 럼주 병은 그곳에 있었지만 아무도 마시지 않았다. 단지 때때로 레뱌드킨이 혼자서 찔끔찔끔 입을 대는 정도였다.

프로호르 마로프는 "니콜라이 브세볼로도비치께서 기분이 좋고 울적해하지 않으시면, 우리까지 모두 유쾌해져서 재치 있는 얘기를 하는 것 같군요." 말했다. 나는 이것을 곧 그 자리에서 머릿속에 새겨두었다. 그리고 보니 나는 유쾌하고, 기분이 좋고, 울적하지 않았던 것이다. 그러나 그것은 겉으로만이었다. 잊히지도 않는다, 자신의 해방을 기뻐하고 있는 나 자신은 비굴하고 더러운 겁쟁이다, 더욱이 한평생…… 이 세상에서도, 죽은 뒤에도 결코 결백한 인간은 될 수 없다는 것을 나로서도 똑똑히 알고 있다. 그리고 이런 일도 있다. 나는 그때 '자신의 악취는 맡을 수 없다'는 유대인의 격언을 내 몸에 실현한 것이다. 왜냐하면 내가 마음속으로 비열하다 느끼고 있으면서 그것을 수치로 생각지 않고 전체적으로 그다지 양심의 가책을 느끼지 않았기 때문이다.

그때 나는 차를 마시면서, 나를 둘러싼 무리들과 지껄이고 있는 동안에 난생처음으로 엄숙하게 자기 정의를 내렸다. 다름이 아니라 이러한 것들이었다. 나 자신은 선악의 구별을 알지도 못하거니와 느끼지도 못한다. 아니, 나 자신이 그 감각을 잃었을 뿐만 아니라, 본디 선악 같은 것은 존재하지 않는다(그것도 나에게는 기분이 좋았다). 단지 편견이 있을 뿐이다. 나는 모든 편견으로부터 자유로워질 수 있지만, 이 자유를 획득하면 몸은 파멸이다. 이와 같은 것은 난생처음으로 정의의 형태로서 의식한 것, 더욱이 추종자들과 차를 마시면서 뜻도 모를 엉터리 같은 소리를 지껄이며 웃고 하는 동안에 우연히 떠오른 의식이었다. 그러나 나는 모든 것을 기억하고 있다. 누구나 알고 있는 낡은 사상이 돌연 무언가 새로운 것처럼 마음에 비칠 때가 곧잘 있는 법이다. 그것은 인생 50년의 고개를 넘어선 뒤에도 일어날 수 있는 것이다.

그 대신 나는 내내 뭔가 기대하고 있었다. 과연 내 생각대로였다. 이럭저럭 11시가 됐을 무렵에, 고로호바야 집 문지기 딸이 부인의 심부름으로 달려왔다. 마트료샤가 목을 매었다는 급보를 나한테 전한 것이다. 나는 그 계집애와 함께 나섰다. 가보니 부인은 왜 나를 부르러 보냈는지 자신도 모르고 있었다. 그녀는 울부짖으며 발버둥을 치곤 했다. 사람들이 많이 모여 있고 경관도 와 있었다. 나는 한동안 그곳에 서 있었으나 이윽고 물러났다. 나는 그 뒤로도 별로 시끄러운 일을 당하지 않았다. 다만 필요한 심문에 답변을 했을 뿐이었다. 나는 여자아이가 병이 나서 헛소리를 하고 있기에 내가 손을 낼 테니 의사를 부르자고 자청했었다는 말 이외에는 아무 이야기도 하지 않았다. 그리고 나이프에 대한 일로도 심문을 받았다. 나는 그에 대해 어머니가 나무랐지만 별일 없었다고 대답했다. 내가 그날 밤 갔던 일은 아무도 몰랐다.

나는 일주일 동안 그곳으로 발길을 돌리지 않았다. 이미 장례식도 끝나 버렸기에 나는 방을 비우려고 가봤다. 부인은 벌써 그전처럼 누더기 조각 등을 바느질하는 일을 슬슬 시작하고 있었지만 그래도 역시 계속 울고 있었다. "정말이지, 당신 나이프 때문에 그 아이를 호되게 때려준 거예요" 하고 그녀는 말했지만 나를 그리 책망하는 투는 아니었다. 나는 이미 그런 일이 있었던 이상, 이 방에서 니나를 만날 수 없다는 것을 핑계로 부인과 계산을 끝내버렸다. 그녀는 헤어지면서 다시 한 번 니나를 칭찬해 주었다. 돌아오는 길에 나는 방세에 5루블을 더 얹어주었다.

그러나 무엇보다 싫은 것은 머리가 멍할 정도로 생활에 싫증이 났다는 사실이다. 만일 내가 겁을 먹었던 것을 떠올리고 화가 나지만 않았다면 고로호바야 거리의 사건도 그때의 모든 사건과 마찬가지로, 위험이 사라짐과 동시에 완전히 잊어버렸을는지도 모른다. 나는 상대가 누구이든 상관없이 기회만 있으면 울분을 풀고 있었다. 그 무렵 전혀 아무런 이유도 없는데 나는 누군가의 생활을 망쳐버리겠다는 생각을 했다. 가능한 한 가장 추악한 방법으로 하고 싶었다. 벌써 1년 전부터 자살을 생각해 왔지만 그보다 더 좋은 방법이 나타났다.

언젠가 나는 절름발이 마리야 레뱌드키나를 보고 있다가 갑자기 이 여자와 결혼해야겠다고 결심했다. (그녀는 그 무렵 아직 미치지 않았고, 다만 감격을 잘하는 백치였을 뿐이다. 가끔씩 이 셋방에서 내 잔시중을 들고 있었는데, 마음속으로 정신없이 나를 연모하고 있다는 것을 나의 추종자들이 알아차린 것이다.) 스타브로긴이 이런 인간쓰레기 중에서도 쓰레기와 결혼한다는 생각이 나의 신경을 자극한 것이다. 이보다 더 추악한 일은 상상도 못할 정도이다. 어쨌든 내가 그 여자와 결혼한 것은 다만 '난잡한 술잔치가 끝난 뒤 술기운으로 한 내기' 때문만은 아니었다. 이 결혼의 증인은 페테르부르크에 와 있던 키릴로프와 표트르 베르호벤스키와, 그리고 오빠인 레뱌드 킨과 프로호르 마로프(지금은 죽고 없다)였다. 그 밖의 사람들은 절대로 아무도 몰랐으며 입회한 자들도 침묵을 약속했다. 나는 언제나 이 침묵이 불길한 행위처럼 생각되었으나, 오늘날까지 그 약속은 깨지지 않았다. 오히려 나는 공표할 의도를 갖고 있었지만…… 이제야말로 모든 것을 다 발표해 버리겠다.

결혼 뒤 나는 어머니 곁으로 돌아가기 위해 N현을 향해 출발했다. 이 여행은 기분 전환이 목적이었다. 고향 도시에 나는 미치광이라는 인상을 남겼다. 이 인상은 아직까지도 뿌리 깊이 박혀 있어 의심할 여지없이 나에게 해를 끼치고 있다. 그 일은 나중에 설명할 작정이다. 그러고 나서 나는 외국으로 떠나 그곳에서 4년을 지냈다.

나는 동양에도 갔다. 아토스 산에서 여덟 시간의 철야 기도로 밤을 새워 보기도 했다. 이집트에도 발을 디뎠고, 스위스에서 산 일도 있다. 아이슬란드에도 건너갔다. 괴팅겐[1]에선 1년간의 강의를 모두 청강했다. 마지막 1년 동안 나는 파리에 있는 러시아의 상류 가정과 매우 가깝게 지냈고, 스위스에선 러시아 아가씨 둘과 사귀었다.

2년 전 프랑크푸르트에서 어느 지물포 앞을 지나쳤을 때, 나는 파는 사진 속에서 아름다운 아동복을 입은 소녀의 조그만 사진에 눈이 갔다. 너무도 마트료샤와 닮은 모습이었다. 나는 곧 그 사진을 사 가지고 호텔로 돌아와서는 벽난로 위에 놓아두었다. 사진은 그곳에 일주일 동안 손도 안 댄 채 놓여 있었다. 나는 흘깃 쳐다보지도 않았다. 그리고 프랑크푸르트를 떠날 때 가져오는 것도 잊어버렸다.

이런 일을 여기에 쓰는 것은 다름이 아니라, 얼마나 내가 자기 추억을 지배하고 무감각해질 수 있었는지를 증명하기 위해서이다. 나는 추억들을 한데 묶어서 한꺼번에 내동댕이쳐 버린다. 그러면 한 무리의 추억이 늘 내가 원하는 대로, 얌전하게 사라져 가는 것이다. 나는 언제나 과거를 추억하는 것이 지루해서, 거의 대부분의 사람들이 하는 것처럼 옛날얘기를 지껄

---

*1 독일 작센 남부의 도시.

일 수가 없다. 특히 나의 과거는 내게 관련된 모든 것과 마찬가지로 증오스러운 일뿐이므로 더욱 그러하다. 마트료샤에 대해서는 사진을 벽난로 위에 올려놓고 잊어버리고 올 정도였다.

약 1년 전 봄의 일이다. 독일을 지나는 중에 멍하니 갈아타는 역을 지나쳐 다른 선(線)으로 들어간 일이 있다. 나는 다음 역에서 내렸다. 오후 2시가 지난 맑게 갠 날이었다. 장소는 독일의 조그마한 시골 마을이었다. 나는 어느 여관을 찾았다. 다음 열차는 밤 11시에 지나므로 상당히 기다려야만 했다. 나는 별로 서둘러야 할 이유도 없었으므로, 오히려 일이 이렇게 된 것을 기뻐했을 정도였다. 여관은 조그맣고 보잘것없는 곳이었지만, 나무가 우거져 있었고, 주위는 화단으로 둘러싸여 있었다. 나는 좁은 방에 들게 되었다. 기분 좋게 식사를 마치자, 밤새 열차를 타고 왔기 때문에 오후 4시쯤 깊은 잠에 빠져버렸다.

그때 나는 실로 뜻하지 않은 꿈을 꾸었다. 이런 꿈은 전에는 꾼 일이 없었다. 드레스덴의 화랑(畵廊)에 클로드 로랭의 그림이 진열되어 있었다. 카탈로그에는 〈아시스와 갈라테아〉라고 돼 있지만, 나는 늘 '황금시대'라 부르고 있었다. 나 자신도 왜 그렇게 불렀는지 모른다. 나는 전에도 이 그림을 본 일이 있지만, 그때도 사흘 전에 지나던 길에 또 정신 차려 본 것이다. 아니 그랬다기보다, 이 그림을 보기 위해 일부러 화랑을 찾아갔던 것이다. 드레스덴에 들른 것도 분명 그 때문일지 모른다. 그런데 이 그림을 꿈에 보았고, 그림으로서가 아니라 현실의 사건처럼 나타난 것이다.

그것은 그리스의 다도해(多島海) 한 모퉁이로, 애무하는 듯한 푸른 파도, 크고 작은 섬들, 바위, 꽃이 만발한 바닷가, 마법의 파노라마와 비슷한 먼 곳, 손짓하여 부르는 듯한 해넘이. 도저히 말로 표현할 수 없다. 여기서 유럽의 인류는 자기 요람을 기억 속에 새겼던 것이다. 이곳에서 신화(神話) 최초의 정경이 이루어졌고 이곳에 지상의 낙원이 존재했던 것이다…… 이곳에는 아름다운 사람들이 살고 있었다. 그들은 행복하고 깨끗한 마음으로 잠을 깨었다. 숲은 그들의 즐거운 노랫소리로 가득 찼으며 신선한 힘이 넘쳐흘러 단순한 기쁨과 사랑에 쏟아졌다. 태양은 아름다운 자기 아이들을 바라보면서 섬과 바다에 빛을 내리쏟고 있었다! 이것은 인류의 멋진 꿈이며, 위대한 집착이다! 황금시대, 이것이야말로 일찍이 이 지상에 존재한 공상 가운데 가장 황당무계한 것이지만 전 인류는 그 때문에 평생 온 정력을 다 바쳐왔고, 그 때문에 모든 희생을 해왔다. 그 때문에 예언자도 십자가 위에서 죽거나 죽임을 당하거나 했다. 모든 민족은 이것이 없으면 살기를 원하지 않을뿐더러 죽는 일조차 불가능할 정도이다. 나는 이와 같은 느낌을 이 꿈속에서 완전히 체험했다. 나는 사실 무슨 꿈을 꾸었는지 모르지만, 잠에서 깨어나 생전 처음 말 그대로 눈물에 젖은 눈을 떴을 때 바위도, 바다도, 해넘이의 비스듬한 빛줄기도, 눈앞에 선한 기분이 들었다. 전에는 몰랐던 행복감이 짜릿하도록 심장에 스며들어 왔다. 벌써 해가 질 무렵으로, 나의 작은 방 창문으로는 그곳에 나란히 올려놓은 화분의 푸름을 통해 해넘이의 비스듬한 빛줄기가 굵은 다발이 되어 흘러들어 나에게 밝은 빛을 쏟아부어 주었다. 나는 지나간 꿈을 되찾으려고 안달하는 것처럼 급히 두 눈을 감았다. 그런데 난데없이 쨍쨍 내리쬐는 햇빛 속에서 뭔가 조그만 한 점이 떠오르는 것을 보았다. 이 점은 갑자기 어떤 모양으로 바뀌더니 조그맣고 빨간 거미가 되어 내 눈앞에 똑똑히 나타났다. 나는 홀연히 생각해 냈다. 그것은 지금과 마찬가지로 해넘이의 빛줄기가 내리쬐고 있을 때 접시꽃 잎사귀 위에 앉아 있던 것이다. 나는 뭔가가 몸을 콱 찌르는 것 같은 기분이 들어 침대 위에 일어나 앉았다.

(이것이 그때 일어났던 일의 전부다!)

내가 눈앞에 본 것은! (오오, 그것은 현실이 아니다! 만일 그것이 진짜 영상이었더라면!) 내가 눈앞에 본 것은 여위고 열병에 걸린 듯한 눈초리를 한 마트료샤. 언젠가 내 방 문턱에 서서 턱을 내밀면서 나를 향해 조그만 주먹을 휘두르던 바로 그 마트료샤이다. 나는 지금까지 이렇게 괴로운 체험을 한 기억이 없다! 나를 위협하면서도(그러나 왜 위협하려고 했을까? 도대체 내게 무엇을 할 수 있었을까? 아아!) 결국 자기 몸 하나를 꾸짖은, 이성(理性)이 채 확립되지도 않은, 의지할 곳 없는 소녀의 비참한 절망! 이러한 것은 이전에도 없었고 앞으로도 없을 일이다. 나는 밤이 될 때까지 꼼짝도 않고 앉은 채 시간의 흐름도 잊고 있었다. 이것이 양심의 가책이니 회한(悔恨)이니 하고 불리는 것인지 나는 모른다. 지금에 와서도 뭐라고 말할 수 없음이 분명하다. 그러나 나는 다만 이 모습만이 견딜 수 없는 것이다. 즉 문턱에 서서 나를 위협하듯이 조그만 주먹을 휘두르고 있는 모습, 단지 이 순간, 단지 이 턱을 내미는 모습, 이것이 아무래도 견딜 수 없는 것이다. 그 증거로는 지금도 거의 날마다 그 모습이 나의 마음속으로 찾아드는 것이다. 아니, 영상 쪽에서 찾아드는 게 아니라 내가 스스로 불러내는 것이다. 그래서는 살아갈 수 없는 주제에 불러내지 않고는 못 견디는 것이다. 환각(幻覺)이라도 좋다. 언젠가 현실로 그것을 본다면, 그래도 견디기 쉬울 것이다!

왜 평생을 통한 추억 중에서 어느 것이든, 이와 같은 괴로움을 나의 마음속에 불러일으키는 것이 또 없을까? 사실 인간 판단의 표준으로 보면 그보다 훨씬 심한 추억이 얼마든지 있을 게 아닌가. 그 추억들로 느끼는 것은 아주 하잘것없는 증오의 감정에 불과하다. 그것도 현재 이런 상태니까 나타나는 것이지, 전에는 그런 것은 냉담하게 잊어버리든가 옆으로 밀어내 버렸다.

그로부터 나는 그해를 꼬박 방랑하며 마음을 달래보려고 애썼다. 지금도 그럴 마음만 먹으면, 마트료샤도 뿌리칠 수 있으리라 믿고 있다. 나는 전과 다름없이 나의 의지를 완전히 지배할 수 있다. 그런데 난처하게도 그런 마음이 도저히 일어나지 않는다. 나 자신이 그렇게 하고 싶지 않은 것이다. 앞으로도 그런 마음은 들지 않을 것이다. 이러한 상태가 내가 발광할 때까지 계속될 것이다.

스위스에 가서 두 달쯤 지났을 때 나는 심한 정욕의 발작을 느꼈다. 그것은 지난날, 초기 무렵에 경험한 바와 같은 광포하기 이를 데 없는 성질의 것이었다. 나는 새로운 범죄에 대한 무서운 유혹을 느꼈다. 다름이 아니라 이중 결혼을 단행할 참이었던 것이다(왜냐하면 나는 이미 아내를 가진 몸이기 때문에). 그러나 한 아가씨의 충고에 따라 그곳에서 도망쳤다. 이 아가씨에게 나는 모든 것을 털어놓았다. 내가 그토록 원하던 여자마저 전혀 사랑하지 않았고, 일찍이 한 번도 그 누구를 사랑한 적이 없다는 일까지 고백했다. 하지만 이 새로운 범죄도, 마트료샤로부터 벗어나는 데는 아무런 도움이 되지 못했다.

이러한 이유로 나는 이 수기를 인쇄하여 300부만 러시아에 가져가기로 결심했다. 때가 되면 나는 이것을 경찰과 내 고장의 관헌에게 보낼 작정이다. 그와 동시에 모든 신문사에 보내어 공표를 의뢰하고 페테르부르크와 러시아 국토에 사는 많은 친지에게도 나누어 줄 생각이다. 이와 아울러 외국에서도 번역본이 나올 것이다. 법률적으로는, 나는 별로 책임을 추궁당하지 않을는지 모른다. 적어도 큰 문제가 일어나지는 않으리라 본다. 나 한 사람이 나 자신을 기소할 뿐이지 그 밖의 기소자가 없기 때문이다. 게다가 증거가 전혀 없다. 혹 있다 해도 극히 적을 것이다. 또 마지막으로 나의 정신착란에 대한 의혹은 세상 사람들에게 깊이 뿌리박혀 있기 때문에 육친들은 반드시 이 소문을 이용하여 나에 대한 법의 추구를 무마하려 애쓸 것이다. 내가 이와 같은 성명을 하는 까닭은 특히 내가 현재 완전한 이지(理知)를 갖고 있고, 나의 상태를 이해하고 있다는 것을 증명하기 위해서이다. 그러나 나의 처지가 되고 보면, 모든 사실을 다 알아야 할 세상 사람들이 남아 있는 것이다. 그들은 나의 얼굴을 보겠지만, 나도 그들의 얼굴을 보아줄 것이다. 나는 모든 사람에게 얼굴을 보이고 싶다. 이것이 나의 마음을 가볍게 할지 어떨지는 나 자신도 모른다. 그러나 어쨌든 최후의 방법에 호소하는 것이다.

또 한 가지, 만일 페테르부르크 경찰이 힘껏 수색한다면 어쩌면 어떤 단서를 찾아낼 수 있을는지 모른다. 그 가난한 품팔이 부부는 지금도 페테르부르크에 살고 있을는지 모른다. 집은 물론 생각해 낼 수 있을 것이다. 엷은 옥색으로 칠한 집이었다. 나는 아무 데도 가지 않고 당분간(1년이나 2년) 어머니의 영지인 스크보레쉬니키에 머무를 작정이다. 만일 호출을 당하면 어디라도 출두할 것이다.

니콜라이 스타브로긴

3

고백을 읽는 데 거의 한 시간이나 걸렸다. 티혼은 아주 천천히 읽었고, 어떤 곳은 두 번씩 되풀이해서 읽는 모양이었다. 스타브로긴은 그동안 꼼짝도 않고, 묵묵히 앉아 있었다. 신기하게도 오늘 아침부터 죽 그의 얼굴에 나타나 있던 초조와 방심과 열에 들뜬 듯한 표정은 거의 사라져 평온한 빛으로 바뀌었다. 그곳에는 진지한 그림자까지 엿보였으며, 높은 기품까지 풍길 정도였다. 티혼은 안경을 벗고 잠시 주저하더니 이윽고 상대편 얼굴을 쳐다보고, 약간 조심스러운 어조로 이렇게 입을 열었다.

"이 글을 조금 수정할 수는 없을까요?"

"뭣 때문에요? 나는 성심성의껏 쓴 겁니다." 스타브로긴은 대답했다.

"문장을 좀……."

"미리 얘기해 두는 것을 잊었습니다만" 그는 온몸을 앞으로 내밀면서 빠르고도 날카롭게 말했다. "당신이 무슨 말을 하시든 그것은 모두가 헛일입니다. 나는 내 의도를 철회하지 않습니다. 제발 말리지 마세요. 나는 반드시 공표합니다."

"당신은 아까 이것을 내게 줄 때도 그 예고를 잊지 않았어요."

"마찬가집니다." 스타브로긴은 딱 잘라 말했다. "다시 한 번 되풀이합니다만 당신의 항의가 아무리 강하더라도, 나는 내 계획을 바꾸지 않습니다. 미리 말합니다만, 나는 이 졸렬한 말로(어쩌면 교묘한 말일는지 모릅니다. 그것은 판단에 맡깁니다) 당신이 조금이라도 빨리 나에게 반대하고 의견을 내세우게끔 할 생각은 추호도 없으니까요."

"나는 당신 생각에 반대하거나, 특히 계획을 포기하도록 의견을 내세우는, 그러한 일은 하려고 해도 할 수 없습니다. 이것은 참으로 위대한 사상으로, 그리스도교 사상을 이보다 더 더 완전히 표현할 수는 없습니다. 게다가 당신이 계획하고 계신 놀라운 고행은 인간의 뉘우침이 다다를 수 있는 최대한도입니다. 다만, 만일……."

"만일 뭡니까?"

"만일 이것이 진정한 뉘우침이고 진정한 기독교 사상이라면 말입니다."

"나는 성의껏 쓴 겁니다."

"당신은 마음속에 바라고 있던 것보다 왠지 일부러 자신을 조잡하게 보이려고 하는 것 같군요." 티혼은 점점 거침없이 말을 했다. 확실히 이 '글'은 그에게 강렬한 인상을 준 모양이다.

"보이려고? 다시 말합니다만, 나는 '보이려고' 한 적은 없습니다. 특히 연극을 하려고 한 일은."

티혼은 눈을 내리깔았다.

"이 고백은 다시 말해 죽도록 상처를 받은 마음의, 피치 못할 요구에서 나온 것이라고 생각합니다만, 안 그런가요?" 그는 대단한 열성을 기울이며 끈덕지게 말을 이었다. "그렇습니다, 이것은 참회입니다. 당신은 이 참회의 자연스러운 요구에 완전히 지고 만 겁니다. 그리고 전대미문의 위대한 길에 발을 들인 것입니다. 그러나 당신은 이제부터 여기 쓴 것을 읽는 모든 사람을 증오하고 멸시하며 그들에게 도전하려는 듯이 보입니다. 죄업을 고백하는 일을 부끄러워하지 않는 당신이 어째서 참회를 부끄러워합니까?"

"부끄러워한다고요?"

"부끄러워하며 두려워하고 있습니다!"

"두려워한다고요?"

"제정신이 아닐 정도로요. 모두가 실컷 당신 얼굴을 봤으면 좋겠다고 당신은 썼습니다. 그런데 당신 자신은 어떻게 세상 사람의 얼굴을 보겠다는 겁니까? 당신의 고백에는 군데군데 강한 표현이 쓰이고 있습니다. 당신은 아무래도 자신의 심리에 홀려서, 하나하나 세밀한 기분을 내세우고 있습니다. 다만 자기의 무신경함을 자랑하면서 독자를 놀라게 하고 싶다는 듯이 보입니다. 하지만 그런 무신경 따위는 당신은 갖고 있지 않습니다. 어떻습니까, 그래도 죄인의 심판에 대한 오만불손한 도전이 아닙니까?"

"도대체 어디가 도전이란 말입니까? 나는 나 자신의 비판을 모두 배제한 셈입니다."

티혼은 입을 다물었다. 창백한 볼에 붉은빛이 살짝 스쳐갔다.

"그 얘기는 그만둡시다." 스타브로긴은 날카롭게 말을 가로막았다.

"그럼 이번엔 내가 한 가지 물어보겠습니다. 이젠 이것을(하고 그는 인쇄물을 턱으로 가리켰다) 읽은 뒤 그럭저럭 5분간이나 얘기를 하고 있는데 당신의 얼굴에서는 불쾌한 표정도, 수치스러운 듯한 표정도 엿볼 수가 없습니다. 당신은 별로 신경질적인 얼굴도 하고 있지 않은 것처럼……."

그는 끝까지 말을 맺지 못했다.

"당신한테는 이제 무엇 하나 숨기지 않겠습니다. 나는 무위(無爲) 때문에 구태여 추잡한 짓에 낭비된 위대한 힘이 두려웠습니다. 죄업 자체로 보면 똑같은 죄를 저지른 자는 여럿 있지만, 다들 젊은 혈기로 인한 실수 정도로 생각하고, 편안한 양심을 지닌 채 조용하고 평화롭게 살고 있습니다. 똑같은 죄를 저지르면서 위안과 쾌락을 맛보는 노인들조차 있습니다. 세상은 이같이 무서운 일로 가득 차 있습니다. 그런데 당신은 그 죄의 깊이를 속속들이 느끼고 있습니다. 거기까지 이르는 일은 극히 드뭅니다."

"그 인쇄물을 읽고 나를 갑자기 존경하게 된 게 아닙니까?" 스타브로긴은 일그러진 듯한 쓴웃음을 흘렸다.

"그 일에 대해선 직접 대답은 하지 않도록 하지요. 그러나 당신이 그 소녀에게 저지른 행위보다 더 무서운 범죄는 물론 없으며, 또 있을 수도 없습니다."

"그렇게 하나하나 자로 재는 듯한 일은 그만둡시다. 나는 여기에 쓴 것만큼 괴로워하지 않는지도 모릅니다. 또 사실 여러 자기 비방을 하고 있는지도 모릅니다." 그는 갑자기 이렇게 덧붙였다.

티혼은 다시 입을 다물었다.

"그런데" 티혼은 또 입을 열었다. "당신이 스위스에서 손을 끊었다는 아가씨는, 무례한 질문입니다만, 지금…… 어디 계십니까?"

"이곳에 있습니다."

또다시 침묵이 찾아왔다.

"나는 당신에 대해 지나치게 자기 비방을 했는지도 모릅니다." 또 집요한 어조로 스타브로긴은 반복했다. "그러나 하는 수 없습니다. 내가 이 거친 고백으로 세상 사람들에게 도전한다고 해서 그것이 어떻다는 겁니까? 당신이 이것을 도전이라고 보신다면, 그건 사람들이 나를 한층 더 증오하도록 만드는 것일뿐입니다. 나는 오히려 그 편이 편할 것 같습니다."

"그것은 말하자면 당신 마음속에 있던 독기(毒氣)가 거기 응하는 독기를 불러일으키는 겁니다. 그렇게 미움받는 편이 남한테서 동정을 받는 것보다 한결 마음이 편하다는 것이지요."

"말씀하신 대로입니다." 스타브로긴은 갑자기 웃어댔다. "이 고백을 발표하면 나는 예수회 교도라고 불릴지도 모릅니다. 아니면 정말 의심쩍은 광신자라고. 그렇지 않습니까? 하하하!"

"물론 그러한 비평은 반드시 있을 겁니다. 그런데 그 결심은 가까운 시일 안에 실행할 참입니까?"

"오늘이 될지, 아니면 내일이나 모레가 될지, 그런 것은 모릅니다. 하여간 가까운 시일 안에 할 겁니다. 아니, 당신이 말씀하신 대로입니다. 틀림없이 그렇게 될 겁니다. 나는 이것을 갑자기 발표할 겁니다. 즉 세상 사람들이 미워 견딜 수 없고, 괴로울 정도로 복수심이 불타오른 순간에."

"내 물음에 대답해 주세요. 다만 진실하게, 나에게만, 나 혼자에게만." 티혼은 전혀 딴사람 같은 목소리로 말했다. "만일 누군가가 이 일을 용서해 준다면(하고 티혼은 인쇄물을 가리켰다), 그것도 당신이 존경하거나 두려워하는 사람이 아니고, 당신의 일생을 알 리 없는 미지(未知)의 인간이 이 무서운 고백을 읽고 마음속으로 말없이 당신을 용서해 준다면 그것을 생각하는 것만으로 마음이 편해지겠습니까? 아니면 아무래도 상관없는 일이겠습니까?"

"편해질 겁니다." 스타브로긴은 작은 목소리로 대답했다. "만일 당신이 용서해 주신다면 나는 훨씬 편해질 텐데요." 그는 눈을 내리깔면서 덧붙였다.

"당신 또한 나를 용서해 주신다는 조건에서." 조용한 목소리로 티혼은 이렇게 말했다.

"지나친 겸손이군요. 그런 수도사들의 틀에 박힌 공식은 정말이지 추태라 해도 좋을 정도입니다. 사실을 죄다 말씀드리죠. 나는 당신이 용서해 주시기를 바라고 있습니다. 당신과, 또 누구 한두 사람이요. 그러나 세상 사람들은, 온 세상 사람들은 미워해 주는 편이 좋습니다. 하지만 그것은 겸손한 마음으로 박해를 견뎌내기 위해서입니다……."

"세상 일반의 연민도, 겸손한 마음으로 견뎌낼 수는 없을까요?"

"없을지도 모릅니다. 왜 그런 말을……."

"당신의 성실함을 믿습니다. 그리고 내가 인간의 마음에 다가서는 것이 서투름은 물론 송구스럽게 생각하고 있습니다. 나는 늘 스스로 이 점에 큰 결함을 느끼고 있습니다." 스타브로긴의 눈을 똑바로 바라보며 티혼은 영혼이 담긴 솔직한 목소리로 말했다. "내가 이런 말을 하는 것도, 당신의 신상이 염려돼서입니다." 그는 덧붙였다. "당신 앞에는 거의 헤아릴 길 없는 심연이 입을 벌리고 있습니다."

"견딜 수 없다는 겁니까? 세상의 증오를 견딜 수 없다는 겁니까?" 스타브로긴은 꿈틀 움직였다.

"그저 증오뿐만이 아닙니다."

"달리 또 무엇이 있습니까?"

"세상 사람들의 웃음." 간신히 말한 듯, 티혼은 속삭이는 목소리로 이렇게만 말했다.

스타브로긴은 당황했다. 불안한 빛이 그의 얼굴에 나타났다.

"나는 그것을 예감하고 있었습니다." 그는 말했다. "그러고 보니 나는 당신이 그 '인쇄물'을 읽은 뒤 몹시 우스운 인물이 된 셈이군요. 제발 걱정 마시고 그렇게 어색해하지 마세요. 나는 그것을 기대하고 있었으니까요."

"공포는 모든 사람이 다 느낄 겁니다. 그러나 진지한 공포보다 외적인 공포가 더 많다고 생각됩니다. 인간이란 것은 직접 자기 이해를 위협하는 데 대해서만 공포를 느끼는 겁니다. 내가 말하는 것은 순진한 영혼을 말하는 게 아닙니다. 순진한 영혼의 소유자는 마음속에서 겁이 나서 자기 스스로를 탓하겠지만, 그것은 잠자코 있으니까 눈에는 띄지 않습니다. 하지만 웃음은 그야말로 세상 전체에 울려 퍼질 겁니다."

"당신은 인간을 꽤나 나쁘고 더러운 것으로 생각하고 있군요. 정말 놀랐습니다." 조금 격분한 듯이 스타브로긴은 말했다.

"맹세하지만 그것은 다른 사람보다도 오히려 나 자신을 기준으로 한 판단입니다!" 티혼은 외쳤다.

"정말입니까? 도대체 당신 마음에, 나의 불행을 보고 재미있어 하는 부분이 있습니까?"

"그야 있을는지 모릅니다. 아니 많이 있을지도 모릅니다!"

"됐습니다. 말씀해 주세요, 도대체 나의 수기(手記)의 어디가 그렇게 우습습니까? 나는 나 자신이 어디가 우스꽝스러운지 알고 있지만, 그래도 당신이 지적해 주세요. 되도록 노골적으로 말씀해 주세요. 가능한 한 거리낌 없이 말씀해 주세요. 다시 말씀드립니다만 당신은 정말로 색다른 사람이군요."

"아무리 위대한 고백이라도, 그 외형에는 뭔가 우스꽝스러운 부분이 내포되어 있는 것입니다. 아니, 당신이 사람의 마음을 정복할 수 없다는 그런 사실을 믿어서는 안 됩니다!" 그는 거의 감격한 양 외쳤다. "이 형식으로도(하고 그는 인쇄물을 가리켰다) 정복할 수 있습니다. 그저 당신이 어떤 모욕이나 악담이라도 진지한 태도로 받아들이기만 한다면. 겸손한 고행의 태도가 진지하다면 아무리 괴롭고 수치스러운 십자가라도 결국엔 위대한 영광, 위대한 힘이 되는 것이 상례입니다. 당신이 살아 있는 동안에도 위안을 얻을지 모릅니다."

"그럼 당신은 단지 형식 속에서만 우스운 점을 발견하시는군요?" 스타브로긴은 따져 물었다.

"정말 그대로입니다. 추함이 치명상을 줍니다." 티혼은 눈을 내리깔면서 중얼거렸다.

"추함요! 추함이란 뭡니까?"

"범죄의 추함입니다. 세상에는 정말 추한 범죄가 있는 법입니다. 범죄는 어떤 성질의 것이든 피가 많으면 많을수록 공포가 많으면 많을수록, 그만큼 효과가 강해집니다. 즉 그림과 같이 됩니다. 그런데 또 추악하고 수치스러운 범죄도 있습니다. 모든 공포를 제쳐두고, 뭐랄까, 너무도 아름답지 못한 범죄가⋯⋯."

티혼은 끝까지 말을 맺지 못했다.

"그럼 결국" 스타브로긴은 흥분해서 말을 가로챘다. "당신은 지저분한 계집애의 손에 키스하는 나의 모습이 아주 우스우신 모양이군요⋯⋯ 나는 잘 압니다. 당신이 나를 위해 애써주시는 것은 결국, 아름답지 못하고 불쾌하며, 아니 불쾌한 게 아니라 수치스럽고 우습다는 점이군요. 이것을 나로선 분명 견디지 못하리라고 생각하시는 거죠?"

티혼은 그대로 말없이 있었다.

"스위스 여자가 이곳에 있는지 없는지 나에게 물어보신 이유를 알겠습니다."

"당신은 아직 준비가 되어 있지 않아요. 단련이 부족합니다." 티혼은 눈을 내리깔면서 겁먹은 듯 중얼거렸다. "대지(大地)에서 외따로 떨어져 있어요. 신앙이 없어요."

"티혼 신부님, 나는 나 자신을 용서하고 싶습니다. 그것이 나의 주된 목적입니다. 그것이 내 목적의 전부입니다." 어두운 감격의 빛을 눈에 띠면서 스타브로긴은 갑자기 이렇게 말했다. "이제 알고 있습니다. 그러한 때 비로소 영상이 사라지는 겁니다. 그렇기에 나는 끝없는 고통을 추구하고 있는 겁니다. 스스로 일부러 추구하고 있는 겁니다. 제발 나를 위협하지 마십시오. 그렇지 않으면 나는 독기 있는 상념을 안은 채 죽고 맙니다."

이 진지함은 너무도 뜻밖의 일이었으므로 티혼은 자신도 모르게 자리에서 일어났다.

"만일 당신이 스스로 용서할 수 있다고 믿는다면, 그리고 그 사면(赦免)을 이 세상에서 괴로움으로써 얻을 수 있다고 믿는다면, 확고한 신념을 갖고 이 목적을 스스로 부과한다면 그때야말로 당신은 그 모두를 믿고 있는 겁니다!" 티혼은 감격어린 어조로 외쳤다. "신을 믿고 있지 않다니, 당신은 어떻게 그 같은 말을 할 수 있었나요!"

스타브로긴은 대답하지 않았다.

"신은 당신의 불신을 용서해 주십니다. 왜냐하면 당신은 자신도 모르는 사이에 신을 숭배하고 있기 때문입니다."

"그럼 그리스도도 용서해 주겠군요?" 스타브로긴은 일그러진 미소를 띠고 갑자기 목소리를 바꾸며 이렇게 물었다. 그 질문의 어조에서는 가벼운 비꼼을 느낄 수 있었다.

"성경에서도 그렇게 말하고 있지 않습니까? '이 작은 자들 중 하나라도 실족하게 하면', 기억하고 계십니까? 성경의 가르침으로는 이보다 더 큰 죄는 없습니다……."

"당신은 그저 오로지, 볼썽사나운 소동을 일으키고 싶지 않아서 나에게 올 가미를 씌우려고 하는 거죠, 티혼 신부님?" 그대로 자리를 뜰 것 같은 태도를 보이며 스타브로긴은 화난 듯한 목소리로 말했다. "한마디로 말해 당신은 내가 침착하게 안정되어 결혼이라도 한 다음 이곳 클럽 회원이라도 되어, 기념일 때마다 이 수도원에 찾아오면서 한평생을 무난하게 끝내기를 바라고 계신 거죠. 말하자면 속죄의 고행이군요! 그렇잖습니까? 사실 당신은 인간 영혼을 꿰뚫어 보는 분이니까 틀림없이 그렇게 될 거라 예감하고 있는지도 모르지요. 중요한 것은 지금 본보기로 나에게 따끔한 맛을 보게 하는 겁니다. 어쨌든 나 자신도 그것만을 갈망하고 있으니까요. 안 그렇습니까!"

그는 어딘가 고장이 난 것처럼 엷은 웃음을 흘렸다.

"아니, 그것은 고행이 아닙니다. 다른 것을 생각하고 있는 겁니다!" 스타브로긴의 비웃음과 비꼼에도 조금도 개의치 않고, 티혼은 열띤 목소리로 말했다. "나는 장로 한 분을 알고 있습니다. 이 고장이 아니라, 여기서 그리 멀리 떨어지지 않은 곳에 살고 있는 은둔자인데, 당신이나 나 같은 사람은 생각지도 못할 그리스도교의 예지(叡智)로 가득 찬 분입니다. 그분은 나의 부탁을 들어주실 테니까, 나는 그분께 당신 일을 다 말씀드리겠습니다. 그분한테로 수행을 가서 5년이고, 7년이고 필요한 만큼 그분의 계율을 지켜보세요. 반드시 율법대로 살아가겠다는 서약을 해보십시오. 그러면 그 위대한 희생에 의해 당신이 갈망하고 있는 것, 아니 당신이 기대하고 있지 않은 것까지도 얻을 수 있을 겁니다. 정말이지 어떤 결과를 얻을 수 있을지, 지금으로서는 상상할 수도 없을 정도입니다."

스타브로긴은 끝까지 진지하게 들었다.

"당신은 나에게 그 수도원으로 가서 수도사가 되라고 권하는 겁니까?"

"당신은 수도원으로 들어갈 필요도 없으며 수도사가 될 필요도 없습니다. 다만 수련자가 되면 됩니다. 그것도 밖으로는 나타나지 않는 비밀의 수련자입니다. 혹은 처음부터 세상에 살면서 계율을 지킬 수도 있으니까요."

"그만하세요, 티혼 신부님." 스타브로긴은 신경질적으로 상대방을 가로막으며 의자에서 일어섰다. 티혼도 같이 자리에서 일어섰다.

"무슨 일입니까?" 놀란 듯한 표정으로 티혼의 얼굴을 바라보면서 그는 불쑥 이렇게 외쳤다. 티혼은 팔짱을 낀 채 손님 앞에 서 있었는데, 마치 매우 놀라운 것에 충격을 받은 듯 병적인 경련이 순간적으로 얼굴을 스친 것처럼 보였다.

"왜 그럽니까? 대체 왜 그럽니까?" 티혼을 부축하려고 가까이 다가가며 스타브로긴은 되풀이했다. 티혼이 쓰러질 것같이 보였던 것이다.

"나에게는 보인다…… 마치 현실처럼 보인다." 티혼은 깊은 비통에 잠긴 표정을 지으며 영혼 속으로 스며드는 듯한 목소리로 외쳤다. "아아, 불쌍한, 파멸한 청년, 당신은 지금 이 순간만큼 새롭고 큰 범죄에 다가선 일은 아직까지 없었을 겁니다."

"고정하세요!" 상대방의 모습에 진심으로 불안을 느낀 스타브로긴은 계속 이렇게 말하며 달래었다. "나는 좀더 나중으로 미룰지도 모릅니다…… 당신이 말씀하신 대로입니다……."

"아니 이 고백을 발표하기 전에, 그보다도 위대한 결심을 단행하기 하루 전에, 한 시간 전에 당신은 궁지를 벗어나는 출구로서 새로운 범죄를 결행합니다. 그것도 이 인쇄물의 공표를 모면하려고, 단지 그것만을 위해."

스타브로긴은 분노와 경악으로 몸서리쳤다.

"괘씸한 심리학자!" 그는 갑자기 광분한 듯, 딱 잘라 이렇게 내뱉고는 그대로 뒤도 돌아보지 않고 수도실을 떠났다.

제3부

제1장
축제, 제1부

1

축제는 쉬피굴린 소동이 있던 날의 여러 기괴한 사건에도 불구하고 열리게 되었다. 내 생각엔 설령 렘브케가 바로 그 전날 죽었다고 해도 축제는 역시 그날 아침 열렸을 게 틀림없다. 그만큼 율리야 부인은 이 행사에 크고 특별한 의의를 두고 있었다. 그러나 딱하게도 그녀는 마지막 순간까지 사태를 바로 보지 못해서 사교계의 분위기를 전혀 몰랐던 것이다. 결국에는 이 축제일에 무슨 큰 불상사가 일어나지 않는다고는 아무도 믿는 사람이 없을 정도였다. 개중에는 어떤 '결정적인 사태'가 일어날 것을 초조하게 기다리는 자들도 있었다. 더욱이 대부분의 사람들은 걱정스러워하는 듯한 태도를 보이려 애쓰고 있기는 했지만, 대체로 러시아인들은 세상을 떠들썩하게 하는 추문을 쓸데없이 좋아하는 버릇이 있었다. 그렇지만 이 경우에는 단순한 추문을 기다리는 갈망보다 더욱 심각한 그 무엇이 있었다. 그것은 어딘가 분풀이를 하지 않으면 견디기 어려운 전반적인 초조였다. 누구든 모든 것에 진절머리를 내고 있는 것 같은 형편이었다. 어쩐지 근거 없는 냉소주의, 억지로 갖다 붙인 듯한 냉소주의가 전체를 지배하고 있었다. 근거가 있는 것은 귀부인들뿐이었다. 그러나 그것도 율리야 부인에 대한 가차 없는 증오라는 단 한 가지 점에 있어서였다. 이 점에서는 부인 사교계의 각 파가 모두 다 결속되어 있었던 것이다. 하지만 딱하게도 당사자인 율리야 부인은 꿈에도 그런 일은 모르고 있었다. 그녀는 마지막 순간까지 자신이 추종자들에게 둘러싸여 있고, 모두가 자기에게 광신적으로 순종하고 있다고 굳게 믿었던 것이다.

이 거리에 정체를 알 수 없는 족속이 여럿 나타난 것은 이미 앞에서 얘기한 바 있다. 무릇 혼란한 격동의 시대, 과도기에는 어디서든 이런 정체 모를 자들이 나타나게 마련이다. 내가 말하는 것은 이른바 '선구자' 족속을 이르는 것이 아니다. 즉 언제나 남보다 앞서가려고 애쓰지만(그것이 그들의 가장 큰 관심사이다) 대부분은 어리석으며, 그 대신 조금이라도 일정한 목적을 가진 족속들을 두고 하는 말은 아니다. 나는 다만 단순한 건달을 두고 하는 말이다. 무릇 과도기에는 어떤 사회에도 이 건달족은 있는 것이다. 그들은 아무런 목적도 가지고 있지 않을 뿐 아니라, 사상의 편린조차 가지지 못하고, 다만 열심히 불안과 초조를 체현할 뿐이다. 그럼에도 이 건달들은 흔히 자신도 모르는 사이에, 일정한 목적을 가지고 행동하는 소수의 선구자적 인간의 지휘 아래로 떨어지고 만다. 그리고 이 소수의 사람들은 아주 바보가 아닌 한(하기는 그런 일도 흔히 있지만), 이 복잡다단한 여러 현상을 제 맘대로 주물럭거린다. 이 거리에서도 모든 것이 끝난 오늘에 있어서는 모두 이런 말을 하고 있다. 즉 표트르를 조종하고 있던 것은 인터내셔널이었지만, 그 표트르는 율리야 부인을 조종하고, 율리야 부인은 또 표트르의 사주로, 여러 부류의 건달들을 조종하고 있었다는 것이다.

거리에서도 가장 머리가 똑똑하다는 사람들은 어째서 그때 멍청하게 있었을까 하고 새삼스럽게 고개를 갸웃거리고 있다. 도대체 이 지방의 혼란 시대란 무엇이었는가? 무엇으로부터 무엇에 옮아가는 과도기였는가? 그것은 나 자신도 모르지만 다른 사람 역시 모른다고 생각한다. 만일 안다면 그것은 다른 곳에서 온 몇몇 사람이리라. 아무튼 인간쓰레기 같은 족속이 갑자기 설쳐대기 시작하면서, 지금까지 감히 입도 벌리지 못하던 자들이 거리낌 없이 큰소리로 온갖 신성한 것을 비판하기 시작했던 것이다. 게다가 지금까지 평온무사하게 세력을 유지해 왔던 일류 인사들이 돌연 그들의 말에 귀를 기울이고, 그들은 아무 소리도 안 했던 것이다. 그 가운데에는 창피한 줄도 모르고 맞장구를 치면서 비위를 맞추는 사람도 있었다. 럄신이나, 텔랴트니코프 패거리, 고골의 텐테트니코프 같은 지주들, 라디시체프*¹인 체하는 코흘리개 녀석들, 비극적이지만 거만한 미소를 띠고 있는 유대인, 다른 곳에서 들어온 술 취하

---

*1 제1부 제1장 참조.

면 웃기 잘하는 길손, 도시에서 온 주의 주장이 있는 시인, 주의나 재능 대신 농부 외투를 입고 타르 칠을 한 장화를 신은 시인들, 자신의 직무를 비웃으며 1루블이라도 더 받으면 곧 칼을 버리고 철도 서기 같은 자리로 옮기려는 소령이나 대령들, 변호사로 전업한 장군, 교양 있는 중개업자라든가, 교양 있는 체하는 상인이라든가, 무식한 신학생, 부인 문제는 자기 일이라고 떠들어대는 여자들, 이런 자들이 갑자기 이 거리에서 설쳐대기 시작했다. 게다가 그들은 귀족 클럽이라든가, 명예 있는 정치가라든가, 의족을 끌고 다니는 장군이라든가, 옆에 얼씬거리지도 못할 엄숙한 귀부인 사회를 상대로 한껏 잘난 체하는 것이었다. 바르바라 부인까지도 아들에게 파멸이 찾아오기 전까지 이 건달족의 심부름을 자청할 정도였으니, 그때 이지적인 귀부인들이 죄다 들떠 이성을 잃어버렸던 것도 어느 정도 이해할 수 있다. 앞에서도 말한 바와 같이 지금으로선 모두 다 인터내셔널 탓이 되어버렸기 때문에, 다른 곳에서 온 무관한 사람에게도 이런 식으로 이야기해 줄 정도로 이런 생각이 깊이 뿌리박고 있었다. 얼마 전의 일이지만, 쿠브리코프라고 하는 스타니슬라프 훈장을 목에 건 예순두 살의 늙은 관리가 부르지도 않았는데 어정어정 찾아와서, 자기는 꼬박 석달 동안 의심 없이 인터내셔널의 영향을 받고 있었노라고 차분한 어조로 말을 꺼냈다. 사람들은 그의 나이나 공적을 존경하고는 있었지만 더 잘 이해할 수 있도록 말해 달라는 뜻에서 다시 초대를 했던 바, 그는 '자신은 피부로 느꼈다'는 말밖에 아무런 증거도 내놓을 수 없었다. 그러면서도 처음의 주장만은 끝내 고집했기 때문에 사람들도 그 이상은 캐묻지 않았다.

되풀이해서 말하지만 처음부터 이 소동을 멀리하고 문을 걸어 잠근 채 집안에 틀어박혀 꼼짝 않고 있었던 몇몇 조심성 있는 사람들이 있었다. 그러나 어떤 자물쇠라도 자연법칙에 저항할 수는 없는 것이다. 아무리 조심성 있는 가정에서도 여자애는 때가 되면 무도회에 나가게 마련이다.

그래서 결국엔 이런 사람들도 부인 가정교사를 위해서 기부하기에 이르렀다.

게다가 무도회는 파격적으로 화려할 것으로 예상되었다. 마치 기적과도 같은 소문이 떠돌았다. 손잡이 안경을 가진 다른 지방에서 온 공작, 왼쪽 어깨에 리본을 단 열 명의 간사들(다 젊은 춤꾼이었다), 페테르부르크에 있다는 어둠의 흑막 등이 화제에 올랐다. 뿐만 아니라 카르마지노프가, 수입을 늘리기 위해서 이 현(縣)의 독특한 가정교사 복장으로 〈메르시〉를 읽을 것에 동의했다는 둥, 모두가 가장(假裝)을 하는 '문학 카드리유'라는 행사가 있어서, 하나하나의 가장이 저마다의 문학 유파를 나타낸다는 둥, '러시아의 고결한 사상'이란 것이 마찬가지로 가장을 하고 춤을 춘다는 둥의 풍문까지 나왔다. 이것만으로도 엄청난 화젯거리라고 아니할 수 없다. 어떻게 신청하지 않을 수 있겠는가. 사람들은 앞다투어 신청했다.

2

프로그램에 따르면 축제의 첫날은 2부로 나뉘어 있었다. 정오부터 4시까지가 문학 프로이고, 9시 이후는 밤새도록 무도회였다. 그러나 이 진행 절차 속에 혼란의 원인이 있었던 것이다. 먼저 문학회가 끝나자마자, 아니 그 도중에 특별 휴식 시간을 만들어 오찬회가 열린다는 풍문이 처음부터 사람들 사이에 틀림없는 사실로 알려져 있었다. 물론 그것은 프로그램의 일부로서 공짜이며 게다가 샴페인까지 나온다는 풍문이었다. 3루블이라는 비싼 입장료가 이 소문에 힘을 실었다. (그게 아니면 그냥 기부하는 게 되지 않느냐, 행사는 하루 낮밤 계속할 예정이니 먹여주는 것이 당연하지. 아니면 모두들 굶게?) 거리의 사람들은 모두 이렇게 생각했다. 사실 이것은 당사자인 율리야 부인이, 그 경박한 성질 때문에 자기가 먼저 이런 불리한 소문의 씨를 뿌렸다. 한 달 전쯤, 아직 이 엄청난 계획을 착안하고 얼마 안 되었을 무렵, 그녀는 기쁜 나머지 만나는 사람마다 자선회에 대한 말을 정신없이 했다. 그리고 그날은 여러 의미의 건배를 들게 되어 있다고까지 지껄였을 뿐만 아니라 수도의 어느 신문에까지 그것을 보도케 했던 것이다. 그때 부인은 무엇보다도 이 건배가 기뻐서 자기가 손수 그 건배를 지휘하고 싶어서 안달이 나 있었기 때문에 자선회를 잔뜩 기다리고 있는 동안, 여러 가지 건배의 명목을 짜내고 있었다. 이러한 건배는 동지들의 명예를 떨치고(도대체 어떤 명예인지 모르겠지만, 나는 단언하는데 이 불쌍한 부인은 결국 무엇 하나 생각해 내지 못했음에 틀림없다), 수도의 여러 신문 통신란에 실려서 중앙 정부의 사람들을 기쁘게 하고 찬탄케 하여 경이와 모방을 불러일으켜 다른 현(縣)에도 파급될 형세였다.

그러나 이 건배를 위해서는 샴페인이 필요한데, 샴페인은 빈속에 마실 수는 없으므로 저절로 오찬의 필요가 생겼던 것이다. 그 뒤 부인의 주선으로 위원회가 조직되고 본격적으로 일을 시작했을 때, 만일 연회 같은 것을 구상하고 있다면 기부금이 아무리 많이 모이더라도 가정교사에게 보낼 돈은 얼마 안 남는다는 것이, 당장 명백하게 증명되었던 것이다. 이런 까닭으로 해결책은 두 가지로 좁혀졌다. 떠들썩하게 건배를 올리고 가정교사들에게는 90루블 정도의 돈을 보내든가, 아니면 막대한 기부금을 모으는 데 중점을 두고 행사 쪽은 말하자면 형식적으로 끝내버리는 것이었다. 하기는 이것은 위원회 측에서 부인에게 으름장을 놓아봤을 뿐으로 다시 제3의 절충적인 현명한 방법을 연구했다. 즉 향연은 모든 면에 훌륭히 치르고 샴페인만 빼도록 하면 90루블 정도가 아니고 적지 않은 목돈이 남게 된다는 것이었다. 그러나 율리야 부인은 찬성하지 않았다. 그녀는 나면서부터 상인 근성의 중용을 천하게 여기고 있었다. 그래서 그녀는 즉석에서 이렇게 정하고 말았다. 만일 원안을 실행할 수 없으면 당장 온 힘을 다해 정반대 방법으로 밀고 나가야 한다. 즉 다른 현에서도 부러워할 정도로 막대한 돈을 모아야 한다는 것이었다.

"일반 사람들도 그 정도는 이해해 주어야 해요." 그녀는 위원회에서 불같은 열렬한 어조로 결론을 내렸다. "전체 인류의 목적을 이룬다는 것은 찰나적인 육체적 쾌락보다도 훨씬 고상한 것입니다. 이번 행사도 사실 위대한 이상의 선전에 불과한 것이므로, 만일 그런 무의미한 무도회 같은 것을 반드시 해야 한다면 그저 간단한 독일식 무도회로 끝마칠 수밖에 없습니다!" 이런 식으로, 갑자기 부인은 무도회를 불구대천의 원수처럼 미워하기 시작했다. 그러나 사람들은 결국 부인을 진정시켰다. 예의 '문학 카드리유'나 그 밖의 예술적인 행사도 그때 생각해 내어, 이것을 가지고 육체적인 쾌락에 대신하도록 부인에게 권했던 것이다. 카르마지노프가 결국에 가서는 《메르시》의 낭독을 승낙한 것도 그때였다(그때까지는 어쩌고저쩌고하면서 사람들을 골탕 먹이고 있었다). 그리하여 경솔한 이 마을 사람들의 머릿속에 박혀 있는 식사 등등의 생각이 흔적도 없이 사라진 것도 역시 이 무렵의 일이다. 이런 의미에서 이 행사는 어찌 됐든 또다시 대대적인 화려한 것으로 열리게 됐다. 하기는 전과는 그 뜻이 조금 달라지기도 했다. 그러나 너무 사회와 동떨어져서는 안 된다 싶어 무도회를 시작하면 레몬이 든 차와 비스킷을 내고, 그리고 과실음료와 레모네이드, 마지막으로 아이스크림까지 내자고 결정을 했다. 그런데 이것이 전부였던 것이다. 언제 어느 곳에서도 꼭 배고픔, 특히 목마름을 느끼는 사람들을 위해서는 맨 끝에 식당을 만들어서 프로호리치*²를 그 담당으로 정했다. 그는 위원회의 엄중한 감시하에서 무슨 음식이든 주문하는 것은 줘도 좋지만, 단 따로 돈을 내야 한다. 그래서 특별히 홀 문께에 '식당은 프로그램 속에서 제외한다'는 글을 써 붙이기로 했다. 그러나 식당은, 카르마지노프가 《메르시》 낭독을 승낙한 넓은 홀에서 다섯 칸쯤 거리를 두기로 했었음에도 제1부 진행 중에는 낭독에 방해가 안 되도록 전적으로 식당을 열지 않기로 했다.

이 사건, 즉 《메르시》 낭독을 위원회 사람들은 조금 이상할 정도로까지 중요시했다. 뿐만 아니라 지극히 실무적인 사람들까지도 예외는 아니었다. 약간 시적인 취미를 가지고 있는 사람들에게는 두말할 필요조차 없었다. 예를 들면 귀족단장 부인 등은 카르마지노프에게, 자기는 낭독이 끝나면 곧 자택의 흰 빛 홀 벽에 대리석판을 끼도록 지시하고, 그 판에는 금박으로 '몇 년 몇 월 며칠, 이곳에서 러시아 및 유럽의 대문호가 그의 펜을 내려놓음으로 《메르시》를 낭독하고, 이것에 의해서 그 무렵 명사를 통하여 러시아 대중에게 이별을 고했도다'고 적을 작정이며, 그러면 이 문구는 곧 무도회 석상에서, 즉 낭독회가 끝나고 다섯 시간 뒤에는 모든 사람이 보게 될 것이라고 예고했다. 나는 확실히 알고 있지만, 카르마지노프는 누구보다 먼저 일어나서 자기가 낭독하고 있는 동안은 무슨 일이 있더라도 식당을 열지 않도록 주장했다. 하긴 두서너 위원으로부터 그런 것은 지방 풍속에 맞지 않는다는 항의가 나오기는 했었다.

사정이 이렇게 되어 있었음에도 이 고장 사람들은 모두가 여전히 호화판 향연, 즉 위원회에서 무료로 제공하는 식사를 믿고 있었다. 젊은 아가씨들까지도 봉봉이나 잼, 그리고 이제껏 들어보지도 못한 먹거리가 잔뜩 나온다고

---

*2 클럽의 요리사 책임자.

공상하고 있었다. 사람들은 모금액이 굉장한 액수에 이르렀다는 것도, 온통 거리가 떠들썩하다는 것도, 시골 군에서까지 오는 사람이 많다는 것도, 입장권이 부족할 정도라는 것도 잘 알고 있었다. 그리고 정해진 입장료 말고도 상당한 기부금이 있다는 것도 잘 알려져 있었다. 이를테면 바르바라 부인은 입장료로 300루블을 내고도 홀의 장식용이라며 저택 온실에 있는 화초를 죄다 기부해 버렸다. 귀족단장 부인(위원회의 회원)은 회장으로서 자기 집과 거기에 필요한 양초를 제공했고, 클럽은 악대와 하인들을 동원했을뿐더러 온종일 프로호리치를 양보하기로 했다. 또 그 밖에 금액은 그다지 크지 않지만 여러 기부가 있었기 때문에, 3루블의 입장권을 2루블로 낮추자는 의견까지 나올 정도였다. 사실 위원회 측에서도 처음에는 3루블의 입장료로는 아가씨들이 오지 않을 거라고 걱정하여, 달리 가족 입장권 같은 것을 만들까 하는 제안이 나왔었다. 즉 가족 중 딸 한 사람분만 내면, 그 가족에 속하는 다른 딸들은 열 명이 있더라도 무료로 입장할 수 있게 하자는 것이었다. 그러나 모든 걱정은 기우로 끝났고 오히려 아가씨들이 주된 입장자였다. 가난한 하급 공무원들까지 딸을 데리고 왔다. 만일 딸이 없었더라면 그들은 이 행사에 참석할 생각도 안 했을 것이다. 그것은 명백한 사실이었다. 말단 서기 한 사람은 딸 일곱을 모두 데리고 왔다(물론 아내는 계산에 넣지 않고). 게다가 조카딸까지 데리고 왔지만 이 여자들은 제각기 3루블짜리 입장권을 샀다.

이런 상태였기 때문에 온 거리가 얼마나 법석이었을 것인가는 상상하기 힘들지 않으리라. 축제는 두 종류의 행사로 나뉘어 있었기 때문에 부인들의 옷도, 낭독회 때 입을 모닝드레스와 무도회 때 입을 이브닝드레스 두 벌이 있어야 했다. 이런 것 하나만 봐도 거의 짐작이 간다. 이것은 뒤에 안 일이지만 중류 계급의 대부분은 이날의 준비로 가족의 속옷에서 깔개, 이부자리에 이르기까지 모든 것을 깡그리 거리에 있는 유대인에게 전당을 잡혀야만 했었다. 또 이 유대인들은 마치 이때 한몫 보려고 대기하고 있기나 했던 것처럼 2년 전부터 시중에 기반을 굳히고 있었던 것이다. 공무원들은 주로 월급을 가불했고, 지주들 중에는 없어서는 안 될 가축을 파는 자까지 있었다. 모두 딸을 공주처럼 차려입혀서 누구에게도 뒤지지 않게 하기 위해서였다. 이번 의상의 화려함은 이곳에서는 지금까지 예가 없었던 일이었다. 거리는 벌써 2주일째 각양각색의 가정불화 이야깃거리로 떠들썩했고, 그런 소문은 곧 비방자들의 입을 통해서 율리야 부인의 귀에 들어갔다. 가정불화를 주제로 한 만화도 나오기 시작했다. 나도 직접 율리야 부인의 앨범에서 그런 종류의 만화를 두서넛 본 적이 있다. 그런데 이런 일은 모두 그 풍문이 나온 곳에도 알려졌기 때문에, 요사이 거리의 가정에서 율리야 부인에 대한 격렬한 증오가 쌓이기 시작한 것은 이런 데 기인한 것인지도 모른다. 지금은 모두가 부인을 마구 비난하고, 그때를 회상하고는 이를 갈고 있다. 그렇기는 하지만 위원회가 어떤 마음에 들지 않는 일을 하든가, 무도회를 소홀히 하는 수가 있으면, 그야말로 일찍이 없었던 불평이 폭발할 것임에 틀림없었다. 그렇기에 사람들은 저마다 마음속에서 추문을 기대하고 있었던 것이다. 대체로 기대가 그처럼 컸다고 하면, 어찌 그 일이 일어나지 않을 수 있으랴.

12시 정각에 오케스트라가 울려 퍼졌다. 나는 간사의 한 사람, 즉 '리본을 단 열두 청년'의 한 사람이었기 때문에 이 불쾌한 기억의 날이 어떻게 시작됐던가를 이 눈으로 직접 볼 수가 있었다. 맨 처음이 출입구의 이상스러운 대혼잡이었다. 경찰을 비롯해서 첫 단계부터가 모든 일에 있어서 필요한 조치가 되어 있지 않았다는 것은 무슨 이유에서였을까? 나는 선의의 입장자를 비난하려는 것은 아니다. 집안의 아버지 같은 사람들은 밀고 당기는 일이 없었고, 관등을 내세워 다른 사람을 밀어젖히지도 않았다. 오히려 멀찍이 떨어져서, 이 거리에서는 드문 일인 군중의 혼잡상을 바라다보면서 난처해하고 있었다. 사실 군중은 꽉 몰려서, 그냥 들어간다는 정도가 아니라 마치 돌격이라도 하는 듯한 서슬로 뛰어드는 것이었다. 그사이에 마차는 끊일 사이 없이 밀려와서 나중에는 아주 길을 메워 버리고 말았다. 이 기록을 쓰고 있는 오늘은 나도 정확한 자료를 쥐고 있기 때문에 단언하지만, 거리에서 쓰레기 중의 쓰레기로 알려져 있는 깡패 족속 여러 명이 럄신이라든가 리푸틴의 연줄로 표도 없이 들어갔던 것이다. 어쩌면 나처럼 간사 역을 맡고 있는 친구들 가운데도 이런 짓을 한 자가 있을는지도 모른다. 군(郡)에서 온 전혀 알지도 못하는 사람들까지 얼굴을 내밀었다. 이런 야만인들은 홀에 들어가자마자, 일제히(마치 의논이라도 한 듯이) 식당은 어디냐고 묻는 것이었다. 식당은 없다고 하니까, 인정사정없이 이 거리에서는 들은 적도 없는 무례하기 짝이 없는 어조로 욕설을 퍼붓기 시작했다. 하기는 그 패들 중에는 술에 취한 사람도 있었다. 또한 마치 야만인 모양으로, 지금까지 본 적이 없는 귀족단장 부인 저택의 호화로운 홀에 경탄해서 들어서자마자 입을 벌리고 멍청히 주위를 둘러보는 자도 있었다. 이 방대한 흰 홀은 오래된 건물이면서도 대단히 호화로웠다. 무엇보다 규모가 장대했으며, 창문은 위아래로 두 줄이었고, 천장에는 예스럽게 여러 무늬를 그려놓은 데다 금빛을 뿌렸으며, 합창석도 마련되어 있었다. 뿐만 아니라 창문과 창문 사이에는 거울을 붙였고, 벽에는 흰 바탕에 빨간 무늬의 커튼을 늘어뜨렸으며, 대리석의 조상도 즐비했고, 흰 바탕의 금색 테에 빨간 비로드를 친, 예스러운 나폴레옹 시대의 묵직한 가구들이 자리하고 있었다. 특히 이날은 홀의 한 모퉁이에 낭독을 할 문인들을 위해서 약간 높은 연단이 마련되어 있었다. 그리고 홀 전체에는 마치 극장의 관람석처럼 의자가 줄지어 놓여 있었고, 그 사이사이에는 청중을 위해서 폭 넓은 통로가 몇 개 마련되어 있었다.

그러나 처음 잠깐 동안의 경탄 뒤에는 대부분 의미 없는 질문과 의견이 들리기 시작했다. "우리는 낭독 같은 건 안 듣겠다고 거절할 수도 있어! 우리는 돈을 냈단 말이야…… 세상 사람들을 능청스럽게도 속였군! 주인공은 우리다. 렘브케가 아니란 말이야!" 단적으로 말하면, 이 족속들을 회장에 넣은 것은 다만 이런 몰상식한 소리를 하도록 한 것이 아니었던가 생각될 정도였다. 특히 지금도 기억하는 것은, 한바탕 충돌이 일어났을 때 그 전날 아침 율리야 부인 객실에 와 있던 한 공작이 수완을 발휘한 것이다. 그는 옷깃을 높이 세운 옷차림에, 생김새는 마치 나무토막으로 만든 인형 같았다. 이 사람도 율리야 부인의 간곡한 부탁으로 왼쪽 어깨에 리본을 걸고, 간사 역을 하기로 했다. 그런데 이 벙어리처럼 말이 없는, 스프링 장치로 만든 인형 같은 인상의 사나이가, 말솜씨는 어찌됐든 상당한 실행력을 가지고 있다는 걸 알았다. 다름 아니라 곰보 얼굴에 덩치가 큰 한 퇴역 대위가 뒤에 따르는 건달들의 위세를 빌려서 식당은 어디로 가야 하느냐고 그에게 시비를 걸자, 공작은 경관에게 눈

짓을 했다. 이 신호는 지체 없이 실행됐다. 술 취한 대위의 욕설에도 불구하고 경관은 그를 홀 밖으로 끌어내 버렸다. 이럭저럭하는 사이에 겨우 진짜 청중이 얼굴을 보이기 시작했다. 그들은 석 줄로 늘어서서, 의자 사이에 마련된 석 줄의 통로로 걸어갔다. 불온한 사람들은 차츰 조용해졌지만 군중의 얼굴에는, 가장 조용한 사람들에게조차 불만스러운 듯한 의외라는 표정이 나타나 있었다. 부인들 사이에는 겁을 먹은 얼굴을 한 사람도 있었다.

드디어 모든 이가 자리에 앉고 음악 소리도 멎었다. 사람들은 코를 풀든가, 주위를 둘러보든가 하면서 지나치다고 생각될 정도로 엄숙한 얼굴을 비치고 있었다. 이것은 어떤 경우에도 좋지 않은 징조다. 그러나 렘브케 사람들은 아직 오지 않았다. 명주, 비로드, 다이아몬드 등이 사방에서 번쩍거리고, 장내에는 뭐라고 말할 수 없이 좋은 향기가 감돌고 있었다. 사나이들은 있는 대로 훈장을 달고 있었으며, 노인들은 예복까지 입고 있었다. 이윽고 귀족단장 부인이 리자와 함께 나타났다. 이날 아침처럼 리자가 눈부실 정도로 아름답게 보인 적은 지금까지 기억에 없었고, 또 이처럼 화려한 옷을 차려입고 온 적도 지금까지 없었다. 머리는 풍신하게 넘실거렸고, 눈은 빛났으며, 얼굴은 환한 미소를 띠고 있었다. 그녀는 분명 장내의 사람을 경탄시켰던 모양이었다. 사람들은 그녀를 바라보면서 귀엣말을 하고 있었다. "저 아가씬 눈으로 스타브로긴을 찾고 있는 거야" 하고 속삭이고 있었지만 스타브로긴도 바르바라 부인의 모습도 보이지 않았다. 나는 그때 그녀의 얼굴 표정을 이해할 수 없었다. 어째서 저렇게 행복한 표정과 기쁨과 활기가 얼굴에 넘쳐흐르고 있는 것일까? 나는 어제의 사건을 생각으로 대조해 보고, 뭐가 뭔지 알 수가 없게 되었다.

그렇지만 렘브케 사람들은 여전히 얼굴을 보이지 않았다. 이것부터가 벌써 실책이었다. 나중에 들은 이야기이지만, 율리야 부인은 가능한 한 마지막까지 표트르를 기다렸다는 것이다. 자기가 깨닫지 못했을 뿐이지, 벌써 이 무렵 부인은 표트르 없이는 한 걸음도 밖으로 나올 수 없었던 것이다. 아울러 말해 두지만 표트르는 전날 마지막 위원회에서 간사의 리본을 끝내 거절하여 가혹하게도, 눈물을 흘릴 정도로 부인을 실망시켰었다. 그리고 놀랍게도 이 부인의 실망은 뒤에 낭패로 변했다. 그는 그날 아침 어디를 갔는지 아주 자취를 감춰 버렸다. 그런 상황으로, 이날 밤까지 아무도 그를 본 사람이 없었다. (나는 장내의 이런 사실을 미리 알려 둔다.) 드디어 청중은 명백히 초조한 빛을 보이기 시작했다. 연단에도 올라오는 사람이 없었다. 뒷줄에서는 마치 연극 구경이라도 온 듯이 박수를 쳤다. 노인과 부인들은 이맛살을 찌푸리고, "렘브케는 너무 거드름을 피우는군" 하고 중얼거렸다. 청중 속 가장 점잖은 사람들이 모인 데서도 이 행사는 중지되는지 모르겠다고 쑥덕거렸다. 혹시 렘브케가 아픈 것이 아닌가 하는 속삭임이 시작되었다. 그러나 다행스럽게도 드디어 렘브케가 나타났다. 그는 아내의 손을 잡고 나왔다. 사실은 나 자신도, 그들의 도착에 매우 신경을 쓰고 있었다. 하지만 이것으로 여러 가지 억측은 자연히 사라지고 진실이 승리했다. 군중은 겨우 마음을 가라앉힌 듯싶었다. 렘브케는 매우 건강해 보였다. 내가 기억하는 한에서는, 모두 그렇게 생각한 모양이다. 많은 시선이 그에게로 쏠렸다. 사태를 해명하는 편의상 한마디 덧붙여 두지만, 전체적으로 이 상류 사교계에서는 렘브케가 어떤 특수한 병에 걸려서 신음하고 있다고 생각하는 사람은 극소수였다. 사람들은 그의 행동을 아주 정상적인 것으로 생각하고 있었기 때문에 어제 아침, 광장에서 있었던 사건도 오히려 칭찬의 소리로 맞이했던 것이다.

"그래, 사실은 처음부터 저렇게 하는 편이 좋았어." 고위층 관리들은 말했다. "흔히 부임할 때는 굉장한 인도주의자로 나타나지만, 결국은 저런 식으로 끝나는 거야. 게다가 그것이 인도주의 자체를 위해서도 필요하다는 것을 깨닫지 못하는 사람도 많으니까 말이야." 사정을 아는 사람들은 말했었다. 다만 그때 그가 지나치게 흥분한 것을 비난하며, "좀더 냉정한 태도로 해야 했어. 하긴 부임한 지 얼마 안 되니까 무리는 아니지만" 하고 좀 유식한 사람들은 말하는 것이었다.

그와 같은 정도로 격렬한 호기심이 율리야 부인에게도 쏠렸다. 물론 어느 한 경우에 관해서는 누구도 이야기를 하고 있는 나에게, 지나치게 정확한 설명을 요구할 권리는 없을 것이다. 그것은 비밀이며, 여성의 일신상에 관한 문제이다. 그러나 다만 한 가지 내가 알고 있는 것이 있다. 그것은 어젯밤 부인이 렘브케 방으로 들어가서 밤이 깊도록 단둘이서 시간을 보냈다는 사실이다. 부부는 모든 점에서 일치를 보았고 모든 것은 잊었다. 그리고 이야기가 그친 무렵엔 렘브케가 갑자기 그저께 밤의 마지막을 장식한 중대한 일화를 떠올리고, 미안한 나머지 아내 앞에 무릎을 꿇었을 때, 부인의 아름다운 손과 아름다운 입이 옛날의 기사 같은 자상한, 그렇지만 감격에 심약해진 남자의 뜨거운 참회를 중지시켰다. 사람들은 그녀의 얼굴에서 행복의 빛을 보았다. 그녀는 멋진 옷을 입고, 밝은 표정으로 걸어 나왔다. 부인은 희망의 절정에 서 있는 것 같았다. 자기의 정책 목적이요, 영광인 자선회가 드디어 실현된 것이다. 연단 바로 앞 자기 자리에 가더니, 렘브케 부인은 허리를 약간 굽히고 사람들의 인사에 답례했다. 둘은 곧 사람들에게 둘러싸였다. 귀족단장 부인은 일어나서 그들을 마중하려고 했다.

그러나 그때 한 가지 좋지 않은 일이 생겼다. 오케스트라가 느닷없이 축하곡을 연주하기 시작했는데 그것은 행진곡 같은 것이 아니고, 전적으로 식당 취향의 취주였다. 곧잘 현 클럽에서 여럿이 식탁에 앉아서 누군가의 건강을 축하하면서 건배를 들 때 쓰는 그런 것이었다. 나도 지금은 잘 알고 있지만, 럄신이 간사라는 자격으로, 입장하는 렘브케 부부에게 경의를 표하기 위해 쓸데없는 수고를 했던 것이다. 물론 그는 잘 몰랐었기 때문이라든가, 너무 열성이 지나쳤기 때문이라고 변명할 수 있는 처지에 있기는 했지만. 나는 그때 아무것도 모르고 있었지만 그들은 변명 같은 것은 전혀 걱정하지 않았었다. 이 하루로 모든 것을 끝내버리려고 했던 것이다. 하지만 축하곡만으로 끝나지 않았다. 청중의 못마땅한 듯 의아한 표정과 비웃음의 뒤를 이어, 돌연 홀한 모퉁이와 합창단 자리에서 만세 소리가 터져 나왔다. 역시 렘브케에게 경의를 표하는 모양이었다. 그렇게 많은 사람의 소리는 아니었지만 정직하게 말하면 그 소리는 한동안 계속되었다. 율리야 부인은 발끈해서 두 눈이 번들거리기 시작했다. 렘브케는 자기 자리 가까이에 서서 소리가 나는 쪽을 돌아보면서, 매우 위엄 있는 태도로 홀을 둘러보았다. 그러나 사람들이 서둘러 그를 자리에 앉혔다. 그의 얼굴에는 또 어제 아침, 부인의 응접실에서 스테판 선생 옆으로 가까이 가기 전에 찬찬히 그를 바라보았던 때처럼, 예의 위험한 미소가 떠오르고 있었다. 나는 그런 것에 신경이 쓰여 불안했다. 사실 지금도 그의 얼굴에는 어딘지 불길한 표정이 떠올라 있는 것처럼 보였다. 하지만 무엇보다도 나빴던 것은 그 표정이 좀 우스웠다는 점이다. 즉 아내의 높은 목적에 따르기 위해서, 하는 수 없이 자신을 희생의 제물로 바치고자 하는 사람의 표정이었다. 율리야 부인은 재빨리 나를 자기 곁으로 오라고 손짓하여, 얼른 카르마지노프한테 뛰어가서, 빨리 시작하도록 부탁해 달라고 속삭였다. 그런데 내가 막 몸을 일으키려는 순간, 또 하나의 추악한 사건이 일어났다. 게다가 그것은 아까보다 더욱 창피한 일이었다.

연단 위에, 지금까지 모든 사람의 시선과 기대가 집중돼 있던 텅 빈 연단 위에, 지금까지는 다만 작은 탁자와, 그 앞에 놓인 의자와, 탁자 위에 놓인 은쟁반 위의 물컵 말고는 아무것도 없었던 텅 빈 연단 위에 연미복에 흰 넥타이를 맨 레뱌드킨 대위의 커다란 몸집이 불쑥 나타났다. 나는 어찌나 놀랐던지 나자신의 눈을 믿을 수가 없을 정도였다. 대위도 약간 머쓱해져서 연단의 한 모퉁이로 갔다. 갑자기 청중 속에서 "레뱌드킨, 넌 뭐야?" 하는 고함 소리가 들려왔다. 대위의 머저리 같은 빨간 얼굴에는(그는 아주 취해 있었다), 이 소리를 듣자 멍청한 미소가 퍼지는 것처럼 보였다. 그는 손을 들어 이마에 늘어진 머리카락을 쓸어 올리고, 흐트러진 머리를 한 번 흔들었다. 그러고는 무슨 일이라도 해주겠다는 태도로 대담하게 앞으로 나왔다. 그러나 갑자기 웃음을 터뜨렸다. 그리 크지는 않았지만, 잘 들리는 길고 행복한 듯한 웃음소리로. 그것 때문에 그의 커다란 몸집은 건들건들 흔들거리고 눈이 가늘어졌다. 이런 행동거지를 보고 청중의 절반쯤은 웃기 시작했고 20명 정도는 손뼉을 쳤다. 점잖은 사람들은 씁쓸한 표정으로 서로 마주 보았다. 하지만 이것은 30초도 안 되는 짧은 시간이었다. 연단 위로 간사의 리본을 단 리푸틴이 두 하인을 데리고 갑자기 뛰어올라갔다. 하인은 조심스럽게 대위의 팔을 붙들었고, 리푸틴은 무언가 귀엣말을 했다. 대위는 양미간을 찌푸리고 "아, 그런 것이라면" 하고 중얼거리더니, 손을 내젓고 넓은 등을 청중에게 돌리더니 세 사람과 같이 모습을 감췄다. 그러나 곧 리푸틴이 다시 연단으로 뛰어나왔다. 그의 입가에는, 언제나 달짝지근한 느낌을 주는 미소 중에서도 매우 달콤한 미소가 떠올랐으며 손에는 편지지 한 장을 쥐고 있었다. 빠르지만 서두르지 않는 걸음걸이로 그는 연단 맨 앞으로 나아갔다.

"여러분" 그는 청중을 향해 말했다. "부주의로 약간 차질이 생겼었습니다만, 그것도 이럭저럭 해결됐습니다. 그래서 나는 이 고장에 살고 계시는 시인 한 분으로부터 어떤 의뢰와 매우 정중하고도 간절한 부탁을 받았기에 가능하다면 하고, 이것을 수락한 것입니다…… 그분은 인간적으로 고상한 목적에 움직여…… 겉보기에는 그렇습니다만 우리 모두를 결속하고 있는 것과 같은 목적…… 즉 우리 고장의 가난하지만 교양 있는 소녀들의 눈물을 닦아주려는 목적을 가지고…… 그분은, 그러니까 우리 고장의 시인은…… 익명을 희망하면서, 또한 자작의 시가 무도회 전에, 아니 강연회에서 낭독되기를 희망하고 계십니다. 이 시는 프로그램에는 실려 있지 않고, 또 예정에 없던 것입니다…… 이렇게 말씀드리는 것은 30분 전에 도착했기 때문에…… 우리로서는(우리란 누구일까? 나는 이 짤막짤막하고, 지리멸렬한 연설을 한마디 한마디 그대로 인용한다) 매우 주목할 만한 순진한 감정이, 마찬가지로 주목할 만한 유쾌함과 결합하고 있는 점을 보았기 때문에 이 시는 낭독해도 좋지 않겠는가, 즉 심각한 작품으로서가 아니라 축제에 어울리는 소품으로서입니다만, 그렇게 생각하는 바입니다. 한마디로 말씀드리면 축제의 취지에 적합한 것으로서 더욱이 그 몇 줄은 특히 그렇기 때문에…… 존경하는 청중 여러분의 양해를 구하고 싶습니다."

"읽으시오!" 홀의 저쪽 끝에서 누군가 소리 질렀다.

"그럼 읽어도 좋단 말씀입니까?"

"읽으시오! 읽어봐요!" 많은 사람의 고함 소리가 났다.

"그러면 청중 여러분의 허락을 얻어서 읽기로 하겠습니다." 여전히 그 달짝지근한 미소를 떠올린 채 리푸틴은 또다시 입을 씰룩거렸다. 그래도 그는 아직 결정을 내리지 못하는 성싶었다. 내가 보는 바로는 어쩔 줄 모르고 있는 것처럼 보였다. 이런 족속은 대담하게 방약무인한 짓을 하면서도 어떤 때는 실수로 머뭇거리는 수가 있는 것이다. 하기야 신학생이었다면 그렇지도 않았겠지만 리푸틴은 아무래도 옛 사회에 속하는 인간이었다.

"미리 양해를 구합니다만, 아니, 양해를 구해 둡니다만 이것은 축제 같은 데

보내기 위해서 썼던 이전의 찬송가 같은 것은 아닙니다. 이것은 아마, 익살스러운 노래라고 할 만한 것입니다. 그러나 놀기 좋아하는 기분과 결합된 진지한 정신이 있는가 하면 가장 현실적인 진리도 포함되어 있습니다."

"읽어라, 읽어!"

그는 종이를 펼쳤다. 물론, 아무도 그를 말릴 틈이 없었다. 게다가 그는 간사의 리본을 붙이고 있었던 것이다. 그는 소리 높여 낭독을 시작했다.

조국의 가정교사 아가씨에게, 축제를 맞으며, 시인으로부터

기분이 어떠세요 가정교사님
마음껏 떠들고 축하해 주세요
보수주의자도 조르주 상드도
누구든 상관없으니 마음껏 즐겨요!

"야아, 저건, 레뱌드킨이다! 레뱌드킨의 짓에 틀림없다!" 하고 소리 지르는 사람이 몇 있었다. 웃음소리가 일고, 수는 적었지만 박수 소리까지 들렸다.

코흘리개 아이들에게
프랑스어 아·베·세를 가르치곤 있지만
하다못해 교회의 종지기라도
추파를 던져오면, 싫다 않겠지.

"만세! 만세!"
그렇지만 개혁한 지금 세상엔
종지기도 안 받아줘.
돈이 필요해요. 아가씨
그것이 안 된다면 어찌하겠소?
아무래도 "아·베·세"와 목을 매야지.

"맞았어 맞았어! 이거야말로 현실적이다. 돈이 없으면 어쩔 수 없는 거야!"

> 그렇지만 오늘은 잔치를 열어
> 우리가 모은 돈을 춤을 추면서
> 그들에게 지참금으로 보냅시다.
> 보수주의자든 조르주 상드든
> 아무려면 무슨 상관, 실컷 즐겨라!
> 지참금을 가지고 시집을 갈
> 귀여운 아가씨 가정교사님,
> 사양이란 웬 말이냐 맘껏 즐기자!

솔직하게 말해서 나는 내 귀를 믿을 수가 없었다. 거기에는 아무리 어리석은 자라 해도, 도저히 리푸틴을 용서할 수 없을 빤히 들여다보이는 검은 속셈이 있었다. 게다가 본디 리푸틴은 바보가 아니었다. 그가 의도하는 것은 매우 명백한 것이었다. 누구든 모든 사람이 머리가 깨져라 하고 혼란을 불러일으키려는 듯싶었다. 이 말도 안 되는 시의 몇 구절은(예컨대 맨 나중의 한 구절과 같은), 아무리 무지한 족속이라 하더라도 모른 체하기 어려운 성질의 것이었다. 리푸틴 자신도 이런 모험으로 생색은 내보이기는 했지만, 자기 혼자서 너무 큰 책임을 떠맡았다고 생각했던지, 제풀에 겁이 나서 연단을 물러나지도 못하고, 무슨 말을 더 하려는 듯이 서 있었다. 틀림없이 무언가 다른 결과를 예상하고 있는 것 같았다. 그런데 낭독 중 내내 갈채를 보내던 일당의 무뢰한들까지도 역시 같은 모양으로 겁이 난 것처럼 갑자기 조용해져 버렸다. 무엇보다 어처구니없는 것은 그들의 대부분이 이 낭독을 열광적으로 반겼다는 점이다. 즉 형편없는 졸작이라고는 전혀 생각하지 않고, 여자 가정교사에 관한 사실 그대로의 현실적 진리, 바꾸어 말하면 훌륭한 경향시로 인정했던 것이다. 그러나 너무 지나쳤다고 할 이 무례한 내용은 드디어 이런 족속들까지도 못마땅한 느낌을 가지게 했다. 일반 청중은 어떤가 하면, 그들은 기분 나쁜 정도를 지나쳐 노골적으로 화를 내고 있었다. 나는 이때의 인상을 전함에 있어 결코 잘못 말하지 않으려 한다. 율리야 부인은 뒤에, 1분만 더 그 상태가 계속됐다면 기절해 버렸을 것이라고 말했다. 그중에서도 지위가 높은 한 노인은 늙은 부인을 재촉하여 일으켜서 사람들의 불안한 시선을 받으며 함께 홀을 나가버렸다. 혹은 또 다른 몇 사람도 이렇게 나갔는지 모르겠지만, 마침 그때 당사자인 카르마지노프가 연미복에 흰 넥타이를 하고 공책을 손에 들고 연단에 나타났다. 율리야 부인은 마치 구세주라도 맞는 것처럼, 환희에 찬 눈을 그쪽으로 향했다…… 그렇지만 나는 이미 분장실에 들어가 있었다. 리푸틴에게 할 말이 있었던 것이다.

"자네 일부러 그랬지?" 격분 끝에 그의 팔을 붙들면서 나는 소리쳤다.

"무슨 소리야? 우연이었어." 그는 곧 거짓말을 하기 시작했다. 그러고는 언짢은 표정을 지으면서 피해자는 자신이라는 얼굴을 했다. "그 시는, 지금 막 가지고 온 건데, 나는 그저 분위기를 흥겹게 하기 위해서……."

"자네가 그럴 리가 없어. 도대체 자네는, 이 말도 안 되는 엉터리 시가 무슨 흥겨움이 있다고 생각했단 말이야?"

"그럼 흥미 있고말고."

"자네는 아직도 거짓말만 하고 있어. 게다가 이 시는 결코 방금 막 가져온 게 아니야. 자네가 직접 레뱌드킨과 함께 지은 시지? 어쩌면 어제 쓴 것인지도 몰라. 즉 곤란한 사태를 일으키고 싶었던 거야. 마지막 구절은 틀림없이 자네가 쓴 거야. 종지기의 소재도 그래. 도대체 그 사나이는 무슨 뜻에서 연미복 같은 걸 입고 나타난 거야? 그 사나이에게 낭독을 시키려 했던 것이 자네들의 계획이었지? 그런데 그 사나이가 곤드레만드레 취했으니까……."

리푸틴은 차갑고 독기에 찬 눈초리로 나를 보았다.

"도대체 그것이 자네와 무슨 상관이 있어?" 이상할 만큼 태연한 태도로 그는 갑자기 이렇게 물었다.

"무슨 상관이 있냐니? 자네도 이 리본을 달고 있잖아. 표트르 군은 어디 있나?"

"몰라, 어디 있겠지 뭐. 도대체 왜 그러는 거야?"

"나는 이제 모든 것을 알았어, 이건 결국 오늘 행사를 망쳐서 율리야 부인을 함정에 몰아넣으려는 음모임에 틀림없어."

리푸틴은 다시 한 번 나를 흘겼다.

"그것이 자네와 무슨 상관이 있다는 거야?" 그는 히죽이 웃고 어깨를 으쓱하더니 그 자리를 피해 가버렸다.

나는 마치 찬물이라도 뒤집어쓴 것 같았다. 나의 의혹은 모두 사실로 나타났던 것이다. 그런데도 나는 아직 모두가 착각이기를 바라고 있었다. 도대체 어떻게 하면 좋단 말인가? 스테판 선생과 의논할까 했으나, 그는 거울 앞에 서서 여러 가지 웃음 짓기를 연구하면서, 노트한 종이쪽지를 연방 들여다보고 있었다. 그는 곧 카르마지노프 다음으로 연단에 올라가야 하기 때문에 나와 얘기하고 있을 여유가 없었다. 그럼 율리야 부인에게로 달려갈까? 그러나 부인에게 알리기에는 아직 너무 일렀다. 그녀의 병을 고치기 위해서는—자기가 추종자들에게 둘러싸여서 모두 자기를 광신적으로 존경하고 있다는 착각을 깨려면은 좀더 난처한 경우를 당해야 한다. 그녀는 아무리 해도 내 말을 믿지 않고, 나를 망상증에 걸렸다고 생각할 것임에 틀림없다. 게다가 부인으로서도 어떻게 할 도리가 없지 않은가? '에라, 모르겠다' 하고 나는 생각했다. 사실 나와 무슨 관계가 있는가? 정말 그런 사태가 벌어지면, 리본을 떼어버리고 집으로 가면 된다. 나는 이때, '정말 그런 사태가 벌어지면' 하고 말했다. 나는 지금도 그것을 기억하고 있다.

그러나 어쨌든 카르마지노프의 낭독을 들으러 가야만 한다. 나가면서 다시 한 번 분장실을 돌아봤을 때 상관없는 사람들이 여럿 드나들면서 어정거리고 있는 것을 보았다. 그중에는 여자들도 섞여 있었다. 이 분장실이라는 것은 막으로 엄중하게 가린 비좁은 곳으로, 뒤쪽에는 복도를 거쳐 다른 방으로 연결되어 있었다. 여기서 연사들도 차례를 기다리고 있었다. 하지만 이때 특별히 나의 주의를 끈 것은 스테판 씨 다음에 낭독하기로 되어 있는 사람이었다. 그는 대학교수 같은 인물로(나는 지금까지 그가 어떤 인물이었는지 확실히 모른다), 일찍이 학생들 간에 소동이 있었을 때 자진해서 학교를 그만두었으나, 이삼 일 전에 어떤 볼일로 이 고장에 온 사람이었다. 이 사람도 율리야 부인에게 소개되었는데 부인은 그를 하느님처럼 맞이했다. 지금은 나도 잘 알고 있지만,

그는 낭독회 전에 단 하룻밤 부인에게 갔을 뿐이었다. 그러나 밤중 내내 묵묵히 입을 다물고 율리야 부인을 둘러싼 여러 사람의 농담이며 대화에 모호한 미소를 띠고 있었다. 그 거만한 듯한, 또 동시에 겁쟁이 같으면서도 자존심이 센 듯한 태도는 사람들에게 불쾌한 인상을 주었다. 이번에 그에게 낭독을 부탁한 사람은 율리야 부인 자신이었다. 지금 그는 스테판 선생처럼 방 안을 구석구석 돌아다니며, 무언가 입속으로 중얼중얼하면서, 거울은 보지 않고 마냥 바닥만 내려다보고 있었다. 그는 계속해서 능글맞은 엷은 미소를 띠고 있었으나 웃음 짓기 연습 같은 것은 하지 않았다. 이 사나이에게도 말을 걸 수 없다는 것은 명백한 사실이었다. 보기에는 마흔 정도의 나이로 키는 작은 편이며 머리가 벗겨지고 턱에는 잿빛이 도는 수염을 기르고 있었으며 옷차림은 단정했다. 그렇지만 무엇보다 재미있는 것은 빙글 한 번씩 돌 때마다 오른쪽 주먹을 쳐들고 머리 위에서 허공을 치면서, 마치 눈에 보이지 않는 적이라도 박살내는 것처럼 느닷없이 그 손을 내려치는 동작을 끊임없이 되풀이하는 것이었다. 나는 괜히 숨이 막힐 것처럼 답답해서 서둘러 카르마지노프의 낭독을 들으러 뛰어나갔다.

3

홀 쪽에는 또다시 불온한 공기가 감돌고 있었다. 미리 양해를 구해 두지만, 나는 말할 것도 없이 천재의 위대함에는 아낌없이 무릎을 꿇는 사람이다. 그런데 어째서 우리 러시아의 천재들은 그 영광스러운 생애의 마지막에서 때때로 어린아이 같은 짓을 하는지 모르겠다. 물론 그것은 문호 카르마지노프로, 다섯 시종을 거느린 것처럼 으스대는 태도로 나왔다고 해서 그러는 게 아니다. 다만 하나의 작은 작품을 가지고 이 현 청중을 어떻게 한 시간 넘게 끌고 갈 수 있단 말인가! 전체적으로 내가 관찰하는 바로는, 아무리 훌륭한 천재라 하더라도 이런 공개적인 낭독회에서는 20분 이상 대중의 관심을 집중시킨다는 것은 거의 불가능하다. 이 대천재의 등단(登壇)이 매우 경건한 태도로 맞아들여졌다는 것은 사실이다. 지극히 잔소리가 많은 노인들까지도 호의와 흥미의 기색을 보였고, 부인들은 어느 정도 환희의 감정까지 나타냈던 것이다. 그러나 박수는 어쩐지 어울리지 않는 들쭉날쭉한 것이었으며 매우 짧았다. 하지만 카르마지노프 씨가 입을 열기까지는 뒤에서도 괴상한 소리를 지르는 사람은 없었다. 이야기가 시작되고 나서도 무언가 잘못되는 것 같은 사태는 일어나지 않았다. 그저 어딘지 모르게 의아해하는 듯한 분위기가 감돌고 있었을 뿐이었다. 앞서도 말했듯이 그의 목소리는 조금 지나치게 새된 소리라 어느 정도 여자 목소리같이 들렸고, 더욱이 순수한 귀족 출신답게 묘하게 혀가 짧은 듯이 발음하는 버릇이 있었다. 그가 아직 두세 마디도 하기 전에 갑자기 누군가가 큰 소리로 웃었다. 아마도 이것은 지금까지 한 번도 상류 사회에 나가보지 못한, 그리고 실없는 웃음을 잘 웃는 세상 물정 모르는 바보 같은 자의 짓이리라. 그러나 적대적인 느낌은 전혀 없었을 뿐 아니라, 웃음소리가 들리자 조용하라는 욕설이 객석에서 일어나서 그는 더 이상 웃지 못했다. 그런데 카르마지노프는 점잖은 태도와 목소리로, "처음엔 낭독을 승낙하지 않았습니다만" 하고 이야기를 계속했다. (이런 말을 굳이 할 필요가 어디 있는가!) "무릇 문장이란 것은, 그것이 마음의 밑바닥으로부터 우러나온 것이기 때문에 함부로 말하는 일은 삼가야 하고, 따라서 이렇게 신성한 것을 여러 사람 앞에 공개한다는 것은 거북한 일이라고 할 수 있습니다. (그러면 왜 대중 앞에 공개했는가?) 그러나 간청을 거절할 수 없어 이렇게 여러분에게 공개하는 바인데, 실은 나는 앞으로 영구히 펜을 놓고 어떠한 일이 있어도 다시 펜을 들지 않는다고 맹세했기 때문에 이 마지막 작품을 쓴 것입니다. 또 나는 이다음부터 대중 앞에서는 절대로 낭독을 하지 않겠다고 결심했기 때문에 이 마지막 작품을 낭독하기로 한 것입니다." 그는 이렇게 장황한 설명을 늘어놓았다.

그러나 이것으로 무슨 일이 일어나지는 않았다. 게다가 작가의 서론이 어떠한지는 누구든 알고 있는 것이다. 하지만 한마디 해두자면, 이 고장 사람들의 무교양, 게다가 뒷줄에 있는 사람들의 지루해함을 생각한다면 이것 또한 영향을 끼쳤다고 할 수 있다. 아무튼 그가 이전에 곧잘 쓰곤 했던 단편이라든가 소품, 너무 기교가 지나쳐 흠이라지만 그래도 읽을 만한 대목이 있었던 그런 작품을 읽는 것이 차라리 나을 뻔했다. 그랬으면 모든 일은 잘되었을 것이다. 그런데 그렇지가 못했다! 장황한 설교가 시작됐다! 정말 간절하고 친절한 행위도 너무 지나쳤다. 단언하건대, 우리 마을의 청중뿐 아니라 수도의 청중도 멍해졌을 것이다. 그럴듯하게 늘어놓는 장광설이 거의 30페이지 넘게 계속되는 광경을 상상해 보면 되리라. 그런데 이 선생은 그야말로 높은 데서 내려다보는 식으로, 내키지는 않지만 인정상 들려준다는 식으로 낭독을 했기 때문에, 이는 이 고장 사람을 모욕하는 것과 같은 일이었다. 그런데 그 주제라는 게 누구도 알 수 없는 모호한 것이었다. 어떤 인상이나 기억을 제재로 한 것이었는데, 무슨 인상 무슨 회상일까? 이 고장의 지식인들도 낭독의 전반은 이마에 주름을 잡고 열심히 그 뜻을 파악하려고 했지만, 아무래도 알 수가 없었기 때문에 후반은 그저 예의상 듣는 척하고 있을 뿐이었다. 사랑에 대한 여러 이야기였다. 이 대문호가 어느 부인에게 품은 연정에 대한 것이다. 그러나 솔직히 말하면, 그것이 아무래도 어색했다. 천재적인 문호의 땅딸막한 용모는 내가 보기엔, 처음의 키스 이야기에는 정말 어울리지 않았다. 첫째로 키스하는 방식부터가 일반인들과는 달랐다. 먼저 주위에는 반드시 금작화(金雀花)가 피어 있어야 한다(이건 꼭 금작화가 아니면 식물학 사전이라도 찾아보아야 할 종류의 식물이어야 한다). 또 하늘도 반드시 보랏빛을 띠고 있어야 한다. 이런 것은 보통 사람은 지금까지 아무도 느끼지 못했던 것, 즉 보기는 했지만 느끼지 못했던 색조이다. 그것을 '보는 게 좋아. 나는 곧 알아봤지만, 너희들 바보를 위해서, 대수롭지 않은 것처럼 묘사해 주는 거야' 하는 식이었다. 그리고 이 한 쌍의 흥미 있는 남녀가 자리를 잡은 그 나무는 반드시 오렌지빛으로 물들어 있어야 한다. 둘이 앉아 있는 곳은 독일의 어느 지방이다. 갑자기 그들은 전쟁 전야의 폼페이우스라든가 카시우스가 눈앞에 나타나 환희의 전율이 뼛속에 스며드는 듯한 느낌이 들었다. 물의 정령 같은 것이 숲에서 웃더니 갑자기 글루크가 갈대 숲에서 바이올린을 켜기 시작한다. 그가 연주하는 곡은 '원제 그대로'라고 했지만 아무도 아는 사람이 없었다. 음악 사전이라도 찾지 않으면 안 될 것이다. 곧 안개가 피어오르기 시작했다. 마치 수백만의 새털이불이 피어오르는 것 같다고 하는 편이 적절할 정도였다. 그러나 갑자기 모든 것이 사라지고, 이번엔 따뜻한 겨울날에 문호는 볼가 강을 노 저어 건너고 있다. 이 장면은 두 페이지 반이나 차지하고 있지만 결국은 얼음 구멍으로 빠져버리고 만다. 천재는 가라앉고 마침내 물에 빠져 죽었다고 생각할는지 모르지만 천만에, 그런 일은 도저히 생각할 수 없다. 그것은 다만 그가 물속에 가라앉아서 허우적거리고 있을 때 뜻하지 않게 그의 눈앞에 얼음 한 조각을 띄워 놓기 위한 준비에 지나지 않았다. 그것은 완두콩 정도의 작은 얼음 조각이지만 마치 '얼어붙은 눈물'에 비할 수 있을 정도로 맑고 투명했다. 이 얼음 조각에 독일이, 아니 독일의 하늘이 어려 있으며, 그 무지개 같은 빛의 장난이 그에게 한 방울의 눈물을 떠올리게 했던 것이다. "그대는 기억하고 있는가? 우리가 에메랄드 빛 나무 아래 앉아 있던 때 그대의 눈에서 떨어진 눈물을. 그대는 기쁜 듯이 즐거운 목소리로 '죄는 없습니다!' 하고 외쳤다. 그리고 나는 눈물을 흘리며 '그렇다. 만일 그렇다면, 이 세상에는 정직한 사람도 없어지게 된다' 대답했다. 둘은 함께 통곡하고, 그대로 영원히 헤어졌다." 즉 여자는 어느 해안으로, 그는 어떤 동굴로 가버렸다. 그리고 남자는 바야흐로 동굴 속으로 들어가, 모스크바의 수하레바 탑 아래를 3년 동안 계속 내려가고 있는 것이다. 이윽고, 땅 한가운데라고 생각되는 곳에서 그는 한 불빛을 발견한다. 등불 앞에는 은자 한 사람이 앉아 기도를 올리고 있었다. 천재는 조그마한 창살문으로 다가갔다. 그때 문득 한숨 소리를 들었다. 독자 여러분은 이것을 은자의 한숨으로 생각할 것이다. 그러나 그는 그런 은자에게는 아무런 볼일도 없다. 다만 이 한숨은 37년 전 그녀의 한숨을 떠올리게 했을 뿐이다. "그대는 기억하고 있는가. 우리가 독일에서 마노 빛 나무 아래 앉아 있을 때, 그대는 말하지 않았는가? '무엇을 위한 사랑일까요? 보세요. 주위에는 누런 풀들이 나 있어요. 그리고 나는 사랑을 하고 있어요. 하지만 저 누런 풀이 자라지 않게 될 때, 나의 사랑도 식어버리겠죠'라고. 그때 또다시 안개가 피어올라 호프만이 나타나고 물의 정령이 쇼팽의 곡을 휘파람으로 분다. 그리고 불쑥 안개 속에서 월계관을 머리에 쓴 앙쿠스 마르키우스가 로마의 지붕들 위로 높이 나타난다. 환희의 오한이 우리의 등줄기를 달리고, 이리하여 두 사람은 영원한 이별을 고한 것이다" 등등.

　간단히 말하면 내 말이 틀렸는지도 모르고, 나에게 이런 말을 할 수 있는 능력이 없는지도 모르지만 이 이야기의 뜻은 주로 이런 것이었다. 게다가 러시아의 천재들이 고상한 의미에서의 말장난을 하는 데 정신이 팔려 있는 것은 한심할 정도이다! 유럽의 대철학가도, 석학도, 발명가도, 투쟁가도, 순교자도—이런 무거운 짐을 지고 노력하고 있는 모든 사람도 우리 러시아의 천재에게 있어서는 마치 제 집 부엌의 요리사나 마찬가지이다. 즉 그가 대장인 것이다. 그들은 손에 흰 수건을 들고 그의 명령을 기다리고 있다는 식이다. 물론 그는 러시아 자체도 거만하게 비웃고 있다. 그리고 유럽의 위대한 재능 앞에서 모든 면으로 러시아의 파산을 선고하는 것이 무엇보다 유쾌하겠지만, 그 자신에 있어서는 벌써 이 유럽의 위대한 재능까지도 무시하고 있는 것이다. 그런 것은 모두 그의 농담의 재료에 불과하다. 그가 누군가의 사상을 가져다가 그에 대한 안티테제를 덧붙이면 농담이 성립되는 것이다. 범죄는 존재한다, 범죄는 존재하지 않는다. 정의는 없다, 정당한 사람은 없다. 그 밖에 무신론, 진화론, 모스크바의 종(鐘)……(그러나 유감스럽게도 그는 더 이상 모스크바의 종을 믿지 않는다) 로마, 월계관(그러나 그는 월계관조차 믿지 않는다)…… 게다가 바이런식 우수(憂愁), 하이네로부터 빌려 온 우거지상, 페초린식의 맛 같은 것을 곁들인다. 이것으로 문호의 기차는 힘차게 기적을 울리며 달리기 시작한다. "그러나 어쨌든 칭찬해 주게, 칭찬해 주게, 나는 그것을 가장 좋아하니까. 내가 펜을 놓는다는 것은 잠깐 그렇게 말해 봤을 뿐이야. 기다려 보게, 나는 앞으로도 300편쯤 써 가지고 너희들을 괴롭혀 줄 테다. 읽기에 진력이 나도록 말이야……" 이렇게 말하는 듯했다.

물론 결과는 좋지 않았다. 그러나 무엇보다 좋지 않았던 것은 그가 자진해서 불을 당겼다는 점이었다. 벌써 오래전부터 발을 꼼지락거리든가 코를 풀든가 기침을 하는 소리가 들려오고 있었다. 결국 어떤 문학자라도 낭독회에서 20분 넘게 청중을 붙잡고 있을 때 일어나는 모든 현상이 일어나기 시작했던 것이다. 하지만 천재는 그런 눈치를 전혀 채지 못했다. 그는 청중 따위는 완전히 관심 밖이어서, 여전히 신이 나서 떠들어댔고 입속으로 중얼중얼하고 있었기 때문에 마침내 모든 사람은 어리둥절해 버리고 말았다. 그때 갑자기 뒷줄에서 한 사람이 큰 소리로 이렇게 외쳤다.

"이건 정말 바보 같은 수작이구나!"

이것은 자연스럽게 입에서 튀어나온 소리로, 거기에 시위의 뜻은 전혀 포함되어 있지 않았다고 나는 확신한다. 청중은 다만 지쳐버렸던 것이다. 그러나 카르마지노프는 낭독을 중지하고 비웃듯이 청중을 둘러보았다. 그리고 위엄을 손상당한 시종관과도 같은 태도로 갑자기 씩씩거리면서 입을 열었다.

"여러분은 내 낭독에 꽤 지루함을 느낀 모양이군요."

이렇게 그가 먼저 입을 연 것이 잘못이었다. 이렇게 대답을 요구하는 듯한 발언을 했기 때문에, 오히려 여러 건달들에게 거리낌 없이 입을 열 기회를 주었던 것이다. 만일 그가 꾹 참고 있기만 했다면, 코를 푸는 소리는 엄청 났을지 모르지만, 아무튼 무사히 끝났을 것이다. 필시 그는 자기 물음에 대해서 박수를 기대하고 있었을 것이다. 그러나 박수 소리는 들리지 않았고 반대로 모두 깜짝 놀라서 쥐죽은 듯이 조용해졌다.

"당신은 앙쿠스 마르키우스를 보지도 못했어. 그런 것은 그저 미사여구일 뿐이야!"

누군가의 짜증스런 목소리가 갑자기 신경질적으로 울려 퍼졌다.

"옳은 말이야!" 곧바로 또 다른 사람이 소리쳤다. "지금 세상에 정령 같은 게 어디 있단 말이야. 현대는 자연 과학의 시대다. 자연 과학을 공부하는 게 어때?"

"여러분, 나는 이런 항의를 받으리라곤 꿈에도 생각지 못했어요." 카르마지노프는 당황했다.

대천재는 카를스루에에 있는 동안, 조국의 사정에 어두워졌던 것이다.

"지금 세상에 세계를 세 마리의 물고기가 지탱하고 있다는 것은 책에서 읽더라도 창피한 일이에요." 한 젊은 여자가 소리를 질렀다. "카르마지노프 씨, 동굴 속에 들어가서 은자를 만났다니, 도대체 그런 일이 어디 있어요? 게다가 지금 세상에 은자 이야기 같은 건 없단 말이에요."

"여러분, 여러분이 그렇게 정색해서 내 작품을 공격한다는 것은 정말 뜻밖입니다. 하기야 그렇지요. 나만큼, 현실적인 진실을 존중하는 사람도 없을 것입니다."

그는 비꼬는 듯한 미소를 띠고 있었음에도 대단히 좌절하고 있었다. 그 표정은 마치 "나는 여러분이 생각하는 그런 사람이 아닙니다. 나는 여러분의 편입니다. 나를 칭찬해 주시오. 가능한 한 많은 칭찬을…… 나는 그것을 바라고 있으니까요……" 말하고 있는 듯했다.

"여러분" 마침내 자존심이 상한 그는 이렇게 외쳤다. "내 시는 불행하게도 발표 장소를 잘못 택한 것 같군요. 게다가 나도 나올 데가 아니었던 것 같습니다."

"까마귀를 쏴서 소를 잡았단 말인가?" 어떤 실없는 친구가 큰 소리로 떠들어댔다. 틀림없이 취했을 것이다. 물론 이런 친구에겐 전혀 신경 쓸 필요가 없다. 그러나 비웃는 소리가 한층 더 크게 일어난 것은 사실이었다.

"소라뇨?" 카르마지노프는 말꼬리를 잡았다. 그의 목소리는 힘들어하는 것처럼 들렸다. "까마귀와 소의 비유에 대해서는 나는 언급하지 않기로 하겠습니다. 죄가 아니라고 해도, 그런 비교를 입에 담기에는 나는 청중을 지나치게 존경하고 있기 때문입니다. 설혹 어떤 부류의 청중이든 간에…… 그러나 나는 이렇게 생각하고 있었습니다……."

"당신의 낭독은 너무 지나치지 않소?" 누군가가 뒷줄에서 외쳤다.

"그러나 나는 펜을 놓음에 있어, 독자에게 이별을 고하고자 하기 때문에 적어도 들어주실 줄로 알았습니다."

"들읍시다, 들어요. 우리는 듣겠어요." 가까스로 용기를 내서 말하는 듯한 목소리가 두서너 줄 앞에서 일어났다.

"읽어봐요, 읽으란 말이오!" 신이 난 부인 몇 사람이 맞장구를 쳤다. 드디어 박수 소리도 났지만, 산발적인 것이었다.

카르마지노프는 일그러진 미소를 띠고 의자에서 몸을 일으켰다.

"정말이에요, 카르마지노프 씨. 우리는 모두 명예로 알고 있으니까요." 귀족 단장 부인도 참을 수 없었던지 이렇게 말했다.

"카르마지노프 씨." 홀 구석에서 느닷없이 이렇게 부르는 젊은 목소리가 들려왔다. 그는 이 지역 초등학교의 젊은 교원으로서 이 고장에 온 지 얼마 안 되는 얌전한 인품의 청년이었다. 그는 군이 자기 자리에서 일어나기까지 했다. "카르마지노프 씨, 제가 만일 지금 당신이 낭독한 내용과 같은 사랑을 경험했다 하더라도, 낭독회에서 읽는 글 속에 자신의 연애 이야기는 넣지 않았을 것입니다." 그는 얼굴이 빨개져서 말했다.

"여러분, 내 낭독은 끝났습니다. 뒷부분은 생략하고 이것으로 나는 물러나겠습니다. 다만 마지막 여섯 줄만은 읽겠습니다."

"그러면 독자여, 안녕……" 그는 곧 원고를 들고 읽기 시작했다. 그러나 이번에는 안락의자에 앉지 않았다. "안녕, 독자여, 나는 결코 친구로서 이별하기를 바라는 것은 아닙니다. 여러분을 괴롭힐 필요가 어디 있겠습니까. 그렇지만 여러분을 위해서라면, 나는 욕을 먹어도 상관없습니다. 아아, 나는 기꺼이 욕을 먹겠습니다. 그러나 우리가 영원히 잊어버릴 수가 있다면, 그것이 무엇보다 좋은 일이겠죠. 그리고 독자 여러분이 갑자기 착한 마음씨가 되어서, 내 앞에 무릎을 꿇고 눈물을 흘리면서 '쓰게, 카르마지노프여. 우리를 위해서 쓰라, 조국을 위해서, 자손을 위해서, 월계관을 위해서 쓰라!' 간청을 한대도 나는 정중히 사의를 표명하고 여러분에게 이렇게 대답할 것입니다. '아니다, 사랑하는 동포여, 우리는 이미 너무나 많은 인연을 가졌다. 메르시, 이젠 각자의 길을 갈 때다! 메르시, 메르시, 메르시!'"

카르마지노프는 공손하게 고개를 한 번 숙이고, 얼굴이 빨갛게 되어서 분장실로 들어갔다.

"흥, 누가 무릎을 꿇는대, 엉터리 같은 녀석……."

"정말 어처구니없는 자화자찬이군그래!"

"저건 단순한 유머야." 좀더 합리적인 누군가가 이렇게 말했다.

"체, 그런 유머는 질색이야."

"그렇다고 해도, 저 녀석은 정말 건방진데…… 안 그래요?"

"아무튼 겨우 끝났군."

"아아, 졸려!"

그러나 이렇게 무례한 뒷줄의(뒷줄만이 아니었지만) 탄식은 다른 쪽의 박수 소리에 들리지 않았다. 그것은 카르마지노프를 불러내는 소리였다. 율리야 부인과 귀족단장 부인을 선두로 몇몇 부인들이 연단 아래로 몰려갔다. 율리야 부인의 손에는 흰 비로드 쿠션을 받침으로, 장미 생화로 엮은 화환 위에 찬란한 월계관이 들려 있었다.

"월계관!" 카르마지노프는 미묘하고도 조롱하는 듯한 웃음을 띠고 말했다. "나는 매우 감사하고 있습니다. 미리 준비된 것이긴 합니다만, 아직 시들지 않은, 정성이 깃든 이 화환을 받도록 하겠습니다. 그러나 숙녀 여러분, 나는 갑자기 현실주의자가 됐기 때문에 지금 세상에서는 월계관도 나에게 있는 것보다는 능숙한 요리사들 손에 있는 것이 훨씬 적당하다고 생각합니다……."

"그렇고말고, 요리하는 사람이 더 도움이 될 거다." 비르긴스키 집에서, '회의'에 참석했던 예의 그 신학생이 이렇게 외쳤다.

회장의 질서는 적잖이 깨졌다. 월계관 증정식을 보려고, 여기저기서 자리를 박차고 일어나는 사람이 꽤 많았다.

"나는 이제부터 요리하는 사람에게 3루블 더 주도록 하겠다." 또 한 사람이 큰 소리로 맞장구를 쳤다. 그 소리는 지나칠 정도로 컸다.

"나도 그러겠어!"

"나도."

"도대체 여긴 식당이란 게 없나?"

"여러분, 우리는 결국 사기를 당한 거요……."

그러나 사실 이런 무례한 사람들도 아직은 이 고장의 고위층 관리라든가, 같이 홀에 있었던 경찰서장 등을 매우 겁내고 있었다. 10분쯤 지나서 겨우 사람들은 제자리에 앉았지만, 전의 질서는 이미 회복할 수 없었다. 가엾게도 스테판 선생의 강연은 마침 이러한 혼란이 싹트기 시작할 무렵이었던 것이다.

4

그래도 나는 또다시 분장실로 뛰어들어가 앞뒤 사정을 생각하지 않고 그에게 충고했다. 내 생각으로는 모든 것이 결딴났으니, 이런 때 아예 연단에 올라가지 말고 복통이라도 났다고 핑계를 대고서 지금 당장 집으로 돌아가는 편이 낫겠다고. 또 나도 리본을 떼어버리고, 같이 가는 것이 좋겠다고 했다. 그는 이때 마침 연단 쪽을 향하고 있었는데, 갑자기 걸음을 멈추고 거만한 눈초리로 나를 머리끝에서 발끝까지 훑어보더니 엄숙하게 한마디 했다.

"자네는 나를 그렇게 비겁한 인간으로 보나?"

나는 아무 소리 않고 물러났다. 이 사람이 아무런 소동도 일으키지 않고 무사히 그곳에서 돌아올 수는 없으리라고, 나는 믿어 의심치 않았다. 내가 풀이 죽어서 멍청히 서 있으려니까, 스테판 선생 다음에 연단에 오르기로 되어 있는 다른 지방 교수의 모습이 눈에 띄었다. 아까 주먹을 연달아 머리 위로 쳐들고 있는 힘을 다해서 내리치고 있던 그 사람이다. 그는 여전히 자기 생각에 열중해서 독살스럽고도 기쁨 가득한 웃음을 띠고 입속으로 중얼중얼하면서 이리저리 걸어다니고 있었다. 나는 거의 무의식적으로 그의 옆으로 다가갔다. 이번에도 무언가에 홀렸던 것이다.

"그거 아세요?" 나는 말했다. "여러 경우를 미루어 볼 때, 강연자가 20분 넘도록 청중을 붙잡고 있으면, 그때부턴 청중은 전혀 귀를 기울이지 않습니다. 아무리 명강을 한대도 30분을 넘길 수 없어요."

그는 갑자기 걸음을 멈추고 분노로 온몸을 부르르 떠는가 싶더니, 이루 말할 수 없을 만큼 오만한 표정이 그의 얼굴에 나타났다.

"걱정 마시오." 그는 경멸하듯이 중얼거리고 내 옆을 떠났다. 이때 홀에서 스테판 선생의 목소리가 들렸다.

'에라, 댁들이 어떻게 되든 내가 무슨 상관이냐!' 나는 이렇게 생각하면서 홀로 달려갔다.

스테판 선생은 조금 전의 혼란이 채 수습되지도 않은 가운데 안락의자에 앉았다. 앞줄의 사람들은 그다지 탐탁잖게 그를 맞이했다(요즘 클럽에서는 왜 그런지 그를 싫어해서 전처럼 존경하지 않았다). 하기야 야유가 안 나온 것이 다행이었다. 내 머릿속에는 어제부터 이상한 생각이 달라붙어 있었다. 다름이 아니라, 스테판 선생이 단에 오르자마자 일제히 휘파람 소리가 울릴 거라는 생각이 들었던 것이다. 그런데 조금 전 혼란의 여파로 청중은 그가 나온 줄도 모르고 있었다. 사실 카르마지노프조차 그런 꼴을 당했는데 이 사람이 도대체 뭘 어떡하겠는가? 그는 얼굴빛이 창백했다. 게다가 벌써 10년 동안이나 대중 앞에 모습을 드러낸 일이 없는 것이다. 그 흥분한 태도며, 또 나에게는 너무나 친숙한 그의 여러 몸짓으로 보아서 그가 이 등단을 자기 운명의 갈림길처럼 생각하고 있다는 것은 이미 명백한 사실이었다. 나는 바로 이것을 두려워했던 것이다. 그는 나에게 무척 소중한 사람이었다. 마침내 그가 입을 열고, 그의 첫마디를 들었을 때, 내 마음이 과연 어떠했던가는 독자의 상상에 맡긴다.

"여러분!" 각오를 굳힌 것처럼 그는 갑자기 말했다. 그러나 목소리는 떨리고 있었다. "여러분! 오늘 아침 나에게 요사이 이곳에 뿌려졌던 불법적인 인쇄물이 한 장 왔습니다. 나는 몇 번이고 자신에게 물었습니다. 이 종이가 지니는 비밀은 과연 무엇인가?"

넓은 홀은 순식간에 조용해졌고, 모두의 눈이 그에게로 쏠렸다. 그 가운데에는 겁에 질린 듯한 눈빛도 섞여 있었다. 첫마디로 흥미를 끌어들이는 힘이 있다는 것은 대단한 일이다. 분장실에서도 머리를 내밀고 보는 사람이 있었다. 리푸틴이나 람신은 열심히 귀를 기울이고 있었다. 율리야 부인은 다시 나를 손짓으로 불렀다.

"그만두게 해요. 어떻게든 그만두게 하세요!" 그녀는 불안스럽게 속삭였다. 나는 그저 어깨를 움츠릴 뿐이었다. 이미 결심한 사람을 어떻게 막을 수 있겠는가. 슬프게도 나는 스테판 선생의 마음을 이해할 수 있었던 것이다.

"저건 격문을 두고 하는 말이야!" 하고 중얼거리는 소리가 들려왔다. 홀이 술렁거리기 시작했다.

"여러분, 나는 비밀을 모두 알아내고야 말았습니다. 그들이 거두고 있는 효과의 비밀은 요컨대 그들의 어리석음에서 비롯된 것입니다(그의 눈은 번들번들 빛나기 시작했다). 그렇습니다, 여러분! 만일 그것이 일부러 조작된, 계산된 어리석음이라면 그것이야말로 정말 천재적 재능이라고 할 만합니다. 그러나 그들의 장점도 충분히 인정해 주어야 합니다. 그들은 조금도 조작하지 않았습니다. 그것은 가장 솔직한, 가장 정직한, 그리고 가장 단순한 어리석음입니다. 그것은 가장 순수한 어리석음의 화학적 원소와 같은 것입니다. 이것이 만일 아주 조금이라도 영리한 표현으로 쓰여 있었다면 누구든 이 단순한 어리석음이 거짓 없는 성질의 것임을 당장 눈치챌 것입니다. 하지만 지금, 사람들은 이상하게 생각하면서도 망설이고 있습니다. 즉 그렇게까지 어리석은 것이라고는 아무래도 믿을 수 없기 때문입니다. '이것으로 끝이라니 그럴 리가 없다' 이렇게 생각하고 누구든 그 비밀을, 그 말의 속뜻을 읽으려고 하는 것입니다. 이렇게 해서 효과는 나타났던 것입니다. 아아, 어리석음이 이처럼 빛나는 보수를 받은 것은 일찍이 없었던 일입니다. 사실 가끔씩은 그런 보수를 받고 있었습니다만. 아울러 말씀드립니다만, 어리석음은 위대한 천재와 마찬가지로 인류의 운명에 유용한 것이기 때문입니다."

"사십 년대의 궤변이다!" 하는 누군가의 목소리가 들려왔다. 그래도 꽤 조심스런 말투였다. 그러나 그 말에 뒤이어 모든 것이 둑이 터진 것처럼 되어버렸다. 격한 욕설과 소동이 일어났다.

"여러분, 만세! 나는 어리석음을 위해서 축배를 들고자 합니다!" 이미 완전히 흥분해 버려서 홀 같은 것은 안중에도 없다는 듯 스테판 씨는 이렇게 외쳤다.

나는 컵에 물을 따라 준다는 핑계로 그의 옆으로 달려갔다.

"스테판 트로피모비치, 그만 끝내세요! 율리야 부인의 부탁이니까요."

"무슨 소리야, 나를 내버려 두게. 왜 그렇게 쓸데없이 참견인가!" 그는 소리를 지르며 나에게 대들었다. 나는 달아나 버렸다.

"여러분" 그는 말을 이었다. "이 흥분은 무엇을 위한 것입니까? 내가 들은 분노의 절규는 무엇 때문입니까? 나는 감람 지팡이를 가지고 왔습니다. 나는 마지막 말을 가지고 왔습니다. 이 문제에 대한 마지막 말이 내 손안에 있습니다. 이것으로 화목을 도모하지 않으렵니까?"

"그런 거 필요 없다!" 한쪽에서 소리쳤다.

"조용히 해! 끝까지 말하게 내버려 둬!" 또 한쪽에서 소리를 질렀다. 그중에서도 흥분하고 있는 것은 이미 한 번 말을 꺼낸 젊은 무리 몇몇이었다. 그들은 이제 가만히 있을 수 없는 모양이었다.

"여러분, 이 문제에 대한 마지막 말은 모든 것을 용서하는 것입니다. 나는 이미 나의 시대를 끝낸 노인으로서 엄숙히 선언합니다만, 생명의 기운은 힘차게 뛰고 있습니다. 젊은 세대의 생명력은 마르지 않았습니다. 오늘날 청년의 감격은 우리 시대와 같이 깨끗하며, 빛으로 가득 차 있습니다. 달라진 것은 오직

하나뿐입니다. 즉 목적의 변환이요, 아름다움의 전환입니다. 모든 의혹은 다만 하나의 물음에 요약되어 있습니다. 결국 어느 쪽이 보다 아름다운가, 셰익스피어냐 구두냐? 라파엘이냐 석유냐?"

"그것은 밀고냐?" 어느 한패가 떠들었다.

"유도 신문이다!"

"선동자다!"

"그러나 나는 선언합니다." 흥분의 절정에 달해서 스테판 선생은 미친 듯이 소리를 질렀다. "셰익스피어나 라파엘은 농노의 해방보다 존귀하다, 화학보다도 존귀하다, 국민정신보다도 존귀하다, 사회주의보다도 존귀하다, 젊은 세대보다도 존귀하다, 전 인류보다도 존귀하다고. 왜냐하면 그들은 이미 전 인류가 얻은 열매, 진실한 열매이기 때문입니다. 아니 어쩌면, 이 세상에 존재할 수 있는 최고의 열매일는지 모릅니다! 그들은 이미 획득된 아름다움의 형태입니다. 이 아름다움의 획득을 외면하면, 우리는 사는 것조차 받아들일 수 없습니다. 오오, 도대체 이게 무엇이란 말입니까?"

그는 손뼉을 한 번 탁 쳤다.

"10년 전 페테르부르크에서 나는 지금과 꼭 같이 연단에 서서 외쳤던 일이 있습니다. 그리고 그때도 꼭 지금처럼, 그들은 내 말을 이해하지 못하고 비웃으며 야유를 퍼부었습니다. 아, 어리석은 사람들이여, 여러분은 무엇이 부족해서 이 말을 이해하지 못합니까? 그러나 알아주었으면 합니다. 영국인이 없어도 인류는 존재할 것입니다. 독일인이 없어도 상관없습니다. 또한 러시아인이 없더라도 상관없습니다. 과학이 없어진대도 괜찮습니다. 빵이 없어도 괜찮습니다. 그렇지만 아름다움이 없으면 모든 것이 불가능합니다. 왜냐하면 사람들은 이 세상에서 아무것도 할 일이 없어지게 되기 때문입니다! 모든 비밀과 모든 역사는 여기에 있습니다! 과학조차도 아름다움이 없으면 잠시 동안도 존재할 수가 없는 것입니다. 여러분은 과연 이것을 알고 있습니까? 비웃고 있는 여러분! 아름다움이 없으면 과학은 한낱 노예로 전락하여, 못 하나도 발명할 수 없는 것입니다. 나는 물러나지 않을 것입니다!" 그는 마지막으로 의미도 없는 말을 외치더니 주먹을 쥐고서 있는 힘을 다해 탁자를 두들겼다.

그런데 그가 뜻도 순서도 없이 떠들어대고 있는 동안 홀의 질서도 조금씩 어지러워졌다. 많은 사람들이 자리를 떴다. 그중에는 연단으로 점점 가까이 가는 사람도 있었다. 전체적으로 이런 사태는 내가 묘사하고 있는 것보다 훨씬 빠른 속도로 진행되었기 때문에 대응책을 찾을 시간이 없었다. 아니, 어쩌면 그런 것을 생각하지도 못했는지 모른다.

"남이 차려다 주는 밥상을 받고 있는 당신들은 좋을 거요, 응석받이 양반!"

예의 신학생이 연단 바로 앞에 서서, 후련한 듯이 스테판 선생에게 이를 드러내 보이면서 이렇게 고함쳤다. 스테판 선생이 이 말을 듣고 연단 앞으로 나아갔다.

"도대체 누구던가? 젊은 세대의 감격도 이전과 같이 깨끗하고 빛에 가득 차 있지만, 다만 아름다움의 형식을 그르쳤기 때문에 위험에 처해 있다고 한 것은 누구였던가? 바로 나다. 그런데도 자네들은 아직도 부족한가? 게다가 이렇게 선언한 것이 학대받은 어버이 세대임을 생각할 때, 이보다 더 공평하고 냉정한 의견을 요구할 수는 없는 것이 아닌가? 아아, 어쩌면 이렇게도 은혜를 모르고…… 억지를 부릴까…… 무엇 때문에, 도대체 무엇 때문에 자네들은 화해를 싫다고 하는 건가?"

말을 마치더니 그는 느닷없이 신경질적으로 울기 시작했다. 그는 넘쳐흐르는 눈물을 손등으로 연방 훔치며 어깨와 가슴을 와들와들 떨었다. 그는 이미 모든 것을 잊어버리고 만 것이다.

뜻하지 않은 공황이 홀을 엄습했다. 거의 모든 사람이 자리에서 일어났다. 율리야 부인도 남편의 손을 잡고 안락의자에서 발딱 일어났다. 예사롭지 않은 소란이 일었던 것이다.

"스테판 선생님!" 신학생은 즐거운 듯이 소리쳤다. "지금 이 거리에는 탈옥수인 페디카라는 놈이 서성거리고 있습니다. 그는 여러 곳에서 강도질을 하고, 엊그제는 새로운 살인을 했습니다. 그래서 한 말씀 묻겠는데, 만일 당신이 15년 전에 노름에서 잃은 빚을 물기 위해서 그 사나이를 군대에 보내지 않았던들, 아니 요컨대 만일 당신이 트럼프놀이에서 지지만 않았던들 그 사나이가 징역살이를 했을까요? 지금처럼 살기 위해 사람을 죽였을까요? 어떻습니까?

대답을 좀 해보시오, 미학자 선생님!"

나는 이다음에 일어난 광경을 묘사할 수가 없다. 맨 먼저 맹렬한 박수 소리가 일어났다. 모든 사람이 박수를 친 것은 아니고 많아야 청중의 5분의 1에 불과했지만, 어쨌든 그 박수 소리는 대단한 것이었다. 그 나머지 청중은 한데 몰려 출구 쪽으로 밀려갔지만, 박수를 친 일부 청중이 연단 쪽으로 몰려왔기 때문에 홀 전체가 대혼란에 빠졌다. 부인들은 비명을 질렀고 처녀들 가운데서는 집으로 돌아가자고 우는 사람도 있었다. 렘브케는 의아스러운 눈초리로 끊임없이 주위를 두리번거리면서 자기 자리 옆에 서 있었다. 율리야 부인은 이미 어찌할 바를 몰라 멍청해져 있었다. 이런 사태는 부인이 사교장에서 처음 당하는 일이었다. 스테판 선생은 어땠는가 하면, 그는 처음엔 한순간 글자 그대로 신학생의 말에 압도되어 버린 듯했으나 갑자기 청중을 향해서 두 손을 높이 들고 크게 외쳤다.

"나는 너희들과 영원히 절교하고 너희들을 저주한다…… 이젠 끝이다. 이젠 틀렸어!"

이렇게 말하고 홱 몸을 돌리더니 위협이라도 하듯이 두 손을 휘저으면서 그대로 분장실로 뛰어들어갔다.

"저놈은 대중을 모욕했다! 베르호벤스키를 잡아라!" 하는 성난 목소리가 울리기 시작했다. 당장 분장실까지 쫓아갈 기세였다. 적어도 그 순간만은 회장을 진정시킨다는 것은 엄두도 내지 못할 일이었다. 그러자 갑자기 최후의 파국이 청중 머리 위로 떨어져 그 한가운데서 마치 폭탄처럼 터져버렸다. 세 번째 강연자, 분장실에서 노상 주먹을 휘두르고 있던 그 편집광이 갑자기 무대로 뛰어올라온 것이다.

그의 표정은 정말로 미친 사람 같았다. 터무니없이 자신만만한 태도로 마치 개선장군 같은 미소를 띠고 술렁거리는 홀을 둘러보던 그는 그 혼란을 기뻐하는 듯했다. 그는 이런 소동 속에서 연설하게 되었다는 것에 조금도 난처해하는 기색이 없었으며 오히려 즐거워하고 있는 성싶었다. 그런 표정이 너무 뚜렷하게 보였기 때문에 곧 모든 사람의 주의를 끌었다.

"저건 또 뭐야?" 하는 소리가 들렸다. "저건 또 누구야? 쉿! 도대체 무슨 말을 하려고 저러는 거야?"

"여러분!" 거의 연단 끝까지 나와서, 카르마지노프와 같이 여자처럼 새된 소리로(그러나 그 귀족적인 혀 짧은 소리는 아니었다) 편집광은 있는 힘을 다해서 소리 질렀다. "여러분! 20년 전, 유럽의 절반을 적으로 하던 전쟁의 전야에 러시아는 모든 고위 관료의 눈에 이상적인 국가로 보였습니다. 문학은 검열국에 봉사했고, 대학에서는 군사훈련을 시켰으며, 군대는 발레단으로 변하고, 국민은 노예제도에 묶여 세금을 바치면서 그저 침묵하고 있었습니다. 애국심은 산 사람에게서도 죽은 사람에게서도 뇌물을 받아내는 것과 같은 뜻의 말이 되어서, 세금을 가혹하게 거두어들이고 재물을 빼앗지 않는 놈이 오히려 반역자로 취급되고 있었습니다. 전체의 조화를 깨뜨리기 때문입니다. 자작나무 숲은 질서 유지라는 명목으로 나무들이 베어져 나갔습니다. 유럽은 두려움에 떨었습니다. 그러나 러시아는 이제까지 천 년 동안의 무의미한 역사에도, 일찍이 이처럼 수치스러운 꼴을 당한 일이 없었던 것입니다……."

그는 주먹을 높이 들고 신이 나서, 힘찬 동작으로 머리 위에서 한 바퀴 돌리더니 마치 적을 때려눕히기라도 하듯이 갑자기 세차게 내려쳤다. 미치광이 같은 고함 소리가 사방에서 일어나고, 귀가 멍할 정도의 박수 소리가 일어났다. 홀에 모인 사람들 반 이상이 박수를 치고 있었다. 그들은 어린아이처럼 순진하게 열중했던 것이다. 러시아가 모두의 앞에서 공개적으로 모욕을 받았으니 잘됐다 싶어 소리 지르지 않을 수 없었다.

"그렇지! 네 말이 옳다! 만세! 이 사람은 미학자 선생과는 다르군그래!"

편집광은 신이 나서 계속 떠들었다.

"그로부터 20년이 지났습니다. 대학은 곳곳에 세워져 그 수를 더해 갔고, 군사훈련은 옛날 얘기가 되었습니다. 장교 수는 정원에서 몇천 명이나 부족하며, 철도는 자금을 있는 대로 들여서 러시아 전국에 거미줄처럼 설치되어, 앞으로 15년만 있으면 어디든 기차로 갈 수 있게 될 것입니다. 그리고 다리는 불타지는 않았지만, 거리는 일정한 순서에 따라서 화재 철이 되면 규칙적으로 불에 탑니다. 또 재판소에서는 솔로몬 못지않은 판결이 내려지고, 배심원은 자기가 굶어 죽을 정도가 되기 전에는, 즉 생존을 위해 어쩔 수 없는 경우에 이르기 전에는 절대로 뇌물을 받지 않습니다. 그리고 농노는 자유롭게 되면서부터 이전의 지주 대신 지금은 서로가 서로를 헐뜯고 있습니다. 보드카는 국가 예산을 메우기 위하여 바다와 대양의 물이 무색할 만큼 소비되고, 노브고로드에서는 낡아서 못 쓰게 된 소피아 사원 맞은편에, 과거의 동란과 혼돈의 1천 년을 기념하는 뜻에서 거대한 청동 지구의가 세워졌습니다. 이리하여 유럽은 양미간을 찌푸리면서 또다시 걱정을 시작했던 것입니다…… 아아, 개혁을 시작하고 15년! 그러나 러시아는 만화와 같은 혼잡한 시대에조차 일찍이 이와 같은…….”

마지막 말은 청중의 고함에 들리지 않았다. 다만 그가 거듭 손을 들어, 다시 한 번 자랑스럽게 내리치는 것이 보였을 뿐이었다. 청중의 환호는 이제 걷잡을 수 없었다. 사람들은 소리쳤고 또 박수를 쳤다. 그중에는 “이제 그만! 더 이상 말하지 말라!”고 외치는 부인도 있었다. 모두 취한 듯했다. 연사는 사람들을 한 번 획 훑어보고, 자기 성공에 취한 듯했다. 렘브케가 말할 수 없이 흥분한 상태로 누군가를 손가락질하는 것이 얼핏 눈에 들어왔다. 율리야 부인은 새파랗게 질려서 자기 옆에 뛰어온 공작에게 급한 어조로 무슨 말을 했다. 그러나 이 순간 한 무리의 사람들이, 대부분 공직에 있는 사람들 여섯이 갑자기 분장실에서 연단으로 몰려들더니 연사를 붙들어 가지고 분장실로 끌고 들어갔다. 어떻게 이 사람들을 뿌리칠 수 있었는지 모르겠지만 어쨌든 그는 용케도 빠져나와, 다시 또 연단으로 뛰어들었다. 그리고 예의 그 주먹을 휘두르면서 있는 힘을 다해서 이렇게 소리쳤다.

“그러나 러시아는 일찍이 이와 같은…….”

그러나 그는 곧바로 다시 끌려갔다. 나는 열댓 명 정도의 사람들이 그를 구출하기 위하여 분장실로 몰려가는 것을 보았다. 하지만 그들은 연단을 거치지 않고 칸막이가 있는 곳을 뚫고 가려 했기 때문에 칸막이는 밀려서 우지끈하고 망가졌다…… 계속해서 비르긴스키의 누이동생인 여학생이 뚤뚤 만 서류를 옆에 끼고, 전과 같은 옷차림으로, 그때와 같은 빨간 얼굴로, 그때처럼 포동포동 살찐 몸으로 두서너 남녀에 둘러싸여서 돌연 어디에선가 나타나서 연단에 뛰어올랐을 때는 나는 내 눈을 의심했다. 뒤에는, 그녀의 불구대천의

원수인 중학생까지 따르고 있었다. 나는 다음과 같은 말까지 들었다.

"여러분, 나는 불행한 대학생들의 고통을 호소하고 여러 곳에서 그들의 항의운동을 일으키기 위해서 여기에 온 것입니다."

그러나 나는 그때 이미 달리고 있었다. 리본은 호주머니 속에 집어넣고, 미리 알고 있었던 뒷문으로 해서 거리로 빠져나갔다. 나는 물론 먼저 스테판 씨 집으로 달려갔다.

제2장
축제의 끝

1

그는 나를 들여보내 주지 않았다. 그는 방에 들어앉아서 무엇인가를 쓰고 있었다. 나는 여러 번 계속해서 문을 두들겼고 또 불렀다. 그러나 안에서는 다만 이렇게 대꾸할 뿐이었다.

"난 이미 모든 것을 끝냈단 말이야. 누구든 내게 그 이상을 요구할 수 없어!"

"당신은 아무것도 끝내지 못했습니다. 모든 것이 엉망진창이 되도록 했을 뿐이에요. 스테판 트로피모비치, 제발 쓸데없는 고집은 부리지 말고 좀 열어 주세요. 아무튼 방법을 찾아야 하지 않겠습니까. 누가 여기까지 쳐들어와서 당신을 모욕하는지 모르잖아요?"

나는 이때, 한껏 엄하게, 질책하는 태도를 취해도 된다고 생각했다. 그가 좀 더 미친 짓을 하지 않을까 염려했던 것이다. 그러나 놀란 것은 내가 뜻밖에도 단호한 대답에 부딪쳤다는 사실이다.

"아무쪼록 자네부터가 나를 모욕하지 않기를 바라네. 지금까지의 일에 대해서는 깊은 감사를 표하네. 되풀이해 말하지만, 나는 벌써 좋은 사람이든 나쁜 사람이든 인간과 인연을 끊었단 말이야. 지금 다리야 파블로브나한테 편지를 쓰는 중이야. 나는 지금까지 그 사람을 완전히 잊고 있어서 정말 미안한 마음을 금치 못하네. 혹시 호의가 있다면, 내일이라도 이 편지를 전해 주게나. 그러나 지금은 '메르시'일세."

"스테판 트로피모비치, 이건 당신이 생각하는 것보다는 훨씬 중요한 일입니다. 당신은 거기서 누군가를 엉망으로 때려 부쉈다고 생각하시지요? 그런데 당신은 아무도 때려 부수지 못했어요. 오히려 당신이 유리병처럼 산산조각이

나 버렸단 말입니다. (오오, 나는 얼마나 포악하고 불손한 말을 했단 말인가. 지금도 그 일을 생각하면 가슴이 아프다!) 다리야 파블로브나한테 편지할 필요는 전혀 없습니다. 게다가 제가 없으면, 당신은 옴짝달싹도 못하실 거 아닙니까? 당신이 세상일을 아십니까? 당신에겐 틀림없이 무슨 꿍꿍이가 있습니다. 더 이상 무슨 일을 꾸민다면 또다시 실패를 되풀이할 뿐입니다……."

그는 일어나서 문 가까이로 왔다.

"자네는 그 족속들과 접촉한 지 얼마 안 됐는데도 말씨가 아주 못쓰게 됐군그래. 아무쪼록 신이 자네를 용서하고, 자네를 보호하시기를. 그러나 나는 늘 자네에게 신사적 소양의 싹이 있는 것을 인정하고 있었으니, 앞으로 자네도 깨닫게 될 것이네. 물론 우리 러시아인들이 늘 그렇듯이 뒤늦게 깨닫겠지만. 그런데 나의 비현실성에 관한 자네의 충고에 대해서는 내가 전부터 가지고 있었던 생각을 자네에게 소개해 줌세. 다름이 아니라 우리 러시아에서는 무수히 많은 사람들이 그야말로 여름철 파리처럼 귀찮고 집요하게, 다른 사람의 비현실성에 대한 공격을 유일한 일로 삼고 있네. 그리고 자기 이외의 인간은 누구든 비현실적이라고 단정한단 말이야. 나는 지금 흥분해 있으니 나를 괴롭히지 말아주게. 자네에겐 여러 가지로 신세를 졌네. 다시 한 번 메르시라 말하고, 카르마지노프가 청중과 헤어진 것처럼 우리도 헤어지세나. 서로 가능한 한 너그럽게 서로를 잊어주자고. 그가 그처럼 집요하게 옛 독자들에게 잊어달라고 부탁한 데에는 뭔가 꿍꿍이가 있겠지만 나는 그처럼 뻔뻔하지 않고, 무엇보다 자네 마음의 젊음에, 아직 유혹에 물들지 않은 마음에 희망을 걸고 있는 거란 말일세. 사실 자네 같은 사람이 이런 노인을 오랫동안 기억해 둘 필요는 없네. 이 사람아, '오래오래 사십시오'야. 이것은 요전 생일에 나스타샤가 내게 해준 말이야(그런 보잘것없는 인간이 가끔씩 철학적이고 심오한 뜻을 가진 말을 하지). 그래서 나도 더 행복해지라는 말은 하지 않겠네. 지겨울 테니 말이야. 또, 불행해지기를 바라지도 않겠네. 민중 철학에 따라 다시 한 번 '오래오래 사십시오'라고만 해두지. 그리고 너무 따분하게 살지 않도록 어떻게든 노력하길 바란다고 말이야. 이 군소리 같은 희망은 내가 특히 해주고 싶은 말일세. 그럼 안녕, 정말로 안녕일세. 더 이상 거기 서 있지 말게. 난 문을 열어주지 않을 테니까."

그는 저쪽으로 가버리고 말았다. 더는 말을 붙일 수도 없었다. 흥분하고 있음에도 그의 말투는 유창하고 무게가 있어서, 나를 감동시키려고 노력하는 성싶었다. 물론 그에게는 나에 대한 약간의 불만이 있어서 간접적으로 복수한 것이리라. 어쩌면 어제의 '수인 마차'라든가 '양쪽으로 벌어지는 마루'에 대한 복수인지도 모른다. 특히 오늘 사람들 앞에서 흘린 눈물은 어떤 의미에선 승리를 가져왔다고도 할 수 있지만, 아무래도 약간은 그를 우스꽝스러운 처지에 빠뜨린 것도 사실이다. 그도 이 점은 알고 있었다. 스테판 선생처럼 친구지간의 형식적인 아름다움과 엄격성에 신경을 쓰는 사람은 별로 없을 것이다. 아아, 나는 그를 탓하는 것이 아니다! 오히려 그런 혼란 속에서도 그가 자신의 고집과 독설을 잃지 않았다는 사실이 나를 안심시켰던 것이다. 보통 때와 그다지 다름이 없어 보이고, 어떤 비극적인 대담한 짓을 하려는 것 같지도 않다. 그때 나는 이렇게 생각했지만, 아아 이 무슨 착각이었을까? 나는 너무도 많은 것을 간과했던 것이다.

이윽고 일어났던 사건들을 기록하기 전에 이튿날 다리야가 받아 본 편지 첫머리의 몇 줄을 여기에 인용해 두고자 한다.

'내 사랑이여, 내 손은 떨리고 있지만 나는 모든 것을 끝냈소. 그대는 세상 사람을 적으로 한 나의 마지막 싸움에 모습을 나타내지 않았소. 그대는 그 낭독회에 참석하지 않았지만 진정 잘했소. 그러나 강직한 선비가 아쉬운 우리 러시아에 단 한 사람의 용사가 의연히 일어나, 사방에서 쏟아지는 위협의 소리에도 굴하지 않고 어리석은 뭇사람을 향해서 그들의 참모습, 즉 그들이 어리석은 인간이라는 것을 간파한 경위를 그대가 뒤에 듣기를 바라오. 오오, 그들은 보잘것없고 가련하며 무지하고 어리석은 소인배에 지나지 않소! 주사위는 던져졌소. 나는 영원히 이 고장을 떠나려 하오. 그러나 어디로 갈 것인가는 모르오. 일찍이 내가 사랑한 것은 모두 나에게 등을 돌렸소. 하지만 그대는 깨끗하고 순박한 사람이며 겸허한 사람이오. 일찍이 변덕스럽고 아집이 센 한 여자로 말미암아 그야말로 나와 일생을 같이하려 했던 사람이었소. 끝내 이루지 못한 우리 둘의 결혼 전야에 내가 좁은 소견에서 눈물을 흘렸을 때,

그대는 모멸의 눈초리로 나를 보았을 것이오. 당신이 어떤 사람이건 나를 우스운 사람으로밖에 보지 않았을 것이오. 그러나 그대에게만은 내 마음의 마지막 절규를 바치겠소. 그대에게만은 내 마지막 의무를 다하겠소! 나를 은혜도 모르는 멍청이, 예의도 모르는 이기주의자라고 생각하는 그대를 뒤로하고, 영원히 헤어져 버리기가 괴롭소. 생각건대 그 은혜를 모르는 몰인정한 마음은 날마다 이러한 말을 그대의 귀에 속삭일 것이오. 아아, 슬프도다. 나는 그 사람을 잊을 수가 없는 몸이니…….'

이런 사연이 큰 종이 넉 장에 가득히 씌어 있었던 것이다.

나는 그의 '열어주지 않겠다'는 답에 세 번 정도 주먹으로 문을 치고 나서, 멀어져 가는 그의 뒤에 대고 당신은 오늘 중에도 세 번 정도 나스타샤를 시켜 나를 부를 테지만 나는 결코 오지 않을 것이니 그리 알라고 소리쳤다. 그러고는 그를 내버려 둔 채 율리야 부인한테 달려갔다.

2

나는 그곳에서 지극히 거북한 장면의 목격자가 됐다. 가엾은 부인이 눈앞에서 기만당하고 있는데도 나는 아무런 손도 쓸 수 없었던 것이다. 사실 내가무슨 말을 할 수 있었겠는가 침착하게 생각해 보니, 내 마음속에는 다만 막연한 의혹의 예감 말고는 아무것도 없었다. 내가 들어갔을 때 부인은 거의 히스테리를 일으킨 것처럼 되어 울면서 오드콜로뉴로 찜질을 하는 한편 컵으로물을 마시고 있었다. 그녀 앞에는 끊임없이 지껄이고 있는 표트르와, 입에 자물쇠라도 채운 듯 입을 꽉 다물고 있는 공작이 서 있었다. 그녀는 울면서 표트르의 '배신'을 질책하고 있었다. 부인은 이날의 실패와 치욕이 모두 표트르가 그 자리에 없었기 때문에 일어난 것이라고 생각했다. 그것이 곧 내 주의를끌었다.

표트르에 대해서는, 어떤 하나의 중대한 변화가 눈에 띄었다. 그는 무언가가 마음에 걸리는 듯 매우 심각한 표정을 띠고 있었다. 보통 그는 심각한 표정을 짓고 있는 일이 거의 없이, 화가 났을 때도 웃는 낯을 하고 있었다(그런주제에 그는 곧잘 화를 냈다). 그러나 지금만은 기분이 나쁘고 난폭하며 무례한 말을 하면서, 화가 가라앉지 않는 듯 초조해했다. 그는 오늘 아침 일찍이 우연히 가가노프 집에 갔다가 두통과 구토증이 나서 낭독회에 못 갔었노라고 열심히 변명하고 있었다. 가엾은 부인은 아직까지도 기만을 당하고 있었다. 내가 들어갔을 때 한자리에 앉아 있었던 사람들의 중심 화제는 무도회, 즉 축제의 2부를 열어야 하느냐 마느냐 하는 문제였다. 율리야 부인은 '아까 같은 모욕'을 받고서는 도저히 무도회에 참석할 수는 없는 일이라고 말했다. 다른 말로 한다면 어떻게든 억지로라도 자신을 끌고 가주기를, 그것도 다름 아닌 표트르가 그렇게 해주기를 부인은 바랐던 것이다. 부인은 마치 예언자를 바라보듯 표트르를 쳐다보고 있었다. 만일 그가 당장 이 자리에서 떠난다면, 부인은 몸져 눕고 말 성싶었다. 그러나 그는 그 자리를 떠나려 하지는 않았다. 그는 어떻게든 오늘의 무도회를 무사히 열어 율리야 부인을 참석시켜야 했던 것이다.

"왜 우는 겁니까? 꼭 이렇게 좋지 않은 분위기를 만들어야겠습니까? 누구에겐가 화풀이를 하고 싶은 겁니까? 그렇다면 나에게 화를 푸십시오. 다만 빨리 해주세요. 아무래도 시간은 자꾸만 가고 있으니까, 무슨 결정을 내려야 할 게 아닙니까? 낭독회에서 실패한 것을 무도회에서 회복하는 겁니다. 자아, 보세요. 공작님도 동의하고 있습니다. 정말이지, 공작께서 계시지 않았다면 어떡할 뻔했어요."

공작은 무도회를 여는 것엔 반대였지만(그보다는 율리야 부인이 무도회에 나가는 것을 반대하고 있었다. 왜냐하면 무도회는 아무래도 열어야 했기 때문이다), 두세 번 자기 의견이 받아들여지자 점점 동의하는 태도로 나왔다.

그리고 표트르의 무례한 태도에 나는 깜짝 놀라지 않을 수 없었다. 이것은 꽤 뒤의 이야기지만, 율리야 부인이 표트르와 수상한 관계라는 비열한 소문도 있었는데 나는 그것을 단연히 물리쳤다. 그런 일은 절대로 없었고 또 있을 수도 없는 일이다. 그는 다만 처음부터 사교계와 중앙관청으로 인맥을 넓히려 하는 부인의 공상에 맞장구를 치든가, 부인이 계획하는 일에 참여하여 협조를 하든가, 자진해서 부인을 위해 여러 계획을 세워주든가, 속셈이 뻔한 아첨을 하든가 해서 결국에는 부인을 머리에서 발끝까지 구워삶아, 부인에게 있어서 마치 공기처럼 없어서는 안 될 존재가 되어버린 것이다.

내 모습을 보자 부인은 눈을 빛내면서 소리쳤다.

"아아, 저분에게 물어봐요. 저분도 공작처럼, 계속 내 옆에 있어주셨어요. 말씀해 주세요, 그건 분명 음모였지요? 나와 남편을 철저히 괴롭히기 위한 비열하고 교활한 음모라는 것이 빤히 들여다보였잖아요? 여럿이서 짜고 한 짓이에요. 미리 계획했던 겁니다. 모두 한팬걸요. 완전히 짰던 겁니다."

"아아, 당신은 언제나처럼, 또 지나친 생각을 한 거예요. 당신의 머릿속에는 시와 드라마가 달라붙어 있거든요. 그렇지만 아무튼 이분이 와주신 것은 잘된 일이에요(그는 내 이름을 잊어버린 듯한 동작을 해 보였다)…… 이분에게 한 번 의견을 물어봅시다."

나는 서둘러 말했다. "제 의견은 모든 점에서 율리야 부인과 같습니다. 계획적이었다는 것은 뻔한 일입니다. 부인, 저는 이 리본을 돌려드리러 왔습니다. 무도회를 여느냐, 안 여느냐는 문제는 물론 제가 관여할 일이 못 됩니다. 저에게는 그런 권한이 없으니까요. 그러나 간부로서의 제 임무는 이미 끝났습니다. 너무 성급한 것 같아 죄송합니다만 아무래도 제 상식과 신념에 어긋나는 행동은 할 수가 없으니까요."

"들었어요? 네, 들었어요?" 부인은 두 손뼉을 쳤다.

"들었습니다. 한 가지 당신에게 말씀드릴 것이 있습니다." 그는 나를 향했다. "보아하니 당신들은 모두 무슨 이상한 음식이라도 먹은 것 같군요. 그래서 모두 잠꼬대 같은 소리를 하고 있는 모양입니다. 내가 보기엔, 이런 법석을 떨 만한 일은 아무것도 일어나지 않았습니다. 이 마을에 지금까지 없었던 일, 또 이 거리에서 평소 일어날 수 없는 일은 결코 일어나지 않았습니다. 음모라니 당치도 않아요. 물론 보기 흉하고 창피스런 결과가 된 것은 사실이지만 계획적인 점이 무엇이란 말입니까? 게다가 하필이면 율리야 부인이란 말입니까? 그 사람들의 장난을 늘 너그럽게 용서해 주었던 그들의 소중한 후원자를 괴롭히겠다는 계획이 있었단 말입니까? 안 그래요? 부인! 도대체 내가 한 달 동안 입에 침이 마르도록 해온 말이 무엇입니까? 무엇을 주의하라고 했지요? 정말, 도대체 그런 인간들이 무슨 필요가 있었단 말입니까? 그런 엉터리들에게 기대를 걸 필요가 어디 있었단 말입니까? 대체 그 이유가 뭡니까? 사회를 결합하려고 했던 것입니까? 그런 인간들과 결합해서 무얼 합니까? 장난도 아니고……."

"언제 당신이 주의를 주었지요? 아니, 당신은 오히려 찬성하지 않았어요? 아니, 요구했었어요. 솔직히 말하면 난 정말 당황했었어요…… 당신이 그 이상한 인간들을 많이 끌어들인 게 아니에요?"

"무슨 소립니까? 난 당신과 다투기까지 했어요. 찬성을 했다니요? 데리고 온 것은 사실이지만, 그것도 그 인간들이 자진해서 몰려왔을 뿐이지요. 그것도 아주 최근의 일로 '문학 카드리유'를 하기 위해서는 그런 인간들도 필요했기 때문입니다. 난 단언합니다만, 오늘 그런 어중이떠중이들을 열 명, 스무 명씩이나 표도 없이 끌어들인 놈이 있었어요!"

"틀림없이 그랬습니다!" 나는 맞장구를 쳤다.

"그것 보세요! 당신도 동의하지 않습니까? 게다가 생각해 보십시오. 요즈음 이 고장의 풍속은 어떻습니까? 현 전체의 풍속 말입니다. 요컨대 철면피나 파렴치 한마디면 충분하지 않습니까? 요란한 선전까지 곁들인 추문의 연속이었지 않습니까? 도대체 그건 누가 추천한 겁니까? 자기 권위로 옹호한 것은 누굽니까? 세상 사람들을 현혹한 것은 누구였습니까? 어중이떠중이들에게 힘을 실어준 사람은 누구였습니까? 당신 집의 앨범에는 이 마을 모든 가정의 비밀이 시나 그림으로 실려 있지 않습니까? 그 시인이나 화가의 머리를 쓰다듬어 준 사람은 당신이 아니었습니까? 럄신이 입 맞추도록 손을 내민 사람은 바로 당신이 아닙니까? 일개 신학생이 당당한 4등관을 욕하고, 그 따님의 옷을 타르 칠을 한 구두로 더럽힌 것은 당신 눈앞에서 일어난 일이었지 않습니까? 거리의 사람들이 당신에게 반항적 태도를 보였다고 해서 놀라실 것은 조금도 없습니다."

"그렇지만 그것은 모두 당신 자신이 한 거예요. 아아, 이게 무슨 일이람!"

"아닙니다. 나는 당신께 주의를 시켰습니다. 당신과 말다툼까지 했습니다. 기억하고 있습니까? 말다툼까지 했었잖아요!"

"당신은 얼굴을 마주 대하고도 잘도 거짓말을 하는군요?"

"물론, 당신은 그렇게 말하면 끝나겠지요. 당신은 지금 희생물을 필요로 합니다. 아무에게라도 울분을 풀고 싶을 테니까요. 그럼, 나에게 푸세요. 아까도 말하지 않았습니까. 차라리 이분에게 말하는 편이 좋을는지도 모르겠군요. (그는 아직도 내 이름을 기억해 내지 못한 모양이었다.) 한번 우리 하나하나 계산을 해봅시다. 나는 단언합니다만 리푸틴 말고는 계획적인 것이 없었습니다. 절대로 없어요. 그것은 내가 증명해 보이겠지만 먼저 리푸틴을 분석해 봅시다. 그는 레뱌드킨이란 바보 자식이 지은 시를 낭독했습니다. 당신 생각엔 이것도 계획적이었단 말입니까? 그렇지만 리푸틴은 그것을 단순히 재미있는 일로 생각했을 수 있지 않습니까? 정말, 정말로 그렇게 생각했었는지 모르지요. 그 친구는 모든 사람을 웃기려는 목적에서 등단했을 뿐입니다. 무엇보다 자기 후원자인 율리야 부인의 기분을 맞춰 주려고 했던 겁니다. 그것뿐이에요. 이봐요, 그렇게 생각하지 않아요? 지난 한 달 동안, 여기서 한 일을 생각하면, 이것도 같은 것이 아닙니까? 게다가, 뭣하면 죄다 말하겠습니다만 정말 다른 경우였다면 아무런 문제도 되지 않았을지도 몰라요. 물론 무례한 장난입니다. 지나친 장난이었습니다. 그러나 정말 웃기지 않았습니까?"

"뭐라고요? 그럼 당신은 리푸틴의 행동을 재미있다고 생각하는 겁니까?"

무서운 표정으로 율리야 부인은 소리쳤다. "아니! 그런 멍청한, 그런 엉뚱한, 그런 천박한, 게다가 야비한…… 그건 악랄한 음모예요. 당신들이 일부러 꾸민 짓입니다…… 그런 말을 하는 이상, 당신도 그들과 한패입니다!"

"그렇고말고요. 뒤에 숨어서 조종하고 있었을 뿐입니다. 그러나 만일 내가 그 음모에 가담했었다면, 아시겠어요? 결코 리푸틴 한 사람으로 끝나지는 않았을 거예요. 이렇게 말하면 당신은 내가 아버지와 짜고 일부러 그런 추태를 일으켰다고 말씀하시겠지요? 하지만 아버지에게 연설을 시킨 것은, 도대체 누구의 책임입니까? 어제 당신을 말린 것은 누굽니까? 바로 어제 일이었습니다!"

"아아, 어제 그분은 그처럼 재치가 있으셨는데, 난 그것을 믿고 있었던 거예요. 게다가 풍채도 당당하셨기 때문에. 난 그분과 카르마지노프 씨라면 괜찮을 거라고 생각하고…… 그런데!"

"그러게 말입니다. 그러나 그 정도의 재치에도 불구하고 아버지가 모임을 그렇게 엉망으로 만들어 버릴 줄을 내가 미리 알고만 있었다면, 게다가 나는 당신의 의견에 따르면, 명백히 이 행사를 망가뜨릴 계획에 가담하고 있었기 때문에, 산양을 밭에 풀어놓는 것 같은 짓은 해선 안 된다고 어제 당신을 말릴 턱이 없었을 게 아닙니까? 네, 안 그래요? 하지만 나는 어제 당신에게 그러지 말라고 했습니다. 즉 예감이 있어서 말렸던 것입니다. 물론 모든 일을 꿰뚫어 본다는 것은 불가능합니다. 아버지도 1분 전까지는, 자신이 무엇을 말할지 모르고 있었겠지요. 그처럼 신경과민인 노인이 평범한 사람들과 같을 거라고 생각하십니까? 그러나 아직 사태를 수습할 방법은 있습니다. 사람들을 진정시키기 위해서 내일이라도 법적 수속을 밟아서 모든 준비를 철저히 갖추고, 아버지 집으로 의사를 두 명 보내서 건강 진단을 하게 하면 됩니다. 오늘 해도 좋습니다. 그리고 곧 병원으로 보내서 얼음찜질이라도 시키는 겁니다. 그렇게 하면 최소한 모두 없던 일로 하고 새삼 화를 내서 항의할 것까지는 없다고 생각할 거예요. 나는 오늘 당장 무도회에서 이렇게 한다는 것을 공표하겠습니다. 아무튼 난 아버지의 아들이니까요. 그렇지만 카르마지노프는 다릅니다. 그 사나이는 아주 바보처럼 등장해서 한 시간 동안이나 그 작품을 계속 읽어댔으니 말입니다. 이건 명백히 나와 공모한 짓이죠! 자아, 어디 한번 한바탕 소동을 일으켜 율리야 부인을 괴롭혀 볼까 하는 속셈으로!"

"오오, 카르마지노프, 어쩌면 그렇게도 뻔뻔할까! 나는 듣는 사람의 마음을 상상해 보니 창피한 생각이 들어서 정말 얼굴에 불이 붙는 것 같았습니다!"

"나는 얼굴에 불이 붙은 정도가 아닙니다. 내가 그놈을 태워 죽이고 싶었을 정도였어요. 청중의 태도는 정당했어요. 그런데 말입니다, 카르마지노프의 일은 누구의 책임입니까? 내가 그를 당신에게 추천했습니까? 그 사나이를 숭배하는 데 나도 함께했던가요? 아니, 뭐 그런 녀석 따윈 아무래도 좋습니다. 자아, 이번엔 세 번째로 나타난 편집광, 그 정치광입니다. 이것은 약간 부류가 다릅니다. 그에 대해선 다들 잘못 본 것이니, 나 혼자만의 음모가 아닙니다."

"아아, 그만둬요 이젠, 무서워요, 무서워! 그건 나 혼자만의 책임입니다."

"물론입니다. 그러나 여기서 나는 당신을 변호하겠습니다. 그런 무례한 족속들의 감독은 누군들 할 수 있는 것이 아닙니다. 페테르부르크에서도 그런 족속들은 막을 수 없을 거예요. 그 사나이는 소개장을 가지고 왔지요? 그것도 훌륭한 소개장을! 그러니 당신도 아시겠지만, 이렇게 된 이상 당신은 어떻게든 오늘 무도회에 나갈 의무가 있습니다. 이 점이 중요한 것입니다. 어쨌든 당신이 그 사나이를 연단에 세웠으니까요. 그러니까 당신은 오늘 밤, 사람들 앞에서 '나는 그 사나이와 같은 의견이 아니다. 그 난폭자는 이미 경찰로 넘겼다. 나는 알 수 없는 수법으로 기만당하고 있었다' 이렇게 말해 둘 필요가 있습니다. 당신은 자신이 미치광이에게 희생됐다는 점을 분개한 어조로 말해야 합니다. 그 사나이는 그저 정신병자일 뿐입니다. 그 사나이에 대해서는 그렇게 보고해 둘 필요가 있습니다. 나는 그렇게 물고 늘어지는 놈은 싫습니다. 하기는 내가 더 가혹한 말을 하고 있는지 모르겠습니다. 그러나 연단에 서 있는 것과는 다르니까요. 게다가 요즈음 때마침 원로원 의원의 소문이 시끄러운 때이니까요."

"원로원 의원이라니 누구 말예요? 누가 그런 소릴 하고 있어요?"

"실은 나도 잘 모릅니다만, 부인, 당신은 원로원 의원이 어쨌다는 소문을 조금도 모른단 말입니까?"

"원로원 의원?"

"들어보세요. 한 원로원 의원이 여기 지사로 임명된다는 거예요. 즉 본청에서 당신들을 경질시키려 한다는 말입니다. 난 여러 사람에게 들었어요."

"저도 들었습니다." 나는 그 말에 맞장구를 쳤다.

"누가 그런 소릴 하던가요?" 율리야 부인은 얼굴을 붉혔다.

"누가 맨 먼저 발설했느냐고 물으시는 거지요? 그런 것을 내가 어떻게 알겠습니까. 그저 소문일 뿐인데요. 다만 모두 그러더라는 거지요. 특히 어제는 대단했어요. 어쩐지 모두가 정색해서 그러더란 말입니다. 그러면서도 전혀 종잡을 수가 없었어요. 그야 약간이라도 생각이 있는, 지위가 있는 사람들은 잠자코 있었습니다만…… 그래도 그 가운데에도 세상 소문에 귀를 기울이는 사람도 있었어요."

"얼마나 비열한, 게다가 얼마나 어처구니없는 짓들인지!"

"그러니까 말입니다. 그런 어리석은 친구들에게 알려주기 위해서도, 당신은 오늘 저녁 꼭 참석해야 합니다."

"나도 실은 그렇게 해야 할 의무가 있다고 생각하고는 있습니다만, 그렇지만…… 만일 또 새로운 창피를 당한다면 어떡하지요? 만일 사람이 모이지 않기라도 한다면 어떡하지요? 아무도 오지 않는 거예요, 아무도……"

"어째서 당신은 그렇게 흥분하십니까? 그건 그 사람들이 안 올 것이라고 해서 그렇습니까? 그럼 새로 지은 옷은 어떡하려고 그러는 겁니까? 따님들의 옷은 어떡합니까? 그런 말씀을 하신다면, 당신은 여성으로서 실격입니다. 인간의 정이라는 건 그런 것이 아닙니다!"

"귀족단장 부인께선 오시지 않을 거예요. 틀림없이 안 오실 겁니다!"

"그래, 도대체 무슨 일이 일어났다는 겁니까? 왜 사람들이 오지 않는다는 거예요?" 드디어 참을 수 없다는 듯이 그는 이렇게 소리 질렀다.

"모욕적이고, 치욕적인 일들이 일어났지요. 나도 뭐가 어떻게 돌아갔는지 모르겠습니다만, 어쨌든 나로서는 참석할 수 없을 만한 일이 일어난 것입니다."

"어째서요? 아니, 도대체 당신이 무슨 잘못을 했다는 겁니까? 뭣 때문에 스스로 모든 잘못을 짊어지려고 하시는 거죠? 나쁜 것은 청중이에요. 연장자들이나 한 집안의 가장들이, 그 건달 족속들을 막았어야 하지 않았나요? 정말 그놈들은 불량배나 건달들로서 조금도 착실한 면은 찾아볼 수 없는 놈들뿐이었으니까요. 어떤 사회에서도, 경찰의 힘만으로써는 결코 통제할 수 없는 것입니다. 그런데 러시아에서는, 누구든 가는 곳마다 자기에게 경관을 한 사람 특별히 붙여서 보호해 주기를 바라고 있어요. 사회에서는 스스로 자신을 보호해야 한다는 것을 모르고 있습니다. 이번 경우만 해도 한 집의 주인이라든가, 고관이라든가, 아내라든가, 딸들은 어떤 태도를 취할까요? 그저 묵묵히 불만을 품을 뿐입니다. 불량배들을 단속할 만한 사회적 주도권도 결여되어 있으니까요!"

"어쩌면 그렇게 신통한 말을…… 묵묵히 불만을 품고…… 그리고 방관하고 있는 거예요."

"그것이 사실이라면, 당신은 지금이야말로 그것을 말해야 합니다. 의젓하고도 엄숙하게…… 당신은 패배하지 않았다는 것을 보여주는 겁니다. 그 노인들이라든가, 부인들에게 보여줘야 합니다. 당신은 그렇게 할 수 있습니다. 당신은 정신을 차리고 있을 때는 천부적 재능이 있으니까요. 그 사람들을 한자리에 모아놓고 직접 말하는 겁니다. 당신 입으로 말입니다. 그러고 나서 〈골로스(목소리)〉나 〈거래소 소식〉지의 통신란에 기고하는 겁니다. 아니, 잠깐만! 그건 내가 하겠습니다. 당신을 위해 내가 모든 준비를 해두겠습니다. 하기는 한층 주의를 해야 합니다만, 식당 감독도 해야 합니다. 공작에게도 부탁을 해야 하고, 저어…… 이 사람에게도 부탁해야 하지요, 무슈(그는 나에게 말했다), 이렇게 모든 것을 다시 시작해야 할 때 우리를 외면하시면 안 됩니다. 그런 뒤에, 부인은 지사님과 손을 잡고 나오시는 것입니다. 그런데 지사님의 병세는 어떻습니까?"

"아아, 당신께선 언제든지 그 천사 같은 양반에게 불공평한, 그릇된 비판을 내리고 계셨지요!" 갑자기 뜻하지 않았던 발작으로, 눈물을 흘릴 것처럼 손수건을 눈으로 갖다 대면서 율리야 부인은 소리쳤다. 표트르는 잠깐 어리둥절했다.

"무슨 소리세요? 도대체 왜 그러는 겁니까? 난 언제든지……."

"아니에요, 당신은 한 번도 그이를 정당하게 평가했던 일이 없어요!"

"여자라는 것은, 아무래도 알 수가 없단 말이야." 입을 일그러뜨리고 쓴웃음을 띠면서 표트르가 중얼거렸다.

"바깥양반은 정말 정직하고, 섬세한 천사 같은 분입니다. 그런 분은 정말 없을 거예요!"

"그렇고말고요. 지사님이 좋은 분이라는 건 나도 잘 알고 있는……."

"아뇨, 그렇지가 않지요. 하지만 그 이야긴 맙시다. 나도 잘못했으니까요. 아까 그 얄미운 귀족단장 부인이, 어제 일을 가지고 한두 마디 비꼬더군요."

"그분이라면 지금은, 그런 말을 할 때가 아닙니다. 그분은 오늘 일로 걱정이 태산 같습니다. 그러니 그분이 무도회에 오지 않는다고 신경을 쓸 필요는 없어요. 그런 사건에 말려든 이상 결코 오지 않을 테니까요. 그분은 죄가 없는지도 모르지만 세상이 용서하지 않지요. 이미 때가 묻었으니까요."

"뭐라고요? 난 잘 모르겠어요. 어째서 때가 묻었다는 거죠?" 율리야 부인은 의아한 듯이 상대를 보았다.

"아닙니다. 내가 뭐, 그렇다는 것이 아닙니다. 그저 사람들이 그분이 어떤 사람들을 만나게 해주었다고 떠들어대더군요."

"뭐라고요? 누구를 만나게 해주었다는 거죠?"

"네에? 아직 모르고 계셨던가요?" 그는 그럴듯하게 놀라는 표정을 지으면서 외쳤다. "스타브로긴과 리자베타예요!"

"네에? 뭐라고요?" 우리는 입을 모아 소리쳤다.

"아니, 정말 몰랐어요? 휘유(그는 휘파람을 불었다)! 굉장한 비극 소설이 생긴 겁니다. 리자베타가 갑자기 귀족단장 부인의 마차에서 뛰어나와, 스타브로긴의 마차로 옮겨 타더니, 그대로 '손에 손을 잡고' 스크보레쉬니키로 달려가 버리고 만 것입니다. 그것도 대낮에 말입니다. 한 시간쯤 전이에요, 아니 아직 한 시간도 되지 않았겠네요."

우리는 화석처럼 굳어버리고 말았다. 그러나 곧 앞을 다투어 자세한 내용을 물었다. 그러나 놀랍게도 그는, 자기도 우연히 그 자리에서 목격했다고 하고서도 무엇 하나 제대로 말하지 못했다. 어쨌든 사건은 다음과 같이 일어난 모양이었다. 귀족단장 부인이 '낭독회'에서 리자와 마브리키를 데리고 마차로 리자의 어머니(그녀는 여전히 다리를 앓고 있었다)의 집에 도착했을 때, 주차장에서 스무 발짝쯤 떨어진 곳에 마차 한 대가 기다리고 있었다. 리자는 마차에서 뛰어내리는가 싶더니 곧 그 마차를 향해 달려갔다. 마차의 문이 열리더니 곧 탕 하고 닫혔다. 리자가 마브리키를 향해서 "용서해 주세요!" 하더니만, 마차는 쏜살같이 스크보레쉬니키로 달렸다. 그것은 미리 약속됐던 일인지, 마차에는 누가 있었는지, 하는 우리의 적극적인 물음에 대해서는 표트르는 아무것도 모른다고 대답했다. 물론 약속은 있었음에 틀림없다, 또 마차 속에서 스타브로긴의 모습을 본 것은 아니며, 어쩌면 늙은 하인인 알렉세이가 타고 있었는지도 모른다, 이런 정도였다.

"어떻게 당신은 거기에 있었습니까? 또 틀림없이 스크보레쉬니키에 갔다는 것을 어떻게 알았어요?" 이 물음에 대해서는, 그는 그저 우연히 그 옆을 지나고 있었을 뿐이었다고 대답했다. 그는 그때, 리자를 보았기 때문에 마차 옆으로 달려가 봤다는 것이었다(그럼에도 불구하고 호기심이 그처럼 강한 사나이가 마차 속에 누가 있었는지 확인해 보지 않았다는 것이다). 한편 마브리키는 뒤를 쫓지 않았을 뿐 아니라 리자를 붙잡지도 않았다. 그리고 "저 애는 스타브로긴에게 가는 겁니다. 스타브로긴에게로!" 하고 있는 힘을 다해서 외치는 귀족단장 부인을 자기 손으로 막기까지 했던 것이다. 여기까지 듣자 나는 참을 수가 없어서 표트르에게 소리쳤다.

"이 악당, 그것은 모두 네가 꾸민 짓이잖아. 너는 그 때문에 오늘 아침 낭독회에 나타나지 않았지? 네놈이 스타브로긴을 도와서 그렇게 했지? 네가 그 마차를 타고 와서, 네가 그녀를 태웠지? 너란 말이다. 너야, 너! 부인, 이놈은 당신의 적입니다. 이놈은 당신까지 파멸시키려고 합니다. 조심하십시오!"

이렇게 내뱉고 나는 곧바로 그 집을 뛰쳐나왔다. 어째서 그때 그런 말을 했는지 지금까지도 알 수가 없다. 지금 생각해도 자신의 대담한 행동에 경악을 금치 못한다. 그러나 내 추측은 모두 다 적중했다. 나중에 모든 일이 그때 내가 한 말 그대로라는 것이 판명됐다. 무엇보다도 그가 이 일을 말할 때의 태도가 너무나 부자연스러웠다. 그는 이 집에 왔을 때 이 대단한 사건을 처음으로 보고했어야 함에도, 너희는 내가 오기 전에 이미 알고 있겠지 하는 표정으로 시치미를 떼고 있었다. 그런 일이 그렇게 단시간에 전해질 수는 없지 않은가? 더구나 우리가 알고 있었다면 그가 입을 열도록 가만히 있을 리가 없지 않은가. 또 거리에서 온통 귀족단장 부인에 대하여 '떠들어대고 있다'는 것도, 그렇게 단시간 내에 들을 수는 없다. 뿐만 아니라 그는 그 이야기를 하고 있을 때 두 번 정도 묘하게 비열하고 경박한 웃음을 흘렸었다. 아마도 우리를 완전히 속였다고 생각했으리라.

하지만 나는 이런 사나이를 상대하고 있을 겨를이 없었다. 그래서 대체적인 것만 알고 허둥지둥 율리야 부인 집을 뛰어나왔던 것이다. 이 비극적인 파국은 내 심장을 관통했다. 나는 눈물이 나올 정도로 괴로웠다. 아니, 어쩌면 정말 울었는지도 모른다. 나는 어쩔 줄을 몰랐다. 먼저 스테판 씨네로 달려가 보았지만 원망스럽게도 여전히 문을 열어주지 않았다. 나스타샤는 정중한 목소리로 지금 쉬고 계신다고 속삭였지만 나는 그것을 믿지 않았다. 리자의 집에서는 하인들에게 여러 말을 들을 수 있었다. 그들도 그녀가 가출했다는 점은 인정했지만 그 밖의 것은 모르고 있었다. 집안은 공황상태였다. 병중의 노부인이 기절했던 것이다. 마브리키는 그 옆에 붙어 있었기 때문에 불러낼 수 없었다. 표트르에 대한 나의 물음에는, 그 사람은 요 며칠간 노상 이 집에 드나들었고 때에 따라서는 하루에 두 번 오는 일도 있었다는 대답을 들을 수 있었다. 하인들은 침울한 표정이었으며, 리자에 대해서는 특별한 경의를 담아 말했다. 모두 그녀를 좋아하고 있었던 것이다. 그녀가 파멸했다는 것, 아주 파멸했다는 것은 의심할 여지가 없었다. 그러나 이 사건의 심리적인 면은 나로서는 전혀 알 수가 없었다. 더욱이 어제 그녀와 스타브로긴 사이에 그런 장면이 있은 직후라 더욱 그랬다. 이미 이 소문을 듣고 고소해하고 있을 지인들의 집 집마다 물으러 거리를 돌아다니는 것은 내키지 않았고, 또 리자에게 있어서도 치욕적인 일 같았다. 그런데 이상스럽게도 나는 다리야 집에 들렀던 것이다. 하지만 만나주지는 않았다(스타브로긴 집에서는 어제 이후 아무도 만나지 않았던 것이다). 나는 무엇 때문에 여기 들렀던가, 무엇을 그녀에게 말하려 했던가, 지금도 이해가 안 간다. 그녀의 집을 나와서 나는 그녀의 오빠 집을 찾아갔다. 샤토프는 거북살스러운 표정을 짓고 입을 다문 채 내 말을 다 들었다. 미리 이야기해 두지만 그는 전에 없이 침울한 표정이었다. 어쩐지 깊은 생각에 잠긴 듯하여 내가 하는 말도 억지로 듣고 있는 성싶었다. 그는 거의 한마디도 입을 떼지 않고, 보통 때보다 구두 소리를 크게 내면서 방 안을 이리저리 걸어다녔다. 내가 층층대를 내려가자마자 그는 뒤에서 소리를 질러, 리푸틴 집에 들러보라고 했다.

"거기 가면 다 알아!"

그러나 나는 리푸틴 집에는 안 들르고, 꽤 많이 걸어왔으면서도 다시 샤토프 집으로 돌아갔다. 그리고 문을 반쯤 연 채, 안에는 안 들어가고 아무런 설명도 없이 무턱대고, "오늘 마리야 양 집에 가보지 않겠나?" 묻기만 했다. 대답 대신 샤토프는 나에게 욕을 했고, 나는 그것을 들으며 그곳을 떠났다. 잊어버리지 않게 여기에 써두지만, 그는 그날 밤 일부러 교외까지 나가서 오랫동안 만나지 않았던 마리야를 방문했다. 가보니까 마리야는 건강했고 기분이 좋았지만, 레뱌드킨은 옆방 긴 의자 위에서 죽은 듯이 취해서 자고 있었다. 그때가 정확히 9시였다. 이튿날 거리에서 나를 만났을 때, 그는 자기 입으로 서둘러 이 일을 보고했다. 나는 밤 9시가 지나서야 무도회에 가기로 결심했다. 그러나 그것은 '청년 간사'의 자격에서가 아니고(나는 리본도 율리야 부인 집에다 두고 왔다), 다만 억제할 수 없는 호기심 때문이었다. 즉 그런 사건을 세상 사람들은 뭐라고 수군거리고 있느냐, 그것을 내가 묻는 것이 아니고 옆에서 입을 다물고 듣고 싶었던 것이다. 그리고 멀리서라도 좋으니까, 한 번만이라도 율리야 부인의 얼굴을 보고 싶었다. 아까 그렇게 부인 집에서 뛰어나온 것이 매우 꺼림칙했던 것이다.

3

대부분 어처구니없는 사건들이 계속된 이 밤과 무서운 '결말'을 가져온 그 새벽녘은 아직도 추악한 악몽처럼 내 눈앞에 어른거려서, 적어도 나에게 있어서만은 이 기록의 가장 괴로운 부분을 이루고 있다. 나는 무도회에 그다지 늦게 간 것도 아닌데, 내가 갔을 때는 거의 끝나가고 있었다(사실 이 무도회는 그렇게 빨리 끝날 운명이었던 것이다). 내가 귀족단장 부인 집 주차장으로 달려갔을 때는 이미 10시가 넘었었다. 오늘 아침 낭독회가 있었던 그 홀에는 벌써 실내장식이 훌륭하게 꾸며져, 낮에 있었던 일 때문에 이 고장 사람들이 모일(나는 그렇게 예상하고 있었기 때문에) 근사한 무도장으로의 준비가 완료되어 있었다. 나는 낮에 있었던 일 때문에 무도회의 성공을 몹시 걱정하고는 있었지만 그래도 막상 그것이 현실화되리라고는 예기치 못했었다. 상류 가정에서는 아무도 나타나지 않았음은 물론, 관리층에서도 약간 지위가 있는 무리들은 모두 참석하지 않았다. 이것이 눈에 들어온 첫 번째 징후였다. 부인이나 딸들은 어떤가 하면, 아까 표트르의 예상은 전적으로 잘못됐다는 사실을 보여주고 있었다(지금 생각해 보면 그것도 교활한 기만이었음에 틀림없다). 모여든 사람들은 아주 적은 인원으로, 남자 넷에 여자가 한 명씩 될까 말까 하는 형편이었다. 게다가 그 여자라는 것이 얼마나 대단한 자들인지! '어디서 온 뼈다귄지 모를' 연대에 근무하는 위관의 마누라라든가, 우체국 직원, 하급 관리의 아내 같은 어중이떠중이들 말고 딸을 데리고 온 의사 부인 셋, 두세 명의 가난뱅이 지주 아내, 앞서 소개한 서기의 일곱 명의 딸과 조카딸, 장사꾼 마누라들, 이것이 율리야 부인이 기대하고 있었던 사람들일까? 상인들조차 반도 채 오지 않았었다. 남자들 쪽을 보자면 이 고장의 명사들은 한 사람도 얼굴을 보이지 않았지만, 그래도 인원수만은 대단히 많이 모였다. 그러나 전체의 인상은 왠지 묘하게도 음울한 것이었다. 물론 몇 사람 점잖은 장교들이 부인과 함께 와 있었고, 아까 말한 그 일곱 딸을 거느린 서기처럼 상당한 신분이 있는 집안의 주인 같은 사람도 몇몇 눈에 띄었지만 이런 점잖은 사람들까지, 말하자면 '어쩔 수 없어서' 얼굴을 비쳤음에 불과했다. 그 증거로는 이 사람들의 하나가 그렇게 말했던 것이다. 그런데 한편에서는 와글와글 떠드는 구경꾼들이라든가, 좀 전에 나와 표트르가 표 없이 들어왔다고 의심했던 그런 족속들은 아까보다 더 많았다. 그들은 먼저 오랫동안 식당에 앉아 있었는데, 오자마자 마치 예약이라도 해두었던 것처럼 곧장 식당으로 가는 것이었다. 적어도나는 그렇게 생각했다. 식당은 맨 끝, 넓은 방에 마련되어 있었다. 거기에는 프로호리치가 클럽 조리실에 있는 모든 것을 옮겨다 놓고, 안주나 음식물을 이것 보라는 듯이 늘어놓고 진을 치고 있었다. 나는 여기서 구멍이 뚫리기 직전인 프록코트나, 무도회에는 어울리지 않는 이상스러운 옷을 입은 족속들을발견했다. 그들은 간사의 간곡한 수고로, 잠깐 동안 술주정을 참고 있음에 틀림없었다. 그중에는 어디서 왔는지도 모를 사람도 섞여 있었다. 물론 율리야부인의 발의로 무도회는 아주 민주적으로 이루어질 예정이었다는 것을 나도알고 있었다. '평민이라도 표만 샀으면 들여보내기로 하자', 부인은 위원회에서이런 말을 대담하게 했었다. 그러나 거기에는, 이 가난한 마을의 평민은 단 한사람도 표를 사지 않으리라는 확신이 있었던 것이다. 하지만 아무리 위원회가민주적 경향을 가지고 있다 하더라도, 이런 해진 프록코트를 입은 수상한 족속들을 들여보내리라고는 짐작도 하지 못했다. 도대체 무슨 목적으로 넣었을까? 리푸틴과 럄신은 이미 간사 리본을 떼어버렸었다(그래도 '문학 카드리유'에 가입하고 있기 때문에 홀에 같이 앉아 있기는 했지만). 그러나 리푸틴의 후임으로 등장한 것은, 천만 뜻밖에도 스테판 선생과의 싸움으로 낮의 낭독회를 소란으로 몰아넣은 신학생이었고 럄신의 후임은 바로 표트르였다. 이런 꼴이니, 과연 여기서 무엇을 기대할 수 있었겠는가?

나는 애써 사람들의 대화에 귀를 기울였지만 그중에는 어처구니없는 의견도 있었다. 예컨대 어떤 한 패는 스타브로긴과 리자의 사건을 꾸민 것은 율리야 부인으로, 부인은 그에 대한 감사 인사로 스타브로긴으로부터 돈을 받았다고 단언했을 뿐 아니라 그 금액까지도 정확히 지적해서 말하는 것이었다. 그들의 말에 따르면, 이 축제도 그 목적 때문에 열렸으며 마을 사람들도 이런 눈치를 채고 대부분 얼굴을 나타내지 않은 것이었다. 그리고 주인인 렘브케는 너무 혼이 나서 머리가 이상해졌다고 한다. 그래서 율리야 부인은 정신 이상이 된 남편을 제멋대로 조종하고 있는 것이라고 했다. 이런 이야기와 함께, 거칠고 갈라진 목소리의 뭔가 꿍꿍이가 있는 듯한 웃음소리가 와아 하고 일어났다. 무도회만 해도 형편없이 깎아내려지고 있었지만 율리야 부인은 아주 인정사정없는 비난의 대상이 되고 있었다.

전체적으로 볼 때 이 대화는 맥락이 없는 단편적이고 어수선한 잡담들뿐이라, 잘 음미해서 뜻을 파악하는 것 같은 노력은 해볼 만한 것이 못 되었다. 이 식당에서는, 아무런 뜻도 없이 그저 경박하게 들떠서 떠들고 있는 패들도 자리 잡고 있었다. 그중에는 부인들도 몇 사람 섞여 있었는데 그녀들은 어떤 일이 일어나더라도 눈 하나 깜짝 않는 대담한 여장부들이었다. 그들은 주로 남편과 함께 온 장교 부인들로서 지나치게 애교를 부리면서 즐거운 듯이 떠들고 있었다. 그들은 저마다 무리를 이루고 몇 개의 식탁에 앉아서 즐겁게 차를 마셨다. 이리해서 식당은 모여든 사람의 절반 이상의 편안한 피난처와 같은 장소가 되어버렸다. 그러나 조금 더 지나면 이 무리들도 우르르 홀로 밀려들어 갈 것임에 틀림없다. 이런 생각을 하니 무슨 일이 일어나지나 않을까 걱정이 되기조차 했다.

그동안에 홀에서는 그 공작까지 한몫 끼여, 세 번 정도 그다지 흥겹지 않은 카드리유가 있었다. 딸들이 춤추는 것을 보면서 부모들은 좋아하고 있었다. 그렇지만 여기서도 약간의 지체 있는 사람들은 대부분, 딸들을 어느 정도 놀게 한 뒤 적당한 때를 봐서(무슨 일이 나기 전에) 빨리 떠나고 싶어서 머리를 굴리고 있었다. 무슨 일이 일어나지 않고 끝날 리가 없다는 것은 예외 없는 모두의 확신이었다. 당사자인 율리야 부인의 정신 상태를 묘사하는 것은 나에겐 거의 불가능한 일이었다. 나는 부인 옆을 아주 가까이 지나가 보았지만 부인은 아는 체도 하지 않았다. 홀에 들어갔을 때 인사를 했으나 부인은 나에겐 관심도 없는 듯이 답례도 하지 않았다(사실 나의 인사를 몰랐던 것이다). 그 얼굴은 병적인 초조함을 드러내고 있었으며 눈에는 비웃는 듯한 거만한 빛을 드러내고 있었지만, 이리저리 눈알을 굴리면서 불안한 시선을 주위에 던지고 있었다. 부인은 있는 힘껏 자기 자신을 억누르려고 애쓰는 듯했다. 도대체 무엇 때문에, 누구 때문에 그러는 것일까? 그녀는 어떻게든 남편을(이것이 가장 중요한 것이다) 데리고 이 자리를 떠나야 했다. 그러나 그녀는 계속 머물렀다. 이미 얼굴만 보아도 부인의 눈동자는 명청해 있어서 아무것도 기대하지 않고 있다는 것이 확실했다. 부인은 표트르를 더 이상 가까이하지 않았다. 표트르도 부인을 피하고 있는 것 같았다(나는 식당에서 그를 만났는데 그는 매우 즐거워 보였다). 하지만 부인은 무도회장에 계속 머물러 있으면서 렘브케 곁을 한시도 떠나지 않았다. 아아, 그녀는 최후의 최후까지 거짓 없는 마음으로부터의 분격을 가지고, 남편의 건강을 핑계로 짓궂게 구는 모든 조롱을 물리치려 했던 것이다. 오늘 낮만 해도 그랬다. 그러나 지금 그녀는 이 점에 대해서도 정신을 차려야만 했다. 내가 보기에 렘브케의 모습은 아침보다 더 나빠진 듯했다. 어쩐지 멍하니 있으면서 자기가 지금 어디 있는지 그것도 확실히 모르는 성싶었다. 때때로 그는 순간적으로 정색을 하며 자기 주위를 둘러보곤 했다. 나도 두 번 정도 그의 응시를 받았다. 한번은 무언가 말하려고 크게 입을 벌렸지만 결국 아무 말도 하지 않았기 때문에, 마침 옆에 있던 점잖은 늙은 관리 같은 사람이 무서워했을 정도였다. 이 홀에 모여 있던 사람들 속에서도 점잖은 측에 속하는 이들까지도 침울한 표정으로 율리야 부인을 피해 다니고 있었지만 그와 동시에 매우 기묘한 시선을 지사 쪽으로 던졌다. 그 노골적인, 찌르는 듯한 눈초리는, 이 사람들의 두려워하는 태도와는 너무나 어울리지 않았다.

"그런 기색이 내게도 확실히 느껴졌어요. 그래서 나도 렘브케의 그런 태도를 주의 깊게 관찰했던 거예요." 율리야 부인은 나중에 나에게 고백했었다.

그렇다, 부인은 이 점에 대해서도 책임이 있는 것이다. 아마도 좀 전에 내가 달아난 뒤 부인은 표트르와의 의논 끝에, 무도회를 열도록 하고 거기에 참석하기로 결정했을 때, 낭독회에서 '이성이 혼돈돼 버리고 만' 렘브케의 집무실로 들어가서 또다시 갖은 수단을 다하여 남편을 유혹해서 끌어내는 데 성공했음에 틀림없다. 그러나 지금 부인의 후회는 말할 수 없이 큰 것이었다. 그래도 그녀는 이곳을 떠나려 하지 않았다. 긍지의 손상에서 오는 괴로움 때문이었는지, 아니면 단순히 참았던 것인지는 나도 알 수 없었다. 아무튼 그녀는 평상시의 거만스런 태도와는 달리 비굴한 웃음을 띠고, 두서너 부인에게 말을 걸려 했다. 하지만 그 부인들은 곧바로 거북해하면서 "네"라든가, "아뇨" 정도로 아주 간단하게 대답하면서 명백히 부인을 피하려는 듯한 태도였다.

이 현에서 가장 인정을 받고 있는 명사들 중 단 한 사람만이 무도회에 참석하고 있었다. 그는 전에도 잠깐 말했던 바 있는, 세력가인 퇴직 장관이었다. 즉 스타브로긴과 가가노프가 결투를 한 뒤 귀족단장 부인 집에서 처음, '사교계의 초조함에 문을 열었다'는 사람이다. 그는 이 방 저 방을 거드럭거드럭 돌아다니며 귀를 기울이든가, 유심히 사람들을 관찰하고 있었지만, 그 거동은 마치 '내가 온 것은 단순한 심심풀이가 아니라 사람의 모습을 살피기 위해서이다' 하는 것을 보이려는 듯했다. 그는 나중에는 율리야 부인 옆에 자리를 잡고 잠시도 떠나지 않았다. 짐작건대 부인을 격려하고 안심시키려는 것 같았다. 그는 의심할 나위 없는 호인으로, 지위도 대단하며 나이도 지긋했기 때문에, 이 사람 입에서 나오는 동정의 말이라면 들어도 상관없었다. 그러나 부인으로서는, 이 늙은이가 당치 않게도 자기를 동정해서 "내가 함께 자리해 주는 것을 명예로운 일로 알라"고 보호자처럼 행세하고 있는 것이 못마땅해서 죽을 지경이었다. 하지만 노인은 잠깐도 옆을 떠나지 않고 계속해서 떠들어댔다.

"고장마다 일곱 사람의 의인이 없어서는 안 된다고 하지요…… 일곱 사람이었지요? 정확한 수는 모르겠지만. 그런데 이 일곱 사람의…… 정말 진정한 의인 중에서…… 이 무도회에 참석하는 영광을 얻은 자가 과연 몇이나 있는지 모르겠지만, 그런 사람이 참석했음에도 나는 신변에 위협을 느끼기에 이르렀어요. 미안합니다만 부인, 그렇지 않습니까? 나는 비유조로 말하고 있습니다만, 아까 식당에 갔다가 아무 일 없이 돌아올 수 있었던 것을 다행스럽게 생각하고 있어요. 그 대단한 프로호리치는 나설 곳을 잘못 찾았어요. 저래서는 틀림없이 아침까지는 식당 채로 사람들이 휩쓸어 갈 것입니다. 아니, 이건 농담입니다. 나는 그저 그 '문학 카드리유'가 어떤 것일까 하고 기다리고 있는 겁니다. 그것이 끝나면 얼른 자러 가야죠. 나는 관절염을 앓고 있는 늙은이니까 이해를 해주십시오. 나는 일찍 잠자리에 들거든요. 당신도 이제 그만 일어나서 '꿈나라'로 가시는 것이 어떨까요? 어린아이에게 하는 말을 해서 미안하지만. 실은 난 젊은 미인들을 보러 왔습니다. 여기만큼 미인들이 많이 모인 곳은 없으니까요. 모두 강 건너에서 옵니다만, 난 그쪽으로 가지를 않기 때문에 어느 장교의⋯⋯ 그 경기병의 아내는 꽤 미인이던데요? 본인도 그것을 알고 있더군요. 한 말괄량이 아가씨와도 이야기를 나누었는데, 콧대는 세지만 역시 그 나이 또래의 발랄한 아가씨더군요. 하지만 그것뿐이었어요. 발랄함 말고는 아무것도 없더군요. 그래도 나는 만족하고 있습니다. 피어나기 시작한 꽃봉오리 같은 부인도 계셨지요. 다만 입술이 좀 두꺼운 편이더군요. 전체적으로 러시아의 미인에는 이목구비가 반듯한 사람이 적단 말이에요. 뭐랄까, 푸딩처럼 납작하단 말이죠. 미안합니다, 그러나 그렇지 않습니까? 다만 눈은 아주 좋았어요. 웃는 것 같은 눈초리였어요. 이런 꽃봉오리 같은 아가씨들도 한창 젊은 2년 동안은, 아니 3년쯤은 정말 매력적이지만 그 뒤부터는 점점 뚱뚱해져서 남편에게 그 서글픈 무관심을 가지게 하는 겁니다. 이것이 또 여성 문제의 발달을 대단히 조장하는 것인데 말입니다. 내 여성 문제에 대한 견해가 틀렸다면 그뿐입니다만. 흠, 꽤 좋은 홀이로군요. 방마다 장식한 것도 나쁘지 않네요. 좀 덜했어도 좋았겠지만 말이죠. 악대 같은 것은 저렇게까지 신경을 쓰지 않아도 관계없어요. 그러나 나빠야 한다는 건 아닙니다. 하지만 부인들이 적은 것은 좋지 않은 인상을 주는군요. 옷에 대해선 말하지 않겠습니다. 그렇지만 저 잿빛 바지를 입은 사나이가 저렇게 조심성 없이 마구 춤추는 것은 괘씸한 일이군요. 너무 즐거워서 저러는 거라면 너그럽게 봐줘야겠지만요. 저자는 약제사이기도 하니까요. 하지만 11시 전인데, 아무리 약제사라 해도 너무 빠르군요. 아까 식당에서 두 놈이 싸움을 시작했는데도 끌어내지 않더군요. 아직 10시밖에 안 됐으니, 그런 놈들은 끌어내야지요. 2시만 지났다면 나도 이런 말은 구태여 안할 겁니다. 그땐 좀 너그럽게 봐줘야 하니까요. 단, 이 무도회가 2시까지 계속된다면 말입니다. 바르바라 부인은 결국 약속을 어기고 꽃을 보내지 않았지요? 흐음! 그분도 꽃 같은 걸 생각할 정신이 없겠지요. (불쌍한 어머니여!) 그건 그렇고, 리자는 참 가엾게 됐더군요. 들으셨어요? 무슨 말 못할 사정이 있는 모양이에요. 상대는 또 스타브로긴입니다…… 흐음! 나는 이젠 가서 쉬어야겠군요…… 계속 졸고만 있으니까요. 도대체 그 '문학 카드리유'는 언젭니까?"

드디어 '문학 카드리유'에 대한 이야기가 나왔다. 요사이에는 다가오는 무도회의 이야기만 나오면, 화제는 꼭 이 '문학 카드리유'로 번지곤 했다. 그것이 대체 어떤 것인지 아무도 상상조차 할 수 없기 때문에, 이상스러울 정도의 호기심을 불러일으켰던 것이다. 일의 성공에 있어 이만큼 위험한 것도 없다. 그렇다고 해도 그 꼴로 끝나다니 환멸도 이만저만이 아니었다.

그때까지 닫혀 있던 홀 양쪽 문이 열리더니 갑자기 가장한 인물 몇 사람이 나타났다. 모두가 그들을 둘러쌌다. 식당에 있던 사람들도 빠지지 않고 죄다 홀로 몰려들었다. 가장한 사람들은 춤을 출 위치에 각각 자리를 잡았다. 나는 곧 헤치고 나아가 율리야 부인과 렘브케와, 예의 그 장군 뒤에 자리를 잡았다. 그때 지금까지 모습을 나타내지 않았던 표트르가 율리야 부인 옆에 나타났다.

"나는 지금까지 식당 쪽을 관찰하고 있었습니다." 마치 꾸중을 들은 초등학생처럼 그는 나직한 목소리로 그렇게 속삭였다. 그것은 부인을 더욱 초조하게 하기 위해서 일부러 꾸민 것이었다. 부인은 화가 나서 얼굴을 붉혔다.

"이렇게 됐으니 이젠 거짓말은 그만둬요. 정말 철면피로군요!" 부인은 참다 못해 큰 소리로 이렇게 말했기 때문에 옆 사람들은 깜짝 놀랐다. 표트르는 매우 만족한 모양으로 그녀 옆에서 물러섰다.

이 '문학 카드리유'보다 더 비참하고 저속하며 엉터리고 멋없는 것은 상상도 할 수 없었다. 이것보다 더 이 현 사람들에게 어울리지 않는 행사도 생각해 낼 수 없었다. 그런데 풍문에 의하면 이 행사를 착안한 사람이 카르마지 노프라는 것이다. 게다가 실제로 계획한 것은 리푸틴으로, 비르긴스키네 회의 에 참석했던 그 절름발이 교사와 의논해서 구성했다는 것이었다. 그러나 카르 마지노프는 그 입안자였을 뿐만 아니라, 사람들 말로는 스스로도 어떤 특별 한 역을 맡아서, 가장을 하고 나타나려고 했다는 것이다. 카드리유는 여섯 쌍 의 보잘것없는 가장자로 짜여져 있었다. 하기는 가장이라고 할 것까지도 없었 다. 왜냐하면 모두 다른 사람과 비슷한 옷차림을 하고 있었기 때문이다. 예를 들면 키가 크지 않은 중년 신사 한 사람은 연미복을 입고, 즉 다른 사람과 같 은 옷차림을 하고 훌륭한 흰 턱수염을 달고(이 가짜 수염이 그의 가장의 전부 였다), 끊임없이 종종걸음을 걸으면서, 점잖은 표정을 짓고 제자리걸음으로 춤 추고 있었다. 그는 겸손하지만, 쉬어터진 목소리로 어느 유명한 신문을 상징하 고 있었다. 이 사람들 건너편에서는 X와 Z의 두 남자가 춤추고 있었다. 이 글 자는 각기 연미복에 핀으로 달고 있었지만, 도대체 이 X와 Z가 무슨 뜻인지 끝내 알 수가 없었다. '순수한 러시아 사상'은 연미복에 장갑과 안경, 게다가 수갑(이것은 진짜였다)을 찬 중년 신사에 의해서 나타내지고 있었다. 이 신사 는 무슨 '일건 서류'가 든 가방을 옆구리에 끼고 있었다. 주머니에는 외국에서 온 듯한, 겉봉을 뜯은 편지가 비죽이 나와 있었다. 이것은, 의심하는 모든 사 람에 대해서 '러시아 사상의 순수함'을 증명하는 증서라는 것이었다. 이는 사 회자가 말로 설명했는데, 그 편지를 읽을 수는 없었기 때문이다. '순수한 러시 아 사상'은 축배의 지휘를 하려는 것처럼 높이 쳐든 오른손에 술잔을 들고 있 었다. 이 '러시아 사상' 양쪽에는 머리를 짧게 깎은 여자 허무주의자 두 사람 이 나란히 아장아장 제자리걸음을 하고 있었다. 그 상대로는 그 연미복의 사 나이가 춤추고 있었는데 그는 무거운 곤봉을 들고 있었다. 그것이 어떤 신문, 페테르부르크의 것은 아니지만 꽤나 강경파인 신문을 상징하는 것으로서, '이 것으로 한 대 갈기면 박살이 난다'는 표정을 짓고 있었다. 그러나 곤봉을 가지 고 있으면서도 이 신사는 '순수한 러시아 사상'이 안경 너머로 자기를 보고 있 는 것을 견딜 수가 없어서 될 수 있는 대로 옆을 보았으며, 파드되 순서가 오 니까 마치 몸 둘 바를 모르는 듯 몸을 비비 꼬면서 허리를 굽히고 있었다. 아마 양심의 가책으로 견딜 수 없었던 모양이었다. 하지만 이런 엉터리 착상을 일일이 설명하는 것은 그만두자. 이것저것 모두가 엇비슷해서 나도 설명하다가 보니 창피한 느낌이 든다. 그런데 이런 창피함과 같은 수치심이 다른 사람에게도 옮아간 모양이었다. 식당에서 나온 음침한 표정의 사람들에게서도 같은 표정을 읽을 수 있었다. 한동안 그들은 입을 다물고, 화가 난 듯이 의아한 표정으로 바라다보고 있었다. 인간은 누구나 수치심을 느끼면, 대개는 화를 내고 곧잘 비꼬아 보고 싶어하는 것이다. 이곳 사람들은 차츰 술렁거리기 시작했다.

"도대체 저게 뭐야?" 한패 가운데 식당 쪽 사람이 물었다.

"뭐긴 뭐야, 바보짓들이지."

"이건 문학이야. 〈골로스〉지를 비평하고 있는 거야!"

"그게 나랑 무슨 상관인데?"

또 다른 한패에서는,

"바보 같은 자식들!"

"아냐! 바보는 저들이 아니라 우리야!"

"어째서 네가 바보지?"

"내가 바보라는 게 아냐!"

"네가 바보가 아니면, 나도 바보가 아니잖아."

세 번째 무리에서는

"저 자식들을 날려버릴까? 꺼지라고!"

"홀을 뒤흔들어 놓자!"

네 번째 무리에서는

"렘브케 부부는 창피하지도 않은가?"

"어째서 저 둘이 창피해한단 말이야? 넌 창피해?"

"난 창피해. 더구나 저치는 지사잖아."

"그럼, 넌 돼지야."

"이런 진부한 무도회를 나는 지금까지 한 번도 본 적이 없어." 율리야 부인 바로 옆에 앉아 있던 한 부인이 마치 들으라는 듯이 표독스럽게 말했다. 그녀는 40대의 뚱뚱하게 살이 찐 부인으로 화려한 비단 드레스를 걸치고 볼에는 연지를 진하게 발랐다. 그녀는 이 고장에서 모르는 사람이 없을 정도로 널리 알려져 있었지만, 교류하는 사람은 아무도 없었다. 5등 관리의 과부로서 남편의 유산으로는 목조 건물 한 채와 약간의 연금이 있었지만 상당히 유복한 생활을 하고 있었으며, 마차까지 있었다. 두어 달 전에 그녀는 율리야 부인을 방문했지만 현관에서 만남을 거절당했던 것이다.

"이럴 줄은 처음부터 짐작하고 있었지만." 짓궂게 율리야 부인의 얼굴을 똑바로 보면서 그녀는 이렇게 덧붙였다.

"그렇게 짐작하셨다면 왜 나오셨지요?" 율리야 부인은 참을 수 없어 말했다.

"내가 남을 잘 믿어서요." 원기왕성한 부인은 곧바로 대답하고 흥분으로 온몸을 떨었다(어떡하든 소동을 일으키고 싶어서 죽겠는 모양이었다). 그러나 그 장군이 끼어들었다.

"부인." 그는 율리야 부인의 귀에 대고 말했다. "정말 돌아가시는 편이 좋겠어요. 우리는 저 패들에게 불편한 존재니까요. 우리만 없으면 모두 마음껏 신이 나서 떠들 겁니다. 저들을 위해서 무도회를 열어줬으니, 이젠 저희들 놀고 싶은 대로 내버려 두십시오. 게다가 지사께서도 어쩐지 기분이 좋지 않으신 것 같고…… 무슨 성가신 일이라도 일어나기 전에요."

그러나 때는 이미 늦었다.

카드리유를 하는 동안, 분격한 듯한 괴이한 표정으로 춤추는 무리들을 바라다보고 있던 렘브케 씨는, 장내에서 비판의 소리가 시작되자 불안한 듯이 주위를 둘러보았다. 이때 비로소, 식당에서 떠들고 있던 패들의 얼굴을 보았던 것이다. 그는 굉장히 놀란 눈초리가 되었다. 갑자기 카드리유의 한 동작을 계기로 장내에 큰 웃음이 퍼졌다. 곤봉을 가지고 춤추고 있던 '지방 강경파 신문'의 발행자는 드디어 '순수한 러시아 사상'의 안경 너머로 바라보는 눈초리를 견딜 수 없어, 몸을 피할 데가 없자 느닷없이 거꾸로 서서 안경 쪽으로 걸어갔다. 그것은 '지방 강경파 신문'의 상용 수단인 상식의 역설적 곡해를 상징하기 위한 것이었다. 그런데 거꾸로 서서 걸을 수 있는 사람은 럄신밖에 없었기 때문에 그가 이 곤봉을 쥔 신문 발행자 역을 맡은 것이다. 율리야 부인은 거꾸로 서서 걷는다는 것은 꿈에도 알지 못했다. "그걸 나에게는 숨겼던 것입니다. 숨기고 있었던 거예요." 그녀는 나중에 나에게 절망과 분노에 몸부림치면서 되풀이했다. 군중의 폭소는 물론, 그 풍자를 환영한 게 아니고 단순히 소맷부리가 펄럭거리는 연미복을 입고 거꾸로 서는 것을 흥거워했던 것이다. 렘브케는 화가 벌컥 나서 몸을 부들부들 떨었다.

"이 건달 녀석!" 럄신을 가리키면서 그는 소리 질렀다. "저 뻔뻔한 놈을 잡아라! 거꾸로 세워라! 머리를, 머리를!"

럄신은 빙그르르 돌아서 일어났다. 웃음소리는 더욱더 높아졌다.

"저 웃고 있는 악당들을 모두 내쫓아 버려!" 느닷없이 렘브케는 명령했다.

군중은 갑자기 와글와글 떠들기 시작했다.

"그건 안 됩니다. 각하!"

"시민을 학대할 수는 없습니다."

"자기가 악당이지, 누가 악당이야?" 하는 소리가 한구석에서 일어났다.

"해적 같은 놈!" 또 다른 구석에서 누군가가 이렇게 떠들었다.

렘브케는 소리가 나는 곳으로 돌아서서 창백한 얼굴에다가 일그러진 미소를 입술에 띠면서, 이제야 무언가를 깨달은 것처럼 고개를 끄덕였다.

"여러분" 율리야 부인은 밀려드는 군중을 향해서 말했다. 동시에 남편의 손을 잡아끌면서, "여러분, 안드레이를 용서해 주세요. 안드레이는 병중입니다…… 용서해 주세요. 이 사람을 용서해 주세요. 여러분!"

부인이 '용서해 주세요'라고 한 것을 나는 분명히 들었다. 상황의 변화는 무서울 만큼 급격한 것이었다. 그러나 나는 확실히 기억하고 있는데, 마치 율리야 부인의 이 말에 겁을 먹은 것처럼 관중의 일부가 서둘러 홀 밖으로 달아나기 시작했던 것이다. 그리고 한 여자가 울음 섞인 히스테릭한 목소리로 이렇게 외친 것도 기억하고 있다.

"아아, 또 오늘 아침처럼 법석이 났구나!"

밀고 닥치고 하는 이 혼잡 속에 정말 '아침처럼' 또 하나의 폭탄이 던져졌던 것이다.

"불이야! 강 건너에 불이야!"

이 무서운 외침은 어디서 맨 먼저 일어났을까? 홀 한가운데서나, 아니면 누군가 대기실 계단에서 뛰어들면서 지른 소린지 확실히 기억에 없지만, 거기에 따라서 일어난 공포는 도저히 말로 표현할 수가 없다. 무도회에 모였던 군중의 반 이상은 강 건너 쪽 목조 건물 주인이 아니면 그 셋방에 사는 사람들이었다. 사람들은 창가로 달려가서 커튼을 잡아 찢었다. 강 건너는 불바다였다. 불은 지금 막 시작된 듯 방향이 서로 다른 세 곳에서 불길이 하늘로 치솟아 오르고 있었으며 그 광경은 사람들을 전율시켰다.

"방화다! 쉬피굴린 직공이 불을 질렀다!" 외치는 소리가 군중 속에서 들려왔다.

그중에서도 특색 있는 두서너 고함 소리는 지금도 확실히 기억하고 있다.

"아아, 난 이럴 거라고 예상했었어. 방화가 있으리라고 이삼 일 동안 느껴져왔던 말야!"

"쉬피굴린 직공이다. 쉬피굴린 직공 짓이야. 달리 누가 불을 지르겠는가!"

"틀림없이 집이 비었을 때 불을 놓으려고, 일부러 우리를 여기에 모이게 한거야!"

이 최후의 가장 놀랄 만한 고함 소리는 여자의 목소리였다. 그것은 자기 집이 불에 탄 코로보치카*¹의 자연스러운 외침에 틀림없었다. 모든 사람이 문께로 몰려 나갔다. 털가죽 외투라든가, 솔이라든가, 부인들이 외투를 찾아 입느라 떠들썩한 대기실의 혼잡, 공포에 떠는 부인들의 째지는 듯한 소리, 아가씨들의 비명, 이런 것들은 이미 여기에 쓸 것도 없다. 도둑질이 있었다고는 생각하지 않지만, 아무튼 이렇게 혼잡한 북새통이라 자기 외투를 못 찾고 그냥 돌아가는 사람이 있어도 이상할 게 없었다. 이것은 그 뒤 오랫동안, 시중에서 어림도 없는 과장이나, 여러 이야기가 덧붙여져서 말이 퍼져 나갔던 것이다. 렘브케 씨와 율리야 부인은 군중 때문에 문께에서 하마터면 깔려 죽을 뻔했었다.

"모두 나가지 못하게 붙들어 놔! 한 사람도 나가게 하면 안 된다!" 아우성치

---

*1 작은 상자란 뜻으로, 일반적으로 자기 가정의 작은 세계 말고는 아무것도 모르는 여자를 일컬음.

면서 밀려오는 군중을 향해 위협하듯 손을 뻗고 렘브케는 절규했다.

"모두 한 사람씩 엄중하게, 몸수색을 하는 거야. 지금 곧!"

홀 속에서 강한 폭언이 일어났다.

"안드레이 안토노비치!" 이제 완전히 절망에 빠져 율리야 부인이 소리쳤다.

"이 여자를 묶어라!" 렘브케는 부인을 무서운 표정으로 손가락질하면서 소리 질렀다. "이 여자부터 맨 먼저 신체검사를 하는 거다! 이 무도회는 틀림없이 방화를 목적으로 열린 것이다!"

부인은 깜짝 놀라 외마디 소리를 지르고 기절했다(오오, 이것은 물론 정말로 기절했던 것이다). 나와 공작과 장군은 그녀를 부축하기 위해서 달려갔다. 이 난처한 상황에서 우리를 도와준 사람들이 있었다. 그중에는 부인들도 몇명 있었다. 우리는 이 가엾은 여인을 이 지옥처럼 고통스러운 곳에서 구출해 내서 마차로 옮겼다. 하지만 그녀가 제정신을 차린 것은 마차가 집에 도착했을 무렵이었다. 그리고 그녀가 처음으로 지른 소리는 역시 안드레이였다. 모든 환상이 무너져 버리자 부인 앞에 남은 것은 오직 안드레이 한 사람뿐이었다. 사람들이 의사를 부르러 갔다. 나는 부인 옆에 한 시간 정도 앉아 있었다. 공작도 같이 있었다. 장군은 관대한 마음을 불러일으켜서(하기는 그도 매우 당황스러워하고 있었지만) 밤새 '불행한 부인의 병상'을 떠나지 않겠다고 말했지만, 10분쯤 지나자 아직 의사도 오기 전에 안락의자에서 잠들어 버리고 말았다. 우리는 그를 그대로 내버려 두었다.

화재 현장에서 무도회로 달려온 경찰서장은, 우리 다음에 렘브케를 데리고 나와서 열심히 그에게 "쉬셔야 합니다" 권하면서, 율리야 부인의 마차에 태우려 했다. 그러나 그는 쉰다는 것엔 관심조차 없는 양, 화재 현장으로 달려가려 했다. 그런 그의 고집은 서장으로서도 어쩔 수 없었다. 결국 그는 자기 마차에 태워서 화재 현장으로 렘브케를 데리고 갔다. 뒤에 그에게 들은 바에 의하면 렘브케는 도중에서 마냥 몸부림치고 손짓하면서 "도저히 실행할 수 없는 엉뚱한 계획을 외치고 계셨다"는 것이었다. 그러고는 그는 그 뒤, 각하는 "뜻하지 않았던 두려움으로" 그때 이미 정신 착란에 빠져 있었다고 보고했던 것이다.

무도회가 어떻게 끝났는지는 지금 새삼스럽게 말할 필요도 없다. 몇십 명의 건달들과 몇몇 부인들까지 회장에 남아 있었던 것이다. 경찰의 감독 같은 것은 전혀 없었다. 악대는 돌려보내지 않았다. 돌아가려고 한 악사는 뭇매질을 당했다. '프로호리치 앞에 놓였던 것'은 날이 샐 무렵까지는 거의 모두 쓸어다가 있는 대로 먹어 치웠다. 그리고 어떤 자는 카마린스키[2]를 추든가 홀을 더럽혔고, 겨우 새벽녘이 되어서야 송장처럼 진탕 취한 이 족속들의 한패는 타다 남은 화재 현장으로 또 한바탕 소란을 피우러 몰려갔던 것이다. 다른 한패는 그대로 홀에 눌러앉아서 마시든가 죽은 사람처럼 늘어져 코를 골든가, 비로드가 깔린 마루에 큰 대 자로 쓰러져 있었다. 아침이 되자 곧 이 족속들은 손발이 끌리어 거리로 내쫓겼다. 현내의 여자 가정교사 부조를 목적으로 한 이 자선회도 이렇게 해서 막을 내렸다.

4

화재는 방화로 판명되어 한층 더 강 건너 사람들을 놀라게 했다. 여기에서 주의해야 할 점은 먼저 "화재다"라고 처음 소리를 지른 사람이 있다는 것과 곧이어 "쉬피굴린 직공들 짓이다!"라는 고함 소리가 났다는 것이다. 그러나 지금으로선, 쉬피굴린의 직공이 세 사람씩이나 방화에 관계하고 있었지만 그것으로 일단락 짓고, 다른 사람은 여론에서도 당국에서도 전적으로 혐의가 없다는 판단이 내려졌다. 이 세 악당 말고(그중 한 사람은 체포되어 자백했지만 나머지 두 사람은 아직도 행방을 감추고 있다) 유형수 페디카도 방화에 관계했었다는 것은 의심 없는 사실이었다. 현재까지 화재 원인에 대해서 분명해진 것은 대체로 이 정도였다. 그 밖의 여러 억측을 든다면 이야기가 달라진다. 도대체 이 세 악당은 어떤 이유에서 이런 짓을 했는가, 누구로부터 사주를 받았는가? 이 물음에 대답한다는 것은 지금으로서도 매우 곤란한 일이다.

불은 바람이 사나웠고 강 건너 일대가 거의 목조 건물이었으며, 게다가 세 곳에 불을 놓았기 때문에 순식간에 번져서 거의 믿을 수 없을 정도의 속도로 한 구획을 모조리 불태워 버렸다(불은 오히려 두 곳에서 났다고 하는 편이 정확할는지 모르겠다. 세 번째 불길은 곧바로 진화되었기 때문이다. 이것에 대해서는

_____
[2] 러시아의 민속 무용.

나중에 쓰겠다). 그러나 수도의 신문에서는 그래도 이 거리의 화재 피해를 상당히 과장해서 쓴 모양이었다. 사실 불에 탄 것은 대충 계산해도, 강 건너 전체의 4분의 1을 넘지 못했다(어쩌면 그것보다 적을는지 모른다). 소방대는 거리 면적과 인구에 비례해서, 비교적 적은 편이긴 했으나 지극히 정확하고 헌신적인 활동을 보였다. 하지만 만일 새벽녘에 바람세가 달라지지 않아 불길이 계속됐다면, 주민과 협력해서 활동한 소방대도 별 수 없었을는지 모른다. 무도회를 빠져나와 한 시간쯤 지나서 내가 강 건너에 도착했을 때는, 불은 한창 맹렬하게 타고 있었다. 시내 쪽으로 향한 거리는 불바다로 변해서 대낮처럼 훤했다. 화재 현장을 자세하게 묘사하는 것은 그만두기로 한다. 러시아에 그런 것을 모르는 사람은 없을 테니까. 한창 불타고 있는 거리에 가까운 옆 골목은 뭐라 말할 수 없는 혼란과 번잡으로 들끓고 있었다. 거기서는 불이 번져올 것을 각오하고 주민들이 가구를 끌어내고 있었으나, 그래도 아직 집 근처를 떠나지 못하고 끌어낸 짐 가방이나 이부자리 위에 앉은 채 저마다 제 집 문 앞에서 상황을 바라다보고 있었다. 울타리를 마구 때려 부수든가, 불에 가까운 판잣집 같은 것들도 모두 때려 부수고 있었다. 자다가 깬 갓난애들과, 재빨리 가구를 끌어낸 여자들이 중얼중얼 주문을 외듯 기도하면서 울고 있었다. 그래도 아직 가구를 다 꺼내지 못한 여자들은 계속 가구를 끌어내느라 허둥대고 있었다. 불꽃과 불똥이 멀리까지 날아갔다. 사람들은 될 수 있는 대로 그것을 막느라고 애쓰고 있었다. 화재 현장 주변은 거리에서 모여든 구경꾼들로 들끓고 있었다. 그중에는 불 끄는 걸 도와주는 자도 있었지만 대부분은 재미있다는 듯이 구경만 하고 있었다. 밤중의 큰불은 언제나 사람들을 초조케 하고 또 들뜨게 한다. 불꽃놀이는 이것을 응용한 것이다. 그러나 불꽃은 불이 우아하고 아름다운 규칙적인 일정한 형태를 가지고 퍼지는 데다가 전혀 위험의 염려가 없기 때문에 샴페인을 한 잔 든 뒤와 같은 유희적인 가벼운 인상밖에 남지 않는다. 하지만 정말 화재가 일어나면 상황은 달라진다. 여기에는 밤의 화재 마음을 들뜨게 하는 효과도 그렇지만 공포감과 내 몸에 닥쳐올 어떤 위험 감각이, 구경꾼들 사이에(물론 집이 불타고 있는 당사자들은 아니다) 어떤 뇌진탕 같은 작용을 불러일으켜 그들의 내부적인 파괴 본능을 자극하는 결과가 된다. 게다가 이 본능은 어떠한 사람의 마음속에도, 아무리 온순하고 많은 가족을 거느린 하급 관리라 할지라도 마음속 밑바닥에 깔려 있는 것이다. 이런 은밀한 감각은 대부분의 경우 사람을 취하게 하는 경향이 있다.

"화재라는 것을 약간의 만족감 없이 바라볼 수 있을지 나로서는 알 수 없단 말이야." 이것은 스테판 선생이 우연히 어떤 화재 현장에 가서 그 인상으로 머리가 꽉 차서 돌아온 뒤, 나에게 말한 것을 그대로 인용한 것이다. 그렇지만 이런 밤의 화재를 찬미하는 자가 스스로 불 속으로 뛰어들어가 불길에 휩싸인 어린이나 노파를 구출해 내는 일도 있음은 말할 것도 없다. 그러나 그것은 전혀 다른 이야기이다.

구경꾼들 인파에 밀리면서, 나는 누구에게 묻지도 않고 가장 위험한 화재의 중심점에 이르렀다. 그리고 율리야 부인의 부탁으로 찾고 있던 렘브케 씨를 마침내 그곳에서 찾아냈다. 그의 상태는 놀랄 정도로 이상했다. 그는 무너진 담 위에 서 있었다. 서른 걸음쯤 떨어진 왼쪽에는 거의 불타버린 목조 2층 집이 검은 해골처럼 서 있었다. 1층도 2층도 창문 대신에 구멍이 뻥 뚫려 있었고, 지붕은 죄다 타서 내려앉아 있었다. 그리고 군데군데 새까맣게 탄 대들보를 따라서 아직도 불길이, 뱀이 혀를 나불대는 것처럼 타오르고 있었다. 타버린 집으로부터 스무 걸음쯤 되는 뜰 안에서도 2층 건물이 불타오르고 있어서, 소방대는 불을 끄기에 여념이 없었다. 오른쪽에서는 소방대와 주민들이 꽤 큰 목조건물을 불이 옮겨 붙지 않도록 지키고 있었다. 이 건물은 아직 타기 시작하지는 않았지만 이미 여러 번 불이 붙었었던 것이다. 머지않아 남김없이 다 타버릴 운명처럼 보였다. 렘브케는 바깥채를 향하여 소리 지르기도 하고 손짓을 하면서 아무도 실행하려 하지 않는 명령을 내리고 있었다. 나는 처음에는 모든 사람이 그를 여기다 내버려 두고 떠나버린 것이 아닌가 하고 생각했다. 적어도 그를 둘러싸고 있는 여러 부류의 군중이(그 속에는 평민들과 섞여서 신사들이나 교회의 보좌 신부도 있었다) 신기한 듯이 물끄러미 그의 말을 듣고 있으면서도 아무도 그에게 말을 거는 사람이 없었고, 또 끌어내리려는 사람도 없었다. 렘브케는 창백한 얼굴로 눈만 번득이면서 상상도 하지 못할 소리를 떠들고 있었다. 게다가 모자도 없었다. 이미 오래전에 잃어버린 모양이었다.

"모든 것은 죄다 방화다! 이것은 허무주의이다. 무엇이 타고 있다면 그것은 허무주의이다!" 이런 소리를 들었을 때 나는 자신도 모르게 오싹했다. 물론 새삼스럽게 놀랄 일도 못 되지만 너무나 적나라한 현실에는 언제든지 사람의 마음을 뒤흔들어 놓는 요소가 숨어 있는 것이다. "각하." 그의 옆에 한 경관이 다가갔다. "댁으로 돌아가서 쉬시는 것이 좋겠습니다. 이런 곳에 계시는 것은 매우 위험합니다."

뒤에 들은 바에 의하면, 이 경관은 일부러 렘브케 옆에 남아서 그를 보호하고 될수록 집으로 데려가려고 노력할 것은 물론, 무슨 위험한 일이라도 생겼을 경우에는 완력도 쓸 수 있다는, 명백히 이 경관으로서는 이행하기 힘든 명령을 경찰서장으로부터 받고 있었다.

"집이 불탄 자의 눈물은 틀림없이 씻겨질 것이다. 그러나 거리는 아주 폐허가 됐다. 이것은 그 네 놈의 악당, 네 놈 반의 악당 소행이다. 그 악당을 체포해라! 장본인은 한 놈이다. 다른 네 놈 반의 악당들은 그놈의 지시를 받고 있다. 그놈으로 말하면 남의 집에 몰래 들어가서 그 명예를 흙발로 짓밟는 놈이다. 그리고 집을 불태우기 위해서 미끼로 가정교사를 이용한 것이다. 비열하다. 참으로 비열하다! 앗! 저 사나이는 무엇을 하는 거지?" 한창 불타고 있는 바깥채의 지붕에서 소방수 한 사람을 발견하고, 그는 이렇게 소리쳤다. 불길은 그 소방수가 밟고 있는 지붕을 꿰뚫고 솟아오르고 있었다. "저 사나이를 끌어내려라. 떨어지겠다. 타 죽겠어! 저 불을 꺼줘라! 도대체 저자는 저기서 뭘 하고 있는 거냐?"

"불을 끄고 있습니다, 각하."

"아냐, 그럴 리가 없어. 불은 마음속에 있는 것이지, 지붕 위에 있는 게 아니다! 저 사나이를 끌어내려라. 그리고 모든 것을 때려 부숴라! 때려 부수는 것이 좋아! 때려 부숴 버리는 것이 좋단 말이야! 될 대로 되라고 해! 아니, 또 누군가가 울고 있군! 할머니다! 할머니가 울부짖고 있다. 어째서 할머니를 버려두었지?"

정말로 불타오르는 바깥채 1층에 미처 나오지 못한 노파가 악을 쓰면서 살려달라 소리치고 있었다. 그녀는 집주인인 상인의 친척뻘 되는 여든이나 된 노파였다. 게다가 그녀는 버려진 것이 아니고, 아직 불이 붙기 전인 모서리 방에서, 자기 이부자리를 끌어내오려는 무모한 생각을 일으켜 불타고 있는 집 안으로 뛰어들어갔던 것이다. 그때는 아직 불길이 약했지만 곧 불이 크게 일어, 노파는 연기에 숨이 막히고 불길에 그을려 울부짖으면서도 말라비틀어진 손으로 깨어진 유리창 사이로 열심히 이부자리를 밀어내려 애쓰고 있었다. 렘브케는 구조하기 위해서 그쪽으로 달려갔다. 그가 창문 가까이 다가가서 이부자리 끝을 붙잡고 있는 힘을 다해 창문에서 끌어내리려고 하는 것을 모든 사람이 보고 있었다. 그랬는데 운 나쁘게도 이 순간에 깨진 판자가 한 장 지붕에서 떨어지면서 렘브케를 덮친 것이다. 판자는 떨어지면서 약간 그의 목을 스쳤을 뿐 별로 큰 상처를 줄 정도는 아니었지만, 렘브케의 공적인 생활은(적어도 이 마을에서는) 종말을 고했던 것이다. 이 타격에 그는 중심을 잃고, 그대로 의식을 잃고 쓰러졌다.

드디어 암담하고 침울한 새벽이 왔다. 불은 고개를 숙였다. 밤새 불던 바람도 잠잠해지고 가랑비가 부슬부슬 내리기 시작했다. 그때 나는 렘브케가 쓰러져 있는 곳에서 꽤 떨어진 다른 구역에 서 있었는데, 거기서 매우 기괴한 이야기를 들었다. 불가사의한 사실이 발견된 것이다. 다름이 아니라 이 구역 맨 끝에 있고, 다른 건물에서 서른 걸음쯤 떨어진 텅 빈 채소밭 옆에 지은 지가 얼마 안 되는 작은 목조 집이 하나 있었는데, 이 외따로 떨어진 집이 화재가 일어날 무렵에 가장 먼저 타기 시작했다는 것이다. 설혹 이 집에서 불이 일어났다 해도 그만큼의 거리가 있으니 불은 다른 집으로 번질 리가 없었을 테고, 또 그 반대로 강 건너 저쪽이 모두 타버렸다 해도, 아무리 바람이 세게 부는 날이라도 이 집만은 타지 않을 수 있었을 것이다. 따라서 이 집은 집 자체에서 불이 나 탄 것이지 다른 데서 불이 번져와 탄 것이 아니라는 결론이 된다. 그러나 무엇보다도 중요한 것은 집은 다 타지 않았고, 밤이 지나자 그 집에서는 놀랄 만한 사실이 발견됐던 것이다. 이 새 집의 주인은 시외에 살고 있는 상인이었는데 자신이 새로 지은 집에 불이 났다는 것을 알자 당장 달려와서, 집 옆 벽에 쌓여 있는 장작에 불이 붙어 있는 것을 보고 근처의 주민과 힘을 합쳐서 장작더미를 헤쳐 불을 껐다. 그런데 이 집에는 세 들어 사는 사람이 있었다. 거리에서는 모르는 사람이 없는 대위와 그 여동생, 그리고 꽤 나이 먹은 하녀였다. 이 셋방살이를 하는 세 사람이 그날 밤에 모두 칼에 찔려 죽었을 뿐 아니라 명백히 금품을 약탈당했던 것이다(렘브케가 이부자리를 꺼내려 했을 때, 경찰서장이 없었던 것은 여기에 와 있었기 때문이다).

아침이 되자 이 사건은 곧 온 현내로 좍 퍼져, 모든 사람이 떼를 지어 이 외따로 떨어진 집을 향해서 밀물처럼 몰려왔다. 집이 불타버린, 강 건너 사람들까지 섞여 있어서 그 근처는 지나갈 수가 없을 정도로 사람들이 몰려 있었다. 나는 곧 여러 이야기를 들었다. 처음 발견했을 때, 대위는 입었던 옷 그대로 소파 위에 쓰러져 목이 칼로 베어져 있었다. 아마도 죽은 사람처럼 취해서 자고 있는데 찌른 모양으로, 아무것도 모르는 채 죽어버리고 만 성싶었다. 피는 마치 '소라도 잡은 것처럼' 어지럽혀져 있었고, 여동생인 마리야는 온몸이 칼에 찔린 자국투성이로 문 가까이 마루 위에 쓰러져 있었다. 이건 틀림없이 잠에서 깨어 오랫동안 고통을 받으면서 흉한과 맞붙어 싸웠음에 틀림없었다. 하녀도 눈을 떴던 모양으로, 정수리가 깨져 있었다는 것이다. 집주인 말에 따르면 대위는 전날 아침 잔뜩 취해 가지고 그의 집으로 찾아와 꽤 많은 돈, 이럭저럭 200루블 가까운 돈을 꺼내 보이면서, 실컷 허풍을 떨며 자랑했었다는 것이다. 낡아서 해진 대위의 녹색 지갑은 텅 비어서 마루 위에 팽개쳐져 있었다. 그러나 마리야의 옷장에는 손을 댄 흔적이 없었고 성상(聖像)에 입힌 은으로 된 미사복 역시 손도 안 댄 채 그대로 있었다. 대위의 옷가지도 모두 남아 있었다. 짐작건대 도둑은 매우 서둘렀던 모양이었다. 게다가 집 안 사정에는 밝은 사람이었던 모양으로 다만 돈만을 목적으로 들어왔던 것 같고, 또 그 돈이 있는 곳도 잘 알고 있었음에 틀림없었다. 만일 집주인이 달려가지 않았다면 집은 분명 모두 불타버렸을 것이다. 그렇게 됐다면 숯덩이처럼 까맣게 탄 시체만 가지고 사실을 추정하는 것은 불가능했으리라.

살인 사건은 이런 식으로 알려졌다. 또 곁들여서 이런 말도 전해졌다. 즉 이 집을 대위와 그의 여동생을 위해서 빌린 사람은 바로 스타브로긴, 스타브로기나 부인의 외아들인 니콜라이 브세볼로도비치로, 그가 직접 집주인을 찾아가 간절하게 사정을 해서 겨우 승낙을 받았다는 것이다. 집주인은 이 집을 술집으로 만들 작정이었기 때문에 쉽사리 빌려주려 하지 않았지만 스타브로긴이 돈에 인색하지 않았고, 반년치를 선불한다는 바람에 결정을 보았던 것이다.

"이건 단순한 화재가 아닌데?" 하는 소리가 군중 속에서 들려왔다.

그러나 대부분은 가만히 있었다. 사람들의 얼굴은 어둡고 침울했지만 그렇다고 눈에 띌 정도로 흥분하는 기색은 없었다. 그렇지만 그 근처에선 스타브로긴의 화제가 끊이지 않았다. 죽은 여자는 그의 아내였다는 것과, 그가 어제 이 거리에서 가장 부자인 드로즈도프 장군 부인네 집에서 '파렴치한 방법'으로 그 딸을 꾀어냈다는 사실에 대해서, 이 일로 페테르부르크에 소송이 제기될 거라는 것과, 그의 아내가 살해된 것은 아무래도 그가 드로즈도바 양과 결혼하고 싶어서 한 짓이 아니겠느냐는 것들이었다. 이런 말들이 계속 사람들 입에 오르내리고 있었다. 스크보레쉬니키는 이곳에서 2베르스타 반 정도밖에 안 되기 때문에 나는 그곳에 이 소식을 알릴지 말지를 생각했던 기억이 난다. 더욱이 특별히 군중을 선동하는 자가 있는 것처럼 보이지는 않았다. 조금 전에 식당에서 떠들고 있었던 패거리 가운데 두세 놈이 눈앞에서 어정거리고 있는 것을 나는 곧 깨달았지만, 그렇게까지 무서운 억측은 하고 싶지 않았다. 그러나 키가 크고 여윈, 상인 차림의 한 젊은이만은 묘하게 기억에 남아 있다. 마치 검댕이라도 칠한 듯한 새까만 얼굴에 머리카락은 꼬불꼬불하고 비쩍 마른 사나이로, 뒤에 들은 바에 의하면 열쇠 장수였다. 그는 별로 취한 것 같지는 않았지만, 침울한 표정으로 서 있는 군중과는 대조적으로 상황을 전혀 모르는 듯 흥분한 태도였다. 그는 노상 여럿을 향해 무슨 말을 하고 있었는데, 그 말은 기억에 없다. 그의 말 중에서 겨우 생각나는 것은 기껏해야 이런 것이다.

"아아, 너희들 말이야, 이건 도대체 어떻게 된 일이냐? 앞으로도 이 모양이겠느냔 말이야?" 이렇게 말하면서 그는 두 손을 마구 휘저었다.

제3장
깨어진 로맨스

1

스크보레쉬니키의 홀에서는(이곳은 바르바라 부인과 스테판 선생과의 마지막 만남이 있었던 방이다) 화재 모습이 환하게 바라다보였다. 날이 샐 무렵인 5시쯤 오른쪽 끝 창 앞에 리자가 앉아서 훤히 밝아오는 하늘을 바라보고 있었다. 그녀는 이 방에 혼자 있었다. 그녀가 입고 있는 옷은 어제 낭독회에 나갈 때 입었던 새 옷으로 레이스가 많이 달린 얇은 녹색의 화려한 것이었으나, 마구 구겨져 있었고 게다가 서둘러 입은 것처럼 되는 대로 걸치고 있었다. 가슴 위의 단추가 잘 채워져 있지 않은 것을 깨닫고, 그녀는 얼굴을 붉히며 서둘러 옷매무시를 고쳤다. 그리고 어제 들어오면서 팽개쳤던 빨간 스카프를 안락의자에서 집어다가 그것을 목에 걸쳤다. 단정하게 말았던 풍성한 머리는 헝클어져 스카프 아래서 왼쪽 어깨로 흐트러져 있었다. 얼굴은 피곤한 듯 불안스러워 보였지만, 눈은 약간 찌푸린 눈썹 아래에서 타는 듯이 이글거리고 있었다. 그녀는 다시 창가로 다가가서 뜨거운 이마를 차가운 유리에 갖다 대었다. 그때 문이 열리고 니콜라이가 들어왔다.

"지금 막, 말을 태워서 사람을 보냈어요." 그가 말했다. "10분만 있으면 모든 것을 알 수 있습니다. 지금으로선 하인들 말에 따르면 강 둔덕에 가까운 강 건너의 일부가 탔다는군요. 다리의 오른쪽 말입니다. 11시 넘어서 불이 났는데 지금은 이미 불길을 잡았다는군요."

그는 창가로 다가가지 않고 리자에게서 서너 걸음쯤 뒤에 멈춰 섰다. 그러나 그녀는 돌아보지 않았다.

"달력에는 한 시간 전에 날이 새는 것으로 되어 있는데도 아직 밤 같아요."

그녀는 못마땅한 듯이 말했다.

"달력 같은 것은 모두 엉터리예요." 그는 상냥하게 웃으면서 이렇게 말했지만, 갑자기 멋쩍은 생각이 들어 덧붙였다. "달력을 보면서 산다는 것은 지루한 일이에요, 리자."

그러나 다시 자신이 한 말이 진부하다고 느껴지자 그는 짜증스런 생각이 들어 입을 다물고 말았다. 리자는 쓴웃음을 지었다.

"당신은 나와 같이 있으면서도 화제가 궁할 정도로 침울한 기분이시군요? 그렇지만 걱정 마세요. 당신은 정확히 맞췄어요. 나는 언제나 달력대로 살고 있어요. 내 생활은 하나하나가 모두 달력에 따라 계산된 거예요. 놀라셨죠?"

그녀는 갑자기 창문에서 몸을 돌려 안락의자에 앉았다.

"당신도 이리 앉아보세요. 우리는 어차피 오래 같이 있을 수 없으니까요. 모든 것을 죄다 털어놓고 싶군요…… 당신도 무엇이든 하고 싶은 말을 해야 하잖아요?"

니콜라이는 그녀 옆에 자리를 잡고는 조심스럽게 그녀의 손을 잡았다.

"그건 무슨 말입니까? 리자, 어째서 그런 말을 하는 거지요? 우리는 어차피 오래 같이 있을 수 없다는 것은 무슨 뜻입니까? 당신이 아침에 일어난 뒤에 수수께끼 같은 소리를 하는 것도 벌써 두 번째가 아닙니까?"

"당신은 언제부터 내 수수께끼 같은 말을 하나둘 계산하기 시작한 거예요?" 그녀는 웃기 시작했다. "기억하고 계세요? 어제 여기 왔을 때, 난 이미 죽은 몸이라고 한 말을…… 그 말은 잊어버리신 거죠? 잊어버리셨는지, 신경도 쓰지 않으셨는지 모르겠지만요."

"기억에 없는데요, 리자? 어째서 죽은 몸이란 그런…… 어쨌든 살아야 하지 않습니까."

"또 말하다가 그치는군요. 평소의 그 웅변은 어디다 두셨어요? 나는 이미 이 세상에선 희망이 없으니까, 이제 아무래도 괜찮아요. 크리스토포르 이바노비치를 기억하죠?"

"아니오, 기억에 없는데요." 그는 양미간을 찌푸렸다.

"크리스토포르 이바노비치 말이에요. 왜 그 로잔에서 만났던 사람…… 그 사람은 당신을 매우 괴롭혔잖아요? 아무 때나 문을 열고 '1분만'이라면서 온종일 눌어붙어 있었던…… 나는 그 크리스토포르 이바노비치처럼 온종일 눌어붙어 앉아 있으려는 건 아니에요."

병적인 표정이 그의 얼굴에 떠올랐다.

"그 꾸민 듯한 말투가 나는 싫단 말입니다. 그렇게 꾸미는 것은 당신 자신으로서도 꽤나 무리를 하고 있는 것이지 않습니까…… 그런 말을 해서 어쩌자는 겁니까? 도대체 무엇 때문입니까?"

그의 눈은 타는 듯이 이글거리기 시작했다.

"리자!" 그는 소리쳤다. "맹세합니다. 어제 당신이 여기로 왔을 때보다 더욱더 당신을 사랑하고 있다는 것을!"

"그거 참 이상스런 고백이시군요? 어째서 어제니 오늘이니 하는 비교가 있어야 할까요?"

"당신은 나를 버리진 않겠지요?" 거의 자포자기한 어조로 그는 말을 이었다. "우리는 함께 여기서 떠나는 거지요? 오늘이라도 곧, 그렇지요?"

"아야! 그렇게 세게 쥐면 손이 아프잖아요! 도대체 오늘 당장 어디를 간단 말예요? 어디로 또 '부활'하러 간다는 거예요? 싫어요, 이젠 더 이상 시험을 당하고 싶지 않아요. 게다가 그런 일은 내 취향에 맞지 않아요. 그런 일은 난 할 수 없어요. 그건 나에겐 너무 고상한 일이에요. 만일 간다면 모스크바지요. 거기서 사람들을 방문하고 또 그들의 방문도 받고, 이것이 내 이상이에요. 아세요? 난 스위스에 있을 때부터 내가 어떤 여자라는 것을 당신에게 숨기거나하지 않았어요. 그래도 당신은 아내가 있으니까, 모스크바에 가서 사람들을 방문할 수는 없겠죠? 그러니 그런 이야기는 말할 필요도 없잖아요?"

"리자, 어제 대체 무슨 일이 있었어요?"

"있을 만한 일이 있었죠, 뭐."

"그럴 수 없어! 그건 너무 잔인해!"

"잔인하니 어쩌겠다는 거예요? 잔인하면 꾹 참고 있을 수밖에 달리 도리가 있겠어요?"

"당신은 어제의 망상을 가지고 나를 괴롭히고 있군요." 그는 표독스런 미소를 띠면서 중얼거렸다. 리자는 갑자기 얼굴이 빨개졌다.

"어쩜 그렇게 비열한 생각을!"

"그럼 왜 당신은…… 그런 커다란 행복을 나에게 안겨주었습니까? 그것을 물어볼 권리가 나에게 없을까요?"

"싫어요, 그런 말은. 아무쪼록 권리라는 말은 빼고 말씀해 보세요. 야비한 상상을 부풀려서, 얼빠진 것으로까지 만들진 마세요. 오늘 당신은 안 되겠어요. 게다가 당신은 세상의 소문을 두려워하고 있지 않나요? 그 '큰 행복' 때문에 비난을 받지 않을까 걱정하지 않나요? 만일 그렇다면 걱정하지 마세요. 당신은 아무 잘못도 없으니까요. 누구에 대해서도 책임질 일이 없어요. 어제 내가 당신의 방문을 열었을 때만 해도 누가 들어오는지조차 모르고 계셨는걸요. 그것은 지금 당신이 말씀하신 것처럼 나 혼자만의 망상이에요. 그것뿐이에요. 당신은 대담하고 당당하게 모든 사람을 마주 볼 수 있는 거예요!"

"당신의 그 말, 그 웃음은 지금까지 한 시간 동안 내게 차디찬 얼음물을 붓는 것 같습니다. 당신이 그처럼 표독스럽게 말하는 '행복'은 나에게 있어서는 모든 것에 해당하는 겁니다. 이제 와서 어떻게 당신을 잃겠소? 맹세코 말하지만, 나는 어제는 당신을 이처럼 사랑하지는 않았습니다. 어째서 당신은 오늘 나로부터 모든 것을 빼앗아 가려는 겁니까? 이 새로운 희망이 나에게 얼마나 비싼 대가를 치르게 했는지 당신은 전혀 모를 겁니다. 나는 목숨을 그 대가로 바쳤소."

"자신의 목숨을 바쳤어요, 아니면 다른 사람의 목숨을 바쳤어요?"

그는 서둘러 몸을 일으켰다.

"그 말은 도대체 무슨 뜻이오?" 상대를 바라보면서 그는 이렇게 말했다.

"당신께서 치른 희생이 자신의 것인지, 아니면 내 것인지를 묻고 싶은 거예요. 당신은 지금, 아주 이해력을 잃고 있어요." 리자는 발끈 화를 냈다. "어째서 그렇게 놀라는 거예요? 어째서 그런 표정으로 나를 노려보는 거예요? 정말 놀랐잖아요. 무엇이 그렇게 두려운 건가요? 벌써부터 눈치채고 있었지만, 당신은 뭔가를 두려워하고 있어요. 지금도, 지금 이 순간도…… 어머나! 얼굴이 창백해요!"

"리자, 만일 당신이 무언가 눈치를 챘다면, 맹세코 말하지만 나는 아무것도 모른단 말이오! 그리고 지금 생명을 희생으로 바쳤다는 건 절대로 그 일을 두고 하는 말이 아니란 말이오!"

"나는 당신이 무슨 말을 하는지 전혀 모르겠어요." 겁에 질린 듯 머뭇거리며 그녀는 이렇게 말했다.

이윽고 망설이는 듯한, 깊은 생각에 잠긴 듯한 미소가 그의 입가에 떠올랐다. 그는 조용히 자리에 앉아 팔꿈치를 무릎 위에 대고 두 손으로 얼굴을 가렸다.

"악몽이야, 잠꼬대란 말이야! 우린 서로 다른 말을 하고 있었던 거야!"

"나는 지금 당신이 무슨 말을 하고 있는지 전혀 모르겠어요. 오늘 내가 당신 곁을 떠나리라는 것을 어제는 정말 몰랐어요? 말해 보세요! 아셨어요? 정말 모르셨어요? 숨기지 말고 사실대로 대답해 주세요."

"알고 있었어요." 그는 조용히 대답했다.

"그렇다면 아무 말도 할 필요가 없지 않나요? 전부터 알고 그 '순간'을 자기를 위해서 남겨두고 있었으니까요. 더 이상 계산하고 따지고 할 필요는 없지 않겠어요?"

"그럼 사실대로 정직하게 말해 보시오." 깊이 고뇌하는 목소리로 그는 이렇게 소리쳤다. "당신은 어제 내 방의 문을 열 때, 다만 한때를 위해서라는 것을 알고 있었습니까?"

그녀는 증오에 찬 눈으로 그를 바라보았다.

"아무리 진지한 사람이라도 느닷없는 질문을 한다는 것은 정말이군요. 왜 그처럼 겁을 먹고 있는 거지요? 여자 쪽에서 먼저 당신을 버렸지, 자기가 먼저 차버린 게 아니라는 자존심인가요? 보세요 니콜라이 씨, 난 댁에 있는 동안 여러 일을 생각해 봤는데 그중에서 이런 확신을 얻었단 말이에요. 다름이 아니고 그건, 당신은 나에게 끔찍이 너그러웠다는 점입니다. 그것이 난 싫었단 말이에요."

그는 자리에서 일어나 방 안을 몇 걸음 걸었다.

"좋소, 이렇게 끝나야 한다면 그걸로 됐소…… 그러나 어째서 이렇게 되어 버리고 만 것일까?"

"그게 신경이 쓰이시는 거군요! 하지만 문제는 당신이 그것을 다섯 손가락만큼이나 잘 알고 있고 온 세상 누구보다 잘 이해하고 있으며 스스로도 그것을 계산에 넣고 있었다는 거예요. 나는 처녀이고 내 마음은 오페라를 보고 자라왔어요. 즉 이것이 일의 발단이며 수수께끼의 모든 답이에요."

"아니오!"

"하지만 당신 자존심을 손상시킬 만한 일은 아무것도 없고 모든 것은 완전한 진실이잖아요? 시작은 나로서는 견딜 수 없는 아름다운 순간이었어요. 그저께 내가 여러 사람들 앞에서 당신을 '모욕'했을 때 당신은 훌륭한 기사처럼 대답을 하셨어요. 그 뒤 나는 집으로 돌아와서 곧 그 이유를 깨달을 수 있었어요. 당신이 나를 피하려 한 것은 당신에게 아내가 있기 때문이고, 결코 나에 대한 경멸에서 그러는 게 아님을 깨달았단 말이에요. 사교계의 아가씨 입장이 돼보니까 이 경멸이라는 것이 무엇보다도 두려운 일이더군요. 당신은 그때, 오히려 나 같은 무분별한 여자를 피해 다니며 보호해 주었다는 사실을 깨달았을 거예요. 나는 당신의 마음이 매우 넓은 것을 높이 평가하고 있어요. 거기에 표트르 씨가 달려와서 곧바로 모든 것을 설명해 주셨어요. 그 사람은 나에게 당신이 어떤 위대한 사상 때문에 동요하고 있으며 그 사상이란 것은 나도 그 사람도 그 앞에 나아가면 마치 한 푼어치의 가치도 없을 만큼 훌륭한 것이지만, 그래도 어쨌든 내가 당신이 가는 길에 방해가 된다고 털어놓고 말씀해 주셨던 거예요. 그 사람은 자기도 그 속에 포함시키고 있더군요. 그 사람은 어떻게든 세 사람이 합치기를 바라고 있으면서 대담한 말을 하더군요. 러시아 노래 속의 '작은 배'가 어떻다느니 단풍나무의 노가 어떻다느니 하면서요. 나는 그래서 그 사람을 시인이라고 칭찬해 줬지요. 그랬더니 그 사람은 그것을 액면 그대로 받아들였단 말이에요. 나는 벌써 오래전부터 짧은 순간밖에 지속하지 못하는 여자라는 것을 알고 있었기 때문에, 그래서 결단을 내렸던 것이에요. 이게 전부예요. 다른 설명은 더 필요 없을 거예요. 또 말다툼을 하게 될지도 모르니까요. 당신은 아무 걱정할 것 없어요. 모든 일을 나 혼자 책임질 테니까요. 나는 변덕스런 나쁜 여자라서 오페라의 '작은 배'에 유혹된 거지요. 그래도 나 역시, 당신이 끔찍이 사랑해 주고 있다고 생각했어요. 아무쪼록 이 바보 같은 여자를 경멸하지 말아주세요. 지금 흘린 이 눈물을 비웃지 말아주세요. 나는 이 한 몸의 운명을 가엾게 여겨 우는 것이 정말 좋으니까요. 아아, 이젠 모든 것이 진저리가 나요. 아무 쓸모없는 여자와, 아무 쓸모없는 남자 둘이 서로 창피를 당했어요. 그렇게 생각하고 단념하기로 해요. 적어도 자존심이 다쳐 서로 괴로워할 일은 없으니까요."

"이건 꿈이야! 헛것을 보는 거야!" 스타브로긴은 괴로운 듯 마구 손을 주무르며, 방 안을 걸어다니면서 소리쳤다. "리자, 당신은 가엾은 사람이오! 도대체 당신은 자기 자신에게 무슨 짓을 한 거요?"

"촛불에 화상을 입었어요. 그것뿐이에요. 설마, 당신까지 우시진 않겠죠? 좀더 냉담해지세요. 좀더 무신경해지세요."

"도대체 무엇하러 당신은 나를 찾아왔단 말이오?"

"그런 질문을 하시다니, 사교계의 눈으로 보면 얼마나 우스꽝스런 처지에 서게 될 것인가를 아직도 모르세요?"

"왜 당신은 자기 자신을 파멸시키는 그런 행동을 했단 말이오? 게다가 그처럼 추하고 어리석게, 도대체 이제부터 어떡하려고 그러는 거요?"

"아아, 이것이 스타브로긴이란 말인가요? 당신에게 몸 달아 있는 이 마을의 어느 부인이 말한 '흡혈귀 스타브로긴'이란 말인가요? 나는 이미 말한 것처럼 일생을 단 한 시간으로 환산해 버렸기 때문에 이제는 마음의 안정을 얻었어요. 그러니까 당신도 당신 자신의 생애를 환산해 버리세요…… 하기야 당신에게는 무엇 때문에라는 대상이 없기는 합니다만 당신 같은 인간은 이제부터라도, 또 여러 '시간'과 '순간'을 많이 만들 수 있을 테니까 말이에요."

"당신과 같은 만큼밖에 없소. 맹세하지만, 당신보다 한 시간도 더 많은 '시간'을 만들 수는 없단 말이오!"

그는 쉴 새 없이 계속 걷고 있었기 때문에 갑자기 희망의 빛을 발견한 듯한, 번갯불처럼 빠르고 찌르는 듯한 여자의 시선을 눈치채지 못했다. 그러나 그 빛은 곧 사라지고 말았다.

"아아, 지금 내가 처한, 불가능한 성실의 대가를 당신이 알아줄 수만 있다면! 리자, 당신에게 털어놓고 보여줄 수 있다면……."

"털어놓고요? 나에게 뭘 털어놓고 보이려는 거예요? 당신의 털어놓는다는 말은 질색이에요!" 그녀는 거의 겁에 질린 듯이 상대방의 말을 가로막았다.

그는 말을 그치고 불안하게 기다리고 있었다.

"나도 고백해야 할 것이 있어요. 우리가 스위스에 있을 때부터 당신 마음속엔 뭔가 무서운, 더럽혀진 피비린내 나는 것이 있고, 그러면서도 당신을 무서울 만큼 우습게 보이게 하는 것도 숨어 있다는 생각이 내 머릿속에 달라붙어 버렸단 말이에요. 그러니까 만일 그것이 정말이라면 나에게 털어놓고 말하는 것은 그만두는 게 좋아요. 나는 터무니없는 일이라고 웃어넘길 테니까요. 그리고 일생을 두고 당신을 비웃어 줄 테니까요. 어마, 또 얼굴이 창백해지는군요. 더 이상 말하지 않겠어요. 그만두겠어요. 난 곧 갈 테니까요." 그녀는 혐오와 경멸이 섞인 태도로 갑자기 의자에서 발딱 일어났다.

"나를 괴롭혀 주오. 나에게 그 가슴속의 울분을 풀어주오!" 그는 절망에 빠져 정신없이 소리쳤다. "당신은 그럴 만한 권리를 충분히 가지고 있단 말이오! 나는 사랑하고 있지 않으면서도 당신을 파멸시켰다는 것을 잘 알고 있소. 그렇소, 나는 '순간'을 보류했던 것이오. 나에게는 희망이 있었단 말이오…… 벌써 오래전부터 마지막 희망이 있었던 것이오. 당신이 어제 자진해서 혼자 내 방에 들어왔을 때 나는 내 가슴에 비치기 시작한 한 줄기 빛을 아무래도 물리칠 수가 없었던 거요. 갑자기 그 희망을 믿어버리고 말았던 거요. 아니, 어쩌면 지금도 믿고 있는지 모르오."

"그런 숨김없는 고백에 대해서는 나도 같은 것으로 보답해야겠군요. 나는 당신의 간호사가 되고 싶지는 않아요. 만일 오늘 죽을 수가 없다면 정말 간호사가 되는지도 모르겠어요. 그러나 만일 된다고 하더라도 당신한테 가지는 않아요. 당신 같은 사람은 다리가 없든가 손이 부자유한 정도겠지만 말예요. 나는 언제나 그런 기분이 들었어요. 당신은 나를 사람 키만한 커다란 거미가 살고 있는 무시무시한 곳으로 끌고 가서 둘이 그 거미를 바라보면서 일생 동안 공포 속에서 살아야 할 것이 틀림없다고요. 그런 가운데 우리의 연애도 종말을 고하는 거예요. 그러니까 다센카에게 의논해 보세요. 그 여자라면 당신을 따라 어디라도 갈 수 있을 거예요."

"아아, 당신은 이런 때까지 그녀를 화제로 올리지 않으면 안 되오?"

"정말 당신은 불쌍한 강아지 같군요. 아무쪼록 그 여자에게 좋도록 전하세요. 당신이 스위스에 있을 때부터 늙은 뒤의 시중꾼으로 이미 그 여자를 정해 놓은 것을 그 여자도 알고 있나요? 정말 당신은 얼마나 용의주도한 사람인지 모르겠어요. 얼마나 선견지명이 있는 분인지 모르겠어요. 어마, 저건 누굴까요?"

홀의 안쪽 문이 아주 조금 열리고 사람의 머리가 기웃거리는가 싶더니 서둘러 사라지고 말았다.

"알렉세이냐?" 스타브로긴이 물었다.

"아니, 나예요." 표트르가 반쯤 머리를 내밀었다. "일찍 깼군요 리자베타 양? 아무튼 아침인사 정도는 해줘야겠지요. 틀림없이 홀에 두 분이 계시리라고 생각하고 있었습니다. 니콜라이 씨, 나는 단 1분 동안만 시간을 뺏으려고 왔는데 말이오. 꼭 한마디만 하고 싶은 말이 있어서 달려왔단 말입니다. 잠깐, 아주 잠깐 동안만……."

스타브로긴은 일어나 갔지만 서너 걸음 뒤 되돌아와서 리자 가까이 섰다.

"리자, 이때가 무슨 뜻밖의 소리를 들으면, 그것은 내 책임이라고 알아둬요!"

그녀는 깜짝 놀라서 겁에 질린 듯이 그를 쳐다보았다. 그러나 그는 빠른 걸음으로 나가버렸다.

2

표트르가 머리를 기웃거렸던 방은 커다란 타원형의 대기실이었다. 거기에는 조금 전까지 알렉세이가 있었는데 그를 심부름 보냈던 것이다. 니콜라이는 홀로 통하는 문을 닫고 기다리는 태도로 멈춰 섰다. 표트르는 재빠르게 살피는 듯이 힐끗 상대를 보았다.

"뭡니까?"

"당신이 이미 알고 있다면" 마치 눈으로 상대의 마음속까지 꿰뚫어 보려는 것처럼 표트르는 서둘러 말을 꺼냈다. "물론 우리는 아무런 책임이 없어요. 당신은 더욱 그렇고. 왜냐하면 이것은 결국 기묘한 우연의 일치니까요…… 법률적으로는 당신과 아무런 관계가 없다는 것을 알려주려고 달려온 겁니다."

"불에 탔소? 죽었소?"

"죽었는데도 타지는 않았단 말입니다. 이 점이 약간 꺼림칙하지만 솔직히 당신이 아무리 나를 의심하더라도 나는 이 사건에 결코 아무런 죄도 없습니다. 당신은 사실 나를 의심하고 계시겠지만요. 그렇지요? 원하신다면 사실대로 말하겠습니다. 내 머리에 잠시 그런 생각이 떠오른 것은 사실입니다(그것은 당신이 나에게 암시를 하신 겁니다. 하기는 진담에서가 아니고 농담조로 그랬던 것이긴 하지만. 그렇지요, 당신이 진담으로 그런 소리를 나에게 할 이유는 없으니까요). 그러나 나는 결심할 수가 없었어요. 100루블 받았다고 해도 결심하지는 못했을 겁니다. 유리한 조건은 아무것도 없었으니까요. 아니 참, 이건 내가 혼잣말을 한 것입니다(그는 급히 서두르며, 지껄이기 시작했다). 그런데 거기에 놀랄 만한 우연의 일치가 생겨났어요. 미리 말해 두지만 내 돈이란 말입니다. 당신 돈은 1루블도 없었어요. 그것은 당신도 잘 알고 계실 겁니다. 나는 내 돈 230루블을 저 술주정꾼 레뱌드킨에게 그저께 밤에 건넸던 것입니다. 아시겠어요? 그저께였단 말이에요. 어제 낭독회가 끝난 뒤가 아니란 말입니다. 이 점에 주의를 해주십시오. 이것은 매우 우연한 일치입니다. 그렇지요? 그때 당신은 리자베타 양이 올지 못 올지 몰랐던 것이니까요. 그런데 내가 내 돈을 낸 이유는 다름이 아니라, 그저께 당신이 모든 사람에게 비밀을 폭로한다는 엄청난 생각을 했기 때문입니다. 아니, 그건 당신의 사생활이고 기사도 정신이니까 그만둡시다. 그렇지만 정직하게 말해서 놀랐단 말입니다. 마치 몽둥이로 이마를 호되게 얻어맞은 것처럼 정신이 아찔했습니다. 그러나 나는 그런 비극은 무척 싫어하거든요. 나는 슬라브식 말을 쓰고는 있지만 사실은 매우 착실한 사람입니다. 그런 사건은 아무래도 내 계획을 망가뜨리기 때문에 어떻게 해서라도 레뱌드킨과 그 여동생을, 당신에겐 알리지 않고 페테르부르크로 보내려고 굳게 결심했던 것입니다. 게다가 그도 계속 가고 싶어했으니까요. 한 가지 실책은 당신 돈이라고 한 것입니다. 실수죠? 어쩌면 실수가 아닐는지도 모르겠습니다만, 그것이 이번에 저렇게 전개되었던 말입니다."

그는 이야기에 열중해서, 스타브로긴에게 바싹 다가서면서 프록코트의 가

습께를 붙잡으려고 했다(사실은 일부러 그렇게 했는지 모르지만). 스타브로긴은 힘껏 그 손을 뿌리쳤다.

"아니, 도대체 왜 그러는 거요? 살살해 주시오. 그러다가는 손이 부러지지 않겠습니까? 어쨌든 요긴한 점은 어째서 그런 결과로 전개되어 나아갔느냐가 문제로서" 손을 맞은 것은 조금도 놀란 기색도 없이, 그는 또다시 지껄이기 시작했다. "난 그날 밤에 그 녀석에게 돈을 건넸습니다. 누이동생과 다음 날 아침 새벽에 기차를 타고 출발한다는 조건으로였죠. 그런데 그들을 기차에 태우기로 한 리푸틴이 쓸데없이 청중을 상대로 못된 장난을 해가지고 그 분란을 일으켰단 말입니다. 아마 들으셨을 줄 믿습니다. 낭독회에서 말입니다. 참 기가 차서 정말, 둘 모두 취해서 시인가 뭔가를 읊는다고 떠들었단 말입니다. 게다가 그 절반은 리푸틴이 지은 것이었어요. 그 녀석은 대위에게 연미복을 입혀놓고 나에게는 '오늘 아침 출발시켰다'고 시치미를 떼곤, 그동안에 대위를 어느 집 골방에다 숨겼던 것입니다. 느닷없이 연단에 나타나게 하려는 계획으로 말입니다. 그러나 그 대위라는 작자는 뜻밖에 일찍 한 잔 든 김에 그 추태를 연출하고 결국 절반쯤 죽은 꼴이 되어서, 집으로 떠메고 가게 됐지요. 리푸틴은 몰래 그 뒤를 따라가서 호주머니에서 200루블을 훔치고 잔돈만 남겨두었단 말입니다. 그런데 난처하게도 대위가 아침부터 그 200루블을 주머니에서 꺼내 들고 어디서든 함부로 크게 자랑을 하면서 뽐냈단 말이에요. 그런데 페디카는 키릴로프 집에서 약간 얻어들은 말이 있어서(그건 당신이 약간 눈치를 보였지요?), 그것만 기다리고 있었던 참이라 이 기회를 타지 않을 수 없다고 결심하기에 이른 것입니다. 이것이 사건의 전부입니다. 뭐 적어도 페디카가 돈을 찾지 못한 건 다행입니다. 그 악당 녀석은 1천 루블 정도는 생각하고 있었던 모양이니까요! 어떻게 생각하실지 모르겠습니다만, 나도 그 화재만은 장작으로 머리를 얻어맞은 것처럼 깜짝 놀랐단 말입니다. 정말 뭐라고 해야 좋을지 모를 지나친 행동이란 말이에요. 나는 당신에게 큰 기대를 걸고 있기 때문에 무엇 하나도 당신에겐 감추지 않습니다. 그래서 말입니다만 내 머릿속에서는 그 화재라는 것이 벌써 오래전부터 예견되고 있었습니다. 이 화재라는 것은 정말 국민적인 것이며 통속적인 것입니다. 그러나 이것은 필요한 때가 되기까지는 저지르지 않기로 되어 있었던 것입니다. 우리가 모두 다 궐기하는 순간까지는. 그런데 그 녀석들은 갑자기 월권으로, 아무런 명령도 내린 바 없는데도 이번처럼 숨어서 숨을 죽이고 있어야 할 때 저렇게 일을 저지르고 말았습니다! 아니, 도대체가 말이 안 되는 월권 행위란 말입니다. 지금 거리에서는 쉬피굴린 직공들이 어떻게 했다고 말들을 하고 있지만…… 그 사건에 우리 패가 섞여 있다면 그건 참 곤란합니다. 정말이지 조금이라도 손을 늦추면 이런 꼴입니다! 도대체 정말 그 5인조인가 뭔가를 우두머리로 하고 있는 민주주의의 어중이떠중이는 그다지 믿을 만한 것이 못됩니다. 우리에게 필요한 것은 한 사람의 당당한 우상 같은 매력을 가진 전제 군주입니다. 우연적이지 않은 것에 기초를 두고, 초연히 서 있는 의지입니다. 그때가 되어야 5인조도 복종의 꼬리를 감아 넣고 일단 유사시에는 상당한 역할을 다하게 되겠지요. 그러나 아무튼 지금 거리에서는 스타브로긴은 자기 아내를 태워 죽이기 위해서 거리를 태워 버렸다고 떠들어대고 있습니다만……"

"벌써 그렇게 떠들썩하게 화제가 되고 있단 말이오?"

"아니, 사실 그런 일은 전혀 없습니다. 솔직히 말해서 나는 아직 아무 말도 듣지 못했습니다. 그러나 세상 사람들이란 감당할 수 없는 것들이라서, 더욱이 화재를 당한 사람들로 말한다면, 민중의 소리는 하늘의 소리라서 말이에요. 터무니없는 소문을 퍼뜨리는 것이 그리 어렵지 않단 말입니다. 하지만 당신은 아무것도 두려워할 필요는 없습니다. 법률적으로 본다면 완전히 결백하니까요. 양심으로 말하더라도 같은 것이 아니겠어요. 당신은 그럴 마음은 없었지 않습니까? 맞죠? 증거 같은 것은 전혀 없습니다. 다만 우연의 일치가 있었을 뿐입니다. 그 페디카가, 그때 키릴로프 집에서 발설한 당신의 조심성 없는 말을 생각해 내지나 않을까 하는 걱정은 있습니다만. 도대체 당신은 그때 왜 그런 말을 하신 겁니까? 하긴 그렇더라도 무슨 증거가 되는 것은 아니고, 게다가 페디카는 내가 처리할 테니까요. 오늘이라도 처리하겠습니다!"

"시체는 조금도 타지 않았던가요?"

"전혀요. 정말 이 멍청이 같은 녀석은, 대체 무엇 하나 똑똑히 처리하는 것이 없단 말이죠. 그래도 나는 무엇보다, 당신이 그렇게 침착한 것이 기쁩니다.

하기야 당신은 이 사건에 아무런 관계가 없고 따라서 책임도 없으며, 또 그럴 의향도 없었다고는 하지만 그래도 역시…… 게다가 생각해 보십시오. 이번 일로 당신은 여러 형편이 좋아지지 않았습니까? 당신은 갑자기 홀아비로서 자유로운 몸이 됐으니, 막대한 지참금을 가진 아름다운 아가씨와 지금 당장이라도 결혼할 수 있으니 말이에요. 더욱이 그 사람은 벌써 당신의 손안에 들어 있고요. 안 그래요? 거참, 단순한 우연의 일치치고는 굉장하군요."

"당신은 나를 위협하려고 그러는 건가요? 머리가 좀 돈 게 아니오?"

"아닙니다. 그런 것은 이제 지긋지긋합니다. 확실히 제정신은 아니지만 그렇게 말할 것까진 없지 않습니까! 이번 일은 기뻐해도 좋을 텐데요. 나는 조금이라도 빨리 알려주려고, 일부러 달음질을 쳐서 왔단 말입니다. 더구나 내가 어째서 당신을 위협한단 말입니까? 겁을 줘서 당신을 손에 넣는다 해도 별 뾰족한 수가 없잖아요? 나는 당신의 자유의사가 필요한 것입니다. 겁이 나서, 싫어하면서 알아주는 것은 원치 않습니다. 당신은 빛입니다. 태양입니다. 내 쪽에서 당신을 두려워하는 것이지 결코 당신이 나를 두려워하고 있는 것은 아닙니다. 나는 마브리키가 아니니까요. 그러고 보니 어떻습니까? 내가 지금 마차를 타고 이곳으로 달려오니까, 마브리키가 뒤뜰 한구석 철책에 기대어 있지 않겠어요? 외투가 구겨져서 후줄근해 있는 것을 보니, 밤새껏 거기서 떠나지 않고 있었음에 틀림없어요! 정말 기적입니다, 이건. 인간이란 어느 정도로 이성을 잃을 수 있는지 짐작조차 할 수 없단 말입니다."

"마브리키가? 정말?"

"정말이고말고요. 뜰 안 철책에 기대앉아 있었습니다. 여기서 300걸음 정도밖에 거리가 안 떨어져 있을 거예요. 나는 서둘러 그 옆을 지나왔지만 역시 그의 눈에 띄었지요. 당신은 몰랐단 말입니까? 그렇다면 잊지 않고 알려드려서 마침 잘됐군요. 그런 사나이가 가장 위험합니다. 게다가 권총이라도 가지고 있는 경우엔 말입니다. 밤이고, 진눈깨비는 내리고, 당연 짜증도 나겠지요. 사실 그 사나이의 경우는 정말 참담하니까요. 하하하! 당신은 어떻게 생각하십니까? 그 사나이는 무엇 때문에 그런 곳에 있을까요?"

"그야 물론 리자베타 양을 기다리고 있겠지요."

"하지만 그 여자가, 그 선생이 있는 곳으로 갈 리가 없잖아요! 게다가…… 이렇게 날씨가 궂은데…… 정말 바보 같은 녀석이란 말입니다."

"그녀는 지금 선생이 있는 곳으로 나가려 하고 있단 말이오."

"네에? 그건 참 희한한 말씀이군요. 그러고 보니 아무튼 내 말을 좀 들어보십시오. 이번에 그 여자의 상황은 아주 달라지지 않았습니까? 새삼스럽게 마브리키에게 무슨 볼일이 있을까요? 그러니까 당신은 이미 자유로운 독신자이니, 내일이라도 그녀와 결혼할 수 있단 말입니다. 그 여자는 아직 모르지요? 내게 맡겨주십시오. 내가 당신을 대신해서 좋도록 처리해 놓을 테니까요. 어디 있습니까? 그 여자를 조금이라도 빨리 기쁘게 해주어야죠."

"기쁘게 해요?"

"물론이지요. 자아, 가십시다."

"그럼 당신은 그 여자가 둘의 시체에 대해서 아무것도 눈치채지 못할 거라는 말이오?" 스타브로긴은 좀 독특하게 양미간을 찌푸렸다.

"물론이지요. 그녀가 어떻게 그걸 알아요?" 표트르는 한껏 시치미를 떼고 말했다. "게다가 법률적으로는…… 정말 못 당하겠군! 설사 눈치를 챘으면 또 어떻단 말입니까? 여자라는 건, 그런 일쯤은 적당히 속일 수 있는 겁니다. 당신은 아직 여자의 마음을 잘 모르는군요. 더군다나 그녀는 당신과 결혼하는 것이 가장 이득이란 말입니다. 그녀는 어쨌든 자기 얼굴에 흙칠을 했으니까요. 그 밖에도 내가 그 사람에게 '작은 배' 이야기를 아주 많이 해줬어요. '작은 배' 이야기는 뭣보다도 효력이 있단 말입니다. 어느 정도의 아가씨냐 하는 것도 대강 짐작할 수 있거든요. 염려하지 마십시오. 그 사람은 아무렇지도 않게 콧노래를 부르면서 두 시체를 밟고 넘어갈 것입니다. 게다가 당신은 전적으로 청렴하고 결백하시니까요. 그렇지 않습니까? 그 사람은 결혼 뒤 2년째부터 당신을 쿡쿡 찔러 괴롭히기 위해서 그 시체 이야기를 소중하게 간직해 두는 정도일 거란 말입니다. 어떤 여자라도 결혼할 때는 남편의 과거에서 이런 것을 찾아내 가지고 그것을 비상시에 쓰려고 간직해 두는 법이니까요. 그러나 그때는…… 이미 1년이 지난 뒤입니다. 하하하……"

"당신, 마차를 타고 왔다면, 지금 곧 그 사람을 마브리키네 집까지 데려다

줬으면 좋겠는데…… 그 사람은 내가 견딜 수 없이 싫어서 내 옆을 떠나버린다고 지금 막 그랬단 말이오. 그러니까 내 마차는 타려고 하지 않을 거요!"

"네에? 그럼 정말 가버리는 건가요? 어째서 일이 그렇게 됐습니까?" 표트르는 바보 같은 표정을 지었다.

"내가 그 사람을 조금도 사랑하고 있지 않다는 것을 어젯밤, 어쩌다가 알아챘나 봅니다. 하기는 전부터 알고 있긴 했던 모양이지만……."

"아니, 그럼 당신은 그 여자를 사랑하지 않는단 말입니까?" 표트르는 깜짝 놀란 듯한 표정을 지으면서 말했다. "그렇다면 어째서 어저께 그 사람이 왔을 때 그대로 집에 머물게 했던가요? 어째서 신사답게 나는 너를 사랑하지 않는다고, 사실대로 말하지 않았단 말입니까? 그것은 당신으로선 매우 비겁한 행동이 아니겠습니까? 게다가 당신 덕분에 나까지 추저분하고 졸렬한 인간이 되어버리고 말 것이 아닙니까?"

스타브로긴은 갑자기 소리 내어 웃었다.

"나는, 내 원숭이를 보고 웃은 것이오." 그는 곧 이렇게 설명했다.

"아아! 내가 잠깐 어릿광대처럼 흉내를 좀 냈더니 곧 눈치를 채셨군요." 표트르도 곧 큰 소리로 웃었다. "당신을 웃기려고 그랬지요. 실은 말입니다, 당신이 나오자마자 표정에서 무슨 '불행'이 있었구나 하고 짐작을 했습니다. 어쩌면 완전한 실패인지도 모르겠군요. 안 그래요? 틀림없지요?" 너무 기뻐서 숨도 못 쉴 정도로 헐떡이면서 그는 이렇게 외쳤다.

"당신들은 분명 밤중 내내, 홀 의자에 나란히 앉아서 무슨 고상한 이야기를 나누면서 귀중한 시간을 보내버렸겠지요? 아니, 용서하십시오. 그런 것은 내가 알 바 아니지요. 나는 벌써 어제부터 틀림없이 당신들 사이가 망가질 거라고 짐작하고 있었단 말입니다. 내가 그 여자를 데리고 온 것은 다만 당신을 즐겁게 해주기 위해서였습니다. 내가 옆에 붙어 있으면 지루하지 않다는 것을 증명하기 위한 일이었어요. 이런 일이라면 몇백 번이라도 내가 도와드리지요. 나는 본디 남을 즐겁게 해주기를 좋아해서요. 만일 내 예상대로 그 여자가 당신에게 불필요한 존재라면, 나도 사실 그런 것을 전제로 오기는 했습니다만……."

"그럼 당신은, 단지 나를 즐겁게 해주려고 그 여자를 데려 왔소?"

"그럼요. 아니면 왜 데려왔겠어요?"

"내가, 아내를 죽이도록 만들려던 게 아니오?"

"호오? 그럼 당신이 죽었나요? 어쩌면 그렇게 비극적인 사람인가요?"

"마찬가지요…… 당신이 죽였으니까."

"뭐라고요? 내가 죽였다고요? 나는 조금도 관계가 없다고 아까부터 말하고 있잖아요? 그러나 당신 덕분에 나도 걱정이 되기 시작했습니다……."

"아까 말을 계속해 보오. 당신은 '만일 그 여자가 나에게 불필요한 존재라면' 그랬었죠?"

"물론, 그렇다면 내게 맡겨두란 말입니다. 그 여자를 확실히 마브리키에게 붙여줄 테니까요. 하지만 그 사나이를 철책 옆에 앉혀둔 것은 결코 내가 아닙니다. 그렇게 생각하신다면 곤란하단 말입니다. 나는 지금 그 사나이가 무서워요. 그건 그렇고 당신은 지금 나에게 마차를 타고 왔느냐고 물었지요? 나는 그의 옆을 스치고 지나왔지만…… 정말 그 사나이가 권총을 가지고 있었다면 어떻게 됐을까요…… 마침 나도 한 자루 가지고 왔으니 다행이지만요. 자, 이겁니다. (그는 안주머니에서 권총을 꺼내 보이고 곧 다시 집어넣었다.) 약간 먼 거리다 싶어 가지고 왔어요…… 그러나 이런 문제는 곧 원만하게 해결하겠습니다. 그 여자는 지금 마브리키를 생각하며 가슴 아파하고 있겠지요…… 적어도 그리워하게 될 것은 당연한 이치니까요. 사실 말이지 나는 그 여자가 약간 불쌍한 생각이 들어요. 마브리키와 함께 있게 되면 그 여자는 곧 당신을 떠올리고, 그 사나이 앞에서 당신을 칭찬하고 당사자에 대해서는 대놓고 비평을 가하게 될 것입니다. 그것이 여자의 마음입니다! 아니, 당신은 또 웃으시는군요. 당신이 그렇게 생기를 되찾은 것은 나를 즐겁게 하고도 남습니다. 자아, 그럼 가도록 합시다. 나는 먼저 마브리키 일부터 시작하겠습니다. 죽은 자들에 대한 것은…… 지금으로선 아무 소리 않는 게 좋지 않겠습니까? 어차피 곧 알게 될 테니까요."

"뭘 알게 될 거란 말이죠? 누가 죽었단 말인가요? 지금 마브리키 씨에 대해 뭐라고 말씀하셨어요?" 느닷없이 리자가 문을 열고 나타났다.

"아니, 당신은 우리 말을 엿듣고 있었습니까?"

"당신은 마브리키 씨에 대해서 뭐라고 말씀하셨지요? 그분이 살해됐단 말입니까?"

"아이! 잘못 들으셨군요! 안심하십시오. 마브리키 씨는 건강하십니다. 그것은 지금 당장 확인할 수 있습니다. 그분은 지금 뜰의 철책 가까이, 길가에 서 계시니까요…… 아마도 밤새껏 그곳에 앉아 계신 모양입니다. 외투가 흠씬 젖었으니 말입니다. 내가 여기로 올 때에 그 사람은 나를 보았습니다."

"그건 거짓말이에요. 당신은 '살해됐다'고 말씀하셨어요…… 누가 살해됐죠?" 도저히 믿을 수 없다는 듯 그녀는 다그쳐 물었다.

"살해된 사람은 내 처와 그 오빠인 레뱌드킨과, 그리고 그 둘의 시중을 들고 있던 하녀입니다." 스타브로긴은 분명하게 말했다.

리자는 몸을 부르르 떨더니 얼굴빛이 창백해졌다.

"기괴하고도 잔인한 사건입니다. 리자베타 양, 강도 사건으로서는 최악이지요." 표트르는 곧바로 재잘재잘 입을 놀렸다. "불이 난 혼잡한 틈을 타서 행해진 강도, 그뿐입니다. 그것은 유형수 페지카의 짓입니다. 여러 사람에게 돈을 꺼내 보이며 자랑했던 레뱌드킨이 바보였던 것입니다. 나는 그 때문에 달려왔습니다…… 마치 돌로 이마를 딱 하고 맞은 것처럼 정신이 없었으니까요. 스타브로긴 씨는 내가 이 사건을 알리자, 자칫하면 졸도할 뻔했습니다. 우리는 당신에게 알릴까 말까 하고, 여기서 지금 의논하고 있던 참입니다."

"니콜라이 씨, 이분이 지금 말씀하신 건 정말인가요?" 리자는 겨우 이렇게만 말할 수 있었다.

"아니오, 거짓말입니다."

"뭐가 거짓말이란 말입니까?" 표트르는 깜짝 놀랐다. "도대체 왜 또 그러는 겁니까?"

"아, 나는 머리가 돌 것 같아요!" 리자가 소리쳤다.

"자아, 당신은 좀 이해해 주셔야 합니다. 이 사람은 지금 머리가 돌 지경입니다!" 표트르는 열심히 떠들었다. "어쨌든 아내가 살해됐으니까요. 보세요, 얼마나 얼굴빛이 창백한지…… 무엇보다 이 사람은 밤새껏 당신하고 같이 있으면서, 잠시도 당신 곁을 떠난 적이 없지 않습니까? 어째서 이 사람을 의심할 수 있단 말입니까?"

"니콜라이 씨, 원컨대 하느님 앞에 나아간 기분으로 당신에게 죄가 있는지 없는지 사실대로 말해 주세요. 그러면 나는 당신이 말하는 것을 하느님의 말씀으로 믿고 이 세상 끝까지라도 당신을 따라가겠어요. 네, 따라가고말고요! 강아지처럼 따라가겠어요."

"어째서 당신은 그토록 이 사람을 괴롭히십니까? 도대체 어째서 이렇게 뚱딴지같은 생각을 하십니까?" 표트르는 화가 난 듯이 소리쳤다. "리자베타 양, 나는 맹세코 말합니다. 만일 거짓말이라면 나를 절구 속에 넣고 찧어도 좋습니다. 니콜라이는 결백합니다. 오히려 자기가 살해당하기라도 한 것처럼 보시다시피 헛소리만 하고 있습니다. 결코 조금도, 마음속에서조차 지은 죄라곤 없습니다! 모든 것은 죄다 강도들 소행입니다. 틀림없이, 일주일 안에 범인은 붙잡히고 채찍으로 죽도록 두들겨 맞을 것입니다. 그것은 유형수 페지카와 쉬피굴린 직공들이 한 짓입니다. 이 일은 거리에서 온통 떠들썩하게 화제가 되고 있습니다. 그래서 나도 이렇게 말하고 있는 것입니다."

"그래요? 정말 그래요?" 온몸을 부들부들 떨면서 리자는 마지막 선고를 기다리고 있었다.

"내 손으로 죽인 것도 아니고, 그런 흉계에는 반대했었지만 그 사람들이 살해된다는 것을 알고 있으면서도 하수인의 행동을 막지 않았습니다. 자아, 리자, 내 곁을 떠나주십시오." 그렇게 말하고 스타브로긴은 홀로 걸어나갔다.

리자는 두 손으로 얼굴을 감싸고 그대로 집을 뛰어나갔다. 표트르는 뒤를 따르려 하다가 곧 홀로 되돌아왔다.

"당신은 정말 그럴 작정입니까? 정말 그럴 생각입니까? 그럼 당신은 아무것도 두려워하지 않는단 말인가요?" 그는 분노를 못 이겨 입가에 거품을 물고, 밑도 끝도 없는 말을 내뱉으며 스타브로긴에게 덤벼들었다.

스타브로긴은 홀 한가운데 선 채 한마디도 대답하지 않았다. 그는 왼손으로 머리카락을 한 움큼 쥐고서 어찌할 바를 모르겠다는 듯한 미소를 띠고 있었다. 표트르는 힘껏 그 손을 낚아챘다.

"그래 당신은 아주 파멸해 버리려는 거요? 그래서 그런 짓을 한 거요? 아마도 당신은 모두 밀고하고, 자기는 수도원이라든가 그런 데로 가버리려고 그러는 모양인데…… 그러나 난 당신을 어떡하든 죽여버리고 말겠소! 당신은 나를 무서워하지 않는 모양이지만 어디 두고 보란 말이야!"

"아아, 당신이로군그래. 소란스레 지껄이고 있는 것은……." 겨우 스타브로긴은 상대의 얼굴을 알아봤다. "아아, 빨리 달려가 주오!" 갑자기 그는 제정신으로 돌아왔다. "그 여자 뒤를 따라가 주오! 마차를 타고 어서. 그 여자를 제멋대로 하도록 내버려 둬서는 안 되오. 빨리빨리! 쫓아가야 해! 누구의 눈에도 띄지 않게 자기 집까지 데려다주란 말이오! 그리고 그 여자가 그곳에 가지 않도록 시체를…… 시체를 보지 못하도록…… 강제로라도 마차에 태워서 집으로 보내주오! 알렉세이! 알렉세이!"

"이봐요! 기다려요, 소리 지르지 말고. 그녀는 이미 마브리키에게 안겨 있단 말이오! 그런 걱정은 말아요. 마브리키가 그녀를 당신의 마차에 태우도록 내버려 두지는 않는단 말이오…… 글쎄 기다리라니까요. 지금은 마차보다도 중요한 일이 있단 말이오!"

그는 다시 권총을 꺼냈다. 스타브로긴은 굳은 표정으로 그를 보았다.

"할 수 없지. 쏘게!" 조용한, 거의 모든 것을 체념한 듯한 목소리로 그는 말했다.

"젠장! 언제까지 그런 거짓 가면을 쓰고 있을 수 있을까!" 표트르는 부들부들 몸을 떨었다. "정말 죽여버리고 싶을 정도야! 그 사람이 당신에게 침을 뱉으려 한 것도 당연해! 뭐가 '작은 배'란 거야. 이래서는 낡은 구멍투성이의 '고물 배'다. 체! 하다못해 오기로라도 정신을 차리는 게 어때! 자진해서 자기 이마에 총알을 박아달라고 부탁할 정도니, 이젠 어떻게 하든 마찬가지 결과가 아니겠어?"

스타브로긴은 기묘한 웃음을 지었다.

"당신이 그 같은 어릿광대가 아니었더라면, 나도 '네'라고 했는지 모르오. 조금만 더 똑똑했더라면……."

"나는 어차피 어릿광대지만, 내 소중한 반신(半身)인 당신은 어릿광대가 되어선 안 됩니다. 내가 말하는 뜻을 아시겠습니까?"

스타브로긴은 알고 있었다. 그것을 아는 사람은 아마도 그 하나뿐일 것이다. 일찍이 스타브로긴이 샤토프에게 표트르에게는 열정이 있다고 했을 때, 샤토프는 완전히 어리둥절했었다. "자아, 이젠 내 옆을 떠나서, 아무 데든 가 버리게! 내일까지는 나도 자신 속에서 무엇인가 짜낼 수 있을는지 모르겠어. 내일 오게."

"정말? 정말로?"

"그런 것을 내가 어떻게 알아? 자아, 빨리! 빨리 꺼지란 말이야!"

이렇게 말하고, 그는 홀을 나가버렸다.

"어쩌면 잘될지도 모르겠다." 표트르는 권총을 집어넣으면서 혼잣말을 했다.

3

그는 리자베타를 뒤쫓아서 달려갔다. 그녀는 아직 그다지 멀리까지는 못 가고, 집에서 겨우 몇 걸음 정도 떨어진 곳을 가고 있었다. 뒤쫓아 간 늙은 하인 알렉세이가 연미복 차림으로 모자도 안 쓴 채 허리를 굽히고 공손하게 한 걸음 뒤를 따라가면서 그녀를 붙잡고 있었다. 마차가 준비될 때까지 잠깐만 기다려 달라고 그는 계속해서 부탁하고 있었다. 이 노인은 아주 겁에 질려서 거의 울상이었다.

"넌 빨리 물러가 봐라. 주인 마님이 차를 한 잔 달라고 하시는데 아무도 드릴 사람이 없어."

표트르는 노인을 떼밀더니 느닷없이 리자베타의 팔목을 잡았다.

그녀는 그 손을 뿌리치지 않았다. 아직도 완전히 제정신으로 돌아와 있지 않았던 것이다.

"무엇보다도, 당신이 지금 걷고 있는 길은 댁으로 가는 길이 아닙니다." 표트르는 어린아이를 달래듯 속삭였다. "이쪽으로 가야 한단 말입니다. 이렇게 정원을 따라서 가는 것이 아니란 말이에요. 게다가 걸어서는 도저히 갈 수 없습니다. 댁까지는 3베르스타나 되는 데다가 당신은 외투도 입지 않았잖습니까? 잠깐만 기다려 주시면 좋을 텐데요. 난 여기 올 때 경주용 마차를 타고 왔는데, 말은 저기 뒤뜰에 매어놓았습니다. 지금 곧 이리로 오라고 해서 당신을 댁까지 모셔다 드리지요. 그러면 아무에게도 눈에 띌 염려도 없을 테고요."

"정말 친절하시군요." 리자는 상냥하게 말했다.

"천만에요, 이런 경우엔 조금이라도 인정이 있는 사람이면 내가 아니더라도 이렇게 할 겁니다."

리자는 그의 얼굴을 찬찬히 들여다보다가 깜짝 놀랐다.

"어마, 이를 어째! 난 아까 그 할아버지인 줄 알았어요."

"나는 당신이 그런 태도로 이번 사건을 대하고 있는 것이 정말 기쁩니다. 왜냐하면 이건 정말 죄다 바보짓이니까요. 하여간 일이 이렇게 돼버린 이상 곧 그 노인한테 분부를 해서, 마차를 준비하도록 하는 것이 좋을 성싶은데요. 몇 분이면 충분합니다. 그동안 잠깐 되돌아가서 현관 처마 밑에서라도 기다립시다."

"나는 그 전에 그 시체가 보고 싶어요. 어디 있지요?"

"아니 원, 그건 또 무슨 당치도 않은 말씀입니까? 난 그걸 걱정하고 있었던 겁니다. 안 됩니다. 안 돼요. 그런 하찮은 녀석들은 내버려 두세요. 게다가 당신 같은 분이 볼 것이 못 됩니다."

"난 어디 있는지 알아요. 그 집도 알고 있어요."

"알고 있으면 어떡하겠다는 겁니까? 그만두십시오. 이렇게 비가 오고 안개도 끼었어요. (거참, 대단한 임무를 맡겠다고 나섰군그래!) 내 말을 좀 들어보십시오. 리자베타 양, 둘 중에 하납니다. 만일 나와 같이 마차를 타고 가시려면, 잠깐만 여기서 기다려 주십시오. 한 걸음도 움직여선 안 돼요. 이제 스무 걸음만 더 가면, 분명 마브리키 씨에게 발견될 테니까요."

"마브리키 씨가요? 어디, 어디에 계세요?"

"뭐, 그 사람과 같이 가고 싶으시다면, 좀더 당신과 같이 가서 그 사람이 있는 데를 가르쳐 드리지요. 나는 충실한 하인이지만 지금은 그 사람 옆에 가까이 가고 싶지 않거든요."

"그 사람은 나를 기다리고 있는 거예요. 아아, 어떡하면 좋을까." 갑자기 그녀는 걸음을 멈췄다. 순식간에 그녀의 얼굴에 홍조가 떠올랐다.

"그렇지만 좀 생각해 보십시오. 그 사람이 전혀 편견이 없는 사람이면 모르겠지만…… 아시겠습니까 리자베타 양? 이런 일은 전혀, 내가 알 바 아니니까요. 나는 전적으로 제삼자입니다. 그것은 당신도 잘 알고 계실 겁니다. 그런데도 나는 당신이 행복하기를 바라고 있습니다. 설령 우리의 '작은 배'가 실패로 끝난다고 하더라도, 사실 그것이 장작밖에 될 수 없는 낡고 썩은 '고물 배'에 지나지 않는다고 하더라도……."

"어머나, 통쾌해라!" 리자가 소리쳤다.

"통쾌하다고 하면서도 당신은 눈물을 흘리고 있군요. 마음을 굳게 먹어야 해요. 어떤 일에서라도 남자에게 지지 않도록 해야 해요. 지금 세상엔 여자라 하더라도…… 체, 정말 구질구질하군(표트르는 정말 침이라도 탁 뱉을 것처럼 짜증스러워했다). 무엇보다도 후회할 필요는 없습니다. 오히려 이렇게 된 것이 다행스러운지도 몰라요. 마브리키 씨는 그런…… 즉 감정적인 사람이니까요. 하긴 말이 없는 사람이지만…… 그것도 경우에 따라서는 장점이 될 수 있습니다. 다만 그가 편견이 없는 사람이라면요."

"아이, 통쾌해! 참 통쾌하기도 하지." 리자는 히스테릭하게 깔깔거렸다.

"자아, 이 노릇을 어떡하죠…… 리자베타 양." 갑자기 표트르는 상대의 기분을 맞추기 시작했다. "나는 당신을 위해서…… 사실 나에겐 별것 아니기 때문에…… 나는 어제 당신이 원하신 대로 당신을 위해서 하느라고 했고…… 저것 보세요. 마브리키 씨가 저기 있군요. 봐요, 저기 앉아 있지 않습니까? 아직은 우리를 못 본 모양이군요. 그런데 말이죠 리자베타 양, 당신은 《폴린카 사크스》를 읽으셨어요?"

"뭐라고요?"

"《폴린카 사크스》라는 소설 있잖습니까? 난 학생 시절에 읽었는데요. 사크스라는 재산가인 관리가 나쁜 짓을 한 아내를 별장에서 붙잡는 거예요…… 쳇, 더러워서! 두고 보세요. 마브리키 씨는 당신이 집에 도착하기도 전에 구혼할 것입니다. 근데, 저 사람 아직도 우릴 못 보았어요."

"우리를 못 봤으면 됐잖아요!" 갑자기 리자가 미친 듯이 이렇게 소리 질렀다. "가십시다, 가세요! 숲으로 해서 들로 가요!"

이렇게 말하고 그녀는 달려가기 시작했다.

"리자베타 양! 너무 옹졸하게 생각하면 못 써요!" 표트르는 그 뒤를 쫓아갔다.

"어째서 당신은 그 사람을 만나는 것을 싫어합니까? 그러지 말고 떳떳하게 그를 대하도록 해요. 만일 당신이 그…… 처녀의 순결…… 뭐, 그런 것을 염려하고 있다면 그것은 정말 고리타분한 편견입니다. 도대체 어딜 가는 거요? 어딜! 원, 빠르기도 하지! 이봐요, 차라리 스타브로긴이 있는 데로 돌아가도록 합시다. 그래서 내 마차에 타도록 합시다…… 도대체 어딜 가려는 겁니까? 그쪽은 들판이에요. 앗! 넘어졌군! 나 원 참……."

그는 걸음을 멈췄다. 리자는 자기가 어디를 향해서 가는지도 모르고 작은 새처럼 달려갔기 때문에 표트르는 열 걸음쯤 뒤지고 말았다. 그러던 중 그녀는 이끼 긴 짧은 그루터기에 걸려서 넘어졌다. 그 순간 뒤로부터 무서운 고함 소리가 들려왔다. 그것은 그녀가 달려가는 모습과 뒤이어 땅바닥에 넘어지는 모습을 보고 들판을 가로지르며 달려오는 마브리키의 고함 소리였다. 표트르는 갑자기 발길을 돌려서 스타브로긴의 집 안으로 되돌아가 서둘러 자기 마차에 올랐다. 마브리키는 두려움에 휩싸여 이성을 잃고, 리자 곁으로 달려갔다. 그녀는 곧 일어났다. 그는 허리를 굽히고 그녀의 손을 감싸쥐었다. 이 만남의 기괴한 정경은 그의 머릿속을 혼돈 상태로 만들었다. 눈물이 그의 뺨을 타고 흘러내렸다. 자기가 그토록 숭배하던 여인이 이런 시각 이런 날씨에, 외투도 없이 어제 입었던 화려한 옷을 입고 그것도 지금은 수세미가 되어 넘어져서 흙투성이가 된 채, 들판을 미친 듯이 달려가고 있는 모습을 직접 보기에 이르렀던 것이다. 그는 한마디도 하지 못하고 말없이 자신의 군복 외투를 벗어서 떨리는 손으로 그녀의 어깨에 걸쳐주었다. 그러나 그는 갑자기 앗 하고 소리를 질렀다. 그녀의 입술이 자기 손에 닿는 것을 느꼈던 것이다.

"리자!" 그는 소리쳤다. "나는 아무 능력도 없는 남자지만, 아무쪼록 나를 당신 곁에 있게 해줘요!"

"그래요, 자아, 빨리 여기를 나가도록 해요. 저를 버리지 말아주세요. 네?"

그렇게 말하고는 그녀는 자진해서 남자의 손을 잡고 앞서서 그를 이끄는 것이었다.

"마브리키 씨." 그녀는 갑자기 목소리를 낮추었다. "전 저기서는 계속 허세를 부렸었지만, 여기 오니까 죽는 것이 무서워졌어요. 전 죽어요, 이제 곧 죽어요. 그렇지만 무서워요, 죽는 것이 무서워……" 남자의 손을 꼭 잡으면서 그녀는 이렇게 속삭였다.

"아아, 누구든 좀 와 주었으면 좋겠는데……" 마브리키는 절망에 빠져 주위를 둘러보았다. "마차라도 지나가 주면 좋겠는데, 당신 발을 물에 적셔서는 안 돼요! 당신은 정신을 잃고 말 거예요!"

"걱정 마세요!"

그녀는 상대를 안심시키려 했다. "괜찮아요, 당신이 곁에 있으니까 마음이 든든한걸요. 제 손을 잡고 데려가 주세요. 우린 지금 어디로 가는 거죠? 집으로 가는 거예요? 전 먼저 죽은 사람들을 보고 싶은데요. 그 사람의 아내가 죽었다는 거예요. 그 사람은 아내를 자기가 죽였대요. 그건 거짓말이겠죠? 거짓말이에요. 전 살해된 사람들을 보고 싶어요…… 저 자신을 위해서요. 그 사람은요, 그들이 살해됐기 때문에 하룻밤 사이에 그만 제가 싫어졌다는 거예요…… 전, 제가 직접 가서 확인하고 싶어요. 자, 어서 가도록 해요. 제가 그 집을 알고 있으니까…… 그 불이 났던 집이에요. 마브리키 씨, 당신은 저를 용서하시면 안 돼요. 전 이미 더럽혀진 여자니까요. 저 같은 여자는 용서를 받을 수 없어요! 왜 우시죠? 자아, 제 뺨을 때려주세요! 이 들판에서 들개처럼 죽여주세요!"

"지금 당신을 심판할 사람은 아무도 없습니다." 마브리키는 단호하게 말했다. "하느님께선 당신을 용서해 주실 것입니다. 하지만 나에게는, 도저히 당신을 심판할 자격이 없습니다!"

둘의 대화를 계속해 쓴다면 틀림없이 이상한 것이 될 것이다. 그러는 동안에도 두 사람은 손을 잡고 마치 미친 사람처럼 서둘러서, 빠른 걸음으로 걸어갔다. 그들은 곧장 화재 현장으로 향해 갔다. 마브리키는 하다못해 농부의 마차라도 빌려 탈 수 있지 않을까 하고 희망을 버리지 않았지만 마차는커녕 아무도 만나지 못했다. 가랑비는 계속 내려서 비안개가 자욱이 끼어, 빛도 그림자도 전부 삼켜, 모든 것을 연기처럼 희뿌연 납빛으로 감싸서 분간할 수 없는 몽롱한 광경으로 만들어 버리고 말았다. 벌써 오래전에 해가 떴을 텐데도, 주변은 아직 밤이 새지 않은 것처럼 어슴푸레했다. 그때 갑자기 이 연기처럼 차가운 안개 속에서 기묘한 형태의 사람 그림자가 나타나서 이쪽으로 걸어오고 있었다. 지금 그때를 상상해 보면, 만일 내가 리자베타였다면 도저히 자기 눈을 믿을 수가 없었을 것이다. 그러나 그녀는 환희의 소리를 지르며, 누가 가까이 오고 있는지를 당장 알아보았다. 그 사람은 스테판 선생이었다. 어떻게 그가 집을 나왔는지, 어떤 식으로 해서 가출이란 미친 짓 같은 탁상공론이 실현됐을까? 그것은 다음에 이야기하겠다. 여기서는 다만 이것만 말해 두겠다. 이날 아침 그는 열병에 걸려 있었으나 병도 그를 못 나가게 할 수는 없었다. 그는 비에 젖은 길을 휘청거리지도 않고 걸었다. 추측건대 그는 이 계획을, 무경험한 서재 생활이 허용하는 한, 의논할 상대도 없이 혼자서 열심히 생각해 낸 모양이었다. 그는 여행 차림을 하고 있었다. 즉 소매가 달린 망토에다 쇠장식이 붙은 옻칠을 한 폭이 넓은 가죽 허리띠를 두르고, 새로운 장화를 신고 바짓가랑이를 그 속에 집어넣고 있었다. 아마도 그는 오래전부터 여행자는 이런 차림을 해야 한다고 생각했으리라. 걷기 불편한 번들번들 빛나는 경기병 식의 긴 장화라든가 허리띠는 사오 일 전부터 준비하고 있었음에 틀림없었다. 차양이 넓은 모자와 완전히 목둘레를 둘러싼 털실 목도리와, 오른손에 쥔 지팡이며 왼손에 든 매우 작지만 빽빽하게 무엇이 든 가방이 그의 여행 차림을 완벽하게 마무리했다. 게다가 오른손에는 우산을 펼쳐 들고 있었는데 이 세 가지 물건, 우산과 지팡이와 가방은 처음 1베르스타 들고 가기에는 거북살스러웠고 다음의 1베르스타에 들어서자 무거워지기 시작했다.

"어마, 선생님이 웬일이세요?" 그녀는 소리쳤다. 처음의 무의식적인 즐거움의 폭발은 곧 근심스러운 놀라움으로 바뀌었다.

"리즈!" 거의 미친 듯이 달려들면서 스테판 선생은 소리쳤다. "당신도 역시…… 이런 안개 속을. 자아, 저길 보시오, 저 아침 노을을…… 당신은 불행한 거지요? 그렇지요? 압니다. 말할 필요도 없습니다. 나에 대해서도 묻지 말아 주시오. 우리는 모두 불행합니다. 그러나 저 사람들을 모두 용서해 주어야 합니다. 용서해 줍시다 리자! 그리해서 영원히 자유로워집시다. 이 세상의 번거로움을 떨쳐버리고 완전히 자유로운 몸이 되려면 용서해 주어야 합니다. 용서하는 겁니다. 용서해 주는 겁니다."

"아니, 왜 무릎을 꿇어요?"

"이 세상과 이별함에 있어, 당신 속에 들어 있는 나의 과거 전체에 이별을 고하기 위해서입니다!" 그는 갑자기 울면서 리자의 두 손을 잡고 눈물이 흐르는 자기 눈에 갖다 댔다. "나는 내 생애 가운데 아름다웠던 모든 것 앞에 무릎을 꿇고 입을 맞추며 감사합니다! 지금 나는, 나 자신을 두 동강이 내고 말았습니다. 저쪽에는 22년간 하늘로 날아오르는 것만 공상하고 있는 한 사람의 광인이 있고, 이쪽에는 풀이 죽어 추위에 얼어붙은 상인 집의 늙어빠진 가정교사가 있는 것입니다. 만일 어디엔가 그런 상인이 있다면…… 그런데 당신은 도대체 왜 이렇게 젖었지요 리자?" 자신의 무릎도 축축한 흙으로 흠뻑 젖은 것을 보고 갑자기 몸을 일으키면서 그는 소리쳤다. "도대체 어떻게 된 것입니까? 그런 옷을 입고…… 게다가 걸어서 이런 들판을…… 당신 울고 있어요? 당신은 불행하지요? 아아, 그러고 보니 나도 조금 들은 말이 있습니다…… 그렇다고 해도 당신은 지금 어딜 갔다 오는 길입니까?" 그는 깊은 의혹의 눈으로 마브리키를 보면서, 조심스러운 표정으로 다그쳐 물었다. "그런데 지금 몇 시일까요? 알고 있습니까?"

"스테판 선생님, 당신은 그 살인자에 대해 무슨 말을 못 들으셨습니까?…… 그 소문은 사실인가요? 그래요?"

"그 작자들! 나는 그놈들이 한 짓이 하늘을 붉게 물들이는 것을 밤새도록 보고 있었습니다. 그놈들은 그렇게 하는 수밖에 별다른 도리가 없었던 것입니다(그의 눈은 다시 빛나기 시작했다). 나는 열병을 앓고 난 뒤에 꾸는 악몽을 피해서 오는 길입니다. 러시아를 찾으러 가는 길입니다. 아아, 과연 러시아는 존재하는 것일까요? 아니, 대위님, 당신이었습니까? 나는 언제나 믿고 있었습니다. 언젠가는 당신이 훌륭한 공적을 세우는 장면을 보게 되리라고 말입니다. 그건 그렇고, 내 우산을 가지고 가시오. 그리고 반드시 걸어야 하는 것은 아니지 않습니까. 자, 아무쪼록 이 우산을 가지고 가시오. 난 어차피 어디서 마차를 탈 테니까요. 사실 내가 걸어서 나온 것은, 나스타샤가 내가 나가는 것을 알면 온 거리가 소란하도록 떠들어댈 것이 틀림없다고 생각했기 때문이에요. 그래서 나는 될 수 있는 대로 몰래 집을 빠져나온 것입니다. 요사이는 어디를 가도 강도가 들끓고 있다고 〈골로스〉 같은 데서 보도하고 있는 것은 알고 있습니다만, 거리에 나가자마자 강도가 나타난다는 일은 있을 수 없지 않을까요. 리자, 당신 뭐라고 했지요? 누군가가 살해됐다고 하지 않았어요? 아니, 왜 그래요? 당신, 얼굴빛이 나쁜데요?"

"가십시다, 가도록 해요!" 다시 또 마브리키의 손을 잡아끌면서 리자는 신경질적으로 소리 질렀다. "기다려 주세요, 스테판 선생님." 갑자기 그녀는 되돌아왔다. "기다려 주세요. 당신은 정말 불쌍한 분이에요. 자아, 제가 성호를 그어 드리지요. 어쩌면 묶어서라도 못 가게 하는 게 맞는 것이겠지만, 그보다는 성호를 그어 드리는 편이 낫겠어요. 그러니까 당신도 불행한 리자를 위해서 기도해 주세요. 잠깐만 해주시면 돼요. 너무 무리는 하지 않아도 돼요. 마브리키씨, 이 어린아이에게 우산을 돌려주세요. 꼭 돌려주셔야 해요. 그럼요, 그래야 하고말고요. 자아, 가요! 어서 가자니까요!"

그들이 그 운명의 집에 도착했을 때는, 그 앞에 모여 있는 군중이 스타브로긴에 대한 이야기나 그에게 있어서 아내를 죽이는 것이 얼마나 유리한 일이었던가 등을 귀에 못이 박이도록 들은 뒤였다. 다시 말하지만, 대부분의 사람들은 여전히 침묵을 지킨 채 아무런 동요도 보이지 않고 듣고 있었다. 법석을 피우고 있는 것은 다만 수다스럽게 지껄여대는 주정꾼들과, 노상 손을 내젓고 있던 직공과 같은 '격해지기 쉬운' 인간들뿐이었다. 이 직공은 평소에는 얌전한 사람으로 알려져 있었지만, 일단 무엇엔가 자극을 받으면 마치 고삐가 끊긴 말처럼 함부로 날뛰는 성질을 가지고 있었다. 나는 리자와 마브리키가 온 것을 모르고 있었다. 처음 꽤 멀리 있는 군중 속에서 리자의 모습을 발견했을 때 나는 깜짝 놀라서 한참 동안 그냥 멍청하게 서 있었다. 그러나 마브리키가 와 있었다는 것은 전혀 몰랐었다. 아마도 한두 걸음 뒤졌는지, 아니면 군중에 가려져 있었는지 모른다. 리자는 자기 주위에는 조금도 관심 갖지 않고, 또 무엇 하나 눈치챈 것도 없이 군중을 헤치고 앞으로 나아갔다. 하지만 마치 병원에서 도망 나온 열병 환자 같은 그녀의 모습은 곧 사람들의 주의를 끌었다. 갑자기 사람들이 큰 소리로 떠들기 시작했다. 그러자 누군가가 한층 더 큰 소리로 외쳤다.

"저게 스타브로긴의 정부다!"

또 한쪽에서도 누군가 소리쳤다.

"죽인 것만으로도 부족해서, 뻔뻔스럽게 구경까지 왔단 말인가?"

그러자 뒤에서 누군가의 손이 리자 머리 위로 쳐들리는가 싶더니, 곧 그녀의 머리를 내리쳤다. 리자는 쓰러졌다. 그 순간 마브리키가 지르는 무서운 고함 소리가 들렸다. 그는 그녀를 구하러 가려고 몸부림치면서 리자와 자기를 가로막고 있는 사나이를 있는 힘껏 주먹으로 내리쳤다. 그러나 그 순간 그 직공이 두 팔로 그를 뒤에서 붙들었다. 잠깐 동안 그 주변이 와글와글 혼잡해져서 뭐가 어떻게 됐는지 알 수가 없었다. 리자는 한 번 일어났으나 곧 새로운 타격에 기운 없이 쓰러졌던 것으로 기억한다. 갑자기 군중이 쫙 물러서자 리자가 쓰러진 곳에 약간의 공간이 생겼다. 이성을 잃은 마브리키는 피투성이가 되어 미친 듯이 울부짖으며, 제 손을 맞잡고 비비 꼬면서 그녀 앞에 가로막아 서 있었다. 그리고 어떻게 됐는지 정확한 것은 나도 모른다. 다만 갑자기 사람들이 리자를 메고 나선 것만은 기억하고 있다. 나도 그 뒤를 따라 달려갔다. 그녀는 아직 살아 있었고 어쩌면 그때까지는 의식이 있었는지도 모른다. 뒤에 군중 속에서 예의 그 직공과 다른 세 사람이 검거되었다. 이 세 사나이는 지금까지도 자기들은 그 흉악한 짓과 아무런 관계도 없을뿐더러 자기들이 체포된 것은 오해에 불과하다 주장하고 있다. 어쩌면 그들이 하는 말이 옳을는지도 모른다. 직공은 명백한 증거가 드러났음에도 본디 똑똑치 못한 사나이라, 지금까지도 조리 있는 사건의 설명도 못하고 있는 형편이다. 나도 꽤나 떨어진 거리에 있긴 했지만 목격자의 한 사람으로 예심 때 진술을 해야만 했다. 내가 증언한 내용은 이런 것이었다. 이 사건은 지극히 우발적인 일이었고 게다가 관련자는 모두 취해 있어서 앞뒤 분간도 할 수 없었음이 분명하므로, 정말 그런 기분이 들었었는지는 몰라도 자기 행위를 의식하고 있었던 것은 아니라고 생각한다. 지금도 나는 같은 의견이다.

제4장
마지막 결의

1

이날 아침 여러 사람들이 표트르의 모습을 보았다. 그 사람들은 모두가 한결같이 그가 무섭게 흥분하고 있었던 것을 기억한다. 오후 2시쯤 그는 가가노프 집에 들렀다. 그는 그 전날 시골에서 올라와서, 그 집은 방문객으로 가득 차 있었다. 그들은 이번에 새롭게 일어나 화제가 되고 있는 사건에 열을 올리며 의견을 나누고 있었다. 표트르는 누구보다도 열렬히 지껄여서 모두가 자기 이야기에 귀 기울이게 했다. 그는 언제나 이 거리에서 '머리가 약간 돈 수다쟁이 대학생'으로 불리고 있었는데, 지금은 율리야 부인에 관한 말을 하기 시작했고 온통 거리가 떠들썩하게 소란을 피우고 있었던 때라 그 화제는 곧 한자리에 모인 사람들의 주의를 끌었다. 그는 얼마 전까지만 해도 부인과는 매우 친숙한 격의 없는 상담 상대였기 때문에 여러 가지로 진귀한 뜻밖의 정보를 털어놓았다. 그 이야기 속에서 그는 무의식적으로(물론 부주의한 데서 그런 것이었지만) 이 거리에서 이름이 알려진 많은 사람에 대한 율리야 부인의 소견까지 들려주었지만, 말할 것도 없이 그것은 곧 한자리에 앉은 사람들의 자존심을 상하게 하는 결과를 불러왔다. 그의 이야기는 대체로 애매한 것이었고 횡설수설이었다. 그것은 악의 없는 정직한 인간이 한꺼번에 산처럼 쌓인 오해를 풀어야 할 괴로운 처지에서, 단순해서 농간을 부릴 줄 모르는 성격이기 때문에 무엇을 이야기하기 시작했지만 어떻게 결말을 지어야 할지 자신도 몰라서 쩔쩔매고 있는 모습처럼 보였다. 그는 부주의하게도 율리야 부인은 스타브로긴의 비밀을 모두 알고 있고 그 음모를 조종한 것은 실은 그녀였다는 의미의 말을 넌지시 비쳤다. 또한 부인이 표트르 자신에게 그런 짓을 하게끔 했다고 했다. 그 자신이 불쌍한 리자를 사랑하고 있었기 때문에 그에게 리자를 마차에 태워서 스타브로긴 집으로 데리고 가도록 일을 꾸몄다는 것이었다.

"웃어요? 흥, 당신들은 얼마든지 실컷 웃으세요. 아아, 나도 그것이 어떤 결말을 가져올 것인가를 미리 알고만 있었더라면!" 하고 그는 말끝을 맺었다. 스타브로긴에 관한 여러 가지 불안스러운 물음에 대해서 그는 확실한 대답을 해주었다. 레뱌드킨의 갑작스런 죽음은 그의 견해에 의하면 정말 우연한 사건으로서, 돈을 보이면서 자랑한 레뱌드킨이 잘못한 것이라는 말을 그는 각별히 힘주어 설명했다. 듣고 있던 사람들 가운데 하나가 당신은 그렇게 연기를 해도 소용이 없다, 당신은 율리야 부인 집에서 먹고 마시면서 거의 숙식을 하다시피 했으면서 지금 이 마당에선 앞장서서 부인의 얼굴에 흙칠을 하고 있다, 그런 배신 행위는 당신이 생각하는 것처럼 보기 좋은 일은 아니라고 주의를 주었다. 그러나 표트르는 곧 항변했다.

"내가 그곳에서 먹고 자고 한 것은 돈이 없어서 그런 것은 아니었소. 그녀가 나를 초대했기 때문에 그랬던 것이고, 그것은 내 책임이 아니지 않소? 그 일에 대해 내가 어느 만큼 감사를 하든 그것은 나 자신이 판단해야 할 문제가 아니겠느냐 말이오?"

결국 전체적으로 사람들에게 남은 인상은 그에게 유리한 것이었다. "그러니까, 저 사나이가 멍청해서 머리가 텅 빈 인간이라 하더라도 율리야 부인의 어리석은 행위에 대해서는 아무런 책임도 없지 않은가? 뿐만 아니라 오히려 부인을 말리는 형편이었으니까."

그날 2시쯤, 갑자기 새로운 소식이 날아들었다. 다름이 아니라 그처럼 말썽 많던 소문의 주인공인 스타브로긴이 정오 기차로 페테르부르크로 출발했다는 것이었다. 이 소문은 많은 사람의 흥미를 불러일으켰고 대부분의 사람은 눈살을 찌푸렸다. 표트르는 큰 충격을 받고 얼굴빛이 변해서 "누가 그 사나이를 달아나게 했단 말이냐?" 하고 기묘한 소리를 질렀다고 한다. 그는 곧 가가노프의 집을 뛰어나왔다. 그러나 그는 그 밖에도 두세 집에 모습을 나타냈다.

날이 저물 무렵, 그는 마침내 율리야 부인 집에 들어갈 기회를 찾았다. 부인은 절대로 그를 만나지 않겠다고 했으므로 이것은 매우 힘든 일이었다. 이 일은 삼 주일 뒤 부인이 페테르부르크로 출발하기에 앞서 직접 말했다. 부인은 자세한 설명은 하지 않았지만, "그때는 말도 할 수 없을 정도로 놀랐어요." 떨면서 말했다. 짐작건대 그는 만일 부인이 자칫 "입을 잘못 놀리기라도 하면 부인까지 한패로 끌고 들어간다" 협박을 했던 모양이다. 부인을 위협할 필요는, 물론 부인으로서는 전혀 알 수 없는 것이었지만, 그때 그의 음모와는 밀접한 관계를 가지고 있었기 때문에 그런 것이고, 어째서 그가 부인의 침묵에 그처럼 신경을 썼으며, 또 어째서 부인의 새로운 분격의 폭발을 그처럼 두려워했는지를 부인이 깨달은 것은 그로부터 닷새쯤 지난 뒤의 일이었다.

이미 아주 어두워진 그날 밤 7시 조금 지나서 교외의 뒷골목에 있는 기울어져 가는 조그마한 집, 소위 에르켈의 집에서 5인조 한패가 전부 모였다. 이 총회는 표트르가 소집한 것이지만, 그는 괘씸하게도 아주 늦게야 나타났다. 회원들은 벌써 한 시간 넘게 기다려서 지쳐 있었다. 소위인 에르켈은 비르긴스키 집의 모임에서 연필을 손에 들고 수첩을 앞에 놓고서 처음부터 끝까지 입을 다문 채 앉아 있던 그 장교이다. 그는 다른 지방 사람으로 젊은 장교였다. 그가 이 거리에 온 것은 얼마 전의 일로, 평민 출신의 늙은 자매가 살고 있는 쓸쓸한 뒷골목 집에 셋방을 얻어 살고 있었는데, 가까운 시일 내에 전근을 해야 했다. 이런 까닭으로 그의 집은 한패가 모이는 데는 가장 사람들 눈에 안 뜨이고 안전한 장소였던 것이다. 이 기묘한 청년은 이상할 정도로 말이 없었다. 아무리 한자리의 사람들이 떠들어대도, 아무리 이상한 일이 화제에 올라 있다고 해도 자기는 한마디도 입을 열지 않고 열심히 어린아이 같은 눈빛으로 상대를 눈여겨보고 귀를 기울이면서 열흘 밤이라도 계속 앉아 있을 수 있는 사나이였다. 그는 대단한 미소년으로 영리하게 보이기까지 했다. 그는 5인조의 한 사람은 아니었지만, 다른 사람들은 아마 그가 어떤 일을 실행할 특별한 임무를 띠고 어딘가에서 파견되었을 것이라고 상상하고 있었다. 그러나 지금은 그가 특별한 임무를 띠고 있기는커녕 자신의 상황조차도 변변히 알지 못하고 있다는 것이 명확해졌다. 다만 그는 만난 지 얼마 안 되는 표트르에게 깊이 빠져 있는 것에 불과했던 것이다. 만일 그가 때를 잘못 타서 타락한 사회주의에 물든 괴물을 만나, 무엇인가 사회주의적이면서도 로마네스크적인 평계 아래에 강도가 모인 것 같은 무리에서 시험적으로 누구든 닥치는 대로 민중을 죽이고 돈을 빼앗으라는 명령을 받는다면, 그는 틀림없이 명령을 받은 대로 할 것이었다. 그는 어느 곳엔가 병약한 어머니를 모시고 있어서, 다달이 박봉의 절반을 보내고 있었다. 아아, 그 어머니는 아마빛을 한 불행한 아들의 머리를 끌어안고 얼마나 많은 키스를 퍼부었을까? 얼마나 자기 자식을 생각해서 몸서리를 쳤을까? 얼마나 자기 자식을 위해서 신에게 빌었을까? 내가 이 사나이에 대해서 이렇게 길게 말을 늘어놓는 것은 그가 불쌍해서 견딜 수 없기 때문이다.

'한패의 사나이들'은 흥분하고 있었다. 어젯밤에 일어난 사건은 그들을 깜짝 놀라게 했다. 아무래도 모두 겁을 먹은 듯했다. 그들이 지금까지 열심히 가담하고 있던 조직적이긴 하지만 단순한, 추악한 사건이 그들에게 상상 밖의 결과를 가져왔던 것이다. 밤의 화재, 레뱌드킨 오누이의 참살, 리자에 대한 군중의 폭행, 이런 일들은 모두 그들이 짠 계획에는 없는 뜻밖의 일이었다. 그들은 전제주의와 비밀주의로 자기들을 조종하고 있는 인간을 맹렬히 비난했다. 간단히 말하면 그들은 표트르를 기다리고 있는 동안에, 묘하게도 의견을 같이해서 다시 한 번 그에게 명백한 설명을 요구하기로 하자, 만일 그가 또다시 애매한 말을 해서 속이려고 한다면 당장 5인조를 해산해 버리고 그 대신 '이상 선전'을 위한 새로운 비밀 결사를 만들도록 하자, 그러나 그것은 자기들의 의지에 의한 것으로 서로가 동등한 권리를 가지는 민주적인 것이어야 한다고 결심했던 것이다. 리푸틴과 쉬갈료프와 민간 정보통은 특히 이 설을 주장했다. 럄신은 동의하는 듯한 태도를 보이면서 침묵을 지키고 있었다. 비르긴스키는 결정을 내리지 못한 채, 먼저 표트르의 의견을 듣고 싶어했다. 그래서 일단 표트르의 설명을 듣는 것으로 결정을 보았다. 그런데 그는 아무리 기다려도 오지를 않았다. 사람을 무시하는 식의 이런 행동은 한층 더 그들의 마음속에 불만을 불러일으켰다. 에르켈은 전적으로 침묵을 지키며 차를 내오는 것에만 전념하고 있었다. 그는 주전자도 들여오지 않았을뿐더러 하녀도 들이지 않고, 컵에 따른 것을 쟁반 위에 놓고 주방에서부터 자기가 손수 날라 오는 것이었다.

표트르는 8시 반이 되어서야 겨우 얼굴을 나타냈다. 그는 모두가 앉아 있는 긴 의자 앞 둥근 탁자로 성큼성큼 다가서더니 손에는 모자를 든 채 차도 거절했다. 그는 독살스럽고 위엄 있는, 그리고 거만스러운 얼굴을 하고 있었다. 틀림없이 사람들의 표정에서 곧바로 '모반'을 깨달은 것임에 틀림없었다.

"내가 입을 열기 전에 먼저, 자네들이 생각하고 있는 것을 이야기해 주게나. 자네들은 어쩐지 딱딱해져 있단 말이야." 모두의 얼굴을 흘끗 둘러보면서 표독스러운 찬웃음을 띠고 그는 독촉했다. 리푸틴이 모두를 대표해서 입을 열었다. 분개가 지나쳐 목소리를 떨면서 "이런 상태로 계속해 간다면, 자기 머리를 스스로가 깨뜨리게 될는지도 모르겠소!" 하고 내뱉었다. 물론 그들은 머리를 깨뜨리든 말든 조금도 무서워하지는 않는다, 아니 오히려 그것을 각오하고 있을 정도지만 그것은 다만 공동 사업을 위해서만이다(사람들 사이에서 동요와 찬성의 분위기가 감돌았다). 그러니까 아무쪼록 그들에게 숨기는 것이 없었으면 좋겠고, 언제든지 미리 알려줬으면 좋겠다(또다시 웅성거리며 몇 사람은 헛기침을 하기도 했다). 지금처럼 일을 하는 것은 그들에게 있어서 굴욕일뿐더러 위험하기도 하다. "우리가 이런 말을 하는 것은 결코 겁이 나서가 아니라, 한 인간이 자기 의향과 포부로써만 움직이고 다른 사람들은 장기의 졸 역을 떠맡고 있어 가지고서는, 그 한 사람이 만일 실수를 하는 경우에는 다른 사람들까지 모두 걸려들지 않을 수 없기 때문이오."("옳소, 옳소" 하는 고함 소리. 모두 그의 말을 지지한다.).

"시끄럽군! 도대체 어떡하라는 거야?"

"도대체 그 스타브로긴의 일이" 리푸틴은 발끈 화가 났다. "공동의 사업과 어떤 관계를 가지고 있다는 거요? 그 사람이 중앙 본부와 무슨 비밀스런 관계를 맺고 있든 상관없소. 단 그 꿈같은 중앙 본부가 실제로 존재하고 있다면 말입니다만, 우리는 그런 것은 아무래도 좋습니다. 알고 싶지도 않아요. 그런데 이번에 실제로 살인이 일어나 경찰이 움직이기 시작했어요. 실을 더듬어 올라가면, 나중에는 실 꾸러미까지 찾아내게 마련이지 않습니까?"

"당신이 스타브로긴과 함께 체포된다면 우리도 마찬가지로 당하게 될 것입니다." 민정에 통하고 있는 자가 말했다.

"그것이 공동 사업을 위해서는 전혀 무익한 것이기 때문이지요."비르긴스키가 침울하게 말을 마쳤다.

"무슨 쓸데없는 소리를 하는 거야! 그 살인 사건은 완전히 우발적인 일이라고. 페디카가 강도를 목적으로 한 짓이란 말이야."

"흠, 그러나 기묘한 일치인데요."리푸틴은 몸을 비틀었다.

"그렇게 말한다면 알려주지. 그것은 모두 자네들을 위해서 행해진 것이네."

"아니, 어째서 우리를 위한 일이란 겁니까?"

"첫째로 리푸틴 군, 자네는 이 음모에 가담하고 있었잖느냐 말이야. 또 둘째로 레뱌드킨을 전송할 명령을 받고 돈을 받은 것은 자네가 아닌가? 그런데 자네는 어떤 일을 저지른지 알지? 만일 자네가 그 사나이를 출발시켰다면 아무런 사건도 일어나지 않았을 거란 말이야!"

"그러나 그 사나이를 연단에 내보내서 시를 읽히면 재미있을 거라고 암시를 준 것은 당신이 아닙니까?"

"암시란 명령이 아니야. 명령은 출발시키라는 거였잖아."

"명령이라니, 매우 기묘한 말이로군요. 당신이 출발을 중지하라고 명령하지 않았습니까?"

"그건 자네의 착각일세. 그리고 자신의 멍청함과 월권을 폭로하고 있는 걸세. 그건 그렇고 그 살인은 페디카의 짓으로서 그 녀석이 강도를 목적으로 혼자서 한 것이란 말이야. 자네는 세상의 소문을 듣고 진짜로 믿어버린 거라고. 자넨 겁이 난 거야. 스타브로긴은 그런 바보가 아니야. 그 증거로 그 사람은 오늘 12시에 부지사와 만난 뒤 페테르부르크로 떠나버리고 말았네. 혹시 자네가 말하는 그런 일이 있었다고 한다면, 대낮에 버젓이 그를 페테르부르크로 출발시킬 리가 없잖느냔 말이야."

"우리도 스타브로긴 씨가 직접 한 일이라고 말하는 것은 아닙니다."독살스럽고 단호한 투로 리푸틴이 말을 받았다. "스타브로긴 씨는 나처럼 아무것도 몰랐을 수도 있어요. 아무튼 나는 아무것도 모른 채 양고기가 냄비 속에 던져지는 것처럼 이 사건에 끌려들어갔습니다. 그건 당신도 잘 알고 있으리라 생각합니다."

"그럼, 자네는 누가 나쁘다는 건가?" 표트르는 음침한 눈초리로 상대를 바라보았다.

"거리를 불태울 필요가 있었던 놈들이겠지요."

"가장 나쁜 건 자네가 이 핑계 저 핑계로 발뺌을 하려는 거야. 자, 어디 이것을 한번 읽어보고 다른 사람에게도 보여주게. 그저 참고로 말이야."

그는 렘브케 앞으로 쓴 레뱌드킨의 편지를 주머니에서 꺼내 가지고 리푸틴에게 건넸다. 그는 그것을 읽어보고 나서는 매우 놀란 모양으로 무엇인가를 곰곰 생각하면서 옆 사람에게로 돌렸다. 편지는 곧 여러 사람을 한 바퀴 돌았다.

"이건 정말 레뱌드킨이 쓴 것입니까?" 쉬갈료프가 물었다.

"그 사람의 글씨체군요." 리푸틴과 돌카첸코(예의 그 민정에 통하고 있는 자)가 단언했다.

"나는 자네들이 레뱌드킨을 매우 동정하고 있다는 것을 알았기 때문에 그저 참고로 하라고 보여준 걸세." 편지를 받으면서 표트르는 말했다. "그러니까 페디카라는 어느 곳에서 굴러온지도 모르는 녀석이, 우연히 우리로부터 위험한 인물을 제거해 준 거야. 우연도 때로는 이렇게 도움을 주는 수가 있단 말이지! 좀 교훈적이지 않은가?"

모두는 재빨리 얼굴을 마주보았다.

"그런데 자네들, 이번엔 내가 자네들에게 물을 차례가 된 것 같군." 표트르는 고압적인 자세를 취했다. "대체 어떤 이유에서 자네들은 허가도 받지 않고 거리에 불을 질렀는가?"

"무슨 소립니까? 우리가 거리에 불을 놓았다고요? 그건 당치도 않은 누명입니다!" 모두가 고함을 질렀다.

"우쭐한 마음이 들었을 것은 이해하지만 자네들은 너무 지나쳤단 말이야." 표트르는 완강하게 말을 이었다. "이것은 율리야 부인을 상대로 한 장난과는 다르단 말일세. 내가 오늘 자네들을 모이도록 한 것은, 자네들이 어리석게도 스스로 불러들인 위험의 정도를 설명하기 위해서야. 그것은 자네들뿐만 아니고, 다른 방면에도 여러 가지로 위협이 되는 것이니까."

"실례지만 우리는 반대로, 회원에겐 한마디 의논도 없이 그처럼 중대한, 동시에 기괴한 수단을 취하게 된 그 독선과 불평등의 정도를 경고해 주려고 생각했습니다." 지금까지 침묵을 지키고 있었던 비르긴스키가 격해서 이렇게 말했다.

"그럼 자네들은 부정한단 말이지? 그러나 나는 단언하겠네. 불을 지른 것은 자네들이야. 자네들이 불을 질렀단 말이야! 허튼소리는 그만두게. 나는 정확한 정보를 가지고 있으니까. 그런 독단적이고 과격한 행위를 함으로써 자네들은 공동 사업까지도 위태로운 상태에 빠뜨렸단 말이야. 자네들은 그물망처럼 뻗어 있는 결사 조직에 있어 지극히 작은 하나의 존재에 불과하고 중앙 본부에 절대 복종할 의무를 지니고 있어. 그런데도 자네들 가운데 셋씩이나 아무런 지령도 받지 않고 쉬피굴린 직공에게 방화를 부추겼다. 그 결과 화재가 일어났단 말이야!"

"세 사람은 누구를 말하는 겁니까? 우리 중 세 사람은 누구누구란 말입니까?"

"엊그제 밤 3시 좀 지나서 톨카첸코 자네는 '물망초'에서 폼카 자비얄로프를 선동했어."

"터무니없는 소리 마시오!" 그는 펄쩍 뛰었다.

"나는 겨우 한두 마디 했을 뿐이고 그것도 그럴 의도는 전혀 없이 어쩌다 그렇게 말했을 뿐입니다. 그날 아침 그 녀석이 호되게 얻어맞았기 때문이었어요. 그러나 그 녀석이 많이 취했다는 것을 깨닫고 곧 그만뒀단 말입니다. 지금 당신이 그런 말을 하지 않았다면 난 까맣게 잊어버렸을 거예요. 내 말 한마디로 불이 난다는 것은 있을 수 없는 일이에요."

"자네는 작은 불똥으로 커다란 화약고가 완전히 폭발해 버린 것을 보고 깜짝 놀라는 사람과 꼭 닮았군그래."

"나는 작은 소리로, 그것도 구석진 곳에서 그 녀석에게 귀띔했을 뿐인데, 어떻게 당신이 그것을 알고 있지요?" 톨카첸코는 갑자기 생각이 나서 이렇게 물었다.

"나는 그곳에 있는 테이블 밑에 숨어 있었거든. 걱정할 필요는 없어. 나는 자네들의 일거일동을 죄다 알고 있으니 말이야. 리푸틴 군, 자네는 웃고 있군 그래. 그런데 난 말이야, 요전 날 밤에 자네가 침실에서 뒹굴다가 아내를 꼬집은 것까지도 알고 있네."

리푸틴은 멍청히 입을 벌린 채 새파랗게 질렸다. (리푸틴에게 있었던 일은 그가 고용하고 있는 아가피야라는 하녀가 말했다는 것이 그 뒤에 밝혀졌다. 표트르는 처음부터 그 하녀에게 돈을 주고 염탐꾼 역할을 시키고 있었던 것이다.)

"사실을 확인해 봐도 괜찮겠습니까?" 느닷없이 쉬갈료프가 자리에서 일어났다.

"확인해 보게."

쉬갈료프는 자리에 앉아 자세를 바로 했다.

"내가 이해하는 바에 의하면(그렇게 이해할 수밖에 없었습니다만), 당신은 처음 한 번과 그 뒤에 또 한 번 지극히 웅변적으로, 하긴 너무 이론적이긴 했지만, 그물망 같은 결사의 조직으로 뒤덮여 있는 러시아의 현실을 우리에게 설명해 주었습니다. 그리고 한편으로는 현재 활동하고 있는 이들 결사는 저마다 끊임없이 새로운 당원을 만들고 많은 지부를 창설해서 무한히 퍼져 가면서, 조직적인 폭로 선전 활동으로 지방 관헌의 권위를 떨어뜨리고 주민들 사이에 의혹을 불러일으켜, 견유주의와 추문과 모든 것에 대한 절대적 불신과 보다 좋은 상태에 대한 갈망을 원하는 분위기를 조성하고, 결국에 가서는 화재라는 국민적인 수단의 힘을 빌려, 필요하다면 예정된 어떤 순간에 전국을 절망의 구렁텅이로 가라앉혀 버리는 것을 목적으로 한다는 식으로 말했습니다. 나는 당신의 그 말을 한마디 한마디, 틀리지 않도록 애쓰면서 되풀이했습니다만, 어땠습니까? 이것은 확실히 당신이 중앙 본부에서 파견한 대표자로서 우리에게 전달한 행동 강령입니다. 하기야 그 중앙 본부라는 것도 우리로서는 오늘날까지 전혀 정체를 알 수 없는, 꿈과 같은 존재이긴 합니다만."

"그 말대로일세. 하지만 자네가 하는 말은 너무 장황하군."

"사람은 누구나 자유로운 발언권을 가지고 있습니다. 당신의 말로 추측을 해 보면, 러시아 전체를 그물처럼 뒤덮고 있는 결사의 수는 지금까지 수백 개에 달합니다. 그리고 그들 각각의 조직이 자신의 임무를 완전히 수행하면 러시아 전국은 이미 현재 단계에서는 한 발의 신호를 계기로 해서……."

"아아, 그만하게! 그렇지 않아도 할 일이 많단 말이야!" 표트르는 의자에 앉은 채, 방향을 빙그르르 돌렸다.

"좋습니다. 그럼 마지막으로 한 가지 질문을 하는 것으로 결론을 맺겠습니다. 우리는 이미 여러 가지 추행을 보았습니다. 주민의 불만도 보았습니다. 이 고장 행정관의 몰락도 직접 목격했을 뿐 아니라, 우리가 직접 거기에 손을 쓰기도 했습니다. 나아가서는 이 눈으로 화재가 일어난 것도 보았던 것입니다. 그런데 당신은 무엇이 불만입니까? 이것은 당신이 예기한 프로그램이 아닙니까? 그런데도 당신은 우리를 비난하는 겁니까?"

"월권일세!" 표트르는 사납게 고함쳤다. "내가 여기 있는 동안은, 내 허락 없이는 어떠한 행동도 해선 안 돼. 이젠 그만해 둬! 이제 곧 밀고당할 테니, 내일이든 오늘 밤이든 자네들은 모두 붙잡히고 말 거야. 이것이 자네들이 받는 보상이지. 이것은 확실한 정보란 말이야. 알겠어?"

이 말엔 벌써 모든 사람이 멀거니 입을 벌리고 있을 뿐이었다.

"더욱이 단순한 방화 사주가 아니라, 5인조로서 체포될 거야. 밀고자는 결사의 비밀을 잘 알고 있어. 자네들의 장난이 이런 사태를 가져왔단 말이야!"

"틀림없이 스타브로긴의 짓이다!" 리푸틴이 소리쳤다.

"뭐라고? 어째서 스타브로긴이란 말이야?" 갑자기 표트르는 더듬거렸.

"쳇!" 그는 곧 정상으로 되돌아왔다. "그건 샤토프야! 자네들도 이젠 알고 있을 것이네만, 샤토프는 한때 우리의 일에 관여했던 적이 있었어. 자네들에게 털어놓지 않을 수 없네만, 나는 그가 신임하고 있는 두서너 사람을 통해 계속 그를 감시하고 있던 바, 놀랍게도 그가 각 결사의 비밀이나 조직도…… 즉 모든 것을 알고 있다는 사실을 알았네. 그는 전에 우리 일에 가담했던 죄를 면제 받기 위해서 우리 모두를 밀고하기로 결심했어. 그러나 지금까지 주저하고 있었기 때문에 나도 그를 너그럽게 봐주고 있었거든. 그랬는데 이번에 자네들이 화재 사건으로 그놈의 마음을 흔들어 놓았단 말이야. 그놈은 방화로 극도의 충격을 받고 더 이상 망설이지 않기로 했네. 그래서 내일이라도 우리는 국사범 및 방화범으로 체포되게 되었단 말이야!"

"정말입니까? 어째서 샤토프가 그것을 알고 있지요?"

그 자리에 모였던 사람들의 동요는 무어라고 표현할 수 없을 정도였다.

"지금 말한 것은 모두 사실이야. 나는 내 방식이나 그것을 알게 된 경위는 밝힐 수 없는 처지이지만, 한 가지는 자네들을 위해서 해줄 수 있네. 나는 어떤 사람을 통해서 샤토프에게 영향을 주려 하고 있지. 그렇게 하면 그는 아무것도 눈치채지 못하고 밀고를 미루게 될 거야. 그러나 그것은 겨우 하루 낮밤뿐이고 그 이상의 유예는 내 힘으로는 무리일세. 그러니 자네들도 모레 아침까지는 자신의 안전이 보장되었다고 생각해도 괜찮을 걸세."

모두들 침묵했다.

"드디어 그놈을 처치할 때가 되었군!" 맨 먼저 톨카첸코가 소리쳤다.

"벌써 해치웠어야 했어!" 럄신은 주먹으로 테이블을 쾅 하고 치면서 독살스럽게 말했다.

"그런데 어떻게 그놈을 처치하지?" 리푸틴이 중얼거렸다.

표트르는 곧 이 말을 받아서 자기 계획을 말했다. 그것은 샤토프가 보관하고 있는 비밀 인쇄 기계를 양도한다는 핑계로, 다음 날 밤 해가 지면 기계가 묻혀 있는 인적 없는 장소로 그를 불러내서, '거기에서 처치해 버리자'는 것이었다. 그는 여러 가지 필요한 세부적인 것까지 설명하고(그것은 여기서는 생략하도록 한다), 샤토프의 중앙 본부에 대한 애매한 태도를 자세하게 말했다. 그러나 이것도 독자들은 이미 알고 있는 것이다.

"그건 그렇다고 치더라도" 리푸틴은 결단을 내리지 못하여 더듬으며 말했다. "그러나 또 비슷한 사건이 거듭되는 것이니…… 너무 인심을 소란케 하는 것이 되지 않을까 몰라."

"물론이야." 표트르가 맞장구를 쳤다. "하지만 그것도 이미 꿰뚫어 보고 있네, 완전히 혐의를 피할 수 있는 방법이 있지."

그는 아까처럼 정확한 어조로 키릴로프의 일을 이야기해 주었다. 그가 자살을 결심했다는 것, 신호를 기다리기로 약속했다는 것, 죽기 전에 유서를 남기고, 이쪽에서 말하는 대로 모두 자신이 책임진다고 했다는 것, 즉 독자가 이미 자세히 알고 있는 것들이다.

"자살하려는 그의 확고한 결심은 철학적인 것이고, 내 생각엔 미친 짓이지만, 이것을 저쪽 본부에서 알게 되었단 말이야." 표트르는 설명을 계속했다. "아무튼 저쪽에서는 머리카락 하나라도, 먼지 한 톨이라도 함부로 하지 않고 그것을 모두 공동 사업을 위해서 이용하려 하지. 본부에선 이 결심이 가져오는 이익을 꿰뚫어 보고 또한 그의 각오가 정말로 진지하다는 것을 확인했기 때문에, 러시아까지 돌아갈 돈을 그에게 주고(그는 어떡하든 러시아에서 죽고 싶다고 했거든) 어떤 임무를 주었던 바 그는 그 일의 수행을 맹세했어(그리고 정말 수행했지). 게다가 본부로부터 명령이 있을 때까지는 결코 자살을 하지 않겠다는, 이미 자네들도 알고 있는 맹세를 그 사나이에게 시켰던 걸세. 그는 모든 것을 약속했네. 여기서 주의해 두기를 바라는 것은, 그는 독자적인 자격으로 결사에 들어와 있으면서도 그 나름대로 우리 일에 도움이 되고 싶어 한다는 점이야. 그러나 이 이상 이야기할 수는 없어. 내일 샤토프를 해치운 다음에, 나는 그에게 말해서 샤토프 죽음의 원인은 자신에게 있다는 유서를 쓰게 할 작정이야. 이것은 매우 그럴듯하게 생각될 수 있어. 그 둘은 처음엔 사이가 좋아서 함께 아메리카에도 갔었지만 거기서 싸움을 했거든. 이런 것들을 모두 유서 속에 써넣을 작정이야. 더욱이…… 경우에 따라서는 또 달리 무엇이든, 키릴로프에게 뒤집어씌워도 된단 말이야. 예를 들면 격문이라든가, 방화 책임의 일부라든가…… 하기는 이 문제에 대해서는 좀더 생각해 봐야겠어. 걱정할 필요는 없어. 그는 쓸데없는 편견은 가지고 있지 않으니까, 무엇이든 승낙해 줄 거야."

갑자기 의혹의 소리가 높아졌다. 이야기가 너무 비현실적이라는 느낌을 받았던 것이었다. 물론 키릴로프에 관한 것은 모두 얼마간 들어왔었다. 특히 리푸틴 같은 경우는 많이 알고 있었다.

"만일 그가 갑자기 생각을 달리해서 싫다고 하면 어떡하지요?" 쉬갈료프가 말했다. "뭐라 해도 그 사나이는 역시 미쳤으니 그다지 기대는 하지 않는 게 좋지 않을까요?"

"걱정할 필요 없어. 그는 싫다고는 하지 않을 거야." 표트르는 단정하듯이 말했다. "약속대로라면 나는 그 전날, 그러니까 오늘 중으로 그에게 예고하기로 되어 있어. 나는 곧 리푸틴과 함께 그에게 갈 거야. 리푸틴 군이 내가 말한 것이 거짓말인지 사실인지 확인해 보고, 필요하다면 오늘 밤 안으로라도 되돌아와서 자네들에게 보고하도록 하지. 그리고……." 이런 인간들을 상대로 이렇게까지 열심히 설명해 주는 것은 너무 아깝다고 느끼기라도 한 듯이 그는 갑자기 대단히 울분어린 표정으로 말을 뚝 그쳤다. "자네들 마음대로 행동하도록 해! 자네들이 결심을 주저한다면 이 결사는 여기서 깨어질 거야. 그것도 오로지 자네들의 반항과 배신이 원인으로 말이야. 그리고 우리는 지금부터 각자 뿔뿔이 흩어지는 거지. 그런데 여기서 알아둬야 할 것이 있는데, 만일 그렇게 된다면 자네들은 샤토프의 밀고와 거기에 연관되는 불쾌한 일 말고도 하나 더 약간 불쾌한 일을 당해야 할 거야. 그것은 결사를 조직할 때 굳게 선언했던 것이지. 그런데 나로 말한다면, 난 자네들을, 그다지 두려워하진 않아…… 아무쪼록 나라는 인간이 자네들과 무슨 일에든 운명을 같이하는 것은 아니라는 점을 알아주게…… 하긴 그런 것은 아무래도 상관없지만……."

"아니, 우리는 결단을 내렸습니다." 럄신이 밝혔다.

"달리 방법이 없으니까 말이야." 톨카첸코가 중얼거렸다. "만일 리푸틴이 키릴로프에 관한 것을 확인한다면……."

"나는 반대합니다. 나는 잔인한 행위를 결의하는 데는 강력히 반대합니다!" 비르긴스키가 갑자기 자리에서 일어났다.

"그러나?" 표트르는 반문했다.

"그러나, 어쨌단 말입니까?"

"자네가 그러나라고 했기 때문에 기다리고 있는 것이네만."

"나는 그러나라고 하지 않았는데요. 내가 말하고 싶었던 것은, 만일 모두가 그런 결의를 한다면……."

"한다면?"

비르긴스키는 입을 다물었다.

"내 생각으로는 자기 생명의 위험을 등한히 하는 것은 관계없지만" 갑자기 에르켈이 입을 열었다. "만일 공동 사업에 지장을 가져오는 경우라면 자기 생명의 안전도 등한히 할 수는 없다고 생각합니다……."

그는 당황해서 얼굴이 빨갛게 되었다. 그들은 저마다의 상념에 몰두하고 있었지만, 그래도 모두 깜짝 놀라 그를 보았다. 이 사나이가 다른 사람만큼 말을 할 수 있다는 것이 그만큼 뜻밖이었던 것이다.

"나도 공동 사업을 위해 힘을 다하겠습니다." 느닷없이 비르긴스키가 이렇게 말했다.

모두가 자리에서 일어났다. 내일은 한곳에 모이지 않고 낮까지 다시 한 번 정보를 교환한 뒤 최종적인 계획을 짜기로 했다. 인쇄기가 묻혀 있는 장소가 지시됐고, 각자의 역할이 결정되었다. 리푸틴과 표트르는 재빨리 함께 키릴로프가 있는 곳으로 출발했다.

2

샤토프가 밀고하리라는 것은 누구나 믿어 의심치 않았다. 그러나 표트르가 자기들을 마치 장기의 졸처럼 마구 부리고 있다는 것도 역시 엄연한 사실로 믿고 있었다. 그리고 내일은 결국 그들 모두가 지정한 장소에 모여서 샤토프의 운명을 결정한다는 것 또한 각오하고 있었다. 그들은 자신들이 마치 커다란 거미줄에 걸린 파리처럼 꼼짝 못하게 된 것을 억울해했지만, 그래도 공포에 몸이 떨렸다.

이것은 표트르의 책임이 틀림없었다. 그가 약간만이라도 현실적인 문제에 마음을 썼더라면 모든 일은 좀더 온건하고 쉽게 진척되었을 것이다. 그런데도 그는 사실을 고대 로마의 시민과도 같은 온건한 빛으로 싸서 설명하려 하지 않고 노골적으로 공포와 자기 생명의 위협에만 역점을 두었다. 예의를 전적으로 무시한 행동이었다. 물론 모든 것이 생존 경쟁인 이 세상에서 달리 아무런 자연법칙이 없다는 것은 모두가 익히 알고 있지만 아무리 그렇다고 하더라도⋯⋯.

그러나 표트르는 그들의 고대 로마 시민 같은 기질에 호소할 겨를이 없었다. 그 자신부터가 정상적인 궤도를 벗어난 것 같은 심적 상태에 있었다. 스타브로긴의 도주가 그를 깜짝 놀라게 압도해 버렸던 것이다. 스타브로긴이 부지사를 만났다는 것은 그가 지어낸 거짓말이었다. 그는 어느 누구도, 심지어 어머니까지 만나지 않고 출발했던 것이다. 사실 그를 붙드는 사람이 아무도 없었다는 것이 이상할 정도이다(그 뒤 지방 장관은 이 일에 관해서 특별한 소명서를 썼던 것이다). 표트르는 종일 찾아다녔지만 아무런 단서도 얻지 못했다. 그가 이렇게 걱정한 것은 지금까지는 없었던 일이었다. 사실 그렇게 갑자기 스타브로긴을 체념할 수는 없지 않은가? 그것 때문에 그는 한패의 사람들에게까지도 부드럽게 대할 수가 없었던 것이다. 게다가 그는 지금 자유로운 몸이 아니었다. 곧바로 스타브로긴의 뒤를 쫓아가겠다고 결심했던 것이다. 그런데 샤토프의 일이 그의 출발을 멈추게 했다. 만일의 경우를 생각해서 5인조를 단단히 결속해 놓을 필요가 있었다. (5인조 놈들을 그냥 버릴 수는 없다. 아직 무슨 일에 소용이 닿을는지 모르니까 말이야) 이렇게 판단했을 것으로 나는 생각한다.

샤토프에 대해서는, 표트르는 그의 밀고를 굳게 믿고 있었다. 그가 한패에게 말했던 밀고서 등등의 말은 모두 엉터리였다. 그는 그런 밀고서 같은 것을 일찍이 들어보지도 못했고 또 직접 본 일도 없었지만, 그것이 작성돼 있다는 것은 2×2는 4만큼이나 틀림없는 사실이라고 굳게 믿었다. 샤토프는 어떤 일이 있어도 이번의 사건, 리자의 죽음, 마리야의 참살을 참을 수 없다고 격분하고 있었으므로 이번에야말로 결행할 것이 틀림없다고 생각한 것이다. 그는 이 상상에 확실한 근거를 가지고 있었는지도 모른다. 또 그가 개인적으로 샤토프를 미워했던 것도 우리는 알고 있었다. 일찍이 그들 사이에 약간의 충돌이 있기는 했지만, 그는 결코 모욕 받은 것을 잊어버리는 사나이가 아니었다. 이것이 곧 중요한 이유가 아니겠느냐고 나는 확신하고 있다.

거리의 보도는 벽돌을 깔아놓은 좁은 길로서, 판자를 깐 데도 있었다. 표트르는 그 보도를 홀로 점령하고 한가운데를 거침없이 걸어갔다. 리푸틴은 나란히 걸어갈 수 없어서 한 걸음 뒤져서 따라가든가, 나란히 이야기를 하면서 걷기 위해 차도의 진창으로 뛰어내려야 했는데, 그는 그런 것을 아는 체조차 안했다. 표트르는 문득 생각이 났다. 얼마 전에 그 자신도 스타브로긴의 뒤를 따라가느라고 지금처럼 진창을 조심스럽게 걸어갔던 일이 있었다. 스타브로긴은 마치 지금의 그처럼 보도를 꽉 메울 정도로 한가운데를 걸어갔던 것이다.

그때의 광경을 머리에 떠올리자 그는 광포한 분노에 숨이 막히는 듯했다.

그러나 리푸틴도 분노로 숨이 막힐 듯했다. 표트르가 '동지'들을 제 마음대로 부려먹는다고 해도 알 바 아니지만, 자기에게만은…… 아무튼 자기는 동지들 가운데서는 누구보다도 사정을 잘 알고 있고 이 사건에 관해서도 가장 밀접한 관계를 가지고 있을 뿐 아니라, 누구보다도 가장 깊이 관계하고 있는 것이다. 그리고 지금까지 간접적이라고는 하지만 끊임없이 이 사건에 힘을 보태왔다. 아아, 그는 충분히 알고 있었다. 표트르는 지금도, 여차하면 자신을 없애버릴 것임에 틀림이 없다. 그는 벌써부터 표트르를 미워하고 있었다. 그것은 같이 일을 하는 것이 위험하기 때문이 아니라, 그 거만한 태도로 말미암은 것이었다. 이번에 이런 참혹한 짓을 결행하지 않을 수 없게 된 것 때문에 그는 동지를 다 합친 것보다도 불만이 많았다. 그러나 유감스러운 것은 내일 밤 그는 틀림없이 '노예처럼' 가장 먼저 약속 장소로 갈 뿐만 아니라, 다른 사람들까지 데리고 올 것임에 틀림없었다. 그것은 그 자신도 알고 있었다. 그렇지만 내일까지 어떻게 해서든, 그 자신의 신세를 망치지 않고 표트르를 죽일 수 있다면 그는 반드시 그를 죽일 것임에 틀림없었다.

이런 생각에 몰두해서 그는 입을 다문 채 폭군의 뒤를 잰걸음으로 쫓아갔다. 그런데 저쪽은 그에 대한 것은 잊어버린 모양으로 때때로 부주의하게 팔꿈치로 그를 찌를 뿐이었다. 갑자기 표트르는 거리에서 가장 번화한 곳에서 멈춰 서더니 어느 요릿집으로 들어갔다.

"어딜 가는 겁니까?" 리푸틴은 벌컥 화를 냈다. "여긴 요릿집이 아닙니까?"

"비프스테이크가 먹고 싶어서그래."

"농담이 아닙니다. 여긴 언제나 사람들이 꽉 차 있단 말입니다."

"그게 어쨌단 말인가?"

"그렇지만…… 늦지 않겠어요? 벌써 10시입니다."

"거길 가는 데 무슨 늦고 빠르고가 있나?"

"그렇지만 난 늦으면 곤란합니다. 동지들이 내가 돌아오는 것을 기다리고 있으니까요."

"상관없어! 자네가 그런 족속들에게 간다는 것은 어리석은 짓이야. 오늘은 자네들과 떠드느라고 난 아직도 식사를 못했어. 키릴로프라면, 늦으면 늦을수록 확실히 만날 수 있을 테니까."

표트르는 굳이 별실에 자리를 잡았다. 리푸틴은 화가 난 듯한 표정으로 한쪽 구석의 팔걸이의자에 앉아서 상대가 식사하는 것을 지켜보고 있었다. 이렇게 해서 30분 이상 시간이 흘렀다. 표트르는 태연히 침착성을 과시하는 듯한 태도로 정말 맛있다는 듯이 쩝쩝거리면서 식사를 했다. 그리고 두 번씩이나 겨자를 가져오라 했고, 그다음에는 맥주를 주문하기도 했으나 그사이에는 한마디도 입을 열지 않았다. 그는 깊은 생각에 잠겨 있었다. 그는 한꺼번에 두 가지 일을 할 수 있었다. 즉 맛있게 먹는 것과 동시에 깊은 상념에 잠기는 것이었다. 리푸틴은 드디어 참을 수 없이 그가 미워서 아무리 애써도 그로부터 눈을 돌릴 수가 없을 정도였다. 그것은 어떤 신경질적인 발작이었다. 그는 상대방의 입속으로 들어간 비프스테이크 덩어리를 하나하나 헤아리면서, 그 입이 딱 벌어져 기름진 고깃덩어리를 아주 맛있는 듯이 우물우물 씹거나 수프를 들이마시는 것이 미워서 견딜 수가 없었다. 나중에는 비프스테이크까지 미워졌다. 이윽고 눈이 어른거리더니 어쩐지 머리가 흔들거리고, 등 뒤가 뜨거워지기도 하고 싸늘해지기도 했다.

"자네 심심할 텐데, 이거라도 좀 읽어보게나." 갑자기 표트르가 쪽지 한 장을 그를 향해서 던졌다. 리푸틴은 촛불 앞으로 가까이 갔다. 쪽지에는 자잘한 글자가 가득히 메워져 있었는데, 한 줄마다 지운 흔적이 있었다. 겨우 그가 다 읽었을 때, 표트르는 이미 계산을 끝내고 나가려는 참이었다. 보도로 나오자 리푸틴은 그 종이쪽지를 그에게 돌려주었다.

"이건 자네가 가지고 있게나, 나중에 이야기할 테니까. 그런데 자넨 어떻게 생각하는가?"

리푸틴은 온몸을 와들와들 떨었다.

"나보고 말하라면 이런 격문 따위는…… 그저 웃음거리에 불과하다고 생각합니다."

마침내 분통은 터지고 말았다. 그는 몸이 솔개에게 채여 어디론가 끌려가는 듯한 기분이 들었다.

"만일 우리가 이런 격문의 살포를 결심한다면 그야말로 일을 분별하지 못하는 어리석은 인간이 되어 사람들의 경멸을 살 뿐입니다."

"음, 그래? 나는 그렇게 생각하지 않는데." 표트르는 걸음걸이를 흐트러뜨리지 않고 걸어 나아갔다.

"나야말로 그렇게 생각하지 않습니다. 이건 당신이 직접 쓴 것입니까?"

"그건 자네가 알 바 아니야."

"나는 〈빛나는 인격〉, 그 상상할 수도 없을 만큼 졸렬하기 그지없는 시도 역시 게르첸의 작품이라고는 생각되지 않는단 말입니다."

"바보 같은 소리 작작해. 그건 훌륭한 시야."

"그 밖에도 이상한 것이 있습니다." 리푸틴은 이제 완전히 힘을 얻어 마구 떠들기 시작했다. "어째서 당신은 우리에게 모든 파괴를 목적으로 행동을 취하라는 것입니까? 유럽에서는 프롤레타리아가 존재하는 이상 모든 것을 파괴하기를 바라는 것은 당연한 일이지만, 러시아에는 우리와 같은 비전문가들밖에 없기 때문에 다만 먼지만 일으킬 뿐이 아니겠어요?"

"나는 자네를 푸리에주의자라 생각하고 있었어."

"푸리에의 주장과는 다릅니다. 전혀 다릅니다."

"당치도 않은 소리임은 나도 알고 있네."

"아닙니다, 푸리에 주장은 당치도 않은 소리가 아닙니다. 실례일는지 모르지만 나는 5월에 반란이 일어나리라고는 아무래도 믿을 수가 없어요."

리푸틴은 웃옷 단추까지 끌렀다. 그처럼 더웠던 것이다.

"이제 그만하지. 그런데 잊어버리지 않도록 말해 두겠는데." 표트르는 무서울 만큼 냉정한 어조로 갑자기 화제를 바꾸었다. "자네는 이 격문을 직접 문선해서 인쇄해 주어야 하네. 샤토프에게 맡긴 인쇄기를 내일 우리가 파낼 테니까 자네는 내일부터 그것을 보관하는 책임을 맡아주게. 그리고 될수록 빨리 활자를 뽑아서 한 장이라도 더 많이 인쇄해 달란 말이야. 이 겨울 내내 그것을 뿌려야 하니까. 자금에 대해서는 지령이 있을 거야. 어쨌든 가능한 한 많이. 여유 있게 인쇄해 주지 않으면 안 돼! 다른 지방에서도 주문이 있을 테니까."

"싫습니다. 그건 깨끗이 거절하겠습니다. 나는 그런 것을…… 한다고 맡을 수는 없습니다. 거절합니다."

"그렇지만 결국에 가서는 이 일을 맡게 될 거야. 나는 중앙위원회의 명령으로 행동하고 있으니까, 자네는 그것에 복종할 의무가 있어."

"그러나 내 생각으로는 외국에 있는 러시아 중앙위원회는 현실의 러시아를 잊고, 모든 연락을 끊어버린 것입니다. 그들은 꿈을 꾸고 있는 것에 불과해요. 아니, 그 정도가 아닙니다. 러시아에 몇백씩이나 있다는 5인조라는 것은 거짓말이고 우리만 있는 게 아닐까, 연락망이라는 것도 전혀 없는 것이 아닐까 생각될 정도란 말입니다." 리푸틴은 마침내 숨이 차서 헐떡거리고 있었다.

"우리 일을 믿지도 않으면서 경솔하게 움직인 자네들이야말로 오히려 경멸할 만한 대상이 아니겠는가? 지금만 하더라도 당장 들개처럼 내 뒤를 따라오고 있지 않은가?"

"아니오…… 당신을 뒤따르고 있는 것이 아닙니다. 우리도 당신 곁을 떠나서 새로운 결사를 조직할 권리를 충분히 가지고 있으니까요."

"얼간이 같으니!" 표트르는 갑자기 눈을 부릅뜨면서 소리를 질렀다.

둘은 잠깐 동안 마주 보고 서 있었다. 표트르는 빙글 돌아서 자신 있게 앞으로 나아갔다.

'이대로 방향을 돌려서 돌아가 버릴까? 지금 돌아가지 않는다면 영영 되돌아갈 수 없겠지?' 이런 생각이 리푸틴의 뇌리를 번갯불처럼 스쳐갔다. 그는 열 발짝 정도 걸어가면서 이렇게 생각하고 있었지만, 열한 걸음째는 또 새로운 자포자기의 생각이 머릿속 가득 불타올랐다. 그는 방향을 돌리지도, 돌아가지도 않았다.

두 사람은 필리포프 집에 이르렀지만, 거기까지 채 가지 못해서 옆 골목이라기보다는 울타리에 따라 있는, 사람들의 눈에 그다지 뜨이지 않는 샛길로 갔다. 한참 동안 둘은 배수로의 급한 비탈을 따라서 가야 했다. 발이 자꾸만 미끄러져 울타리를 붙잡고 걸었다. 꼬부라진 울타리의 가장 어두운 모퉁이에서 표트르는 널빤지를 한 장 뽑아 들었다. 그리고 그곳에 난 구멍 속으로 곧 기어들어갔다. 리푸틴은 잠깐 어리둥절했지만 자기도 곧 뒤따라 들어갔다. 그러고 나서 널빤지를 전처럼 다시 끼웠다. 이것은 페디카가 키릴로프 집으로 숨어드는 비밀 통로였던 것이다.

"우리가 여기 온 것을 샤토프가 알면 안 된단 말이야." 표트르는 리푸틴을 향해서 엄중하게 속삭였다.

3

키릴로프는 언제나 이 시각이면 하는 것처럼, 예의 그 가죽으로 싼 긴 의자에 앉아서 차를 마시고 있었다. 그는 일어나서 반기지는 않았지만, 어쩐 일인지 움찔하면서 들어오는 사람들을 불안스럽게 쳐다보았다.

"생각하는 대로야." 표트르가 말했다. "나는 그 일로 왔네."

"오늘인가?"

"아니 내일이라네. 이맘때쯤 해서."

그렇게 말하고 표트르는 갑자기 침착성을 잃어버린 키릴로프의 태도를 약간 불안한 표정으로 들여다보면서 서둘러 테이블 옆에 앉았다. 그러나 키릴로프는 벌써 완전히 침착해져서 평상시의 표정으로 되돌아가 있었다.

"아무래도 동지들이 믿어주지 않아서 말이야. 리푸틴을 데려왔다고 화가 난 것은 아니겠지?"

"오늘은 화를 내지 않겠지만, 내일은 혼자 있고 싶네."

"그렇지만 내가 오기 전에 해치우면 안 돼. 내가 그 자리에 있어야만 되네.……"

"자네의 입회는 바람직하지가 못한데."

"기억하고 있겠지, 내가 부르는 대로 써서 거기에다 서명한다고 약속하지 않았나?"

"나는 아무래도 좋아. 그건 그렇고 오늘밤은 오래 있겠나?"

"어떤 남자를 만나야 하기 때문에 30분 동안만 폐를 끼치겠네. 자네가 어떻게 생각하든 30분 동안만은 앉아 있겠네."

키릴로프는 입을 꽉 다물고 있었다. 그동안에 리푸틴은 한쪽에 있는 주교의 초상화 아래 자리를 잡았다. 조금 아까 가졌던 자포자기의 상념이 점점 그의 머리를 점령해 가고 있었다. 키릴로프는 그에게는 거의 눈길을 돌리지조차 않았다. 리푸틴은 전부터 그의 인생관을 알고 있었으며 언제나 그것을 비웃고 있기는 했지만 지금은 입을 꽉 다물고 침통한 얼굴로 주위를 둘러보고 있었다.

"차를 좀 마셔도 나쁘지 않겠는데." 표트르는 의자를 끌어당겼다. "지금 막 비프스테이크를 먹고 오는 길인데, 차는 마시지 않고 왔단 말이야."

"마셔, 마시고 싶으면."

"전에는 자네가 먼저 권해 줬는데." 표트르는 조금 못마땅하다는 듯이 말했다.

"그런 것은 아무래도 상관없지 않아? 리푸틴도 마시지?"

"아니, 난 마시지 못합니다."

"마시질 못하는가, 아니면 마시고 싶지 않은가? 어느 쪽이야?" 갑자기 표트르가 몸을 홱 돌렸다.

"나는 이 집에서는 마시지 않습니다." 힘주어 말하며 리푸틴은 거절했다.

표트르는 양미간을 찌푸렸다.

"신비주의 냄새가 나는군. 정말 자네들은 알 수 없는 인간들이란 말이야. 도대체 왜 그러는 건가?"

아무도 그 말에 대답하지 않았다. 1분 넘게 침묵이 흘렀다.

"그런데 한 가지 알고 있는 것이 있어." 그는 날카로운 어조로 말을 이었다. "어떤 편견이라도 우리가 저마다의 의무를 수행하는 것을 방해할 수 없다는 거야!"

"스타브로긴은 가버리고 만 건가?" 키릴로프가 물었다.

"가버렸어."

"그건 참 좋은 일을 했군요."

표트르는 잠깐 동안 눈을 번득거렸지만 곧 자제했다.

"자네가 뭐라고 생각하든 상관없어. 모두가 약속을 지키면 그것으로 충분해."

"난 약속을 지키네."

"하긴 난 평소부터 믿고 있었지. 자네는 독립한 진보적인 사람이니까, 자기 의무를 다할 거라고 말이야."

"자네는 재미있는 사람이야."

"그래? 그렇다고 해두지. 나는 사람을 웃기는 것이 좋아. 나는 사람들이 좋아하는 일을 하는 게 기쁘거든."

"자네는 내가 꼭 자살해 주길 바라는데, 갑자기 싫다고 하지 않을까 겁을 내고 있는 것이 아닌가?"

"그러나 생각을 좀 해보게나. 자네는 자진해서 우리의 행동과, 자신의 계획을 결합시키지 않았는가 말이야. 우리는 이미 자네의 계획을 전제로 몇 가지 행동을 해버렸어. 그러니 자네는 이제와서 새삼스레 싫다고 할 수는 없네. 자네가 우리를 유도한 것이니까."

"그런 일을 강제할 권리는 조금도 없어!"

"알고 있어, 잘 알고 있네. 물론 그것은 전적으로 자네의 자유의사로서, 우리에겐 아무런 권리도 없지. 다만 자네의 완전한 자유의지가 실행되기만 하면 되는 거야."

"그럼 나는 자네들의 추행을 모두 떠맡아야 하는 것이군?"

"이보게, 키릴로프, 자네 겁을 먹은 게 아닌가? 만일 거절하고 싶으면 지금 곧 말해 주게나."

"나는 겁 같은 건 먹지 않아."

"자네가 너무나 여러 일을 물어보니 말일세."

"자넨 바로 갈 건가?"

"또 물어볼 게 있나?"

키릴로프는 경멸하듯 상대를 바라보았다.

"이봐." 더욱 화가 나서 침착함을 잃고 어떤 어조로 말을 해야 할지 몰라 하면서도 표트르는 말을 이었다. "자네는 혼자서 정신을 집중하려고 내가 떠나기를 바라고 있지만 그것은 자네에게 있어서, 누구보다도 자네 자신을 위해서 위험한 징조야. 자네는 많은 것을 생각하고 싶어하지만, 나보고 말하라면 생각 같은 것은 그만하고 단숨에 해치우는 게 좋을 거야. 정말로 자네는 사람을 애가 타게 한단 말이야."

"다만 한 가지 참을 수 없는 일은, 그 순간에 자네 같은 독벌레가 내 옆에 있다는 거야."

"그런 것은 아무래도 좋지 않은가? 그렇다면 그때만 내가 밖으로 나가서 현관에 서 있어도 좋겠지. 자네가 죽음을 각오하면서도, 그렇게 허심탄회하게 있을 수 없다면…… 그건 매우 위험해. 나는 현관에 나가 서 있겠어. 나 같은 건 아무것도 모른다고, 자네보다 무한히 낮은 인간이라고 생각하면 될 거 아닌가?"

"아냐, 자네는 그렇지 않아. 자네에겐 재능이 있지만 매우 많은 일에 대한 이해가 부족해. 그것은 자네가 비겁한 인간이기 때문이야."

"좋아, 아주 좋아. 나는 방금 말한 것처럼 사람들에게 기쁨을 느끼게 하는 것이 아주 좋거든…… 특히 이런 순간에 말이야."

"자네는 아무것도 모르는군."

"그렇지만 나는…… 적어도 경의를 표하면서 듣고 있네."

"자네는 아무것도 할 수 없어. 지금도 그 발끈하는 성미를 감출 줄 몰라. 그런 것을 얼굴에 나타내는 것은 자네에게 불리한데도. 만일 자네가 나를 화나게 만든다면 나는 갑자기 반년쯤 더 살고 싶다고 할는지도 몰라."

표트르는 시계를 보았다.

"나는 지금까지 한 번도 자네의 이론을 이해하지 못했지만 자네가 그 이론을 생각해 낸 것은 우리를 위해서가 아니니, 우리가 없더라도 실행될 것은 틀림없으리라 생각해. 그것만은 알고 있네. 그리고 자네는, 자네가 사상을 지배하고 있는 것이 아니라 사상이 자네를 지배하고 있기 때문에 미룰 수 없을 거라는 것도 알고 있지."

"뭐라고? 사상이 나를 지배하고 있다고?"

"그래!"

"내가 사상을 지배하고 있는 것이 아니라고? 그건 참 재미있군. 자네에겐 잔꾀가 있군그래? 그러나 자네가 아무리 나를 농락해도 나는 더욱더 긍지를 느낄 뿐이야."

"좋아, 좋다고, 정말 그래야 해. 자네는 긍지를 가져야 한단 말이야."

"이제 그만하세. 차도 마셨으니 그만 돌아가 주게."

"쳇, 이래선 갈 수밖에 없군." 표트르는 자리에서 일어났다. "그러나 역시 너무 이른걸. 이보게, 키릴로프, 먀스니치하*¹에게 가면 그 사나이를 만날 수 있을 거야. 누구를 말하는지 알겠지? 하기는 그 여자도 거짓말을 했는지 모르지만."

"만날 수 없을 걸세. 그 사나이는 여기 있지, 그곳에는 없으니까."

"여기 있다고? 제기랄, 어디 있단 말이야?"

"부엌에 앉아서 먹고 마시고 있지."

"그런 발칙한 녀석이 있나!" 표트르는 얼굴을 붉히고 화를 냈다. "그 녀석은 저쪽에서 기다리고 있어야 했는데. 아니야, 그럴 리가 없어. 그 녀석은 여권도 없고 돈도 없단 말이야."

"글쎄, 아무튼 그 사나이는 작별인사를 하러 왔어. 여행 차림을 하고 모든 준비를 갖추었던데, 이번에 가면 다신 돌아오지 않는다더군. 그리고 자네는 악당이기 때문에 자네가 돈을 줄 것이라고 기대하지 않는다고 했네."

"아하! 그 녀석은 내가 어떻게 할까봐 겁을 먹고 있군그래. 만일 그런 일이 있다면, 나는 지금이라도 그놈을…… 어디 있나? 부엌에 있다고 그랬지?"

키릴로프는 조그마하고 어두운 방으로 통하는 옆문을 열었다. 이 방에서 세 계단을 내려가면 바로 부엌으로 통하게 되어 있었다. 여기에는 조그마한 방이 칸막이로 막혀 있었고 하녀의 침대가 놓여 있었다. 이 방 한구석에 있는 성상(聖像) 밑에, 칠도 하지 않고 식탁보도 깔지 않은 탁자 앞에 페디카가 앉아 있었다. 탁자 위에는 작은 보드카 술병이 놓여 있었고, 접시에는 빵이, 프라이팬에는 한 덩어리의 고기와 감자가 있었다. 그는 천천히 음식을 먹고 있었다. 이미 반쯤 취해 있었지만, 그래도 털가죽이 달린 반외투를 입고 있는 것으로 보아 출발 준비를 끝낸 성싶었다. 칸막이 저쪽에서는 주전자가 펄펄 끓고 있었는데, 그것은 페디카를 위한 것이 아니었다. 페디카는 오히려 그 불을 피우든가 물이 잘 끓는지를 보며, 지금까지 일주일 넘게 '알렉세이 닐리치'를

---

*1 매춘부의 이름.

위해서 매일 밤 봉사하고 있는 것이었다. "이분은 매일 밤 차를 마시는 것이 버릇이어서요." 그는 말했다. 고깃덩어리와 감자는 하녀가 없는 것으로 미루어 보아 주인인 키릴로프가 페디카를 위해서 아침부터 요리해 준 것임에 틀림없다고 나는 생각한다.

"도대체 너는 무슨 생각을 한 거야?" 표트르는 부엌으로 뛰어내렸다. "어째서 일러둔 곳에서 기다리지 않고 여기서 이러고 있는 거야?"

이렇게 말하면서 그는 화가 난 듯이 주먹을 쥐고 탁자를 내리쳤다.

페디카는 꿈쩍도 하지 않았다.

"잠깐 기다리십시오, 표트르 씨. 잠깐 기다리시라니까요." 한마디씩 또박또박 똑똑한 어조로 그는 이렇게 말을 시작했다.

"먼저 알아두셔야 할 것이, 당신은 지금 키릴로프 씨 댁에 손님으로 와 있는 겁니다. 당신은 언제나 그분의 구두를 닦아주어도 시원치 않단 말입니다. 왜냐하면 그분은 당신에 비한다면 훨씬 더 학식 있고 현명한 분이기 때문이지요. 그런데 당신이 하는 짓은 이게 뭐요? 쳇!"

그는 화가 난 모양으로, 나오지도 않는 침을 옆에다 탁 뱉었다. 그에게서는 남을 업신여기는 거만한 태도와 묘하게 사리를 따지는 듯한 태도가 엿보였다. 그것은 폭풍 전야의 고요함 같은 위험성을 가진 것이었다. 그러나 표트르는 그런 위험성을 눈치챌 여유가 없었고, 또 그런 것은 그의 평소 사고방식과는 어울리지 않는 일이었다. 이날 일어난 사건들과 실패가 완전히 그의 머리를 혼돈시켰던 것이다. 리푸틴은 세 계단 위의 어두컴컴한 작은 방에서 호기심에 찬 눈빛으로 내려다보고 있었다.

"네놈은 확실한 여권과, 내가 말한 곳으로 멀리 달아나는 데 필요한 목돈의 여비를 가지고 싶지 않은 것이냐?"

"내 말을 좀 들어요, 표트르 씨. 당신은 처음부터 나를 속이려 들었소. 그 이유는 당신이란 사람은 정말 틀림없는 악당이기 때문이오. 내가 보기엔 당신은 남의 몸에 붙어서 피를 빨아먹는 진드기나 다름없소. 당신은 죄 없는 인간의 피를 대가로 큰돈을 나에게 약속하고 또 스타브로긴 씨의 대리인인 척했었소. 그런데 알고 보니, 그것은 모두 당신 혼자 꾸민 짓이었소. 나는 그 한 방울의 피와도 관계가 없단 말이오, 1천500루블의 돈이 문제가 아니오. 듣자 하니 스타브로긴 씨는 며칠 전에 당신의 뺨을 후려갈겼다고 하더군요. 나는 이미 알고 있단 말이오. 이번에 또 나를 위협해서 돈을 준다고 약속하지만, 어떤 일인지도 말해 주지 않았소. 나는 의심하고 있소. 당신이 나를 페테르부르크로 보내려 하는 것은 내가 남의 말을 잘 믿는 것을 이용해서 어떻게든 스타브로긴 씨에 대한 원한을 풀려고 그러는 것이 아닌가 말이오. 그렇게 생각해 볼 때, 당신은 맨 먼저 손꼽힐 하수인이란 말이오. 게다가 그 썩어빠진 정신 때문에 하느님을, 진정한 창조주를 믿지 않게 되었다는 이유 하나만으로도 당신이 어떤 놈이 되어버렸는지 알고 있느냐 말이오. 당신은 우상 숭배자나 마찬가지요. 타타르인이라든가 몰도바인과 같은 부류란 말이오. 키릴로프 씨는 철학자이기 때문에 당신에게 만물을 창조하신 진정한 신에 대한 것이라든가, 이 세상의 시작이라든가, 내세의 운명이나, 〈계시록〉에 나오는 짐승이라든가, 그 밖의 여러 생물의 변화에 관한 것을 몇 번이고 되풀이해서 당신에게 들려 주셨던 것이오. 그런데도 당신은 사리를 분별 못하는 멍청이고 벽창호고 고집불통으로서 저 무신론자라는 극악무도한 유혹자처럼, 소위 에르텔레프*²를 같은 길로 끌어들였소."

"뭐라고? 이 주정뱅이 녀석이! 성상을 모독하며 떠돌아다니고 있는 주제에 누구에게 설교를 하려 드는 거냐?"

"표트르, 내가 성상의 장식을 벗기고 돌아다닌 것은 사실이오. 그렇지만 그것은 다만 진주를 훔친 것뿐이란 말이오. 게다가 당신은 모르겠지만, 어쩌면 내 눈물이 그때 하느님의 뜻에 의해서 진주가 됐을는지도 모르지 않소. 하느님께서 내 불행한 처지를 딱하게 여기셔서 말이오. 나는 이 세상에 의지할 데 없는 천애 고독한 몸이기 때문이죠. 당신도 책을 읽어서 알고 있겠지만, 옛날 어떤 곳에서 한 장사꾼이 나처럼 눈물을 흘리면서 탄식의 기도를 드리고 또 드려서 성모마리아 상의 후광(後光) 장식에 붙어 있는 진주를 훔쳤지요. 그리고 나중에 여러 사람이 보는 앞에서 무릎을 꿇고 훔친 돈을 모두 마리아 앞

---

*2 에르켈을 이른다. 에르켈은 독일의 성이지만, 페디카는 그것을 러시아식으로 바꾸어 말한 것임.

에 바쳤소. 그런데 마리아께선 그 많은 사람 앞에서, 그 장사꾼의 옷소매에 그 돈을 도로 넣어주셨단 말이오. 이런 기적이 베풀어졌기 때문에 그 무렵 관리들이 정부가 발행하는 책에도 그대로 그것을 써넣게 했다는 거요. 그런데 당신은 마치 생쥐를 풀어놓는 듯한 짓을 하고 있소. 즉 하느님의 뜻을 노골적으로 모욕하고 있단 말이오. 만일 당신이 나에게 있어서 태어날 때부터 주인의 위치에 있지만 않았더라면, 내가 어린 시절부터 이 팔에 안고 얼렀던 주인이 아니었더라면 나는 이 자리를 떠나지 않고 당신의 숨통을 끊어놨을 거요."

표트르는 극도로 분노하여 몸을 떨었다.

"사실대로 말해 봐! 너는 오늘 스타브로긴을 만났었지?"

"당신은 나에게 그런 것을 물을 권리가 없어요. 스타브로긴 씨도 당신을 아주 체념하고 계시더란 말이오. 그분은 명령을 한다든가 돈을 낸다든가 하기는커녕 그 사건에 관해선 어떻게 하실 생각도 없으셨단 말이오. 그것은 당신이 멋대로 한 일 아니오."

"돈을 주겠어. 2천 루블도. 페테르부르크에 도착하는 즉시 그 자리에서 몽땅 건네주지. 거기다가 더 주겠단 말이야."

"또 허튼소리를 하는 거요? 난 이젠 당신 따윈 보기조차 우스워서 견딜 수 없단 말이오. 스타브로긴 씨는 당신에 비한다면 훨씬 높은 위치에 서 계시는 분이오. 당신이 아래에서 얼빠진 강아지 모양으로 깽깽거리고 있을 때 그분이 위에서 내려다보면서 침을 뱉어주는 것조차 자비를 베푸시는 것 같단 말이오."

"뭣이 어째? 이 녀석." 표트르는 표정을 일그러뜨리고 소리쳤다. "너 같은 자식은 여기서 한 발짝도 밖으로 나가지 못하게 하고, 이대로 경찰에 넘겨주고 말 테다!"

페디카는 별안간 벌떡 일어나 무섭게 두 눈을 부라렸다. 표트르는 권총을 꺼냈다. 그러나 그 순간, 눈길을 돌리고 싶을 정도로 처참한 광경이 벌어졌다. 표트르가 미처 권총을 겨눌 틈을 주지 않고 페디카는 재빨리 몸을 날려 있는 힘껏 그의 옆얼굴을 후려쳤다. 거의 같은 순간에 또 다른 주먹 소리가 들려왔다. 계속해서 또 한 방 또 한 방…… 모두 얼굴에 작렬했다. 표트르는 정신을 잃고 눈을 부릅뜬 채 무어라고 중얼거리는가 싶더니 갑자기 꽝 하고 썩은 나무가 넘어지듯이 마룻바닥에 쓰러졌다.

"자아, 이자를 삼가 바칩니다. 마음대로 하십시오!" 개선장군처럼 홱 돌아서서 페디카는 외쳤다. 그리고 덥석 모자를 집더니 의자 아래에서 꾸러미를 하나 꺼내 가지고는 그대로 모습을 감추었다. 표트르는 정신을 잃고, 목구멍에서 그르렁거리는 소리를 내고 있었다. 리푸틴은 정말 죽은 것이 아닌가 생각했을 정도였다. 키릴로프는 서둘러 부엌으로 달려갔다.

"물을 끼얹어!" 그는 소리치고 들통에서 양철 국자로 물을 퍼다가 머리 꼭대기에 퍼부었다. 표트르는 부르르 한 번 떨고 머리를 쳐들더니, 이윽고 몸을 일으켜 앉아서 멍청히 앞만 바라보고 있었다.

"표트르, 좀 어떤가?" 키릴로프가 물었다.

표트르는 아직도 정신을 차리지 못했는지 상대방을 뚫어지게 보고 있었다. 그러나 그때 우연히 부엌에서 얼굴을 내밀고 있는 리푸틴을 발견하자, 언제나처럼 기분 나쁜 웃음을 빙그레 띠고, 마루에 떨어져 있던 권총을 주워 들고 벌떡 일어났다.

"네가 그 스타브로긴이란 새끼처럼 내일이라도 이곳을 도망치겠다는 생각을 한다면" 그는 갑자기 얼굴이 창백해져 말조차 제대로 못하면서, 정신이 나간 사람처럼 키릴로프에게 덤벼들었다. "난 이 세상 끝까지라도 너를 따라가서…… 파리처럼 목을 매서…… 비틀어 죽이고 말 테니까, 알겠어?"

그렇게 말하고 나서 그는 키릴로프의 이마에다가 권총을 갖다 댔다. 그러나 그와 거의 때를 같이 해서 겨우 제정신으로 돌아와 그 손을 거두고 권총을 주머니에 넣었다. 그러고는 더 이상 아무 소리도 않고 그대로 밖으로 뛰어나갔다. 리푸틴도 그 뒤를 따랐다. 둘은 아까 들어왔던 그 구멍을 통해서 또다시 담장을 붙들고 시궁창 기슭의 비탈진 둔덕을 따라 내려갔다. 표트르는 리푸틴이 따라가기가 힘들 정도로 빠른 걸음으로 서둘러 걸어갔다. 그리고 맨처음에 닥친 네거리에 이르자 그는 돌연 멈춰 섰다.

"어때?" 그는 도전하듯이 리푸틴을 돌아보았다.

리푸틴은 아직도 권총과 조금 전의 광경이 떠올라서 부들부들 떨며 어쩔 줄을 몰라 하고 있었으나, 무슨 일인지 자연스레 이런 대답이 입에서 흘러나왔다.

"나의 생각으로는…… 나의 생각으로는 '스몰렌스크에서 타슈켄트까지' 그렇게 다들 학생이 오기를 기다리고 있는 것도 아닌가 본데요."

"자네는 부엌에서 페디카가 무엇을 마시고 있었는지 보았나?"

"무얼 마시고 있었다뇨, 보드카를 마시고 있지 않았어요?"

"그럼 기억해 두라고. 그것이 그 사나이가 이 세상에서 마신 마지막 보드카야. 앞으로 참고하도록 알려주는 거야. 자아, 이젠 아무 데든 네가 가고 싶은 곳으로 가보란 말이다. 내일까지는 너도 별다른 일이 없는 놈이야…… 그렇지만 조심하게. 바보 같은 짓을 하면 어찌 되는지 알겠지!"

리푸틴은 곧장 자기 집을 향해서 달려갔다.

4

그는 벌써 오래전부터 다른 사람 이름의 여권을 준비해 두었다. 이 빈틈없는 속물, 가정에서는 변변찮은 폭군, 관리(푸리에파 사회주의자라고는 하지만 그래도 관리임엔 틀림없다), 게다가 자본가이며 고리대금업자인 리푸틴이 만일의 경우 언제든지 외국으로 달아날 수 있도록 이렇게 여권을 준비해 둬야겠다는 터무니없는 생각을 벌써 오래전부터 하고 있었다는 것은 정말로 뜻밖의 일이다. 그러나 그는 이 만일의 경우가 일어날 가능성을 계산에 넣고 있었던 것이다. 물론 이 만일이 무엇을 의미하고 있는지는 그 자신도 확실하게는 모르고 있었지만.

그런데 지금, 지극히 뜻밖의 형태로 이 만일의 경우가 실현된 것이다. 조금 아까 보도에서 표트르로부터 "얼간이 같으니!"란 말을 들은 뒤부터 키릴로프 집으로 들어갈 때까지 계속 생각하고 있었던 자포자기적인 상념은 다름 아니라, 내일이라도 날이 샐 무렵에 모든 것을 내버린 채 외국으로 망명하는 것이었다. 그런 엉뚱한 일이 지금 러시아의 일상생활에 일어날 리가 없다고 믿는 사람이 있다면, 외국으로 간 진짜 러시아 망명자의 전기를 조사해 보는 것이 좋을 것이다. 어느 누구도 이보다 현명하고 실제적인 망명을 한 사람은 없었음을 알게 될 것이다. 모든 것은 터무니없는 공상의 세계이며, 그 이상 아무것도 아니다.

집으로 달려가자, 그는 먼저 방문을 걸어 잠그고 여행 가방을 꺼내 무서운 기세로 짐을 꾸리기 시작했다. 그의 주된 관심사는 돈이었다. 어떻게 해서 얼마만큼의 돈을 건져낼 수 있을까라는 것이었다. 정말 건져내는 것이다. 그의 계산으로는 이미 조금도 시간적 여유가 없었다. 날이 새기 전까지는 어떻게 해서든 큰길까지 나가 있어야 했기 때문이었다. 그뿐만 아니라 그는 어떻게 기차를 타야 할지조차도 아직 잘 모르고 있었다. 그러나 어디든, 도시로부터 두서너 정거장 떨어진 곳에서 기차를 타는 게 좋다. 거기까지는 걸어서라도 반드시 가야 한다고 마음속으로 막연하게 정하고 있었다. 이렇게 본능적으로, 기계적으로 마치 회오리바람과도 같은 상념을 머릿속에서 넣고서, 그는 열심히 가방을 챙기고 있었지만…… 갑자기 손을 멈추고 모든 것을 내팽개친 채, 깊은 신음 소리를 내면서 긴 의자 위에 쓰러졌다.

그는 확실하게 느꼈다. 자기는 아마도 도망할 것임에 틀림없다. 하지만 샤토프를 처치하기 전에 해야 할 것인가, 그렇잖으면 그 뒤에 할 것인가? 이 문제를 해결한다는 것은 현재 자기 힘으로는 도저히 불가능하다고 깨달은 것이다. 지금의 그는 다만 조잡한, 감각이 없는 몸, 타성에 의해 움직이고 있는 고깃덩어리에 불과하다. 그는 지금 무서운 외부의 힘에 조종되고 있는 것이다. 설령 외국에 갈 수 있는 여권이 있다고 해도, 또 샤토프 사건으로부터 도망칠 수 있다고 하더라도(그것이 아니었다면 이렇게 서두를 필요가 없는 것이다) 그가 도망하는 데는 샤토프 사건 전도 아니며, 그 도중도 아니며, 아무래도 샤토프 사건 뒤가 될 것임에 틀림없다. 그것은 이미 결정되었고 서명까지 했으며, 벌써 도장까지 찍은 것이나 진배없다. 견디기 어려운 번민으로 쉴 새 없이 몸을 떨며, 자기 자신을 싫어하든가, 신음 소리를 내든가, 마비된 사람처럼 꼼짝 않고 있든가 하면서 그는 문을 닫아 걸고 긴 의자에 쓰러진 채 이튿날 아침 11시까지 이럭저럭해서 시간을 보냈다. 그런데 갑자기 이미 각오하고 있었던 충격이 그를 덮쳐서 그것이 그의 결심을 굳히게 하는 동기가 되었다. 11시에 그가 방문을 열고 가족들이 있는 거실로 나가자마자, 그는 갑자기 가족들로부터 뜻밖의 사실을 들었다. 그것은 다름이 아니라 지금까지 사람들의 공포의 대상이었던 교회 강도 페디카가, 지금까지 경찰이 쫓고 있었지만 도저히 체포할 수 없었으며 며칠 전만 하더라도 살인을 하고 방화를 한 범인이 오늘 새벽에 큰길에서 7베르스타쯤 떨어진, 현(縣)의 신작로에서 자하아리노로 나가는 마을길 분기점에서 타살당한 시체로 발견됐다고 이미 온 거리에 소문이 쫙 퍼져서 야단이라는 것이었다. 그는 서둘러 집을 뛰어나가서 자세한 사정을 알아보고 다녔다. 가장 먼저 알아낸 것은 페디카는 머리가 깨져서 죽었지만 모든 징후로 보아 강도를 만난 것 같다는 사실과, 그리고 경찰 측에서는 그 범인으로 전에 쉬피굴린 공장에 있었던 폼카에게 강한 혐의를 두고 있을 뿐 아니라, 그렇게 단정할 수 있는 확실한 증거까지 쥐고 있다는 사실이었다. 폼카는 레뱌드킨 오누이를 죽이고 불을 놓은 공범자로 추정되는 사나이며, 레뱌드킨의 집에서 훔쳐 페디카가 감춰 두었던 거액의 돈을 가지고 길 한복판에서 두 사람 사이에 싸움이 벌어졌음에 틀림이 없다는 것이었…… 리푸틴은 표트르 집으로 달려가 보았다. 그리고 표트르는 어젯밤 1시쯤 돌아왔지만, 그러고 나서 계속 아침 8시까지 조용히 자기 방에서 쉬고 있었다는 것을 뒷문에서 슬쩍 엿들었다. 물론 강도 페디카의 죽음에는 조금도 이상한 점이 없었다. 이런 사건에서는 오히려 이런 결말이 있음직한 것이다. 그러나 "그것이 그 사나이가 이 세상에서 마신 마지막 보드카야"라고 한 무서운 예언이 즉시 적중한 우연의 일치가 아무래도 의미심장하게 여겨졌기 때문에 리푸틴은 단번에 망설이던 것을 중지하고 말았다. 충격은 주어졌다. 그것은 마치 커다란 돌이 위에서 떨어져 영원히 그를 짓누르는 것과도 같았다. 집으로 돌아오자, 그는 입을 굳게 다문 채 침대 아래로 여행 가방을 밀어 넣어버렸다. 그리고 밤이 되자 그는 정해진 시각에 가장 먼저 약속 장소로 나가서 샤토프를 기다렸다. 물론 그 여권은 여전히 그의 호주머니 속에 들어 있기는 했지만.

제5장
여행하는 여자

1

리자를 덮친 재앙과 마리야의 죽음은 샤토프에게 압도적인 인상을 주었다. 내가 먼저도 말했듯이 그날 아침 잠깐 그를 만났지만, 그때의 그는 정신을 잃은 사람처럼 보였다. 그래도 어쨌든 그는 전날 저녁 9시쯤(즉 불이 나기 세 시간 전에) 마리야를 방문했던 것을 말해 주었다. 그날 아침 그는 시체를 보러 갔지만, 내가 아는 한 그날 아침에 그는 아무 데서도 어떤 의사 표시를 하지 않았다. 그러나 날이 저물 무렵이 되어서 그의 마음속에 무서운 폭풍이 일기 시작했다. 그리고…… 그리고 나는 단호하게 말할 수 있다. 땅거미가 지는 어느 순간에 그는 곧 일어나 밖으로 나가서 모든 것을 죄다 알리자고 생각했던 것 같다. 모든 것이란 도대체 무엇을 말하는 것일까? 그것은 그 자신이 잘 알고 있었다. 그러나 물론 그렇게 한들 아무런 결과도 얻을 수가 없어서 오히려 자기가 자기 자신을 파는 결과를 가져올 것임에 틀림없었다. 왜냐하면 이번 사건을 폭로하려 해도 아무런 증거도 쥐고 있는 것이 없기 때문이다. 그의 마음속에는 이 사건에 관해서 막연한 추측이 있을 뿐인 것이다. 이 추측은 그에게 있어서만 충분히 확신할 수 있는 것이었다. 하지만 그는 자기 한 몸의 파멸 따위를 두려워하지는 않았다. 다만 어떻게 해서든 그 '악당들을 짓밟을' 수만 있으면 되는 것이었다. 이것은 그가 직접 한 말이다. 표트르는 이러한 그의 마음속 충동을 부분적으로는 정확하게 예측하고 있었다. 자신이 새로 세운 무서운 계획의 실행을 이튿날까지 미룬 것은 그로서는 위험한 모험을 시도한 셈이었다. 상당한 자부심과 그 어중이떠중이에 대한 경멸감, 특히 샤토프에 대한 경멸감이 원인이 되었던 것이다. 그는 전부터 샤토프를 '울보에다 멍텅구리'

라 부르며 바보 취급하고 있었다. 이것은 그가 아직 외국에 있을 때부터 곧잘 하는 말이었다. 그는 이런 단순한 사나이를 조종하는 것은 손쉬운 일이라고 굳게 믿었다. 즉 오늘 하루만 그를 감시하고 있다가 만일 위험한 조짐이 보이면, 곧 그것을 일어나지 못하게 막는 것이었다. 그런데 정말로 상상도 할 수 없었던 뜻밖의 일이 얼마간 그 악당들을 돕는 결과를 가져왔다.

밤 7시쯤(그것은 마침 그 한패가 에르켈 집에 모여서 표트르가 나타나기를 기다리면서 분개하며 열을 올리고 있었던 때였다) 샤토프는 머리가 아프고 가벼운 오한이 일어 어둠 속에서 촛불도 없이 침대에 길게 쓰러져 누워 있었다. 그는 의혹에 시달리면서 여러 번 결심하려 했지만 아무래도 결단을 내릴 수가 없었다. 결국 아무런 결과도 얻지 못하고 말 것이라는 저주스러운 예감에 시달렸다. 점점 더 그는 몽롱한 잠 속으로 이끌려 들어가 문득 자신을 잊고 무언가 악몽 같은 것에 사로잡혔다. 온몸이 밧줄로 침대에 꽁꽁 매어져 옴짝달싹할 수 없고, 그러는 동안에 울타리와 문과 창을, 키릴로프가 살고 있는 별채를 두들기는 무서운 소리가 집 전체가 흔들릴 정도로 울려 퍼지는 것이었다. 그와 동시에 어디선가 멀리서 귀 익은, 가슴을 에는 괴로운 목소리가 정말 애달프게 그의 이름을 불렀다. 그는 갑자기 눈을 뜨고 일어나 앉았다. 놀랍게도 문을 두들기는 소리는 여전히 계속되고 있었다. 그것은 꿈에서 들은 것과 같은 그런 심한 소리는 아니었지만 끊임없이 집요하게 울려왔다. 그리고 기묘한 '괴로운 목소리'도 애달프게가 아니라 오히려 짜증스럽고 초조한 듯한 어조로 계속해서 아랫문 근처에서 들려오고 있었다. 또한 사람의 약간 조심성 있는 목소리도 섞여서 들려왔다. 그는 일어나서 창문에 달린 통풍구를 열고 거기에 머리를 들이밀었다.

"거 누구요?" 두려움으로 온몸이 돌처럼 굳어서 그는 이렇게 소리를 질렀다.

"만일 당신이 샤토프라면" 날카롭고 확실한 소리가 아래로부터 대답했다. "어서 솔직하고 명확하게 말해 주세요. 나를 집 안으로 들여보내 주시겠어요, 어떡하겠어요?"

틀림없이 이런 소리였다. 그는 그 목소리의 주인을 알 듯했다.

"마리! 당신이오?"

"나예요. 마리야 샤토바예요. 정말 나는 단 1분이라도 더 마차를 기다리게 할 수는 없으니까요."

"지금 곧 나가…… 잠깐 촛불을." 샤토프는 가냘프게 소리쳤다. 그러고 나서 성냥을 찾으러 뛰어갔다. 그러나 이런 경우에 흔히 그런 것처럼, 성냥은 쉽사리 찾을 수 없었다. 초를 마루에 떨어뜨리는 순간 또 밑에서 초조한 듯한 목소리가 들려왔기 때문에, 그는 모든 것을 내팽개치고 가파른 계단을 일직선으로 뛰어내려 덧문을 열려 했다.

"미안하지만, 잠깐 이 가방을 가지고 계세요. 나는 저 얼간이를 처치해 버릴 테니까요." 마리야 샤토바는 내려온 그를 맞이하더니, 청동(靑銅) 대갈못을 박은 드레스덴제(製)의 꽤 가볍고 값싼 손가방을 그에게 밀어붙이고서 정말 화난 듯한 태도로 마부에게 달려들었다.

"분명히 말하지만, 당신은 욕심이 너무 지나쳐요. 당신이 이 흙투성이 거리를 한 시간 동안이나 이리저리 마차를 끌고 돌아다녔다 하지만, 그것은 당신이 잘못한 거 아니에요? 이 지저분한 거리와 이 엉뚱한 집들이 어디 있는지 당신이 몰랐기 때문이니까요. 자아, 약속한 30코페이카를 받고 더 이상 받을 수 없다는 것을 알아주세요."

"아니 부인, 당신이 보즈네센스카야라고 말했잖아요. 여긴 보고야블렌스카야입니다. 보즈네센스카야 골목은 여기서 훨씬 저쪽에 있단 말입니다. 불쌍하게도 이 말을 좀 보세요. 땀을 비 오듯 흘리고 있지 않습니까?"

"보즈네센스카야든, 보고야블렌스카야든 그런 엉터리 같은 이름은 당신이 나보다 더 잘 알고 있을 거 아니에요? 당신은 여기 살고 있는 사람이니까요. 게다가 당신이 하는 말은 틀렸어요. 내가 처음에 필리포프의 집이라고 하니까, 알고 있다고 하잖았어요? 하여간 당신은 내일이라도 치안 재판소에 가서 나를 고소해도 좋지만, 오늘 밤만은 부탁하니 여기서 나를 놓아줘요!"

"자아, 여기 5코페이카 더 주지." 샤토프는 서둘러 주머니에서 5코페이카짜리를 꺼내서 마부에게 내밀었다.

"부탁이니, 그런 분에 넘치는 행동일랑 하지 말아주세요!" 샤토바 부인은 화를 냈지만 마부는 벌써 말을 몰아 가버리고 말았다. 샤토프는 그녀의 손을 잡고 안으로 들어갔다.

"빨리, 마리야, 빨리…… 이런 일은 아무것도 아니야. 그보다 당신, 이거 함빡 젖었잖아! 조심해, 여기서부터 계단이니까. 이거 원, 불이 없어서 곤란한데…… 가파른 계단이니까, 나를 꼭 붙들고 따라오란 말이야, 꼭 붙들고. 자아 여기가 내 방이야. 미안해, 불도 켜지 않고…… 지금 곧!"

그는 초를 주워 들었지만 이번에도 성냥을 찾을 수 없었다. 샤토바는 꼼짝 않고 입을 다문 채, 방 한가운데 서서 기다리고 있었다.

"아아, 다행이다. 겨우 찾았어!" 방 안을 촛불로 밝게 비추면서 그는 기쁜 듯이 소리쳤다. 마리야는 재빨리 방 안을 둘러보았다.

"비참하게 살고 있다고 듣긴 했지만, 이 정도일 줄은 몰랐어요." 그녀는 귀찮다는 듯 중얼거리고 침대로 걸어갔다.

"아아, 피곤해." 그녀는 기운이 빠진 듯한 얼굴로 딱딱한 침대에 앉았다. "아무쪼록 가방을 아래 놓고, 당신도 의자에 앉으세요. 뭐 어떻게든 좋을 대로 해도 되지만 왠지 눈에 거슬리는군요. 내가 당신 집에 온 것은 무엇이든 일거리를 찾을 때까지 잠깐 동안 머물러 있고 싶어서 그러는 거예요. 그럴 수밖에요. 이쪽 형편은 전혀 모르고 돈도 없으니 말이에요. 그래도 만일 폐가 된다면 부탁이니 지금 당장 그렇게 말해 주세요. 당신도 성실한 분이라면 그렇게 하는 게 당연해요. 내일이면, 아무것이라도 팔아서 여관에라도 들 수 있을 텐데요. 그렇지만 여관에는 당신이 안내해 주셔야 해요…… 아아, 난 지금 너무나 피곤해서 죽겠어요……"

샤토프는 온몸을 와들와들 떨었다.

"그럴 필요는 없어. 마리, 여관에 가겠다니! 어느 여관 말이야? 도대체 여관을 뭣하러 가겠다는 거야?"

그는 기도를 하는 것처럼 두 손을 마주잡았다.

"뭐, 여관에는 가지 않는다고 해도 역시 사정을 설명해 두어야겠지요. 샤토프 씨, 기억하고 계시겠지요? 나는 당신과 두 주일하고 며칠 동안 제네바에서 결혼 생활을 하고, 그것을 끝으로 이렇다 할 싸움도 하지 않았는데 따로따로 산 지가 벌써 3년이에요. 그렇지만 내가 돌아온 것은 옛날의 바보 같은 관계를 되살리기 위해서는 아니에요. 그렇게 생각하시면 곤란해요. 나는 다만 일자리를 찾으려고 돌아왔을 뿐이에요. 이 거리로 곧장 찾아온 것도 아무 데라도 일자리만 있으면 관계없기 때문이었어요. 나는 사과를 하러 온 것이 아니니까, 부탁이니 아무쪼록 그런 터무니없는 오해일랑 하지 말아주세요."

"마리! 그런 소린 할 필요도 없어!" 샤토프는 애매한 어조로 말했다.

"만일 그러시다면, 이런 말조차도 이해할 정도로 트인 마음이시라면 한 가지만 더 말씀드리겠어요. 지금 내가 느닷없이 당신 집으로 당신을 찾아온 것은 달리 또 이유가 있습니다만, 난 언제나 당신을 '그이는 결코 비열한 악당이 아니다. 어쩌면 다른 악당에 비하면 훨씬 훌륭한 사람일는지도 모른다' 믿고 있었기 때문이에요."

그녀의 눈이 갑자기 빛났다. 짐작건대 그녀는 그런 '악당'들 때문에 여러 괴로움을 당했음에 틀림없었다.

"아무쪼록 부탁이니, 내가 하는 말을 믿어주세요. 지금 내가 당신을 훌륭한 사람이라고 말한 것은 결코 조롱하는 의미에서가 아니에요. 나는 아무런 꾸밈도 없이 솔직하게 말씀드렸을 뿐인걸요. 게다가 난 꾸민다는 건 정말 싫단 말이에요. 그렇지만 이런 이야기는 쓸데없는 소리예요. 난 말예요, 당신에게는 사람을 질리게 하지 않을 만한 지혜가 있을 거라고 언제나 기대하고 있었던 거예요. 아아…… 정말 피곤해!"

그녀는 너무나 피곤한 듯 나른한 시선으로 남자를 바라보았다. 샤토프는 다섯 발짝 떨어진 방 건너편에 서서 무엇인지 예사롭지 않은 희열과 희망의 표정을 얼굴 가득히 담고, 조심조심 어쩐지 사람이 달라진 듯한 표정으로 그녀의 말에 귀를 기울이고 있었다. 이 완고한, 거칠고 언제나 화가 난 듯한 태도의 사나이가 갑자기 부드러워져서 유쾌한 태도로 바뀌어 버린 것이다. 그는 마음속으로 무언가 심상치 않은, 전혀 뜻밖의 어떤 전율을 느꼈다. 이별한 지 3년, 깨진 결혼 생활의 3년도 그의 마음속에서 아무것도 내몰 수 없었다. 그는 지금까지 3년간 매일같이 그녀에 대한 것을, 일찍이 자기에게 사랑한다는 한마디를 속삭였던 소중한 사람을 계속 꿈꾸고 있었는지도 모른다. 나는 샤토프라는 인간의 됨됨이를 알고 있기 때문에 이렇게 단언할 수 있지만, 그는 누구든 다른 여자가 자기를 사랑한다고 말해 주리라고는 꿈에도 생각할 수가 없었다. 그는 이상할 정도로 순진하고, 부끄러움이 많았으며, 자신을 굉장히 못생겼다고 생각했다. 그리고 자신의 용모와 성질을 증오해서, 자기는 이 시장에서 저 시장으로 끌고 다니면서 구경거리 삼아도 좋을 괴물이라 생각하고 있었다. 이런 까닭으로, 그는 결백이라는 것을 무엇보다도 중히 여기고 광신에 가까울 정도로 자기 신념에 몰두해서 늘 음울하고 거만하며 말이 없는 성격이었다. 그런데 두 주일 동안 자기를 사랑해 준(그는 언제나 이것을 굳게 믿고 있었다) 이 유일한 여성, 그 잘못을 나름대로 냉정하게 알고 있음에도 그 자신보다는 훨씬 낫다고 생각되는 여성, 그로서는 무슨 일이라도 깨끗이 용서해 줄 수 있는(그런 것은 이미 문제가 될 수 없을 정도로 명백한 것이었다. 아니 그보다도 반대로 자기야말로 모든 점에 있어서 그녀에게 죄를 짓고 있다고까지 그는 생각하고 있었던 것이다) 바로 그 여성인 마리야 샤토바가 갑자기 또다시 그의 집에 나타나 그 앞에 앉아 있는 것이 아닌가…… 이것은 거의 믿을 수 없는 일이었다. 그는 완전히 흥분해 있었다. 이런 일에는 헤아릴 수 없는 두려움과 동시에 헤아릴 수 없는 행복이 뒤섞여 있는 것이다. 그는 아무래도 제정신으로 돌아갈 수 없었다. 아니, 돌아가고 싶지 않았다. 오히려 그렇게 되는 것을 두려워했을지도 모른다. 마치 꿈을 꾸는 듯했다. 그러나 그녀가 지친 듯한 눈초리로 그를 보았을 때, 자기가 한없이 사랑하는 이 여성이 괴로워서 몸부림치고 있을 뿐 아니라 어쩌면 모욕을 받고 있는지도 모른다는 생각이 순간적으로 들었다. 그는 심장이 멎는 것 같았다. 그는 비통한 표정으로 여자의 얼굴을 바라보았다. 이 피곤에 지친 듯한 얼굴은 벌써 오래전에 청춘의 빛을 잃어버렸다. 물론 그녀는 아직 예뻤고, 그의 눈에는 전과 조금도 다름없는 미인이었다(사실 그녀는 아직 스물다섯으로 꽤 단단한 체격에다가 키도 평균 이상으로 샤토프보다 컸다. 머리는 아마빛으로 풍만하게 물결치고 얼굴은 달걀 모양으로 화사했으며, 커다란 눈은 검은 기가 도는 것이 마치 열병을 앓고 난 사람의 눈처럼 번득거리고 있었다). 하지만 일찍이 샤토프가 늘 보아 온 경솔하고 순진하며, 솔직하고 열정적인 점은 어느샌가 신경질적인 점과, 환멸과 냉소적인 느낌으로 바뀌어 있었다. 그러나 그녀는 아직도 이 새로운 감정에 덜 익숙해서 자기로서도 그것을 무거운 짐처럼 느끼고 있는 성싶었다. 그렇지만 무엇보다도 마음에 걸리는 점은 그녀가 병을 앓고 있다는 것이었다. 그것은 그도 명백히 알아봤다. 그는 격렬한 공포감에도 갑자기 성큼성큼 그녀 곁으로 걸어가서 그녀의 두 손을 쥐었다.

"마리…… 저기 말이야…… 당신은 매우 피곤한 듯한데…… 부탁이니 화내지 말아줘…… 적어도 말이야, 차라도 한 잔 마시는 게 어때, 응? 차를 마시면 기운이 부쩍 날 거야. 응? 정말 승낙해 줬으면 좋겠는데."

"그런 거, 승낙하고 안 하고가 뭐 있어요? 물론 승낙하고말고요. 당신도 참, 여전히 어린아이처럼 구시는군요. 있으면 내놓으세요. 정말 당신 방은 왜 이렇게 좁죠? 그리고 왜 이렇게 춥지요?"

"아, 내가 이제 곧 장작을, 장작을 가져오지. 장작은 있으니까." 그는 당황해서 덤벙거렸다. "장작은…… 아니, 그렇지만 차도 곧 끓일 수 있어." 그는 반쯤 자포자기한 듯, 결심의 빛을 보이며 한 손을 휘저으면서 모자를 집었다.

"아니, 어딜 가시는 거예요? 그럼 집에 차가 없군요?"

"괜찮아, 이제 곧 다 마련돼. 그리고 난……" 그는 선반에서 권총을 내렸다. "지금, 이 권총을 팔든가 그렇잖으면 전당포에 잡히든가 하겠어."

"뭐라고요? 내 참, 어이가 없어서…… 오래 걸릴 거 아니에요? 안 돼요. 자아, 당신에게 없다면 내 돈을 가지고 가세요. 여기에 10코페이카짜리가 여덟 개 있을 거예요. 당신 집은 마치 정신병자 집 같군요."

"필요 없어! 당신 돈 따위는 필요 없어. 이제 곧, 눈 깜짝할 새에, 권총 같은 거 없어도 된단 말이야……"

그는 그렇게 말하고 곧장 키릴로프의 집으로 달려갔다. 그것은 아마도 표트르와 리푸틴이 키릴로프를 방문하기 두어 시간 전의 일이었을 것이다. 샤토프와 키릴로프는 같은 건물에 살고 있으면서 거의 얼굴을 맞댄 적이 없었고, 만나도 인사말 한마디도 없었을뿐더러 아는 체조차 하지 않았다. 그들은 미국에서 너무나 오랫동안 함께 지냈던 것이었다.

"키릴로프 군, 자네 집에는 언제나 차가 있었지. 지금 차와 주전자가 있는가?"

키릴로프는 방 안을 뚜벅뚜벅 걸어 다니고 있었는데(밤새껏 구석에서 구석까지 계속 걷는 것이 보통이었다) 갑자기 멈춰 서서 그다지 놀란 표정도 없이 달려 들어온 샤토프를 찬찬히 보았다.

"차도 있고 설탕도 있고 주전자도 있어. 그렇지만 주전자는 필요 없어. 차가 뜨거우니까 말이야. 그러니까 앉아서 마시기만 하면 돼."

"키릴로프, 우리는 일찍이 미국에서 함께 오랫동안 한방에서 고생했었잖아…… 우리집에 아내가 찾아왔어…… 내게…… 차를 좀 주게나. 주전자도 필요해."

"부인이 왔다면 주전자도 필요하겠지. 주전자는 나중에 가져와도 돼, 우리 집엔 두 개 있으니까. 그럼 식탁 위에 있는 주전자를 가져가게나. 뜨거워, 굉장히 뜨겁네. 모두 가져가게, 설탕도 가져가고, 죄다 가져가. 빵…… 빵도 많으니까 죄다 가져가게. 양고기도 있어. 돈도 1루블 있고."

"좀 빌려주게나, 내일 돌려줄 테니까! 응? 키릴로프!"

"부인이라면, 스위스에 있던 그 사람인가? 그건 됐어. 자네가 그렇게 허둥지둥 달려 들어온 것도, 그것도 됐어."

"키릴로프!" 샤토프는 외쳤다. 주전자를 팔꿈치로 누르고 두 손으로 설탕과 빵을 움켜쥐면서. "키릴로프! 만일…… 자네가 그 무서운 공상을 그만두고…… 그 무신론의 악몽을 버릴 수가 있다면…… 아아, 그렇게만 된다면 자네는 정말 훌륭한 사람일 텐데…… 키릴로프!"

"아무래도 자네는 스위스 사건이 있은 뒤에도, 아내를 사랑하고 있었던 모양이군그래. 뭐 좋아, 스위스 사건 뒤에도 그랬다는 건 상관없어. 차가 필요하게 되면 또 오게나, 한밤중에 와도 상관없으니까. 나는 잠을 자지 않으니까 말이야. 주전자도 준비해 놓을게. 1루블도 가지고 가게. 자아, 그럼 아내가 기다리는 곳으로 어서 가보게나. 나는 여기서 자네와 자네 부인의 일을 생각하기로 하지."

마리야 샤토바는 일이 신속히 끝난 데에 만족을 느낀 모양으로, 굶주린 것처럼 차를 마시기 시작했지만, 구태여 주전자를 가지러 갈 필요까지는 없었다. 그녀는 잔으로 절반쯤 마셨을 뿐으로, 빵도 작은 조각을 한입 먹었을 뿐이었다. 양고기는 싫었는지 짜증스러운 태도로 거절했다.

"당신은 병이 났군, 마리! 당신은 아무래도 아픈 것 같단 말이야!" 그녀 옆에서 이것저것 시중을 들면서 샤토프는 조심조심 이렇게 말했다.

"물론, 병이 났어요. 부탁이니 좀 앉아줘요. 도대체 당신은 어디서 차를 가져왔지요? 당신 집엔 차가 없었던가 본데……."

샤토프는 키릴로프에 관해 간단하게 요점만 추려서 이야기했다. 그녀도 키릴로프에 대한 것은 조금 들은 바 있었다.

"알고 있어요. 약간 머리가 돌았다면서요? 이제 됐어요. 바보 같은 인간은 어디든지 있는 거예요. 그런데 당신은 미국에 가셨더랬어요? 하기는 나에게 편지까지 띄우셨죠?"

"그래, 나는 파리의 주소로 보냈었지."

"됐어요. 아무쪼록 다른 이야기를 해주세요. 당신은 정말 슬라브주의자예요?"

"난, 난, 뭐 별로 그런 것도 아니야. 러시아 사람이 될 수가 없으니까 슬라브주의자가 된 것뿐이야." 장소에 어울리지 않는 무리한 농담을 한 사람처럼 그는 일그러진 얼굴에 쓴웃음을 띠었다.

"당신은 러시아 사람이 아니에요?"

"응, 러시아 사람이 아니야."

"그래요? 우스운 얘기군요. 자, 앉으세요. 내가 이렇게 부탁하고 있잖아요. 어째서 당신은 노상 저쪽으로 갔다 이쪽으로 왔다 하는 거예요? 내가 무슨 헛소리라도 하고 있는 줄 아세요? 정말로 열에 들떠 헛소리를 할는지 몰라요. 당신, 단둘이서만 이 집에서 살고 있다고 하셨어요?"

"단둘이야…… 아래에……."

"착한 사람 둘이서 말이군요. 아래, 뭐가 있어요? 당신 아래라고 하셨지요?"

"아니, 아무것도 아냐."

"뭐가 아무것도 아니에요? 난 알고 싶은데요."

"내가 말하려 했던 것은 말이야. 지금 이 집에는 우리 둘밖에 없지만, 전에 아래층에 레뱌드킨과 그 여동생이 살고 있었단 말을 하고 싶었어."

"그거 어제 살해된 여자 아니에요?" 그녀는 갑자기 목소리를 높였다. "들었어요. 여기 도착해서 곧 들었어요. 불이 났다면서요?"

"그래, 마리. 어쩌면 이 순간 나는 악당들을 못 본 척해 준다는, 굉장히 비겁한 행동을 하고 있는지도 몰라······." 그는 느닷없이 일어나서 격정에 휩싸인 듯이 두 팔을 휘저으면서 방 안을 이리저리 돌아다니기 시작했다.

그래도 마리야는 그의 말을 확실히 알 수가 없었다. 그녀는 그의 말에 그다지 주의를 기울이지 않았다. 질문은 해도 대답은 듣지 않았던 것이다.

"여기선 대단한 일이 벌어지고 있군요. 아아, 모두 비겁해요! 이 사람도 저 사람도 모두 악당들뿐이에요! 자아, 그런 이야긴 그만하고 이리로 앉으세요. 내가 부탁하고 있잖아요! 아아, 당신은 정말 사람을 짜증나게 하는군요!" 이렇게 말하고 그녀는 베개에 머리를 파묻었다.

"마리, 이제 그런 말 안 할게······ 당신은 잠깐 눕는 것이 좋겠는데."

그녀는 대답을 않고 힘없이 눈을 감았다. 그 창백한 얼굴은 죽은 사람과도 같았다. 그녀는 정말 순식간에 잠이 들었다. 샤토프는 주위를 둘러보고 촛불을 들어다가 다시 한 번 여자의 얼굴을 걱정스러운 눈초리로 보고 나서 팔짱을 끼고 발끝으로 조용히 걸어 복도로 나갔다. 그리고 층층대 위에서 얼굴을 벽에 대고 10분가량 꼼짝 않고 서 있었다. 그는 더 오래 그렇게 하고 싶었는지도 모른다. 그러나 갑자기 아래층으로부터 조용하고 조심스런 발소리가 들려왔다. 누군가가 올라오는 모양이었다. 샤토프는 덧문을 잠그지 않은 것이 생각났다.

"거 누구요?" 그는 작은 목소리로 물었다.

낯선 방문객은 천천히 서두르지 않고 대답도 없이 올라왔다. 층층대를 다 올라와서는 그 자리에 멈춰 섰다. 아주 캄캄했기 때문에 누군지 알아볼 수 없었다. 그때 조심스런 질문이 들려왔다.

"이반 샤토프 씨입니까?"

샤토프는 이름을 말했다. 그러나 곧 상대를 만류하듯이 손을 내밀었다. 상대는 거꾸로 그의 손을 붙들었다. 샤토프는 무서운 독충이라도 만진 것처럼 소스라치게 몸을 떨었다.

"여기 서 있게." 그는 빠른 어조로 속삭이듯이 말했다. "들어가면 안 돼. 지금은 자네를 방에 들일 수 없어. 집사람이 돌아왔거든. 내 곧 촛불을 가지고 오지."

그가 촛불을 가지고 돌아와 보니 젊은 장교가 서 있었다. 이름은 알 수 없지만 어디선가 본 듯한 얼굴이었다.

"에르켈입니다." 그는 자기 이름을 말했다. "비르긴스키 집에서 만난 적이 있습니다."

"기억하고 있어. 자네는 책상 앞에 앉아서 무언가 열심히 쓰고 있었지." 갑자기 샤토프는 화가 치밀어 오르는 듯 그쪽으로 다가갔지만, 목소리는 여전히 속삭이는 듯한 어조였다. "자네는 방금 내 손을 붙들면서 손으로 신호 같은 것을 보냈어. 그러나 기억해 두게. 나는 그런 것을 인정하지 않아…… 난 싫어…… 나는 지금 곧 자네를 이 계단에서 밀쳐버릴 수도 있어. 그건 알고 있겠지?"

"아니오, 그런 것은 전혀 모릅니다. 게다가 어째서 당신이 그렇게 화를 내는지 도대체 이유를 알 수가 없습니다." 조금도 악의가 없는 소탈한 어조로 손님은 대답했다. "난 단지 전하고 싶은 것이 있어서. 아무튼 시간을 낭비하고 싶지 않았기에 이렇게 온 것입니다. 당신은 자신의 소유가 아닌 인쇄기를 가지고 계실 것입니다. 그리고 당신도 아시다시피 그것에 대해서 보고할 의무가 있습니다. 나는, 내일 오후 정각 7시에 그 기계를 리푸틴한테 양도하도록 당신에게 건네받으라는 명령을 받았습니다. 또한 지금부터 당신은 아무런 요구도할 수 없다는 것을 전하라는 명령도 받았습니다."

"아무것도?"

"네, 아무것도요. 당신의 청원은 모임에서 수리가 되어, 당신은 영구 제명된 것입니다. 이것을 틀림없이 당신에게 전하라는 명령이었습니다."

"누가 명령했나?"

"나에게 신호를 가르쳐 주신 분들입니다."

"자네는 외국에서 왔나?"

"그것은…… 당신과는 아무런 관계가 없는 일이라고 생각합니다만."

"뭐라고? 제기랄! 그런데 자네는 그런 명령을 받고 어째서 좀더 빨리 와주지 않았지?"

"나는 어떤 지령에 따라 행동하고 있었고, 또 혼자 있지 않았기 때문이었습니다."

"알고 있어. 자네가 혼자 있지 않았다는 것은 나도 알고 있어. 에잇! 그런데 왜 리푸틴이 직접 오지 않았을까?"

"내가 내일 오후 정각 6시에 이곳으로 올 테니까 함께 그쪽으로 가주시기 바랍니다. 우리 세 사람 말고는 아무도 오는 사람이 없습니다."

"베르호벤스키는 오는가?"

"아니, 그 사람은 오지 않습니다. 베르호벤스키는 내일 아침 11시에 이 거리를 출발하게 되어 있습니다."

"그럴 것이라고 생각했었어." 샤토프는 홧김에 중얼거리며 주먹을 불끈 쥐고 자기 무릎을 쳤다. "달아나 버렸구나, 그 악당놈!"

그는 흥분한 얼굴로 생각에 잠겼다. 에르켈은 조용히 그 모습을 바라보면서 아무 말도 않고 서 있었다.

"자네들은 어떻게 그것을 받아갈 작정인가? 그런 것을 손에 들고 갈 수는 없을 텐데."

"그럴 필요는 없습니다. 우리는 당신에게 그 장소를 가르쳐 달래서, 정말 거기에 묻어놓았는지 확인만 하면 됩니다. 우리는 그 장소가 어느 방면에 있다는 것만 알 뿐으로 정확하게 묻힌 장소는 모르니까요. 당신은 그 장소를 누구에겐가 가르쳐 준 적이 있습니까?"

샤토프는 꼼짝 않고 그를 바라보고 있었다.

"자네는, 자네는 아직 어린데…… 양처럼 그런 일에 끼어들고 말았나? 아아, 그놈들은 결국 이런 젊고 싱싱한 기운이 필요했던 것이다! 자아, 가게나! 아아, 그 악당놈은 자네들 모두를 속여놓고서 자기는 행방을 감춰 버렸어!"

에르켈은 맑고 침착한 눈으로 상대를 바라다보고 있었을 뿐 무슨 소린지 모르는 모양이었다.

"베르호벤스키가 도망쳤다. 베르호벤스키가!" 샤토프는 무섭게 이를 갈았다.

"아니, 그 사람은 아직 여기에 있습니다. 아무 데도 가지 않았습니다. 그 사람은 내일 떠납니다." 부드럽게 설명해 주는 듯한 어조로 에르켈은 말했다. "나는 특별히 그 사람에게 입회를 부탁했습니다. 모든 훈령을 그 사람을 통해 받았으니까요(어리고 경험이 부족한 청년답게 그는 아는 것을 죄다 지껄이고 말았다). 그러나 유감스럽게도 그 사람은 출발을 핑계로 승낙해 주지 않았습니다. 게다가 왜 그런지 분명 출발을 서두르고 있습니다."

샤토프는 또 한 번 연민의 시선을 이 사람 좋은 청년에게 던지고 나더니 갑자기 '불쌍하게 여길 게 뭐 있어' 하고 생각한 듯이 한 손을 흔들었다.

"좋아, 가지." 갑자기 그는 결심한 듯이 이렇게 말했다. "그러니 이제 그만 가 주게, 자아 빨리!"

"그럼 정각 6시에 오겠습니다." 에르켈은 정중하게 인사를 하고 계단을 유유히 내려갔다.

"이 멍청이!" 참을 수 없어서, 그의 뒤통수에 대고 샤토프는 계단 위에서 이렇게 소리쳤다.

"왜 그러십니까?" 그는 아래서 되물었다.

"아무것도 아냐. 어서 가!"

"뭐라고 말씀하신 줄 알았습니다."

2

에르켈은 통치자로서의 재능은 없었지만 심부름꾼으로서의 재능은 교활하다고 해도 좋을 정도로 많이 갖추고 있는 '바보'였다. 광신자나 어린아이 같은 충성심으로 '공동 사업'이라기보다 사실상 표트르에게 완전히 충성하고 있는 그는 지금도 표트르의 명령에 따라서 행동하고 있었던 것이다. 이 명령은 아까 '한패'들이 모여서 내일의 계획과 역할을 정할 때, 표트르가 그에게 내려준 것이었다. 표트르는 그때 그를 옆으로 불러서, 10분가량 이야기를 한 뒤 그에게 사자(使者)의 역할을 주었다.

이런 분별력이 없는, 다른 사람의 의사에 예속하는 것만을 바라고 있는, 보잘것없는 인간에게는 실행상 임무가 본성에 맞는 것이다. 하기는 '공동 사업'

때문이라든가 '위대한 사업'을 위해서라는 핑계가 언제나 붙어 있기는 했지만, 사실 그런 것은 아무래도 상관없는 일이었다. 에르켈과 같은 나이 어린 광신자는 사상에 대한 봉사라는 것을 자기가 마음속으로부터 완전히 믿어버려서, 특정 인물을 사상을 체현하는 인물에 결부시키지 않으면 아무래도 승복할 수가 없었기 때문이다. 다정다감하고 선량하며 감수성 풍부한 에르켈은 어쩌면 샤토프를 향해서 달려들었던 살인자들 가운데서 가장 냉혹한 남자였는지도 모른다. 자기로서는 아무런 사적인 원한이 없는데도 눈 한 번 깜짝하지 않고 살해 현장에 입회했을 것임에 틀림없다. 예를 들면 그는 임무를 수행하는 데 있어 현재 샤토프의 상태를 잘 보고 오라는 명령을 받고 있었지만, 샤토프가 그를 계단 위에서 맞이하면서 자기도 모르게, 얼떨결에 아내가 돌아왔다고 말했을 때도 이 아내가 돌아왔다고 하는 사실이 자기들 계획에 중대한 의미를 가지고 있다는 생각이 번개처럼 뇌리에 떠올랐음에도 아무런 호기심을 드러내지 않았을 정도의 본능적인 교활한 지혜를 가지고 있었던 것이다.

이것은 틀림없는 사실이었다. 바로 이 사실이 '악당들을' 샤토프의 계획으로부터 구출했을 뿐 아니라, 동시에 그를 '처리할' 빌미가 되었던 것이다. 첫째로 이 사건은 샤토프를 흥분시키고 도를 넘어서게 함으로써 평소의 명민한 통찰력과 신중함을 빼앗아 버렸다. 자기의 안전 같은 것은, 전적으로 다른 일로 가득 차 있는 그의 머리에는 도저히 떠오를 여유가 없었다. 뿐만 아니라 내일 베르호벤스키가 도망친다는 것을 그는 무조건 사실화해 버렸다. 이 이야기는 그가 품었던 의혹에 꼭 들어맞는 것이었기 때문이다. 자기 방으로 돌아오자 그는 다시 한구석에 앉아서, 무릎 위에 두 팔꿈치를 대고 양손으로 얼굴을 감쌌다. 안타까운 상념이 그를 괴롭혔다.

이윽고 그는 다시 머리를 들고 조용히 발끝으로 일어나서 아내의 얼굴을 들여다보기 위해서 침대로 다가갔다. '아아, 내일 아침엔 몸이 불덩이처럼 달아오를 것임에 틀림없다. 아니, 어쩌면 이미 열은 올라 있는지도 모른다! 물론 감기가 들었을 것이다. 이런 험한 날씨에 익숙하지 않은 데다가 3등 열차를 타고 온 여행, 폭풍우…… 비…… 게다가 이렇게 얇은 외투를 입고 있으니. 따뜻한 옷 한 가지도 없이…… 어떻게 이대로 내버려 두겠는가, 보살피지 않고 모른 척하겠는가! 그리고 이 가방은 어떤가? 가볍고 조그마한 망가진 가방, 그 무게는 10파운드도 채 되지 못할 것 같다. 불쌍하게도 꽤 고생을 한 성싶다. 완전히 지쳐 있다! 그녀는 긍지가 강하기 때문에, 그런 것을 입 밖에 내지 않을 뿐이다. 그렇지만 그처럼 신경질을 부리다니…… 하기는 아프니까 그러겠지. 천사라도 병에 걸리면 신경이 예민해지는 법이지. 저 이마는 틀림없이 말라빠져서, 불덩어리처럼 뜨거울 것이다. 눈 아래 검은 그림자가 졌다…… 그러나 저 달걀처럼 아름다운 얼굴은 무어라고 해야 좋을까? 저 숱 많은 머리의 아름다움은…….'

그는 서둘러 시선을 옮기고 그 자리를 떠났다. 마치 그녀에게서 자신의 도움을 필요로 하는, 피로에 지쳐 괴로워하는 불행한 인간이라는 것 외에 또 다른 것을 발견할까봐 겁이라도 먹은 것 같았다.

"이제 와서 무슨 희망이 있을까? 아아, 인간이란 얼마나 비천하고 졸렬한 존재란 말이냐?"

그는 다시 좀 전에 그가 있었던 방구석으로 돌아가서 앉더니 두 손으로 얼굴을 덮었다. 그리고 다시 공상에 빠져 여러 가지를 회상해 보는 것이었다. 그러자 또다시 전과 같은 희망이 머리를 스치고 지나갔다.

"아아, 피곤하다. 아아, 피곤해!"라는 아내의 신음 소리를 떠올렸다. 약하디 약한 상기된 목소리였다. "지금 그녀를 팽개쳐 두면 어떻게 될까? 그녀는 80코페이카밖에 가지고 있지 않아. 낡아빠진 조그마한 지갑을 꺼냈었지…… 일자리를 찾아서 왔다고 했어. 저 몸으로 무슨 일을 한다고 그러는 거지? 제가 무슨 수로 러시아라는 곳을 알 수 있단 말인가? 그녀는 어린아이와도 같이 아무것도 모른다. 가진 것은 머릿속에서 생각해 낸 공상뿐이야. 가엾게도, 저 사람도 여기 와보고 어째서 러시아는 외국에서 상상했던 것과는 이렇게나 다른 것일까 하고 화를 내고 있을 거야. 얼마나 불행한 사람들이란 말이냐. 게다가 아무런 죄도 없지 않은가!…… 그건 그렇고, 정말 여기는 너무 추운데."

그는 아내가 춥다고 한 것과 자기가 난로를 피우겠다고 약속했던 것이 생각났다.

"장작은 저기 있으니 가져오면 되지만 어떻게든 저 사람이 깨지 않도록 해야 할 텐데…… 그렇지만 문제없어. 그런데 양고기는 어떡할까? 잠을 깨면, 먹겠다고 할는지도 모른다. 뭐, 그것은 나중에 해도 된다. 키릴로프는 밤새껏 자지 않으니까…… 무얼 좀 덮어줬으면 좋겠는데, 잠이 깊이 들기는 했지만 분명 추울 텐데, 아아, 추워 보이는데."

그는 다시 한 번 아내의 모습을 보러 갔다. 옷이 약간 젖혀져서 오른쪽 다리가 절반쯤 무릎께까지 드러나 있었다. 그는 움찔한 듯 눈을 돌렸다. 그리고 자기의 두꺼운 외투를 벗어서 헌 프록코트만 걸친 채, 그쪽으로 시선을 돌리지 않도록 애쓰면서 드러난 허벅다리께를 덮어주었다.

장작을 지피고 발끝으로 걸어 다니면서 자고 있는 아내의 얼굴을 보기도 하고 방 한구석에서 공상에 잠기기도 하며, 또다시 자고 있는 아내의 모습을 보곤 하는 동안 꽤 많은 시간이 흘러 두세 시간이 지났다. 이 사이에 키릴로프 집으로 베르호벤스키와 리푸틴이 찾아왔던 것이다. 이윽고 그도 방 한구석에서 잠이 들어버렸다. 갑자기 아내의 신음 소리가 들려왔다. 마리야가 눈을 뜨고 그를 부른 것이다. 그는 마치 죄를 지은 사람처럼 깜짝 놀라서 일어났다.

"마리, 내가 깜박 잠이 들었던가봐…… 아아, 난 어쩌면 이렇게 멍청할까!"

그녀는 자기가 지금 어디 있는지 모르는 듯 어리둥절한 눈으로 주위를 둘러보면서 일어났다. 그리고 갑자기 화를 내며 안절부절못했다.

"내가 당신 침대를 차지하고 있었군요. 피곤해서 그만 잠이 들어버렸나 봐요. 어째서 나를 깨우지 않으셨어요? 내가 당신에게 폐를 끼치다니, 얼마나 뻔뻔스러운 일이에요? 이런 실례는 생각조차 할 수 없어요."

"어떻게 깨울 수가 있겠소? 마리!"

"깨우셔야지요! 왜 깨우실 수가 없다는 거예요? 달리 당신이 잘 데가 없는데. 내가 당신 침대를 차지하고 있었잖아요? 당신은 나를 이런 거북한 상황에 빠지게 해서는 안 돼요. 아니면 내가 당신의 자비심을 바라서 왔다고 생각하신 거예요? 자아, 당신은 침대에서 주무세요. 나는 이쪽 구석에 의자를 늘어놓고 잘 테니까요."

"마리, 그렇게 할 의자도 없어. 게다가 깔 것도 없고."

"그럼 마루 위에서 자겠어요. 안 그러면 당신이 마루에서 자야 할 거 아니에요? 내가 마루에서 자겠어요. 당장, 지금 당장 말이에요."

그녀는 일어나서 한 걸음 내디디려 했지만 갑자기 당기는 듯한 심한 통증이 한꺼번에 힘과 결의를 뺏어간 것처럼, 높은 신음 소리와 함께 또다시 침대 위로 쓰러졌다. 샤토프가 급히 다가갔으나, 마리야는 얼굴을 베개에 파묻은 채 그의 손을 잡더니, 있는 힘을 다해서 움켜쥐고 쥔 손을 꼬기 시작했다. 그 동작은 1분 정도 계속됐다.

"마리, 그렇게 괴로우면, 여기 프렌젤란 의사가 있으니, 내가 빨리 가서 데리고 올까? 내 친구로서, 매우……."

"그럴 필요 없어요!"

"아니 왜? 이봐, 마리, 도대체 어디가 아파서 그러는 거야? 뭣하면 찜질이라도 해볼까? 배든 어디든…… 그런 일이라면 의사를 부르지 않아도 내가 할 수 있는데. 아니면 겨자 찜질이라도……."

"그건 도대체 뭐예요?" 그녀는 머리를 쳐들고 놀란 듯이 샤토프의 얼굴을 바라보면서 이상한 어조로 물었다.

"뭐라니, 마리?" 샤토프는 무슨 소린지 알지 못했다. "무얼 물은 거지? 아아, 나는 무엇을 어떻게 해야 할지 모르겠어. 마리, 날 용서해 줘. 나는 아무것도 모른단 말이야."

"네, 그만두세요. 당신이 알 리가 없지요. 게다가 우스워요……." 그녀는 괴로운 듯이 웃었다. "무슨 말이든 해주세요. 방 안을 걸어 다니면서 이야기해 주세요. 그렇게 옆에 서서 내 얼굴만 보고 있지 말고…… 제발 부탁이에요."

샤토프는 그녀를 보지 않도록 애쓰면서, 열심히 마루만 내려다보고 방 안을 걷기 시작했다.

"실은…… 마리, 부탁인데 화내지 말아줘. 가까운 곳에 양고기와 차가 있는데…… 아까 당신이 먹은 것이 너무 적었기 때문에."

그녀는 싫은 듯이, 화난 표정으로 손을 저었다. 샤토프는 절망한 듯이 말을 잇지 못했다.

"난 말이에요, 합리적인 조합을 기초로 해서 여기서 제본업을 시작하려고 해요. 당신은 여기 살고 있으니 아시리라 믿는데, 어떻게 생각하세요? 잘될까요?"

"어림도 없어. 마리, 이 고장 사람은 책 같은 것을 읽지도 않아. 책이라는 것은 도대체 구경도 할 수 없단 말이야. 게다가 그 녀석이 제본 같은 걸 하게 할 성싶나?"

"그 녀석이라니 누구요?"

"이 거리의 독자라든가 주민 전체를 말하는 거야, 마리."

"그럼 그렇다고 하시지. 그 녀석이라니, 누구를 말하는지 알 수가 없잖아요? 도대체 문법이란 것을 모르세요?"

"말하다 보니 그렇게 된 거야, 마리." 샤토프는 중얼거렸다.

"어마, 그런 버릇일랑 그만두세요. 지긋지긋해요. 어째서 이곳의 주민이라든가 독자들은 제본이라는 것을 할 줄 모를까요?"

"그건 독서와 제본은 인지 발달의 서로 다른 두 시대, 게다가 큰 시대를 나타내고 있기 때문이야. 먼저 인간은 조금씩 책을 읽는 것을 배우게 마련이야. 물론 거기에는 몇백 년이란 긴 세월이 필요하지. 그렇지만 책 자체는 대수롭지 않게 생각해서 아무렇게나 다루고 여기저기 내팽개쳐 두지. 그런데 제본이란 것은 이미 책에 대한 존경심에서 하는 것이야. 단순히 읽는 것이 좋아졌을 뿐 아니라, 꼭 필요한 일이라고 인정하게 된 증거란 말이야. 러시아는 아직 이 시기에까지 미치지 못하고 있어. 유럽은 벌써 오래전부터 제본을 하고 있지만 말이야."

"그것은 약간 현학적인 냄새가 나기는 하지만, 꽤 그럴듯한 의견이군요. 어쩐지 3년 전의 일이 생각나요. 당신은 3년 전엔 꽤 똑똑했잖아요?"

이런 말을 하면서도 그녀는 이제까지처럼 변덕스럽고 될 대로 되라는 투의 어조를 지니고 있었다.

"마리, 마리!" 샤토프는 감격의 빛을 띠면서 아내를 향해 이렇게 말했다. "오오, 마리, 지난 3년 동안에 얼마만큼의 변화가 일어났는지 그것을 당신이 알고 있다면…… 이것은 나중에 들은 얘기지만, 당신은 내가 변절했다면서 나를 경멸했다고 하던데, 그러나 내가 버린 것은 무엇이었지? 살아 있는 현실 생활의 적이었어. 자립을 두려워하는 시대에 뒤떨어진 자유주의자, 사상의 하수인, 개성과 자유의 적, 시체와 썩은 고깃덩어리의 늙어빠진 선전자(宣傳者)야! 그들이 가지고 있는 것은 무엇일까? 노쇠와 중용 정신, 속물 냄새가 풀풀 나는 질투에 가득 찬 평등주의자야. 1793년의 프랑스 사람들이 생각한 것과 같은 평등주의자야. 자기 존엄성을 잊은 평등주의자…… 그러나 무엇보다도 성가신 점은 어디에 가도 비열한 놈들이 있다는 것이지. 비열한 놈 말이야. 비열한 놈!"

"그래요, 비열한 사람이 많아요." 마리야는 병적인 어조로 이렇게 말했다. 그녀는 피곤한 듯한, 그러나 타는 듯한 눈초리로 천장을 쳐다보면서 머리를 비스듬히 베개 위에 내던진 채 꼼짝달싹도 않고 길게 누워 있었다. 그녀의 얼굴은 창백했고 입술은 바싹 말라 있었다.

"당신도 그렇게 생각하는군? 마리, 그렇게 생각한단 말이지!" 샤토프는 소리쳤다.

그녀는 머리를 저어 부정의 표시를 하려 했지만 갑자기 아까와 같은 경련이 일어났다. 그녀는 다시 얼굴을 베개에 파묻고 1분쯤, 공포로 정신없이 다가온 샤토프의 손을 있는 힘껏, 아플 정도로 꽉 쥐었다.

"마리, 마리! 이건 어쩌면 매우 큰 병인지도 몰라. 마리!"

"가만있어 줘요. 난 싫어요, 싫단 말예요!" 또다시 반듯이 누우면서 그녀는 무서운 기세로 소리쳤다. "그런 동정하는 얼굴로 나를 보지 말아요! 자아, 어서 방 안을 거닐면서 무슨 이야기든 해줘요, 이야기를……."

샤토프는 더 이상 어찌할 바를 모르겠다는 듯이 무어라고 중얼거리기 시작했다.

"당신은 여기서 뭘 하고 계시는 거죠?" 거북살스럽고 초조한 빛으로 상대의 말을 막으면서 그녀가 갑자기 물었다.

"어느 상인의 가게에 다니고 있어. 난 말이야, 마리! 마음만 먹으면 여기서 큰 돈벌이도 할 수 있어."

"그래요? 잘됐군요."

"아아, 마리, 이상한 지레짐작은 하지 말아줘! 그냥 해본 말이니까."

"그리고 뭘 하고 있지요? 뭘 선전하고 계시는 거죠? 당신은 무언가 선전하지 않고는 배기지 못하는 사람이잖아요!"

"하느님을 선전하고 있어, 마리."

"자기도 믿지 않는 하느님을 말예요? 난 그런 사상을 아무리 해도 이해할 수가 없어요!"

"그만해 두지, 마리. 다음에 또 이야기하도록 해."

"그럼 여기 있었다는 그 마리야 티모페예브나란 도대체 누구예요?"

"그것도 다음에 이야기하지."

"그렇게 말을 자르지 말아요! 그 살인은 그 한패들의 범행이라던데 정말 그럴까요?"

"틀림없이 그럴 거야." 샤토프는 이를 부득부득 갈았다.

마리야는 갑자기 머리를 쳐들고 병적인 목소리로 떠들기 시작했다. "이제 그런 말씀은 그만해 두세요. 절대로, 절대로 하시면 안 돼요!"

이렇게 말하면서 그녀는 아까와 같이 끌어잡아당기는 듯한 아픔에, 또다시 침대 위로 쓰러졌다. 벌써 세 번째였다. 게다가 이번엔 전보다 신음 소리가 커서, 거의 절규에 가까웠다.

"오오, 당신은 정말 지긋지긋해요! 오오, 정말 못 견디겠다고요!"

그녀는 자신을 내려다보고 있는 샤토프를 밀어내면서 자신을 돌볼 생각도 잊은 채 몸부림쳤다.

"마리, 나는 무엇이든 당신이 좋은 대로 해주겠어…… 이렇게 거닐며…… 이야기해도 좋아."

"도대체 당신은 지금 무엇이 일어났는지 몰라요?"

"무엇이 일어났지, 마리?"

"내가 어떻게 알아요? 도대체 이것이 내가 알 문제인가요?…… 아아, 저주받은 여자! 오오, 지금부터 모든 것을 저주하겠어요!"

"마리, 정말 무엇이 일어났다는 거야? 말 좀 해봐. 그렇지 않으면 나는…… 그렇게만 말하면 난 무슨 소린지 알 수가 없잖아."

"당신은 추상적인 소리만 지껄일 뿐 아무 소용이 없어요. 오오, 이 세상 모든 것을 저주하겠어!"

"마리! 마리!" 그녀가 정신이 이상해졌다고 그는 진심으로 생각했다.

"당신도 그만했으면 알 만한데. 해산의 진통이에요!" 무서운 병적 분노에 얼굴을 일그러뜨리고 남자를 뚫어지게 바라보면서 그녀는 반쯤 몸을 일으켰다. "태어나기 전부터 저주를 받아야 해, 이런 아기는!"

"마리!" 이제야 겨우 진실을 깨닫고 샤토프는 소리쳤다. "마리, 어째서 처음부터 그렇게 말을 하지 않았어?" 그는 갑자기 제정신으로 돌아와 무서운 기세로 자기 모자를 집어 들었다.

"여기로 올 때엔 나도 몰랐단 말이에요. 알았으면 당신한테 올 리가 없잖아요. 아직 열흘쯤 여유가 있다고 했단 말이에요! 어딜, 당신 어딜 가시는 거죠? 멋대로 굴지 말아요!"

"산파를 불러올게! 권총을 팔 거야. 지금은 무엇보다도 돈이 필요하니까 말이야."

"아무것도 하지 말아주세요. 산파를 부르지 말아줘요. 그냥 돌봐줄 여자를 한 사람 불러줘요. 할머니면 돼요. 내 지갑에 80코페이카 있으니까…… 시골여자들은 산파 없이 해산을 하잖아요. 그러다가 죽으면 오히려 그 편이 낫겠어요!"

"산파도, 할머니도 데려올게. 그러나 당신을 혼자 내버려 두고는 갈 수가 없단 말이야. 마리!"

그러나 그는 나중이 되어 누구의 도움도 받지 못하게 되는 것보다는 아무리 이성을 잃었더라도 지금 내버려 두고 가는 편이 나으리라 생각하고 마리야의 신음 소리에도, 화난 듯한 고함 소리에도 아랑곳하지 않고 될 수 있는 한 빨리 계단을 뛰어내려갔다.

3

가장 먼저 키릴로프 집으로 달려갔다. 시간은 이미 새벽 1시 무렵이었다. 키릴로프는 방 한가운데 우뚝 서 있었다.

"키릴로프, 집사람이 해산을 하네!"

"그게 무슨 소린가?"

"해산 말이야! 애를 낳는다고!"

"자네가 잘못 안 게 아냐?"

"아냐! 그렇지 않아! 진통이 시작됐어. 산파가 있어야겠어! 할머니라도 괜찮아…… 지금 곧 필요해…… 지금 불러올 수 있을까? 자네 집엔 할머니가 많이 있었잖아."

"미안하지만, 난 해산은 서툴러서 말이야." 키릴로프는 깊이 생각한 듯이 말했다. "아니, 참, 내가 해산하는 것이 서툰 게 아니라 해산을 도울 줄을 모른단 말이야…… 아냐, 그게 아니고…… 안 되겠어. 난 아무래도 잘 말할 수가 없어!"

"결국 자네는 해산을 도울 수가 없다는 거지? 그러나 내가 하는 말은 그게 아냐. 할머니가 필요해! 할머니. 시중들 여자가 필요하단 말이야."

"할머니는 부를 수 있지만 지금 당장 부를 수는 없어! 나라도 괜찮다면……."

"아냐, 그건 안 돼! 난 지금부터 비르긴스카야 집에, 산파 집에 다녀오겠네."

"그 마귀할멈 말인가?"

"그래, 키릴로프. 그렇지만 그 여자가 제일 잘하니까. 아아, 그처럼 위대한 신비…… 새로운 생명의 탄생이 경건한 자세나 기쁨도 없이 혐오와 욕설과 신에 대한 모독 속에서 행해지다니! 그녀는 벌써부터 갓난애를 저주하고 있어!"

"그럼 나라도 가서 도와야지!"

"안 돼! 그건 안 돼! 내가 뛰어다니는 동안에(괜찮아! 내가 비르긴스카야를 끌고 올 테니까.) 자네는 때때로 내 방 계단 있는 데로 가서 가만히 방 안에 귀를 기울이고 살펴만 주게. 단, 절대로 안에 들어가면 안 돼. 그녀가 깜짝 놀랄 테니까. 어떤 일이 있더라도 들어가선 안 돼. 그저 듣고만 있어야 해! 어떤 무서운 일이 일어나는지도 모르니까 말이야. 그리고 만일 다급한 일이 생겼을 때는, 그땐 들어가 주게."

"알았어. 돈은 아직 1루블 있어. 내일 닭을 한 마리 사려고 했었지만 이제 필요 없어. 어서 가보게. 열심히 달려가. 주전자는 밤새 있으니까 말이야!"

키릴로프는 샤토프에 대한 '한패'들의 계획을 전혀 알지 못했다. 게다가 전부터 샤토프의 신변에 닥쳐올 위험 정도를 전혀 모르고 있었다. 다만 샤토프와 그 '한패'들 사이에 옛날부터 어떤 채무 관계가 있다는 것밖엔 아는 게 없었다. 물론 그도 외국에 있을 무렵에는 여러 명령을 받았었기 때문에 약간은 이 일에 관계한 적이 있기는 하지만(그는 무슨 일이든 그다지 깊게 관계한 적이 없었기 때문에, 이 명령이라는 것도 매우 표면적인 일에 불과했다), 최근에는 모든 의뢰를 팽개쳐 버리고 모든 일, 특히 '공동 사업'으로부터 완전히 손을 떼고 명상 생활에 몰두했던 것이다. 표트르 베르호벤스키는 회의 석상에서 키릴로프가 주어진 시기에 샤토프 사건의 책임을 뒤집어써 줄지를 확인시키기 위해서 리푸틴을 데리고 갔지만, 키릴로프와 대화하는 동안 샤토프의 일은 한마디도 언급하지 않았다. 아마도 그런 소리를 하는 것은 좋지 않다 생각한 모양이고 키릴로프를 믿을 수 없는 놈이라고 여겨서, 모든 것을 끝내버리고 키릴로프가 '어떻게 되든 마찬가지'라고 생각하도록 기다리자고 체념했을지도 모른다. 적어도 표트르는 키릴로프에 대해 이렇게 판단했음에 틀림없었다. 리푸틴도 마찬가지로, 그런 약속이 있었음에도 샤토프에 대한 말이 조금도 나오지 않았다는 것에 대해서는 충분히 생각이 미치고는 있었지만 항의를 하기에는 지나치게 흥분해 있었다.

샤토프는 회오리바람처럼 무라비나야 거리를 향해서 달려갔다. 끝없이 이어지는 긴 거리를 저주하면서.

비르긴스키 집에서는 한참 동안 문을 두들겨야 했다. 벌써 오래전에 모두 잠들어 버렸던 것이다. 그러나 샤토프는 아무런 망설임 없이 있는 힘을 다해서 덧문을 계속 두들겼다. 마당에 쇠줄로 매놓은 개가 달려들려고 몸부림치면서 적의를 품고 짖어대자, 온 동네 개들도 덩달아서 짖어 무서우리만큼 소란한 개들의 합창이 시작되었다.

"어째서 그렇게 두들기는 거야? 도대체 무슨 일이야?" 드디어 창문 안에서 비르긴스키의 목소리가, 이런 '모욕'을 당한 데 어울리지 않는 부드러운 목소리가 들려왔다. 곧 덧문이 열리고 이어 통풍창도 열렸다.

"거기 있는 것은 누구야? 어디 패야?" 이번엔 모욕을 당한 데 아주 잘 어울리는, 비르긴스키의 친척인 노처녀의 악의에 찬 새된 목소리가 들려왔다.

"샤토프입니다. 집사람이 돌아와서, 지금 해산을 시작했습니다."

"해산을 하든 말든 맘대로 해요! 썩 물러가요!"

"나는 아리나 할머니를 모시러 왔습니다. 아리나 할머니와 같이 가야겠어요!"

"아리나 할머니는 아무 집에나 가시는 분이 아니에요. 따로 밤중에 가는 사람이 있단 말이에요. 어서 빨리 마크셰예바네로 가요. 소란을 피우지 말아줬으면 좋겠어! 내 참 어이가 없어서……"

악의에 찬 여자의 소리가 울려 퍼졌다. 비르긴스키의 만류하는 소리가 들렸으나, 그래도 늙은 처녀는 그를 밀쳐버리면서 막무가내였다.

"난 돌아가지 않겠소!" 샤토프는 또다시 소리 질렀다.

"잠깐 기다려 주게. 응, 잠깐만 기다려 달라니까!" 겨우 늙은 처녀를 달래고 비르긴스키는 이렇게 외쳤다. "샤토프 군, 부탁이니 5분만 기다려 주게나. 지금 아리나를 깨울 테니까. 아무쪼록 두들기든가 소리를 지르지는 말아주게나. 아아…… 이거 정말 참을 수가 없군!"

끝나지 않을 것 같던 5분이란 시간이 흘러서 겨우 아리나가 모습을 나타내었다.

"부인이 돌아왔다고요?" 이런 소리가 통풍창에서 들려왔다. 놀랍게도 그 소리는 조금도 귀찮아하는 어조가 아니었을 뿐 아니라, 다만 언제나처럼 약간 명령적인 어조였을 따름이었다. 그러나 아리나는 그런 어조로밖에 말을 할 줄 몰랐다.

"네, 집사람이…… 지금 해산을 하려고 합니다."

"마리야 이그나티예브나가?"

"네에, 마리야 이그나티예브나입니다. 물론이지요!"

잠깐 동안 침묵이 흘렀다. 샤토프는 꼼짝 않고 기다리고 있었다. 집 안에서는 사람들이 무어라고 쑹군거리고 있었다.

"부인은 벌써부터 와 있었던가요?" 또다시 비르긴스카야 부인이 이렇게 물어왔다.

"오늘 밤 8시에 왔습니다. 아무쪼록 서둘러 주십시오."

다시 쑥덕거리는 소리가 들려오는 것으로 보아 아무래도 의논을 하고 있는 모양이었다.

"이봐요! 잘못 생각하고 그러시는 거 아니에요? 그녀가 직접 나를 데려오라고 하던가요?"

"아닙니다. 그녀가 보내지는 않았습니다. 그녀는 나에게 부담 주는 것을 꺼려서, 그저 할머니를 한 분 오게 하라고 했습니다. 그러나 걱정하실 필요는 없습니다. 사례는 내가 틀림없이 할 테니까요."

"알겠어요. 사례는 하든 말든 내가 가지요. 나는 마리야 양의 그 독립심을 언제나 높이 사고 있었어요. 하기야 그녀는 나를 기억하지 못할 테지만, 당신 방에는 꼭 있어야 할 물건들은 갖추어져 있습니까?"

"아무것도 없습니다만, 모두 준비하겠습니다. 모두 다요."

'저런 인간들에게도 인정은 있군.' 렴신 집으로 서둘러 가면서 샤토프는 이렇게 생각했다. '주의와 인간, 이것은 여러 면에서 전적으로 다른 두 개의 것인지도 몰라. 나는 저 사람들에게 매우 나쁜 짓을 하고 있는지 모른다…… 모두가 나쁘다. 모두에게 죄가 있다. 그러니 모두 그것을 깨닫기만 한다면!'

렴신 집에서는 그렇게 오랫동안 문을 두들기지 않아도 됐다. 놀랍게도 그는 곧 침대에서 뛰어 일어나, 코감기의 위험도 잊어버리고 셔츠 한 장과 맨발로 통풍창을 열었다. 그는 보통 때는 매우 신경질적으로 건강에 신경을 쓰는 성격이었다. 그러나 이렇게 재빨리 나온 것에는 나름대로 이유가 있었다. 렴신은 그날 밤의 '한패'가 모인 회의의 결과에 밤새껏 전전긍긍하면서 그때까지도 잠자리에 들지 못하고 있었다. 어쩐지 매우 반갑지 않은 손님들이 몰려올 것 같은 생각이 자꾸만 들었던 것이다. 샤토프의 밀고라는 정보는, 무엇보다도 그를 위협했다…… 그런데 갑자기 일부러 노린 것처럼, 무서울 만큼 맹렬하게 창을 두들기는 소리가 들려오는 것이 아닌가.

그는 샤토프를 보더니 아주 겁에 질려서 곧 통풍창을 쾅 하고 닫고는 침대 쪽으로 달려가 버리고 말았다. 샤토프는 굉장한 서슬로 문을 두들기거나 떠들어대기 시작했다.

"어째서 자네는 한밤중에 이렇게 시끄럽게 문을 두들기는 건가?" 겨우 샤토프가 혼자 온 것을 확인하고 나서야 다시 한 번 통풍창을 열 것을 결심한 렴신은 무서움에 숨이 넘어갈 듯한 목소리로 이렇게 소리쳤다. 그것은 적어도 문을 두들기기 시작한 지 2분쯤 지나서였다.

"자아, 여기 자네 권총이 있어. 이걸 도로 가지고 15루블만 주게!"

"그건 도대체 무슨 소린가? 자넨 지금 취했나? 그건 마치 강도가 아닌가? 이러다가 감기만 들겠군. 잠깐 기다리게. 내 두꺼운 옷을 좀 걸치고 올 테니까."

"지금 곧 15루블만 주게. 만일 주지 않으면 날이 샐 때까지 두들기면서 떠들어댈 테니까. 이 창틀을 부숴 버리겠단 말이야!"

"그런 짓을 하면 난 경관을 불러서 자네를 유치장에 처넣어 버리겠어."

"자넨 나를 병어리로 알고 있나? 내가 경관을 부를 줄 모른다고 생각하나? 도대체 누가 경관을 무서워해야 하나? 자넨가? 난가?"

"잘도 그런 비열한 신념을 갖고 있군그래…… 자네가 무엇을 암시하고 있는지 아네…… 잠깐만 기다리게. 부탁이니 두들기지 말아주게! 자네도 좀 생각해 보게나. 누가 밤중에 돈을 가지고 있단 말인가. 도대체 뭣 때문에 돈이 필요한가? 만일 자네가 취해서 그러는 것이 아니라면 말이야."

"집사람이 돌아왔어. 난 자네에게 10루블 빼주는 거야. 아직 한 번도 쏴보지 않았단 말이야. 자아, 이 권총을 받아주게, 당장 받으라고."

람신은 반사적으로 통풍창으로 손을 뻗쳐서 권총을 받았다. 그리고 잠깐 꼼짝 않고 있었지만 갑자기 통풍창으로부터 머리를 내서, 등골에 오한 드는 것을 느끼며 정신없이 중얼거렸다.

"자네는 거짓말을 하고 있어. 아내가 돌아왔다니. 헛소리 말게…… 자넨…… 자넨 어딘가로 달아나려는 속셈이지?"

"이 멍청이, 내가 어디로 달아난단 말이냐? 자네들의 한 사람인 베르호벤스키라면 도망치겠지만 난 아니야. 난 지금 막 산파인 비르긴스카야한테로 다녀오는 길이다. 그 여자도 곧 와준다고 했단 말이야. 정 의심스러우면 물어서 확인하게. 집사람은 지금 대단히 괴로워하고 있단 말이야. 그래서 꼭 돈이 필요해. 자아, 어서 주게나!"

여러 생각이 마치 불꽃처럼 람신의 재빠른 머릿속에서 번득였다. 상황이 완전히 바뀌어 버린 것이다. 그러나 공포의 감정은 냉정한 판단을 허용하지 않왔다.

"그렇지만 어째서…… 자네는 부인과 같이 살지 않았잖아?"

"그런 걸 물으면 자네 머리를 깨버리고 말겠어!"

"아, 이거 정말 실례했군그래. 알고 있어. 단지 난 너무 놀라서…… 아니, 알겠어. 알겠단 말이야. 그러나…… 그렇지만 아리나가 자네 집에 갈까? 자네는 방금 그녀가 출발했다고 했지? 그건 거짓말이지. 그것 보란 말이야. 자네는 하는 말 모두가 거짓말이야."

"그녀는 지금쯤 집사람 곁에 앉아 있을 거야. 이젠 그런 소린 그만하게. 자네가 멍청이라고 해도 나와는 아무런 관계가 없으니까 말이야."

"거짓말 마. 난 멍청이가 아니야. 미안하지만 난 아무래도……."

그는 이제 뭐가 뭔지 통 알 수가 없어서 세 번째로 문을 닫으려 했지만, 샤토프가 무서운 서슬로 떠들어대기 시작했기 때문에 곧바로 다시 머리를 내밀었다.

"이건 완전한 인권 침해야. 도대체 자네는 무엇을 내게 요구하는 거야? 응? 뭘, 뭘 요구하고 있어? 분명하게 말하게! 그리고 생각을 좀 해보게, 지금은 이런 한밤중이니까!"

"15루블의 돈을 요구하고 있지 않나? 이 돌대가리 같으니!"

"그러나 나는 권총을 되사고 싶은 생각이 전혀 없단 말이야. 그러니 자네에 겐 아무런 권리가 없지. 물건을 샀으면 그것으로 이야기는 끝일세. 자네에겐 아무런 권리가 없어. 무엇보다 이 밤중에 도저히 그런 돈을 마련할 수가 없네. 어떻게 그런 돈이 마련될 성싶나?"

"네놈은 언제든지 돈을 가지고 있잖아. 난 10루블이나 깎아줬다고. 이 유대인 같은 녀석아!"

"모레 오게, 알겠나? 모레 아침에 말이야. 아니, 12시에 오게, 전부 줄 테니까. 이젠 됐지?"

샤토프는 세 번째로, 무시무시하게 창문을 두들겼다.

"그럼 10루블만 주게. 그리고 내일 아침 일찍 5루블."

"안 돼! 내일모레 아침에 5루블이다. 내일은 세상없어도 안 돼! 그러니까 오지 않는 편이 좋아!"

"10루블 내놔! 이 개새끼야!"

"어째서 자네는 그렇게 욕지거리인가? 아아, 좀 기다리게. 불을 좀 켜야겠으니…… 이렇게 유리를 깨놓고…… 한밤중에 이렇게 문을 두들기는 녀석이 어디 있단 말이냐? 자아!" 그는 창문에서 지폐를 내밀었다.

샤토프는 그것을 낚아챘다. 지폐는 5루블이었다.

"정말로 안 돼. 나를 죽인다 해도 어쩔 수 없어. 모레는 마련할 수 있지만, 지금은 아무래도 안 돼!"

"내가 돌아갈 것 같아?" 샤토프는 부르짖었다.

"자아, 이것을 받아주게! 한 장 더, 또 한 장 더, 더 이상은 안 돼. 자네가 목청이 터지도록 외쳐도 더 이상은 안 줄 테니까. 어떤 일이 있더라도 안줘! 절대로 안 준단 말이야."

그는 이성을 잃고 자포자기하여 땀을 뻘뻘 흘리고 있었다. 그가 뒤에 내민 지폐는 1루블짜리 두 장이었다. 이리하여 샤토프의 손에 들어온 것은 모두 7루블였다.

"네 맘대로 해봐! 내일 또 올 테니까. 럄신, 8루블 준비해 놓지 않으면 때려 눕히고 말 테다."

'어차피 난 집에 없을 거다. 이 바보!' 럄신은 속으로 재빨리 생각했다.

"기다리게나, 잠깐만 기다려!" 이미 달려가기 시작한 샤토프의 등 뒤에서 그는 미친 듯이 외쳤다.

"기다려! 되돌아오게. 자넨 지금 아내가 돌아왔다고 했는데 그건 사실인가?"

"멍청이!" 샤토프는 침을 탁 뱉고, 자기 집을 향해서 있는 힘껏 달리기 시작했다.

4

미리 말해 두지만, 아리나는 엊저녁에 회의에서 통과된 결의 사항을 조금도 모르고 있었다. 집으로 돌아왔을 때 비르긴스키는 큰 충격으로 녹초가 되어 있었다. 그래서 그날 밤의 결의 사항을 아내에게 알릴 용기가 없었다. 그러나 아무래도 견딜 수가 없어서 사실의 절반 정도만 알려주었다. 즉 틀림없이 샤토프가 밀고할 것이라는, 베르호벤스키가 말했던 정보였다. 하지만 그는 곧 그 자리에서 자신은 이 정보를 완전히 믿을 수는 없다고 덧붙여 말했었다. 아리나는 매우 놀랐다. 이런 형편이었기 때문에 샤토프가 급히 그녀를 데리러 왔을 때, 엊저녁에 밤새껏 한 산부를 상대로 죽을 고생을 했음에도 곧 가겠다고 결심하기에 이르렀던 것이다. 그녀는 평소에 '샤토프 같은 건달 녀석은 사회적으로 비열한 행동을 할 것이 틀림없다'고 굳게 믿고 있었지만, 마리야 이그나티예브나의 도착은 문제를 새로운 각도에서 보게 했다. 샤토프의 허겁지겁하는 태도라든가, 필사적인 애원의 어조 같은 것은 명백히 이 배반자의 마음이 바뀌었음을 나타내고 있었다. 남을 망치기 위해서 배신까지 하려고 결심한 인간이라면, 지금 보이는 것과는 전혀 다른 모습이어야 하는 것이다. 한마디로 아리나는 모든 것을 자기 눈으로 확인하리라 마음먹었다. 비르긴스키는 아내의 결단에 크게 기뻐했다. 마치 100파운드 정도의 무거운 짐을 어깨에서 내려놓은 듯한 기분이었다. 어떤 희망까지 그의 마음속에 일어났다. 사실 샤토프의 모습은 베르호벤스키의 추측과는 전혀 일치하는 데가 없었던 것이다.

과연 샤토프의 기대는 틀림이 없었다. 그가 집으로 돌아왔을 때 아리나는 이미 마리야 옆에 앉아 있었다. 그녀는 이곳에 오자 곧 계단 아래 멍청하게 서 있는 키릴로프를 바보 취급하며 쫓아버렸다. 그리고 아무래도 그녀를 옛 친구로 받아들이지 않는 마리야와 서둘러 인사를 끝냈다. 산부는 '최악의 상태'였다. 즉 몹시 화가 나 있으면서도 '잔뜩 겁을 먹고 절망'에 빠져 있었다. 하지만 아리나는 불과 5분도 못 돼서 산부의 갖가지 반항을 완전히 눌러버렸다.

"고급 산파가 싫다니, 당신은 어째서 그렇게 억지를 부렸던 거죠?"

샤토프가 들어온 순간에 그녀는 이런 말을 하고 있었다.

"참, 어처구니없는 노릇이에요. 당신의 비정상적인 상태에서 일어난 망상이에요. 그냥 아무 할머니, 일반 산파 손에 걸렸으면 10분의 5까지는 나쁜 결과를 봤을 거예요. 그렇게 됐으면 고급 산파를 부르는 것보다도 더 큰 소동이 벌어져서 돈도 더 많이 써야 했을 거예요. 게다가 어째서 나를 고급 산파로 결정해 버리는 거죠? 뭐, 지불은 나중이라도 좋아요. 쓸데없이 돈을 더 받아내지는 않을 테니까요. 그리고 순산은 책임을 질 테니까요. 내가 하면 불상사라곤 절대로 없어요. 이 정도는 아무것도 아니고 더한 난산도 내가 아무 탈 없이 해결했는걸요. 그리고 낳은 아기는 내일이라도 양육원에 보내서 양자로 보내도록 주선할 테니까요. 그렇게 하면 일은 다 끝나는 거예요. 그동안에 당신도 건강이 회복돼서 무슨 일이든 제대로 된 일을 하게 되면, 얼마 안 가서 샤토프에게도 방값이라든가 그 밖에 소소한 것을 갚을 수 있을 거예요. 소소한 경비 같은 거야 뭐 얼마 되지 않을 테니까요."

"그런 게 아니에요. 난 저 사람에게 폐를 끼칠 권리가 없단 말이에요……."

"그건 도리에 맞는 시민다운 감정이군요. 그렇지만 내 말을 잘 들어봐요. 만일 샤토프 씨가 미친 사람 같은 공상을 그만하고 조금이라도 정당한 사상가가 된다면 돈은 거의 들지 않을 거예요. 다만 바보 같은 짓만 안 하면 되는 거예요. 떠들썩하게 북을 치거나 숨을 헐떡거리면서 온 거리를 싸다니는 것과 같은 짓만 안 하면 되는 거죠. 저 사람을 옆에서 붙들지 않고 그대로 내버려두면 새벽녘까지는 이 거리의 의사라는 의사는 아마도 죄다 두들겨 깨워 버릴 거예요. 아까만 해도 우리 마을의 개라는 개는 모두 깨서 짖어대게 했으니까요. 의사는 필요 없어요. 좀 전에도 말했듯이 내가 모든 것을 책임질 테니까요. 그러나 할머니 정도는 뒷시중을 위해서 불러오는 것도 좋을 거예요. 뭐 얼마 안 줘도 되니까요. 게다가 저 사람도 언제든 바보 같은 짓만 하지는 않겠지요. 때때로 내 일을 거들어 줄 거예요. 손도 있고 다리도 있으니까요. 약방에 심부름 정도는 해줄 거예요. 그런 정도를 가지고 생색을 내서 당신 감정에 상처를 주는 일은 없을 거예요. 또 뭐 은혜랄 게 있어요? 당신을 이렇게 고생시키는 것도 저 사람이잖아요? 당신이 입주 가정교사를 하고 있을 때, 당신과 결혼하겠다는 이기적인 목적으로 그 집 가족들과 싸움을 시킨 것은 저 사람이 아니었어요? 우리도 들어서 알고 있어요…… 저 사람은 지금 자진해서 미친 사람처럼 달려와서 거리가 떠들썩하게 떠들어댔지만요. 나는 아무 집이나 그렇게 호락호락 가지 않는 성미인데, 우리에겐 모두 연대 책임이 있다고 느꼈기 때문에 당신을 위해서 이렇게 온 거예요. 나는 집에서 나오기 전부터 그 사람에겐 말해 뒀어요. 당신이 만일 나를 필요로 하지 않는다면 난 가겠어요. 다만 이유도 없이 날 피하는 건 아니었으면 좋겠네요."

그녀는 의자에서 일어나 보이기까지 했다.

마리야는 정말 의지할 데 없는 몸일뿐더러 또 심히 고통을 받고 있었고, 게다가 솔직히 말해서 임박한 해산에 대한 두려움이 너무나 강했기 때문에 그녀를 돌려보낼 용기는 없었다. 그렇지만 마리야는 갑자기 이 여자가 미워서 견딜 수 없었다. 말하는 것이 통 방향이 틀린 성싶었다. 마리야의 마음속에 있는 것과는 전적으로 다른 것이었다. 그러나 경험이 없는 산파 손에 걸리면 목숨을 잃을지도 모른다는 예언이 결국 혐오의 감정을 정복하고 말았다. 그 대신 샤토프에게는 이 순간부터 한층 더 까다롭고 쌀쌀하게 굴었다. 나중에는 자기를 보지 말라고 했을 뿐 아니라 자기 쪽으로 얼굴을 돌리는 것까지 못하게 했다. 진통은 점점 심해졌다. 저주의 소리, 욕을 하는 소리는 점점 더 광포해져 갔다.

"이제 저 사람은 쫓아버립시다." 아리나는 딱 잘라 말했다. "저 얼굴빛을 도대체 볼 수가 없단 말이에요. 당신을 놀라게 할 뿐이니까. 죽은 사람처럼 창백해져서! 도대체 당신은 무슨 볼일이 있어서 거기 서 있는 거예요? 어디 한번 이야기나 해봐요. 이상한 사람이군요. 마치 희극 같단 말이에요."

샤토프는 대답을 안 했다. 그는 일체 대답을 않기로 결심했던 것이다.

"이런 경우에 바보짓을 하는 애 아버지는 자주 봐요. 역시 약간 돈 것처럼 되더군요. 그러나 그 사람들은 적어도……."

"그만두세요. 아니면 나를 내버려 두세요. 병신이 되든 말든 내버려 두세요. 한마디도 하지 말아주세요. 싫어요! 싫어!" 마리야는 소리를 질렀다.

"당신이 머리가 이상해진 게 아니라면, 한마디도 말을 안 하는 것이 불가능하다는 것은 알 텐데…… 지금 당신은 아직 그 단계까지 가진 않았어요. 아무튼 할 말은 해 둬야지요. 이봐요, 무슨 준비가 되어 있어요? 샤토프, 당신이 대답해요. 이 사람은 지금 그럴 때가 아니니까."

"뭐가 필요합니까? 말씀하세요."

"그럼, 아무 준비도 없는 모양이군요."

그녀는 꼭 필요한 물건을 하나하나 일러주었다. 사실 그녀는 이때, 마치 판 잣집에서 해산할 때 쓰는 것과도 같은 지극히 적은, 없어서는 안 될 것만 준비 하도록 시킨 것이었다. 두서너 가지는 샤토프의 방에도 있었다. 마리야는 열쇠 를 꺼내 그에게 내밀면서 자기 가방 속을 찾아달라고 했다. 그는 손이 부들부 들 떨려서 가방을 여는 데 필요 이상으로 오래 걸렸다. 마리야는 짜증이 났지 만 아리나가 달려가서 열쇠를 뺏으려 하니까 그녀는 아리나를 말렸다. 아리나 에게 가방 속을 보이는 게 싫었던 것이다. 그녀는 무섭게 울부짖으며 가방은 샤토프 혼자 열어야 한다고 고집을 피웠다.

어떤 것은 키릴로프 집으로 가지러 가야 했다. 그런데 샤토프가 몸을 돌려 서 밖으로 나가려 하자, 그녀는 갑자기 무시무시하게 소리를 질러서 그를 불 렀다. 샤토프가 서둘러 돌아와서 자기는 아주 잠깐 꼭 필요한 것을 가지러 갈 뿐으로 곧 돌아올 것이라고 설명을 하자 겨우 진정했다.

"당신 기분을 맞추기가 정말 힘이 드는군요." 아리나는 깔깔 웃었다. "꼼짝 말고 벽을 향한 채 얼굴을 이쪽으로 돌리지도 말라고 하는가 하면, 이번에는 잠시도 옆을 떠나서는 안 된다고 하면서 울어대니, 그러면 저 양반이 또 무슨 다른 생각을 하게 되는지도 모른단 말이에요. 자아 자, 그만 억지를 부려요. 내가 다 웃음이 나는군요."

"저분은 절대로 딴 생각은 안 할 거예요."

"쯧쯧, 만일 저 사람이 양처럼 당신에게 반하지 않았다면, 저렇게 혀를 드러 내고 헐떡거리면서 뛰어다니며 온 동네 개를 모두 짖게 하지는 않았을 거예 요. 저 양반은 우리 집 창문을 때려 부쉈다니까요."

5

샤토프가 들어갔을 때, 키릴로프는 여전히 방 안을 이리저리 왔다 갔다 하 고 있었다. 그러나 완전히 넋이 나가 있어 마리야의 도착도 잊어버린 것 같았 고, 상대의 이야기를 들으면서도 무슨 소린지 이해가 가지 않는 모양이었다.

"아, 그래." 지금까지 몰두하고 있던 어떤 상념으로부터 겨우 잠깐 마음을 돌린 것처럼, 그는 갑자기 생각난 듯이 이렇게 말했다.

"그렇지…… 할머니…… 부인이었던가? 할머니였던가? 아니 잠깐 기다리게, 부인과 할머니 둘이었지? 그래 이제 생각이 난다. 갔다가 왔어. 할머니는 오기는 오는데 지금 당장은 곤란할 거야. 베개? 가지고 가게나. 그리고 뭐랬지? 아아, 잠깐 기다리게, 샤토프. 자네는 때때로 영구한 조화의 순간을 경험한 적이 있는가?"

"이봐, 키릴로프, 밤에 자지 않는 습관은 이제 고치게."

키릴로프는 번뜩 제정신으로 돌아왔다. 그리고 이상스럽게도 평소보다 훨씬 유창하게 말을 시작했다. 짐작건대 그는 벌써 오래전부터 이 생각을 완전히 정리해 놓은 성싶었다. 어쩌면 무언가 써두었는지도 모른다.

"몇 초 동안의 시간이 있네. 그것은 한번에 겨우 5초나 6초밖에 계속하지 않지만 그때 갑자기 완전히 획득된 영구 조화가 찾아온 것을 실감하는 거야. 이것은 지상의 것이 아니야. 그렇다고 해서 그것이 하늘의 것이라는 말은 아니야. 즉 지상의 모습 그대로의 인간은 도저히 지닐 수 없는 것이란 뜻이야. 생리적으로 변화하느냐, 아니면 죽어버리느냐? 둘 가운데 하나지. 그것은 논박의 여지가 없을 정도로 명백한 심적 상태야. 마치 문득 전 우주를 실감하고 '옳다! 그것은 정당하다'고 할 만한 심적 상태란 말이야. 신은 세계를 창조했을 때, 그 창조의 하루가 끝날 때마다 '옳도다! 그것은 정당하다. 그것은 선이다!' 말했지. 그것은, 그것은 결코 감격이 아니고, 다만 저절로 일어나는 희열인 것이야. 사람들은 용서한다는 미덕을 행하지 않아. 왜냐하면 이미 아무것도 용서할 것이 없기 때문이지. 사랑한다는 감정과는 달라. 오오, 그것은 이미 사랑 이상이다! 무엇보다도 무서운 것은 그것이 너무나 명백해서 무어라고 할 수 없을 정도로 기쁜 감정이 넘쳐흐르는 걸 말하는 것이지. 만일 5초 이상 계속된다면 영혼은 견딜 수 없어서 소멸해 버릴 거야. 나는 이 5초 동안에 한 삶을 사는 것이야. 이 5초를 위해서라면 일생을 던져버린다고 해도 아깝지 않아. 그만큼 가치가 있으니까. 그러나 10초 이상 견디기 위해서는 생리적으로도 변화가 필요해. 나는 말이야, 인간은 더 이상 아기를 낳지 않을 거라고 생각해. 목적이 달성된 이상, 아기가 무슨 필요가 있단 말인가. 발달이 무슨 필요가 있어? 복음서에도 그렇게 씌어 있지 않나? 부활의 날엔 사람은 아기를 낳는 것을 그만두고 모두 다 천사와 같이 되는 것이니라 하고 말이야. 재미있는 암시지. 자네 아내는 아기를 낳고 있었지?"

"키릴로프, 그런 증세는 자주 있는가?"

"사흘에 한 번 있을 때도 있고, 또는 일주일에 한 번 있기도 해!"

"자네 간질 증세는 없나?"

"아니, 없어."

"그럼 곧 있을 거야. 조심하게, 키릴로프. 간질은 꼭 그런 식으로 시작한다고 들은 적이 있어. 나는 어떤 간질병자로부터 발작하기 전의 감각을 자세하게 들은 적이 있는데, 지금 자네가 말한 것과 조금도 다르지 않아. 그 사나이도 5초간이라고 명확하게 말하던데. 그리고 그 이상은 견딜 수 없다고 했었어. 마호메트가 독에서 물이 넘치기 전에 말을 타고 천국을 한 바퀴 돌고 왔다는 이야기를 생각해 보게. 독…… 즉 이것이 그 5초간이란 말이야. 자네의 그 영구한 조화와 똑같지 않은가? 게다가 마호메트는 간질병을 가지고 있었으니 말이야. 조심하게나. 키릴로프, 그건 간질이야!"

"이젠 늦었어!" 키릴로프는 조용히 쓴웃음을 지었다.

6

날이 새려 하고 있었다. 샤토프는 심부름을 하든가, 욕을 듣든가, 불려가든가 했다. 자신의 목숨에 대한 마리야의 공포는 이미 절정에 달해 있었다. 그녀는 살고 싶다, '어떡하든, 무슨 수단으로든' 살고 싶다, 죽는 것은 무섭다고 계속해서 소리쳤다. "싫어, 싫어!" 되풀이하기도 했다. 만일 아리나가 없었다면 사태가 악화되었을는지도 모른다. 그녀는 차츰 산부를 정복해서 이젠 완전히 그녀를 휘어잡았다. 산부는 마치 갓난아이처럼 그녀의 한마디 한마디에 순순히 따르고 있었다. 아리나는 상냥하게 기분을 맞춘다기보다 오히려 협박과 같은 말투로 공포심을 주고 있었지만, 그 대신 일을 보는 데 있어서는 누구보다도 능숙했다. 곧 날도 밝기 시작했다. 아리나는 문득 샤토프가 계단께로 달려가서 기도라도 드리고 있지 않을까 하는 생각이 들어 웃었다. 마리야도 표독스럽게 이죽거리면서 웃어댔다. 그러나 이 웃음 덕분으로 어쩐지 기분이 가벼워진 성싶었다. 드디어 샤토프는 아주 방을 쫓겨나고야 말았다. 축축하고도 냉랭한 아침이 왔다. 그는 어젯밤 에르켈이 들어왔을 때처럼 구석의 벽에 얼굴을 갖다 댔다. 마치 나뭇잎처럼 떨면서 열심히 무서운 상념을 억제하려 했던 것이다. 하지만 그의 머릿속은 꿈속에서처럼 계속해서 떠오르는 상념에 집착하려고 했다.

여러 공상은 끊임없이 그를 다른 방향으로 끌고 가지만 그것은 언제나 썩은 끈처럼 탁탁 끊어져 버린다. 이윽고 방 안에서는 신음이라기보다는 무시무시한, 야수가 울부짖는 소리와도 같은 절규가 흘러나왔다. 그것은 참을 수 없는, 어찌할 수도 없는 절규였다. 그는 귀를 막고 싶었지만 그렇게 할 수가 없었다. 그래서 마루에 꿇어앉아서 무의식적으로 "마리, 마리!" 되풀이하는 것이었다. 그러는 동안 마침내 울음소리가 들려왔다. 그것은 새로운 울음소리였다. 샤토프는 깜짝 놀라서 펄쩍 뛰었다. 그것은 약하디약한 금이 간 것 같은 갓난아이의 울음소리였다. 그는 성호를 긋고 방 안으로 뛰어들어갔다. 아리나의 손안에서 조그맣고 빨간 주름투성이 생물이 커다란 소리로 울면서 조그마한 팔다리를 옴죽거리고 있었다. 마치 작은 검불처럼 바람만 좀 불어도 날아갈 것 같으면서도 자기 역시 삶의 절대권을 가지고 있다는 듯이 커다란 소리로 울며 자기를 주장하는 것이었다…… 마리는 의식을 잃은 것처럼 꿈쩍 않고 옆으로 누워 있었지만 1분쯤 지난 뒤 눈을 떴다. 그리고 기묘한, 정말 기묘한 눈초리로 샤토프를 보았다. 그것은 전혀 새로운 눈초리였다. 누가 어떤 눈빛이냐고 물어도 샤토프는 대답을 할 수가 없었으리라. 그녀가 이런 눈초리를 한 적은 지금까지 한 번도 없었기 때문이다.

"사내아이인가요?" 그녀는 탈진한 목소리로 아리나에게 물었다.

"사내아이예요!" 갓난애를 포대기에 싸면서 아리나는 고함치듯 대답했다.

그녀가 갓난아이를 포대기에 싸고, 침대에 베개를 둘 나란히 놓은 사이에 뉘기 위해서 준비를 하는 동안 잠깐 안아달라고 샤토프에게 어린아이를 건넸다. 마리야는 아리나의 눈을 피하듯이 살짝 그에게 고갯짓을 했다. 이쪽은 금세 그 뜻을 알아차리고 갓난애를 안고 옆으로 가서 보여주었다.

"아아…… 귀여운 아이군요……." 그녀는 미소를 띠면서 가냘프게 중얼거렸다.

"홋, 이 표정 좀 봐요!" 샤토프의 얼굴을 보면서 득의에 찬 아리나는 유쾌한 듯이 웃었다.

"정말 왜 그런 표정을 하고 있지요?"

"즐거워해 줘요. 아리나 프로호로브나! 이건 정말 위대한 기쁨이니까요……." 갓난아이에 대해 말한 마리의 한두 마디로 기쁨에 넘친 샤토프는 얼빠진 것처럼 기쁜 얼굴로 이렇게 말했다.

"원 참, 위대한 기쁨이라니, 도대체 뭐가 말이에요?" 아리나는 마치 유형수처럼 부지런히 일하고 분주히 뒤처리를 하면서 매우 흥거워했다.

"새로운 생명 출현의 비밀입니다. 설명할 수 없는 위대한 신비입니다. 아리나 프로호로브나. 그걸 모르시다니 정말 유감이로군요!"

샤토프는 신이 나서 밑도 끝도 없는 소리를 되풀이했다. 마치 머릿속에서 무언가가 흔들거려서 의지와는 상관없이 저절로 흘러나오는 듯한 느낌이었다.

"지금까지 둘밖에 없었던 방에 갑자기 제3의 인간이, 새로운 영혼이 탄생한다는 것은 인간의 힘으로는 도저히 할 수 없습니다. 완전히 완성된 영혼이 말입니다. 새로운 사상, 새로운 사랑, 정말 무서울 지경입니다…… 이것보다 위대한 것은 이 세상에 또 없을 것입니다!"

"참, 쓸데없는 소리를 떠들어대고 있군요! 그저 유기체의 생성 발전일 따름이죠. 그뿐이에요, 신비 같은 것은 조금도 없어요!" 아리나는 재미있는 듯이 깔깔거리고 웃었다. "그런 식으로 말한다면 파리 한 마리까지도 신비로운 것이 되어버리겠네요. 다만 쓸데없는 인간은 태어날 필요가 없을 거예요. 먼저 모든 것을 다시 만들어 내서 그런 인간을 유용한 인물로 만들어야 해요. 그렇게 하지 않으면, 이 애만 하더라도 모레쯤은 양육원으로 데리고 가야 해요…… 하기는 이 경우에선 아무래도 그렇게 할 수밖에 없겠지만."

"나는 절대로 이 애를 양육원 같은 데 보내지 않겠소!" 마루를 내려다보면서 샤토프는 단호하게 말했다.

"양자로 삼을 거예요?"

"이 애는 처음부터 내 자식입니다."

"물론 이 애는 샤토프입니다. 법적으로 샤토프임에 틀림없지만, 그렇다고 해서 당신이 그처럼 인류의 은인같이 행동할 필요는 없지 않나요? 이런 때 인간은 누구든 당신처럼 훌륭한 듯한 소리를 늘어놓게 마련이란 말이에요. 그래요, 그렇게 해요. 그런데 말입니다." 그녀는 겨우 뒤치다꺼리를 끝마쳤다. "나는 이제 그만 가봐야겠어요. 오전 중으로 다시 오겠어요. 만일 필요하다면 밤에도 오겠지만 지금으로선 모든 일이 아무 탈 없이 끝났으니까, 딴 데도 가봐야겠어요. 벌써부터 기다리고 있을 테니까요. 샤토프 씨, 저기 할머니가 와 계시는군요. 그러나 할머니는 할머니고, 당신도 여길 떠나지 말아요. 무슨 일이 있을지 모르니까요. 마리야도 이젠 당신을 쫓아버리지는 않을 겁니다. 어마, 내가 이거 원, 농담을 하고 있네요……."

샤토프가 문까지 배웅했을 때, 그를 향해 그녀는 이렇게 덧붙였다.

"당신은 정말 웃겼어요. 당신한테 돈을 받을 생각은 없어요. 정말 꿈속에서까지 웃을 것 같군요. 오늘밤의 당신처럼 우스운 사람은 지금까지 본 적이 없어요."

그녀는 아주 만족한 표정으로 돌아갔다. 샤토프의 태도나 그 이야기하는 품으로 미루어 보아, 이 사나이가 애 아버지가 되고 싶어하는 얼간이 중의 얼간이라는 것은 불을 보듯 분명했다. 그녀는 그 길로 다른 산부 집에 들르는 게 더 가까웠지만, 비르긴스키에게 이런 사실을 알려주고 싶었기 때문에 일부러 자기 집으로 달려갔다.

"마리, 그 사람은 잠깐 동안 자지 않는 것이 좋다고 했어. 하기는 그렇게 하기란 매우 힘든 일이겠지만……." 샤토프는 조심스럽게 말했다. "나는 저기 창가에 앉아서 당신을 보고 있을 테니까…… 응?"

이렇게 말하고 그는 긴 의자 뒤쪽의 창가에 앉았다. 그래서 그의 모습은 그녀로서는 볼 수가 없었다. 그러나 1분도 채 못 돼서 그녀는 그를 불러 가까이 오게 해서 베개를 잘 놓아달라고 짜증스럽게 부탁하는 것이었다. 그는 베개를 고쳐주기 시작했다. 그녀는 화가 난 듯이 벽을 바라보고 있었다.

"그렇게 하는 게 아니에요. 아, 그게 아니라니깐, 어쩜 그렇게도 손이 서

툴죠!"

샤토프는 다시 했다.

"내 쪽으로 허리를 굽혀주세요." 되도록 그의 얼굴을 보지 않으려 하면서 그녀는 갑자기 딴사람 같은 목소리로 이렇게 말했다.

그는 깜짝 놀랐지만 하라는 대로 허리를 굽혔다.

"좀더…… 그게 아니에요…… 좀더 이쪽으로" 하고 말했다 싶었는데, 갑자기 그녀의 왼쪽 팔이 남자의 목을 감았다. 그는 자신의 이마에 힘찬, 그리고 습기가 어린 입맞춤을 느꼈다.

"마리!"

그녀의 입술은 떨리고 있었다. 그녀는 꾹 참고 있었지만 갑자기 몸을 일으키고 눈을 번쩍거리면서 이렇게 말했다.

"니콜라이 스타브로긴은 악당이에요!" 이렇게 말하고 나자 그녀는 갑자기 장작이 쓰러지듯 힘없이 얼굴을 베개에 파묻어 버리고 말았다. 히스테릭하게 흐느끼면서 샤토프의 손을 꽉 쥔 채……

이 순간부터 그녀는 한시도 샤토프를 옆에서 놓아주지 않았다. 그녀는 샤토프에게 머리맡에 앉으라고 자꾸 졸라댔다. 자기로서는 그다지 많은 말을 할 수는 없었지만 끊임없이 남자의 얼굴을 바라보면서 정말 행복한 듯이 웃고 있었다. 그녀는 갑자기 바보 같은 어린 소녀가 되어버렸다. 완전히 다시 태어난 사람 같았다. 샤토프는 때로는 어린아이처럼 우는가 싶다가도, 때로는 뚱딴지같은 소리를 무엇에 홀리기라도 한 듯한 말투로 신이 나서 떠들어대곤 했다. 때로는 마리의 손에 키스를 하기도 했다. 그녀는 기쁜 듯이 듣고 있었지만 말의 뜻은 잘 알아듣지 못했는지도 모른다. 그러나 힘이 빠진 손으로 남자의 머리를 만지든가, 쓰다듬든가, 한참 동안 바라보든가 했다. 그는 키릴로프에 대한 일이라든가, 또 둘이서 이제부터 '새롭게 영원히' 생활을 시작하는 일이라든가, 신이 존재한다는 것이라든가, 모든 사람은 착하다는 것 등등을 이야기했다. 그는 너무나 기뻐서 또다시 갓난아이를 찬찬히 들여다보는 것이었다.

"마리." 두 손으로 갓난애를 안고 그는 이렇게 외쳤다. "낡은 잠꼬대도, 굴욕도, 시체도, 모두 끝이야. 이제부터 새로운 길을 향해서 우리 셋이서 살아가 보잔 말이야. 응?…… 알겠어? 아아, 그래. 이 애에게 뭐라고 이름을 붙이지, 마리?"

"애 이름요?" 그녀는 깜짝 놀란 듯이 되물었지만 갑자기 그 얼굴에 무섭고 슬픈 표정이 떠올랐다.

그녀는 손뼉을 한 번 치고 나서 비난하는 듯한 눈초리로 샤토프를 한 번 보더니, 그대로 베개에 얼굴을 묻었다.

"마리, 왜 그러지?" 덜컥 놀란 듯한 그가 외쳤다.

"당신까지도 그렇게…… 아아, 어쩌면 이렇게도 인정이 없을까……."

"마리, 용서해 줘…… 나는 그저 어떤 이름이 좋을까 하고 물었을 뿐이야. 난 도대체 이유를 모르겠어……."

"이반*¹이에요. 이반이라고 붙이는 거예요." 그녀는 눈물 젖은 새빨개진 얼굴을 쳐들었다. "당신은 다른 무서운 이름이라도 붙일 생각이셨던가요!"

"마리, 진정해! 아아 당신은 신경이 너무 예민해졌어!"

"또 그런 기분 나쁜 소리를. 신경이 과민한 탓으로 돌리시다니! 그래요, 그렇다고 해두지요. 만일 내가 이 애에게…… 그 무서운 이름을 붙인다고 한다면 당신은 곧 찬성하셨겠죠? 그 정도가 아니라 전혀 눈치채지 못했을지도 몰라요! 아아, 얼마나 몰인정하고 비열한 사람일까! 아아, 모두, 모두가 그렇단 말예요!"

1분 뒤에는 물론 두 사람은 화해를 했다. 샤토프는 그녀에게 한잠 자라고 했다. 마리는 얼마 안 있어 곧 잠들었지만, 그래도 샤토프의 손을 꼭 쥐고 있었다. 그리고 이따금씩 눈을 뜨고서는 혹시나 가버린 게 아닌가 하고 겁내는 것처럼 조용히 그의 얼굴을 바라보다가 다시 잠들어 버리는 것이었다.

키릴로프는 노파 한 사람을 '축하'의 뜻으로 보내왔다. 그 밖에도 뜨거운 차와 금방 구워낸 코틀레타*²와, 게다가 '마리야 이그나티예브나 앞으로'라며 수프를 흰 빵과 함께 보내왔다. 산부는 아주 맛있게 수프를 비웠다. 노파는 갓

---

*1 샤토프의 이름.
*2 양이나 송아지 고기로 저며 만든 음식. 때로는 감자나 쌀로도 만듦.

난아이의 기저귀를 갈아주었다. 마리야는 샤토프에게도 코틀레타를 먹도록 했다.

시간은 흘러갔다. 샤토프는 기운이 빠져서 의자에 걸터앉은 채 마리야의 베개에 머리를 묻고 잠들어 버렸다. 약속대로 왔던 아리나는 둘의 이런 모습을 보고 유쾌한 듯이 그들을 불러 깨웠다. 그리고 마리야에게 필요한 것을 이야기하고 갓난아이를 잠깐 들여다보고, 다시 또 샤토프에게 옆을 떠나지 말라고 일렀다. 그러고 나서 어느 정도 바보 취급하는 듯한 거만한 빛을 띠면서 '부부'를 놀려주고 난 뒤 아까와 마찬가지로 만족한 표정으로 돌아갔다.

샤토프가 눈을 떴을 때는 이미 완전히 어두워져 있었다. 그는 서둘러 촛불을 켜고 노파를 부르러 달려갔다. 그가 막 계단을 한 발 내디뎠을 때, 자기가 있는 쪽을 향해서 올라오는 누군가의 조용하면서도 느릿느릿한 발소리가 그를 섬뜩하게 했다. 에르켈이 들어왔던 것이다.

"들어오면 안 돼!" 샤토프는 속삭였다. 그리고 느닷없이 그의 손을 붙들고 문 옆으로 끌고 갔다. "여기서 기다려 주게, 곧 나올 테니까. 나는 자네하고의 약속을 완전히 잊고 있었네! 어째서 자네는 이런 때 나를 찾아왔단 말인가!"

그는 매우 서두르고 있었기 때문에 키릴로프에게도 들르지 않고 노파만 불러왔다. 마리야는 "나를 혼자 내버려 두고 가다니 어떻게 그럴 수 있느냐"고 화를 내다 못해 절망의 빛까지 나타내었다.

"그렇지만" 그는 기쁜 듯이 말했다. "이것은 마지막 한 걸음이야. 앞으론 새로운 길이 열리는 거야. 그렇게 되면, 앞으로는 절대로 옛날의 공포 같은 것은 떠올리지 않을 테니까!"

그는 겨우 마리야를 이해시키고 정각 9시엔 틀림없이 돌아온다고 약속했다. 그리고 힘 있게 그녀에게 키스를 하고 갓난아이에게도 키스를 하고 난 뒤 빠른 걸음으로 에르켈이 있을 곳으로 달려 내려갔다.

두 사람은 스크보레쉬니키의 스타브로긴 공원을 향해서 출발했다. 그곳은 1년 반 전 그가 위탁받은 인쇄 기계를 묻어둔 곳이다. 공원에서도 가장 구석에 있는 솔밭에 맞붙은 쓸쓸한 황무지로, 스타브로긴 집에서는 꽤 떨어져 있었기 때문에 거의 사람 눈에 띌 염려는 없었던 것이다. 필리포프 소유의 집으로부터는 3베르스타 반 내지 4베르스타 걸어야 했다.

"설마, 내내 걸어가는 거야 아니겠지? 난 마차를 불러야겠어!"

"부탁이니 마차는 부르지 말아주세요." 에르켈은 대답했다. "이 점을 여러 번 주의하셨습니다…… 마부도 증인이 될 수 있으니까요!"

"쳇, 아무래도 상관없다! 어쨌든 빨리 처리해 버리면 되니까. 어서 정리해 버려야지!"

둘은 매우 빨리 걸었다.

"에르켈, 사랑스러운 소년!" 샤토프가 소리쳤다. "자네는 이제까지 행복했던 적이 있는가?"

"지금 당신은 매우 행복해 보이는군요." 호기심어린 목소리로 에르켈은 이렇게 말했다.

제6장
수선스러운 하룻밤

1

비르긴스키는 이날 두 시간가량을 허비하면서 '한패'에 속하는 사람들을 일일이 찾아다니며, 어젯밤에 있었던 일을 보고하리라 마음먹었다. 즉 샤토프의 아내가 돌아온 데다 어린아이도 낳았으니 그가 밀고 같은 것을 하지는 않을 거라고 생각했다. '적어도 인정이란 것을 가지고 있는 자로서는', 지금의 그를 위험한 인물이라고는 도저히 상상할 수도 없다는 것이었다. 그러나 럅신과 에르켈 말고는 어디에 갔는지 아무도 없었기 때문에 그는 순간적으로 당황했다.

에르켈은 그의 눈을 바라다보면서 말없이 이 소식을 들었다. 하지만 "자네는 6시에 출발하겠나?"라는 단도직입적인 질문에 그는 밝은 미소를 띠면서 "물론 가고말고요" 대답했었다.

럅신은 아무래도 매우 위중한 병에 걸리기라도 했는지 담요를 머리끝까지 뒤집어쓰고 자고 있었다. 비르긴스키가 들어오자, 그는 흠칫 놀란 듯했다. 그리고 그가 입을 열자마자 갑자기 담요 속에서 두 손을 내저으며 아무쪼록 자기에겐 그런 소리를 말아달라고 했다. 그래도 샤토프 건에 대해선, 아무 소리 없이 다 들었다. 모두들 찾아갔으나 죄다 외출 중이었다고 하자 그는 웬일인지 심상치 않은 두려움을 느낀 모양이었다. 그는 이미 리푸틴을 통해서 페디카의 죽음을 알고 있었다. 그는 자진해서 이 이야기를 허둥지둥하는 말투로 비르긴스키에게 들려주었다. 이 사실은 이번엔 반대로 손님을 놀라게 했다.

"오늘 밤 일을 보러 가야 할까? 어떻게 하면 좋을까?"라고 정면으로 묻자 럅신은 또다시 두 손을 저으면서 "나는 전혀 관계없는 사람이야. 나는 아무것도 모른다고. 아무쪼록 나는 가만히 내버려 두란 말이야" 하고 애원조로 나오는 것이었다.

비르긴스키는 심한 불안에 괴로워하면서 피곤한 몸을 이끌고 집으로 돌아왔다. 가족에게 숨겨야 한다는 것이 그에게는 무엇보다도 괴로웠다. 그는 모든 것을 죄다 아내에게 이야기하는 것이 하나의 버릇처럼 되어 있었다. 만일 열에 들뜬 그의 머릿속에 그 순간 새로운 생각이 떠오르지 않았더라면, 앞날의 행동에 관한 어떤 새로운 타협적인 계획이 번뜩이지 않았더라면 럄신과 마찬가지로 자리에 누워버렸을지도 모른다. 그러나 이 새로운 생각은 그에게 새로운 힘을 주었다. 아니, 뿐만 아니라 시간이 더디게 흐르는 것처럼 느껴졌다. 결국 약속 시간보다 조금 이르게 모임 장소로 갔다.

그곳은 넓은 스타브로긴 공원의 끝에 있는 무시무시할 정도로 음산한 장소였다. 나는 나중에 일부러 그곳에 가보기도 했지만 이 어두운 가을밤에는 여기가 얼마나 처참한 느낌으로 보였는지 모른다. 이곳은 예부터 나무 베기를 금한 솔밭인지라, 몇백 년이나 된 커다란 소나무가 군데군데 반점처럼 흩어져 있는 것이 어둠 속에서 어렴풋이 보였다. 그곳은 두 걸음만 떨어져도 서로를 볼 수 없을 정도로 어둡고 캄캄했다. 그러나 표트르와 리푸틴, 그리고 좀 늦게 온 에르켈은 저마다 등불을 들고 있었다. 무엇 때문에, 언제 생겨난 것인지는 모르지만 여기에는 손을 댄 적이 없는 자연석으로 만들어진, 꽤 이상스런 동굴이 세상 사람들의 기억에서 멀리 떨어진 옛날부터 있었다. 굴속에 있는 탁자나 벤치는 벌써 오래전부터 썩어서 산산이 부서져 있었다. 200걸음쯤 떨어진 곳에 공원의 세 번째 못이 있었다. 여기 있는 이 세 개의 못은 저택 바로 옆에서 시작하여 서로 연결되는 식으로 흐르면서, 1베르스타 넘게 계속되었다.

여기서는 무슨 소리나 절규가(설혹 총소리라도) 주인 없는 스타브로긴 저택의 하인 귀에까지 들리리라고는 도저히 상상할 수 없었다. 어제 스타브로긴이 떠나고, 늙은 하인 알렉세이가 자리를 비운 뒤, 이 커다란 저택에는 대여섯 명밖에 살고 있지 않았고, 그나마도 쓰레기 같은 인간들뿐이었다. 어쨌든 이렇게 쓸쓸하게 틀어박혀 있는 사람들이 만약 비명이라든가 구조를 요청하는 고함 소리를 들었다 할지라도 그것은 공포의 감정을 불러일으킬 뿐이며, 난로 옆이나 따뜻한 침대를 떠나서 도와주러 가려는 사람은 아무도 없을 거라고 충분한 확신을 가지고 단정할 수 있다.

6시 20분에는 샤토프를 마중하러 보낸 에르켈을 빼고는 모두 모였다. 표트르도 이번에는 늑장을 부리지 않았다. 그는 톨카첸코와 함께 왔다. 톨카첸코는 양미간을 찌푸리고 걱정스러운 표정을 하고 있었다. 언제나처럼 일부러 그러는 듯한 거만스럽고 단호한 태도도 그의 얼굴에서 완전히 사라져 있었다. 그는 표트르의 곁을 조금도 떠나지 않았다. 짐작건대 갑자기 표트르한테서 한없는 신뢰를 느끼기 시작한 모양인지 노상 곁에 바싹 달라붙어서 무언가 수군수군 속삭이고 있는 것이었다. 표트르는 아무 대답도 하지 않고 듣기만 하다가, 때때로 적당히 쫓아버리기 위해선지 짜증스러운 말투로 중얼거리는 정도였다.

쉬갈료프와 비르긴스키는 표트르보다 약간 일찍 왔다. 그가 모습을 나타내자마자 둘은 명백히 미리부터 짜고 있었던 듯 깊은 침묵을 지키면서 약간 옆으로 물러나 버렸다. 표트르는 등불을 쳐들면서 사람을 무시하는 듯한 건방진 태도로 찬찬히 뚫어지게 둘을 훑어보았다. '무언가 말하려는 모양이구나' 하는 생각이 퍼뜩 그의 머리에 스쳤다.

"람신은 없소?" 그는 비르긴스키에게 물었다. "그가 병이 났다고 한 것은 누구요?"

"난 여기 있어요!" 갑자기 나무 그늘에서 걸어 나오면서 람신이 대답했다. 그는 두터운 외투를 입고, 그 위로 담요를 단단히 뒤집어쓰고 있었기 때문에 등불을 비춰도 표정을 확실히 볼 수 없었다.

"그럼, 리푸틴이 없군."

그러나 리푸틴도 성큼 굴속에서 나왔다. 표트르는 또다시 등불을 쳐들었다.

"뭣 땜에 자네는 그런 굴속에 들어갔었는가? 어째서 지금까지 나오지 않았지?"

"나는 말이오, 우리는 모두 자유롭게 행동할 권리가 있다고 생각합니다." 리푸틴은 중얼거렸지만 자기로서도 무슨 말을 하려는 것인지 모르는 모양이었다.

"여러분." 지금까지의 어느 정도 속삭이는 듯한 어조를 깨뜨리고 표트르는 소리를 높였다. 그것이 꽤 적지 않은 효과를 가져온 것 같다. "지금 이 마당에 무슨 딴소리나 어물거리며 주저할 수 없다는 것은 여러분도 이미 잘 알고 있으리라 생각하오. 어제 모든 것을 직접 명확하게 토의했고 따져보지 않았느냔 말이오. 그러나 여러분의 얼굴 표정으로 추측건대, 아무래도 한마디 하고 싶은 사람이 있는 것 같소. 만일 그렇다면 빨리 해치웁시다. 농담이 아냐! 시간은 얼마든지 있는 것이 아니란 말이오. 에르켈이 지금 당장이라도 그 사내를 데리고 나타날지 모르오."

"틀림없이 데리고 올 것이오." 무엇 때문인지 톨카첸코가 말참견을 했다.

"맨 먼저 인쇄기의 인수인계부터 할 줄 알았는데요?" 또 무엇 때문에 이런 질문을 하는지 자기로서도 확실히 모르겠다는 태도로 리푸틴이 물었다.

"그야 물론, 쓸데없이 포기할 필요야 없지" 하고 말하며 표트르는 그의 얼굴에다 등불을 바싹 들이댔다. "그러나 실제로 인수인계를 할 필요는 없다고 어제 모두가 결정하지 않았느냔 말이야. 그 사내가 자기가 묻은 지점을 가르쳐 주기만 하면 뒤에 우리가 파내면 돼. 그곳이 이 동굴 어딘가의 구석에서부터 열 발짝쯤 떨어진 곳이라는 것만은 나도 들은 적이 있단 말이야. 그건 그렇고 자네는 어째서 그걸 잊어버렸단 말인가? 리푸틴, 먼저 자네가 그를 혼자 나가 맞이하고, 그리고 나서 우리가 나타나기로 이미 얘기가 끝났잖은가. 자네가 지금 새삼스럽게 묻다니 이상한 일인데, 그저 잠깐 이야기해 본 것뿐인가?"

리푸틴은 침울한 표정으로 입을 꽉 다물고 있었다. 아무도 입을 열지 않았다. 바람이 소나무 가지를 흔들고 있었다.

"그런데 여러분, 나는 여러분이 각자 자신의 의무를 이행할 것이라고 굳게 믿소." 표트르가 초조한 듯이 침묵을 깨뜨렸다.

"나는 샤토프에게 그의 아내가 돌아와서 아기를 낳았다는 것을 정확하게 알고 있소." 갑자기 비르긴스키가 말을 꺼냈다. 흥분해서 떠듬거리며 발음도 확실히 못하면서 연방 몸짓과 손짓을 섞어가며 말했다. "적어도 인정을 가지고 있는 사람이라면…… 지금 그가 밀고할 리가 없다는 것을 굳게 믿어도 좋을 것입니다만…… 그는 지금 행복감에 취해 있으니까…… 그래서 아까 여러분을 두루 찾아다녔지만 모두 집에 없었습니다. 이런 까닭으로 지금으로선, 전혀 아무 일도 할 필요가 없는지 모른다고 생각합니다……."

그는 말을 끊었다. 숨이 막혔던 것이다.

"비르긴스키, 만일 당신이 갑자기 행복해졌다면" 표트르는 그에게 한 걸음 다가갔다. "당신은 밀고 같은 것은 별개로 하더라도 무언가 공민으로서의 모험적인 일을 미루겠소? 그것은 행복하기 전에 계획했던 일로 위험하고 행복을 잃게 될지도 모르지만, 그래도 자기 의무라고 생각하는 일을 말이오."

"아니, 포기 안 해요! 어떤 일이 있어도 미루지 않아요." 왜 그러는지 느닷없이 터무니없는 열성을 가지고 비르긴스키는 온몸을 꿈틀거리면서 단언했다.

"당신은 비열한 인간이 되기보다는 차라리 다시 불행한 사람이 되기를 선택하겠소?"

"그렇습니다. 그렇고말고요! 나는 그 정도가 아니고 정반대로…… 전적으로 비열한 인간이 되기를, 아니, 그렇지 않지…… 결코 비열한 사람이 아니고 즉 비열한 사람이 되기보다는 차라리 아주 불행한 사람이 되기를 바랍니다."

"그럼 알아두시오. 샤토프는 이 밀고를 공민으로서의 의무라 생각하고 있소. 자기의 가장 원대한 신념으로 생각하고 있단 말이오. 그 증거로, 자기로서도 얼마만큼 정부에 대해서 위험을 무릅쓰는 것조차 꺼리지 않는 게 아니오? 게다가 그는 밀고 때문에 충분히 정상 참작의 혜택을 받을 수 있다는 것은 말할 것도 없지만…… 그런 사나이는 절대로 자기 뜻을 달리하지 않는단 말이오. 어떠한 행복도 이것을 이길 수는 없소. 하루만 지나면 정신이 번쩍 들어서 스스로를 꾸짖으면서 단호히 의무를 이행할 것이 틀림없소. 더욱이 그의 아내가 3년간의 별거 생활 뒤에 스타브로긴의 애를 낳기 위해서 돌아왔다고 해서 딱히 행복하진 않을 거라고 생각하오!"

"그렇지만 아직 밀고장을 본 사람은 아무도 없지 않습니까?" 갑자기 쉬갈료프가 끈덕지게 말했다.

"밀고장은 내가 봤소!" 표트르는 소리를 꽥 질렀다. "딱 써 가지고 있었단 말이오. 그러니 여러분, 이렇게 떠드는 건 바보 같은 짓이오!"

"그렇지만 나는" 갑자기 비르긴스키가 열을 내기 시작했다.

"나는 항의합니다…… 온 힘을 다해서 항의합니다. 나는…… 나는 이렇게 하고 싶습니다. 그가 오면 우리는 다 같이 나가서 그를 추궁합니다. 만일 사실이라면 참회를 시키고 그에게 바람직한 미래를 맹세하게 하고 보내주는 겁니다. 어쨌든 재판은 필요해요. 모든 것은 재판으로 결정해야만 합니다. 모두가 그늘에 숨어 있다가, 느닷없이 달려든다는 것은……."

"맹세 정도로 공동 사업을 위험에 빠뜨리는 것은 어리석기 그지없는 일이오! 여러분, 이제 와서 그런 소리를 하는 것은 정말 바보 같은 인간이나 하는 짓이오! 도대체 여러분은 이 위급한 때를 맞아 어떤 역할을 하고 싶다는 거요?"

"나는 반대요! 반대!" 비르긴스키는 같은 말을 되풀이할 뿐이었다.

"하다못해 그렇게 떠들어대는 것만이라도 그만 해주면 좋겠소. 신호를 들을 수 없단 말이오. 여러분, 샤토프는…… (쳇, 더럽다. 이제 와서 이 무슨 어리석은 소리야!) 내가 이미 말한 것처럼 샤토프는 슬라브주의자요. 즉 이 세상에서 가장 어리석은 인간의 한 사람이오…… 아니, 그런 건 상관없어. 그런 것은 아무렇든 관계가 없소. 정말 여러분 덕분에 나까지 혼란스럽지 않소!…… 여러분, 샤토프는 세상을 등진 사람이오. 그러나 본인이 바라고 있건 말건 그것은 차치하고 역시 우리 당에 속해 있기 때문에, 나는 마지막 순간까지 공동 사업을 위해 그를 세상을 등진 인간으로서 적당히 써먹을 수 있다는 믿음을 버리지 않았소. 때문에 본부로부터 엄격한 명령을 받고 있었음에도 그 사나이를 동정하고 보호하고 있었던 것이오. 나는 그 사나이의 실제 가치보다도 백 배 정도 후하게 인정을 베풀었단 말이오! 그래도 그는 결국 밀고 같은 것을 계획하기에 이르렀소. 빌어먹을, 한심하군! 그런데 이제 와서 빠져나가려 하다니! 당신들은 어느 누구도 이 사업을 포기할 권리가 없단 말이야! 물론 원한다면 그자와 짝짜꿍이 되어도 상관없지만, 공동 사업을 한낱 맹세 따위로 처리한다는 것은 도대체 있을 수가 없는 일이란 말이오. 그런 짓을 할 권리는 당신들에게 없소! 그런 흉내를 내는 것은 돼지뿐이오! 정부에 매수된 개만도 못한 간첩뿐이란 말이오!"

"이 가운데 정부에 매수된 자라도 있습니까?" 잇새에서 내미는 듯한 소리로 리푸틴이 말했다.

"자네일 수도 있지! 리푸틴! 자네는 차라리 입을 다물고 있는 게 어때? 자넨 그저 그런 소리를 한번 해본 거겠지! 언제나의 버릇대로 말이야. 여러분, 정부에 매수된 간첩이라는 것은 위험에 직면했을 때 겁쟁이 짓을 하는 인간이오. 공포라는 것은 언제나 바보를 만들어 내는 법이오. 이런 인간은 최후의 순간이 되면 갑자기 경찰에 달려가서 '아아, 아무쪼록 나만은 살려주십시오. 한패였던 놈들은 모두 팔아버리겠습니다' 하고 울부짖는단 말이야. 그러나 여러분, 아시겠소? 당신들은 이미 아무리 밀고해도 용서를 받을 수 없소. 설혹 감형 받는다 하더라도, 그래도 역시 모두가 다 시베리아행을 각오해야 한단 말이오! 게다가 말이오, 당신들은 또 하나의 심판의 칼을 피할 수 없소. 이것은 정부의 것보다 더 날카로운 거니까."

표트르는 분노에 사로잡혀서 쓸데없는 것까지 지껄여대고 말았다. 쉬갈료프는 결심을 한 듯이 세 걸음 정도 그의 앞으로 다가갔다.

"어젯밤부터 나는 심각히 사태를 숙고해 보았습니다." 그는 예의 자신만만한 어조로 말을 시작했다(그는 설혹 자기가 서 있는 땅이 무너지더라도 결코 소리를 높이든가, 조리 있는 어조를 바꾸지 않을 것임에 틀림없었다). "충분히 사태를 숙고한 끝에 나는 다음의 결론에 이르렀습니다. 지금 계획하고 있는 살인은 좀더 본질적이고 직접적인 방법으로 사용할 수 있는 귀중한 시간 낭비일 뿐 아니라, 정상적인 길을 벗어난 무서운 일탈입니다. 이것은 무엇보다도 가장 사업에 해독을 끼치고 수십 년 동안 그 성공을 지연시켜 온 것입니다. 왜냐하면 순수한 사회주의자가 아닌 정치적 색채가 짙은 경솔한 사람들의 세력에 굴복했기 때문입니다. 내가 여기 온 것은 현재 계획하고 있는 일에 반대하여 모두를 각성시키고자 함입니다. 그리고 어떤 의미에선가 당신이 위급한 때라고 말하고 있는 이 순간부터 나 자신을 제외하게 하려는 것입니다. 내가 떠나는 것은 이 위험을 두려워하기 때문도 아닐뿐더러 샤토프에 대한 감상 때문도 아닙니다. 나는 결코 그 사나이와는 짝짜꿍이 되고 싶지는 않습니다. 다만 이 일이 하나부터 열까지 나 자신의 계획에 말 그대로 모순을 가져오기 때문입니다. 그러나 밀고라든가 정부에 매수된다든가 하는 점에 대해서는 당신은 전적으로 안심해도 좋습니다. 밀고 같은 것은 하지 않습니다."

그는 빙글 돌아서 힘차게 걷기 시작했다.

"제기랄, 저놈이 도중에서 그들과 만나 가지고, 샤토프에게 귀띔을 할는지도 모르겠다!" 표트르는 외치고 나서 느닷없이 권총을 끄집어 냈다. 철컥 하고 방아쇠를 올리는 소리가 났다.

"아무쪼록 안심하십시오." 또다시 쉬갈료프가 뒤돌아보았다. "가다가 샤토프를 만나면, 인사 정도는 할는지 모르지만 귀띔 같은 것은 결코 안 하겠습니다."

"자넨 알고 있겠지, 그런 짓을 한다면 그만한 보복을 반드시 받게 된다는 것을, 푸리에 씨!"

"말씀드려 둡니다만 나는 푸리에가 아닙니다. 나를 그런 추상적이고 설익은 이론가와 혼동하는 것을 보니, 당신은 내 원고를 손안에 가지고 있으면서도 내용은 전혀 모르고 있군요. 당신의 보복에 대해서는 이렇게 말해 두겠습니다. 당신이 방아쇠를 올린 것은 서툰 짓입니다. 이 경우에선 당신에게 오히려 불리하지 않습니까? 게다가 내일이나 모레 보자고 나를 협박하거나 쏘아 죽여도 쓸데없이 귀찮은 일을 만드는 것 말고는 아무 소득이 없다는 사실을 알아야 합니다. 나를 죽여봤자, 늦든 빠르든 당신은 내 주장에 이르게 될 테니까요. 자아, 그럼 안녕!"

마침 이때 200걸음쯤 떨어진 공원의 늪에서부터 휘파람 소리가 들려왔다. 리푸틴은 어제 약속한 대로 똑같이 휘익 하고 소리 신호를 보냈다(그는 자신의 들쭉날쭉한 이에서 나오는 휘파람 소리가 믿음직하지 못해서, 일부러 시장에서 1코페이카를 주고 흙으로 구워 만든 장난감 호루라기를 샀던 것이다). 에르켈은 오는 도중에 미리 샤토프에게 약속 신호의 휘파람이 있다는 것을 알려두었기 때문에 그는 아무런 의심도 하지 않았다.

"걱정 없습니다. 나는 저 패들을 피해서 갈 테니까 저쪽에서는 눈치채지 못할 것입니다." 쉬갈료프는 또박또박 끊어서 천천히 속삭였다.

그러고 나서 조금도 걸음을 빨리하는 기색도 없이, 또 서두르는 품도 없이 어두운 공원을 빠져나가 곧장 자기 집으로 향했다.

지금으로선 이 무서운 사건이 어떻게 일어났느냐 하는 것은 지극히 자세한 점까지 일반에게 알려져 있다. 가장 먼저 리푸틴이 동굴 바로 앞에서 에르켈과 샤토프를 맞이했다. 샤토프는 그에게 인사도 하지 않았고, 손을 내밀지도 않았다. 곧장 성큼성큼 큰 소리로 말하기 시작했다.

　"자아, 도대체 삽은 어디 있나? 그리고 등불이 하나 더 있는지 모르겠군. 아니, 걱정할 필요 없어. 여기는 전혀 사람이 없는 데니까. 여기서는 대포를 쏜다 해도 스크보레쉬니키까지는 전혀 들리지 않을 거란 말이야. 여기 있어. 자아, 여기 있단 말이야. 바로 아래⋯⋯."

　그러고는 동굴 뒤쪽 구석에서 숲으로 열 발짝쯤 간 곳에서 발로 땅을 쾅쾅 밟아 보였다. 이 순간 나무 그늘 뒤에서 톨카첸코가 나타나서 그에게 달려들었다. 에르켈도 함께 뒤에서 그의 팔을 붙잡았다. 리푸틴은 앞으로부터 달려들었다. 세 사람은 곧 그의 다리를 걸어 눕히고 말았다. 그때 표트르가 권총을 쥔 채 달려 나왔다. 들은 말에 의하면 샤토프는 그가 있는 쪽으로 머리를 돌리고 그 얼굴을 알아볼 수 있을 만큼의 시간적 여유가 있었다고 했다. 세 개의 등불이 이 장면을 비췄다. 샤토프는 갑자기 짧고 절망적인 고함을 질렀다. 그러나 언제까지라도 소리를 내도록 내버려두지는 않았다. 표트르는 정확한 솜씨로 그의 이마에 바싹 권총을 갖다 대고 그대로 방아쇠를 당겼다. 발사의 소리는 그다지 크지 않았던 모양이다. 적어도 스크보레쉬니키에서는 아무도 들은 사람이 없었다고 한다.

　물론 쉬갈료프는 들었다. 그는 겨우 300걸음 정도밖에 떨어져 있지 않았기 때문에 절규하는 소리도 총소리도 들었지만 뒤에 그 자신이 말한 바에 따르면 뒤를 돌아보지도 않았고, 멈춰 서지도 않았다고 한다. 살해는 거의 순간적으로 이루어졌다.

　사태를 처리할 능력―냉정함까지는 아니었지만―을 완전히 갖고 있었던 것은 표트르 한 사람뿐이었다. 그는 그 자리에 무릎을 대고 앉아 분주한 듯이, 그러나 분명한 손놀림으로 죽은 자의 호주머니를 뒤지기 시작했다. 돈은 없었다(돈지갑은 마리야의 베개 밑에 넣어두고 온 것이었다). 두서너 장의 하찮은 종잇조각이 나왔다. 하나는 사무실에서 온 편지이고 하나는 무슨 책인가의 목차, 또 하나는 외국 술집의 오래된 계산서였다. 어째서 이런 것들이 2년 동안이나 호주머니 속에 들어 있었는지는 모른다. 이 종이쪽지를 표트르는 자기 호주머니에 넣고, 문득 모두 한곳에 모여 앉아서 아무것도 하지 않고 그냥 멍청히 시체를 바라다보고 있는 것을 보자, 갑자기 독살스럽게 욕지거리를 하면서 모두를 몰아세우기 시작했다. 톨카첸코와 에르켈은 제정신을 차리고 달려가더니 곧 동굴 안에서 아침에 준비해 두었던 돌을 두 개 가지고 왔다. 돌은 두 개 다 20파운드 정도의 무게가 나가는 것으로 벌써 준비가 돼 있었다. 노끈이 단단히 붙들어 매어져 있었던 것이다.

시체는 가까이 있는 세 번째 못까지 옮겨다가 그 속에 가라앉히기로 되어 있었기 때문에 사람들은 다리와 목에 돌을 붙들어 매기 시작했다. 그것을 붙들어 매는 것은 표트르의 일이었고, 톨카첸코와 에르켈은 다만 돌을 안고 있다가 차례로 그것을 내밀 뿐이었다. 에르켈이 먼저 돌을 건넸다. 표트르는 투덜투덜 욕설을 퍼부으며 시체의 다리를 노끈으로 매고 거기에 돌을 붙들어 맸다. 톨카첸코는 그 오랜 시간 동안 자아, 하면 곧 건네줄 수 있도록 공손한 자세로 상반신을 앞으로 구부린 채 꼼짝 않고 두 손에 돌을 안은 채로 서 있었다. 잠깐 동안이라도 이 귀찮은 것을 땅바닥에 놓으려고는 전혀 생각도 못했다. 마침내 두 개의 돌을 붙들어 매고 표트르는 땅바닥에서 몸을 일으키며 모두의 얼굴을 들여다보려고 했을 때, 갑자기 전혀 뜻밖의 기괴한 사건이 일어나 모두의 간담을 서늘하게 했다.

앞서도 말한 바와 같이 톨카첸코와 에르켈을 제외한 다른 사람은 거의 아무것도 하지 않고 멍청하게 서 있었다. 비르긴스키는 모두가 샤토프에게 달려들었을 때 자기도 같이 뛰어나오긴 했지만 샤토프에겐 손을 대지 않았고, 또 그를 억누르는 데 돕지도 않았다. 럄신은 이미 총성이 난 다음에야 모두 앞에 모습을 나타냈다. 그러고 나서 10분가량 시체의 처리로 북적대고 있을 때 모두는 사실상 자의식의 일부분이 떨어져 나간 성싶었다. 그들은 빙 둘러 한곳에 몰려 있었지만 불안하다든가, 걱정이 되서라기보다는 그저 두려움에 사로잡혀 있는 것 같았다. 리푸틴은 누구보다도 앞에 나서서 시체의 바로 옆에 서 있었다. 비르긴스키는 어떤 특별한, 마치 자기와는 관계가 없는 것을 보는 듯한 호기심어린 표정을 띠고 리푸틴 뒤에서 그의 어깨 너머로 들여다보고 있었다. 오히려 발꿈치를 들고서 좀더 자세히 보려 애쓰고 있었다. 럄신은 비르긴스키 뒤에 숨어서 때때로 깜짝깜짝 놀라면서 들여다보고는 곧 뒤로 숨어버리곤 했다.

시체에 돌을 붙들어 매고 표트르가 막 일어서려 했을 때 비르긴스키는 갑자기 몸을 부들부들 떨기 시작하더니 두 손을 딱 치고는, 있는 힘을 다해서 큰 소리로 구슬프게 소리 질렀다.

"이건 아냐, 안 돼! 전혀 틀리단 말이야!"

그는 이 뒤늦은 고함 소리에 또다시 무어라고 덧붙일 셈이었다. 그러나 럄신이 끝까지 말하도록 내버려 두지 않았다. 느닷없이 뒤에서 비르긴스키를 붙들고 있는 힘껏 조르며 무슨 소린지 도저히 상상도 할 수 없는 목소리로 울부짖기 시작했다. 사람이 지나치게 놀랐을 때는 갑자기 지금까지 생각지도 못했던, 마치 동물 소리 같은 아주 낯선 소리를 지르는 수가 있다. 때로 그것은 아주 무시무시하게 느껴지기도 한다. 럄신은 인간이라고 전혀 생각되지 않는 동물과도 같은 소리로 떠들어대기 시작했다. 경련이라도 일으킨 것처럼 두 팔로 뒤에서부터 비르긴스키를 죄면서 그는 모두를 향해 눈을 부릅뜨고 입을 크게 벌린 채 쉬지 않고 계속해서 울부짖었다. 마치 북으로 빗방울이 떨어지는 박자를 치기라도 하는 듯이 두 다리는 가늘고 짧게 땅을 내리밟고 있었다. 비르긴스키는 아주 당황해서 미친 듯이 떠들어대기 시작했다. 그리고 평소의 비르긴스키로서는 상상도 못할 처참한 표정으로, 뒤로 손이 미치는 한도까지 럄신을 할퀴고 두들기며 그의 손에서부터 벗어나려고 몸부림쳤다. 에르켈이 옆에서 도와 겨우 럄신을 떼어놓았다.

그러나 비르긴스키가 넋이 빠져서 한 열 걸음쯤 옆으로 몸을 피했을 때, 럄신은 불현듯 표트르를 보고는 또다시 소리를 지르면서 이번엔 그를 향하여 달려들었다. 그러다가 시체에 걸려 그대로 시체 너머에 있는 표트르를 잡고 넘어졌다. 그리고 표트르의 가슴에 머리를 박고 비비면서 힘주어 두 팔로 안아 버렸기 때문에 표트르도 톨카첸코도 에르켈도 잠깐 동안은 어떻게 할 수도 없었다. 표트르는 소리를 지르고 욕을 퍼부으며 주먹으로 그의 머리를 쳤다. 겨우 있는 힘을 다해서 뿌리치고 나자, 느닷없이 권총을 꺼내 들고 여전히 계속해서 떠들어대고 있는 람신의 벌어진 입을 향해 총구를 겨냥했다. 톨카첸코와 리푸틴과 에르켈은 이미 단단히 람신을 양쪽에서 붙들고 있었다. 그러나 람신은 총구가 자신을 겨누고 있음에도 계속해서 비명을 질러대고 있었다. 결국 에르켈이 자기 손수건을 둥글게 뭉쳐서 솜씨 있게 입을 틀어막았다. 이리하여 겨우 고함 소리가 그쳤다. 톨카첸코는 그사이 남은 노끈 동강이로 그의 두 손을 묶어버렸다.

"이건 정말 괴상한 일이야!" 불안한 두려움에 충격을 받은 표트르가 미치광이를 바라보면서 말했다. 보아하니 몹시 간담이 서늘했던 모양이었다.

"나는 이 녀석을 전혀 다르게 생각하고 있었어." 그는 깊은 생각에 잠긴 채 이렇게 덧붙였다.

일단 람신 옆에는 에르켈을 붙여두기로 했다. 무엇보다도 죽은 사람의 시체부터 처리해야 했다. 매우 오랜 시간 큰 소리로 떠들어댔기 때문에 어디선가 소리를 들은 사람이 있는지도 모른다. 톨카첸코와 표트르는 등불을 들고 시체의 머리에 손을 댔다. 리푸틴과 비르긴스키는 다리를 들고 걷기 시작했다. 두 돌을 매단 이 짐은 매우 무거웠다. 게다가 거리는 200걸음도 더 되었다. 그들 중에서 가장 힘을 잘 쓰는 자는 톨카첸코였다. 그는 보조를 맞추는 것이 좋겠다고 했지만 아무도 거기에 대답하는 사람은 없었다. 모두는 제멋대로 걸었다. 표트르는 오른쪽으로 걸어갔다. 몸을 굽혀 시체의 머리를 어깨에 메고, 오른손으로 돌을 밑으로부터 받쳐 들고 있었다. 톨카첸코는 절반쯤 오도록, 그 돌을 도와서 같이 든다든가 하는 생각은 조금도 하지 않았다. 결국 표트르는 욕지거리를 섞어서 그에게 소리를 질렀다. 그 고함 소리는 매우 돌발적이어서 조용한 주위에 울려 퍼졌다. 모두는 침묵 속에서 계속 시체를 옮겨가고 있었다. 겨우 늪 옆에까지 왔을 때 비르긴스키는 짐이 무거워서 피로한 모양으로 기묘하게 등을 구부리면서 아까처럼 울음 섞인 높은 소리로 느닷없이 소리쳤다.

"이건 아냐. 안 돼, 이건. 전혀 틀려!"

그들이 시체를 옮겨온 이 꽤 큰, 스크보레쉬니키의 세 번째 늪은 공원 속에서도 가장 외딴 장소로, 더욱이 이 무렵처럼 늦가을이 되면 거의 찾아오는 사람조차 없었다. 늪의 이쪽 끝 한 둔덕에는 풀이 무성하게 자라 있었다. 사람들은 등불을 놓고 시체를 두세 번 흔들어서 늪 가운데로 던져버렸다. 둔한 물소리가 길게 꼬리를 끌었다. 표트르는 등불을 치켜들었다. 모두가 계속해서 몸을 앞으로 길게 뽑고 시체가 가라앉는 것을 진귀한 광경처럼 바라보았지만 벌써 아무것도 보이지 않았다. 돌을 두 개 매단 시체는 순식간에 가라앉아 버렸다. 물의 표면에 일어난 커다란 물결이 점점 사라져 갔다. 이제 끝났다.

"여러분." 표트르는 모두에게 말했다. "이것으로 이제 우리는 헤어지는 것이오. 의심할 필요도 없이 여러분은 자유로운 의무 이행에 따른 자유로운 명예를 느끼고 있을 거요. 비록 지금은 유감스럽게도 그런 감각을 맛보기에는 너무도 흥분한 상태에 있지만, 내일은 틀림없이 느끼리라 생각하오. 그렇지 않다면 그것은 이미 수치요. 저 볼썽사나운 럄신의 흥분에 대해서는 나는 단순히 열에 들뜬 잠꼬대 같은 것으로 여기겠소. 더욱이 그는 정말 오늘 아침부터 병을 앓고 있다고 하니까. 그리고 비르긴스키, 당신은 다만 1분간이라도 편견을 버리고 성찰해 본다면 공동 사업을 위해서는 구두 약속만 믿고 행동해서는 안 되며 바로 우리가 한 것과 같이 해야만 한다는 사실을 알게 될 것이오. 밀고장이 정말로 있었다는 것을 언젠가 당신도 알게 될 때가 올 거요. 나는 당신이 떠든 말을 잊어버리도록 하겠소. 위험이라든가 그런 것은 결코 없을 것이오. 아무도 우리에게 혐의를 둘 생각조차 할 수 없을 것이오. 특히 여러분이 그럴듯하게 행동하고 돌아간다면 더욱 안전하오. 가장 중요한 문제는 여러분과 여러분의 굳은 신념에 걸려 있는 것이니까. 여러분이 이 신념을 내일이라도 얻을 수 있기를 나는 바라마지않소. 게다가 여러분은 지금 현재 공동 사업을 위해서 서로가 전력을 나누고 필요에 따라서는 서로가 주의 감독하기 위해 동지의 자유 결사인 독립된 기관에 들어가 있는 것이오. 따라서 여러분 한 사람 한 사람이 똑같이 최고의 책임을 가지고 있는 것이오. 정체되어 악취를 풍기는 낡은 사물을 새롭게 할 사명을 가지고 있는 거요. 용기를 잃는 일이 없도록 이 점을 늘 명심하기 바라오. 현재 여러분이 나갈 길은 오로지 일체의 파괴, 국가와 그 도덕의 파괴에 있을 뿐이고 그 파괴 뒤에는 미리 권력을 계승

하고 있는 우리만이 남게 되오. 그리하여 현명한 자를 우리 편으로 이끌어 들이고 어리석은 자는 계속해서 짓밟아 버리는 거요. 그것을 여러분은 괴로워할 필요가 없소. 자유를 욕되게 하지 않기 위해서는 한 세대의 인간을 다시 단련시켜 내지 않으면 안 되오. 앞으로도 몇천의 샤토프가 우리 길을 방해할 것이오. 우리는 시대의 동향을 파악하기 위해서 단결했소. 때문에 한가하게 누워서 멍청하게 입을 열고 우리를 보고 있는 녀석들을 일으켜 세우지 않는 것은 오히려 치욕이오. 이제부터 나는 키릴로프 집으로 갈 것이며, 내일 아침까지는 예의 그 유서가 작성되오. 그것은 그 사나이가 죽음에 임해서 정부에 대한 변명서라는 형태로 모든 책임을 자기가 떠맡는 것인데, 아무튼 이것만큼 그럴듯한 조합은 달리 없소. 첫째 그 사나이는 샤토프와 사이가 나빴소. 둘은 오랫동안 미국에서 함께 살았었기 때문에 그때 싸움 정도는 몇 번 했을 것이오. 또 샤토프가 변절한 것도 널리 알려져 있었소. 그러니 두 사람의 갈등은 사상의 차이, 밀고를 두려워하여 적대시하는 것으로 보일 거요. 즉 도저히 타협의 여지가 없는 적대 관계 말이오. 이런 것이 모두 유서 속에 쓰일 거요. 마지막으로 그 사나이가 살고 있던 필리포프 소유의 집에 페디카가 머물고 있었다는 것도 쓰게 할 거요. 이리하여 우리에 대한 혐의를 모두 다 배제하는 것이오. 이 세상의 멍청한 놈들은 완전히 미궁 속을 방황할 것임이 틀림없으니까. 그건 그렇고 여러분, 내일은 우리가 만날 수 없소. 나는 잠깐 동안 시골에 갔다 오겠소. 모레가 되면 여러분에게 새로운 보고를 전달할 수가 있을 것이오. 가능하면 내일 하루 동안은 여러분은 집에 파묻혀 있는 게 좋을 거요. 자, 그러면 여기서 두 사람씩, 서로 다른 길로 흩어집시다. 톨카첸코, 자네는 럄신을 집까지 데려다주고 뒷일을 좀 살펴봐 주게. 자네라면 능히 할 수 있는 일이니까. 그리고 도대체 속이 그렇게 좁아 가지고는 자신을 위해서도 해만 될 뿐이라고 잘 타일러 주게나. 그리고 비르긴스키, 당신 친척 쉬갈료프에 대한 것은 나도 당신과 마찬가지로 조금도 의심하고 싶지 않소. 다만 그의 행동은 유감이오. 그러나 그는 아직 탈퇴를 선언한 것이 아니기 때문에 그를 매장하는 것은 아직 시기상조란 말이야. 자아 그러면 여러분, 될수록 서두릅시다. 아무리 얼간이놈들이라고 해도 역시 조심은 해야 하니까……."

비르긴스키는 에르켈과 함께 돌아가게 됐다. 에르켈은 럄신을 톨카첸코에게 넘겨주기에 앞서 그를 표트르에게 데리고 가서 이 사나이는 이미 제정신으로 돌아와서 자기 행위를 후회하고 용서를 빌고 있는데, 그때는 어떻게 그렇게 됐는지 자기도 모르겠다고 한다는 말을 전했다.

표트르는 혼자서, 길을 돌아 공원을 따라 늪 건너편 길을 걸어갔다. 이 길이 가장 멀었다. 놀랍게도 거의 반쯤 갔을 때 리푸틴이 뒤에서 쫓아왔다.

"표트르 스테파노비치, 럄신이 틀림없이 밀고할 겁니다!"

"아니, 그 사나이도 이제 곧 제정신으로 돌아와서, 밀고를 하면 자기가 맨먼저 시베리아로 가야 한다는 것을 알게 될 거야. 지금으로선 아무도 밀고할 사람이 없어! 자네도 하지 않을 테고."

"그럼, 당신은?"

"말할 필요도 없어. 만일 자네들이 배신하려고 쑥덕거리기라도 한다면, 곧바로 모두 다 처치해 버리고 말 테니까. 자네도 그것은 알고 있지? 그러나 자네는 배신하지 않을 거야. 그런데 자네는 그걸 묻기 위해서 2베르스타나 내 뒤를 쫓아왔단 말인가?"

"표트르 스테파노비치, 우리는 이제 영영 만나지 못하게 될지도 모르겠지요?"

"어째서 그런 소리를 하는 거야?"

"꼭 한 가지 묻고 싶은 것이 있는데요."

"도대체 뭔가? 나는 지금 자네가 빨리 가주기를 바라고 있는데."

"꼭 한 가지만, 정확한 대답을 듣고 싶습니다. 우리들 5인조는 세계에서 꼭 하나밖에 없는 것입니까? 아니면 이런 5인조가 몇 백 개나 있다는 것이 정말입니까? 나는 진지하게 묻고 있는 것입니다. 표트르 스테파노비치!"

"그건 자네의 흥분한 표정을 보면 능히 알 수 있네. 그런데 말이야, 실은 자네가 럄신보다도 더 위험한 인물이라는 것을 자신도 알고 있는가?"

"알고 있어요, 알다마다요. 그런데 대답은? 당신의 대답은?"

"자네는 멍청한 작자로군그래! 이렇게 된 이상 5인조가 하나든, 천이든 마찬가지가 아닌가?"

"그럼 하나뿐이란 말이군요. 나도 그럴 것이라고 생각했습니다!" 리푸틴은 소리쳤다. "나는 언제나, 지금까지 주욱 하나뿐이라고 생각해 왔습니다." 이렇게 말하고 그는 다음 대답도 기다리지 않고 몸을 홱 돌리더니 그대로 어둠 속으로 사라져 버렸다.

표트르는 잠깐 생각했다.

"아냐! 아무도 밀고하지 않아!" 그는 단호하게 말했다. "그러나 집단은 어디까지나 집단으로서의 명령에 복종하지 않으면 안 된다. 그렇지 않으면 나는 그놈들을…… 그건 그렇고 정말 변변찮은 놈들이야!"

2

그는 먼저 자기 하숙집에 들러서, 천천히 가방 속에 물건을 넣기 시작했다. 아침 6시에는 급행열차가 출발하게 되어 있었다. 이 급행은 1주일에 한 번밖에 없었다. 그것도 얼마 전부터, 당분간 시험삼아 운전해 보기로 한 것이었다. 표트르는 '한패'에게는 며칠 동안 시골에 갔다 온다고 했지만, 나중에 밝혀진 사실에 따르면 그의 계획은 전혀 달랐다. 가방을 다 챙기고 나자 그는 미리 출발을 알려두었던 여주인에게 계산을 마치고, 마차를 불러 타고 정거장 근처에 살고 있는 에르켈에게로 출발했다. 그리고 새벽 1시쯤 키릴로프 집으로 갔다. 전과 다름없이 페디카가 만들어 놓은 비밀 통로로 숨어들어갔다.

표트르는 두려움에 사로잡혀 있었다. 중대한 두서너 가지 불만은 제쳐놓고라도(그는 아직도 스타브로긴에 관한 일을 아무것도 알아낼 수 없었다) 그는 오늘 안에 어딘가로부터(아마도 페테르부르크일 것이다) 가까운 앞날에 자기를 기다리고 있는 어떤 종류의 위험에 대한 비밀 통지를 받은 모양이었다. 이렇게 애매한 투로 말하는 것은 나로서도 명확하게 단언할 수가 없기 때문이다. 물론 이 무렵에 관한 일은 지금까지 거리에서 옛날이야기처럼 소문이 무성하기 때문에 말할 필요도 없지만, 만일 무엇이든 정확한 것을 알고 있는 사람이 있다면, 그것은 다만 그 계통의 사람들뿐일 것이다. 그러나 나의 개인적인 생각으로는, 표트르는 사실 이 마을 외에 어딘가 또 다른 곳과 연락을 하고 있어서 그런 곳에서 정보를 받고 있는 모양이었다. 뿐만 아니라 리푸틴의 조롱적이고 절망적인 의심과는 반대로 그는 정말 이 거리 이외의 고장, 다시 말해서 두 수도 등지에서 두서너 개의 5인조를 조직하고 있었던 것으로 보인다. 5인조까지는 아니더라도 여러 연락망과 정보망을 갖고 있었을 것임에 틀림없다. 게다가 그것은 매우 특출한 것이었으리라.

그가 출발한 지 사흘도 못 돼서 즉시 그를 체포하라는 명령이 수도로부터 내려졌다. 그건 무슨 사건 때문일까? 이곳에서 있었던 사건 때문일까? 아니면 다른 일 때문일까? 그것은 나로선 알 수 없다. 이 명령이 도달한 것은 마침 그 신비적이고 의미심장한 대학생 샤토프의 참살(이 거리에서 계속해서 일어났던 괴사건의 정점을 이루는 것이었다)과 이 사건에 따르는 여러 수수께끼 같은 내막이 발견된 직후였기 때문에, 이곳의 관헌을 비롯해서 지금까지 경박한 태도를 고수해 오던 사교계까지 갑자기 사로잡아 버린 신비적인 공포감을 한층 더 강하게 했다. 그러나 명령은 너무 늦었다. 표트르는 그 무렵 재빨리 이름을 바꾸고 페테르부르크에 숨어들고 있었는데, 약간 이상하다고 냄새를 맡자 그 즉시 외국으로 달아나 버렸…… 그런데 내가 너무 앞지른 것 같다.

그는 밉살맞고 도전적인 얼굴로 키릴로프의 방으로 들어갔다. 그는 중요한 볼일 말고도, 개인적으로 키릴로프에게 신경질을 부려서 무엇인가 곧장 싸움이라도 할 성싶었다. 키릴로프는 그의 방문에 안도한 듯했다. 오랫동안 병적인 초조를 안고 그를 기다리고 있었던 모양이다. 그 얼굴은 전보다 더 창백했으며 거무스름한 눈초리는 무거운 듯이 가라앉아 있었다.

"나는 이젠 안 오는 게 아닌가 했지" 하고 그는 긴 의자의 한구석에 앉은 채, 일어서려는 기색도 보이지 않았다.

표트르는 그의 앞에 마주 서서 한마디도 꺼내지 않고 찬찬히 상대 얼굴을 들여다보았다.

"모든 게 다 정리되었겠지? 그 결심이 변하는 일은 없겠지? 참, 훌륭해!" 그는 사람을 바보 취급하는 듯이 보호자 같은 미소를 띠면서 말했다. "그래 어떤가?" 하고 그는 조롱하듯이 농담조로 덧붙였다.

"약간 늦었다고 해서 자네가 뭐 불만일 것까지야 없지 않나? 나는 자네에게 세 시간씩이나 혜택을 주었으니까."

"나는 쓸데없는 시간 같은 것을 자네에게 신세지고 싶지 않아! 게다가 자네 같은 인간이 나에게 무슨 혜택을 줄 수 있을 것 같은가?"

"뭐라고?" 하고 표트르는 부르르 떨었으나 곧 자기 감정을 억눌렀다. "도대체 왜 그렇게 화를 잘 내는가? 이것 봐, 우리끼리 격분할 것 없지 않은가?" 여전히 사람을 바보 취급하는 듯한 거만스런 태도로 그는 한마디 한마디를 또박또박 말했다. "이럴 때에는 침착한 편이 좋아. 자네는 콜럼버스가 된 기분으로 나를 쥐새끼처럼 생각하고 화를 내지 않는 것이 가장 좋아. 그런 것은 내가 어제도 권했던 바지만."

"나는 자네를 쥐새끼 같은 것으로 생각하고 싶지 않아."

"그건 또 무슨 소리야? 내 비위를 맞추는 건가? 하기는 차도 이미 식어버렸지만. 그러고 보니 모든 것이 엉망진창이 되어버렸군. 저런, 아무래도 바람직하지 못한 일이 일어난 모양이야. 뭐지, 저건? 창문 위에 뭐가 있군. 이것 봐 접시 속에 말이야(그는 창가로 다가갔다). 호오, 쌀을 넣어서 끓인 닭이로군!…… 그런데 어째서 아직 손도 안 댔지? 하하하, 맞았어. 우리는 지금 닭고기를 먹을 수 있는 기분이 아니란 말이지?"

"나는 먹었어! 자네가 알 바 아냐. 그런 소린 말게!"

"아아, 그야 물론. 게다가 어떻게 하든 마찬가진걸 뭐…… 그러나 지금 나에게는 아무래도 좋은 문제가 아니란 말이야. 난 아직 전혀 식사를 하지 못했거든. 그러니 이 닭고기가 자네에게 필요 없다면……."

"먹을 수 있다면 들게나!"

"그건 참 고맙군. 그리고 나중에 차도 한 잔 주게나."

그는 잽싸게 긴 의자 반대쪽에 앉아서 몹시 배고팠던 모양으로 게걸스럽게 먹어댔다. 하지만 동시에 계속해서 자기 희생물을 관찰하고 있었다. 키릴로프는 독살스러운 혐오의 빛을 띠고, 마치 눈을 뗄 수 없는 것처럼 눈 하나 깜짝하지 않고 그를 바라보았다.

"그런데" 계속 먹으면서 표트르는 갑자기 몸을 젖혔다. "그런데 일은 어떻게 됐지? 우린 결심을 뒤집을 수는 없어! 그래서 유서는?"

"나는 오늘 밤 드디어, 어떻게 되든 마찬가지라고 결정했어! 쓰겠어. 격문을 말하는 거지?"

"응, 격문도 있고…… 하긴 내가 불러줄 테니까, 자네에게 있어선 아무렇게 하든 마찬가지잖아. 이제 와서 유서의 내용에 신경 쓸 필요도 없지 않은가?"

"그건 자네가 알 바 아니지."

"물론 내 알 바 아니지, 고작 두서너 줄이면 되니까. 자네가 샤토프와 함께 격문을 뿌린 것과, 자네 방에 숨어 있던 페디카의 손을 빌린 것이라든가…… 이 페디카와 은신처 문제는 매우 중요한 의미를 지니는 것이지. 가장 중대하다고 해도 좋을…… 자아, 보게나. 난 자네에겐 아주 공개적이지 않나?"

"샤토프? 어째서 샤토프에 대한 것까지? 나는 절대로 샤토프에 대한 것은 언급하지 않겠네."

"뭐라고? 또 시작이군. 도대체 자네에게 어떻다는 거지? 이미 그 사나이에게 폐가 되는 일은 하려고 해도 할 수가 없단 말이야!"

"그에게 아내가 돌아왔단 말이야. 아까 그 부인이 자다가 깨서, 그가 어디 있느냐고 내게 물으러 사람을 보내왔었어!"

"그녀가 자네 집으로 사람을 보냈다고? 흥, 그건 곤란한데. 아마 또 사람을 보내오겠지. 내가 여기 있다는 건 아무에게도 알리면 안 되네."

표트르는 초조해지기 시작했다.

"그의 아내는 알 수가 없지, 아직 자고 있으니까. 거기에는 산파가 있어. 아리나 비르긴스카야가."

"그래?…… 엿듣거나 하진 않을까? 현관을 잠그지 않아도 되겠어?"

"절대로 모를 거야! 만일 샤토프가 오면 자네를 저쪽 방으로 숨겨줄 테니까."

"샤토프는 오지 않을 거야. 그런데 자네는 배신과 밀고로 인해…… 오늘 그 사나이와 싸움을 해서…… 오늘 밤 그것이 그의 죽음을 가져왔다고, 이런 식으로 유서를 써주면 좋겠는데."

"그가 죽었다고?" 키릴로프는 긴 의자에서 펄쩍 뛰면서 소리쳤다.

"오늘 밤 7시 조금 지나서, 아니 그것보다는 어젯밤 7시 지나서가 좋겠군. 지금은 이미 12시가 지났으니까."

"네가 한 짓이지? 나는 어제부터 알고 있었단 말야!"

"그야 물론 알고 있었겠지. 자아, 이 권총으로 말이야. (그는 보란 듯이 권총을 꺼냈는데, 다시 집어넣으려 하지도 않고 언제든지 쏠 준비가 되어 있는 것처럼 계속해서 오른손에 꽉 쥐고 있었다.) 그런데 자네는 참 이상한 사람이야, 키릴로프. 그 바보 같은 사나이의 최후가 이렇게 될 거란 건, 자네도 잘 알고 있었던 게 아닌가? 알고 말고 할 것도 없지. 내가 이미 여러 번 자네에게 잘 생각해 보라고 말하지 않았나? 샤토프가 밀고를 계획하고 있기 때문에 나는 그를 감시하고 있다고. 그런데 아무래도 그대로 둘 수가 없게 되었단 말이야. 게다가 자네도 감시하라는 명령을 받았지 않나? 그래서 3주일 전에 자네가 직접 나에게 그 소식을 알려주지 않았느냐 말이야……."

"닥쳐! 네가 그 친구를 죽인 것은 그가 제네바에서 네 얼굴에 침을 뱉었기 때문이야!"

"그것도 있고, 또 다른 이유도 있어. 여러 가지 다른 원인이 많이 있었어. 사사로운 감정 때문에 한 게 아니야. 어째서 그렇게 펄쩍 뛰는 건가? 뭣 때문에 그렇게 험악한 얼굴을 하는 거지? 호오, 역시 자네는 이런 것에 이르기까지……."

그는 벌떡 일어나서 권총을 앞으로 내밀었다. 키릴로프가 갑자기 아침부터 준비해서 탄알을 재 두었던 자기 권총을 창문 위에서 집어 들었던 것이다. 표트르는 자세를 취하고 자기 무기로 키릴로프를 겨눴다. 키릴로프는 독살스럽게 웃어댔다.

"실토를 해라! 이 악당아! 네가 권총을 집어 든 것은 내가 네놈을 쏠 것이라고 생각했기 때문이지? 나는 너 같은 놈을 쏘지는 않아!"

이렇게 말하면서 그는 자기가 상대를 쏴 쓰러뜨리는 광경을 상상하고 그 쾌감을 그냥 포기하는 것이 아쉬운 것처럼 목표물을 겨누는 자세로 또다시 표트르에게 총구를 겨누었다. 표트르는 여전히 자세를 취한 채 꼼짝 않고 기다리고 있었다. 자기가 먼저 이마에 탄환을 받을 위험을 무릅쓰고 최후의 순간까지 기다리고 있었다. 사실 상대가 미치광이이기 때문에 이런 일이 벌어질지도 모를 일이었다.

그러나 미치광이는 드디어 손을 내렸다. 숨을 가쁘게 몰아쉬고, 몸을 부르르 떨면서 무슨 말을 할 기력조차 없는 듯했다.

"잠깐 그래 본 거야. 이젠 그만" 하고 표트르도 권총을 내렸다. "자네가 장난을 치고 있다는 것을 나는 벌써 알고 있었어. 하지만 자네는 모험을 했어. 나는 방아쇠를 당길 수도 있었던 말이야."

그는 의젓한 모습으로 긴 의자에 걸터앉아서 컵에 차를 따랐지만 그 손은 약간 떨리고 있었다. 키릴로프는 권총을 테이블 위에 놓고 방 안을 이리저리 걷기 시작했다.

"나는 샤토프를 죽였다고는 쓰지 않겠어. 아니, 지금은 아무것도 쓰지 않겠어. 유언 따위 쓰지 않겠어!"

"쓰지 않겠다니?"

"안 쓰겠어!"

"이건 정말 비겁하고 한심한 짓이야!" 표트르는 격분한 나머지 얼굴빛이 새파래졌다. "하기는 이러리라고 짐작은 했었지. 별로 당황스럽지도 않아. 그러나 부디 마음대로 하게. 만일 힘으로 자네에게 강제할 수 있다면 그렇게 하겠는데…… 어쨌든 자네는 비겁해!" 표트르는 점점 참을 수 없는 상태가 되어가고 있었다. "자네는 그때, 우리한테 돈을 졸라대면서 여러 가지 약속을 하지 않았느냔 말이야. 그렇지만 나는 무슨 결과를 얻기 전에는 나가지 않겠어. 적어도 자네 스스로 이마를 쏘는 것을 보기 전에는 말이야."

"난 자네가 지금 당장 나가줬으면 좋겠어!" 키릴로프는 단호한 걸음걸이로 다가와서 표트르 앞에 멈춰 섰다.

"아니, 그렇게는 도저히 안 되겠는걸." 표트르는 또다시 권총에 손을 댔다. "아마도 자네는 지금 분노와 공포 때문에 모든 것을 중지하고, 푼돈이라도 좀 생길까 해서 내일이라도 밀고하러 가고 싶은 생각이 일어났을 거야. 하긴 그렇게 하면 사례를 받을 수 있을 테니까. 제기랄! 너 같은 소인배는 무슨 일이라도 서슴지 않고 할 놈이니까 말이야! 단, 걱정은 필요 없지. 나는 모든 경우를 예상하고 있으니까. 만일 자네가 공포에 사로잡혀 그 결심을 번복하는 일이 생긴다면 샤토프와 마찬가지로 이 권총으로 네 그 대가리를 깨뜨려 버리기 전에는 돌아가지 않을 작정이다. 알겠어?"

"네놈은 어떡하든지 내 피까지 보고 싶다는 거냐?"

"난 유감이 있어서 그러는 것이 아니야. 생각해 봐. 나로 말하면 아무래도 좋단 말이야. 나는 다만 공동 사업의 안전을 생각해서 그러는 거야. 인간이란 도대체 믿을 수가 없어. 그것은 자네도 알고 있는 바지. 도대체 자네의 자살 망상은 어떤 것인가? 나로선 전혀 알 수가 없어! 이것은 내가 자네를 위해 생각해 낸 게 아니라 자네 스스로 나를 만나기 전부터 생각한 일이잖은가. 게다가 그 말을 처음에 들은 것은 내가 아니고 외국에 있는 회원들이었단 말이야. 그리고 주의를 바라고 싶은 것은 아무도 강제적으로 자네로부터 고백시킨 것이 아니라는 점이야. 그 회원들은 그때 자네를 전혀 모르고 있었는데, 자네가 자기의 감상적인 병폐 때문에 마음대로 찾아와서 털어놓았던 거잖아. 안 그래? 그때 자네의 동의와 제의에 의해(알겠어? 제의란 말이야) 이 거리에서의 우리 운동 계획을 쌓아올린 것이 아니냔 말이야. 그러니 어쩔 수 없지 않은가. 이 시점에서 그것을 변경할 수는 없어! 자네는 자네가 선택한 형편상, 지금은 너무 많은 것을 알고 있단 말이야. 그러니까 자네가 바보 같은 생각에 사로잡혀 내일이라도 밀고하러 가기라도 한다면 우리로선 매우 불리한 처지에 서게 되지. 이 점을 어떻게 생각하나? 안 돼! 자넨 의무에 얽매여 있어. 서약도 하고 돈도 받았잖아? 자네로서도 도저히 부정할 수가 없을 거란 말이야······"

표트르는 무섭게 열을 올렸지만 키릴로프는 한참 전부터 귀를 기울이고 있지 않았다. 그는 또다시 깊은 생각에 잠긴 듯 방 안을 계속 걸어 다니고 있었다.

"나는 샤토프가 불쌍하다고 생각해!" 다시 표트르 앞에 발을 멈추고 그는 이렇게 말했다.

"그야 물론 나로서도 불쌍하게 생각하지. 하지만······."

"닥쳐, 이 악당!" 상상할 수도 없는 무서운 동작을 하면서 키릴로프는 울부짖듯이 소리쳤다. "죽인다!"

"이봐, 진정해. 농담이야. 확실히 조금도 불쌍하다고 생각하진 않아. 하지만 그래서 뭐 어떻다는 건가?" 표트르는 손을 앞으로 뻗치면서 조심스럽게 자리에서 일어났다.

키릴로프는 별안간 조용해졌다. 그리고 다시 뚜벅뚜벅 걷기 시작했다.

"더 이상 연기하지 않겠어! 아무튼 나는 지금 당장 자살하고 싶어. 죄다 비열한 놈들뿐이야!"

"정말, 그건 확실하지. 이놈도 저놈도 할 것 없이 죄다 비겁자뿐으로 훌륭한 인간은 이 세상에서 살 수가 없으니까!"

"바보! 나도 네놈과 마찬가지로, 또 다른 족속들과 마찬가지로 비겁자야. 훌륭한 인간이 아니란 말이야!"

"이제야 겨우 그걸 알았군, 키릴로프. 자네는 그런 총명한 이성을 가지고 있으면서도 여태 그런 것도 깨닫지 못했단 말이군? 누구든 모두 어슷비슷한 거야. 이 세상에는 선인(善人)도 악인도 없어. 다만 현명한 자와 바보 같은 자가 있을 뿐이지! 만일 모두가 비열한 인간들뿐이라면(하기는 이런 이야긴 하찮은, 필요도 없는 말이지만) 당연히 비열한 인간이 안 되지 않을 수가 없지 않겠어?"

"아아, 자네는 정말 나를 조롱하고 있는 것이 아닌가?" 키릴로프는 잠깐 놀란 듯한 표정으로 상대를 바라보았다. "자네는 열의를 갖고, 정직한 태도로서…… 도대체 자네 같은 인간도 신념이라는 걸 가지고 있는가?"

"키릴로프, 나는 왜 자네가 자살을 하려고 하는지 아무리 생각해도 이해가 안 간단 말이야. 다만 신념…… 굳은 신념에서 나온 것이라는 점만은 알고 있었지만. 그러나 만일 자네가 뭐라고 할까, 그 속마음을 털어놓고 싶다는 욕구를 느낀다면 나는 기꺼이 듣겠어…… 단, 시간엔 제한이 있지만."

"몇 신가?"

"아아, 정각 2시야." 표트르는 시계를 바라보며 담배에 불을 붙였다.

'아직 이야기를 해볼 수가 있겠군' 하고 그는 속으로 생각했다.

"나는 자네한테 아무것도 말할 게 없어." 키릴로프는 중얼거렸다.

"나는 어떤 신의 소리가 있었다고 기억해…… 안 그래? 언젠가 자네가 설명해 준 적이 있지 않아? 아마 두 번일 거야, 그렇지? 자살을 하면 그대로 신이 된다고 한 것 같은데?"

"아아, 나는 신이 되는 걸세."

표트르는 눈썹 하나 까딱하지 않고 조용히 앉아 있었다. 그는 기다리고 있었다. 키릴로프는 미묘한 시선으로 그를 보았다.

"자네는 정치 기만자이고 음모가야. 자네는 나를 철학과 열정의 경지로 유혹해 화해를 이루어서, 나의 노여움을 흐지부지 만들려고 생각하고 있어. 화해가 이루어졌을 때 내가 샤토프를 죽였다고 하는 유서를 쓰게 할 속셈이란 말이야, 그렇지?"

표트르는 자못 자연스럽게 온순한 태도로 대답했다.

"아아, 내가 설령 그런 비열한 놈이라고 하더라도 최후의 순간이 되면 그런 것은 아무래도 좋지 않은가? 키릴로프, 도대체 우리는 무엇 때문에 이런 토론을 하고 있는 건가? 한번 물어보고 싶군. 자네나 나나 그렇고 그런 인간들인데, 거기서 뭣이 나온다는 건가? 게다가 둘 다……."

"비열한 놈들이지."

"그래, 비열한 놈일지도 몰라. 자네도 그런 것은 단순한 말에 불과하다는 것을 알고 있지 않나?"

"나는 한평생 이것이 단순한 말에 그쳐서는 안 된다고 생각해 왔어. 그래선 안 된다고 생각해서 지금까지 살아온 거야. 지금도 매일같이, 단순한 말이 아니기를 바라고 있어."

"뭐, 각자가 제 나름대로 자기에게 맞는 장소를 찾고 있는 것이니까. 물고기는…… 아니, 결국 어떤 사람이든 자기 방식으로 저마다 쾌락을 추구하고 있지. 그것뿐이야. 옛날부터 익히 알고 있는 것이 아닌가?"

"자네 쾌락이라고 했지?"

"말씨름 같은 건 해서 무얼 하나."

"아니야, 자넨 좋은 말을 했어! 자 그럼 쾌락이라고 해두세. 신은 필요하고, 그래서 존재하는 것이다."

"흥, 그렇다고 해두지."

"그러나 신은 존재하지도 않고, 또한 존재할 수도 없다는 것을 나는 알고 있단 말이야."

"그것이 더 정확한 말이로군."

"자네는 모르겠나? 이 두 가지 사상을 가지고 있는 인간은 도저히 살아갈 수가 없네."

"그래서 자살하지 않으면 안 된단 말인가?"

"이것 하나만 가지고도 충분히 자살할 이유가 된다는 것을 도대체 자네는 모른단 말인가? 몇 십억이나 되는 자네들 같은 인간 속에서 그런 생활을 바라지 않고 또 거기에 견디어 낼 수 없는 인간이 한 사람, 한 사람 정도는 있다는 것을 이해하지 못하겠나?"

"나는 다만 자네가 지금 동요하고 있다는 것만은 이해하겠어…… 게다가 그것은 매우 좋지 않아."

"스타브로긴도 사상에 사로잡히고 말았어." 키릴로프는 거북한 듯이 방 안을 걸어 다니면서, 상대의 말은 듣지도 않고 이렇게 말했다.

"뭐라고?" 표트르는 귀를 기울였다. "어떤 사상에? 그가 자네한테 뭐라고 했나?"

"아니야, 내가 혼자서 생각한 거야. 스타브로긴은 신앙을 가지고 있어도 자기가 신앙을 가지고 있다는 것을 믿지 않을 테고, 신앙을 가지고 있지 않다면 또 그 점을 믿지 않는 사나이란 말이야."

"흠, 스타브로긴에게는 그보다 더 다른 점이 있다네. 좀더 똑똑한 무언가가 있단 말이야." 화제의 방향과 키릴로프의 창백한 얼굴빛을 불안스레 살피면서 표트르는 도전적으로 이렇게 중얼거렸다.

'제기랄, 놈은 여간해선 자살할 성싶지도 않군.' 그는 생각했다. '전부터 직감하고 있었단 말이야. 요컨대 두뇌의 산물이야, 그것뿐이지. 도대체 뭐라고 해야 좋을 건달놈이란 말인가!'

"자네는 나와 함께한 최후의 인간이야. 그래서 혐오감을 가지고 자네와 헤어지고 싶지는 않아." 갑자기 키릴로프가 말하기 시작했다.

표트르는 당장 대답하지는 않았다.

'이 녀석이 이번엔 또 무슨 소리를 지껄여댈까?' 그는 다시 생각했다.

"키릴로프, 사실 말이지 나는 개인적으로 자네에게 별로 악의 같은 것은 가지고 있지 않아. 언제나…….”

“자네는 비열하고 위선의 지혜나 쓰는 놈이야. 그런데 나도 자네와 다름없이 비열한 놈인데 나는 자살을 하고, 자네는 살아남는 것이지.”

“결국 자네가 이야기하는 것은 내가 염치도 없이 살아남기를 바라는 비열한 놈이란 말이지?”

그는 이런 경우 이렇게 대화를 계속하는 것이 과연 유리한지 불리한지를 결정할 수 없었기 때문에 일이 되어 나아가는 내로 두고 보자고 결심했다. 그러나 키릴로프의 우월한 논조와 전혀 감추고자 하지 않는, 언제나처럼 멸시하는 태도가 처음부터 그를 초조하게 만들고 있었는데, 지금은 웬일인지 전보다 한층 더 심하게 느껴졌다. 어쩌면 앞으로 한 시간 뒤에는 죽기로 되어 있는 키릴로프가(표트르는 여전히 그것을 염두에 두고 있었다) 지금은 뭐랄까, 이런 때의 키릴로프는 반편밖에 못 된다는 생각이 들어서 도저히 거만한 태도 같은 것은 용서할 수 없다는 생각이 들어서인지도 모른다.

“자네는 어쩐지 내게 자살을 자랑하고 있는 것 같은데?”

“나는 모든 인간이 살려고 하는 것을 언제나 이상스럽게 생각해 왔어.” 키릴로프는 상대의 말에는 귀도 기울이지 않았다.

“흥, 그것도 하나의 관념이지만……”

“원숭이, 자네는 나를 굴복시키려고 맞장구만 치고 있는 것이 아닌가? 아무것도 모르면 가만히 있게. 만일 신이 없다면, 내가 신이다.”

“그렇지, 맞았어. 내가 자네의 그 주장 속에서 도저히 이해할 수 없는 게 그거야. 어째서 자네가 신이란 말인가?”

“만일 신이 있다면, 모든 것이 신의 의지야. 따라서 나도 신의 뜻으로부터 한 걸음도 벗어날 수가 없지. 그러나 신이 없다고 한다면 그땐 내 의지가 모든 것이지. 따라서 나는 자아의 의지를 주장할 수 있는 의무를 지니게 되는 것이지.”

“자아 의지? 그런데 어째서 의무가 있다는 거지?”

“왜냐고? 모든 의지가 내 의지이기 때문이야. 인간은 신을 죽이고 자아 의지를 믿고 있으면서도, 가장 완전한 의미에 있어서 이 자아 의지를 주장할 용기가 있는 자가 우리 지구상에 과연 한 사람이라도 있을까? 그것은 마치 가난한 사람이 막대한 유산을 상속하고 얼이 빠져서 자신의 능력으로는 그것을 누릴 힘이 없다고 단정해서 돈 자루에 다가갈 용기를 갖지 못하는 것과 같은 이론이야. 나는 자아 의지를 주장하고 싶어. 나 혼자라도 괜찮아. 나는 결단코 단행하겠어."

"좋도록!"

"나는 자살할 의무가 있어. 왜냐하면 내 자아 의지의 가장 완전한 점은, 자기가 자기를 죽이는 데 있기 때문이지."

"그렇지만 자살하는 것은 자네 한 사람이 아니네. 자살하는 사람은 얼마든지, 수두룩하단 말일세."

"그들은 저마다의 이유가 있어. 그런데 아무런 이유 없이 단지 자신의 자아 의지 때문에 자살을 하는 것은 나 혼자뿐이란 말이야."

'자살하지 않을지도 몰라.' 또다시 표트르의 머릿속에 이런 생각이 번득였다.

"이봐, 자넨 말이야" 그는 초조한 듯이 말하기 시작했다. "내가 자네 처지라면, 자기 의지를 내보이기 위해서 자기를 죽이지 않고 누군가 다른 사람을 죽이겠어. 그 편이 훨씬 더 뜻이 있을 거야. 만일 깜짝 놀라지 않는다면, 누구를 죽여야 할지 내가 가르쳐 줄 수도 있어. 그렇게 하면 오늘 자살하지 않아도 될지 몰라. 타협할 여지가 있단 말이야."

"남을 죽이는 것은 나의 자아 의지 속에서도 가장 비열한 행위야. 그리고 그 말 속에 자네의 진면목이 여실히 드러나지. 나는 자네와는 달라. 나는 최고 행위를 바라는 거야. 그래서 자살하는 거야."

"갈 데까지 갔군." 표트르는 독살스럽게 중얼거렸다.

"나는 자신의 무신앙을 선고할 의무가 있어." 키릴로프는 방 안을 이리저리 계속 거닐었다. "나에게 있어선 '신은 없다'는 것 이상으로 고매한 사상은 달리 없다고 생각해. 인류의 역사가 내 편이야. 인간은 자살을 하지 않고 살기 위해서 신을 생각해 내는 것에만 몰두해 왔어. 이제까지의 세계사는 이것에 불과해. 그런데 나는 모든 세계사 중에서 단 한 사람으로서 처음으로 신을 생각해 내는 것을 거부했어. 인류는 이것을 알아서 영구히 기억하지 않으면 안돼!"

'자살하지 않을 거야.' 표트르는 불안해졌다.

"누가 그것을 안단 말인가?" 그는 핀잔을 주었다. "여기에는 자네와 나밖에는 아무도 없지 않나? 리푸틴을 말하는 건가?"

"모두가 다 알지 않으면 안 돼. 모두 알게 될 것임에 틀림없어...... 이 세상에 백일하에 드러나지 않는 비밀이란 하나도 없어! 이것은 '그'가 한 말이야!"

이렇게 말하면서 그는 열에 들뜬 것 같은 환희의 표정으로 구세주의 성상(聖像)을 가리켰다. 그 앞에는 등불이 타고 있었다. 표트르는 완전히 화가 났다.

"그럼, 자네는 여전히 그를 믿고 등불을 올리고 있는 건가? 설마 '만일의 경우'를 위해서 그러는 건 아니겠지?"

이쪽은 계속 침묵을 지켰다.

"그러고 보니, 내가 보기에 자네는 성직자 이상으로 신앙을 철저히 가지고 있는 것 같군?"

"누구를? '그'를? 내 말을 좀 들어보게나." 꼼짝 않고 앉아서 격분한 눈초리로 허공을 바라보면서 키릴로프는 갑자기 걸음을 멈췄다. "자네에게 한 가지 위대한 사상을 들려주지. 일찍이 이 지상에 어떤 하루가 있었어. 그리고 이 지구 한가운데에 세 개의 십자가가 서 있었어. 십자가에 걸려 있던 한 사람은 매우 독실한 신앙을 가지고 있었기 때문에 또 다른 한 사람을 향해서 '너는 나와 함께 오늘 천국으로 가게 될 것이다' 단언했어. 그러고 나서 그날은 끝났고, 두 사람은 죽어서 같이 저승길로 떠났는데, 천국도 부활도 발견할 수 없었어. 예언은 결국 적중하지 않았지. 알겠나? 이 사람은 전 지구에서 최고의 인간으로 지구 존재의 목적을 이룬 사람이었어. 이 한 개의 유성도 그 위에 있는 모든 것도, 이 사람이 없었다면 단순한 광란의 세계에 불과할 뻔했지. 그 전에도 그 뒤에도 이런 정도의 사람은 일찍이 나타나지 않았어. 정말 기적이라고 해도 지나친 말이 아니었어. 결국 이런 사람은 지금까지도 없었고 앞으로도 절대로 나올 성싶지 않아. 그래서 기적이라는 거야. 그런데 만일 그렇다고 한다면, 자연법칙이라는 것이 이 사람에게마저 용서 없이—자기가 낳은 기적까지 인정하지 않고, '그로 하여금 거짓 속에 살게 하고 거짓 때문에 죽게 했다고 한다면, 당연히 이 지구 전체는 허위의 덩어리이고, 어리석은 비웃음과 기만 위에 서 있는 것이 되고 말아. 즉 이 지구의 법칙 자체가 허위이며 악마의 희극인 것이지. 도대체 무엇 때문에 사는 건가? 자네가 인간이라면 대답을 해보게."

"이거 이야기가 다른 데로 빗나갔군. 자네의 머릿속에는 두 가지 다른 원인이 하나로 혼돈되어 있는 듯하군. 이것은 아무래도 좋지 않은 징조일세. 실례지만 만일 자네가 신이라고 한다면 어떻게 되는 건가? 만일 허위가 종말을 고하고 자네가 홀연히 '모든 허위는 낡은 신이 있었기 때문이었다'고 깨달았다면, 도대체 어떻게 되는 건가?"

"드디어 자네도 알았군 그래!" 키릴로프는 기쁨에 찬 소리를 질렀다. "자네와 같은 인간이 알았다면 결국은 누구든지 이해할 수 있다는 결론이 나오지. 이제 알았지? 모든 사람을 위한 구원의 길은 모든 사람에게 이 사상을 증명하는 데 있어. 누가 그것을 증명한단 말인가? 바로 나야! 나는 조금도 이해가 안 돼. 지금까지의 무신론자는 신이 없다는 것을 알면서도 어떻게 자살하지 않고 살 수 있었단 말인가? 또 신이 없다고 자각하면서 동시에 자기가 신이 되었다는 것을 자각하지 못하는 것은 정말 부조리 그 자체야. 그렇지 않다면 반드시 자살하지 않고는 못 배길 거야. 만일 그것을 자각하면, 벌써 그 사람은 제왕이야. 그땐 자살 같은 것은 하지 않고 최고 영예 속에서 살아갈 수 있을 거야. 그러나 다만 한 사람만은, 즉 그것을 맨 처음 자각한 사람은 꼭 자살하지 않으면 안 되지. 그렇게 하지 않으면 도대체 누가 시작을 하겠나? 누가 그것을 증명하느냔 말이야. 나는 그것을 시작하기 위해서, 증명하기 위해서 꼭 자살할 작정이야. 나는 아직 부득이하게 신이 된 것에 불과하기 때문에 불행하단 말이야. 왜냐하면 자아 의지를 주장하는 의무가 있기 때문이지. 사람이 모두 불행한 까닭은 자아 의지를 주장하는 것을 두려워하기 때문이야. 지금까지 인간이 그처럼 불행하고 비참했던 것은 자아 의지의 가장 요긴한 점을 주장하는 것을 두려워하고 마치 초등학생처럼 몰래 한구석에서 자기 혼자 자아 의지를 휘젓고 있었기 때문이야. 나는 몸서리칠 정도로 불행해. 그것은 무섭게 겁을 먹고 있거든. 공포는 인간이 저주해야 할 대상이야…… 그러나 나는 자아 의지를 주장해. 나는 자신의 무신앙을 믿을 의무가 있어. 나는 스스로 시작하고, 그리고 끝내는 거야. 나는 문을 열겠어. 그리고 구원해 주겠어. 모든 인간을 구해. 다음 시대에 그들을 생리적으로 개조할 수 있는 방법은 다만 이것 하나밖에 없어. 그것은 내가 생각할 때, 지금과 같은 생리적인 상태로는 인간이 오래된 신 없이 살아가는 것은 결국 불가능하기 때문이야. 나는 3년 동안 나 자신의 신의 속성을 추구하여 겨우 그것을 발견했어. 나 자신의 신의 속성은, 다름 아닌 자아 의지야. 이것이야말로 내가 최고 의미로서 나 자신의 불복종과 새롭고 놀라운 자유를 나타낼 수 있는 유일한 방법인 거야. 사실 이 자유는 정말 무시무시한 것이기 때문이지. 나는 나 자신의 불복종과 새롭고 무시무시한 자유를 나타내기 위해서 나 자신을 죽이는 것이지!"

그의 얼굴은 이상하리만치 창백해졌고 눈초리는 견디기 어려운 듯이 무거워 보였다. 그는 마치 열병을 앓는 사람 같았다. 표트르는 그가 당장이라도 쓰러지지 않을까 하고 생각했다.

"자아 펜을 집어주게!" 갑자기 키릴로프는 강한 영감이라도 받은 것처럼 뜻밖에 이렇게 외쳤다. "자아, 말하게. 무엇이든 다 써주겠어. 자아, 내가 우습다고 생각하고 있는 동안에 무엇이든 내가 받아쓰도록 말하게! 샤토프를 죽인 것도 나라고 써주지. 나는 거만한 노예놈들의 의견 같은 것은 조금도 무섭지 않아! 모든 비밀은 얼마 안 가서 백일하에 드러난다는 것을 자네도 알게 될 걸세! 자네 따위는 짓눌려서 납작해지고 말 거야…… 나는 그것을 믿어. 믿고 말고!"

표트르는 자리에서 발딱 일어나더니 재빨리 잉크병과 종이를 가지고 왔다. 이때를 놓치지 않고자 성공 여부를 염려하여 가슴을 두근거리면서 부르기 시작했다.

"나 알렉세이 키릴로프는 다음 사실을 선언한다……."

"잠깐 기다려. 나는 싫다! 도대체 누구에게 선언하는 거냐?"

키릴로프는 열병을 앓는 사람처럼 떨고 있었다. 이 선언이란 어휘와 그것에 관계된 특별한 뜻밖의 상념이 갑자기 그의 몸과 마음 모두를 집어삼켜 버린 모양이다. 그것은 지쳐버린 그의 영혼이 짧은 순간이긴 했지만 정면으로 달려드는 목표가 된 것 같았다.

"누구에게 선언하는 건가? 그게 누구인지 꼭 알아야겠네!"

"누군 누구야, 모든 사람이지. 최초로 이것을 읽는 사람. 그런 것을 처음부터 결정하고 나아갈 필요가 어디 있겠나! 전 세계라도 상관없어!"

"전 세계? 브라보! 그리고 후회하는 투는 싫다. 나는 후회 같은 것은 하지 않아. 관헌 앞으로 쓰는 것도 사절이야!"

"암, 물론이지. 그럴 필요는 없어. 관헌 따위는 개똥이다! 자아 받아쓰게. 만일 자네가 진심이라면." 표트르는 히스테릭하게 소리 질렀다.

"잠깐 기다리게. 나는 이 위쪽에 혀를 죽 늘어뜨린 얼굴을 그려 넣고 싶네!"

"쳇! 쓸데없는 짓을." 표트르는 화가 치밀어 올랐다. "그림 같은 것이 없어도 모두 글 속에서 나타낼 수 있잖나?"

"글 속에? 그거 참 좋은 생각이다! 그렇지, 글이다. 어조다! 그런 어조로 불러주게나!"

"나, 알렉세이 키릴로프는" 키릴로프의 한쪽 어깨 너머로 허리를 굽히고 그가 흥분한 나머지 부들부들 떨리는 손으로 한 자씩 써내려 가는 글자를 일일이 살펴보면서 표트르는 똑똑한 명령적인 어조로 부르기 시작했다.

"나 키릴로프는 다음의 사실을 선언하노라. 오늘 10월 ×일 오후 7시 좀 지난 때, 대학생 샤토프를 공원 안에서 살해했다. 이유는 그가 변절하고 나와 함께 둘이서 거주하는 필리포프 소유의 집에 열흘 동안 머문 바 있는 페디카와 격문에 관해서 밀고를 기도했기 때문이다. 내가 오늘 밤 권총으로 자살하려 함은 후회와 공포 때문이 아니며, 이미 외국에 머물렀을 때부터 자신의 생명을 끊으려는 의지를 가지고 있었기 때문이다."

"겨우 이것뿐인가?" 놀람과 노여움의 빛을 띠면서 키릴로프는 소리쳤다.

"그 이상 한마디도 보태선 안 돼." 종이를 그의 손에서 낚아채려고 기회를 엿보면서 표트르는 손을 저어 보였다.

"기다려 주게!" 키릴로프는 손을 종이 위에 덥석 올려놓았다. "기다려! 이런 바보 같은 수작이 어디 있어! 나는 누구와 같이 했는가를 쓰고 싶단 말이다. 게다가 페디카에 대한 것은 무엇 때문인가? 그리고 화재는? 나는 모든 것을 쓰고 싶단 말이다. 욕지거리를 해주고 싶단 말이다. 그 어조라는 것을 가지고 말야!"

"충분하네. 키릴로프, 정말 이걸로 충분하단 말일세!" 혹시나 당장이라도 그가 종이를 찢어버리진 않을까 신경을 곤두세우며 표트르는 거의 애원하듯이 말했다. "사람들에게 사실처럼 믿게 하기 위해서는 가능한 한 어렴풋하게 해둬야 하네. 이것으로 충분해. 그저 약간 냄새만 맡게 하면 되는 거야. 사실이라는 것은 그저 끄트머리만 보이면 되는 거야. 즉 모두를 조롱하는 식으로 쓰는 거지. 인간이란 족속은 언제나 남에게 속아 넘어가기보다는 자기 자신에게 속는 법일세. 그리고 물론 남의 거짓말보다는 자기 거짓말을 더 잘 믿지. 그것이 무엇보다도 안성맞춤이 아니겠는가! 가장 적절한 조건이란 말씀이지. 자아, 이리 넘겨주게나. 그것으로 됐어. 자 이리 넘기라니까!"

이렇게 말하면서 그는 종이를 빼앗으려 했다. 키릴로프는 눈을 부릅뜨고 무엇인가 열심히 이해하려 애쓰고 있는 것 같았지만, 아무래도 이미 이해력을 잃어버린 모양이었다.

"에잇!" 갑자기 표트르가 벌컥 화를 냈다. "아직 서명을 안 했잖은가! 어째서 그렇게 눈을 부라리고 있는가? 서명을 하라는데도!"

"나는 욕지거리를 하고 싶단 말이야!" 키릴로프는 중얼거렸지만 그러면서도 펜을 집어 들고 서명했다. "나는 실컷 욕지거리를 하고 싶단 말이다!"

"그럼 공화국 만세라고 쓰든지. 그거면 충분해!"

"근사한데!" 키릴로프는 기쁜 나머지 으르렁거리듯이 부르짖었다. "민주적, 사회적, 국제적 공화국 만세. 그것이 아니면 죽음을!…… 아니, 이게 아냐. 자유, 평등, 동포애, 그것이 아니면 죽음을!…… 아아, 이편이 낫군. 이것이 좋겠어!" 그는 정말 기분이 좋은 듯이 자기 서명 아래 이렇게 써넣었다.

"됐어, 이만하면. 충분해!" 표트르는 여전히 계속 되풀이했다.

"기다려 주게, 좀더. 여보게 난 또 한 번 프랑스어로 서명하겠어! 러시아의 귀족으로서 세계의 시민 키릴로프, 핫핫하!" 그는 한바탕 웃었다. "아니, 아니야, 잠깐 기다려. 더 좋은 것이 생각났어! 바로 이거야. 러시아의 귀족·신학생으로서 문명 세계의 시민! 이것이 무엇보다 훌륭해."

그는 느닷없이 긴 의자에서 뛰어 일어나 갑자기 재빠른 동작으로 창틀 위에서 권총을 집어 들더니 그대로 다음 방으로 뛰어들어갔다. 그리고 단단히 문을 닫아걸어 버렸다.

표트르는 1분 정도 문을 바라보면서 그대로 서 있었다.

'지금이라면 아마 쏘겠지. 하지만 다시 생각하기 시작한다면 아무 일도 일어나지 않을 거야.'

그는 일단 종이를 집어 들고 자리에 앉더니 다시 그것을 되풀이해 읽었다. 역시 그의 마음에 들었다.

"지금 이 시점에서 또 어떤 일이 필요할까? 잠깐이라도 세상 놈들을 완전히 허둥지둥하게 만들어 주의가 딴 곳으로 쏠리게 하지 않으면 안 되겠어. 공원…… 이 거리에는 공원이 없으니까, 잘 생각하면 스크보레쉬니키라고 눈치채겠지. 거기까지 생각이 미치려면 꽤 시일이 걸릴 테고, 찾는 데 또 시간이 흐른다. 그리고 마침내 시체를 발견하고 과연 사실이었구나 하고 수긍하게 될 것이다. 그러면 모든 것이 사실과 틀림없으며 페디카 일도 사실이란 결론에 이르겠지. 그런데 페디카는 도대체 어떤 놈일까? 페디카는 화재의 진범인 동시에 레뱌드킨 사건의 진범이다. 따라서 모든 것이 이 필리포프의 집에서 나온 것이다. 그런데도 자기네들은 전혀 눈치채지 못했다. 이렇게 되면 그놈들은 큰 혼란에 빠져 허우적대겠지. 우리들 '한패'에 대한 것은 생각지도 못할 거야. 샤토프와 키릴로프, 게다가 페디카와 레뱌드킨들이다. 도대체 이런 놈들은 무엇 때문에 서로 죽이고 죽고 했을까, 이런 것이 또 작은 의문의 씨앗이 되면…… 에잇 이 빌어먹을! 아직 권총 소리가 들리지 않는군!"

그는 유서를 읽고 그 내용에 기뻐하고 있었지만, 그래도 끊임없이 불안에 사로잡혀 열심히 귀를 기울이고 있었다. 그러다 갑자기 울화가 치밀어 올랐다. 그는 불안스레 시계를 바라보았다. 이미 많은 시간이 흘렀다. 키릴로프가 사라지고 나서 벌써 10분이 흘렀다…… 그는 촛불을 들고 키릴로프가 들어가 버린 방문으로 갔다. 문 앞까지 오자 촛불은 거의 타버려서 얼마 남지 않아 앞으로 20분 정도 지나면 꺼질 것 같았다. 그리고 다른 초가 없다는 생각이 불현듯 머리를 스쳤다. 그는 손잡이를 잡고 조심스럽게 귀를 기울였지만 쥐 죽은 듯이 조용했다. 그는 느닷없이 문을 열고 촛불을 높이 들었다. 무엇인가가 신음 소리를 내면서 그를 향해서 달려들었다. 그는 있는 힘을 다해서 문을 쾅 닫고, 그 문을 어깨로 힘차게 밀어서 열리지 못하게 했다. 그러나 근처는 쥐 죽은 듯이 고요해졌고 다시 죽음의 세계처럼 적막으로 되돌아갔다.

오랫동안 그는 촛불을 손에 든 채 아무런 결정도 내리지 못하고 우두커니 서 있었다. 방금 문을 열었던 순간 안의 상태를 잘 볼 수는 없었지만, 방 안쪽 창가에 서 있는 키릴로프의 얼굴과 갑자기 자기를 향해서 달려들었던 야수 같은 형상이 그의 눈을 스치고 지나간 것만은 확인했었다. 표트르는 몸을 부르르 떨더니 재빨리 촛불을 테이블에다 올려놓고 권총을 쥐고 반대쪽 구석으로 까치발을 하고 달려갔다.

만일 키릴로프가 문을 열고서 권총을 들고 테이블 쪽으로 달려 나온다 해도 그가 키릴로프보다 먼저 목표물을 겨누고 방아쇠를 당길 수 있을 것이다.

표트르는 이제 와서 상대가 자살할 것이라고는 전혀 믿지 않았다. '방 한가운데 서서 무엇인가 깊이 생각하고 있었지만……' 이런 생각이 마치 바람처럼 표트르의 머릿속을 스치고 지나갔다.

'게다가 캄캄하고 무시무시한 방이었어. 그 녀석은 으르렁대는 소리를 내면서 달려들었지만 거기에는 두 가지 가능성이 있어. 요컨대…… 그가 방아쇠를 당기려는 순간 내가 오히려 방해를 했던가, 그렇지 않으면…… 그게 아니면, 저쪽에서 꼼짝 않고 서 있으면서 어떻게 하면 나를 죽일 수 있을까 하고 궁리하고 있었던 거야. 그렇다! 틀림없어. 녀석은 그걸 생각하고 있었던 거야. 만일 녀석이 겁을 집어먹고 우물쭈물하면, 내가 자기를 죽이기 전에는 돌아가지 않으리란 것을 녀석도 알고 있을 거야. 그러니까 녀석으로선 내 손에 죽기 전에 나를 죽이지 않으면 안 된다는 것은 뻔한 이치지. 아아, 그런데 어째서 녀석은 저렇게 꼼짝 않고 바스락 소리조차 없을까?…… 무서울 정도군. 갑자기 문을 열면 어떻게 될까?…… 무엇보다 마땅치 않은 점은 저 녀석이 신부보다도 열심히 신을 믿고 있다는 점이야…… 그러니까 절대로 자살 같은 것은 하지 않아! 저 녀석처럼 '제 나름대로 자기가 바라는 정신세계까지 다다른' 족속들이 요사이 부쩍 늘었단 말이야. 건달 같은 자식들! 에잇, 젠장! 초가, 촛불이! 이제 한 10분이면 아주 꺼지고 말 텐데. 빨리 처치해 버려야겠어. 무슨 일이 있더라도 처치해 버려야 한다…… 가만, 지금이라면 죽여도 괜찮겠군. 이 유서가 있으면 아무도 내가 죽였다고는 생각지 않겠지. 저 녀석 손에 발사한 총을 쥐어주고 마루 위에 뉘어놓으면 틀림없이 녀석 스스로 한 짓이라고 생각하겠지…… 음, 에잇! 젠장, 저 녀석을 어떻게 죽인다? 내가 문을 열면 녀석이 또 달려들어 나보다 먼저 총을 쏠 거야. 제기랄, 틀림없이 실패하겠군!'

그는 상대의 마음을 추측할 수가 없어서 결단을 내리지 못하는 조바심에 몸을 떨면서 고민했다. 마침내 촛불을 집어 들고 권총을 쳐들고 자세를 취하면서 문께로 다가갔다. 촛불을 들고 있는 왼손으로 손잡이를 꽉 움켜잡았다. 그러나 잘 되지 않았다. 손잡이가 찰칵 하고 금속이 갈리는 소리를 냈다.

'이번엔 꼭 쏜다!'는 생각이 표트르의 머릿속에 번득였다.

그는 힘을 다해서 발로 문을 차 열고 촛불을 쳐들면서, 권총을 쑥 내밀었다. 그러나 발사의 소리도 고함 소리도 들려오지 않았다. 방 안에는 아무도 없었던 것이다.

그는 깜짝 놀라서 가슴이 덜컥 내려앉았다. 그 방은 빠져나갈 문이 없는 막다른 방으로 도망갈 곳은 아무 데도 없었다. 그는 촛불을 더욱 높이 치켜들고 주위를 찬찬히 둘러보았다. 역시 아무도 없었다. 그는 나직하게 키릴로프를 불러보았다. 그리고 또다시 약간 큰 소리로…… 그러나 아무런 반응도 없었다.

"설마, 창문으로 도망가지는 않았겠지?"

실제로 한 창문의 통풍구가 열려 있었다. '통풍창으로 달아났을 리는 없어!' 표트르는 방 안을 곧장 가로질러서 창문으로 가까이 갔다. '아무리 봐도 무리야.' 불현듯 그는 홱 돌아섰다. 무언가 이상스런 기운에 흠칫했던 것이다.

창문 맞은편 벽을 따라서 문 오른쪽으로 장롱이 하나 놓여 있었다. 그 장롱의 오른쪽, 벽과 장롱 사이에 생긴 공간에 키릴로프가 서 있었던 것이다. 게다가 그 모양은 무서울 정도로 기괴천만한 것이었다. 꼼짝 않고 몸을 꼿꼿이 세운 채 두 손을 바지 솔기에 대고서 목을 잔뜩 치켜들어 뒷머리를 벽 모서리에 바싹 붙이고 있는 모습은, 마치 그대로 몸을 감추고 사라져 버릴 듯한 형상이었다. 모든 점으로 미루어 보아, 정말 숨으려고 했음에 틀림없었지만 아무래도 그것을 진심으로 받아들일 수 없었다. 표트르는 그 모서리에서 약간 비스듬히 서 있었기 때문에 다만 상대의 튀어나온 몸의 일부분밖에 볼 수가 없었다. 그는 좀더 왼쪽으로 걸음을 옮겨서, 키릴로프의 온몸을 훑어본 뒤에도 의문을 풀어보려는 결심을 아직 할 수가 없었다. 그의 심장이 격하게 뛰기 시작했다. 그리고 갑자기 극도의 광분이 그를 엄습했다. 그는 몸을 돌리고 소리를 지르고 나서, 마루를 쾅쾅 울리면서 사나운 동작으로 으슥한 장소로 달려들었다.

그러나 바로 근처까지 다가가자 또다시 전보다도 더한 공포에 질려서, 마치 장승처럼 그 자리에 꼼짝 않고 우뚝 멈춰 섰다. 무엇보다 그를 놀라게 한 것은 무서울 만큼 소리를 지르며 미친 듯이 달려들었음에도 불구하고, 상대가 마치 화석이나 밀랍인형처럼 조금도 움직이지 않을 뿐만 아니라 손가락 하나, 발가락 하나도 꼼짝하지 않는다는 것이었다. 창백한 얼굴빛도 부자연스러울 뿐더러 검은 두 눈은 깜빡이지도 않고 어딘가 공중의 한 점을 바라보고 있었다. 표트르는 촛불을 위에서 아래로, 그리고 다시 아래서 위로 옮기면서 모든 점을 샅샅이 비쳐보고 얼굴을 관찰했다. 갑자기 그는 키릴로프가 어딘가 앞쪽을 보고 있기는 하지만 곁눈질로 표트르를 보고 있을 뿐만 아니라, 자세하게 관찰하고 있음을 깨달았다. 이때 어떤 생각이 그의 머릿속에 떠올랐다. 어디 한번 촛불을 '이 녀석'의 코끝에 갖다 대서 화상을 입히면 어떻게 나오는지 보자고. 그러자 갑자기 키릴로프의 턱이 살짝 들먹거리더니 입매에 희미한 비웃음이 어린 것처럼 느껴졌다. 마치 이쪽의 속뜻을 훤히 꿰고 있다는 듯이. 그는 부들부들 몸을 떨면서 자신도 모르게 키릴로프의 어깨를 강하게 움켜쥐었다.

이 행동에 뒤따라서 뭔지 모를 대담하고 추악한 생각이 번개처럼 일어났다. 표트르도 뒤에 이때의 기억을 질서 있게 정돈하기가 도저히 불가능했다고 한다. 그가 키릴로프에게 손을 대려는 순간 상대가 재빨리 목을 앞으로 숙여서 머리로 촛불을 그의 손에서 떨어뜨리고 말았던 것이다. 촛대가 쩅강 하고 소리를 내며 마룻바닥에 떨어지면서 불이 꺼졌다. 그 순간 그는 자기 오른손 새끼손가락에 극심한 통증을 느꼈다. 그는 꽥 하고 소리쳤다. 그러고는 자기에게 달려들어 손가락을 깨물고 있는 키릴로프의 머리를 정신없이 서너 번 권총으로 힘껏 내리쳤다는 것을 기억하고 있을 뿐이었다. 겨우 물린 손을 뿌리치고는 어둠 속을 더듬으면서 뒤도 돌아보지 않고 방을 뛰어나갔다. 그 뒤를 쫓아 무서운 고함 소리가 방 안으로부터 울려 퍼졌다.

"지금 곧, 지금 곧!……"

이런 소리가 열 번쯤 되풀이됐다. 그러나 그는 계속 달려서 겨우 현관이 있는 복도까지 뛰어나갔다. 그때 권총 소리가 크게 울렸다. 그는 복도의 어둠 속에서 걸음을 멈추고 5분쯤 이런저런 상상을 하다가 드디어 방으로 되돌아갔다. 초를 찾아야 했다. 그러기 위해서는 장롱 오른쪽 마룻바닥에서 불의의 타격으로 떨어뜨린 촛대를 찾아내면 되었지만, 꺼진 초에 어떻게 다시 불을 붙일 것인가가 문제였다. 불현듯 그의 머리에 하나의 희미한 기억이 되살아났다. 어제 부엌에 뛰어내려가서 페디카에게 달려들었을 때 한쪽 구석의 찬장 위에 빨간 성냥통이 있는 것을 얼핏 본 듯한 기억이 떠올랐던 것이다. 그는 더듬으며 왼쪽에 있는 부엌문으로 향했다. 문은 곧 찾을 수 있었다. 그는 입구를 거쳐서 계단을 내려갔다. 찬장 위의, 방금 그가 기억에서 떠올렸던 것과 같은 곳에서 어둠 속을 더듬어 아직 뜯지 않은 커다란 성냥통을 찾아냈다. 그는 불을 켜지 않고 그대로 서둘러 위로 올라갔다. 장롱 옆, 아까 그의 손가락을 물고 늘어졌던 키릴로프를 권총으로 후려갈긴 장소까지 가자 갑자기 물렸던 손가락이 생각났다. 동시에 거의 참을 수 없을 정도의 통증을 느꼈다.

그는 이를 악물면서 겨우 초를 찾아 불을 붙여서 촛대에 꽂고 주위를 둘러보았다. 통풍구가 열린 창문 근처에 다리를 방의 오른쪽 구석으로 둔 채 키릴로프가 가로누워 있었다. 탄알은 오른쪽 관자놀이에서 머리뼈를 뚫고 왼쪽으로 빠져나갔다. 피와 머릿골이 튄 흔적이 보였다. 권총은 마룻바닥에 나가떨어져 있는 자살자의 손에 쥐어져 있었다. 죽음은 순간적으로 이루어진 모양이었다. 모든 것을 면밀하게 조사해 보고 나서 표트르는 몸을 일으켜 발끝으로 걸어서 방을 나왔다. 그리고 문을 닫고 촛불을 원래 있던 방 테이블 위에 올려놓았다. 그는 잠깐 궁리해 보고 불이 날 염려는 없다고 생각하여 촛불은 끄지 않고 그대로 두기로 했다. 테이블 위에 놓인 유서에 다시 한 번 눈을 주고 반사적으로 히죽 웃고 나서 여전히 발소리를 죽이면서 발끝으로 걸어서 집을 나왔다.

또한 페디카의 비밀 통로를 빠져나와서 다시 감쪽같이 그 뒤를 덮어두었다.

3

꼭 6시 10분 전, 정거장 플랫폼에는 상당히 길게 연결되어 있는 열차 옆을 표트르와 에르켈이 걷고 있었다. 표트르가 출발하기 때문에 에르켈이 배웅하러 나온 것이다. 손짐은 이미 맡겨버렸고 손가방은 2등 찻간에 잡은 자기 자리에 놓아두었다. 첫 번째 벨은 벌써 울렸고, 슬슬 두 번째 벨이 울릴 무렵이었다. 표트르는 찻간 안으로 들어가는 승객들을 관찰하면서 공공연하게 주위를 둘러보고 있었다. 가까운 친지는 거의 볼 수 없었다. 다만 두 번 정도 가벼운 인사를 했을 뿐이었다. 한 사람은 간접적으로 알고 있는 상인이었고 또 한 사람은 두 정거장 앞에 있는 자기의 종교 구역으로 가는 젊은 목사였다. 에르켈은 이 마지막 순간에 좀더 중대한 이야기를 하고 싶어했다. 하기는 그것이 명확하게 어떤 내용의 이야기인지는 자기로서도 잘 몰랐지만. 그러나 자기가 먼저 그 이야기를 꺼낼 용기는 없었다. 그에게는 아무래도 표트르가 자기를 귀찮게 여겨 빨리 마지막 벨이 울리기를 초조하게 기다리고 있는 것처럼만 생각되었다.

"당신은 너무나 태연하게 여러 사람의 얼굴을 보고 계시군요." 그는 상대를 경계하는 듯 왠지 겁먹은 어조로 말했다.

"왜, 그러면 안 되나? 나는 아직 숨을 단계가 아니야. 좀 이르지. 걱정하지 않아도 돼! 나는 다만 리푸틴 녀석이 불쑥 나타나진 않을까, 그게 걱정이야. 냄새를 맡고 달려올지 모른단 말야."

"그 패들은 믿을 수 없어요!" 에르켈이 단호하게 말했다.

"리푸틴 말인가?"

"모두 다죠."

"실없는 소리! 그들은 어제 일로 모두 하나가 되었어. 한 사람도 배반하는 놈은 없어. 이성을 잃어버리지 않는 한 제 발로 파멸의 진구렁으로 뛰어들 놈이 어디 있겠나?"

"아닙니다. 그 패는 모두 이성을 잃어버리게 될 것입니다."

이런 걱정은 이미 여러 번 표트르의 마음속에도 일어났던 모양이었다. 그래서 에르켈의 의견은 한층 더 그를 화나게 했다.

"에르켈, 자네마저 겁을 집어먹은 겐가? 나는 자네들을 한데 뭉친 것 이상으로 자네 한 사람에게 기대를 걸고 있네. 나는 한 사람 한 사람이 어느 정도의 가치를 가지고 있는지 이젠 완전히 알았단 말이야. 오늘이라도 자네는 그 패들에게 죄다 보고하도록 해주게. 그들을 전적으로 자네에게 맡기겠네. 이제부터 그들을 찾아 한 바퀴 돌아주게나. 내 훈령은 내일이나 모레쯤 모두가 차분히 알아들을 수 있도록 침착성을 회복했을 때 아무 데나 모아놓고 들려주도록 하게…… 그러나 내가 보증하는데, 그들은 내일이면 다 차분해질 거야. 인간이란 겁을 집어먹으면 마치 납처럼 유순해지게 되어 있어…… 무엇보다 중요한 것은 자네부터 먼저 기운을 잃어버리지 않는 거야."

"그러니까 표트르 스테파노비치, 당신은 가시지 않으면 좋겠는데요."

"아니야. 뭐 이삼 일 걸리면 되는걸. 곧 돌아올게."

"표트르 스테파노비치." 조심스럽게, 그러나 확실한 어조로 에르켈은 말을 이었다. "당신이 페테르부르크에 가시는 것은 좋습니다. 나도 잘 알고 있습니다. 당신은 '공동 사업'에 필요한 일을 하러 가시니까요."

"자네라면 그렇게 말할 줄 알았어. 에르켈 군, 내가 페테르부르크로 간다는 것을 눈치챘다면, 어제 모든 사람을 놀라지 않게 하기 위해서 이렇게 긴 여행을 한다고 말할 수 없었던 이유도 이해하겠지? 그들이 어떠했는가는 자네도 직접 봤으니 알고 있지 않은가. 나는 일을 위해서, 대단히 중요한 공동 사업 때문에 가는 것이지 리푸틴 같은 놈들이 상상하는 것처럼 빠져나가려 함이 아니라는 것은 자네도 이해해 주리라 믿네."

"당신이 외국에 가시더라도 나는 충분히 이해합니다. 당신은 자신의 한 몸을 안전하게 지킬 필요가 있습니다. 왜냐하면 당신은 모든 것 자체이고, 우리는 아무것도 아니니까요. 나는 이해합니다." 가엾은 소년은 목소리마저 떨렸다.

"고맙네, 에르켈…… 아하, 자네는 내 아픈 손가락을 건드렸어(에르켈은 억세게 그의 손을 잡고 흔들었던 것이다. 아픈 손가락은 검은 헝겊으로 싸매어 있었다). 그러나 다시 한 번 명확히 말해 두는데, 내가 페테르부르크로 가는 것은 그저 약간 냄새를 맡기 위해서니까 하루 낮과 밤만 있다가 이곳으로 되돌아올 거야. 돌아오면 나는 세상 사람들의 눈을 속이기 위해서 시골에 있는 가가노프의 집에 틀어박혀 있으려고 해! 그리고 만일 그 패들에게 무슨 일이 생기면 나는 즉시 달려가서 그들과 함께 위험을 나눌 작정이야. 만일 페테르부르크에서 오래 머물게 되면 곧…… 예의 그 방법으로 자네에게 통지를 할 테니까, 자네가 모두에게 전달해 주게나!"

두 번째 벨이 울렸다.

"출발 시간까지 겨우 5분 남았군. 나는 말이야 이 사람아, 이곳에 있는 우리 '한패'가 산산이 흩어지는 꼴은 보고 싶지 않아. 나는 조금도 무서운 게 없어. 그러니까 내 걱정은 하지 말게. 이런 결사라는 그물의 하나하나 매듭이 내 손안에 꽤 많이 있으니까 말이야. 특히 어느 하나를 대단하게 여길 것도 없지만 그 매듭이 하나 더 있어서 안 될 것도 없지. 하지만 자네에 대한 것은 안심하고 있어. 그 얼간이들 옆에 자네를 혼자 남겨두고 가긴 하지만 뭐 걱정하지 않아도 돼! 그들은 절대로 밀고하지 않을 거야. 그럴 만한 용기가 없어…… 아아…… 당신도 오늘?……" 갑자기 그는 반가운 듯이 인사를 하러 가까이 오는 젊은 사나이에게 생기 있는 표정을 짓고 명랑한 어조로 말했다. "당신도 급행으로 떠날 줄은 몰랐습니다. 어디…… 어머님한테 가나요?"

이 청년의 어머니는 이웃 현(縣)에서 손꼽히는 지주이고, 청년은 율리야 부인의 먼 친척뻘 되는 사람으로, 두 주일가량 마을에 머물고 있었다.

"아닙니다. 더 멀리까지 갑니다. R역까지 가지요. 여덟 시간이나 기차에 앉아 있어야 해요…… 페테르부르크에 가십니까?" 하고 청년은 껄껄 웃었다.

"어째서 내가 페테르부르크에 간다고 생각했지요?" 훨씬 더 터놓고 웃으며 표트르가 말했다.

청년은 장갑 낀 손가락을 세워 보이며, 위협하는 듯한 손짓을 했다.

"네에, 그래요. 말하신 대롭니다." 표트르는 아주 비밀인 양 속삭였다. "나는 율리야 부인의 편지를 부탁받고 서너 분 방문하기 위해서 가는 겁니다. 그게 누군지 아시겠어요? 정말 생각하면 어처구니가 없다니까요. 아무리 일이라지만 참 매우 곤란하단 말입니다!"

"그런데 도대체 그분은 어째서 그렇게 겁을 먹은 사람처럼 위축이 됐지요?" 청년도 같은 모양으로 속삭였다. "어제는 나까지도 방에 들이지 않더라니까요. 내 생각으로는 남편 걱정을 하는 것 같지는 않아요. 그렇기는커녕 불이 난 현장에서의 그것은 명예로운 부상이었지 않습니까? 말하자면 목숨까지 다 바쳤다고 할 수 있지 않겠어요?"

"바로 그렇지요." 표트르는 웃으면서 말했다. "그분은 말이지요, 이미 마을에서…… 누군가가 벌써 중앙에 편지를 보낸 게 아닐까 하고, 그것을 걱정하고 있는 것입니다. 즉 이것에 대해서는 스타브로긴이라기보다 K공작이 주된 인물일 것입니다…… 아아, 어쨌든 여기에는 복잡한 사정이 있습니다. 가면서 어느 정도 말해 드리지요. 물론 기사도가 허용하는 한도 내에서입니다만…… 이 사람은 내 친척으로 소위 에르켈입니다. 시골에서 올라왔습니다."

지금까지 에르켈에게 곁눈질하고 있던 청년은 모자에 살짝 손을 갖다 댔다. 에르켈도 가벼운 인사를 건넸다.

"참, 베르호벤스키. 기차 안에서 여덟 시간을 지낸다는 것은 정말 괴로운 일이죠. 실은 나와 함께, 베레스토프라는 정말 재미있는 대령이 한 사람 1등 찻간에 타고 있습니다. 바로 이웃 영지의 지주로서 가리나*¹를 아내로 얻었고 집안도 확실한 사람이지요. 게다가 자기 자신의 사상도 가지고 있습니다. 여기에는 겨우 이틀밖에 머물지 않았습니다만, 예랄라쉬*² 승부를 매우 좋아한단 말입니다. 한번 같이 해보시지 않겠어요? 또 한 사람은 벌써 찾아놓았습니다. 프리푸홀로프라는 T거리의 상인으로 턱수염을 기른 백만장자입니다. 진짜 백만장자입니다. 이 점은 내가 보증합니다…… 한번 내가 당신을 소개해 드리도

---

*1 가린 집안에서 태어난 사람.
*2 옛날 카드놀이의 하나. 혼란, 난잡이란 뜻.

록 하죠. 정말 재미있는 돈주머니입니다. 크게 한번 웃어보도록 합시다.”

“예랄라쉬라면 나도 무척 좋아합니다. 기차 안에서 하는 건 더욱 유쾌합니다만, 난 2등 찻간이어서요.”

“네? 뭐라고요? 그건 절대로 안 됩니다. 우리 있는 데로 옮기세요. 곧 당신 자리를 1등 찻간으로 옮기도록 이르겠습니다. 차장은 내가 하는 말은 듣게 되어 있습니다. 당신의 짐은 뭡니까? 가방? 무릎덮개?”

“좋습니다. 가십시다!”

표트르는 당장 자기 가방과, 무릎덮개와 책을 가지고 부랴부랴 서둘러 1등 객차로 옮겼다. 에르켈도 도왔다. 그때 세 번째 벨이 울렸다.

“그럼, 에르켈.” 객차 창문으로 손을 내밀면서 표트르는 바쁜 듯한 태도로 서둘러 말하기 시작했다. “나는 저 친구들과 승부를 시작하겠어!”

“뭣 때문에 나에게 변명 같은 말씀을 하시는 겁니까? 나는 이미 알고 있단 말입니다. 잘 알고 있습니다, 표트르 스테파노비치.”

“자아 그럼 다시 만나세” 하고 그는 말했지만, 이때 놀이를 할 사람에게 소개한다고 그를 부른 청년 쪽으로 후딱 방향을 돌려버리고 말았다. 그리고 에르켈은 이후 두 번 다시 표트르의 얼굴을 보지 못했다!

그는 매우 우울한 표정으로 집으로 돌아왔다. 그것은 표트르가 이렇게 갑자기 그들을 두고 떠나버린 것이 마음에 걸려서가 아니었다. 그게 아니라……그 젊은 멋쟁이가 불렀을 때 너무나도 서슴없이 자기에게 등을 돌리고 만 것, 그보다…… 게다가 ‘또 만나세’ 하는 말 외에 뭔가 더 할 말이 있어야 하지 않은가…… 적어도 손만이라도 좀더 힘주어 쥐어줬어야 했다.

이 마지막 사실이 가장 중요한 것이었다. 왠지 모르게 이상한 것이 그의 애달픈 가슴을 할퀴기 시작했다. 그것이 과연 무엇인지는 그 자신으로서도 알 수 없었지만, 아무튼 어젯밤 일어난 사건과 관련된 것이었다.

제7장
스테판 선생 최후의 방랑

1

나는 굳게 믿고 있다. 스테판 선생은 자기의 미친 짓 같은 계획을 수행할 시기가 가까웠음을 느꼈을 때, 대단한 공포에 짓눌렸을 것임에 틀림없다. 나는 또한 확신한다. 그는 특히 그 전날 밤, 그 무시무시한 사건이 있었던 밤에는 그 공포로 예사롭지 않은 고뇌를 맛보았음에 틀림이 없었을 것이다. 나스타샤가 뒤에 말한 바에 따르면, 그는 밤이 매우 깊어서야 자리에 들었고, 그리고 푹 잤다는 것이다. 그렇지만 그런 말은 아무런 증명도 되지 못한다. 사형 선고를 받은 자도 형 집행 전날에는 실컷 깊은 잠을 잔다고 한다. 그가 가출한 것은 아무리 신경질적인 사람이라도 약간은 원기를 회복하는 날 밝을 무렵의 일이기는 했지만(비르긴스키의 친척 되는 소령은 밤이 끝나고 아침이 되자마자 곧 신에 대한 신앙마저 잃어버린다고 하지 않았던가), 내가 믿는 바로는 예전의 그라면 공포의 감정 없이 이런 상태에서 혼자 큰길을 터벅터벅 걷는 자신의 모습을 상상할 수 없었음에 틀림없었다. 그가 20년간 살아오던 장소와 나스타샤를 버린 순간 갑자기 들이닥친 섬뜩한 고독감도 물론 처음 얼마간은 그의 마음속에 들어 있는 어떤 필사적인 것 때문에 꽤 많이 중화되었을 것이다. 그러나 그것은 아무래도 좋다. 예컨대 그가 자기를 기다리고 있는 모든 공포를 아무리 확실하게 의식하고 있다손 치더라도 역시 큰길로 나가서 무작정 어디까지고 그 길을 걸었을 것임에 틀림없다. 이 행위에는, 이 사실 속에는 뭔가 자랑스러운 마음을 들뜨게 하는 것이 있었다. 아아, 그는 바르바라 부인의 더할 나위 없는 조건을 받아들여서 부인의 호의에 기대어 '그저 단순한 더부살이로서' 끝낼 수도 있었다. 그러나 그는 그 호의를 고맙게 받아들여서 머무르는 길을 택하지 않았다. 이렇게 그는 자진해서 부인을 버리고 위대한 이상의 깃발을 높이 처들고 그 이상을 위해서 큰길로 뛰어나가 죽으려 한 것이다! 그는 바로 이렇게 느꼈을 테고, 자신의 행위도 이러한 것으로 그의 눈에 비쳤을 것임에 틀림없었다.

또 다른 의문이 여러 번 내 머릿속에 떠올랐다. 어째서 그는 그런 식으로 달아났던 것일까? 즉 어째서 글자 그대로 자기 발로 도망해서 마차를 타지 않았을까? 나는 처음엔 이 사실을 그의 50년에 걸친 비실제적인 생활과 격한 감정에 기인한 특출한 사상의 혼돈에서 온 것이라고 설명했다. 역마권(驛馬券)이나 역마차 같은 것이(설혹 벨이 달려 있다고 해도) 그에게는 너무 단순해서 산문처럼 여겨졌음에 틀림없다고 생각했다. 반대로 순례 여행이라면 설사 우산 같은 것을 들고 간다 하더라도 훨씬 아름답고 그럴듯한 매력도 있다. 그러나 모든 것이 종말을 고한 지금에 와서 생각해 보면 이런 것들은 훨씬 간단한 이유 때문이었다. 첫째 그는 마차를 타고 가는 것을 두려워했다. 그렇게 하면 바르바라 부인이 냄새를 맡고 강제로 붙들 염려가 있었기 때문이었다. 실제로 부인은 그렇게 했을 것이고, 그도 반드시 거기에 따랐을 것임에 틀림없다. 그렇게 되면 그 위대한 이상도 영구히 빛을 못 보고 말았을 것이다.

둘째 그는 역마권을 사려면 적어도 목적지를 알고 있지 않으면 안 된다. 그런데 다름 아닌 그 목적지를 안다는 것이 그때의 그에게는 가장 큰 고통이었던 것이다. 그는 그 목적지의 이름을 댈 수가 없었다. 왜냐하면 어디에 있는 무슨 거리라고 결정해 버리면 벌써 그 순간부터 그의 계획은 자신의 눈으로 보기에도 터무니없고 실현 불가능한 일이 되어버리기 때문이다. 그는 이런 점을 충분히 느끼고 있었던 것이다. 실제로 어디 있는 아무 데라고 결정해서 그가 도대체 무엇을 하겠다는 것인가? 그것이 그 거리가 아니고 다른 거리면 안 된단 말인가? 예의 그 상인이라도 찾으려는 것일까? 그러나 도대체 어떤 상인일까? 여기서 갑자기 그에게 있어 무엇보다도 무서운 두 번째 의문이 떠오르는 것이다. 사실 그로서는 이 상인만큼 무서운 것이 달리 없었다. 그는 지금 갑자기 이 상인을 찾으러 무작정 뛰쳐나오기는 했지만 막상 그를 찾아내는 것이 무엇보다 무서웠던 것이다. 아니, 그렇다면 오히려 단순한 큰길이 좋다. 태연하게 큰길로 걸어 들어가서 생각하지 않을 수 있을 때는 아무것도 생각하지 않고 다만 걸어가기만 하면 된다. 큰길 그것은 마치 인생 그 자체와 같이 인간의 공상처럼, 무엇인지는 모르지만 길고 긴, 끝을 볼 수 없는 것과 같다. 큰길에는 사상이 있다. 그런데 역마권에는 무슨 사상이 있는가? 역마권은 사상의 종언이다…… '큰길 만세!' 나중 문제는 나중 일이다.

뜻하지 않게 리자를 만난 뒤(이것은 앞에서 말했다), 그는 점점 더 무아지경에 빠져들면서 앞으로 앞으로 나아갔다. 큰길은 스크보레쉬니키에서부터 반 베르스타쯤 떨어진 곳에 뻗어 있었지만, 이상스럽게도 그는 처음에 어떻게 큰길에 접어들었는지 전혀 기억이 없을 정도였다. 사물을 근본적으로 판단한다든가 명확하게 의식하는 것은 이때의 그에게는 견디기 힘든 일이었다. 가랑비는 그쳤다가 다시 내리고 있었다. 그러나 그는 그 비에도 전혀 신경을 쓰지 못했다. 또한 어느새 가방을 어깨에 걸머지고 있었기 때문에 걷기가 편해진 것도 의식하지 못했다. 이 상태로 1베르스타나 1베르스타 반쯤 걸었을 때 그는 갑자기 발길을 멈추고 주위를 둘러보았다. 차바퀴로 파인, 거무칙칙한 큰길은 길 양쪽에 버드나무가 즐비하게 늘어서서 끝없는 실처럼 한없이 길게 이어져 있었다.

오른쪽은 이미 가을걷이를 끝낸 텅 빈 밭이었고, 왼쪽은 딸기나무 숲 저쪽에 솔숲이 계속되어 있었다. 그리고 저 멀리는 철도 선로가 비스듬히 숲 속으로 뻗쳐 있는 것이 어렴풋이 바라다보였으며, 그 위에 기차의 연기 같은 것이 보였지만 소리는 들리지 않았다.

스테판 선생은 약간 겁이 났지만 그것도 한순간이었다. 이렇다 할 이유도 없이 한숨을 푹 쉬고 그는 가방을 버드나무 옆에 놓고 쉴 생각으로 그 자리에 앉았다. 아니, 앉으려고 몸을 움직인 순간 그는 이상스러운 오한을 느끼고 무릎을 짚고 몸을 굽혔다. 그때 비로소 비가 내리는 것을 깨닫고 우산을 펼쳤다. 그는 때때로 입술을 실룩거리면서 우산대를 꽉 잡고 꽤 오랫동안 이렇게 앉아 있었다. 여러 가지 환상이 꼬리를 물고 주마등처럼 빠른 속도로 돌아가면서, 기괴한 행렬을 지으며 눈앞을 스치고 지나갔다.

'리즈, 리즈' 하고 그는 생각했다. '그녀와 함께 모리스가 있었지. 이상한 사람들이었어. 그런데 이 화재 사건은 얼마나 이상스러운 것이었던가? 게다가 그 두 사람이 하던 말은 무슨 뜻이었을까? 누가 살해됐단 말이냐? 아마 나스타샤는 아직 아무것도 모르고 커피를 끓여놓고 나를 기다리고 있겠지…… 카드놀이…… 도대체 나는 카드놀이에 져서 사람을 판 것일까? 흠! 우리 러시아에서는 말하자면 농노제 시대에…… 앗 그렇다. 페디카!'

그는 너무 놀란 나머지 온몸을 떨면서 주위를 둘러보았다. '아아, 만일 어딘가 근처 숲 속에 페디카가 숨어 있다면 어쩌지? 사람들 말로는 그놈이 어느 큰길에서 도적 떼를 조직해서 강도짓을 하고 있다고 하던데…… 아아, 그때, 그를 만나게 되는 그때야말로 난, 그에게 내가 잘못했다고 정직하게 말하고 사과해야겠다…… 그리고 난 10년 동안이나 그놈이 군대에서 고생한 것보다 훨씬 더 많이 그놈 때문에 괴로워했다는 것을 이야기해 주자. 그리고…… 그리고 지갑도 줘버리고 자, 흐음! 가지고 있는 돈은 모두 해야 40루블이군. 그놈은 이 돈을 빼앗고도 나를 죽이고 말겠지.'

그는 공포에 질려 뜻없이 우산을 접어 자기 옆에 놓았다.

이때 저 멀리 마을 쪽에서 짐마차 같은 것이 큰길에 나타났다. 그는 불안스레 바라다보고 있었다.

"고맙군. 저건 짐마차구나. 천천히 오고 있군. 저거라면 별로 위험하진 않겠어. 지쳐빠지도록 혹사당한 이 고장의 폐마(廢馬)가 끌고 있는 마차야…… 나는 곧잘 말의 종류를 따지기를 좋아했었는데…… 그래, 표트르 일리이치가 클럽에서 마종(馬種)을 논했기 때문에 나는 그 친구를 카드놀이로 참패를 시켰었지. 그리고…… 그런데 저 뒤에 있는 것이 뭘까? 농부의 마누라가 마차에 타고 있는 모양이구나. 농부와 마누라, 이거 어째 일이 아무 탈 없이 될 성싶군. 마누라가 뒤에 앉았고 농부가 앞에 서 있다. 정말 안심되는구나! 부부의 뒤에는 소가 뿔을 끈으로 붙들린 채 마차에 매어져 있구나. 점점 더 마음이 놓이는구나."

마차는 옆에까지 가까이 왔다. 꽤 단단해 보이고 그다지 볼모양 사납지 않은 농부용 마차였다. 마누라는 뭔가 잔뜩 넣은 자루 위에 앉아 있었으며, 농부는 마부석에 앉아서 스테판 선생 쪽으로 다리를 늘어뜨리고 있었다.

뒤에는 정말로 빨간 암소가 뿔을 붙들어 매인 채 느릿느릿 걷고 있었다.

농부 부부는 눈을 동그랗게 뜨고 스테판 선생을 바라보았다. 스테판 선생도 같은 모양으로 둘을 쳐다보았다. 스무 걸음쯤 지나쳐 갔을 때 그는 갑자기 서둘러 일어나서 마차를 뒤따라갔다.

마차와 나란히 걷는다면 자연히 마음이 든든할 것이라고 생각했기 때문이었다. 그러나 마차에 다다랐을 때는 벌써 그런 생각을 잊어버리고 또다시 그 도막도막 단편적으로 일어나는 상념과 환영에 몰두해 버리고 말았다. 그는 터벅터벅 뒤쫓으며 걸었다. 물론 그는 본인이 농군 부부가 길에서 마주치는 사람들 중에서 가장 이상하고 야릇한 존재이리라고는 전혀 생각지도 못했다.

"대단히 실례올시다만, 당신은 도대체 누구십니까?" 스테판 선생이 멍청하게 자신을 바라보고 있자 더 이상 농부의 아내는 참을 수 없었던지 이렇게 물었다. 그녀는 나이가 스물일곱 정도로 몸집이 좋고 눈썹이 짙고 거무튀튀하며 건강해 보이는 여자로, 빨간 입술은 상냥스럽게 웃음을 머금었고 그 그늘에서 가지런한 흰 이가 반짝거리고 있었다.

"당신은…… 당신은 내게 물었습니까?" 근심스러운 듯한 놀람의 빛을 띠면서 스테판 선생은 중얼거렸다.

"아아, 장사를 하시는 분인가 보군요." 농부는 자신 있는 듯이 말했다. 그는 키가 큰, 마흔 살 정도의 다부진 사나이로 폭이 넓고 영리한 듯한 얼굴은 불그레한 수염으로 덮여 있었다.

"아니, 난 장사꾼이 아니오. 나는…… 난, 난 좀 별다른 사람이오." 스테판 선생은 적당히 어물어물하게 말했다. 그리고 만일에 대비해서 약간 뒤로 처졌기 때문에 소와 나란히 걷게 됐다.

"아아, 지체가 높은 분인가 보구면." 러시아어와는 전혀 다른 말을 들은 농부는 이렇게 생각하고 고삐를 바싹 당겼다.

"이렇게 당신 모습을 보니까, 마치 산책이라도 하러 나온 사람 같군요!" 여자는 또다시 이상스럽다는 표정으로 이렇게 물었다.

"그건…… 그건 나 말인가요?"

"흔히 외국 사람이 기차를 타고 오곤 하지만 댁의 구두도 이곳의 것과는 다른 것 같아서요."

"군인이 신는 구두야." 농부는 아는 체하며 자랑스러운 어조로 말했다.

"아니, 난 군인이 아니오. 나, 나는……."

'정말 호기심이 대단한 여자로군.' 스테판 선생은 마음속으로 은근히 화가 났다. '게다가 저들이 나를 추근추근 보는 것이 여간 기분 나쁘지 않아!…… 그러나 요컨대…… 한마디로 마치 내가 이 사람들에게 뭔가 나쁜 짓이라도 하는 것 같은 기분이 드는군. 아무래도 이상한 일이다. 나는 저 사람들에게 아무 짓도 하지 않았는데 말이야.'

여자는 농부와 속삭이기 시작했다.

"혹, 싫지 않으시면 태워 드려도 좋은데…… 그쪽이 편하시다면요."

스테판 선생은 불현듯 정신이 들었다.

"정말입니까? 나야 매우 기쁩니다, 대단히 피곤하거든요. 그런데 어떻게 올라가지요?"

'이건 정말 뜻밖이군' 하고 그는 마음속으로 생각했다. '이 소와 나란히 그처럼 오래 걸으면서 태워 달라고 부탁할 생각이 전혀 일어나지 않았었으니 말이야…… 이 현실이라는 것은 무언가 매우 특이한 점을 가지고 있는 모양이로구나!'

그러나 농부는 마차를 멈추지 않았다.

"그런데 당신은 어딜 가는 거요?" 그는 약간 미심쩍다는 듯이 물어왔다.

스테판 선생은 그 말을 바로 알아들을 수 없었다.

"틀림없이 하토보까질 거야."

"하토보라고? 아니오, 하토보 집이 아닙니다. 전혀 알지도 못하는 걸요. 하긴 들어본 적이 있긴 하지만 말이죠."

"하토보는 마을 이름입니다요. 여기서 9베르스타쯤 떨어진 마을이에요."

"마을? 그건 참 재미있군. 그러고 보니 어쩐지 들은 것 같군요."

스테판 선생은 여전히 걷고 있었다. 웬일인지 아무리 기다려도 태워 주지 않았다. 그때 근사한 생각이 머릿속에 떠올랐다.

"당신들 혹시, 내가…… 아니, 나는 여권도 갖고 있고 대학 교수요. 뭣하면 그냥 선생이라고 해도 좋은데, 게다가 선생의 우두머리란 말이요. 난 선생의 우두머리요. 그렇지, 이런 식으로 번역할 수 있겠군. 나를 꼭 좀 태워 줬으면 하는데 어떻겠소?…… 사례로 조그마한 술을 한 병 사드리겠소."

"50코페이카는 받아야죠, 나리. 길이 이렇게 나쁜데요."

"그렇지 않으면 우리가 곤란해지거든요." 아낙네도 말참견을 했다.

"50코페이카? 좋아요, 그건 오히려 더 좋습니다. 나는 40루블을 가지고 있으니까……."

농부는 말을 세우고 둘이서 스테판 선생을 마차로 끌어올려 아내와 나란히 부대 위에 앉혔다. 그러나 회오리바람 같은 상념은 그의 뇌리를 떠나지 않았다. 때때로 그는 왜 그런지 대단히 멍청해져서 전혀 필요 없는 것만 생각하고 있는 자기 자신에게 새삼 놀랐다. 이처럼 머리가 병적으로 쇠약해진 것을 의식하면 그는 때때로 견딜 수 없을 정도로 마음이 무거워져서 숨이 막힐 지경이었다.

"저건…… 저건…… 도대체 어떤 의미로 뒤에다가 소를 매놓은 거요?" 그는 느닷없이 여자한테 물었다.

"무슨 말씀을 그렇게 하세요, 나리. 마치 지금까지 전혀 본 적이 없는 것처럼." 여자가 웃어댔다.

"읍에서 지금 사오는 겁니다요." 농부가 대답했다. "우리 소가 말입니다, 나리. 올 봄에 쓰러졌어요. 유행병으로 말이죠. 근처의 소가 죄다 병에 걸려서 반도 남지 않았지요. 울고불고 온통 야단법석을 떨었지만 별수 없었지요."

이렇게 말하면서 그는 움푹한 곳에 바퀴가 끼어서 쉽사리 움직이지 못하는 말에 다시 채찍질을 했다.

"그래 그래, 그런 일은 러시아에선 흔히 있는 일이죠. 무릇 우리 러시아인이란…… 아니 아무튼 흔히 있는 일이란 말이오." 스테판 선생은 말을 하다가 그만두고 말았다.

"그런데, 당신이 선생이라면 하토보 같은 데 가서 뭘 하려고 그러는 겁니까? 아니면 좀더 멀리까지 가십니까?"

"나는…… 아니, 난 어디 뭐 먼 데를 가는 게 아니라…… 말하자면…… 어떤 상인을 찾아가는 겁니다."

"아아, 그러면 틀림없이 스파소프일 거야!"

"그래 맞았소. 스파소프요. 하긴 그런 것은 아무래도 상관없지만요."

"스파소프까지 그런 구두로 걸었다가는 일주일쯤 걸릴 거예요 아마." 여자가 웃기 시작했다.

"그렇고말고, 그렇지만 그런 것은 아무래도 상관없소. '여보게들' 그런 것은 아무래도 상관없는 일이오!" 스테판 선생은 지루하다는 듯이 상대의 말을 막았다.

'무섭도록 호기심이 강한 사람들이다. 그러나 마누라가 남편보다 말을 잘하는군. 보아하니 2월 19일*¹ 이후로 농부들의 말투가 달라진 모양이군. 그리고 내가 가는 목적지가 스파소프든 스파소프가 아니든, 이들과 무슨 상관이 있단 말인가? 게다가 나는 돈을 내고 타는 것인데 이렇게 귀찮게 물어볼 필요가 어디 있단 말인가?'

"스파소프로 간다면 증기 기관차를 타야 해요." 농부는 또 말을 걸어왔다.

"그건 정말 그래요." 여자가 활기차게 말참견을 했다. "왜 그러냐 하면 이 기슭을 따라 마차로 가신다면 30베르스타나 더 돌게 되거든요."

"40베르스타지."

"마침 내일 2시경엔 우스티예바에서 증기 기관차를 탈 수 있어요." 여자가 시간까지 말했다. 스테판 선생은 입을 열지 않았다. 두 질문자도 입을 다물었다. 농부는 계속 말고삐를 잡아당겼다. 여자는 때때로 간단한 이야기를 남편과 주고받았다. 스테판 선생은 꾸벅꾸벅 잠이 들었다. 그러다가 갑자기 당황해서 정신을 차렸다. 여자가 웃으면서 그를 깨웠던 것이다. 주위를 둘러보니 마차는 어느새 꽤 큰 마을에 도착해서 창문이 세 개 달린 어느 시골집 현관 앞까지 와 있었던 것이다.

"선생님, 좀 주무셨습니까?"

"어떻게 된 거요? 여기가 어디지? 아 그렇지 참! 아니, 아무래도 좋소!" 스테판 선생은 깊은 한숨을 쉬면서 마차에서 내렸다.

──────────
*1 1861년 농노 해방령 공포일.

그는 침울한 표정으로 주위를 둘러보았다. 시골 마을의 풍경이 그의 눈에는 어쩐지 기묘하게, 몹시 낯설게 비쳤던 것이다.

"아아, 50코페이카를 깜박 잊고 있었소!" 어쩐지 거친 동작으로 그는 농부를 향해서 말했다. 그는 벌써 이 사람들과 헤어지는 것을 두려워하고 있는 듯했다.

"그럼, 방 안으로 들어가서서 계산해 주십시오." 농부가 말했다.

"그렇지요, 그게 좋겠네요." 여자도 동의했다.

스테판 선생은 가파른 계단을 올라갔다.

'도대체 어째서 이렇게 됐을까?' 그는 불안에 사로잡혀 수상하다고 느끼면서도 집 안으로 들어갔다. '그녀는 이것을 바라고 있었던 것이다' 하는 생각이 그의 가슴을 찔렀다. 동시에 그는 또다시 모든 것을, 집 안으로 들어간 것조차 잊어버리고 말았다.

밝고 꽤 깨끗한 농부의 집은 창문이 세 개 붙어 있고 두 개의 방으로 나누어져 있었다. 여인숙이라고까지 할 건 없지만 옛날부터의 습관으로 안면 있는 여행객들이 오다가다 들를 것 같은 소박한 휴식처였다. 스테판 선생은 망설이는 기색도 없이 맞은편의 한구석으로 곧장 걸어갔다. 그리고 인사하는 것조차 잊고 앉더니 그대로 또 생각에 몰두하기 시작했다. 그러고 있으니, 빗속을 세 시간이나 길 위에서 보낸 터라 따뜻한 감촉이 갑자기 그의 온몸을 나른하게 감쌌다. 특히 신경질적인 사람이 열병에 걸렸을 때 흔히 있는 일이지만, 추운 곳에서 갑자기 따뜻한 곳으로 옮길 때 때때로 싸늘하게 등줄기를 타고 내리는 오한까지가 왜 그런지 이상스럽게 쾌감을 주는 듯했다. 고개를 들어보니까, 난로 옆에서 여주인이 열심히 굽고 있는 블린*2의 달콤한 냄새가 그의 코를 자극했다. 그는 어린아이 같은 미소를 띠면서 여주인 쪽으로 목을 길게 빼고 갑자기 이렇게 말했다.

"그건 도대체 무엇입니까? 블린인가요? 참 좋은데."

"선생님, 좀 들어보시겠어요?" 곧 여주인이 붙임성 있게 권했다.

"먹고 싶군요. 그리고 차도 한 잔 부탁합니다." 스테판 선생은 힘이 나서 말

---

*2 속을 넣지 않고 구운 얇은 팬케이크.

했다.

"사모바르를 드릴까요? 네에 네, 그건 곧 올릴 수 있어요."

커다란 푸른 무늬가 있는 접시에 블린을 놓아서 가져왔다. 보통 농가에서 만드는, 밀가루 반죽을 얇게 구워서 뜨겁고 신선한 버터를 바른 굉장히 맛있는 블린이었다. 스테판 선생은 아주 맛있게 먹었다.

"이 기름이 잘잘 흐르는 블린은 참 맛있군요. 여기에 생명수(술)만 조금 있으면."

"선생님, 보드카를 원하세요?"

"네, 네 맞았어요. 약간이면 돼요. 아주 조금이면 됩니다."

"그러시면 5코페이카면 될까요?"

"5코페이카라…… 5코페이카, 5코페이카, 5코페이카. 아주 조금이면 됩니다." 어수룩한 미소를 띠면서 스테판 선생이 맞장구를 쳤다.

시험삼아 일반 민중에게 뭔가 부탁을 한 번 해보라. 그가 할 수 있는 일이라면, 그리고 하려고만 든다면 기꺼이 기분 좋게 부탁을 들어줄 것이다. 그런데 그에게 보드카를 사달라고 부탁하면, 평소의 침착하고 상냥스러운 태도가 갑자기 기쁜 듯이 분주하게 시중을 들어준다. 그것은 아주 다정한 사이의 사람에 대한 마음씨라고 해도 좋을 것이다. 보드카를 사러 가는 사람은, 마시는 당사자는 부탁한 사람이지 자기가 아니라는 것을 이미 알고 있음에도 역시 부탁한 사람이 앞으로 맛볼 쾌감을 어느 정도 자기도 느끼는 것이다. 삼사 분도 채 걸리지 않아서(술집은 바로 옆에 있었다) 스테판 선생 앞 식탁 위에는 작은 보드카병과 커다란 술잔이 놓여졌다.

"이것이 모두 내 거란 말이오?" 스테판 선생은 적지 않게 놀랐다. "내 집에도 언제나 보드카가 있었지만 5코페이카로 이렇게 많이 준다는 것은 지금까지 전혀 몰랐단 말이오."

그는 잔에 가득 따른 다음 일어났다. 그리고 제법 의젓한 태도로 방을 가로질러 저쪽 구석으로 갔다. 거기에는 그와 함께 부대 위에 앉아 있던 아낙네, 여기 오는 도중 귀찮게 여러 가지 질문을 쏟아내던 눈썹이 검은 여자가 자리 잡고 있었다. 그녀는 약간 부끄러운 듯이 거절하려 했지만, 예의에 어긋나지 않도록 적당히 사양하더니 결국 일어나서 보통 여자들이 하는 것처럼 예의 바르게 세 모금으로 잔을 비웠다. 그러고는 정말 괴로운 듯한 표정을 지어 보이면서 스테판 선생에게 잔을 돌려주며 인사를 했다. 그도 짐짓 예의 바르게 인사를 하고, 자랑스러운 듯한 빛을 띠면서 식탁 쪽으로 되돌아갔다.

이것은 어떤 감흥에 의한 것이었다. 그 자신도 1초 전까지는 그 여자를 대접하기 위해서 일부러 그녀에게까지 가리라고는 꿈에도 생각하지 않았던 것이다.

'나는 민중을 응대하는 기술을 완전히, 완전히 알고 있다. 이것은 내가 언제나 그들에게 말하곤 했던 것이다.' 그는 남은 술을 병에서 따르면서 만족스러운 듯이 생각했다. 술은 잔에 가득 차지는 않았지만 그래도 그에게 원기를 주고 몸을 따뜻하게 해주었다. 약간 얼굴에도 오른 정도였다.

"나는 완전히 병들어 버리고 말았어. 하지만 병드는 것도 그다지 나쁘지 않군."

"이것을 사지 않으시겠습니까?" 하는 나직한 여자의 목소리가 옆에서 들려왔다.

그는 눈을 들었다. 놀랍게도 자기 앞에 한 여인이, 그것도 귀부인처럼 당당한 풍채의 여인이 서 있는 것이 아닌가? 나이는 서른을 넘은 듯했고 언뜻 보기에도 매우 단정한 여자로 어두운 색의 도회풍 옷을 입고 커다란 쥐색 숄을 어깨에 걸치고 있었다. 그 얼굴에는 어딘가 매우 상냥스러운 데가 있어서 그것이 곧 스테판 선생의 마음에 들었다. 그녀는 지금 막 집으로 돌아왔기 때문에 그때까지 짐은 스테판 선생이 차지하고 있는 의자 바로 옆의 긴 의자 위에 놓여 있었다. 그중에 가방이 하나 있었는데 그는 들어오자마자 호기심어린 눈으로 그것을 유심히 봤던 기억이 있었다. 그것 말고도 그리 크지 않은 유포(油布)로 만든 주머니가 있었다. 이 주머니 속에서 그녀는 아름답게 제본한 책을 두 권 꺼내서 스테판 선생 앞으로 가지고 왔다. 표지에는 십자가가 찍혀 있었다.

"아아, 이것은 틀림없는 성서로군요. 네에 네, 기쁘게 받겠습니다…… 아아, 이제야 겨우 알았다…… 당신은 세상에서 말하는 성서를 파는 사람이군요.

몇 번 신문에서 본 적이 있어요…… 50코페이카입니까?"

"한 권에 35코페이카입니다." 성서 파는 여자가 대답했다.

"네에, 기쁘게 받겠습니다. 나 역시 성서를 반대하지 않으니까요. 그리고……
오래전부터 다시 읽어보려 생각하고 있었습니다……."

이 순간 자기는 벌써 적어도 30년쯤 성서를 읽은 적이 없었고, 다만 7년쯤
전에 르낭의 《예수전》을 읽었을 때의 기억이 약간 남아 있을 뿐임을 깨달았다.

잔돈을 가지고 있지 않았기 때문에 그는 10루블 지폐를 넉 장(이것이 그가
가지고 있는 돈 전부였다) 꺼냈다. 여주인이 잔돈으로 바꾸어 주었다.

이때 그는 주위를 둘러보고 나서 비로소 정신이 들었다. 그 집 안에는 꽤
많은 사람들이 모여서 아까부터 그의 모습을 추근추근 바라보면서 아무래도
그에 대해 쑥덕거리고 있는 모양이었다. 읍내에서 일어났던 화재 이야기도 도
마 위에 올랐는데, 이제 막 읍내에서 소를 끌고 돌아온 마차 주인이 누구보다
도 열심히 이야기하고 있었다. 방화라든가 쉬피굴린 직공이란 말도 들렸다.

'저 사나이는 나를 태우고 올 때 여러 가지 말을 쓸데없이 지껄이고도 화재
에 대한 말을 한마디도 안 했었지.' 어쩐지 이런 생각이 스테판 선생의 머리에
떠올랐다.

"선생님, 베르호벤스키 선생님, 이거 참 어떻게 된 일입니까? 선생님이 여길
다 오시다니 너무 뜻밖이어서…… 그런데 기억나시지 않습니까?"

나이가 꽤 들어 보이는 작달막한 사나이가 느닷없이 이렇게 소리쳤다. 보기
에 구시대의 하인 같은 모습으로 턱수염을 깨끗이 깎고 깃이 옆으로 꺾인 긴
외투를 입고 있었다. 스테판 선생은 자기 이름을 듣고 흠칫했다.

"아아, 이거 실례로군." 그는 중얼거렸다. "난 기억이 잘 나질 않는데."

"아니, 잊으셨단 말씀입니까? 저는 아니심, 아니심 이바노프입니다. 돌아가
신 가가노프 어른을 모시고 있었습니다. 선생님은 곧잘 스타브로긴 마님과 함
께, 돌아가신 아브도차 마님 댁에 오시곤 하지 않으셨습니까? 그래서 늘 뵙곤
했던 것입니다. 저는 곧잘 마님의 심부름으로 나리 댁으로 책을 가지고 갔었
고, 페테르부르크의 과자도 두 번씩이나 가지고 갔었습니다……."

"아아, 참 그랬었지. 이제 생각이 났어. 아니심." 스테판 선생은 웃었다. "그래,

자넨 여기 살고 있나?"

"스파소프 교외에 있는 V 수도원에 있습니다. 아브도차 세르게예브나 님의 언니 마르타 세르게예브나 댁에 있습니다. 기억하고 계시지요? 무도회에 가실 때 마차에서 뛰어내려 다리가 부러진 분…… 지금 수도원 근처에 살고 계시는데 저도 거기에 삽니다. 지금은 보시다시피 친척집에 다녀오려고 읍내로 나가는 참입니다."

"흐흥, 그래?"

"나리를 이렇게 뵙게 되어 정말 기쁩니다요. 언제나 상냥하게 돌봐 주셨으니까 더욱……" 하고 아니심은 기쁜 듯이 미소를 지었다. "그런데 도대체 어디로 가시는 길입니까? 보아하니 혼자이신 것 같은데요…… 예전에는 혼자 외출하시는 일은 절대로 없으셨는데 말입니다."

스테판 선생은 겁먹은 사람처럼 상대를 바라다보았다.

"혹시 저희들이 살고 있는 스파소프에 가시는 길이 아니신가요?"

"그래, 나는 스파소프에 가는 길이라네. 어쩐지 세상 사람들이 죄다 스파소프로 가는 것 같구먼."

"혹시 표도르 마트베예비치 님 댁에 가십니까? 가시면 정말 기뻐하시겠습니다. 옛날부터 당신을 매우 존경하고 계셨으니 말입니다. 지금도 늘 당신에 대한 말씀을 하십니다."

"그래그래, 그 표도르 마트베예비치 집으로 가는 길이네."

"그러시겠지요, 그러실 것입니다. 그런데 이 농부들은 나리께서 혼자서 큰 길을 걷고 계신 것을 보았다면서 이상하게 생각하고들 있습니다요. 정말 바보 같은 녀석들이란 말입니다."

"나는…… 나는 말이야 그…… 난 말이야. 아니심, 영국 사람처럼 반드시 걸어가 보이겠다고 내기를 했거든. 그래서……"

그의 이마와 관자놀이에서 땀이 배어 나왔다.

"그러셨겠지요, 그러셨을 것입니다요." 아니심은 호기심을 드러내며 귀를 기울였다. 그러나 스테판 선생은 그 이상 무어라고 할 말이 없었다. 그는 당황스럽고 거북한 나머지 일어나서 나가버릴까 생각했다. 그런데 때마침 뜨거운 차가 담긴 주전자가 들어왔다. 동시에 지금까지 어딘가 가 있던 성서를 파는 여자가 돌아왔다. 그는 도움을 청하는 사람처럼 그녀를 향해서 차를 권했다. 아니심은 자리를 양보하고 그곳을 떠났다.

사실 농부들 사이에서는 의혹이 일어났던 것이었다.

"도대체 어떤 사람일까? 큰길을 어정어정 걷고 있는 것이 발견되어 자기로선 선생이라고 한 모양이지만, 차림새는 외국인 같고 머리는 어린아이같이 철이 없는 성싶다. 그리고 갈피를 잡을 수 없는 터무니없는 말만 하고, 마치 어디선가 도망 나온 사람 같다. 그런데도 돈을 가지고 있다!" "경찰에 신고를 할까?" 하는 말까지 나올 정도였다. 읍내 사정도 꽤 소란스러웠기 때문이었다.

그런데 아니심이 순식간에 이 문제를 원만하게 해결해 버렸다. 그는 바깥복도에 나가서 낯선 사람에 대한 이야기를 듣고 싶어하는 사람들에게 스테판 선생은 선생 정도가 아니라 '굉장히 훌륭한 학자'로서 대단히 중요한 학문을 연구하고 계시는 분이시다. 게다가 이전에는 이 근처의 지주로서, 벌써 22년 동안 스타브로긴 장군 부인의 저택에 살고 계시면서 가장 소중한 분으로 대우를 받고 계시며, 시내 사람들의 큰 존경을 받고 계신다. 귀족 클럽에서는 곧잘 하룻밤 사이에도 잿빛 지폐*³라든가, 무지갯빛 지폐*⁴를 카드놀이 승부에서 헌신짝처럼 버리기도 했던 분이시다. 관등은 고등관으로서 군대의 중령과 같은 지위니까, 대령보다 한 계단 낮을 뿐이다. 돈은 스타브로긴 장군 부인으로부터 얼마든지 제한 없이 받을 수 있는 분이라고 떠들어댔던 것이었다.

'그런데 이 여자는 참으로 훌륭한 부인이다. 어디 하나 흠잡을 데 없구나.' 아니심의 공격에서 벗어나 한시름 놓으면서 스테판 선생은 기분 좋은 호기심에 사로잡혀 옆에 앉아 있는 성서 판매원 여자를 관찰했다. 그 여자는 이런 스테판 선생의 태도는 아랑곳없이 차를 받침접시에 옮기고 설탕을 갉으면서 마시고 있었다. '저 설탕 덩어리, 저건 아무것도 아니다…… 이 여자에겐 뭔지 모를 고상하고 꿋꿋하면서, 동시에 차분히 가라앉은 데가 있다. 정말 나무랄 데 없는 부인이다. 살짝 특이하기는 하지만……'

---

*³ 50루블짜리.
*⁴ 100 루블짜리.

그는 곧 이 여자의 입으로부터 이름은 소피야 마트베예브나 울리타나라는 것과 지금 살고 있는 주소는 K마을로 거기에 사는 과부인 언니가 있고, 상인 출신이며, 자기도 과부 신세라는 것, 남편은 하사관 출신의 소위보였지만 세바스토폴리에서 전사했다는 것 등을 들었다.

"그러나 당신은 매우 젊어요. 아직 서른도 안 됐지요?"

"서른넷입니다." 소피야는 프랑스어로 대답하고 웃었다.

"아, 당신은 프랑스어도 할 줄 아는군요."

"네 약간은…… 남편이 죽은 뒤 4년 정도 명문 저택에서 일하면서 그 댁 자제들한테 배웠습니다."

그녀가 이야기한 바에 따르면, 열여덟 살에 남편을 여의고 세바스토폴리에서 간호사로 근무하다가 그 뒤 여러 곳을 전전했고, 지금은 복음서를 팔러 다니는 신세가 되었다는 것이었다.

"그건 그렇고, 언젠가 시내에서 있었던 이상스런, 정말 기괴한 사건은 혹시 당신의 사건이 아니었어요?"

그녀는 얼굴을 빨갛게 물들였다. 그 사건의 주인공은 과연 그녀였던 것이다.

"그 건달놈들이, 그 죽일 놈들이!……" 하고 그는 분노한 나머지 떨리는 목소리로 말했다. 병적인, 증오에 가득 찬 기억이 그의 마음속에 괴로울 정도로 사무쳐 일어났다. 그는 순간적으로 이성을 잃은 것 같았다.

'앗, 그 여자는 또 어디론가 가버렸구나!' 그녀가 또다시 사라진 것을 깨닫고 그는 제정신으로 돌아왔다. '그 여자는 들락날락하면서, 뭔가 분주한 모양이다. 걱정거리가 있는 것처럼 보이기까지 했어…… 그러고 보니 난 자기 중심적이 되어가는구나!'

그는 눈을 들었다. 그러자 아니심의 모습이 보였다. 그러나 이번엔 대단히 험악한 분위기를 띠고 있었다. 방 안은 농부들로 가득 차 있었다. 아니심이 데리고 온 사람들인 모양이었다. 그 속에는 이 집 주인도 있었고, 소를 몰고 온 농부도 있었으며, 또 농부 같은 남자 둘(이들은 마부였다), 그리고 작달막한, 얼큰하게 취한 사나이가 있었다. 그는 농부 같은 차림을 하고 있었지만 몰락한 도시 상인 같은 느낌으로 수염을 깨끗이 깎고 있었다. 이 사나이는 누구보다도 잘 떠들었다. 그들은 모두 한결같이 스테판 선생에 관해서 이야기하고 있었다.

소를 몰고 온 농부는 여전히 의견을 굽히지 않고 강기슭을 따라가면 40베르스타나 멀리 돌게 되므로 반드시 증기선을 타야 한다고 주장하고 있었다. 거나하게 취한 도시 상인과 집주인은 열이 나서 반대했다.

"물론 선생님이 기선을 타고 가시는 것이 가장 가까운 길임은 틀림없는 사실이야. 그렇지만 요즈음 같은 날씨엔 기선이 그곳에 가지 않거든."

"간단 말이야, 가. 아직 일주일쯤은 다닐 거야" 하고 아니심이 누구보다도 열을 내서 떠들었다.

"그야 그럴지도 모르지! 하지만 가고 오고 하는 것이 제멋대로란 말이야. 게다가 날씨가 매우 추워져서 잘못했다간 호수 근처에서 이삼 일씩 묵는 수도 있어."

"그렇지만 내일은 틀림없이 들어올 거야. 선생님, 어두워지기 전에 충분히 스파소프에 도착할 것입니다." 아니심은 기를 쓰고 주장했다.

'이 사나이는 대체 왜 이러는 것일까?' 앞으로 어떻게 될까 싶어 스테판 선생은 두려움에 몸을 떨었다.

결국 마부까지 앞으로 나서더니, 가격 흥정이 시작되었다.

호수까지는 3루블이라고 했다. 다른 사람들도 그 정도면 터무니없는 값이 아니라고 했다. 그것이 적당한 금액이며, 호수까지 여름 내내 그 액수로 다녔다는 것이다.

"그렇지만 여기도 대단히 좋은 곳이야…… 그래서 별로 가고 싶지 않아……" 하고 스테판 선생은 우물우물하면서 말했다.

"여기가 좋으시다고요! 그야 물론입니다. 그렇지만 스파소프와는 비교도 안 됩니다요. 게다가 표도르 마트베예비치가 얼마나 기뻐하실지 모릅니다."

"아아, 곤란한데…… 여러분, 이것은 나에겐 너무 뜻밖의 일이라서요."

그러고 있는데 마침 소피야가 돌아왔다. 그러나 그녀는 풀이 죽어서 정말 슬픈 듯이 의자에 앉았다.

"나는 도저히 스파소프로 갈 수가 없게 되었어요!" 그녀는 여주인에게 말했다.

"아니 그럼, 당신도 스파소프로 가려고 했습니까?" 스테판 선생은 자신도 모르게 깜짝 놀라 소리쳤다.

이야기를 들어보니 나데즈다라는 한 여지주가 어제 그녀를 스파소프로 데리고 간다 약속하고 하토보에서 기다리라고 했는데 아직까지도 나타나지 않는다는 것이었다.

"이제 어떡해야 좋을지 모르겠어요……" 하고 소피야는 되풀이했다.

"이봐요. 내가 그 여지주 대신 그 뭐라고 그랬더라, 그 뭐라는 마을에 당신을 데려다줄 수 있습니다. 마차를 고용했으니 내일 그렇지, 내일 함께 스파소프로 가도록 하십시다."

"어마, 당신께서도 스파소프로 가시나요?"

"어쩔 수 없잖아요. 게다가 난 매우 즐겁습니다. 당신이라면 기꺼이 태워드리지요. 저 사람들이 자꾸만 권해서 이미 마차를 고용했거든요."

스테판 선생은 갑자기 스파소프로 가고 싶어서 참을 수 없었다.

15분쯤 뒤에 두 사람은 포장이 쳐진 이륜마차에 자리를 잡았다. 그는 매우 활기를 띠고 만족한 듯한 표정이었다.

그녀는 예의 그 주머니를 들고 감사의 미소를 띠며 그 옆에 앉았다. 아니심이 이 두 사람을 부축해 마차에 태웠다.

"그럼 안녕히 가세요, 선생님." 그는 매우 열심히 마차의 시중을 들었다.

"선생님을 뵙게 돼서, 정말 이렇게 기쁠 수가 없어요."

"잘 있게나, 잘 있게. 그럼 안녕!"

"표도르 마트베예비치를 만나실 거지요, 선생님?"

"아아, 만나야겠어. 표도르 마트베예비치를…… 그럼 잘 있게……."

2

"저어, 저 좀 보세요. 당신을 친구라고 불러도 괜찮겠지요?" 이륜마차가 움직이기 시작하자 스테판 선생은 서둘러 말을 꺼냈다. "나는 말이지요…… 나는 민중을 사랑합니다. 그것은 어쩔 수 없는 내 마음입니다. 그러나 나는 지금까지 민중에게 가까이 다가간 적이 없었던 것 같습니다. 나스타샤…… 그녀도 민중임에는 틀림없지만, 진정한 의미에서의 민중…… 즉 길에서 마주치는 그런 진정한 민중을 말하는 것입니다. 아무래도 그 사람들은 내가 가는 곳에 지대한 관심을 가지고 있는 것 같아요…… 그러나 화낼 일은 아니지요. 아, 내가 너무 횡설수설하고 있는 것 같은데 아마 서두르느라 그럴 거예요."

"몸이 안 좋으신 건 아니고요?" 날카롭기는 해도 공손한 태도로 소피야는 조용히 상대를 바라보았다.

"아니, 약간 그, 저 뭔가 좀 뒤집어쓰면 괜찮을 거예요. 어쩐지 좀 서늘한 바람이 부는군요. 좀 으스스해요. 그러나 그런 얘긴 그만둡시다. 무엇보다 내가 하고 싶었던 이야기는 그런 것이 아닙니다. 친애하기 이를 데 없는 소중한 친구, 나는 정말 행복하다고까지 느낍니다. 바로 당신 때문이지요. 나에게 있어서 행복이란 아무런 소용이 없는데도 말입니다. 왜냐하면 나는 당장이라도 나의 적을 용서하러 가고 싶어지거든요……."

"어머, 그건 매우 바람직한 일이 아닌가요?"

"꼭 그렇지도 않습니다. 순진한 친구여, 복음서라는 것은…… 이제부터 둘이서 전도하며 다닙시다. 나도 기꺼이 당신의 그 아름다운 책을 팔도록 하겠습니다. 이것 참 좋은 생각이군요. 그런 것 가운데 매우 새로운 것인 듯해요. 러시아 국민들은 신앙심이 두텁습니다. 그건 이미 인정되었어요. 그러나 아직 복음서를 모르고 있어요. 나는 그것을 그들에게 들려주렵니다. 직접 말로 설명하면 이 놀라운 책의 그릇된 점을 바로잡을 수 있을는지도 모릅니다. 물론 난 이 책에 대해서 대단한 존경심을 가지고는 있습니다만. 나는 거리에서도 쓸모 있는 인물이 되겠습니다. 나는 언제나 유능한 인재였으니까요. 나는 늘 '그들'에게 이렇게 말해 왔습니다. 그리고 그 사랑하는 배은망덕한 여자에게도…… 아아, 용서해 줍시다, 용서해 주자고요. 먼저 모든 사람을, 늘 용서하도록 합시다. 그리고 우리도 남으로부터 용서를 받을 수 있다는 희망을 가집시다. 그럴 수밖에요. 모든 사람은 서로가 서로에게 죄를 짓고 살고 있으니까요. 그렇고말고요. 모두가 죄인인걸요."

"참 옳은 말씀입니다. 나도 그렇게 생각해요."

"그렇군요, 그래요…… 나도 대단히 유익한 말을 했다고 생각합니다. 나는 세상 사람들에게는 대단히 잘 이야기할 수 있다고 생각합니다. 그런데 정작 하려던 말은 무엇이었는지 모르겠군요. 나는 늘 이야기가 다른 길로 가곤 해서 잘 기억을 못하는 수가 있어요…… 참, 당신과 함께해도 되겠습니까? 나는 당신과 헤어지고 싶지 않습니다. 나는 이렇게 생각합니다. 당신의 눈빛과 아니 나는 당신의 태도에도 경탄하고 있습니다. 당신은 정말로 솔직합니다. 당신의 말에는 어쩐지 천한 데가 있고, 차를 잔에서 접시로 옮겨서 그 딱딱한 설탕 덩어리를 갉아먹기는 하지만 그래도 당신에게는 어딘지 아름다운 데가 있습니다. 당신의 얼굴을 보고 있으면…… 아아, 얼굴을 붉히지 말아주십시오. 나를 남자라고 두려워하지 말아주십시오. 둘도 없는 소중한 친구여, 저에게 있어 여자는 생활의 전부입니다. 나는 여자 옆에서 살지 않고는 견디지 못합니다. 그러나 그저 옆에 있을 뿐입니다…… 아아, 또 다른 길로 빠져버렸군요. 무엇을 말하려 했는지 도저히 생각나지 않아요. 아아, 언제나 신의 뜻에 의해서 여자와 같이 있는 자는 행복한 사람입니다. 그리고…… 나는 들떠 있는 것 같습니다. 거리에도 고상한 사상이 있습니다! 그렇습니다. 내가 사상에 관해서 말하려 했던 것은 바로 이것입니다. 이제야 겨우 생각났습니다. 지금까지는 생각하던 것을 바로 말하질 못했습니다. 그런데 어째서 그 사람들은 나를 이런 외딴 곳으로 데려왔을까요? 거기도 매우 좋은 곳이었는데요. 여기는, 어쩐지 추워지는데요. 그런데 나는 여기에 통틀어 40루블을 가지고 있습니다. 이것이 내 돈 전부입니다. 자아, 이걸 받아요. 나는 아무래도 돈 간수를 잘하지 못합니다. 잃어버리든가 뺏기든가 하기 쉽습니다. 게다가…… 자꾸 졸음이 오는 모양입니다. 어쩐지 머릿속이 빙글빙글 도는 것 같아요. 아아, 돈다, 돌아, 자꾸만 돈다. 오오, 당신은 얼마나 친절한 사람인지! 덮어주시는 것은 무엇입니까?"

"당신은 틀림없이 열병에 걸려 있는 거예요. 내가 담요를 덮어드렸어요. 그렇지만 돈에 대한 것은 난……."

"아아, 부탁입니다. 이젠 그런 소리 맙시다. 어쩐지 슬퍼지려 하니까요. 오오, 당신은 어쩌면 이렇게 친절한지요!"

그는 갑자기 말을 끊는가 싶더니, 상상할 수 없을 정도로 빨리 열병의 오한에 시달리면서 잠들어 버리고 말았다. 이미 17베르스타나 달려온 시골길은 결코 평탄한 편이 아니었기 때문에 마차는 사정없이 덜커덩거렸다.

스테판 선생은 몇 번이나 눈을 떴다. 그리고 소피야가 받쳐준 베개에서 머리를 약간 들고 그녀의 손을 잡으면서 "당신은 여기 있지요?" 물었다. 마치 그녀가 자기 옆을 떠나지 않았을까 두려워하는 것 같았다. 그는 꿈속에서 소피야를 향해 무서운 짐승들이 사나운 이를 드러내고 커다란 입을 벌리고 있는 것을 보았는데, 그것이 싫고 무서워서 어쩔 줄을 몰랐다고 말했다. 소피야는 그의 건강이 염려스러웠다.

마부는 두 손님을 갑자기 커다란 시골집으로 데리고 들어갔다. 그곳은 창문이 네 개나 달려 있었고 뜰 안에는 사랑채까지 있었다. 눈을 뜬 스테판 선생은 서둘러 안으로 들어가서 그 집에서 가장 넓고 두 번째로 깨끗한 방으로 들어갔다. 잠이 덜 깬 듯한 그의 얼굴은 분주한 표정으로 변했다. 그는 곧 여주인을 붙들고(그녀는 마흔 살 정도로 머리카락이 까맣고, 마치 콧수염이라도 기른 것처럼 보이는 키가 크고 탄탄하게 생긴 아낙네였다) 자기는 이 방을 혼자서 쓰겠다고 요구했다.

"그러니 문을 잠그고 아무도 여기에 들여서는 안 돼요. 우리는 할 이야기가 있으니까요. 그래요, 소피야. 나는 많은 이야기를 당신에게 하고 싶습니다. 값은 지불하겠소. 꼭 준다니까요!" 하고 그는 여주인에게 손을 흔들어 보였다.

그는 매우 서둘렀지만, 어쩐지 혀가 잘 돌지 않는 것 같았다. 여주인은 무뚝뚝한 표정으로 듣고 있다가 승낙의 표시로 침묵하고 있었다. 그러나 그 침묵에는 어딘가 이상스러운 데가 있었다. 그런 것에는 아무 관심도 없는 그는 서두르며 당장 가서 한시도 지체하지 말고 뭐든 먹을 것을 만들어다 달라고 여주인에게 일렀다.

여주인은 참다 못해 벌컥 화를 냈다.

"이곳은 여관이 아니란 말이에요. 저희는 손님들에게 식사 대접은 하지 않습니다. 가재를 삶는다든가, 뜨거운 물을 끓이는 정도이고, 그 밖에는 아무것도 준비할 수 없어요. 싱싱한 생선은 내일이나 돼야 구할 수 있고요."

그래도 스테판 선생은 두 손을 저으면서 "해주는 것만큼 돈을 낼 테니까,

빨리 빨리!" 하고 참으려는 기색도 없이 화가 난 듯 연거푸 서둘러댔다.

그래서 마침내 생선수프와 닭구이로 결정을 보았지만 여주인은 온 동네를 모두 찾아다녀도 닭을 구할 수 없을 거라고 말했다. 그러나 어쨌든 구하러 간다고 하면서 대단한 자비라도 베푸는 성싶은 표정이었다.

여주인이 나가자, 스테판 선생은 곧 긴 의자에 앉아서 소피야를 자기 옆에 앉혔다. 방 안에는 긴 의자와 팔걸이의자가 있었지만, 지저분하기 이를 데 없었다. 하지만 방은 대체로 넓었고, 일부분은 판자로 칸막이를 했으며 그 뒤에 침대 같은 것이 놓여 있었다. 노란 누더기 벽지가 붙어 있는 벽에는 신화를 형상화한 그림 같은 석판화가 걸려 있었고, 맞은편 구석에는 동으로 만든 접는 병풍 같은 것을 포함하여 성상이 줄지어 늘어서 있었다. 모두 주워 모은 것처럼 이상스럽게 고물스런 것뿐이었다. 어딘지 도회풍인 데도 있고, 예스러운 시골풍의 느낌도 있어서 그런 것들이 함께 뒤범벅되어 흉물스러운 인상을 주는 방이었다. 그러나 그는 그런 것에는 조금도 관심을 보이지 않았다. 뿐만 아니라 집에서 여남은 집 떨어진 곳에 펼쳐져 있는 커다란 호수를 창을 통해서 바라보려고도 하지 않았다.

"이제야 겨우 둘만의 세계를 가졌군요. 이제 아무도 들어오지 못하게 합시다! 나는 당신에게 일의 시작부터 모조리 이야기하고자 합니다."

소피야는 심한 불안의 빛을 보이면서 그의 말을 가로막았다.

"당신은 잘 모르시겠지만, 스테판 선생님……."

"아니, 어떻게 내 이름을 벌써 알고 있나요?" 그는 기쁜 듯이 미소를 지었다.

"아까 아니심 이바노비치와 이야기하고 계셨을 때 잠깐 옆에서 들어 알고 있습니다. 그런데 내가 한 가지 주의 말씀을 드리고 싶습니다만……."

이렇게 말하고 그녀는 누군가 엿듣고 있지나 않은가 하고 닫아 놓은 방문을 뒤돌아보면서 빠른 어조로 이렇게 속삭였다. 다름이 아니라 이 마을에 있다가는 뜻하지 않은 재난을 당한다는 것이었다. 여기 사는 사람들은 거의가 어부들로서 그것을 생업으로 하고 있지만, 실은 해마다 여름이면 여행자들의 주머니에서 터무니없는 액수를 숙박비로 우려내어 그 돈으로 생활을 꾸려 나간다는 것이다. 이 마을은 막다른 곳이라 지나가는 사람이 거의 없다. 기선을 타려는 여행자들만이 모여드는데, 곧잘 기선이 오지 않는 수가 많다. 약간만이라도 날씨가 나빠지면 기선이 들어오지 않는다고 한다. 그렇게 되면 이삼 일간 이 여행자들이 발이 묶여 동네에는 길손들로 가득 찬다. 그래서 동네 사람들은 그렇게 되기만 바라고 있으며, 그때가 오면 모든 물건 값을 세 배 정도로 비싸게 받는다. 게다가 이 집 주인은 이 고장에서 가장 돈이 많은 사람이기 때문에 대단히 거만하고 무례한 사나이로서, 그물만 하더라도 1천 루블이나 하는 비싼 것을 가지고 있다고 한다.

스테판 선생은 소피야가 신이 나서 이야기하는 것을 못마땅한 눈초리로 바라다보면서 몇 번씩이나 그 말을 막는 듯한 손짓을 했다. 그러나 그녀는 그런 것엔 조금도 얽매이지 않고 할 말을 모두 해버렸다. 그녀의 말에 따르면, 그녀는 이미 지난여름, 어느 '매우 훌륭한 부인'과 함께 이곳에 와서 기선이 들어오기까지 꼬박 이틀을 묵은 적이 있었는데 그때의 괴로웠던 기억은 지금 생각해도 지긋지긋하다는 것이다.

"그런데 스테판 선생님, 당신은 이 방을 다 쓰신다고 말씀하셨죠⋯⋯ 나는 다만 미리 말씀드리려고 그러는 거예요⋯⋯ 저쪽 방에도 손님이 있습니다. 한 사람은 꽤 나이가 들었고 한 사람은 젊어요. 그리고 어린아이를 데리고 있는 부인도 한 사람 있습니다. 내일 2시 무렵이면 이 집엔 손님들로 가득 찰 것입니다. 이미 이틀이 지나도록 기선이 들어오지 않았으니 내일은 꼭 올 테니까요. 사정이 이러하니까 방을 다 쓴다든가, 식사를 주문한다든가 그러셨으니, 틀림없이 바가지를 쓰게 될 것입니다. 수도에서도 그렇게 달라고 하지 않을 정도로 많은 돈을 내라고 할 것입니다."

그러나 그는 괴로웠다. 정말 괴로웠다.

"그만해 주시오. 부탁이니 그만하시오. 우리에게는 그만한 돈이 있지 않습니까. 그리고 그다음은, 그다음은 하느님에게 맡기십시다. 나는 이상스럽게 느껴질 정도입니다. 당신처럼 그렇게 고상한 분이 어째서⋯⋯ 이제 그만하세요. 당신은 나를 괴롭히고 있습니다." 그는 신경질적으로 소리쳤다. "우리들 앞에는 희망이 있어요. 그런데 당신은 그 미래를 가지고 나를 위협하고 있단 말입니다."

그는 곧 자기 신상을 이야기하기 시작했다. 그러나 너무 서둘러 말했기 때문에 처음엔 무슨 소린지 잘 알아들을 수도 없었다. 이야기는 꽤 오래 계속되었다.

생선수프가 나오고, 닭구이가 나온 뒤 마지막으로 차도 나왔지만, 그는 계속해서 이야기했다.

이야기는 어느 정도 기묘하고 병적인 느낌을 주었는데, 사실 그는 이미 발병한 상태였다. 그것은 갑자기 일어난 심한 지력(知力)의 긴장임에는 틀림없지만, 이런 상태는 곧 그 자신의 조직 내에서 이상한 힘의 저항으로 나타나서 그 반동으로 심상치 않은 쇠약을 불러오지 않을 수 없다.

소피야도 그의 이야기를 들으면서 이것을 예감하고 걱정의 빛을 감추지 못했다. 그는 '아직 젊은 정열을 가슴에 안고 들을 뛰어다니던' 유년 시절부터 이야기하기 시작했다. 한 시간쯤 지나서야 겨우 두 번째 결혼과 베를린에서 생활했다는 이야기까지 나왔다.

나는 이런 그를 비웃으려는 것이 아니다. 거기에는 사실 그에게 있어서 가장 숭고한 그 무엇이 있었다. 새로운 말로 표현하면, 삶에의 투쟁이나 다름없는 것이 있었다. 그는 앞으로 인생길의 반려자로서 선택한 여자를 눈앞에 앉혀놓고 있기 때문에 될수록 빨리 모든 것을 그녀에게 알리고 싶었던 것이다. 그의 천재성은 이제부터 평생을 같이할 여자로서는 마땅히 알아야 하는 것이라고 생각했…… 어쩌면 그는 소피야를 너무 과대평가했는지도 모른다. 그러나 그는 이미 그녀를 선택했다. 그는 여자 없이는 살 수가 없었다. 그녀가 그의 말을 거의 알아듣지 못하고 있으며, 가장 중요한 것조차 이해하지 못하고 있음은 그로서도 그녀의 표정을 통해 확실히 알 수 있었다.

'이런 것쯤은 아무것도 아니야. 좀더 기다려 보자. 그렇지, 머지않아 직감으로라도 깨달아 줄 것이다……'

"나의 친구여, 나는 다만 당신의 마음을 가지고 싶을 뿐입니다!" 이야기를 그치고 그는 힘주어 말했다. "그리고 지금 나를 보고 있는, 그 부드럽고 사랑스런 눈길과 아아, 아무쪼록 얼굴을 붉히지 말아주십시오. 그러지 말라고 이미 부탁을 드리지 않았습니까……"

또 이야기가 시작돼서, 지금까지 어느 누구도 스테판 선생을 이해할 수 있었던 사람은 없었다는 것과, '우리 러시아에서는 재능 있는 많은 사람이 하릴없이 썩고 있다'고 토로했다. 이미 신상 이야기에서 벗어나 세계가 공동으로 토론해야 할 만큼 커다란 문제로 이야기가 옮겨가자, 가엾게도 포로 신세가 된 여자로서는 더욱더 구름을 잡는 듯이 뭐가 뭔지를 알 수가 없었다.

"너무 고상한 말씀만 하셔서" 하고 그녀는 나중에 우울한 목소리로 말했었다. 그녀는 눈을 동그랗게 뜨고 대단히 알아듣기 힘들다는 표정으로 고통스럽게 귀를 기울이고 있었다. 스테판 선생이 '진보파의 선각자들'에 대해서 해학과 역설로 풍자하기 시작하자 그녀는 벌써 지쳐버렸다. 두 번 정도는 그의 웃음에 대한 답례로서 웃어주었지만 그것이 우는 것보다도 더 괴로운 결과를 가져오고야 말았다. 결국 스테판 선생도 거북해져서 한층 더 심한 독살스러운 어조로 허무주의자와 '새로운 인간들'을 맹렬하게 공격했다.

이로써 그녀는 완전히 두려움에 질려버렸다. 그녀가 조금이나마 마음을 놓게 된 것은(하기야 그것은 매우 피상적인 안심이긴 했지만) 사랑 이야기가 시작되었을 때였다. 여자는 수녀라고 하더라도 여자이다. 그녀는 미소를 띠고 고개를 끄덕이거나 곧 얼굴이 빨개져서 눈을 내리깔았다. 그것이 스테판 선생을 아주 황홀하게 했다. 그는 제 흥에 못 이겨 거짓말도 많이 했다.

그의 말에 따르면 바르바라 부인은 세상에서 드물게 아름다운 브루넷이었다(페테르부르크에서뿐 아니라 유럽의 많은 사람들을 열광케 했던 일까지 있다는 것이다). 남편은 '세바스토폴리 전투에서 관통상을 입고' 전사했지만, 그 이유는 자기가 부인의 사랑을 받기에 적합하지 않다 느끼고, 아내를 연적인 스테판 선생에게 양보하기 위해서였다.

"그렇게 수줍어하지 마십시오. 나의 정숙한 벗이여. 나의 사랑하는 그리스도 교도여!" 자기가 자기 이야기에 감탄하면서 그는 소피야에게 외쳤다. "그것은 지극히 고상한 감정이었습니다. 정말 너무나 섬세한 감정이었기 때문에 우리는 둘 다 일생 동안 한 번도 입에 올리지 않았을 정도입니다."

이런 형편이 된 원인은 뒷이야기에 따르면 한 금발 여인이였다(그녀가 다리야를 가리키는 것이 아니라면 스테판 선생이 누구를 말하는 것인지 나로서는 알 수가 없다). 이 금발 여인은 여러 면으로 브루넷의 은혜를 입고 있었는데, 먼 친척으로서 그녀의 집에서 자라났던 것이다. 결국 브루넷이 스테판 선생에 대한 금발의 사랑을 눈치채고 자기 감정을 감추어 버렸다. 금발도 브루넷이 스테판 선생을 사랑하고 있다는 것을 눈치채고 마찬가지로 자기 감정을 숨겼다. 이리해서 세 사람은 서로 의리를 지키느라 괴로운 마음을 안고 저마다 자기 감정을 억제하면서 20년 동안이나 침묵을 지켜왔던 것이다. "아아, 그것은 얼마나 뜨거운 정열이었던가!" 거짓 없는 환희의 감정에 흐느껴 울면서 그는 이렇게 소리쳤다. "나는 그녀의(즉 브루넷) 한창 꽃피던 아름다움을 보았습니다. 나는 그녀가 내 옆을 마치 자기의 아름다움을 부끄러워하는 듯한 태도로 지나치는 것을(한번은 '뚱뚱한 자기 몸을 부끄러워하는 듯'이라고 말이 헛나오기도 했다) 날마다 가슴이 찢어지는 듯한 심정으로 바라보았죠."

그래도 마침내 그는 이 열에 들뜬 듯한 20년의 꿈을 버리고 달아난 것이다. "20년! 그리하여 지금 이 거리에 나선 것입니다……."

그리고 그는 무언가 뇌 속에 염증이라도 생긴 것처럼 오늘의 '이 뜻하지 않았던 운명적인 두 사람의 영원한 만남'이 과연 무엇을 의미하는가를 소피야에게 설명하기 시작했다. 이윽고 소피야는 매우 당황한 표정으로 긴 의자에서 일어났다. 그가 그녀 앞에 무릎을 꿇으려고 했을 때는 결국 울음을 터뜨리고 말았다. 저녁놀이 점점 짙어졌다. 두 사람은 문을 꼭 걸어 닫은 방 안에서 벌써 여러 시간째 틀어박혀 있었던 것이다.

"이제 그만 저쪽 방으로 가게 해주세요." 그녀는 머뭇거리면서 말했다. "그렇지 않으면 남들이 어떻게 생각하는지 모르니까요."

그녀는 겨우 뿌리치고 나갔다. 그는 곧 누워서 자겠다 약속하고서 그녀를 밖으로 나가도록 했지만 헤어질 무렵에는 머리가 몹시 아프다고 호소했다. 소피야는 이 집에 들어왔을 때부터 자기 가방과 짐을 첫째 방에 넣어두었다. 여주인과 같이 안방에서 자려고 했기 때문이다. 그러나 그녀는 잘 수 있는 상황이 아니었다.

한밤중이 되어서 스테판 선생은 의사 콜레라의 발작을 일으켰다. 그것은 나나 친구들은 익히 알고 있는, 그가 전부터 앓던 병으로 보통 신경적인 흥분이라든가 정신적인 동요를 일으키면 어김없이 나타나는 것이었다. 가엾은 소피야는 밤새껏 한잠도 잘 수가 없었다. 그녀는 병자를 간호하기 위해 몇 번씩 여주인 방을 거쳐서 집을 들락날락해야 했기 때문에 거기에서 자고 있던 여주인과 손님들이 투덜거리기 시작했다. 새벽녘에 그녀가 물을 끓여 차를 준비하려 했을 때는 결국 욕지거리까지 시작되었다. 스테판 선생은 발작을 일으키고 있는 동안 반쯤 무의식 상태에 빠져 있었다. 때때로 꿈속에서처럼 차 준비를 하고 있는 것이라든가, 자기가 뭔가로 목을 축이고 있다는 것이라든가(그것은 나무딸기 차였다), 뭔가로 배와 가슴을 찜질하고 있는 것 등이 어렴풋이 느껴졌다. 그러나 그는 한시도 빠짐없이 그녀가 자기 곁에 있음을 느끼고 있었다. 방을 들락날락하는 것도, 자기를 침대에서 일으켰다가 다시 뉘어주는 것도 그녀라고 느꼈다. 새벽 3시쯤부터 약간 편해지기 시작했다. 그는 몸을 일으키고 침대에서 발을 내리고는, 거의 아무 생각 없이 느닷없이 그녀의 발밑에 몸을 던졌다. 이것은 아까 무릎을 꿇었을 때의 재치 있는 행동과는 전혀 다른 것이었다. 그는 어처구니없게도 여자의 발밑에 꿇어 엎드려서 옷자락에다 입맞춤을 했던 것이다.

"그만하세요. 나는 전혀 그런 존경의 표시를 받을 만한 자격이 없는 여자입니다." 그녀는 그를 침대에 오르도록 부축하면서 허겁지겁 말을 했다.

"당신은 나의 구세주입니다." 그는 공손한 동작으로 두 손을 모았다. "당신은 마치 공작 부인처럼 고귀한 분입니다! 나는 무뢰한입니다! 오오, 나는 한평생을 파렴치하게 살아왔습니다……."

"아무쪼록 진정하세요." 소피야는 애원했다.

"나는 아까 거짓말을 했습니다. 단순한 허식을 위한 것이었습니다. 아무런 소용도 없는 허영심에서 나왔던 것입니다. 네에, 모두 다 거짓말이었습니다. 처음부터 끝까지 죄다…… 아아, 정말로 나는 무뢰한입니다!"

의사 콜레라는 다른 발작으로, 히스테릭한 자기 비난으로 옮겨갔다. 나는 이전에 바르바라 부인에게 보낸 그의 편지를 소개하면서 이미 이 발작에 대해서 한마디 해둔 바가 있다. 그는 갑자기 리자에 대한 것이라든가 어제 아침의 만남에 대한 일을 머릿속에 떠올렸다.

"그것은 정말 무서운 일이었습니다. 틀림없이 무슨 불행한 일이 있었을 테지만, 그럼에도 나는 아무것도 묻지 않았고 이야기를 듣지도 않았어요! 나는 내 일밖에 생각하지 않고 있었습니다! 그 사람은 어떻게 되었을까요? 당신은 그 사람이 어떻게 됐는지 모르십니까?" 그는 소피야에게 매달려 물었다. 그리고 그는 "나의 결심은 절대로 변하지 않으며", 반드시 그 사람에게도 돌아갈 생각이라고 맹세했다(그것은 바르바라 부인을 두고 하는 말이었다).

"우리는(즉 소피야와 함께) 매일같이 그 사람의 현관에 가서, 그 사람이 마차를 타고 아침 산책을 하러 나가는 것을 몰래 보곤 합시다…… 아아, 나는 그 사람에게 다른 한쪽 뺨도 때려달라 하고 싶군요. 나는 기꺼이 얻어맞겠어요. 나는, 당신이 가지고 있는 책에 씌어 있듯이 다른 한쪽 뺨까지 그녀에게 내밀겠습니다. 이제야 겨우 알았습니다. 다른 한쪽 뺨을 내민다는 것이 무슨 뜻인지 이제야 겨우 알았습니다. 지금까지는 아무리 해도 알 수가 없었던 것입니다!"

이리하여 소피야 생애에서 가장 무서운 이틀이 시작되었다. 그녀는 지금도 이 이틀을 떠올리면 가슴이 떨려온다고 한다. 스테판 선생의 병세는 점점 심해져서 기선이 때마침 정확하게 오후 2시에 입항했는데도 그는 끝내 출발할 수 없었다. 소피야도 그를 혼자 내버려 두고 떠날 수 없었기 때문에 스파소프로 가는 것을 미루었다. 그녀의 말에 의하면 스테판 선생은 기선이 떠나버렸다고 하자 무척 기뻐했다고 한다.

"참, 잘됐군. 아니, 훌륭해" 하고 그는 침대에 누운 채 중얼거렸다. "나는 스파소프로 가게 되면 어쩌나 조마조마했는데, 여기는 정말 좋아. 여기는 어디보다도 좋단 말이야…… 당신은 나를 버리고 가지는 않겠지요? 아아, 가지 않고 있어주었군요!"

그러나 '여기'는 결코 좋은 데가 못 되었다. 그는 그녀의 괴로움을 조금도 알지 못했다. 알려고 하지도 않았다. 그의 머리는 온갖 공상으로 꽉 차 있었다. 그는 자기 병을 무슨 일시적인 대수롭지 않은 것으로 여기고 전혀 신경 쓰지 않았다. 다만 둘이서 '그 책'을 팔러 가는 것만 생각하고 있었다. 그는 소피야에게 복음서를 좀 읽어달라고 부탁했다.

"나는 읽은 지가 아주 오래됐어요. 원본으로 읽었지만…… 그래서 누군가가 물으면 잘못 말하게 될지도 모른단 말입니다. 누가 뭐라고 해도 역시 준비해 두어야겠어요."

그녀는 스테판 선생 옆에 앉아서 책을 펼쳤다.

"당신은 아주 잘 읽는군요." 한 줄도 다 읽기 전에 그가 말했다. "나는 알았어요. 정확하게 알았어요. 나는 잘못 보지 않았어요!" 모호하지만 승리를 자랑하는 듯한 어조로 덧붙였다.

대체로 그는 줄곧 환희 상태에 있었다. 그녀는 산상 수훈 대목을 끝까지 읽었다.

"충분해요, 충분해요! 내 사람이여…… 됐어요. 도대체 당신은 이것으로도 부족하다고 생각하십니까?"

그리고 그는 힘없이 눈을 감았다. 매우 약해져 있었지만 아직 의식을 잃을 정도는 아니었다. 소피야는 그가 잠들었다고 생각해서 조용히 일어나려는데 그가 갑자기 불러 세웠다.

"내 친구여, 나는 한평생 거짓말만 해왔어요. 사실을 말하고 있을 때조차 그랬단 말입니다. 나는 지금까지 한 번도 진리를 위해서 말한 적이 없었어요. 언제나 나 자신만을 위해서 이야기해 왔죠. 전부터 알고는 있었지만 분명히 깨달은 것은 지금이 처음입니다…… 오오, 나는 일생 동안 내 우정으로 모욕한 친구들이 지금 어디 있는지 모릅니다. 모두, 모두가 그래요! 나는 지금도 거짓말을 하고 있는지도 몰라요. 아니, 거짓말을 하고 있음에 틀림없어요. 가장 나쁜 것은 거짓말을 하면서도 본인이 그것을 진짜라고 믿는다는 점입니다. 인생에 있어서 무엇보다도 어려운 일은 거짓말을 하지 않고 사는 것입니다…… 그리고 우리가 한 거짓말을 사실이라고 믿지 않아야 한다는 것입니다. 그래요! 바로 그거예요. 그렇지만 이 이야기는 나중에 합시다. 우리는 같이 있도록 해요. 네? 같이 있도록 합시다!" 그는 미친듯이 떠들어댔다.

"스테판 선생님" 하고 소피야는 조심스럽게 물어보았다. "읍에 가서 의사선생님을 모시고 오면 어떨까요?"

그는 펄쩍 뛰었다.

"뭐라고요? 아니, 내가 그렇게 병이 심한가요? 뭐 대수롭지 않은데요. 게다가 아무런 관계도 없는 사람을 불러서 어떡하자는 겁니까? 만일 사람들에게 알려진다면, 그럼 어떡하지요? 안 돼요, 안 돼. 낯선 사람 따위 부르지 말아요. 우리는, 우리 둘만 있도록 해요. 단둘이만!"

"괜찮으면" 잠깐 입을 다물고 있다가 그는 또 말을 시작했다. "한 가지만 더 읽어주십시오. 적당히 눈에 띄는 대로 아무 데라도……."

소피야는 책을 펼쳐서 읽기 시작했다.

그러나 그는 계속해서 말했다. "어디든 좋으니까, 펼쳐지는 대로 아무 데나 읽어줘요."

"'라오디게이아 교회의 천사에게 이 글을 써서 보내어라…….'"

"그건 뭡니까? 무슨 대목입니까?"

"〈계시록〉 1절입니다."

"아아, 그렇지, 생각이 났다. 〈계시록〉이군요. 읽어주세요, 읽어주십시오. 나는 그 책으로 우리 두 사람의 미래를 점치고 있습니다. 어떤 점괘가 나올지 알고 싶어요. 어서, 그 천사의 대목부터 읽어주세요. 천사의 대목부터……."

"'라오디게이아 교회의 천사에게 이 글을 써서 보내어라. 아멘이시며 진실하시고 참되신 증인이시며 하느님의 창조의 시작이신 분이 말씀하신다. 나는 네가 한 일을 잘 알고 있다. 너는 차지도 않고 뜨겁지도 않다. 차라리 네가 차든지, 아니면 뜨겁든지 하다면 얼마나 좋겠느냐! 그러나 너는 이렇게 뜨겁지도, 차지도 않고 미지근하기만 하니 나는 너를 입에서 뱉어버리겠다. 너는 스스로 부자라고 하며 풍족하여 부족한 것이 조금도 없다고 말하지만 사실은 네 자신이 비참하고 불쌍하고 가난하고 눈멀고 벌거벗었다는 것을 깨닫지 못하고 있다.'"

"그런 내용도 씌어 있습니까? 그 책에……" 베개에서 머리를 들고 두 눈을 번쩍이면서 그는 소리 질렀다. "나는 지금까지 이 위대한 장을 전혀 모르고 있습니다. 정말 그래요. 미지근한 것보다는 차가운 것이 좋아요. 그저 미지근한 것보다는 오히려 찬 것이 좋단 말입니다. 아아, 나는 그것을 증명해 보이겠습니다. 다만 나를 버리지 말아주십시오. 혼자 버려두고 가지 말아주십시오.

우리는 그것을 증명하지 않으면 안 됩니다. 증명해야 합니다!"

"나는 당신을 버리지 않아요, 스테판 선생님. 절대로 당신을 버리지 않겠습니다!" 그녀는 눈물어린 눈으로 그를 바라면서 그의 손을 힘껏 잡고 자기 가슴에 갖다 댔다('그때는 그분이 정말 불쌍해서' 하고 그녀는 뒤에 말했다).

그녀의 입술이 일그러지면서 떨렸다.

"그렇지만 스테판 선생님, 그건 그렇다고 치더라도 도대체 어떡하면 좋을까요? 당신의 친지라든가 친척에게 이 사실을 알려드리지 않아도 괜찮을까요?"

그러나 그가 너무 펄쩍 뛰었기 때문에 그녀는 쓸데없이 이런 소리를 다시 꺼낸 것을 후회했고 입을 다물고 말았다. 그는 부들부들 떨면서 아무쪼록 아무도 부르지 말고 무슨 일도 자기를 위해서 계획하지 말아달라고 그녀에게 간청했다. 그리고 그녀에게서 그러겠다는 맹세를 듣고서도 거듭 강조했다.

"아무도 부르지 말아요! 둘이만 있읍시다. 정말 단둘이, 둘이서 같이 출발합시다."

또 한 가지 매우 곤란한 점은 주인 부부가 걱정하기 시작해서 툴툴거리며 소피야를 괴롭힌 것이다. 그래서 그녀는 계산을 해주고 되도록 돈이 있음을 보이려 했다. 덕분에 사태는 잠시 수그러들었지만 주인은 스테판 선생에게 신분을 확인할 만한 증거를 보이라고 했다. 병자는 거만한 미소를 지으면서 자기의 작은 가방을 가리켰다. 소피야는 그 속에서 그의 퇴직 사령장을 끄집어냈다. 그는 일생을 이것 한 장을 가지고 행세했던 것이다. 그래도 주인은 인정하지 않고 "아무 데라도 좋으니 저분을 당장 데리고 나가주십시오. 여기는 병원이 아니니까, 만일 죽기라도 한다면 무슨 귀찮은 일이 생길지도 모르잖습니까. 그렇게 되면 피해를 입는 것은 우리니까요" 하는 것이었다.

소피야는 주인에게 의사를 부르면 어떻겠느냐고 의논해 보았지만, 만일 읍까지 의사를 부르러 가려면 그야말로 대단히 많은 돈이 들기 때문에 의사를 부르는 것은 단념하지 않을 수 없었다. 그녀는 풀이 죽어서 병자에게로 돌아왔다. 스테판 선생은 자꾸만 쇠약해져 갔다.

"이번엔, 그 돼지에 관한 대목을 읽어주십시오" 느닷없이 그가 말했다.

"뭐라고요?" 소피야는 어리둥절했다.

"돼지에 대한 대목 말이오…… 복음서에 있는…… 그 돼지 있잖아요? 나도 기억하고 있단 말입니다. 그, 악마가 돼지들 속에 들어가서 모두 물에 빠져 죽었다는 이야기입니다. 아무쪼록 그걸 좀 읽어주십시오. 무엇 때문인지는 나중에 말해 줄 테니까요. 나는 한 자 한 자 정확하게 기억에서 되살리고 싶습니다. 한 자 한 자 정확하지 않으면 안 돼요."

소피야는 복음서를 잘 알고 있었기 때문에 곧 〈누가복음〉 편에서 그 대목을 찾아냈다. 그것은 내가 이 이야기의 제목으로 내건 장이다. 다시 한 번 그것을 여기에 인용하겠다.

"마침 그곳 산기슭에는 놓아 기르는 돼지떼가 우글거리고 있었는데 마귀들은 자기들을 그 돼지들 속으로나 들어가게 해달라고 간청하였다. 예수께서 허락하시자 마귀들은 그 사람에게서 나와 돼지들 속으로 들어갔다. 그러자 돼지떼는 비탈을 내리달려 모두 호수에 빠져 죽고 말았다. 돼지 치던 사람들이 이 일을 보고 읍내와 촌락으로 도망쳐 가서 사람들에게 알려주었다. 사람들은 무슨 일이 일어났는가 하고 보러 나왔다가 예수계서 계신 곳에 이르러 마귀 들렸던 사람이 옷을 입고 멀쩡한 정신으로 예수 앞에 앉아 있는 것을 보고는 그만 겁이 났다. 이 일을 처음부터 지켜본 사람들이 마귀 들렸던 사람이 낫게 된 경위를 알려주었다."

"벗이여" 스테판 선생은 흥분에 휩싸여 말했다. "이것 봐요. 이 경탄할 만한…… 이 비범한 대목은 내게 있어서 일생 걸림돌이었습니다. 그래서 나는 어렸을 때부터 바로 이 대목만큼은 기억하고 있었던 것입니다. 그런데 지금 어떤 하나의 생각이, 하나의 비유가 머리에 떠올랐습니다. 지금 내 머릿속에는 대단히 많은 생각이 떠오르고 있지만, 이것은 꼭 우리 러시아와 똑같지 않습니까? 병자로부터 나와서 돼지에게로 들어간 악령들은 몇 백 년 동안이나 우리의 위대하고 친애하는 병자, 즉 우리 조국 러시아에 쌓이고 쌓여 있는 온갖 질병입니다. 온갖 세균, 온갖 부정, 온갖 악령, 마귀의 새끼들입니다. 그렇습니다. 이것은 내가 언제나 사랑하고 있는 러시아입니다. 그러나 위대한 사상과 위대한 의지는 마치 그 악령에 씌여 미친 사나이와 같이 우리 러시아도 감쌀 것임에 틀림없습니다. 그러면 이 악령과 부정과 표면에서 곪아 고름이 생긴 모든 불결한 것은…… 돼지 속으로 들어가게 해달라고 자진해서 원하게 될 것입니다. 아니, 어쩌면 벌써 거기에 들어가 버렸는지도 모르지요. 그것이 우리입니다. 우리와 그들, 그리고 페트루샤입니다. 그를 따르는 다른 사람들도 마찬가집니다. 어쩌면 나는 그 선두에 선 괴수인지도 모릅니다. 우리는 모두 악귀에 사로잡혀 미쳐 날뛰면서 언덕에서 바다로 뛰어들어가 물에 빠져 죽어버릴 것입니다. 그것이 우리의 운명입니다. 우리는 고작 그 정도밖에 소용에 닿지 않는 인간들이니까요. 그러나 병자는 치유되어 '예수의 발아래 앉는다.' 그리고 사람들은 놀란 눈으로 그를 바라볼 것입니다. 친애하는 그대여, 그대도 언젠가 알게 되겠지요. 지금 나는 매우 흥분해 있습니다. 당신도 차차 알게 될 것입니다…… 우리는 다 같이 알게 될 것입니다."

그는 헛소리를 하다가, 마침내 의식을 잃고 말았다. 이런 상태가 며칠 동안 계속되었다. 소피야는 그 옆에 앉아서 울 뿐이었다. 그녀는 벌써 사흘 밤이나 자지 못했다.

주인 부부는 어쩐 일인지 얼굴도 보려 하지 않았다. 그들이 무슨 대책을 강구하기 시작했음은 그녀도 직감적으로 눈치채고 있었다.

그런데 사흘째 되던 날 구원의 손길이 뻗쳐왔다. 그날 아침 스테판 선생은 우연히 제정신으로 돌아와 그녀의 모습을 보자, 손을 뻗었다. 그녀는 한 올의 희망을 품고 성호를 그었다. 그는 창밖을 보고 싶다고 했다.

"아아, 호수로구나!" 그는 말했다. "아아, 어째서 그랬을까? 지금까지 호수가 있다는 것도 모르고 있었다니……."

이때 현관 앞에서 마차 소리가 나더니 집 안에서 예사롭지 않은 소동이 일어났다.

3

그것은 두 하인과 다리야를 데리고 4인승 사두마차로 달려온 바르바라 부인이었다. 기적은 지극히 간단히 일어났다. 호기심에 사로잡힌 아니심은 읍에 도착하자, 이튿날 곧 바르바라 부인을 찾아갔다. 그리고 하인을 붙들고 스테판 선생이 마을에 혼자 있는 것을 보았으며, 시골 사람들이 스테판 선생이 신작로를 터벅터벅 혼자서 걸어가고 있더라고 하던 말과 소피야와 함께 스파소프에 가기 위해 우스티예보로 갔다고 알려 주었다. 한편 바르바라 부인은 크게 걱정이 되어 사방팔방으로 손을 써서 행방불명이 된 친구를 찾고 있었던 참이라, 하인은 곧 아니심의 말을 부인에게 알렸다. 그의 말을 듣자마자(그가 누군지도 모르는 소피야인가 뭔가라는 여자와 같은 마차를 타고 우스티예보로 가게 된 사연을 특히 자세하게 캐물었다) 그녀는 곧 떠날 채비를 하고, 두 사람의 뒤를 쫓아 우스티예보로 달려온 것이다. 그가 병이 났을 줄은 꿈에도 생각지 못하고 있었다.

강압적인 부인의 엄격한 목소리가 쨍쨍 울려 퍼졌다. 그것은 주인 부부까지도 벌벌 떨게 하는 그런 것이었다. 부인은 스테판 선생이 벌써 오래 전에 스파소프에 도착했으리라고 생각했기 때문에 여기에서 마차를 멈춘 것은 다만 그에 대한 소식을 얻기 위해서였다. 그러나 그가 병이 나서 여기 누워 있다는 말을 듣자, 부인은 잔뜩 흥분해서 집안으로 들어갔다.

"그래, 그분은 어디 있지? 아아, 바로 너로구나!" 마침 이때 안방의 토방에 나타난 소피야를 보자 부인은 느닷없이 이렇게 외쳤다. "그 뻔뻔스런 얼굴만 봐도 너란 것을 알겠구나. 나가! 썩 나가지 못해? 이 음탕한 계집! 이제부턴 절대로 저 여자가 여기 얼씬도 하지 못하게 해! 쫓아버리란 말야! 어물어물하면 평생 감옥에다 처넣어 버릴 줄 알아. 지금 당장 이 여자를 다른 집에 가두어 버려. 저 여자는 전에도 읍의 감옥에 들어갔었는데, 다시 처넣어야지. 그리고 당신이 주인이에요? 당신한테 말해 두는데 내가 여기 있는 동안은 아무도 이 집에 들어오지 못하게 해요! 나는 스타브로긴 장군 부인이에요. 지금부터 이 집을 전부 쓰도록 하죠. 그리고 당신은 모든 것을 사실대로 나에게 보고하는 거예요!"

익숙하게 들어왔던 부인의 목소리는 스테판 선생을 매우 놀라게 했다. 그는 부들부들 떨기 시작했다. 그러나 부인은 벌써 방 안으로 들어왔다. 눈을 번득이면서 발로 의자를 끌어당기더니 다샤에게 소리 질렀다.

"넌 잠깐 동안 저쪽에 가서 주인 방에라도 좀 앉아 있거라. 어쩌면 호기심이 그렇게 강할까…… 그리고 나갈 때 방문을 꼭 닫거라!"

한참 동안이나 부인은 입을 다문 채 험악한 눈초리로 겁에 질린 그의 얼굴을 들여다보고 있었다.

"그래, 어떻게 지내셨어요, 스테판 선생님? 상당히 즐거우셨나 봐요?" 심한 풍자의 말이 부인의 입에서 무심코 튀어나왔다.

"부인……" 하고 스테판 선생은 정신없이 말했다. "난 러시아의 실태를 알았습니다. 나는 복음을 전도할 작정입니다……."

"오오, 이 얼마나 염치없는 천한 사람일까!" 갑자기 부인은 손뼉을 치면서 소리를 질렀다. "당신은 그래, 내 얼굴에 흙칠을 해놓고도 모자라서 저런 여자와……오오, 이 늙어빠진 뻔뻔스러운 음란한 사나이!"

"부인……." 그는 말이 막혀서 더 이상 아무 말도 할 수가 없었다. 다만 공포에 질려 눈을 크게 뜨고, 꼼짝 않고 상대의 얼굴을 지켜보고 있을 뿐이었다.

"도대체 저 여자는 누구예요?"

"그녀는 천사입니다. 나에게 있어서는 천사보다 더한 사람이었습니다. 그녀는 밤새껏…… 아아, 아무쪼록 소리는 지르지 말아주십시오. 그 여자를 협박하지 말아주십시오, 부인, 부인……."

바르바라 부인은 갑자기 의자를 덜컹거리며 벌떡 일어났다. 그리고 "물, 물!" 하는 겁에 질린 소리가 울렸다. 그는 곧 제정신으로 돌아왔지만, 부인은 공포로 여전히 와들와들 떨면서 새파래진 얼굴로 그의 일그러진 얼굴을 들여다보고 있었다. 이때 비로소 부인은 그의 병이 심각함을 깨달았던 것이다.

"다리야" 부인은 갑자기 다샤를 불렀다. "곧 의사선생을 모셔오도록 해. 잘 리츠피쉬를 데려오도록, 지금 당장 예고리치를 보내. 말은 여기서 세내어 타고, 읍에 가서는 마차를 한 대 더 오라고 하거라. 오늘 밤 안으로 돌아오지 않으면 안 된다고 해라!"

다샤는 명령을 이행하려고 달려나갔다. 스테판 선생은 여전히 겁에 질린 눈빛으로 부인을 쳐다보고 있다. 파랗게 질린 입술은 부들부들 떨고 있었다.

"기다려요, 스테판 트로피모비치, 기다려 주세요. 괜찮지요?" 부인은 마치 어린아이라도 달래듯이 말했다. "좀 기다리면 돼요. 바로 다리야가 돌아오면…… 아아, 이 일을 어쩌면 좋을까…… 아주머니, 아주머니! 이리 와요, 당신이라도 좋으니까!"

부인은 초조해하면서 직접 달려나갔다.

"곧, 지금 당장, 그 여자를 불러와요. 그 여자를 불러오란 말이에요!"

다행히 소피야는 아직 집을 나가기 전이었다. 마침 보따리와 주머니를 가지고 문을 나가려던 참이었다. 사람들이 그녀를 다시 불러들였다. 그녀는 매우 놀랐는지 손발까지 와들와들 떨고 있었다. 바르바라 부인은 솔개가 병아리를 채듯 그녀의 손을 붙들고 스테판 선생이 있는 방으로 마구 끌고 들어갔다.

"자아, 이 여자를 당신에게 돌려주겠어요. 나는 이 여자를 잡아먹으려는 게 아니에요. 당신은 정말 내가 이 여자를 잡아먹었다고 생각하고 있었지요?"

스테판 선생은 바르바라 부인의 손을 잡고 자기 눈에 갖다 대더니 그대로 엉엉 울기 시작했다. 발작이라도 일어난 것 같은 병적인 울음이었다.

"자아, 그만 진정해요. 이제 진정하라니까요. 불쌍한 사람! 스테판 트로피모비치! 아아, 어쩌면 좋을까…… 제발 진정 좀 해요!" 하고 부인은 초조하게 소리쳤다. "아아, 당신은 어쩌면 나를 이렇게도 괴롭힌단 말인가요. 아주 영영 괴롭힐 작정이지요?"

"소피야" 간신히 스테판 선생은 이렇게 중얼거렸다. "잠시 저쪽에 좀 가 있어 주시지 않겠어요? 부탁입니다. 좀 할 이야기가 있어서……."

소피야는 서둘러 자리를 피했다.

"친애하는 부인……" 하고 그는 숨을 몰아쉬면서 말했다.

"아직은 말하지 마세요. 스테판 트로피모비치, 좀 기다려요! 잠깐 쉬도록 해요. 자아, 물을 드릴게요. 어마, 기다리라니까요!"

부인은 또다시 의자에 앉았다. 스테판 선생은 그 손을 꽉 잡고 있었다. 부인은 오랫동안 그에게 말을 못하게 했다. 그는 부인의 손을 입술에 대고 연방 입을 맞추었다. 부인은 어딘가 방 한구석에 시선을 던지고 입을 꽉 다물고 있었다.

"나는 당신을 사랑했어요!" 드디어 그의 입에서 튀어나왔다. 부인은 지금까지 한 번도 그가 이런 말을 이런 식으로 하는 것을 들어본 적이 없었다.

"한평생 당신을 사랑하고 있었어요. 20년 동안!"

부인은 여전히 입을 다물고 있었다. 1분, 2분…….

"그럼, 어째서 다샤와 결혼하려 했어요? 향수 같은 걸 뿌리고 말이죠." 갑자기 부인은 의미 없이 속삭였다.

스테판 선생은 망연해졌다.

"새 넥타이까지 매고……."

또다시 2분 동안 침묵이 흘렀다.

"여송연을 기억하세요?"

"여송연." 그는 공포에 사로잡힌 채 중얼거렸다.

"여송연을, 그날 밤 창가에서 피우셨지요? 달이 비치던 날 저녁 안채에서 헤어지고 난 뒤…… 스크보레쉬니키에서…… 기억해요? 기억하고 있느냐고요?" 부인은 또다시 벌떡 일어나 그의 베개 양끝을 움켜쥐고 베개째로 그의 머리를 힘껏 흔들었다. "기억하고 있어요? 아아, 얼마나 속이 텅 빈, 알맹이 없는 옹졸한 사람일까! 당신은 영원히, 속이 없는 인간입니다!" 부인은 간신히 소리를 죽이면서 섬뜩한 어조로 속삭였다. 이윽고 그녀는 의자에 털썩 주저앉아 두 손으로 얼굴을 감쌌다. "그만해요 지긋지긋해요!" 갑자기 화가 나서 부인은 끊어버리듯이 말했다. "20년이나 지났어요. 이제 돌이킬 수 없는 일이에요. 나도 바보였어요!"

"나는 당신을 사랑하고 있었어요." 그는 또다시 두 손을 모았다.

"어째서 당신은 사랑하고 있었다는 말만 되풀이하는 거죠? 이제 그만하세요!" 부인은 또 화를 냈다. "당신이 지금 곧 잠들지 않으면, 나는 더 이상…… 당신은 지금 휴식이 필요해요. 그러니까 좀 자도록 해요. 눈을 감고 잠을 청하세요. 아아, 어떡하지? 혹시 지금 식사를 하고 싶을지도 몰라. 뭘 드시나요? 이분은 뭘 드셔야 하지? 아아, 어쩌면 좋아? 그 여자는 어디 있을까? 그 여자가 어디 있지?"

또 한바탕 소동이 일어났다. 그러나 스테판 선생은 잠깐 자고 나서 그다음에, 수프와 차가 먹고 싶다…… 요컨대 자기는 매우 행복하다고 중얼거렸다. 그는 자리에 누워서 정말로 잠든 것처럼 보였다(아마 자는 척하고 있는 것이리라). 바르바라 부인은 한참 동안 우두커니 있다가 이윽고 칸막이 밖으로 살그머니 나왔다.

부인은 주인 부부의 방을 차지하고 그들을 내쫓은 뒤, 다샤에게 그 여자를 데려오도록 명했다. 본격적인 심문이 시작되었다.

"자아, 너는 이제부터 소소한 것까지 죄다 털어놓거라. 그렇지, 이리 앉아서, 그래 어떻게 된 거냐?"

"제가 스테판 선생님을 뵙게 된 것은……."

"잠깐 기다려. 미리 말해 두지만 네가 만일 거짓말을 하거나 뭔가 숨기려고 한다면, 나는 어떡하든 너를 가만두지 않을 테니까 그리 알고…… 알았지? 자, 그럼 그래서?"

"저는 스테판 선생님과 함께…… 하토보에 도착하자 곧……." 소피야는 숨이 차서 말을 잘 잇지 못했다.

"잠깐, 잠깐 멈춰…… 가만 있으라는데 뭘 횡설수설하고 있는 게냐. 그전에 도대체 넌 어디의 누구냐?"

그녀는 허둥지둥하면서도 간단하게 세바스토폴리를 시작으로 자기 신상 이야기를 했다. 부인은 의자 위에서 몸을 젖히고 위엄 있는 눈초리로 꼼짝 않고 상대방의 눈을 살피면서 가만히 듣고 있었다.

"어째서 너는 그렇게 부들부들 떨고 있느냐? 어째서 그렇게 아래만 보고 있지? 나는 나를 똑바로 보면서 나와 논쟁할 수 있는 정도의 사람을 좋아한단 말야. 자아, 계속해서 말해 봐!"

그녀는 두 사람이 만난 것부터 성서에 관한 이야기, 스테판 선생이 농부의 아내에게 보드카를 대접한 것까지 낱낱이 얘기했다.

"그렇지 그래, 아무리 사소한 것이라도 빠뜨리지 않도록" 하고 바르바라 부인은 그녀의 이야기하는 태도를 칭찬해 주었다.

드디어 이야기는 둘이 하토보를 떠난 것과 스테판 선생이 '마치 병자처럼' 장황한 이야기를 늘어놓았다는 것, 그리고 여기에 도착해서는 스테판 선생이 자기 일생을 처음부터 여러 시간에 걸쳐서 이야기했다는 대목에 이르렀다.

"그 신상 이야기도 해보렴. 뭐라고 하더냐?"

소피야는 갑자기 말문이 막혀서, 아주 당황해 버리고 말았다.

"거기에 관해서는 아무래도 이야기할 수가 없습니다." 그녀는 거의 울음을 터뜨릴 정도로 울상이 되어 이렇게 말했다. "게다가 무어라고 하셨는지 잘 알아들을 수도 없었습니다."

"거짓말! 뭐라는지 몰랐다는 게 말이나 되느냐?"

"저, 어떤 검은 머리의 귀부인에 대한 것을 오랫동안 이야기하셨습니다." 소피야는 얼굴이 빨갛게 물들었다. 하지만 바르바라 부인은 황갈색 머리카락을 하고 있으며 그 브루넷과는 조금도 비슷한 데가 없다는 것은 그녀도 잘 알고 있었다.

"머리가 검은 여자? 도대체 그게 무슨 소리냐? 다음을 이야기 해봐!"

"그 귀부인은 그분을 일생 동안, 20년이나 매우 사랑하고 있었는데, 다만 자신이 너무 뚱뚱한 것이 창피하여 그분에게 사랑한다고 고백할 용기가 없었다고……."

"바보 같은 사람!" 바르바라 부인은 깊은 생각에 잠긴 듯하면서도 단호한 어조로 잘라 말했다.

소피야는 이미 정말로 울고 있었다.

"저는 더 이상은 아무 말도 할 수 없습니다. 그도 그럴 것이 저는 그분의 몸 상태가 걱정되어 몸 둘 바를 몰랐고, 게다가 그처럼 현명하신 분이 하시는 말씀은 저로서는 도저히 알아들을 수 없었습니다."

"그 사람의 지혜가 어떻다는 것을 너 같은 얼간이가 어떻게 알 수 있단 말이냐? 너에게 사랑 고백은 안 했니? 똑똑히 말해 봐!"

소피야는 부들부들 떨기 시작했다.

"네게 반하지 않았더냐? 바른 대로 말해! 너에게 청혼했지?"

바르바라 부인은 소리를 빽 질렀다.

"네, 대체적으로 그렇다고 말씀드려도 괜찮을 정도였습니다." 그녀는 울기 시작했다. "그렇지만 그분은 병이 났기 때문에 그런 말은 아무런 뜻도 없는 빈말이라고 생각했습니다." 그녀는 눈을 치키면서 단호하게 덧붙였다.

"네 이름과 성은 뭐지?"

"소피야 마트베예브나라고 합니다."

"그래? 그럼 내 분명히 말해 두마, 소피야 마트베예브나. 그 사람은 세상에서 가장 보잘것없고, 가장 속이 텅 빈 인간이란 말이야…… 아아, 어쩌면 좋을까? 넌 나를 되먹지 못한 여자라고 생각하겠지?"

상대는 눈을 동그랗게 떴다.

"심술궂고, 그 사람의 일생을 망하게 한 폭군이라고 생각하니?"

"어마, 마님께서는 울고 계시면서 어째서 그런 말씀을 하십니까?"

바르바라 부인의 눈에는 정말 눈물이 흐르고 있었다.

"자아, 앉거라. 그렇게 겁내지 않아도 된다. 다시 한 번 내 눈을 똑바로 보아라. 왜 얼굴이 빨개지지? 다샤, 이쪽으로 오너라! 이 여자를 좀 봐라. 넌 어떻게 생각하니? 이 여자는 마음이 곱지……."

그러고는 놀랍게도(아마도 소피야는 더욱 공포스러웠을 것임에 틀림없다) 부인은 갑자기 그녀의 뺨을 가볍게 두드렸다.

"다만 아쉬운 것은 바보라는 점이야. 나잇값도 못하는 바보란 말이야. 좋아, 앞으로 내가 네 뒤를 돌봐주겠어. 보아하니 모두 한심한 이야기야. 어쨌든 당분간 내 옆에서 살도록 해. 방도 하나 주겠고 식사 문제도 다 내가 돌봐줄 테니까…… 그럼 이따가 부를게."

소피야는 깜짝 놀라서 자기는 갈 길을 서둘러야 한다고 했다.

"너는 서둘러 가지 않아도 된다. 네 그 책은 내가 전부 살 테니까, 너는 여기에 있을 거야. 어쨌든 가만 있어. 변명 같은 건 하는 게 아니야. 안 그래? 만일 내가 오지 않았다면 너는 저 사람을 버리고 가지는 않았을 테니까."

"어떤 일이 있더라도 버리고 가지는 않았겠지요." 소피야는 눈물을 훔치면서 조용하게, 그러나 또박또박하게 말했다.

의사 잘리츠피쉬가 온 것은 밤이 아주 깊어서였다. 이 사람은 매우 존경받는 노인으로 경험이 대단히 풍부한 의사였다. 하지만 얼마 전에 상관과 뜻밖의 말다툼을 벌이다가 일자리를 잃고 말았다. 그때부터 바르바라 부인이 그를 적극적으로 돌보아 주기 시작했던 것이다. 그는 바르바라 부인에게 환자의 병세는 합병증으로 매우 위험한 상태이며, '최악의 경우'도 각오해야 할 것이라고 신중한 어조로 말했다.

20년간이나 스테판 선생의 병에 대해서 한 번도 중대하고 결정적인 사태가 생기리라고는 꿈에도 생각지 못했던 바르바라 부인은 극심한 충격을 받고 얼굴빛까지 창백해졌다.

"그럼 전혀 가망이 없어요?"

"전혀 가망이 없다는 건 아닙니다. 그러나……"

부인은 밤이 새도록 자리에도 들지 않고 날이 새기만을 초조하게 기다렸다. 간신히 환자가 눈을 뜨고 처음으로 의식을 회복하자마자(그는 자꾸만 쇠약해 갔지만 아직 의식을 잃지는 않았다), 부인은 무슨 결단을 내린 듯한 표정으로 그의 옆으로 다가갔다.

"스테판 트로피모비치, 어떤 경우를 당하더라도 각오를 단단히 해야 합니다. 나는 신부님을 모셔 오도록 사람을 보냈습니다. 당신은 의무를 다하지 않으면 안 됩니다."

그의 신조를 알고 있었기 때문에 부인은 그가 거절하지 않을까 걱정을 하고 있었다. 그는 깜짝 놀란 듯이 부인을 바라다보았다.

"쓸데없는 말 마세요. 쓸데없는 말 마세요." 부인은 그가 거절하고 나오리라 생각하고 이렇게 날카로운 소리로 외쳤다. "지금은 농담 같은 걸 할 때가 아니에요. 바보짓은 이제 그만하세요."

"그렇지만…… 내가 그렇게까지 병세가 나쁜가요?"

그는 신중한 태도로 수락했다. 한마디로 말해서 그는 죽음을 조금도 두려워하는 것 같지는 않았다. 나는 나중일에 이 이야기를 바르바라 부인으로부터 듣고, 정말 놀랐다. 어쩌면 그는 자기가 중태라는 것을 믿지 않고 전처럼 그저 대수롭지 않은 병이 났다고만 생각했는지도 모른다.

그는 고해성사도 치렀고 성체(聖體)도 기꺼이 받았다. 소피야를 비롯해 하인들까지 그에게 거룩한 계시가 있기를 축원했다. 그의 살이 빠지고 아주 수척한 얼굴과, 부들부들 떨고 있는 창백한 입술을 보고 사람들은 모두 약속이라도 한 듯이 소리 죽여 울기 시작했다.

"여러분이 그렇게 염려하고 있다는 것이 나에겐 어쩐지 이상스럽게 생각되는군요. 아마도 내일이면 자리에서 일어나게 될 겁니다. 그러면 우리 모두……

출발할 수 있어요······ 이건 단순한 의식일 뿐이에요······ 물론 나도 이런 것에 대해서는 상당한 경의를 표합니다만······ 그러나······"

"신부님, 부탁인데 아무쪼록 환자 곁에 있어주시기 바랍니다." 벌써 제의를 벗어버린 신부를 바르바라 부인은 서둘러 만류했다. "여러분에게 차가 나오면 곧 신앙에 대한 말씀을 시작해 주십시오. 그것은 저분의 신앙생활에 매우 필요한 일이니까요."

신부는 설교를 시작했다. 사람들은 환자의 침대 둘레에 앉기도 하고 서 있기도 했다.

"요즘 같은 죄 많은 세상에서는" 하고 신부는 찻잔을 손에 들고, 부드러운 어조로 이야기를 시작했다. "전능하신 하느님에 대한 신앙만이 착한 이에게 약속된 영원한 행복과 마찬가지로 우리 삶의 온갖 슬픔과 시련에 있어서의 유일한 피난처인 것입니다."

스테판 선생은 갑자기 생기를 되찾은 듯, 미묘한 웃음이 그의 입가에 떠올랐다.

"신부님, 감사합니다. 신부님은 정말 좋은 분이십니다. 그러나······"

"그러나라뇨? 그런 당치도 않은 말은 마세요." 느닷없이 의자에서 발딱 일어나며 바르바라 부인이 소리쳤다.

"신부님" 하고 부인은 신부 쪽을 향했다. "이 사람은 본디가 이런 사람입니다······ 이 사람은 언제나 이렇습니다······ 이 사람은 한 시간만 지나면 다시 또 한 번, 고해성사를 해야 할 것입니다. 정말 이 사람은 본디가 이런 인간입니다!"

스테판 선생은 조심스럽게 미소를 지었다.

"나의 벗들이여!" 하고 그는 이야기를 시작했다. "하느님은 영원히 사랑할 수 있는 유일한 존재라는 이유 하나만으로도 나에게 없어서는 안 될 존재입니다."

과연 그가 정말로 신앙을 얻었는지, 아니면 장엄한 성심 강복의 미사가 그의 예술가적인 감수성을 흔들어 자극했는지는 자세히 알 수 없지만, 아무튼 그는 똑똑한 어조로 대단한 감동을 나타내면서 예전의 주장과는 전혀 다른 이야기를 꺼냈다.

"하느님은 부정을 하는 것을 좋아하시지 않습니다. 한번 내 가슴속에 일어난 하느님에 대한 사랑을 아주 꺼버리기를 바라시지 않습니다. 이미 그것만 가지고도 나의 죽음이 불필요하다는 이유가 될 것입니다. 아아, 사랑보다 더 훌륭한 것이 또 어디 있겠습니까? 사랑은 생존보다 훌륭합니다. 사랑은 생존의 눈부신 정점입니다. 그렇다면 생존은 사랑 앞에서 무릎을 꿇지 않을 수 없는 것입니다. 만일 내가 하느님을 사랑하고 나 자신의 사랑에 기쁨을 느낀다면 하느님이 나라는 존재를, 나의 사랑을 소멸케 해서 모든 것을 허무하게 만들 리 없지 않겠느냔 말입니다. 만일 하느님이 계신다면 나는 죽지 않습니다. 이것이 나의 신앙 고백입니다."

"하느님은 계세요. 스테판 트로피모비치, 내가 보증하지요. 정말 계십니다." 바르바라 부인은 기도를 올리는 것처럼 간절하게 말했다. "적어도 일생에 한 번이라도 좋으니 제발 그런 터무니없는 생각일랑 버리세요. 부정해 버리시란 말예요!" 부인은 그의 신앙 고백을 전혀 이해할 수 없었던 모양이었다.

"벗이여" 하고 그는 점차 활기를 띠기 시작했다. 그러나 목소리는 중간에서 끊어지기 일쑤였다. "나는 그 왼쪽 뺨까지 내밀라고 한 의미를 깨달았을 때, 나는…… 또 곧 다른 뜻도 있다는 것을 깨달았습니다. 나는 일생 동안 거짓말만 해왔어요. 일생 동안을 줄곧! 나는 가고 싶어요…… 내일…… 내일은 모두가 함께 출발하도록 하십시다."

바르바라 부인은 울기 시작했다. 그는 눈으로 누군가를 찾았다.

"아아, 여기 있어요. 그 여자는 여기 있어요!" 하고 부인은 소피야의 손을 잡고 그의 옆으로 끌고 왔다. 그는 감개무량한 미소를 지었다.

"아아, 나는 될 수만 있다면 다시 한 번 살아보고 싶다!" 그는 이상스러운 정력이 밀려오는 것을 느끼면서 소리쳤다. "인생의 1분 1초가 모든 인간에게 축복의 시간이어야 합니다. 그렇습니다. 꼭 그렇게 되어야 합니다! 그렇게 하는 것이 인간의 의무입니다. 그것은 인간의 법칙입니다. 겉으로 드러나 있지는 않지만 엄연히 존재하는 법칙입니다…… 오오, 나는 페트루샤와…… 다른 친구들을 보고 싶소…… 그리고 샤토프도!"

여기서 말해 두지만 샤토프에 관한 일은 다리야도, 바르바라 부인도, 가장 나중에 읍에서 떠나온 잘리츠피쉬까지도 아직 전혀 모르고 있었다.

스테판 선생은 점점 더 병적으로, 그의 힘으로는 도저히 견디지 못할 정도로 흥분했다.

"어딘가 이 우주에는 나보다 훨씬 바르고 행복한 사람이 존재하고 있다고 끊임없이 생각하는 것만으로도 내 마음은 한없이 기쁘고 또 영광에 가득 찹니다. 아아, 내가 어떤 인간이든 내가 어떤 짓을 하든 그런 것은 이미 문제가 되지 않아요. 인간에게는 자기 개인의 행복보다도 어딘가에 완성된, 조용한 행복이 모든 사람과 모든 사물을 위하여 존재한다는 것을 깨닫고 믿는 편이 훨씬 필요합니다. 인간 존재의 법칙은 모두 한 점에 귀착되어 있습니다. 그것은 다름이 아니라 인간이 언제나 어떤 무한히 위대한 것 앞에 무릎을 꿇을 수 있다는 것입니다. 인간에게서 그 끝없이 위대한 것을 빼앗는다면 그들은 살아가지 못하고 절망 속에서 죽어버릴 것임에 틀림없습니다. 인간에게 있어서 무한하면서도 영원한 것은, 그들이 지금 살고 있는 이 작은 유성과 마찬가지로 필요불가결한 것입니다. 여러분, 위대한 이상을 만세 부르도록 합시다! 영원하면서도 무한한 사상! 인간은 누구나 위대한 사상의 출현에 무릎을 꿇을 필요가 있습니다. 지극히 어리석은 인간에게도 무언가 위대한 것이 필요합니다. 페트루샤…… 아아, 나는 그 친구들을 다시 한 번 만나보고 싶습니다. 그들은 자기들 속에도 역시 이 영원하고 위대한 사상이 깃들어 있음을 모르고 있을 거란 말입니다!"

의사 잘리츠피쉬는 미사 때는 같이 있지 않았지만 갑자기 방으로 뛰어들어오더니 몸을 떨었다. 그리고 병자를 흥분시켜서는 안 된다며 그 자리에 있던 사람들을 쫓아버리고 말았다.

스테판 선생은 그로부터 사흘 뒤 영원히 눈을 감아버리고 말았는데, 그때는 이미 완전히 의식을 잃고 있었다. 그는 다 타버린 촛불처럼 조용히 숨을 거두었다. 바르바라 부인은 그 땅에서 장례를 끝마치자 불행한 친구의 시신을 스크보레쉬니키로 옮겼다. 무덤은 교회 묘지에 마련되고 대리석으로 꾸며졌다. 묘비명과 철책은 봄까지 미루기로 했다.

바르바라 부인이 읍을 떠나 있었던 기간은 8일쯤이었다. 부인과 함께 마차를 타고 소피야도 읍에 와 있었다. 아마도 영원히 부인 밑에 같이 있게 되리라. 다만 한마디 말해 둘 것은 스테판 선생이 의식을 잃자마자(그날 아침의 일이었다) 바르바라 부인은 또다시 소피야를 물리쳤는데, 이번엔 아주 집 밖으로 내쫓고 말았다. 그리고 마지막까지 혼자서 병구완을 했다. 스테판 선생이 숨을 거두고 나서야 바로 그녀를 불러들였던 것이다.

영원히 스크보레쉬니키로 이사를 오라는 권유(라기보다는 명령)를 받고 그녀는 화들짝 놀라서 완강히 거절했지만 부인은 그런 것엔 귀를 기울이려고도 하지 않았다.

"모든 것이 바보 같아. 나는 너와 함께 성서라도 팔면서 돌아다닐 작정이다. 난, 이제 세상에서 아무도 의지할 사람이 없어!"

"그렇지만 마님에게는 아드님이 계시지 않습니까?" 잘리츠피쉬가 말했다.

"나에게 아들은 없어요!" 바르바라 부인은 잘라 말했다. 그러나 이 말은 예언이 되어버리고 말았다.

제8장
결말

무지막지한 범죄행위의 전말은 상상을 초월한 속도로, 표트르가 예상했던 것보다 훨씬 신속히 폭로되었다. 일의 시작은 그 불행한 여인 마리야가 남편이 살해된 날 밤, 새벽녘에 눈을 뜨고 손을 뻗쳐보았지만 옆에 남편이 없는 것을 알고는 말할 수 없는 불안에 사로잡힌 데에서 비롯했다. 집에는 아리나가 고용한 시중드는 여자가 묵고 있었는데, 아무리 애써 봐도 산모를 진정시킬 수가 없어서 날이 밝기를 채 기다리지 못하고 아리나에게 달려갔다. 산모에게는 아리나가 남편이 간 곳을 알고 있으며, 또 그가 돌아올 시간도 알고 있을 것이라고 말해 두었다. 한편 아리나도 그때 어느 정도 불안을 느끼고 있었다. 그녀는 벌써 남편으로부터 그날 밤, 스크보레쉬니키에서 일어났던 일을 들어 알고 있었던 것이다. 그는 그날 밤 10시가 지나서 집으로 돌아왔지만 몸과 마음이 모두 참혹한 상태였다. 그는 자기 손을 비틀어 꼬면서 침대 위에 엎드린 채 온몸을 와들와들 떨면서 오열과 함께 계속해서 같은 말만 되풀이하는 것이었다.

"그건 틀려, 그런 게 아냐. 전혀 틀린단 말이야!"

물론 결국에는 꼬치꼬치 캐묻는 아내 아리나에게 모든 것을 죄다 털어놓고 말았다. 다만 집안에서 그녀 한 사람에게만 고백했다. 그녀는 엄숙한 어조로 남편을 향해서 "울고 싶으면 사람들에게 들리지 않도록 베개에 얼굴을 묻고 우세요. 내일 이상스런 태도를 남에게 보이기라도 한다면, 그야말로 당신은 정말로 바보가 되는 거예요" 타이른 뒤 남편을 자리에 뉘고 밖으로 나갔다. 그녀는 잠깐 생각에 잠겼다가 곧장 만일에 대비해서 정리를 시작했다. 서류라든가 책, 그리고 격문 같은 것도 모두 감추든가 태워버렸다. 이렇게 해두면 자기 자신도 언니도 숙모도, 또 시누이인 여대생도, 나아가 오빠인 쉬갈료프도 그다지 겁을 낼 필요는 없다고 생각했다. 이튿날 아침 심부름하는 여자가 달려왔을 때 그녀는 주저하지 않고 마리야에게로 갔다. 그녀는 어젯밤 남편이 헛소리처럼, 미친 듯이 겁에 질린 어조로 속삭여 들려준 표트르가 앞으로 일으킬 일에 대한 계획, 즉 그들 일당의 안전을 도모하기 위해서 키릴로프를 이용하려는 계획이 진짠지 아닌지를 한시라도 빨리 확인하고 싶었던 것이다.

그러나 그녀가 마리야에게 왔을 때는 이미 때가 늦었었다. 마리야는 시중드는 여자를 심부름 보내고 혼자 있게 되자 더 이상 참지 못하고 자리에서 일어나 손에 잡히는 대로 옷을 걸치고(계절에 맞지 않는 매우 얇은 것이었던 모양이다) 좀 떨어져 있는 키릴로프네 집으로 갔다. 그 사람이라면 남편의 소식을 가장 정확하게 알려줄 거라고 생각했던 것이다. 하지만 거기서 목격한 광경이 산모에게 어떤 영향을 주었는지를 상상하기는 힘들지 않다. 여기서 주의해야 할 점은 식탁 위에 눈에 띄게 세워 놓았던 키릴로프의 유서를 그녀가 읽지 않았다는 것이다. 너무 놀란 나머지 그것을 볼 정신적인 여유가 없었다. 그녀는 자기 방으로 달려와서 갓난아이를 안고 거리로 뛰어나갔다. 안개 낀 축축한 아침이었다. 쓸쓸한 거리에는 지나가는 사람도 없었다. 그녀는 차가운 진흙길을 숨이 차서 헉헉거리며 쏜살같이 뛰어갔다. 이윽고 남의 집 문을 쾅쾅 두들기기 시작했다. 한 집은 아예 열려고도 하지 않았고, 다음 집에서는 문을 여는 데 꽤 오랜 시간이 걸렸다. 그녀는 기다리다 못해 그 집을 포기하고 세 번째 집 문을 두들기기 시작했다. 티토프라는 상인의 집이었다. 여기서 그녀는 큰 소동을 일으켰다. 울부짖으면서 밑도 끝도 없이 "남편이 살해됐다"는 말만 되풀이하는 것이었다. 티토프도 샤토프의 경력을 얼마쯤은 알고 있었다. 그 사람 말에 따르면 그녀가 해산을 하고 겨우 하루밤에 지나지 않은 몸으로 제대로 옷도 입히지 않은 갓난아이를 안고 이런 추위에 변변히 옷도 걸치지 않고 거리를 뛰어다닌 것이 사람들을 섬뜩하게 했다고 한다. 처음에는 열에 들떠서 그러는 줄 알았다. 게다가 도대체 누가 살해됐다는 것인가, 키릴로프냐, 샤토프냐? 이것이 확실치 않아서 더욱 갈피를 잡을 수 없었다.

사람들이 자기 말을 믿어주지 않는다는 것을 눈치채자, 그녀는 또 다음 집으로 뛰어가려고 했지만 사람들이 그녀를 억지로 붙잡았다. 소문에 의하면 이때 그녀는 무섭게 소리를 지르면서 몸부림을 쳤다고 한다. 사람들은 필리포프 집으로 갔다. 그리고 두 시간 뒤, 키릴로프의 자살과 그 유서가 읍내에 떠들썩하게 알려졌다. 경관은 아직 제정신을 차리고 있던 산모를 심문하기 시작했다. 이때 그녀가 아직 키릴로프의 유서를 읽기 전이라는 것을 알고 어째서 남편이 살해됐다고 단정하게 됐느냐고 캐물었지만, 그것은 아무리 애써도 알아낼 수가 없었다. 그녀는 다만 이런 소리를 떠들어 댔을 뿐이었다. "그 사람이 살해된 이상, 내 남편도 살해되었음에 틀림없어요. 둘은 언제나 같이 있었습니다!" 점심때쯤 그녀는 의식을 잃고 말았다. 그리고 끝내 제정신으로 돌아오지 못하고 사흘쯤 지나서 숨을 거두었다. 감기에 걸렸던 갓난아이는 그보다 먼저 죽었다.

아리나는 마리야도 갓난아이도 방에 없는 것을 보자, 상황이 좋지 않다 느끼고 제 집으로 달아나려고 하다가 문가에 멈춰 서서 시중드는 여자를 향해서, "사랑채로 가서 주인에게 물어봐. 마리야가 거기 오지 않았느냐고. 그리고 마리야에 대해서 아는 바 없느냐고 물어보란 말이야" 지시했다. 조금 있다가 시중드는 여자가 거리가 떠나가도록 소리를 지르면서 돌아왔다. 아리나는 '혐의를 받는다'는 편리한 논법으로, 큰 소리를 내지 말고 또 누구에게도 알리지 말라며 시중드는 여자에게 귀띔을 해놓고 그대로 문 밖으로 달아나 버렸다.

그녀가 그날 아침, 마리야의 산파로서 경찰에 불려갔음은 말할 필요도 없다. 그러나 그녀로부터는 많은 것을 알아낼 수는 없었다. 그녀는 샤토프 집에서 보고 들은 것을 침착하고 사무적인 태도로 하나도 빠뜨리지 않고 이야기했지만 사건 자체에 대해서는 아무것도 모른다고 주장했다.

읍내를 떠들썩하게 휩쓴 소동을 상상하기는 어렵지 않다. 또다시 대사건, 살인 사건이 일어난 것이다! 게다가 이번엔 사정이 전혀 달랐다. 암살자나 방화범, 이런 혁명당 반역자의 비밀 결사가 존재하고 있다는 사실이 명백히 드러난 것이다. 무시무시한 리자의 최후, 스타브로긴이 아내를 살해한 사건, 당사자인 스타브로긴, 방화, 부녀 가정교사 구호를 위한 무도회, 율리야 부인을 중심으로 한 방탕자 무리, 그뿐 아니라 스테판 선생 행방불명이라는 사건 속에도 틀림없이 어떤 비밀이 숨어 있을 것이다. 니콜라이 스타브로긴에 관해서도 사람들은 계속해서 수군거렸다. 그날 저녁 무렵이 되어서 표트르가 마을을 떠난 것이 알려졌지만, 이상스럽게도 그에 대한 것은 그다지 화제에 오르지 않았다. 그날 무엇보다 큰 이야깃거리는 '원로원 의원'이었다. 필리포프 집 앞에는 오전 내내 사람들이 들끓었다.

경찰이 키릴로프의 유서 때문에 미궁에 빠진 것은 사실이었다. 사람들은 키릴로프가 샤토프를 살해하고 자살했다는 것을 믿었다. 그렇다고 해서 경찰이 어찌할 바를 모르고 전혀 어떻게 해보지도 않았다는 것은 아니다. 예를 든다면 키릴로프의 유서에 막연히 들어가 있는 '공원'이라는 말은 표트르가 기대했던 만큼 경찰을 갈팡질팡하게 하지는 못했다. 경찰은 곧 스크보레쉬니키로 달려갔다. 그것은 공원이란 거기에 있을 뿐, 읍내에는 없다는 이유 말고도 어떤 하나의 직감에 의한 것이었다. 요사이 이 거리에서 일어난 여러 전율할 만한 사건은 직접이든 간접으로든 스크보레쉬니키와 관계가 있었기 때문이다. 적어도 나는 그렇게 생각한다(미리 말해 두지만, 바르바라 부인은 아침 일찍 아무것도 모른 채 스테판 선생을 붙들기 위하여 시내를 떠났다).

시체는 그날 저녁, 몇 가지 흔적을 더듬어 늪 속에서 찾아냈다. 하수인들이 미처 생각하지도 못하고 놔뒀던 샤토프의 모자가 범죄 장소에서 발견되었기 때문이다. 시체의 외적 소견과 검사 결과도 그렇고, 두서너 가지 추측으로 미루어 보아 아무래도 키릴로프에겐 공범이 있었음에 틀림없다는 의문이 맨 먼저 나왔다. 격문과 관계된 샤토프와 키릴로프의 비밀 결사 존재도 명백히 드러났다. 그러나 그 회원들은 어떤 녀석들일까? 그 한패에 대한 것은 아직 아무도 밝혀지지 않았다. 다만 키릴로프가 세상을 등진 사람처럼 외롭게 살고 있었기 때문에 유서에도 씌어 있듯이 그렇게 애써서 수색하던 페디카가 여러 날 그와 같이 있었음에도 전혀 알 수 없었다는 사실을 경찰에서도 알았던 것이다. 하지만 이런 혼란스러운 사건 속에서 무엇 하나 일반적인 연결을 명백히 함 직한 사실을 파악할 수가 없어서 그것이 무엇보다도 모두를 괴롭혔다.

이튿날 럄신 덕분으로 모든 일이 갑자기 폭로되지 않았더라면 거의 공포 상태에 빠져 있던 마을 사람들이 어떤 터무니없는 결론에 이르렀을지 전혀 상상도 못할 정도였다.

럄신은 결국 견딜 수가 없었다. 마지막에는 표트르까지 걱정하던 일이 사실로 되어 그의 신상에 나타났던 것이다. 그는 처음엔 톨카첸코에게, 계속해서 에르켈에게 감시를 받으며 이튿날 종일토록 자리에 누워 있었다. 겉으로보기에는 지극히 얌전하게 벽 쪽으로 얼굴을 돌린 채 이야기를 걸어도 대답도 않고, 거의 한마디도 말을 하지 않았다. 그래서 그는 시내에 일어난 소동을 온종일 전혀 모르고 지냈다. 그러나 사태의 추이를 빠짐없이 보고 있던 톨카첸코는 저녁때가 되어서 표트르로부터 위임받은 럄신 감시의 임무를 내팽개치고 읍에서 군으로 떠나야겠다고 생각했다. 즉 일은 간단했다. 도망을 한것이다. 에르켈이 모두 제정신이 아니라고 예언한 것은 사실이었다. 아울러 말해 두지만, 리푸틴은 그날 점심 전에 마을에서 행방을 감추었다. 그러나 이는어쩌된 일인지 이튿날 저녁이 되어서야, 그의 가출에 깜짝 놀랐으면서도 공포로 말미암아 굳게 입을 다물고 있던 가족들을 심문하기 시작했을 때 비로소경찰에서도 알게 되었던 것이다.

하지만 럄신에 대해서 이야기를 계속하자. 그는 자기 혼자 남게 되자마자 (에르켈은 톨카첸코를 믿고 먼저 집으로 돌아갔다), 곧 집을 뛰어나왔다. 그리고 말할 것도 없이 얼마 안 가서 사태의 추이를 알게 되었다. 그는 집에도 들르지 않고 발길 닿는 대로 달렸다. 그러나 주변은 아주 캄캄했으며 그의 계획은 너무나 무시무시하고 곤란한 것이었기 때문에 그는 거리를 두세 개 건너갔다가, 어정어정 제 집으로 돌아와서 밤새껏 자기 방에 틀어박혀 있었다. 그는아침 무렵 자살을 궁리했던 모양이었다. 그렇지만 성공하지 못했다. 그래도 낮까지 틀어박혀 있다가 갑자기 경찰로 달려갔다. 사람들 말에 따르면 그는 무릎을 꿇고 마룻바닥을 기어 다니며 울고 소리 지르고, 마루에 입까지 맞추면서, 저 같은 놈은 앞에 서 계신 고관들의 구두에 입 맞출 가치조차 없는 놈이라고 떠들어대더라는 것이다. 사람들은 그를 진정시키기 위해 상냥한 말까지건네며 어르고 달랬다. 심문은 무려 세 시간 넘게 걸렸다. 그는 모든 것을 죄다 고백했다. 사건의 내용을 속속들이 털어놓고 알고 있는 모든 사실을 사소한 점까지 이야기했다. 스스로 앞질러서 모든 것을 한꺼번에 털어놓으려고 자백을 서둘렀기 때문에 묻지도 않는데 쓸데없는 소리까지 털어놓았다. 들어보니까 그는 사건에 대해서 자세하게 알고 있었으며 꽤 조리 있게 설명했던 것이다. 샤토프와 키릴로프의 비극, 화재, 레뱌드킨 오누이의 죽음 같은 것은 이차적인 것으로 밀려나 표트르, 비밀 결사, 혁명 운동 조직, 5인조의 연결망 등이 전면에 드러났다. 도대체 무엇 때문에 그런 헤아릴 수 없는 정도로 많은 살인과 추악하기 이를 데 없는 비열한 사건을 저질렀느냐는 물음에 대해서, 그는 흥분해서 말을 더듬으면서 대답했다.

"그것은 조직적으로 사회의 밑바탕을 흔들어 놓기 위해서였습니다. 사회와 그 모든 기초를 계통적으로 부패시키기 위해서입니다. 모든 사람의 자신감을 빼앗고 전체를 혼란 상태로 빠뜨리기 위해서입니다. 이렇게 그 밑바닥이 흔들린 사회가 병적으로 무기력해지고 수치심을 잃고 신앙심을 빼앗기면서 동시에 어떠한 지도적인 사상이나 자기 방위 수단을 무한한 욕망을 가지고 추구하는 틈을 타 갑자기 반란을 일으켜서 한꺼번에 우리들 손아귀에 그들을 잡아넣으려고 했던 것입니다. 이때 힘이 되는 것은 전국에 그물처럼 퍼져 있는 5인조입니다. 그들은 그동안 계속해서 행동하여 동지를 늘리고 파고들어갈 수 있는 틈이 벌어진 사회의 약점이나 취약한 곳을 실제적으로 찾아내는 활동을 하고 있습니다."

그리고 결론으로서 그는 다음과 같이 말했다. 이 마을에서 표트르는 이런 조직적인 교란 작전의 첫 시도를 약간 시행해 봤을 뿐으로 이것은 말하자면 모든 5인조를 위한 앞으로의 행동 지침과 다름없는 것이다. 그러나 이것은 그 자신, 즉 랴신 혼자의 생각으로 그의 추측에 지나지 않는다.

"그렇기 때문에 아무쪼록 이 점을 잘 기억해 주시고 제가 얼마나 명백하고 정확하게, 깨끗이 모든 것을 털어놓았는가를 알아주시기 바랍니다. 물론 앞으로도 나리들을 위해 할 수 있는 모든 협조를 성심성의껏 다할 생각입니다."

5인조는 많이 있는가라는 단도직입적인 질문에 대해서는, 헤아릴 수 없을 정도로 많으며, 러시아 전역은 이런 5인조 조직망으로 덮여 있다고 대답했다. 그는 따로 증거를 내보일 수는 없었지만, 진심으로 그렇게 믿고 답변한 것으로 추측된다. 그가 제출한 것은 외국에서 인쇄한 모임 프로그램과, 대수롭지 않은 인쇄물이긴 하지만 표트르가 자필로 쓴 앞으로의 행동 계획서뿐이었다. 이것으로 미루어 보아 랴신이 이른바 "사회의 밑바탕을 흔든다" 운운한 말은 실은 한 자 한 자 어김 없이 이 종이쪽지 속에서 인용한 것이었다. 구두점까지도 하나하나 틀림이 없었다. 비록 그는 모든 것이 자기의 개인적인 생각이라고 주장하고 있었지만.

율리야 부인에 대한 이야기가 나오자 그는 어이없을 정도로 우스꽝스러운 어조로, 묻기도 전에 지레짐작하여 "그 여자에게는 죄가 없습니다. 그 여자는 이성을 완전히 잃어버렸던 것입니다" 말했다. 그러나 여기서 주의해야 할 것은 그가 니콜라이 스타브로긴은 비밀 결사와 아무런 관계도 없으며 표트르와도 아무런 협정을 맺은 바 없다고 단정한 점이다(표트르가 스타브로긴에게 품고 있던 황당하기 이를 데 없는 비극에 대해서 랴신도 전혀 아는 바가 없었던 것이었다). 레뱌드킨 오누이의 죽음은 그의 말에 따르면, 니콜라이와는 아무런 관계도 없고 다만 표트르 혼자 한 짓으로, 니콜라이를 공범으로 끌어들여서 자기 마음대로 그를 부려먹고 싶었기 때문이라고 했다. 그러나 표트르는 경솔하게도 깊이 기대하고 있었던 감사 대신, 다만 격노와 절망을 '고결한 니콜라이'의 마음속에 불러일으켰을 뿐이었다.

스타브로긴에 대해서도 그는 묻기도 전에 일부러 암시하듯 말했다. 스타브로긴은 매우 중요한 인물인데, 거기에는 어떤 비밀이 있다. 이 마을에 머물러 있던 것은 말하자면 변장잠행(變裝潛行)으로서 특별한 임무를 띠고 왔던 것이다. 어쩌면 또 가까운 시일 내에 페테르부르크에서 올지도 모르지만(랴신은 그가 지금 페테르부르크에 있다고 굳게 믿었다) 이번에는 전혀 다른 모습으로 이곳 사람들이 들으면 깜짝 놀랄 만한 사람들을 데리고 올 것이다. 이런 이야기는 모두 '니콜라이의 비밀의 적'인 표트르로부터 들었다고 이야기를 맺었다.

여기서 잠깐 덧붙여 두지만, 두 달 뒤에 랴신이 자백한 바에 의하면 그는 그때 스타브로긴을 보호할 목적으로 일부러 그를 변호했다고 한다. 아마도 페테르부르크에서 스타브로긴이 힘써서 형벌을 2등 정도로 감형시켜 줄 것과, 유형을 받으면 돈이나 소개장 같은 것을 베풀어 주리라 기대했던 것이다. 이 자백으로 미루어 보아 사실 그가 스타브로긴에게 상식 밖으로 지나친 기대를 품고 있었음을 쉽사리 짐작할 수 있다.

　물론 그날 안으로 비르긴스키도 체포됐다. 더욱이 가족까지 구속되었다(지금은 아리나와 그 언니, 숙모와 여대생까지 이미 석방되었다. 쉬갈료프도 형법의 어느 조문에도 적용되지 않아서 가까운 시일 내에 풀려날 것이라고 한다. 하기야 이것만은 지금으로선 풍문에 불과하지만). 비르긴스키는 곧 모든 것을 시인했다. 체포될 때 그는 열이 나서 자리에 누워 있었다. 들리는 바에 따르면 그는 오히려 매우 기뻐하며 "아아, 이제야 겨우 마음이 좀 가벼워졌다"고 했다는 것이다. 그에 관해서는 이런 소문도 있다. 그는 지금 모든 것을 정직하게 진술하고 있지만 언제나 어떤 위엄을 지니고 자기의 '영광스러운 희망'을 하나도 버리려 하지 않았다. 단지 '복잡하게 뒤얽힌 사연의 소용돌이'에 휘말려 경솔하고 멍청스럽게 사회적인 수단과 정반대인 정치적 노선으로 들어선 것을 마음속으로부터 저주하고 있다는 것이었다. 살인 현장에서의 그의 행동은 어느 정도 그에게 유리하게 참작이 되는 모양이었다. 그 또한 어느 정도 감형을 기대해 봄 직하다. 적어도 거리의 사람들은 그렇게들 단언하고 있다.

　그러나 에르켈에게는 감형의 여지가 거의 없다고 해도 좋다. 이 사나이는 체포된 직후부터 줄곧 침묵을 지키고 있는데, 혹 입을 열어도 되도록 사실을 인정하지 않으려 했다. 재판관은 그의 입에서 후회하고 개심하는 말을 한마디도 들을 수 없었다. 그럼에도 그는 가장 엄격하고 혹독한 재판관에게도 어떤 동정심을 불러일으켰다. 그것은 그가 아직 어린 나이의 천애 고독한 몸이라는 것과, 정치적인 선동자의 광신적인 희생에 지나지 않다는 명확한 방증이 있었기 때문이다. 하지만 무엇보다도 어머니에 대한 효도가 있었기 때문이었다. 그는 지금까지 적은 봉급의 거의 반을 어머니에게 매달 보내고 있었던 것이다. 그의 어머니는 지금 이 마을에 와 있다. 그녀는 병을 앓고 있는 연약한 부인으로서 나이에 비해서 훌쩍 늙어 보였다. 그녀는 울면서 자식을 살려달라고 말로만이 아니라 정말로 사람들의 발밑에 몸을 던지고 있다. 어떻게 될지는 모르지만 어쨌든 거리에서는 많은 사람들이 에르켈을 불쌍하게 생각한다.

　리푸틴은 페테르부르크에서 두 주일 동안 머물고 있다가 붙잡혔다. 그는 설명하기조차 힘들 정도로 기묘한 상황에 있었다. 사람들 말에 의하면 그는 다른 사람 이름의 여권을 가지고 있었기 때문에 외국으로 빠져나갈 수 있는 시간적 여유도 충분했다. 게다가 그는 목돈도 가지고 있었다. 그런데도 그는 페테르부르크에서 어물어물 능장을 부리면서 아무 데도 가려 하지 않았다. 처음 얼마 동안은 스타브로긴과 표트르의 행방을 찾았지만 느닷없이 술에 빠지기 시작했다. 그리고 방탕에 빠져 자신이 놓인 처지를 제대로 이해하고 판단할 능력을 완전히 잃은 것 같았다. 그는 페테르부르크의 어느 기생집에서 술에 흠뻑 취한 채로 체포되었다. 지금 그는 조금도 풀죽은 기색 없이 진술할 때는 거짓말을 늘어놓고 눈앞에 다가오는 공판에 대해서도 상당한 희망을 품고 당당한 자세로 준비하고 있다는 말이 떠돌고 있다. 법정에서 한바탕 연설을 할 작정인 모양이다.

톨카첸코는 도망 뒤 열흘쯤 지나서 지방 군에서 체포되었는데 리푸틴과는 비교가 안 될 정도로 온순했다. 거짓말도 하지 않고 도망칠 기색도 없었다. 알고 있는 모든 것을 자백했으며, 구태여 변명 같은 것도 하지 않고 얌전히 죄를 인정했지만, 웅변가 기질을 버릴 수 없었던 모양이다. 이야기가 일단 민중과 그 혁명적(?) 특성에 관한 지식에 미치면 당장 이상스런 자세까지 지어 가며 듣는 사람을 감탄시키려고 했다. 들은 바에 의하면 그도 법정에서 무언가 지껄일 모양이다. 한마디로 말해서 그와 리푸틴은 그다지 겁을 먹고 두려워하는 것 같지가 않았다. 그것은 오히려 이상할 정도였다.

거듭 말하지만 이 사건은 아직 끝난 것이 아니다. 이미 석 달이 지난 지금은 이 거리의 사교계도 이제 한숨 놓고 흥청망청 놀던 상태에서 정신을 차리고, 제 나름의 의견도 가질 수 있게 되었다. 그중에는 당사자인 표트르를 가리켜 보기 드문 천재라고 일컫는 사람까지 있다. 적어도 '천재적인 능력을 가진 사나이'로 평가했다. "그 조직은 얼마나 놀라운가요?" 하고 클럽 같은 데서 손가락을 위로 향해 보이면서 이런 말을 주고받았다. 하지만 그런 것은 죄없는 농담으로서 몇몇 사람들의 이야기이다. 대부분의 사람들은 반대로 그의 예민한 재능을 부정하지는 않았지만, 현실에 대한 무서운 무지, 가공할 만한 이론화, 한쪽에 치우친 불구적인 둔한 발달로 말미암아 대단히 경박한 데로 빠져들어간 것으로 평했다. 그의 정신적인 결함에 대해서는 여러 사람 의견이 모두 일치하여 이미 의논의 여지가 없었다.

사실 이제 누구에 대한 말을 해야 골고루 언급한 것인지 나도 잘 모르겠다. 마브리키는 어디론가 사라져 버렸다. 드로즈도바 노부인은 아주 어린아이처럼 되고 말았다…… 무엇보다 한 가지 대단히 음산한 사건이 남아 있는데, 다만 사실만을 전하는 데 그치기로 한다.

바르바라 부인은 여행에서 돌아오자 집 안으로 들어앉았다. 여행 중에 쌓이고 쌓인 여러 이야기들이 일시에 부인을 덮쳐와서 그녀는 큰 충격을 받았다. 그녀는 방 안에 틀어박혀 버렸다. 그때는 벌써 밤이었기 때문에 동행했던 사람들도 모두 피곤해서 일찍 자리에 들었다.

이튿날 아침 하녀가 무슨 비밀이라도 전하는 것처럼 다리야에게 한 통의 편지를 건넸다. 그녀의 말에 의하면 이 편지는 전날 온 것이었지만 어제는 밤도 깊었고 모두 쉬고 있었기 때문에 깨우지 않았다고 했다. 그것은 우편으로 온 게 아니라 한 낯선 남자가 스크보레쉬니키에 있는 알렉세이 예고리치 앞으로 가지고 왔기 때문에 예고리치가 어젯밤 직접 가지고 와서 하녀에게 건네주고 그대로 스크보레쉬니키로 돌아가 버렸다는 것이다.

다리야는 두근거리는 가슴을 가라앉히면서 한참 동안 그 편지를 바라보고 있었다. 당장 봉투를 뜯을 수가 없었던 것이다. 그녀는 누구로부터 온 것인지 알고 있었다. 니콜라이의 글씨체였다. 그녀는 봉투에 쓰인 것을 읽었다. '알렉세이 예고리치에게, 비밀로 다리야 파블로브나에게 전하도록.'

이 편지는 유럽식 교육을 훌륭히 받았으면서도 올바른 러시아어의 읽기와 쓰기를 끝내 습득하지 못한 러시아 귀족 자제의 문체에 흔히 있는 오류를 사소한 점까지 바로잡지 않고, 한 자 한 구절 그대로 실은 것이다.

사랑하는 다리야 파블로브나

당신은 일찍이 나의 '간호사'가 되기를 희망했습니다. 그리고 필요할 때는 사람을 보내면 와주겠다는 약속을 했던 적이 있었습니다. 나는 이틀 뒤에 출발하여 다시는 돌아오지 않을 셈입니다. 나와 함께 가지 않겠습니까?

작년 나는 게르첸과 함께 스위스의 우리(uri) 주의 시민으로 귀화했습니다. 그것을 아는 사람은 아무도 없습니다. 거기에 나는 조그마한 집을 샀습니다. 나에게는 아직도 1만 2천 루블의 돈이 있습니다. 나와 함께 가서 거기서 일생을 살지 않으렵니까? 나는 이제 절대로 아무 데도 가지 않을 작정입니다.

그곳은 매우 한적한 곳으로 산골짜기입니다. 산이 시야와 사상을 가로막고 있는 곳입니다. 무섭도록 음산한 곳. 그것은 조그마한 집을 한 채 판다고 해서 산 겁니다. 만일 당신의 마음에 들지 않는다면, 그걸 팔아서 다른데에 집을 사도록 하지요.

나는 건강을 해쳤습니다. 그러나 환각증은 그쪽 공기로 고쳐질 것이라고 생각합니다. 그것은 육체의 문제이고, 정신에 대해서는 당신이 잘 알고 있을 겁니다, 단 전부는 아닐는지 모르겠지만.

나는 내 생애에 대해서 대단히 많은 것을 당신에게 이야기해 주었습니다. 그러나 모두는 아니에요. 당신에게도 전부를 이야기하지는 않았어요. 게다가 나는 아내의 죽음에 대해서 양심상의 책임이 있습니다. 나는 그 뒤, 당신을 만난 적이 없었기 때문에 지금 잠깐 확인해 두려는 거요. 리자베타 니콜라예브나에 대해서도 죄가 있어요. 그러나 이것은 당신도 잘 알고 있을 겁니다. 당신의 예언은 거의 들어맞았습니다.

당신은 오지 않는 편이 좋겠지요. 내가 당신을 부르는 것은 몹시 비열한 행위입니다. 더욱이 당신은 나 따위와 함께 자신의 일생을 묻어 버릴 필요는 조금도 없습니다. 나는 당신이 그립습니다. 기분이 울적할 때 당신 옆에 있으면 즐거웠습니다. 당신에게만은 내 마음에 있는 말을 할 수가 있었습니다. 그러나 그런 것들은 아무런 이유도 되지 않아요. 당신은 자기를 '간호사'로 결정해 버렸습니다(이것은 당신이 한 말입니다). 도대체 무엇 때문에 그처럼 막대한 희생을 치러야 합니까? 신중하게 생각해 줬으면 좋겠습니다. 나는 당신을 초청하는 이상 당신을 가엾게 여기는 것이 아니며, 당신의 승낙을 기대하고 있는 이상 당신을 존경하지 않는 것이 됩니다. 그럼에도 나는 당신을 초청하고 또한 기대합니다. 적어도 당신의 편지만은 꼭 바랍니다. 왜냐하면 출발을 매우 서둘러야 하기 때문입니다. 그렇게 되면 나는 혼자서 떠납니다.

　나는 우리의 생활에 아무것도 기대하는 것이 없습니다. 다만 그저 가보는 거죠. 나는 일부러 음산한 곳을 선택한 것도 아닙니다. 러시아에는 나를 붙잡는 것이 없습니다. 러시아에 있어도 다른 모든 장소와 같이 모든 것이 나와는 관계 없는 것입니다. 하기는 러시아에서 산다는 것이 다른 곳 어디보다도 가장 싫기는 했지만, 그 러시아에서조차도 나는 아무것도 증오할 수가 없었죠!

　나는 여러 곳에서 내 힘을 시험해 보았습니다. 그것은 당신이 '자기 자신을 알라'고 권해 준 일이죠. 지금까지의 생활에서 나 자신을 위해서, 또 남들에게 보이기 위해서 시험해 볼 때 내 힘은 무한한 것으로 보였습니다. 나는 당신 앞에서 당신의 오빠로부터 뺨을 맞고도 참았어요. 공공연하게 그 결혼을 자백했었죠. 그러나 이 힘을 어디에 쓰면 좋을지는 끝내 알 수가 없었습니다. 당신이 스위스에서 시인해 준 말이 있음에도, 또 내가 그것을 참말로 받아들였음에도 아직도 전혀 모르겠습니다. 나는 지금도 옛날과 마찬가지로 선행을 하고 싶다는 희망을 품을 수가 있고 또 그것으로 쾌감을 맛볼 수도 있어요. 그와 동시에 악행도 희망하고 그것으로부터도 마찬가지로 쾌감을 맛볼 수 있죠. 하지만 그 느낌은 양쪽 모두 여전히 천박한 것입니다. 나의 희망은 너무나 연약하여 지도할 만큼의 힘이 없습니다. 통나무를 타면 강을 건널 수 있지만, 나뭇잎으로는 안 됩니다. 이것은 만일 당신이, 내가 우리 주로 가는 데는 뭔가 희망이 있어서가 아닐까 하고 생각하지 않게 하기 위해서 쓰는 것입니다.

　나는 여전히 어느 누구도 탓하지 않습니다. 나는 대담한 방탕을 시도하여 그것 때문에 힘을 소모해 버리고 말았어요. 그러나 나는 방탕을 좋아하지 않고, 그때도 바라서 그랬던 것이 아닙니다. 당신은 요사이 나를 눈여겨보고 있었는데 이런 것도 알고 있었나요? 나는 모든 것을 부인하는 그 친구들조차 선망의 눈으로 바라보고 있었습니다. 그 친구들이 희망에 차 있는 것이 부러웠습니다. 그러나 당신의 걱정은 불필요한 일이었죠. 나는 그 친구들과 함께 어울릴 수도 없었습니다. 아무런 공통점도 없었기 때문이오.

풍자적으로도, 체면치레로도 역시 할 수가 없었소. 그것은 내가 남에게 우습게 보일 것이 두려워서가 아닙니다. 나는 그런 것을 겁내는 사람이 아니에요. 다만 나는 신사로서의 체면을 가지고 있으니, 그렇게 하는 것이 비굴하다고 생각했기 때문이었습니다. 그렇지만 그 사람들에게 좀더 증오와 선망을 느꼈었더라면, 아마도 그들과 함께 지냈을는지 모릅니다. 사실 그렇게 하는 편이 내게는 얼마나 편했는지, 그래서 얼마나 내가 망설였는가를 통찰해 주기 바랍니다.

사랑하는 벗이여. 내가 발견한 우아하고 관대한 사람이여! 어쩌면 당신은 나에게 풍성한 사랑을 베풀고, 그 아름다운 가슴에서 끝없는 아름다움을 나에게 불어넣고, 그것에 의해서 끝끝내 내 눈앞에 인생의 목적을 보여주려고 공상하고 있을는지도 모르겠군요. 그러나 그건 안 됩니다. 당신은 보다 더 신중해야 합니다. 나의 사랑은 나와 마찬가지로 천박한 것인지도 모르니까요. 그렇게 되면 당신은 불행해집니다. 당신 오빠가 나에게 이런 말을 했었죠. 자기 고향과의 연결을 잃은 자는 자기의 신, 즉 자기 목적 전부를 잃어버리는 것이라고. 그것은 토론을 하자면 한이 없지만, 다만 나라고 하는 인간으로부터는 일체의 아량도 역량도 없는 단순한 부정만이 흘러나올 뿐이었습니다. 아니 부정조차 흘러나오지 않았습니다. 모든 것이 늘 천박하고 생기가 없습니다. 마음이 넓은 키릴로프는 관념을 가지기가 힘에 겨워서 자살해 버리고 말았어요. 그러나 내가 보는 바로는 키릴로프는 건전한 판단을 잃어버렸기 때문에 마음을 넓게 가질 수가 있었던 거요. 나는 아무리 애써도 판단력을 잃어버릴 수가 없어요. 따라서 그 사나이처럼, 그 정도까지 관념에 몰두할 수가 없습니다. 결코, 결코 나로서는 자살 같은 것을 할 수 없어요!

나는 나 같은 놈은 자살하지 않으면 안 된다는 것을, 더러운 벌레처럼 지상에서 뿌리째 없애버려야 한다는 것을 잘 알고 있습니다. 하지만 나는 자살이 두려워요. 마음을 넓게 가지는 것이 무섭기 때문입니다. 나는 잘 알고 있어요. 그것은 또 하나의 허위입니다. 무한한 허위의 연속에 있어서의 마지막 허위입니다. 다만 마음이 넓다고 가장하여 스스로를 기만한들 과연 어느 정도의 이익이 있단 말인가요? 분노라든가 수치심 같은 것은 내 안에는 결코 존재하지 않습니다. 따라서 절망도 있을 수 없습니다.

이렇게 길게 쓴 것을 용서해 주기 바랍니다. 지금 깨달았는데 나도 모르게 이렇게 되어버렸어요. 이런 식으로 쓴다면 백 페이지도 모자랄 테고 열 줄만 써도 충분할 겁니다. '간호사'로 와달라는 부탁은 열 줄로 충분할 것입니다.

나는 이곳을 출발해서, 여섯 번째 역의 역장집에서 살고 있어요. 5년 전 페테르부르크에서 방탕하게 놀 때 알게 된 사나이요. 내가 이곳에 살고 있다는 것은 아무도 모릅니다. 답장은 이 사나이의 이름으로 부탁합니다. 주소는 따로 써서 동봉해 놓았어요.

니콜라이 스타브로긴

다리야는 곧 바르바라 부인에게 달려가서 편지를 꺼내 보였다. 부인은 한 번 읽고 난 뒤 다시 한 번 읽고 싶으니까 자리를 비켜달라고 다샤에게 말했다. 그러나 웬일인지 이상스럽게 금방 그녀를 다시 불러들였다.

"가겠니?" 하고 부인은 망설이는 어조로 물었다.

"가겠습니다." 다샤가 대답했다.

"준비를 해! 같이 가자!"

다샤는 의아한 표정으로 부인을 바라보았다.

"여기서 내가 할 일이 뭐가 있겠느냐? 마찬가지지 뭐, 나도 우리 주로 귀화해서 산골짜기에서 살겠어…… 걱정 안 해도 돼! 방해하지는 않을 테니까."

두 사람은 정오 기차를 타기 위해서 서둘러 준비를 시작했다. 그러나 30분도 지나지 않아서 스크보레쉬니키에서 예르고이치가 찾아왔다. 그가 보고한 바에 따르면 오늘 아침 갑자기 니콜라이가 첫차를 타고 와서 지금 스크보레쉬니키에 있는데, "그 거동이 아무래도 이상하며 뭘 물어보아도 대답도 않으시고 온 집 안을 두루 걸어다니시면서 살펴보신 뒤 지금은 자기 방에 들어가셔서 꼼짝 않고 계십니다……" 하는 것이었다.

"저는 나리의 분부를 어기더라도 이곳으로 와서 알려드려야겠다고 생각하여 이렇게 찾아왔습니다." 예르고이치는 지극히 조심스럽게 말을 이었다.

바르바라 부인은 날카로운 시선으로 한참 동안 그를 바라보았지만, 꼬치꼬치 캐묻지는 않았다. 곧 마차가 준비됐다. 부인은 다샤와 함께 출발했다. 두 사람은 가는 도중 마차 안에서 여러 번 성호를 그었다고 한다.

'방'문은 활짝 열려 있었고, 니콜라이의 모습은 아무 데도 없었다.

"혹시 2층에 계시는 것이 아닐까요?" 포무쉬카가 겁에 질린 듯 말했다.

여기서 주의할 점은 몇 명의 하인이 바르바라 부인의 뒤를 따라 '방' 안으로 들어왔다는 점이다. 다른 하인들은 홀 쪽에 남아 있었다. 예전이라면 그들이 이렇게 저택의 규율을 깨는 일은 절대로 없었다. 바르바라 부인은 이 사실에 신경이 미치기는 했지만 아무 소리도 하지 않았다.

2층에도 올라가 보았다. 거기에는 방이 셋 있었지만 아무도 없었다.

"혹시, 저기에 올라가시지는 않으셨을까요?" 하고 누군가가 다락방의 문을 가리켰다. 그러고 보니까 언제나 닫혀 있던 다락방 문이 지금은 활짝 열려 있었다. 거기는 거의 지붕 바로 아래로 폭이 매우 좁고 가파른 긴 나무 사다리를 올라가지 않으면 안 되었다. 거기에도 조그마한 방이 하나 있었기 때문이다.

"나는 못 올라가겠어. 무슨 일로 그 애가 저런 데까지 올라갔을까?" 바르바라 부인은 하인들을 둘러보다가 순간 얼굴빛이 창백해졌다. 그들은 부인을 바라보면서 입을 다물고 말이 없었다. 다샤는 부들부들 떨고 있었다.

바르바라 부인이 갑자기 나는 듯이 사다리를 올라갔다. 다샤도 뒤를 따랐다. 그러나 부인은 다락방으로 올라가자마자 외마디 소리를 지르고 그대로 기절해 버렸다.

우리 주의 시민은 다락방 문 바로 뒤에 매달려 있었다. 탁자 위에는 조그마한 종이쪽지가 놓여 있었다.

'아무도 벌하지 마라! 나 스스로가 한 것이니라!'라고 연필로 씌어 있었다. 또한 탁자 위에는 한 자루의 쇠망치와 비누 조각과 여분으로 준비한 성싶은 커다란 못이 놓여 있었다. 니콜라이가 자살에 사용한 튼튼한 명주끈은 미리 골라서 마련해 두었던 모양으로 온통 비누칠이 되어 있었다. 모든 것이 오래

전부터의 각오와 마지막 순간까지 명확한 의식을 유지하고 있었음을 말하고 있었다.

마을 의사들은 시체를 부검한 결과 정신 착란이라는 사람들의 의심을 완전히, 그리고 강하게 부정했다.

표도르 미하일로비치 도스토옙스키의 삶과 문학

도스토옙스키의 생애

도스토옙스키(1821~1881)는 세계적으로 언제나 현대적 관심의 대상으로 주목받고, 끊임없이 재발견되는 작가이다. 말하자면 이 영원한 현대성과 세계성이야말로 도스토옙스키 문학의 가장 큰 특징의 하나라고 할 수 있다. 도스토옙스키가 살던 시대의 러시아는 1861년의 농노해방을 중심으로, 작가의 말을 그대로 빌리자면 "러시아의 전 역사 속에서 아마 가장 혼돈되고 가장 과도적이며 가장 숙명적인 시대"였다. 게다가 도스토옙스키는 이 과도기적인 모순과 혼돈의 한복판에 스스로 몸을 던져, 그 모순에 갈가리 찢긴 작가였다. 그의 작품세계가 톨스토이와 같은 조화와는 거리가 멀고, 다성성(多聲性, 폴리포니)이라는 특징을 짙게 띠고 있는 것도 그 때문이며, 그것이 또한 그의 문학에 나타나는 현대성의 한 요소를 이루고 있다.

표도르 미하일로비치 도스토옙스키는 1821년 10월 30일(신력 11월 11일), 모스크바의 마린스키 빈민자선병원 관사에서 태어났다. 아버지 미하일은 이 병원의 의사로 뒷날 원장이 되었으나, 대지주·귀족 출신이었던 톨스토이나 투르게네프에 비하면 작가가 자란 생활 환경은 비교할 수 없을 정도로 가난했다. 아버지는 도스토옙스키가 열여덟 살 때 영지 농노들의 원한을 사서 살해되었고, 이 사건은 작가의 영혼에 평생 지워지지 않는 상처를 남겼다. 《카라마조프 형제들》의 아버지 살해라는 주제의 원천을 여기서 찾는 유력한 견해도 있다.

교육열 높은 아버지 덕분에 도스토옙스키는 열일곱 살에 페테르부르크의 공병사관학교에 입학했으나, 이전부터 이미 문학에 대한 정열에 사로잡혀 있었으므로 이곳 생활이나 스물한 살 때 소위로 임관한 공병국 제도과 근무는 그에게는 맞지 않았다. 재학 중에도 희곡《마리야 스추아르트》,《보리스 고두노프》 등을 습작했으며, 졸업한 뒤에는 우연히 번역한 발자크의《외제니 그랑데》의 평판이 좋았으므로, 재직 1년 만에 "근무는 감자만큼이나 지긋지긋합니다"라는 말과 함께 공병국을 그만두고, 이후에는 문필 활동으로 이름을 떨치고자 했다. 러시아에서는 거의 최초의 직업작가였다.

이리하여 실패하면 '목을 매거'나 '네바 강에 뛰

도스토옙스키(1821~1881) 페로프. 1872.

어들' 비장한 각오로 완성한 처녀작《가난한 사람들》이 뜻밖의 행운을 얻었고, 도스토옙스키는 스물넷이라는 젊은 나이로 화려하게 수도의 문단에 데뷔하였다. 1845년 5월, 처녀작 원고를 밤새워 읽은 학우 그리고로비치와 시인 네크라소프가 감동에 벅차 새벽 4시에 작가를 깨워 '새로운 고골'의 출현을 축복하고, 이 무명 신인을 비평계의 거물 벨린스키에게 소개한 이야기는 러시아 문학사에서 너무나 유명한 일화이다.

그러나 처녀작의 성공에 비해《분신》,《주부》,《백야》 등 이어서 발표한 여러 편은 평판이 그다지 좋지 않았다. 특히 벨린스키는 이상심리에 대한 병적인 관심과 리얼리즘의 극복에 대하여 작가를 혹독하게 비판했다. 한편 이 무렵부터 도스토옙스키는 푸리에의 공상적 사회주의를 따르는 혁명사상가 페트라셉스키의 모임에 들어가 그 좌파 우두머리였던 스페시뇨프의 영향을 크게 받았

육군공병사관학교 17세에 입학, 22세에 공병장교로 임관, 졸업했다.

고, 비밀 인쇄소 설치 계획 등에도 상당히 적극적으로 관여했다. 이 무렵의 체험은 《악령》에서 크게 꽃피웠으며, 스페시뇨프에게서 스타브로긴의 원형을 찾는 연구가도 있다. 결국 1849년 4월, 도스토옙스키를 포함한 페트라솁스키 회원 전원이 체포되어, 당국이 계획한 모두가 사형집행극에 희생당하게 되었다. 총살 직전에 황제의 특사라는 형태로 이루어진 판결은, 도스토옙스키의 경우 4년 징역과 그 이후의 병역 근무였다. 그러나 죽음의 문턱까지 갔다 온 그때의 공포는 작가의 정신을 송두리째 뒤흔들 정도의 충격이었다. 지병으로 평생 시달린 뇌전증(간질)도 이때부터 급격히 악화되었다.

1850년부터 4년에 걸친 시베리아의 옴스크 감옥에서의 옥중생활에 대해서는 장편 《죽음의 집 기록》에 자세히 나타나 있다. 작가로서의 도스토옙스키에게 가장 컸던 것은, 그가 여기서 러시아 민중의 다양한 모습을 직접 접할 수 있었던 점, 그의 독자적인 민중관을 구축하고, 나아가 그것을 토대로 흔히 '신념의 갱생'이라 불리는 자신의 사상적 전향을 이룩한 점이다. 출옥한 뒤 5년 동안 중앙아시아에서 병역근무를 마치고, 1859년 끝 무렵, 10년 만에 드디어 수도 페테르부르크 땅을 밟을 수 있게 된 도스토옙스키의 머릿속에는 서구

상트 페테르부르크의 아파트 1864~67년까지 이곳에 살았다.

적 진보파의 사상 조류에 등을 돌린, 러시아 메시아니즘적인 '토양주의' 사고
가 무르익어 있었다. 그는 형 미하일과 잡지 〈브레먀(時代)〉를 창간하여 그 사
상을 펼치고, 동시에 《죽음의 집 기록》과 장편 《학대받은 사람들》을 발표하여
문단적에서도 눈부신 복귀를 이루었다.

　시베리아를 도스토옙스키의 사상적 전환기로 본다면, 그의 문학상의 전기
를 이룬 것은 1864년에 발표된 중편 《지하실에서의 수기》였다. 지하의 작은 세
계에 고쳐 앉은 역설가의 독백체로 쓰인 이 소설은 많은 연구가들 사이에서
후기 대작들을 이해하는 열쇠로 이야기되었다. 사실 그 문체부터 정신병에 걸
린 근대인의 혼돈을 안쪽부터 도려내는 도스토옙스키만의 독특함이 흘러넘
친다. 적어도 인간의 사상과 철학이 육체에 맞서 싸우는 양상을 보이는 그
의 장편 세계는 이 《지하실에서의 수기》에 의하여 명백히 예언되었다고 할 수
있다.

　이 무렵 작가의 신변에는 두 번째 서구여행, 정부 수슬로바와의 기이한 정
사, 중앙아시아 이후 아내 마리야의 병사, 형 미하일의 죽음, 잡지 경영 실패
라는 쉽지 않은 사건이 잇달아 터졌다. 그러나 빚쟁이에게 쫓겨 도망간 비스

바덴에서 도박으로 무일푼이 되면서도 《죄와 벌》의 구상을 정리하고, 악질적인 출판사와의 계약에 시달리다가 궁여지책으로 속기로 쓴 중편 《도박자》를 인연으로 젊은 속기사 안나 스니트키나와 결혼하는 등 도스토옙스키에게는 그를 덮친 모든 불행을 물리치는 매우 끈질긴 생명력이 있었다. 아무튼 《죄와 벌》이 완성되고, 새 아내와 3개월 예정으로 떠난 외국여행이 예상과 달리 지연되는 사이에 도스토옙스키는 장편 《백치》와 중편 《영원한 남편》을 썼으며, 《악령》 제1부도 완성했다. 그리고 《악령》을 계속 쓰려면 아무래도 러시아에 있지 않으면 안 된다는 내적인 요구에서, 이 작품의 모델이 된 네차예프 사건의 공판이 페테르부르크의 법정에서 한창이던 1871년 7월, 4년 만에 고국으로 돌아온다.

외국에서 돌아온 10년 동안은 파란만장한 그의 생애 속에서는 비교적 안정적인 행복한 시기였다. 이때의 작품으로는 장편 《미성년》과 마지막 대작 《카라마조프 형제들》뿐이지만, 1873년부터 논평, 수상(隨想), 회상, 단편 등을 포함한 자유로운 형식의 문집 《작가의 일기》를 가끔씩 발표했고, 이것이 그의 작가로서의 명성과 권위를 크게 높였다. 1880년에는 모스크바에서 열린 푸시킨 기념상 제막식에서 연설하고 열광적인 환영을 받으며 도스토옙스키는 생애 가장 큰 영광을 누리지만, 반년 뒤인 1881년 1월 28일(신력 2월 9일) 폐동맥 파열로 영원히 잠든다. 그는 페테르부르크의 알렉산더 네프스키 성당에 안치되었다.

도스토옙스키의 《악령》

소설 《악령》은 도스토옙스키의 5대 장편 가운데 가장 이색적이고도 우리에게 많은 문제점을 던져준 작품이다. 《악령》이라는 제목이 풍기는 음산하고도 비극적인 분위기는 이 소설을 끝까지 다 읽고 난 다음에도 좀처럼 지워지지 않는 강렬한 인상을 남긴다. 물론 이 소설의 원제목은 러시아어로 '베스(bes)'이니까 '악령'이라고 하기보다는 '귀신들' 또는 '악귀들'이라고 번역해야 옳을 것이다. 요컨대 이 소설의 표제어로 인용한 〈누가복음〉의 구절처럼 《악령》이란 1860년대 러시아에서 마치 귀신 들린 돼지 떼와도 같이 모험적 혁명 운동

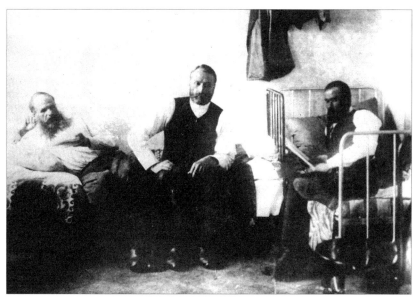

감금된 도스토옙스키(오른쪽) 페트라솁스키 사건에 연루 체포된 그는 페트로파블롭스크 요새의 감옥에 8개월 간 수감되었다(1849).

과 서구 사상을 기형적으로 받아들여 파괴주의적인 행동에 광분하다가 마침 내는 스스로를 파멸의 진구렁으로 떨어뜨리고 마는 청년집단을 상징한 것이 다. 이런 의미에서 영국의 저명한 러시아 문학 번역가인 어거스틴 여사는 이 작품을 '귀신들린 사람들(The Possessed)'이라고 옮겼는데, 아마 이것이 보다 더 작가의 의도에 가까울 것이다.

이 제목의 유래에 관해서는 도스토옙스키가 첫 원고를 〈루스키 베스트니크 (러시아 통보)〉 잡지사로 보낸 직후, 편집장인 마이코프에게 보낸 편지에서 비 교적 상세히 밝히고 있으므로 이것을 인용해 보기로 한다.

'나는 그 무렵(크리미아 전쟁을 가리킴) 아직 유형 중이었기 때문에 연합 군의 승리를 기뻐할 기회가 없었습니다. 다만 동료인 다른 불행한 죄수들과 함께 스스로를 러시아 사람이라 느끼고, 러시아군의 승리를 바라고 있었을 뿐이지요. 그 무렵엔 아직도 그 옴병 같은 러시아적 자유주의의 경향이 꽤 많이 남아 있었습니다. 바로 벨린스키나 그 밖의 퇴비에서 번식하는 개똥

벌레와도 같은 무뢰배들에게 널리 선전된 그 자유주의입니다. 그러나 나는 나 자신을 러시아 사람이라고 느끼는 것이 조금도 모순이 아니라고 생각했습니다. 이미 사실로서 증명된 일이지만, 러시아의 문화인들에게 전염된 이 병은 우리가 상상했던 것보다도 훨씬 더 강했으며, 벨린스키나 크라옙스키 같은 사람들에게만 전염된 것으로 끝나지는 않았습니다. 여기서 사도 누가의 복음을 실제로 증명한 일이 생겼던 것입니다. (……) 러시아에서도 그와 꼭 같은 일이 일어난 것입니다. 악령이 러시아인 속에서 나와 돼지 무리, 즉 네차예프나 솔로비요프 등에게 들어갔지요. 이들은 절벽으로 쏠려버렸고, 아직 쏠리지 않았다고 하더라도 결국 그렇게 되고 말 것입니다. 그리고 악령이 떨어져 나가서 병이 나은 사나이는 예수의 발밑에 꿇어앉아 있습니다. 그렇게 되지 않으면 안 되었던 것입니다. 러시아는 억지로 먹어야만 했던 오물을 죄다 토해 버렸지요. 물론 그 토해 낸 악당들 가운데 러시아적인 것 따위는 아무것도 남아 있지 않습니다. 친구여, 보십시오. 자기의 민중과 국민성을 잃어버린 자는 조상들의 신앙도, 신도 죄다 잃고 마는 것입니다. 그런데 원하신다면 말씀드리겠는데, 이것이 바로 내 장편의 주제입니다. 그것은 《악령》이라는 제목으로 그 악령이 돼지 무리에게로 들어간 이야기입니다.'

여기에서 또 하나의 표제어인 푸시킨의 시를 잠깐 살펴보기로 하자. 이것은 푸시킨이 1830년에 발표한 〈악령〉이라는 제목의 시에서 인용한 것인데, 원시(原詩)는 60행쯤 되는 약간 긴 것으로서, 그 내용은 대체로 다음과 같다.

'눈보라가 휘몰아치는 어두운 겨울밤, 한 사나이가 마부와 단둘이서 아득하고 너른 벌판을 마차를 몰고 간다. 시커먼 구름이 달려가듯 소용돌이치며 뿌옇게 흐린 밤하늘은 까닭 없는 공포심을 불러일으킨다. 마침내 말은 지쳐서 헐떡거리고, 마부의 눈썹에 눈이 쌓여서 길도 잘 분간할 수 없는 지경이 된다. 마부는 "아무리 몸부림쳐도 수레바퀴 자국이 보이지 않는다"고 중얼거린다. "보십쇼. 정말로 악령들이 말을 골짜기로 떨어뜨리려 하기도 하

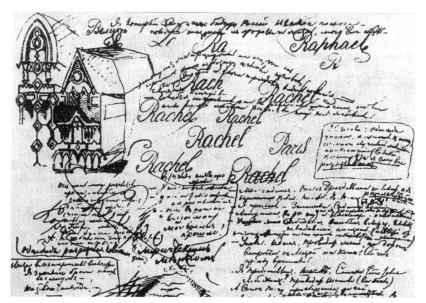

《악령》 초고 인물상이나 수도원 스케치가 그려져 있어 흥미롭다.

고, 이정표로 둔갑하기도 하고, 도깨비불이 되어 깜빡거리기도 하는뎁쇼"(본
디 러시아 민화에는 나그네가 길을 잃는 것은 악령들이 장난쳐서 사람의 혼을
빼기 때문이라는 이야기가 전해 오고 있다). 그래서 그런지 말도 갑자기 눈에
광기를 띠고 미친 듯이 질주하기 시작한다. 나그네의 눈에도 저쪽에서 수많
은 악령들이 떼지어 가는 것이 보이기 시작한다. 마치 초겨울의 낙엽이 춤
추듯 그 수를 헤아릴 수조차 없다.

수없이 많은 악령들은 어디로 몰려가는 것일까?

왜 저렇게 슬픈 노래를 부를까?

아궁이 속 귀신의 장례일까?

아니면 마녀의 결혼식일까?

그러나 나그네의 이 물음도 뿌옇게 흐린, 눈 오는 하늘에 휘말려 버리고
만다. 악령들은 끝도 없는 높은 하늘을 무리지어 달려간다. 그 처절한 울부
짖음은 나그네의 가슴을 갈가리 찢어놓을 것만 같다……'

왜 도스토옙스키는 다른 작품과는 달리 이 소설에만 두 개의 표제어를 붙여놓았을까? 그것은 작가가 〈누가복음〉의 구절만으로는 이 작품의 성격을 충분히 상징할 수 없다고 생각했기 때문일 것이다. 아마도 그는 푸시킨의 이 시로써 이 작품이 갖는 또 하나의 얼굴을 보충하고 싶었으리라. 이 시에서는 마부나 나그네만이 악령들 무리에 미혹되어 공포감에 떨고 있을 뿐만 아니라, 악령들도 불안과 슬픔과 공포에 떨고 있다. 돼지에게 들어가 빠져 죽는 악령들이 어딘가 희극적 여운을 풍긴다면, 이 시에 나오는 악령들은 보다 더 비극적이며 민족적 비애감마저 자아낸다. 왜냐하면 아직 기독교가 들어오기 전까지는 이런 악령 따위가 러시아 민간 신앙의 대상이었기 때문이다. 국교(國敎)가 된 기독교에 의해 박해받고 내쫓겨진 악령들, 이런 악령들이 떼 지어 쫓겨가는 모습에서 작가는 서구 사상에 밀려가는 모든 러시아적인 것을 상징하고 싶었는지도 모른다.

《악령》과 네차예프 사건

《악령》은 《죄와 벌》《백치》《카라마조프 형제들》 등 다른 작품들과 함께 도스토옙스키의 후기 작품에 속한다. 집필 시기는 작자가 두 번째 부인 안나 그리고리예브나와 결혼한 직후 채권자들의 독촉을 피해 외국으로 떠나 1867년부터 1871년까지 4년 동안 스위스·독일·이탈리아 등에서 유랑 생활을 하던 때로서, 1871년 1월부터 12월까지 제1부와 제2부를, 그리고 열 달쯤 중단했다가 1872년 11월, 12월에 제3부를 〈러시아 통보〉에 발표하였다. 중단된 까닭은, 이 잡지의 편집장인 카트코프가 악령의 핵심이 되는 장(章)이라 할 수 있는 〈스타브로긴의 고백〉을 비도덕적이라는 이유로 게재를 거부하는 바람에, 소설 전체의 구성을 새로 바꿔야만 했기 때문이다. 〈러시아 통보〉는 18세기 후반의 러시아에서 가장 권위 있는 문예사상 잡지로서(이 작품을 앞뒤로 《카라마조프 형제들》, 톨스토이의 《전쟁과 평화》《안나 카레니나》 투르게네프의 《아버지와 아들》 등 대표적 작가의 중요한 작품들이 모두 이 잡지에 연재되었다) 본디는 진보적인 경향을 띠고 있었으나, 1860년대에 접어들어 카트코프가 편집장으로 취임한 다음부터는 갑자기 보수주의로의 복고, 부정(否定)에 대한 반대로 급선회하게 되었다. 따라서 《악령》이 발표되었던 그 무렵만 해도 진보파들은 이 잡지가 혁명 운동에 대한 외래 서적이라고 집중 공격을 퍼부었다. 물론 도스토옙스키가 이 잡지에 작품을 연재하게 된 동기는 잡지의 성격이나 편집장의 취향과는 관계없이, 이 잡지가 러시아에서 가장 이름난 잡지였고 게다가 작가에게 원고료를 선불해 주는 유일한 잡지였기 때문이었다.

이 작품은 작가의 창작 노트나 편지·일기 등으로 판단할 때, 도스토옙스키

네차예프(1847~1882)
《악령》의 표트르 베르호벤스키는 무정부주의 지도자 네차예프를 모델로 했다.

가 가장 고심했고 또 가장 많은 정성을 쏟은 작품이다. 작품의 구상은 《무신론자》라는 방대한 소설 계획에서부터 비롯한다. 도스토옙스키는 《백치》가 거의 완성되어 가던 1867년 후반 새 작품으로서 《무신론자》를 집필할 생각을 하고, 그 구상의 일부를 친구인 아폴론 마이코프와 조카딸인 소피야 이바노바에게 보낸 편지에서 밝혔다. 편지에 따르면 이 소설은 청년시대를 열정과 방황 속에서 보낸 어느 사나이가 나이가 지긋해진 뒤 갑자기 신(神)에 대한 신앙을 잃고 진실한 대답을 찾아 정신적 방황을 계속하다가, 마침내 '그리스도와 러시아의 대지'를 발견한다는 것이었다. 도스토옙스키는 이 구상을 매우 중요시하고 또 대단한 집착을 보이고 있었던 모양으로, "이것《무신론자》에 비하면 나의 여태까지의 문학적 업적은 하찮은 것이며, 단지 머리말에 지나지 않습니

다. 나는 앞으로의 생애를 이것에 바칠 작정입니다"라고까지 단언했다. 이 계획은 그동안 중단되었던 《영원한 남편》을 집필해 가면서 약 1년 동안에 걸쳐 작가의 마음속에서 키워졌으며, 1869년 끝에는 이미 노트에 쓸 수 있을 정도로 무르익어 있었다. 1870년 봄이 되자 제목도 《위대한 죄인의 생애》로 고쳐졌고 모두 5부작으로 하는 구상이 거의 완성되었다. 특히 제2부는 러시아의 교회를 무대로 하고 있으며, 주요 인물의 하나로서 티혼 신부를 등장시킬 계획이었다.

그러나 여러 사정 때문에 이 계획은 이루어지지 못했다. 결과적으로는 《카라마조프 형제들》 등의 작품에서 그 구상의 일부가 부활되었지만, 그때에는 〈러시아 통보〉에 연재할 작품, 즉 이 《악령》의 집필을 시작하지 않으면 안 되었다.

이 작품의 직접적인 소재는 이른바 '네차예프 사건'이다. 사건의 경위를 설명하자면, 1869년 11월 21일(신력 12월 3일) 모스크바의 라좀스키 공원 안에 있는 늪 속에서 어느 대학생의 변사체가 발견되었다. 시체는 권총으로 머리를 쏘아 관통시키고, 벽돌을 매달아 연못 속에 던져졌던 것인데, 어떻게 된 일인지 시체가 물 위로 떠올라 얼음 밑에 달라붙어 있었다. 피살자의 신분은 페트롭스카야 농과대학 학생인 이바노프임이 조사 결과 곧 밝혀졌다. 사건은 한동안 미궁에 빠진 듯했으나, 해가 바뀌자 이 사건은 단순한 개인적인 살인 사건이 아니라 조직의 손에 의한 정치적 린치(私刑)임이 드러났다. 동시에 사건의 주모자는 그 무렵 우상적인 청년 혁명가 네차예프(1847~1882)라는 것도 알려졌다. 네차예프는 비상한 조직 능력과 비범한 행동력을 가진 자로서, 혁명을 위해서라면 거짓말이나 권모술수도 서슴지 않는 광신적인 인물이었다. 그는 사건이 일어나던 해 봄 스위스 제네바에서 세계 혁명 운동의 거울이었던 미하일 바쿠닌(1814~1876)에게 접근하여 그로부터 '세계혁명연합 러시아 지부장'이라는 임명까지 받았다. 그는 1870년 2월 19일을 기해 러시아에서 대폭동을 일으켜 전제국가를 전복시키라는 이른바 '제네바 지령'을 받고, 1869년 9월 모스크바에 나타났다. 그는 눈 깜짝할 사이에 페트롭스카야 농과대학 학생들로 '5인조(五人組)'를 조직하여, '인민재판위원회' 일명 '도끼회'라고 이름 짓고는 러

도스토옙스키의 서재 책상에 놓인 초고 페테르부르크 근교 노브고로드 현 스타라야 루사에 있는 도스토옙스키 별장의 서재에 전시되어 있다.

시아 전역에 방대한 지부를 갖는 조직의 하나라고 회원들에게 인식시켰다. 그리고 자기는 실제 있지도 않은 중앙위원회 구성원이라고 자칭하면서 회원들에게 그 위원회의 명령에 대한 절대 복종을 강요했다(이는 소설에서 표트르의 수법으로 그대로 사용되었다). 그러나 회원의 한 사람이었던 이바노프가 이런 사정을 눈치채고, 네차예프의 지령에 반대하여 다른 조직을 만들겠다는 의사를 밝히자 네차예프는 다른 회원들을 시켜서 이바노프가 정부에 밀고하려고 한다는 이유로 암살해 버렸던 것이다. 그런데 이 범행은 뜻밖에 빨리 드러나 재빨리 외국으로 도망친 네차예프를 제외한 관련자 전원이 체포되었다.

이상이 '네차예프 사건'의 전체 내용인데, 도스토옙스키는 외국에서 이 보도를 읽고 큰 충격을 받았다. 왜냐하면 시체가 발견되기 꼭 한 달 전에 처남인 이반 스니트킨이 드레스덴에 있는 도스토옙스키 부부를 찾아왔을 때 최근 모스크바 대학생들의 동향, 특히 살해된 이바노프에 대한 것을 자세히 이야기하고 갔기 때문이었다(그는 이바노프와 같은 페트롭스카야 농과대학에 다니고 있었다). 그때 도스토옙스키는 이바노프에 대해 뛰어난 지성과 꿋꿋한 의지를 가지고 대담하게 사상적 전향(轉向)을 감행했다는 이유로 지대한 관심을 나타 냈다. 그러던 차에 그가 피살되자, 작가는 곧 이 사건을 소재로 작품을 쓰려 고 결심했던 것이다. 실제로 《악령》 속에서 이바노프는 샤토프로, 그리고 네 차예프는 표트르 스테파노비치로 각각 등장하게 된다.

이와 동시에 작가는 또 하나의 등장인물로서 1840년대 자유주의자의 대 표격이며 모스크바 대학에서 중세사를 강의하고 있던 그라놉스키를 선택했 다. 도스토옙스키에게는 1860년대 말의 허무주의자들이 1840년대의 자유주 의자와 급진주의자들의 사상과 아무런 관련도 없다고는 생각되지 않았기 때 문이었다. 도스토옙스키는 이 그라놉스키를 네차예프의 친아버지로 설정하여 1840년대 사상이 1860년대 사상을 낳았다는 자기 생각을 구체화했다. 소설 속에서 이 그라놉스키로 그려진 스테판 선생의 성격도 이때 결정되었다. 그는 그라놉스키를 1840년대의 자유주의자 가운데서는 가장 결백한 사람이라 보 고 많은 호감을 갖고 있었기 때문에 《악령》의 스테판 선생은 더할 나위 없는 호인이며 온화한 인물로 그려져 있다.

러시아적 인간상을 그려내다

이렇게 해서 도스토옙스키는 네차예프, 즉 표트르 스테파노비치를 주인공 으로 《악령》을 쓰기 시작했다. 그러나 작품을 어느 정도 써 나갔을 때 그는 네차예프 따위를 주인공으로 하기에는 너무나 부족하다고 생각하게 되었다. 그에게는 그가 한평생 추구해 온 가장 러시아적 인간상, 《위대한 죄인의 생 애》에서 그리고자 했던 진짜 주인공이 필요했다. 서구 사상에 오염된 러시아 를 구원해 줄 '동방의 빛'이 필요했던 것이다. 그리하여 그는 러시아 전설의 영 웅 '이반 왕자'에서 착상을 얻은 새로운 주인공을 창조하게 되었다. 이러한 그 의 심경 변화에 관해서는 그 무렵 그가 마이코프에게 보낸 편지에 잘 나타나 있다.

'올 여름이 되자 새로운 변화가 생겼습니다. 새로운 인물이 나타나 소설 의 진짜 주인공 자리를 요구해 왔던 것입니다. 일이 이렇게 되고 보니, 예전

스타라야루사의 별장 도스토옙스키는 만년의 10년 동안 이 별장에서 소설 《미성년》(1875)을 비롯 많은 명작을 집필했다.

주인공(흥미로운 인물이긴 하지만 주인공으로서는 너무나도 적당치 않습니다) 은 뒷전으로 물러나게 되었지요. 새 주인공은 나를 송두리째 사로잡아 버렸습니다. 그래서 결국 나는 여태까지 썼던 것을 죄다 새로 쓰기로 결심했습니다. (……) 나는 이 주인공을 갑자기 어느 덤불 속에서 꺼내온 것은 아닙니다. 이미 이 작품의 구상 속에 그의 역할을 낱낱이 적어두었지요. 행여 이 새 인물을 마음먹었던 대로 묘사하지 못하면 어쩌나 하고 몹시 두려운 생각이 듭니다. 아무튼 최선을 다해 볼 생각입니다.'

이 새 주인공, 즉 니콜라이 스타브로긴은 당초 전설 속에서 러시아 민중을 구원해 주는 '이반 왕자'로 설정되었으나, 이것은 표트르가 자기의 혁명적 악행에 이용하기 위한 것에 지나지 않으며, 실제 《악령》 속에서의 스타브로긴은 민중의 우상이 아닌 가장 난해하고도 개성적인 인물로 그려졌다. 그만큼 이바노프 살해 사건은 뒷전으로 밀려나고, 작품의 주요 부분은 스타브로긴의 정신적·사상적 변화 과정과 그 주변 사건에 초점을 맞추게 되었다. 그를 중심으로 리자베타·다리야·샤토프·키릴로프·레뱌드키나·표트르·스테판 선생, 탈옥수인 페디카, 그리고 어머니 바르바라 부인 등 소설의 부주인공으로서 하나의 무대를 형성한다.

그리고 스타브로긴이 그토록 추구해 왔던 자기 자신에 대한 구원을 얻지 못하고 파멸하는 결말에 이르기까지, 이 소설은 무수한 악령들이 날뛰는 1860년대의 러시아를 날카롭게 그려내고 있다. 작가가 이 작품을 통해서 그의 방대한 주제를 구현하지는 못했다 하더라도 적어도 그 기초를 다져놓았다는 것은 분명하다.

도스토옙스키문학 최고 형식을 이루다

이 소설은 도스토옙스키의 모든 작품 가운데서도 형식적으로 가장 완벽한 작품이다. 작품 전체에 대한 장(章)마다의 균형도 그렇지만, 모든 조그만 사건, 대수롭지 않아 보이는 삽화 하나하나가 일사불란하게 작품의 결말을 향하여 예정되고 준비되어 있다. 예를 들자면 스타브로긴의 어린 시절과 페테르부르크 시절의 이야기, 그리고 그의 외국 여행과 고향에 다시 나타났을 때의 사건들, 그 밖의 모든 행위와 사건들이 그의 정신적 상태와 밀접한 관계를 맺고 있다. 키릴로프나 샤토프, 그리고 표트르 같은 인물들의 등장도 마찬가지이다. 더욱이 이렇다 할 설명도 없이 모든 배경 설명이 암시나 생략을 통해 대담하게 처리되고 있어, 소설이라기보다 하나의 연극 대본이라고 해도 좋을 정도이다. 왜냐하면 작품의 무대는 처음부터 끝까지 러시아의 어느 조그만 시골 현청(縣廳) 소재지, 사건이 일어난 시기도 극히 짧은 며칠 사이이기 때문이다.

이 점은 도스토옙스키의 작품만이 지닌 치밀성이자 그의 작품 구성기법상의 특징이기도 한데, 하나의 무대를 중심으로 무대 밖에서의 일은 모두 베일 속에 감추어져 있다. 그리고 각 장마다 그 무대에 필요한 사람만이 등장하며 소설 전체의 줄거리는 별도로 진행된다. 주의 깊게 읽어보면 알겠지만, 제1부가 다 끝날 때까지도 스타브로긴은 하나의 배경인물로밖에는 생각되지 않고 오히려 스테판 선생과 바르바라 부인의 미묘한 관계를 다룬 하나의 심리소설처럼 느껴진다. 작품의 본 사건이 전개되는 것은 제2부부터이며, 그것도 모든 사건이 지사(知事) 부인의 축제 행사를 앞뒤로 발생한다. 이런 점은 도스토옙스키의 다른 작품들, 《죄와 벌》이나 《카라마조프 형제들》도 마찬가지이다.

이 작품이 도스토옙스키의 전 작품 가운데에서 가장 음산하고 피비린내 나는 것임에도 마치 한 편의 서사시를 읽는 듯한 착각을 느끼게 하는 것도 이상하다면 이상하다고 할 수 있겠다. 이 작품을 하나의 연극이라고 가정할 때, 고전적인 분류 기준에 따르자면

도스토옙스키의 무덤 페테르부르크

틀림없이 비극이다. 작품의 등장인물들이 모조리 파멸하고 말기 때문이다. 스타브로긴은 목을 매어 자살했고, 키릴로프는 권총 자살, 스타브로긴의 호적상의 아내인 레뱌드키나는 탈옥수 페디카에게 살해되고, 리자베타는 난폭한 폭도들에 의해서 무참히 살해되며, 샤토프는 표트르의 지령을 받은 5인조에 의해서 피살된다. 표트르는 외국으로 도망가고(실제의 네차예프는 그 후 체포되어 유형에 처해진다), 스테판 선생은 방랑 끝에 병사(病死)한다. 실로 이 《악령》처럼 철저한 파국으로 끝맺는 작품도 흔하지는 않을 것이다.

도스토옙스키의 작품 구성기법에 관해서는 그리 많은 연구가 되어 있지 않

지만, 이 소설만을 가지고 보면 작가는 러시아의 민화와 전설 등에서 많은 것을 빌려다 쓰고 있다. 스테판 선생의 모델인 그라놉스키의 제자이며 저명한 민속학자인 아파나셰프가 편찬한 민화집에서 '이반 왕자와 마르파 황녀' 이야기를 예로 들어보자. 이 이야기를 여기 소개할 수는 없지만, 《악령》의 인물이나 장면 설정과 너무나도 닮아 있다. 즉 스타브로긴이 초인적인 완력을 가졌다는 점, 실제로는 깨어 있으면서도 가끔 잠들어 있는 것 같은 특수한 상태에 빠지는 점, 또한 그가 늘 표면에 나서지 않고 배경 속에 감춰져 있다는 점 등은 전설 속의 이반 왕자와 완전히 일치한다. 한편 마르파 황녀는 결혼식 직전에 마브리키를 버리고 스타브로긴에게로 달려간 리자베타와 같으며, 이 밖에도 소설과 민화가 일치되는 부분은 얼마든지 있다. 그리고 스타브로긴의 방탕 시절을 셰익스피어의 《헨리 4세》 주인공인 해리 왕자와 비교한 것도 다른 작품에서 얻은 착상을 성공적으로 자기 작품에 녹여낸 대표적인 사례라고 할 수 있다.

스타브로긴의 고백: 도스토옙스키 문학의 최고 창조물

마지막으로 '스타브로긴의 고백' 장에 대해서 몇 가지만 설명하기로 하겠다.

이 장은 본디 제2부의 핵심 부분으로 예정되었으나 〈러시아 통보〉지에는 실리지 않았다. 그 사정은 앞에서 밝힌 바 있으므로 여기서는 그 내용과 발견 경위만을 다루기로 하겠다. 도스토옙스키는 《위대한 죄인의 생애》라는 작품을 구상할 때 이미 티혼 신부를 등장시키기로 설정하고 있었으나 이 구상이 실현될 수 없게 되자 그 일부를 《악령》 제2부에 포함시켰다. '티혼 신부의 암자에서'라는 부제목에서 알 수 있듯이, 스타브로긴은 어느 날 티혼 신부를 찾아가서 자기의 정신적 고뇌에 대해서 참회를 한다(원어로는 '스타브로긴의 고백'이 아니라 '스타브로긴의 참회'이지만, '고백'이라고 번역한 쪽이 훨씬 더 보편화되어 있다).

참회 내용은 스타브로긴의 소년 시절부터의 여러 가지 삽화와 정신적인 갈등에 관한 것이다. 그가 악마적인 충동에 못 이겨 기괴한 행동을 서슴지 않았던 동기들이 스타브로긴의 입을 통해서 진술되고 있다. 여기에는 물론 잡지

게재를 거부당한 직접적인 원인인 소녀 마트료샤를 능욕한 사건과 마트료샤의 자살, 그리고 스타브로긴의 절도에 관한 사건들이 포함되어 있다. 그러나 이러한 스타브로긴의 고백에 대해서 티혼 신부는 끝내 아무런 대답도 하지 않는다. 그저 그의 얼굴을 유심히 쳐다보면서 듣기만 하고 있다. 이것은 아주 중요한 상징성을 지닌다. 스타브로긴이 자기의 정신적 갈등을 해결해 주고 어쩌면 새로운 삶의 구원을 줄 수 있으리라고 기대했던 티혼 신부가 여전히 침묵을 지키고 있는 것은 결국 파멸 속으로 떨어지고 말 스타브로긴의 숙명을 예감했기 때문일 것이다. 《카라마조프 형제들》에 등장하는 조시마 장로는 자신의 지난 인생을 죄다 털어놓지만, 여기에서는 아무 말도 없이 그저 듣기만 하는 것이다. 즉 참회자의 역할이 뒤바뀌어 있다. 물론 티혼 신부나 조시마 장로나, 도스토옙스키가 궁극적인 구원의 길로 이르는 러시아정교의 진정한 성직자로서 주인공의 앞길에 빛을 던져주는 존재로 그리고자 했음은 말할 필요도 없다.

《악령》의 연재가 끝난 다음에도 이 장이 삭제된 사실에 관한 자세한 내용은 작가나 편집장 등 몇몇 관련자를 제외하고는 오랫동안 어둠 속에 묻혀 있었다. 그러나 안나 부인이 죽은 다음, 1921년 모스크바 중앙문서보존국 창고에 밀봉되어 있던 도스토옙스키 관련 상자가 문교장관 루나차르스키의 입회 하에 개봉되었다. 여기에서 도스토옙스키의 많은 창작 노트들과 함께 '티혼 신부의 암자에서'라는 제목이 붙은 문제의 장이 발견된 것이다. 그것은 〈러시아 통보〉지의 교정쇄였는데, 그 여백은 가지각색의 추가, 개필(改筆), 보충, 주석, 그리고 새로운 구상 등으로 메워져 있었다. 고쳐 쓴 문장 가운데에는 본문의 어느 부분에 해당되는 것인지 알기 어려운 것도 있었다.

이와 거의 동시에, 그러니까 같은 1921년 모스크바의 푸시킨 집에 있는 문서국에서도 같은 장의 텍스트가 발견되었다. 그러나 이것은 교정용 인쇄지가 아니라 안나 그리고리예브나의 필사본으로, 앞서 발견된 교정쇄의 여백란에 씌어 있는 고친 글을 그대로 옮겨 쓴 것을 다시 고쳐 쓴 것이었다. 이 원고에는 분명히 글쓴이(안나)의 오독(誤讀)으로 인해 생긴 잘못 말고도, 교정판 텍스트와 뚜렷하게 다른 두 가지 점이 포함되어 있다. 첫째는 스타브로긴의 절도에 관한 삽화가 전혀 없다는 점이고, 둘째는 소녀 마트료샤의 이야기가 일부 삭제되고 대신 새로운 변형이 덧붙어 있다는 점이다.

이 두 텍스트를 비교해 보면, 안나가 쓴 것이 시간적으로는 나중이긴 하지만, 그렇다고 이 텍스트가 작가의 뜻에 따라 최종적으로 결정된 것이라고 보아야 할 근거도 없다. 다만 한 가지 분명한 사실은 필사 원고에 고쳐진 글은 예술적인 면에서라기보다 오히려 실제적인 배려에서 추가된 것이라는 점이다. 아마도 도스토옙스키는 카트코프의 의견을 받아들여서 소녀 마트료샤 삽화의 추악한 부분을 일부 고쳐서 《악령》의 어느 부분에선가 부활시켜 보려는 의도를 한때 품었던 것 같다. 그러나 결국 도스토옙스키는 이 장을 발표할 것을 단념해 버렸고, 그 까닭에 대해서는 알 길이 없다.

어쨌든 도스토옙스키의 가장 훌륭한 창조물의 하나인 스타브로긴에 관해서 보다 새롭고 선명한 빛을 던져준 이 유고(遺稿)가 거의 완전한 형태로서 발견되었다는 사실은 세계 문학사에 커다란 기쁨이리라.

도스토옙스키 연보

1821년   러시아력(曆) 10월 30일(신력 11월 11일) 모스크바의 마린스키 빈민
자선병원 관사(현재는 도스토옙스키 박물관)에서 일등군의(一等軍
醫) 미하일 안드레예비치 도스토옙스키의 둘째 아들로 태어나 표
도르라 이름지어지다. 어머니 마리아 표도로브나는 모스크바의
상인 출신. 형 미하일은 1820년에 태어나다.

1831년(10세) 아버지가 툴라 현의 다로보예 마을과 체르마시냐 마을의 영지를
구입. 여름, 작가는 이곳을 방문하여 《농부 마레이》의 일화를 체
험. 실러의 〈도둑떼〉를 보고 감명을 받다.

1833년(12세) 1월, 형과 함께 드라슈소프 사설학교에 다니기 시작하다.

1834년(13세) 모스크바에 있는 문학교육으로 유명한 체르마크가 경영하는 기
숙학교에 입학하다.

1837년(16세) 1월, 문학적 몰두 대상이었던 푸시킨의 죽음에 충격을 받다. 2월
27일 어머니 마리야 표도로브나 도스토옙스키가 죽다. 형과 함께
페테르부르크로 옮겨 코스트마로프 예비학교에 들어간다. 여름,
뒷날의 작가 그리고로비치를 알게 되고, 시인 시드롭스키로부터
감화를 받다.

1838년(17세) 1월 16일 공병사관학교에 정식으로 입학. 이때부터 발자크·위고·
호프만 등의 소설을 탐독하다. 가을 진급 시험에 떨어지다.

1839년(18세) 영지 농노들의 원한을 산 아버지 살해당하다.

1840년(19세) 호메로스·실러 및 프랑스 고전 비극을 탐독, 극작을 시도하다. 11
월 29일에 하사관, 12월 27일에 수습사관이 되다.

1841년(20세) 2월, 형의 집에서 자신의 희곡 《마리야 스추아르트》《보리스 고두

노프》를 낭독. 8월 5일 공병 소위로 임관하다.

1842년(21세) 8월 11일 중위보(中尉補)로 진급하다.

1843년(22세) 8월 12일 공병사관학교를 졸업하다. 페테르부르크 공병국 제도과 근무. 곤궁하여 고리대금업자로부터 돈을 빌리다.

1844년(23세) 전해 끝 무렵에서 이해 첫 무렵에 걸쳐 발자크의 《외제니 그랑데》 를 번역. 소액의 일시금으로 영지 상속권 포기. 조르주 상드의 번역도 시도하다. 10월 19일 중위로 진급함으로써 그가 그토록 바라던 제대가 허락되다. 이해가 끝날 무렵부터 《가난한 사람들》을 쓰기 시작하다.

1845년(24세) 5월 첫 무렵 《가난한 사람들》 완성. 네크라소프와 그리고로비치의 격찬을 받다. 벨린스키를 소개받고, 그에게서도 절찬을 받다. 여름에 《분신(分身)》을 쓰기 시작. 가을 《아홉 통의 편지에 담긴 소설》을 쓰다. 풍자 신문 〈즈브스칼〉의 발행을 계획하다. 11월, 투르게네프를 알게 되어, 파나예프의 살롱에 드나들기 시작.

1846년(25세) 1월 15일 《가난한 사람들》을 네크라소프가 편집하는 《페테르부르크 문집》에 발표. 2월 1일 《분신》을 〈조국의 기록〉에 발표. 봄, 페트라셉스키와 알게 되다. 10월 《프로하르친 씨》를 발표, 12월 《네토치카 네즈바노바》를 쓰기 시작하다. 이해 아폴론 마이코프, 발레리안 마이코프, 〈조국의 기록〉 편집장 크라옙스키를 알게 되다.

1847년(26세) 1~4월, 벨린스키와 사이가 나빠지고 페트라셉스키와 가까워지다. 《아홉 통의 편지에 담긴 소설》을 〈현대인〉 1월 호에 발표. 4~6월, 《페테르부르크 연대기》 발표. 《주부(主婦)》를 〈조국의 기록〉 10·11월 호에 발표. 《가난한 사람들》이 단행본으로 출간되다.

1848년(27세) 《풀준코프》 발표. 《약한 마음》 《유부녀》 《정직한 도둑》 《크리스마스와 결혼식》 《백야(白夜)》를 〈조국의 기록〉에 발표하다. 《질투 많은 남편, 이상한 사건》 발표. 1월, 〈현대인〉지에서 벨린스키 《가난한 사람들》을 서평, 3월에는 〈1847년의 러시아 문학 개관〉에서 《주부》를 혹평. 5월, 벨린스키 죽음. 스페시네프를 알게 되어, 프레시체에프 집에서 페트라솁스키 회와 별도의 모임을 갖다.

1849년(28세) 1월, 스페시네프, 두로프와 교제하며, 비밀 출판소 설치 계획에도 가담. 《네토치카 네즈바노바》를 〈조국의 기록〉 1·2·5·6월 호에 발표. 3월 페트라솁스키의 집 모임에서 벨린스키가 고골에게 보낸 편지를 낭독하다. 4월 23일 페트라솁스키회(會)의 검거로 다른 회원들과 함께 붙들려 페트로파블롭스크 요새 감옥에 갇히다. 감금된 동안 《작은 영웅》 《첫사랑》을 쓰다. 12월 22일 사형선고를 받고 형장에 끌려갔으나 황제의 특사로 4년간의 시베리아 유형과 4년간의 병역 근무를 선고받고 24일 밤에 페테르부르크를 출발하다.

1850년(29세) 1월 9일, 트보리스크 도착, 데카브리스트의 아내들로부터 복음서를 받다. 1월 23일, 유형지인 옴스크에 도착하여 1854년 2월까지 복역하다.

1854년(33세) 2월 15일 형기 만료. 3월 2일 일개 병졸로 시베리아 국경수비연대 제7대대에 편입되다. 봄, 그 마을의 세무 관리 이사예프의 아내 마리야 드미트리예브나 이사예바와 사랑을 속삭이다. 11월, 브랑겔 남작이 검사로 부임, 작가와 친교를 맺다.

1855년(34세) 《죽음의 집 기록》을 쓰기 시작. 5월 이사예프 집안이 크즈네츠크로 전임. 8월 이사예프 죽다.

1856년(35세) 2월 15일 근무 성적이 좋아 하사관으로 진급되다. 3월 24일 황제에게 병역문제와 출판허가 탄원서를 내다. 10월 1일 칙명으로 그 대대의 기수(旗手)가 되다.

1857년(36세) 2월 6일 마리야 드미트리예브나 이사예바와 크즈네츠크에서 결혼하다. 돌아오는 길에 극심한 간질 발작을 일으킴. 4월 18일 옛 신분으로 돌아가라는 칙명이 내려지다. 8월 《작은 영웅》을 〈조국의 기록〉에 발표하다.

1858년(37세) 1월, 사표를 제출하고 모스크바에서의 거주를 허가해 달라고 요청하다.

1859년(38세) 3월 18일 소위로 퇴관. 거주지는 트베리로 한정됨. 7월 2일 트베리
로 출발하여 8월 중순 도착. 여기에 살면서 가을에 '거주지 선택
의 자유' 탄원서를 황제에게 내다. 11월 페테르부르크에의 거주 허
가가 내려 12월에 수도로 돌아오다. 3월 《백부의 꿈》, 11~12월 《스
테판치코프 마을과 그 주민》 발표하다.

1860년(39세) 9월, 《죽음의 집 기록》을 〈러시아 세계〉에 연재하다.

1861년(40세) 형과 함께 편집한 잡지 〈브레먀(時代)〉를 창간, 《학대받은 사람들》
을 1월호부터 연재. 연재가 끝나자 단행본으로 내다. 《죽음의 집
기록》을 4월부터는 〈브레먀〉로 옮겨 처음부터 다시 게재, 이듬해
에 완결하다. 오스트롭스키, 그리고리예프, 도브롤류보프와 알게
되다.

1862년(41세) 《죽음의 집 기록》을 단행본으로 내다. 6월, 첫 해외여행 출발, 파
리·런던·쾰른·스위스·이탈리아를 방문하고, 그사이에 게르첸, 바
쿠닌과 만나다. 연말, 아폴리나리야 수슬로바와 교제. 11월 《추잡
한 일화》 발표하다.

1863년(42세) 5월 폴란드 문제에 대한 스트라호프의 논문 〈운명적인 문제〉(4월
호) 때문에 〈브레먀〉가 발행 정지 처분을 받다. 8월, 해외여행 떠
남. 파리에서 수슬로바와 만나 이탈리아 여행. 9월, 바덴바덴에서
도박에 빠져 투르게네프로부터 돈을 빌림. 10월 귀국. 《도박자》를
구상. 2·3월 《겨울에 쓴 여름 인상》 발표하다.

1864년(43세) 3월 24일 〈브레먀〉를 이어받은 새로운 잡지 〈에포하(世紀)〉 창간
호를 내다. 《지하실에서의 수기》를 창간호에 싣다. 4월 15일 결핵
으로 아내, 6월 10일 형 미하일이 죽다. 〈현대인〉지에 대한 반론을
〈에포하〉에 집필. 이해 끝 무렵부터 이듬해 첫 무렵에 걸쳐 마르
타 브라운과의 연애 사건 일어나다.

1865년(44세) 안나 그르콥스카야에게 구혼했으나 거절당하다. 6월 〈에포하〉 폐
간되다. 9월, 해외여행에 나섬. 비스바덴에서 수슬로바와 사랑을
속삭이며 룰렛에 열중, 궁핍하여 《죄와 벌》의 구상을 정리하여

〈러시아 통보〉편집장 카트코프에게 팔다. 10월 귀국, 11월《죄와 벌》초고를 불태움. 2월《이상한 사건》발표. 연말,《도스토옙스키 전집》1, 2권 발간하다.

1866년(45세)《죄와 벌》을〈러시아 통보〉1·2·4·6·8·11·12월호에 연재 발표하다. 4월, 카라코조프의 황제 암살 미수사건에 충격을 받다. 여름, 류플리노 별장에서 조카 소피야 이바노바와 친밀해진다. 10월《도박자》를 구술하여 탈고하자마자 전집 3권에 수록하고 곧이어 단행본으로 출간하다.

1867년(46세) 2월 15일 스니트키나(20세)와 페테르부르크에서 결혼하다. 4월, 해외여행 출발. 드레스덴에서〈시스티나의 마돈나〉를 보다. 6월 바덴에서 투르게네프와 싸움. 8월, 바젤미술관에서 홀바인의〈예수 그리스도의 유해〉를 보고 충격을 받다. 제네바에서 가리발디 바쿠닌의 '평화·자유연맹' 제1차대회 방청. 9월《작가의 일기》계획, 이 해 끝 무렵에《백치》를 쓰기 시작하다. 이해에《죄와 벌》을 단행본으로 출간하다.

1868년(47세)《백치》를〈러시아 통보〉1·2·4~12월호에 연재, 이어 단행본으로 출간. 조카 소피야에게《백치》에서는 '진정 아름다운 인간'을 그리고 싶었다고 편지를 쓰다. 2월 22일 제네바에서 맏딸 소피야가 태어났으나 5월에 폐렴으로 죽다. 8월 브베, 9월 밀라노, 10월 피렌체에 머뭄.《무신론자》(《카라마조프 형제들》의 원형)를 구상하기 시작하다.

1869년(48세) 스트라호프가 편집하는 잡지〈자랴(黎謹)〉에 관계하다. 다닐렙스키의 논문〈러시아와 유럽〉에 크게 공명. 8월 드레스덴 도착. 9월 14일 둘째 딸 류보피 출생.《영원한 남편》을 쓰기 시작, 12월 초에 탈고하다. 11월 21일, '인민의 재판'의 네차예프가 페트롭스카야 농과대학의 학생 이바노프를 배신자라는 이유로 살해, 작가의 비상한 관심을 사다. 12월, 대장편《위대한 죄인의 생애》를 노트하다.

1870년(49세)《영원한 남편》을〈자랴〉1·2월호에 연재. 1월부터《악령》을 쓰기 시작하여 이듬해에 탈고. 《죄와 벌》 제4판이 나오다. 3월, 마이코프에게 보낸 편지에서, 허무주의자를 비판한 《악령》의 원형과 《위대한 죄인의 생애》의 구상을 알리다. 8월, 조카 소피야에게 《악령》의 난항, 새로운 구상으로 다시 쓰게 되었음을 알리다.

1871년(50세) 3~5월, 파리·뮌헨에 마음을 빼앗기다. 《악령》을 〈러시아 통보〉 1·2·4·7·9·11월호에 연재, 제2부까지 완결했으나 그 뒤 1년간 중단. 7월 1일 네차예프 사건의 재판이 시작됨. 7월 8일 페테르부르크로 돌아오다. 7월 16일 맏아들 표트르 태어나다. 《영원한 남편》 단행본으로 출간되다.

1872년(51세) 겨울, 국가 평의원 포베도노셰프를 알게 되다. 5~9월, 스타라야 루사에 머뭄. 《악령》 제3부를 〈러시아 통보〉 11·12월호에 발표하여 완결하다. 12월 메셰체르스키 공작이 경영하는 극우 주간지 〈시민〉의 편집국에 초빙되어 편집장이 되다.

1873년(52세) 《작가의 일기》를 〈시민〉 1호에서 50호까지 1년에 걸쳐 연재. 《악령》을 단행본으로 출간하다. 알렉산드르 황태자에게 《악령》 헌정. 2월, 《악령》에 대한 미하일롭스키의 비평이 나오자, 〈시민〉에서 도스토옙스키가 반론하다.

1874년(53세) 1월, 〈시민〉 편집장 사임. 3월 끝 무렵 검열법 위반으로 구속되다. 5월부터 스타라야 루사에서 살다. 《미성년》을 쓰기 시작하다.

1875년(54세) 네크라소프의 요청으로, 그가 편집하는 잡지 〈조국의 기록〉에 《미성년》을 발표. 1·2·4·5·9·11·12월호에 연재하여 완결. 여름에 서부 독일에 머물다. 8월 둘째 아들 알렉세이 태어나다. 9월 페테르부르크로 돌아오다. 11월 《작가의 일기》 간행 준비 시작. 12월 고아문제에 관심을 보이다. 《죽음의 집 기록》 제4판이 나오다.

1876년(55세) 1월부터 개인 잡지 〈작가의 일기〉를 매월 발간. 《미성년》 단행본으로 출간하다. 11월, 알렉산드르 황태자에게 《작가의 일기》를 헌정하다.

1877년(56세) 1월부터 12월까지 계속 〈작가의 일기〉 발간하다. 7월 다로보예 마을 방문. 12월, 아카데미통신회원으로 선출. 네크라소프 죽음, 무덤 앞에서 연설을 하다.

1878년(57세) 3월, 자스리치 재판을 방청. 5월 둘째 아들 알렉세이 죽다. 6월, 철학자 솔로비요프와 함께 옵티나 수도원을 방문하여 《카라마조프 형제들》의 구상을 이야기하다. 여름 《카라마조프 형제들》을 쓰기 시작. 《죄와 벌》 제5판이 나오다.

1879년(58세) 여름, 일가는 스타라야 루사에서 살면서, 코르빈 크루콥스카야와 교제. 7~9월, 독일의 광천지 엠스에서 요양. 《카라마조프 형제들》을 〈러시아 통보〉 1·2·4·5·6·8·9·10·11월호에 연재. 이해 1876년의 《작가의 일기》 재판(再版), 《학대받은 사람들》 제5판 나오다.

1880년(59세) 《카라마조프 형제들》을 〈러시아 통보〉 1·4·7·8·9·10·11월호에 계속 연재. 2월, 슬라브 자선협회 부회장으로 선출. 5월 25일 모스크바의 작가·언론인이 주최한 도스토옙스키를 위한 축하회가 열리다. 푸시킨 기념제에서 연설하다. 6월 《푸시킨에 대하여》발표. 8월 〈작가의 일기〉를 복간하다.

1881년(60세) 1월 〈작가의 일기〉 마지막 호가 나오다. 1월 26일, 목에서 피를 토하고 의식을 잃음. 1월 28일 가족들에게 작별을 고하고 오후 8시 30분 페테르부르크에서 세상을 떠나다. 1월 31일 페테르부르크의 알렉산더 네프스키 성당 묘지에 묻히다. 《카라마조프 형제들》 단행본으로 출간되다.

채수동

한국외국어대학교 러시아어과 졸업. 미국 뉴욕대학교 대학원 수료(러시아문학). 미국 컬럼비아대학교 대학원 수학. 주러시아대사관 총영사. 주수단대사관 대사. 한국외국어대학교 러시아문학 강의. 지은책《한 외교관의 러시아 추억》. 옮긴책 톨스토이《사람은 무엇으로 사는가》《이반 일리치의 죽음》《크로이체르 소나타》도스토옙스키《죄와 벌》《악령》《카라마조프형제들》《하얀밤》

세계문학전집072
Достоевский
БЕСЫ
악령 II
도스토옙스키／채수동 옮김
동서문화창업60주년특별출판
1판 1쇄 발행/2016. 1. 20
발행인 고정일
발행처 동서문화사
창업 1956. 12. 12. 등록 16-3799
서울 중구 다산로 12길 6(신당동 4층)
☎ 546-0331~6 Fax. 545-0331
www.dongsuhbook.com
＊
이 책의 출판권은 동서문화사가 소유합니다.
의장권 제호권 편집권은 저작권 법에 의해 보호를 받는 출판물이므로
무단전재와 무단복제를 금합니다.
사업자등록번호 211-87-75330
ISBN 978-89-497-1537-7 04800
ISBN 978-89-497-1515-5 (세트)